櫻井陽子著

平家物語の形成と受容

汲古書院

目次

序 …… 3
第一部　平家物語の生成と表現 …… 7
第一篇　物語の生成――事実と物語の間―― …… 9
第一章　以仁王の乱への視線――『明月記』から『平家物語』へ―― …… 11
第二章　以仁王の遺児の行方――道尊、道性、そして姫宮―― …… 32
第三章　行隆院宣の考証 …… 54
第四章　二代后藤原多子の〈近衛河原の御所〉について …… 77
第二篇　表現の形成 …… 93
第一章　「月見」の考察　その一――覚一本を中心に―― …… 96
第二章　灌頂巻「大原御幸」の自然描写の考察――覚一本を中心に―― …… 114
第三章　「月見」の考察　その二――延慶本を中心に―― …… 129
第四章　源頼政の和歌の考察――延慶本を中心に―― …… 151
付　章　平家物語における「武士」 …… 171
第二部　平家物語の諸本の形成 …… 193

第一篇　八坂系平家物語の様相……195
第一章　「八坂系」と「八坂流」……199
第二章　八坂系一類本の様相――清盛像との関わりにおいて――……209
第三章　八坂系一、二類本巻十二の様相――頼朝関連記事から――……228
第四章　断絶平家型終結様式の様相と意義……250
補　足　八坂系伝本二種の解題……270
第二篇　本文の編集の方法……277
第一章　東京都立中央図書館蔵平家物語の編集方法……281
第二章　東京都立中央図書館蔵平家物語本文の混態性……304
第三章　南都本平家物語の編集方法㈠――巻十一本文の再編について――……332
第四章　南都本平家物語の編集方法㈡――巻十一・十二本文の再編について――……355
第五章　伊藤本の編集方法――『参考源平盛衰記』に用いられた「伊藤本」の復元を通して――……388
第六章　平家物語本文の編集の方法――混態・とりあわせという観点から――……415
第三部　平家物語の受容の諸相……437
第一章　林原美術館蔵『平家物語絵巻』における詞書の底本と絵巻の成立……441
第二章　神宮文庫蔵『平家物語和歌抜書』に窺える和歌の受容……476
第三章　松平文庫蔵『平家物語秘伝書』と平家物語……496

結びにかえて……507
原題と初出一覧……510
あとがき……513
索　引……1

平家物語の形成と受容

序

平家物語は作者、成立年代だけではなく、成立当初の形態もいまだにわかっていない作品である。そのために、研究の関心は主に成立についての諸事情――作者もしくは作者圏、作者像、成立年代、原態、成立に関する社会的、文化的、思想的環境等――を明らかにすることに注がれてきた。平家物語の本質に迫ると考えられるからである。

一方、平家物語には現在数多くの伝本が残され、しかも、それらの本文形態は一様ではない。書写上の誤脱による本文の崩れといった段階の異同も含まれるが、それだけではなく、分量、本文、表記から構成に至るまで、あらゆる点において異同が大きく、現存諸本に限っても成立順に並べることは容易ではない。更には散佚した伝本も多いであろう。こうした激しい本文異同が起こる原因の一つには、従来、琵琶法師が語り伝えてきた歴史を踏まえて〈語り〉の存在が考えられてきた。しかし、本文異同の激しさ、諸本の多さは、平家物語が多くの時間をかけて、多くの人々の手によって改編されていった軌跡を示すとも言える。本文が流動をしていく実態を捉え、その拠ってきたるところを考える研究は、先に掲げた成立に向かう研究のベクトルとは逆の方向性を持つものと思われる。

この二つのベクトルはそれぞれに平家物語の本質を解きあかすものであり、しかも、別個のものではないはずである。平家物語がいかにして生まれ、どのように変容しつつ人々に受容され、浸透していったのかを総合的に把握することが必要であろう。作品生成が受容の過程でもあり、受容の過程の解明が作品生成の経緯を裏付けていく。

本書は、平家物語の作品としての成立の時点から、様々に本文が形成されていく過程までを視野に収める。平家物語を多くの改編者によってその都度作りなおされていく作品として捉え、形成の実態をなるべく本文に即して解剖し、作品の改編の軌跡を探ることによって、本文形成の一つ一つの作業点を平家物語の流動という線に結び付けていこうとするものである。そのためには成立に向かうベクトルに沿って考える時もあるし、また、成立からは下る方向性に寄り添う場合もある。各諸本のそれぞれの表現に立ち止まることもある。

本書の基本的な姿勢として、平家物語を固定化した作品ではなく、読者〈受容者〉の存在によって変容を重ねることが可能な作品として捉えることを心掛ける。平家物語を変化の許容される動的な作品として捉えることによって、受容する側の存在と働きかけが、平家物語の生命力の源として把握できることを諸場面において明らかにしていきたい。

平家物語に関する主な使用テキスト…句読点は私意に付し、表記は便宜のため改めた場合がある。

〔覚一本〕『平家物語』（龍谷大学善本叢書　思文閣出版　平成5）　なお、句読点等は、『平家物語』（日本古典文学大系　岩波書店　昭34／35）に拠った。

〔屋代本〕『屋代本平家物語』（角川書店　昭和48）

〔延慶本〕『延慶本平家物語』（汲古書院　昭和58）

〔長門本〕『岡山大学本平家物語』（福武書店　昭和52）

〔盛衰記〕『源平盛衰記』（中世の文学　三弥井書店　平成3〜）『源平盛衰記』（古活字版）

〔四部本〕本来は影印本を用いるべきだが、読みにくく、また、表記を問題とする箇所はないので、『訓読四部合戦状本平家物語』（高山利弘氏編著　有精堂　平成7）を用いた。

〔東寺執行本〕彰考館蔵本

〔文禄本〕筑波大学蔵（日本古典文学会発行の複製本を用いた）

〔三条西家本〕尊経閣文庫蔵本

〔中院本〕『平家物語（中院本）と研究』（未刊国文資料刊行会　昭和37）を基とし、国会図書館蔵本によって改めた。

〔天理イ21本〕天理図書館蔵本

〔加藤家本〕静嘉堂文庫蔵（雄松堂マイクロフィルムに拠った）

〔彰考館本〕彰考館蔵本

〔城方本〕内閣文庫蔵本

〔南都本〕『南都本 南都異本平家物語』（汲古書院　昭和47）
〔都立図本〕東京都立中央図書館蔵本
〔相模女子大本〕『平家物語』（古典文庫　平成9／10）
〔片仮名百二十句本〕『百二十句本平家物語』（汲古書院　昭和45）
〔平仮名百二十句本〕『平家物語百二十句本』（思文閣　昭和48）

平家物語以外のテキストは各章末に記した。

第一部　平家物語の生成と表現

第一篇　物語の生成——事実と物語の間——

源平の争乱の顛末について、現代に生きる我々はその多くを平家物語によって知り、平家物語を通して、当時を生き、死んでいった人々の息づかいに思いをめぐらし、その哀しみを共有する。しかし、結末から時間を溯り、事件を位置づけていく平家物語と、結果がどうなるのか予測もできず、不安に怯えて日々を生きていた当時の人々とは、その立脚点において、そして、事件の受けとめ方においておのずから異なる。実際におこった事件を平家物語はどのように受けとめて記しとどめているのだろうか。平家物語が文学作品として自立するにあたっての事実と物語との懸隔を探ることを第一篇の目的とする。

使用する本文は諸本の中では最も古態を残すと考えられている延慶本である。但し、延慶本が古態を多く残しているといっても、現在の延慶本が原態そのものではない。現在の応永書写本のもととなった延慶書写本がどのようなものであったのか(1)、さらに延慶書写本の前段階がどのような形態であったのか、また、それと原態との関係等、現段階ではまだ必ずしも明らかになってはいない。佐伯真一氏が「延慶本古態説が通説化した現在こそ、先験的に延慶本を古態と決めつけない、各部分に即した丁寧な考証が求められていよう(2)」と指摘するように、延慶本の分析にあたっては、古態に結びつく部分と、延慶本としての独自性（延慶本編集のどの段階のものかの判別については更に新たな問題を派生させるだろうが）と、平家物語全体の問題として論じられる部分とを区別する必要がある。しかし実際には、延慶本の独自性も汎平家物語性も、古態性を考える過程で浮き上がってくることがあり、必ずしも別個に論じられるものではない。

本篇では、物語としての歩みを確認していくことを主眼とするが、その過程においては、古態性（或いは非古態性）についての考察を経過することにもなる。但し、延慶本から切り取る断面は延慶本段階での物語性である。この限界は課題として残される。

さて、第一章から第三章まで巻四の以仁王の乱を題材に、事件と物語との距離を測定する。その際、事件をリアルタイムで記した日記や歴史史料の記述との比較検討から、平家物語が後代の視点を以て構築された物語であること（第一章）、事件当時の記憶からは既に遠ざかった記述であること（第二章）を述べ、同時に、史料を用いて構築された部分においてもそのすべてが即ち古態（原態に最も近いという意味での）を表わすとは言い切れないこと（第三章）を示す。第四章では、以仁王の乱の首謀者である以仁王や源頼政と関係の深い二代后多子の御所の呼称が物語の要求する雰囲気と連動して、すでに同時代的なものから離れたものであることを述べる。

注

（1）水原一氏は、奥書の言辞、複数の書写者の存在、書写上の現象等から、「応永書写本には延慶底本に対する忠実な書写態度が見える」ことを指摘している。（『延慶本平家物語論考』加藤中道館　昭和54　四二頁）

（2）『平家物語　太平記』解説（若草書房　平成11）二八三頁

第一章　以仁王の乱への視線
――『明月記』から『平家物語』へ――

はじめに

治承四年五月、後白河院の第二皇子以仁王は〈謀叛〉を起こす。しかし、実行に移す前に発覚し、以仁王は逃走の途中、流れ矢にあたり絶命する。

未だかつて経験したことのない事件に遭遇した人々がその日常を書き留めた日記には、当時の人々の現在が記されている。以仁王の乱は、平家物語に従えば、源平争乱の契機となる源頼朝の挙兵を引き起こした事件、つまり源平動乱の導火線として記憶されてしかるべき事件だが、それを目の当たりにした十九歳の藤原定家はこの事件をどのように認識していたのだろうか。藤原定家という、源平争乱の時代に多感な青年期を過ごした同時代人の視線を追い、次に平家物語の物語としての構造を確認し、『明月記』と平家物語との断層を明らかにしていきたい。

一、以仁王の乱と『明月記』

まず、以仁王の乱自体が、事件発覚時においてどのように定家と関わり、受けとめられたのかを見ていきたい。定家にとって、事件は五月十六日朝突然始まった。『明月記』には次のように記されている（以下、引用文中の〈　〉は割注であることを示す）。

今朝、伝二聞三条宮配流事一、日来云々、夜前、検非違使、相二具軍兵一囲二彼第一〈賜二源氏之姓一、其名以光云々〉、先レ是主人逃去〈不レ知二其所一〉、同宿前斎宮〈亮子内親王〉又逃出給、如下漢主出二成皐一与二滕公一共車上歟、巷説云、源氏入二園城寺一、衆徒等槌レ鐘催レ兵云々、平中納言頼盛卿、参二八条院一、捜二検御所中一、申二請彼孫王一、依二遅々一及二捜求一云々、良久孫王遂出給、重実〈称二越中大夫一〉一人相随、但納言相具向二白河一、宮出家云々、

同じ事件を『玉葉』では、

十五日　今夜三条高倉宮〈院第二皇子〉配流云々、件宮八条女院御猶子也、此外、縦横之説雖レ多、難レ取レ信、
十六日　隆職宿禰注二送三条宮配流事一、其条如レ此、

源以光〈本御名以仁、忽賜レ姓改レ名云々〉、（中略）

伝聞、高倉宮、去夜検非違使未レ向二其家一以前、竊逃去、向二三井寺一、彼寺衆徒守護、可レ奉三将登二天台山一、両寺大衆可レ企二謀叛一云々、又件宮子若宮〈候二八条院一之女房腹也、自二所生之時一女院被二養育一、即祗レ候其宮中一〉、逐電之由有二其聞一、仍武士等打二囲彼女院御所一、捜二求其中一、先レ是於二女院御一身一者、奉レ出二頼盛卿家一〈即件卿妻参上奉二相具一〉了者、即件若宮奉二求出一、女院還御云々、素被二隠置一、太以愚歟、愚意案レ之、我国之安否只在二于此時一歟、

と記し、『山槐記』では、

十五日　亥刻自レ京下人走来云、高倉宮〈一院御子、故高倉三位腹、新院御兄也〉有二配流事一、只今検非違使兼綱〈大夫尉〉、光長向二三条北高倉西亭一、武士等囲レ之者、（中略）晩頭参二向彼宮一之処、皆閉レ門、無二答之人一、

仍光長令レ踏二開高倉面小門一之間、左兵衛尉信連射レ之、被レ疵者有二両三人一、宮不二御坐一、早以令二遁出一給畢云々、今夜、猶武士囲レ之、女房等裸形東西馳走、可レ悲々々、抑彼宮御名以仁也、而仁字有レ憚之由有二沙汰一、改二仁字一、為二光字一被二仰下一云々、宮乗二張藍摺之輿一、令レ持レ幣、如二物詣人一令レ向レ寺給云々、或云、着二浄衣一御騎馬給、又乗馬者有二一人一、御共人凡四五人云々、未レ知二一定一歟、渡二御平等院寺一也、

十六日　伝聞、高倉宮猶不二御坐一、仍破二塗籠一見レ之、全不二御坐一、有二辛櫃二合一、一合有レ鎌、一合不レ入二得御装束一開レ蓋云々、宮御二坐三井寺一云々、衆徒不レ奉レ出、不レ用二宣旨一云々、宮御子若宮、八条院奉レ養、平納言〈頼盛〉奉レ仰奉レ責、武士如レ雲如レ霞、数刻令二愁惜一給、武士乱二入門内一、仍被レ出レ之、被レ奉二寺宮一〈一院御子也〉即出家云々、

と、それぞれに緊迫した経過を記す。『玉葉』『山槐記』には、既に十五日夜から以仁王の配流についての記事が載り、情報収集の速度における定家との差が見られる。定家は、実際に追捕があった後に初めて情報を得ている。しかも、その詳細さにおいて『玉葉』『山槐記』に遙かに劣る。しかしながら、定家の場合、姉の健御前が前斎宮亮子内親王（以仁王姉）に仕えている。

亮子内親王は四月二十九日の大風で四条殿の邸宅が破損し、五月十日には六条高倉に避難している。そして事件のあった当日には以仁王邸に滞在していたことが『明月記』同日条からわかる。健御前は亮子内親王のもとに養われていた以仁王女の世話をしているようであり[1]、十六日には健御前も姫宮と共に以仁王の邸にいた可能性が強い。或いはそうでなくとも、健御前周辺の者からの情報と考えてよい。従って、事件を直接体験してしまった人物から入手したと思われる情報が『明月記』には記されていることになる。例えば、「同宿前斎宮」という指摘は他に見られない。「先レ是主人逃去〈不レ知二其所一〉、同宿前斎宮〈亮子内親王〉又逃出給、如下漢主出二成皐一与二滕公一共車上歟」は、健御前も

しくはその周辺の直接体験者から聞いた情報だからこそ記せる言葉だと思われる。定家の関心の焦点が、まずは健御前とその主人筋の人々の消息であったことがわかる。なお、『山槐記』には「女房等裸形東西馳走」とある。これが亮子内親王や健御前までを指すのかどうかは不明だが、大変な騒ぎの中を逃げたことは想像に難くない。

宮の脱出について『山槐記』には「宮乗二張藍摺之輿一、令レ持レ幣、如二物詣人一令レ向レ寺給云々、或云、着二浄衣一御騎馬給、又乗馬者有二一人一、御共人凡四五人云々」とある。これとよく似た状況を、定家は「如下漢主出二成皐一与二滕公一共車上歟」と記す。これは、『史記』項羽本紀第七「漢王逃、独与二滕公一出二成皐北門一、渡河走二侑武一」、高祖本紀第八「漢王跳、独与二滕公一共車出二成皐玉門一、北渡河、馳二宿修武一」等によるものである。定家が「漢主」に比定したのは直前に記される前斎宮ではなく、以仁王と考えてよかろう。故事は、楚王項羽と漢王沛公との連戦の一場面である。漢王ともあろう者が、滕公夏侯嬰とたった二人で敵行する惨めな脱出行である。しかも、黄河を渡る逃走が、以仁王の鴨川を渡って三井寺に逃げ込んだ様を表現するのに恰好の前例になったのだろう。以仁王は『山槐記』によれば輿、馬、或いは『明月記』の故事引用をそのままに移行させれば車に乗って逃げ出した。最も信憑性が高いのは、現場の証言の記述と思われる『明月記』の記事であろう。実際に車を使用したのか否かはわからないが、高貴な人物が武士の捜索を受け、従う者も殆どなく慌てふためいて逃走した情景を定家は故事によって表わした。

この頃の定家は、自己の感慨を直接記すことはあまりないが、時に美文調の詩句によって、また、故事によって自己の感慨を託すことがあった。この故事の引用も徒らな知識の誇示ではなく、皇族のひとりである以仁王の家宅捜索と逃走が定家には衝撃であり、『史記』に記される前例を以てこの衝撃的な事件を理解しようとしたのではないかと考えられる。なお、平家物語に以仁王が逃げるに際し、信連の忠告に従い、女装して徒歩で行ったと描かれるのは虚構とわかる。

また、十六日条の後半は、源氏の三井寺入寺と若宮探索についての「巷説」が記される。「巷説」と断りながらも八条院御所の強制捜査を記し留めたのは、定家にとってはやはり衝撃的な事件であったからと思われる。しかも、定家一人の衝撃に限らないことは、『玉葉』『山槐記』にも詳細に記されているところからも十分に推測される。

続いて、『明月記』に記される以仁王の乱に関する記事を追っていく（以仁王関係ではない記事は〔略〕として省略した）。

十七日　巷説非レ一、園城寺騒動、固レ関構レ城云々、山上合力之由、有二其聞一、或云、虚誕云々、

十九日　〔略〕

二十一日　向二法性寺一、前典厩、但馬等、往々語二三井寺事一、多是賊軍嗷々由也、

二十二日　今朝云々説、頼政卿〈入道、年七十七〉、引二率子姪一、入二三井寺一云々、今夕、俄行二幸八条坊門匣亭一、新院又遷二御于東第一、北方有レ火、頼政卿、家放レ火云々、

二十三日　〔略〕

二十四日　入レ夜、頼政卿、東山堂雑舎等焼レ之云々、〔行間補書〕

二十六日　謀反之輩、引二率三井寺悪徒一、夜中過二山階一、赴二南京一、官軍追レ之、於二宇治一合戦、逐奔至二于南京一、賊徒多梟首、蔵人頭重衡朝臣、右少将維盛朝臣帰参、献レ俘云々、有二夾名一、

二十九日　従四位上清宗朝臣、叙二従三位一、自余勧賞等云々、〔以下略〕

断続的に経過が記されていく。後述するように、治承四五年記が後年の筆になるとする指摘がある。そうなると、本来は多量の記事があったものが整理、削除された可能性もあろう。しかし、以仁王に関しては、わざわざ後年に削除する必要性も見られない。従って、この記事が当時の記述のすべてと考えておく。

これらの多くは巷説、噂であり、人々との「語」の中から得られた情報であるが、他の記録に照らしても正確であり、しかも事実を簡要に恬淡と記している。そして二十六日には「謀反之輩」「賊徒」が「梟首」されたと記す。が、以仁王のどのような行為を以て「謀反」とするのかは、定家は記していない。また、「謀反」となったことや「梟首」されたことに関しての評も一言も記していない。

定家はこの一連の事件の経過の事実を記すにとどめ、自身の心情については口を噤んでいる。『玉葉』五月二十一日条に「親二昵彼宮一之輩、及下雖二一度一参入之人知音等上、併被二尋捜一、人多可二損亡一云々」とあり、平家側の厳しい探索があったことが窺えるが、このような事情が定家の筆致を抑えさせたのであろうか。また、同じく『玉葉』五月二十六日条では、以仁王が誅伐された噂を聞き、「王化猶不レ堕レ地、逆賊遂被二擒殺一了、非二啻王化之不一レ空、又是入道相国之運報也、可レ恐々々」と記し、兼実は清盛の行為に恐怖を感じつつも、以仁王の死に一応の安堵を示している。このような風潮であれば、定家も以仁王等に対して些かの同情的辞句を弄することはないのかもしれない。しかし、一人は歌壇の大先輩である頼政であり、一人は姉健御前の主人の弟である以仁王である。健御前が守っていた姫宮の父でもある。身近な人間の非業の死は藤原成親以来の経験であろう。(2)

部外者にとっては事件はいつでも突然に起こる。ふりまわされているうちに、少しずつ道筋が明らかになっていく。以仁王の事件を目の当たりに見聞したのみならず、自分の血を分けた姉妹が少なからず巻き込まれている。定家にとっては勿論青天の霹靂であった。事件当日については自身の関心のありかを明確に示して驚愕を記し、高貴な人物の逃走に筆を割いた。しかし、それ以降、事件の経過はかなり正確に摑んではいるものの、記述は簡略で、事件そのものの意味についても一切触れていない。「謀反」という言葉の内実も明らかにしていない。定家が事件から半歩身を退けて意識的に口を閉ざしている姿勢が察せられる。

その後、記事はいたって少なく、事件の余波は遷都の驚きと慨嘆に吸収される。遷都による不便、不満は記されるものの、六・七月には日常の生活が戻ってくる。八月記事はない。次に注目したいのが九月の記事である。

二、乱のその後と『明月記』

九月
世上、乱逆、追討雖満耳、不注之、
紅旗征戎、非吾事、
陳勝、呉広、起於大沢、称公子扶蘇、
項燕而已、称最勝親王之命、徇郡県二云々、
　或任国司之由、説々不可憑、
（少将維盛、為追討使下向関東、）
右近少将維盛朝臣、為追討使下（可）向東国二云（×々）由、有其聞、
[redacted]
×廿四日法勝寺千僧御読経新院御祈
[redacted]
×九月
十五日〔略〕

「紅旗征戎、非二吾事一」という魅力的な表現が研究者や文学者の食指を動かし、そこに定家の芸術への姿勢、社会からの逃避、批判的姿勢等を見いだし、また、それらへの反論も交えて多く論じられてきた(3)。しかし、これが後の加筆であるとの辻彦三郎氏による指摘(4)以来、この記事の扱いには慎重を要するようになった。この九月の記事は以仁王の

乱に関する定家の認識と関わるので当節で考察を加えていくが、まず簡単に辻氏の論を紹介しておく。

『明月記』治承四五年記の筆跡が定家の中年に達した時期のものであるとの指摘は、『国書遺芳』解説（吉田幸一氏執筆）(5)等で既になされている。辻氏はそれを受けて、墨滅や錯誤、用語の丹念な検討から、中年よりも更に下らせて寛喜二年前後、定家七十歳頃に書かれたものであると結論づけ、しかも、その当時の加筆があることを述べている。

特に「紅旗征戎、非二吾事一」については、弱冠二十歳に満たない定家の感慨としては時期尚早とする。承久三年五月に書写したとする後撰和歌集の奥書に同様の「紅旗征戎、非二吾事一」が用いられていることから(6)、この「紅旗征戎、非二吾事一」は承久の頃の定家の心情をこそ表わすものであり、そこから十年ほど下った寛喜年間に、治承四年記事に溯って加筆したものとする。後年の写しであることと、その際の誤写・訂正の存在と、一文加筆の蓋然性とは懸隔があり、なお検討を要する問題と思われるが、ここでの定家の感慨のうち、特に次の中国故事の引用（辻氏が「推敲」を加えたとする「一文」(7)に含めているのかどうかは不明）は以仁王に対する認識と関わるので、検討を加えていきたい。

定家は次のように記した。

陳勝、呉広が大沢に蜂起した時に、公子扶蘇、項燕と称した。（今頼朝は）最勝親王の命と称して郡県を従えているということだ。あるいは（勝手に）国司を任じているという説がとびかっているが、信用できない。

陳勝、呉広の故事は、『史記』陳渉世家第十八に拠るものである。秦始皇帝の没後、陳勝、呉広が人に先駆けて秦を滅ぼすべく大沢に挙兵した事を指す。定家はさらに続けて、その際に二人が、始公の子息で英邁な扶蘇、行方不明の楚の名将軍項燕の名を詐称して挙兵したことに言及している。これは「称最勝親王（以仁王のこと）之命」と続くことによっても明らかなように、源氏、特に頼朝が以仁王の名を騙って東国に挙兵したことを指している。

陳勝自身は秦の滅亡を果たせずに没するが、その麾下の武将がやがて秦を滅ぼすことになる。そこで、事を成すにあたって、人に先駆けて行動する時に用いられた故事[8]となるのだが、定家の記述はそこまでを見越してのものであろうか。それならば、頼朝挙兵直後にしてこれだけのことを記す定家には先見の明があったということになろう。それとも、定家の洞察力を云々するよりも、先述したような「紅旗征戎、非二吾事一」を後年の記述とする説に従い、平家滅亡という結果を見てしまった後の記述と考える方が妥当なのであろうか。

後年の加筆とする可能性も不可能ではなかろうが、しかし、もう一つの可能性として、治承四年当時に記された言辞と考え、しかも、定家が見通しをもって記したのではなく、頼朝が最勝親王の命を「称」したという点に驚きを感じ、挙兵という事件を自分なりに理解すべく、状況の近似する故事を引用したことが考えられる。平家物語では以仁王の令旨と頼朝挙兵との関係を始めから明らかにしているが、定家にとっては信をおくことのできない流言であり、しかし同時に、頼朝挙兵を言うに際しては無視できない噂でもあった、と考えるのである。

それでは、以仁王と頼朝の挙兵との関係は他の日記ではどのように記されているのだろうか。以仁王の追捕は五月十五日になされたが、既に『玉葉』五月十七日条に「武者（ママ）云、散二在于諸国一之源氏末胤等、多以為二高倉宮之方人一、又近江国武勇之輩、同以与レ之云々」とある。確実な情報とは言えないが、十七日の時点で諸国の源氏が高倉宮の味方になるとの情報が流れているのを見れば、謀叛発覚以前に既に何らかの情報が諸国の源氏に回っていたと考えられる。

頼朝の挙兵はそれより三ヵ月後の八月十七日だが、その報は九月に入ってから都の人々の耳に入る。『玉葉』九月三日条に、

伝聞、謀叛賊義朝子、年来在二配所伊豆国一、而近日事二凶悪一、去比凌二礫新司之先使一〈時忠卿知行之国也〉、凡伊豆、駿河、両国押領了、又為義息、一両年来住二熊野辺一、而去五月乱逆之刻、赴二坂東方一了、与二力彼義朝子一、大略企二謀叛一歟、宛如二将門一云々、凡去年十一月以後、天下不レ静、是則偏以二乱刑一、欲レ鎮二海内一之間、夷戎之類不レ怖二

其威勢一、動起二暴虐之心一、将来又不レ可二鎮得一事歟、

とあるのが第一報である。傍線部分のように、以仁王の乱をきっかけに為義息行家が坂東に向かった事実は把握しているようだが、平家物語の記すように、行家が以仁王の令旨を頼朝にもたらしたとは考えていないようである。兼実が頼朝の挙兵を将門に比していることにも注目される。頼朝を東国の覇者として認識していることを示すものであるが、以仁王の令旨を錦の御旗としているとの認識はここからは窺えない。それに続く記事では、治承三年十一月の清盛のクーデターが頼朝挙兵の遠因と考えていることがわかるが、やはり以仁王と関連させる記述はない。

しかし、この後、以仁王の生存説が『玉葉』に記され、以仁王と東国の動乱とが無関係ではないことが次第に明らかになってくる。その第一報が九月二十三日条である。

伝聞、高倉宮、及頼政入道等、去朔比経二駿河国一、猶向二奥方一之由、有二彼人々告札一云々、件状披二露世間一、奇異之又奇異、無レ物レ取レ喩、

「告札」が世間に広まっていたという噂が記されている。『玉葉』に記される以仁王の令旨らしきものの最初の記事でもある。そして注目すべきは十一月二十二日条の、

伝聞、自二関東一称二一院第三親王〈被二伐害一也〉宣一、可レ誅二伐清盛法師一、東海、東山、北陸道等武士、可二与力一之由、付二彼国々一、又給二三井寺衆徒一云々、其状、前伊一豆守仲綱奉二云々、是等疑詐偽事歟、

であろう。「宣」の内容までも具体的に記されているが、ここに至っても兼実は信じていない。しかし、以仁王の令旨の存在が世間に囁かれていたことは動かせない事実である。

このような『玉葉』の記事に照らせば、九月の時点で以仁王の令旨の存在が定家の耳にも入っていたと考えてよかろう。とすれば、定家が陳勝、呉広の故事を引くのは自然なことである。挙兵当時の頼朝らの行動を計る尺度として

定家の脳裏には『史記』の一節が想起されたのである。しかし、「而已」と記し、また、最勝親王の命と「称」してという表現を用いることから、これが不確かな情報であるばかりか、陳勝たちが扶蘇の名を騙り、扶蘇には責任がないのと同様に以仁王とは無関係であることを前提にしていることも理解される。少なくともこの不信をこめた一文は、治承の頃の定家の情報の収集の範囲内での言辞と考えてよかろう。

ところで、前述の『玉葉』九月三日条の、「近日事㆓凶悪㆒、去比凌㆓礫新司之先使㆒〈時忠卿知行之国也〉、凡伊豆、駿河、両国押領了」や、『山槐記』九月四日条「今日或者云、故義朝男兵衛佐頼朝起㆓義兵㆒云々、虜㆓掠伊豆国㆒、坂東騒動」のように、頼朝の挙兵は東国を奪い取るという筋書きとなって都に伝わり、それが人々をまず驚愕させたのだが、定家は、頼朝が以仁王の名を騙っていることが第一の関心事であった。頼朝の挙兵について陳勝、呉広の故事を引用したことは、遠い地で起こった頼朝の挙兵がいかに衝撃的な事件であったかを示す。しかも、頼朝挙兵に以仁王が関わっていた可能性に接し、信じたくはないまでも、以仁王の起こした事件の重大さをここに至って実感してきたと言えよう。続く「侚郡県」に至り、ようやく前述の兼実や忠親の関心と同様の記述がなされるのである。

定家は九月の時点で、既に頼朝の挙兵と以仁王とを直結して理解し始めていた。しかし、繰り返すが、定家自身は、以仁王が源氏の挙兵を引き起こしたと考えることについては、噂とも、真実とも定めかねている。兼実も十一月になっても疑わしい噂としてしか扱っていない。また、『玉葉』翌年九月七日条にも、

> 自㆓東国㆒、所㆑奉㆓太神宮㆒之告文、尹明持来、披見之処、文章甚逆、誠足㆑嘲者歟、但被㆓最勝親王宣㆒、併ト書載㆒、此事尤不審、争進㆓神明㆒之告文載㆓虚誕㆒哉、

とあり、やはり兼実は信憑性を疑っている。平家物語や『吾妻鏡』のような、以仁王の令旨が頼朝の挙兵を導いたとする展開には落ちついていない。

ところで、『愚管抄』には、

サテカウ程ニ世ノ中ノ又ナリユク事ハ、三条宮寺ニ七八日オハシマシケル間、諸国七道ヘ宮ノ宣トテ武士ヲ催サル、文ドモヲ、書チラカサレタリケルヲ、モテツギタリケルニ、伊豆国ニ義朝ガ子頼朝兵衛佐トテアリシハ、世ノ事ヲフカク思テアリケリ。（巻五）

とあり、以仁王が三井寺に入ってから令旨を認めたように記されている。平家物語では、頼政の勧めにあって挙兵を決意した時に認めたとされ、時間的なずれがあるが、『愚管抄』の記述が誤りとはいえない。事件発覚以前に令旨が出されていたことに加えて、更に発覚以後も以仁王が精力的に書き続けたと考えれば不都合はない。また、

コノ頼朝、コノ宮ノ宣旨ト云物ヲモテ来リケルヲ見テ、「サレバヨ、コノ世ノ事ハサ思シモノヲ」トテ心オコリニケリ。

と記してもいる。慈円は、「宣旨ト云物」という書き方をしており、「宣旨」の正当性は疑っているが、頼朝挙兵が以仁王の令旨をきっかけとしておこったことは明確に意識している。ただし、『愚管抄』は承久の乱前夜になってからの執筆であることに注意しなくてはならない。逆に言えば、承久の乱の頃には以仁王の乱と頼朝挙兵とが明確に直結して認識されるに至っているのである。事件当時から数十年後の認識であり、事件の渦中、或いは直後の反応ではない。平家物語と『愚管抄』との思想の質がよく似ていることは既に多くの指摘があるが、ここでも事件当時の認識によっているのではない点は両書に共通している。

さて、陳勝、呉広の故事の記述が治承四年の言辞と考えられることは前述した。もしも「世上、乱逆」以下の二行が後日の書き入れであるとすれば、故事が九月冒頭の記述となる。それはあまりに唐突であろう。「世上、乱逆」から治承四年に記された言辞と考えてよいのではないか。定家にとって、頼朝挙兵はいやがおうでも以仁王の「謀反」に

結び付けられる出来事であった。「世上、乱逆、追討雖満耳、不注之」という厳しい表現は、この争乱が武士の世界のこととして全くの別世界の出来事とは言い切れない事実に思いいたり、複雑な思いを抱いた故に発せられた現状忌避ともとれる言ではなかろうか。そしてそれは以仁王の乱の顛末を極力簡要に記すにとどめた五月の頃の定家の姿勢に通底するものでもある。

三、以仁王の乱と『平家物語』

延慶本平家物語での以仁王の乱は頼政の勧めにより以仁王が決意をするところから始まる（巻四―八「頼政入道宮ニ謀叛申勧事付令旨事」）。その後にすぐに発布した〈令旨〉が頼朝に届けられ、頼朝はそれに従って諸国へ施行状を出す。以仁王は、後の源頼朝挙兵の際の正当性を示す〈令旨〉を認めた人物として位置づけられ、一方、平家の側には以仁王を殺したことで結果的に、平家滅亡をもたらす悪行の一、皇族への不敬という負の財産を負わせる。

尤も、物語全体の大きな構図としては、

・九月二日、東国ヨリ早馬着テ申ケルハ、伊豆国流人前兵衛佐源頼朝、一院ノ々宣幷高倉宮令旨アリトテ忽ニ謀叛ヲ企テ（巻四―卅五「右兵衛佐謀叛発ス事」）

・後日ニ聞ヘケルハ、四五月ノ程ハ高倉宮ノ宣旨ヲ賜テモテナサレタリケルホトニ、宮失サセ給テ後、一院ノ院宣ヲ被下事有ケリ。（巻五―一「兵衛佐頼朝発謀叛由来事」）

と、頼朝挙兵の契機は福原院宣と以仁王令旨との併存とされる。(9) この点は構想の未消化が露呈しているとも言えようが、以仁王の乱自体が〈令旨〉発行に最大の意義を見出していることは認められよう。

また、頼政の勧めによる以仁王決起という展開には史実としても疑問視されている。以仁王の側にこそ謀叛の動機を多く見出し[10]、皇位への野望を果たす最後の機会と見て頼政を巻き込んだとする。

平家物語における以仁王の乱は、既に幾層にもわたる虚構が張り巡らされているようである。しかも、延慶本における以仁王事件にまつわる諸話は、話の出所によって、「宮の従者達に関わる話、僧兵達の話、頼政一党の話、文書類、記録的文章による部分」にグループ分けできることが指摘されている[11]。これらの諸話が適宜組み合わされて、時には時間的齟齬や内容の矛盾を含みつつ事件を進行させている。しかし、一見錯綜した延慶本の記述の中で、以仁王像の描出には一貫性が窺える。当節では、平家物語に描かれる以仁王像から、平家物語における以仁王の乱の構造を検討していきたい。

以仁王はまず、その和漢の才、詩歌管絃に秀でていたこと等が語られる（巻四—八）[12]。次に、前述したように、頼政の勧めによって以仁王が謀叛を決意する場面が描かれるのだが、頼政の長広舌に対し、以仁王は国の存亡を見極めた中国の人々の名前を列挙しつつ、「イカ、セム」と逡巡する。この逡巡が以仁王の人間像を象徴していると思われる。

再度の頼政の勧め——味方すべき源氏の武将の名前を列挙し、人々への令旨発行を迫る——を聞いてもなお、「此事イカ、有ヘカルラムト返々思召」す。「相少納言（藤原伊長）」の人相見によってようやく「可然事ニテコソ有ラメト思食テ」、つまり、己の意志よりも、運命に従ったという形で令旨を書くに至る。しかし、計画は直ぐに発覚する。

謀叛発覚の知らせを受けた時も、「佐大夫宗信ト云人ヲ召テ、コハイカ、セムスルト仰有ケレ」と宗信に意見を求める。ふるえる宗信では役に立たず、信連の助言で、女装して脱出を図る（同十一「高倉宮都ヲ落坐事」）。以仁王は、物語上での重要性に比し、主体性に欠け、即刻判断を下すことなく、常に「イカ、セム」と悩む受動的な人物として造型される。

更に三井寺に逃げるについても、その途次で「ホトトキスシラヌ山路ニ迷フニハナクソ我身ノシルヘナリケル」と、死出の田長の時鳥から死を予感する歌を詠み、また、三井寺に到着した時も、「我平家ニ被責テ難遁カリツル間、無甲斐命ノ惜サニ衆徒ヲ憑テ来レリ、助テムヤト泣々被仰ケレハ」と弱々しく、三井寺の力を頼んで逃げ込んだと記される（同十二「高倉宮三井寺ニ入ラセ給事」）。

山門の同心を聞いて「宮力付テ被思食ケルニ」、山門の心変わりを聞けば、「ナニトナリナムスルヤラムト御心苦ク被思食ケリ」とすぐに自信を失くす（同十四「三井寺ヨリ山門南都ヘ牒状送ル事」）。

いよいよ三井寺も危うくなり、南都へ落ちるのだが、これも自発的な意志による行動ではなく、衆徒の提案を受け入れての受動的な決定である。また、その時の反応も、「宮御心細ケニオハシマス」とやはり力ない以仁王が記され、金堂に愛笛を納める時にも、「三井寺ヲ落サセ給トテ今生ニテハ拙クシテ失ナムス、当来ニハ必助給ヘ」と自分の死を前提としている（同十七「宮蟬折ヲ彌勒ニ進セ給事」）。このような以仁王は、運命に流されて悲惨な運命を甘受させられた人物と印象づけられる。(13)

以仁王は南都へ逃げる途中、光明山の鳥居の前で殺害される。その最期は、「流矢ノ御ソハ腹ニ立ヌ。馬ヨリ逆ニソオチサセタマフ。コハイカ、セムスルト思アヘス、信連馬ヨリ飛下テ物ヘ進セタレトモ云甲斐ナシ。御目モ御覧シアケス、物モ不被仰消入ラセ給ニケリ」（同廿一「宮被誅事」）と記される。「コハイカ、セムスル」は、文面どおりに読めば信連の心中を示すことになる。が、今までの文脈から見て、以仁王の思惟を表わそうとしたととる可能性もあろう。

以上のような以仁王の人間像を示す諸表現は、先に紹介した以仁王事件の話材の出所に関する四分類（宮の従者達に関わる話、僧兵達の話、頼政一党の話、文書類、記録的文章による部分）の諸所に散在する。以仁王の人間像描出に関しては、話群を越えた統一的傾向が認められる。

それでは、歴史的事実としての以仁王はいかなる性格の持ち主であったのか。『明月記』から窺うことはできないが、左に掲げる『玉葉』に残された以仁王の振る舞いに関するわずかな表現から推測される以仁王の性格は、たとえ巷説であろうとも、平家物語のそれとは異なる。

衆徒各可レ奉レ出レ宮之由承諾、仍昨日八条宮為二御迎一被レ進レ人〈有識二人并房官等被二相副一云々〉、就二彼宮在所一、欲レ奉レ出之処、宮作レ色云、汝欲レ搦レ我、更不レ可レ懸レ手云々、（治承四年五月二十日条）

人語云、大衆一同不レ可レ奉レ出之由、議定早了、宮曰、衆徒縦雖下放二我於此地一可上レ終レ命、更不レ可レ入二人手一云々、意気無二衰損一太以申云々、見者莫レ不二感歎一云々、（同五月二十一日条）

このような、人手にかかることを拒否し、毅然として抵抗の姿勢を見せる以仁王の姿は平家物語には全く見えない。平家物語における以仁王像は、平家物語の物語上の造型であったと推測される。

平家物語に登場する以仁王は、基本的には令旨を発行し、謀叛を企てた人物である。しかしながら、以仁王の意志と主体性は、頼政の勧説、源家主導のもとでの平家打倒という構造をとることで既に失われている。以仁王の行動を受動的なものとして描くことはその方向を強化することになる。その結果、以仁王自身の責は幾分免罪されることになり、逆に事件に巻き込まれた被害者的様相をも帯びてくる。

物語においては以仁王は頼朝を動かすことになる令旨を発令することを第一義とする枠組みを持ち、以仁王の乱と頼朝挙兵を明確に直結させている。しかしながら、一方では、物語は頼政主導という側面を強調し、謀叛の動機（木下事件）まで詳細に記す。頼政主導という構造は以仁王に関する人物造型まで規定している。乱全体にわたって以仁王の主体性を消失させ、平家のために非業の最期を遂げる皇族という側面を浮上させていく。後年になって得られた、乱に対する社会的、歴史的な解釈を物語の構造の大きな柱としながら、頼政主導、以仁王の免責という構造を加えて更なる物語化をとげているのである。

おわりに

以上、以仁王の乱に遭遇した藤原定家の視線を中心に、事件を受け入れ、推移を理解していく過程から時代の変化に立ち会った一青年の姿を見てきた。特に、故事を引用する行為から、高貴な人物が武士の手にかかることの驚き、そして、遠い国、無関係である筈の武士の反逆の遠因が、実は身近な皇族の認めた文書にあるのかもしれないという可能性に対する驚愕と拒絶反応をすくい上げてきた。定家にとって故事引用は、衝撃の大きさを表現するにあたっての最良の言葉であった。しかもそればかりではなく、未曾有の事件を咀嚼するための最適な装置であった。しばしば兼実や忠親の反応等とも対照しつつ見てきたが、定家の思いは必ずしも彼特有のものと考える必然性は抽出されなかった。当時の事件や政治の周縁にいた人々の感触を代表するものと考えてよいのではないか。

これが時間の経過に従ってどのように沈静化し、整序されていくのか、その過程の解明は後考によることになる。本章では、事件当時の一般的な認識を明らかにするにとどめ、次に平家物語の展開との断層を検討した。平家物語は後年の歴史解釈によって以仁王の乱と頼朝挙兵とを明確に結びつける。しかも、一方で頼政主導という構造をも持つ。それが以仁王の人物像の描出にも影響を与え、源家の主導、皇族の免罪という二つの方向を導く。

ところで、平家物語には以仁王や頼政の行為には批判的な姿勢をとる表現が往々にして見られる。以仁王の無惨な死については、運命の拙さ、先世の宿業のうたてさを繰り返し記し、しかも、乱終焉後、前中書王、後中書王の例を引き、「サレトモ謀叛ヲヤ起シ給シ」（巻四―廿五「前中書王事」）、また後三条院の例を引き、「三宮イカハカリ本意ナク被思食一ケメトモ世ノ乱ヤハ出来シ」（同廿六「後三条院ノ宮事」）と記して以仁王の軽挙を批判する。頼政に関しても「遂ニ前途ヲ不達一セシテ宮ヲ失ヒ奉リ我身モ滅ヌル事コソ返〳〵モアサマシケレ」（同廿六）、「為身一ノ為人一ノ無由事引出タリケル頼政哉」（同廿七「法皇ノ御子之事」）と批判する。早川厚一氏は以仁王批判を「『平家物語』固有のあり方」とするが、[14] 事件当時の兼実の狼狽等をみると、事件を目の当たりにした人々の口吻と通底するものがあり、事件発生時の認識を残すものと考えられる。

諸要素が必ずしも整理、統合されていないところに延慶本の特性があるのだが、その中からも、歴史的事実や様々な伝承をもとにしつつも、後年の一定の歴史解釈に則った方向性を持ち、あくまでも「物語」としての構築を目指していることが確認できよう。

注

（1）五月一日に定家が亮子内親王のもとにいた健御前を見舞いにいくと、健御前は「奉レ抱二姫宮一、心中又不レ存下可二存命一之儀上云々」（『明月記』同日条）という状態であった。角田文衛氏は「健寿御前のことども」（『王朝の明暗』東京堂出版　昭和52）で、この姫宮を以仁王の王女と推定する。ただ、氏はこの五月一日に前斎宮が既に高倉宮邸に移っているとするが、それは疑問である。

（2）成親の妻、後白河院京極は定家の異母姉である。

（3）石田吉貞氏『新古今世界と中世文学(上)』（北沢図書出版　昭和47）第一編第四(二)「「紅旗征戎非二吾事一」について」（初出は昭和41・3）に、それまでの諸氏の解釈がまとめられている。

（4）『藤原定家明月記の研究』（吉川弘文館　昭和52）第三章（初出は昭和47年）に、「「世上乱逆」云々に始まる一文は、後日に定家が治承四年七・八・九月当時の騒然かつ不安に駆られた世情を如何に描写すべきかと文章を推敲した結果であるとの着想に達せしめる」（八六頁）と指摘する。

（5）昭和40　理想社

（6）但し、これは自筆本は現存せず、刊本にのみ記されているが、承久三年頃のものと認められるようである。久保田淳氏『藤原定家とその時代』（岩波書店　平成6）三―2（初出は昭和60・12）参照。

（7）前掲注（4）に同じ。

（8）大漢和辞典「陳勝呉広」項

（9）安藤淑江氏「延慶本『平家物語』の資料受容の一側面――以仁王令旨をめぐって――」（「中世文学」30　昭和60・5）は、令旨とその次に施行状を記す延慶本の形態は、令旨をきっかけとする頼朝挙兵という歴史的背景にひかれた独自のものであるが、その構造は中途半端に消えてしまうと指摘する。

（10）上横手雅敬氏『平家物語の虚構と真実』（講談社　昭和48）3、水原一氏『延慶本平家物語論考』（加藤中道館　昭和54）第四部、五味文彦氏『平家物語、史と説話』（平凡社　昭和62）Ⅰ第二章等。

（11）『四部合戦状本平家物語評釈（七）』（昭和62・12）六五頁（佐伯真一氏筆）。但し、早川厚一氏は「単に話群の集成というに留まらないものがある」ことを指摘する。

（12）前掲注（11）二三六頁（佐伯氏筆）では「不遇・風雅・無力な皇子への哀惜を綴る文芸伝統や隠遁への志向を政治批判と結合させた人物造型」とする。

（13）他諸本では、それぞれにこの受動的な人間像は緩和されている。

（14）前掲注（11）二三四頁。なお武久堅氏は『平家物語の全体像』（和泉書院　平成8）第Ⅱ章一（初出は昭和63・1）では平家物語に先行した、従者との道行としての「高倉宮物語」に、「高倉宮謀叛」を前後に張りつけ、「頼政謀叛」を加えたものと分析する。

〔引用したテキスト〕

『明月記』(「『明月記』(治承四年)を読む」〈「明月記研究」4　平成11・11〉)、『玉葉』(名著刊行会)、『山槐記』(増補史料大成　臨川書店) なお、適宜返り点を付した。

〔付記一〕

本稿を雑誌掲載後、『明月記』治承四五年記が藤原定家後年の筆であり、その際に加筆があるとする立場に立った日下力氏より反論を得た(「定家と戦乱——文学表現の底辺を探る——」〈「明月記研究」3　平成10・11〉)。後日、明月記研究会の調査に加わり、天理図書館蔵の治承四五年記を実見する機会を得、その結果に基づき再反論を載せた(「「紅旗征戎、非吾事」再考——『明月記』治承四五年記の書写と加筆に関する再検討——」〈「明月記研究」4　平成11・11〉)。治承四五年記は定家の後年の筆であろうが、その際の加筆を考える根拠はない。よって、記事の内容については、定家十九歳当時のものと考えてよかろうと結論づけた。

〔付記二〕

『明月記』治承四五年記に記載される「前斎宮」については、従来の説に従い、全て亮子内親王と考えて論述した。しかし、伴瀬明美氏は、五月十六日条の「前斎宮亮子内親王」以外の「前斎宮」は全て亮子内親王の同母妹の好子内親王とする仮説を新たに提示した(「『明月記』治承四五年記にみえる「前斎宮」について」〈「明月記研究」4〉)。丹念な論証であり、蓋然性の高い仮説と思われ、従来の説に安易に乗って立論する危険を教えられた。氏の仮説の真偽の程は今後の再検証に負うことになろうが、氏の説に従うと、当章第一節には若干の訂正が必要となる。細かい表現の差し替えは控えるが、論旨に関わる点について以下に些か述べることとする。

健御前が亮子内親王ではなく好子内親王に仕えていたとなると、健御前が治承四年五月十五日に以仁王邸に居合わせた可能性は殆どなかろう。よって、定家の記録の情報源について再考する必要がある。記述の迫真性と定家の衝撃についても同様である。しかし、定家は邸を出奔した後の以仁王の行方を十六日条の後半部分に「巷説云」として記し、その前の「伝聞」と区別している。これは前半部分が「巷説」とは別の情報源に拠っていることを示す。翻って、健御前の当時の主人を好子内親王としても、好子は亮子、以仁王と同母である。亮子内親王の動静を『明月記』のみが記し得たことは、やはり好子内親王との同母姉妹であることから生まれる関心、若しくは情報源の性質を表わすと考えられる。「伝聞」記事の情報源について健御前の周辺を推測することはあながち否定できないのではないか。

この驚天動地の事件は健御前の女主人の同母兄姉の二人が関わるという点において、定家にあっても身近な事柄であったといえよう。しかし、その関わりのあり方の論述については、右のように若干の修正が必要となる。

第二章　以仁王の遺児の行方
——道尊、道性、そして姫宮——

はじめに

治承四年（一一八〇）五月十五日、以仁王の謀叛計画の発覚に伴い以仁王の配流が決定し、邸が捜索をうけた。そしてほぼ同時に若宮も捜索を受け、若宮は捕えられた。平家物語では以仁王が討たれ、乱鎮圧の賞として宗盛息が昇進をした後に若宮のことが記される。物語では記事の位置をずらし、時間的に遅らせている。その部分を延慶本から中略を交えて引用する。

此宮ハ御子モ腹々ニアマタヲハシマシケリ。散々ニ隠レ迷ハセ給キ。世ヲ恐サセ給テコヽカシコニテ皆法師ニ成セ給トソ聞エシ。伊予守顕章ノ娘ノ八条院ニ三位殿ト申テ候給ケルニ、此宮忍ヒツヽ通セ給ケル。其御腹ニ若宮姫宮ヲハシマシケリ。三位殿ヲハ女院殊ニ召仕ハセ給ツヽ、隔ナキ御事ニテ有ケレハ、難去一思食ケリ。此宮達ヲモ、女院只御子ノ如ニテ、御衾ノ下ヨリオヽシタテマツラセ給ヘリ。糸惜悲キ御事ニソ被思食一ケル。高倉ノ宮謀叛ノ聞エヲハシマシテ失サセ給ヌト聞召ケルヨリ、此宮達マテモイカニト思食ケルヨリ、御心迷テ供御モマイラス、〔略〕池ノ中納言頼盛ハ女院ノ御辺ニウトカラヌ人ニテヲハシケルヲ御使ニテ、高倉宮ノ若宮ノヲハシマシ候ナル可被奉出之由、前大将女院ヘ被申入一タリケレハ、〔略〕今年ハ八ニ成セ給ヘルニ、オトナシヤカニ申サセ給ケルコソ難有㆓哀ナレ。〔略〕女院ノ御懐ヨリ奉養㆒テ歎思食ル、心苦シサナト中納言カキクトキ細々ト被申ケレハ、大将モ入道ニ不斜㆒被申㆒ケル間、後白河院ノ御子仁和寺守覚法親王ヘ渡シ奉テ御出家アリ。御名ヲハ道尊ト申ス。後ハ東大寺ノ長者ニ成ラセ給ケルトカヤ。院ノ御子達皆御出家アリシニ、此宮ノ心トク御出家タニモアリセハ能リナマシ。無由㆒御元服ノ有ケルコソ返々モ心ウケレ。猶御子ハヲハシマスト聞ユ。一人ハ高倉宮ノ御乳母ノ夫、讃岐前司重季奉具㆒テ、北国ヘ落下給ヘリシヲハ、木曾モテナシ奉テ、越中国宮崎ト云所ニ御所ヲ立テ居奉リツヽ、御元服アリケレハ、木曾ノ宮トソ申ケル。又ハ還俗ノ宮トモ申ケリ。

（巻四―廿四「高倉宮ノ御子達事」）

以仁王に多くの遺児がいることを紹介しつつ、その中でも特に八条院が重んじていた女房、伊予守顕章（正しくは「盛章」）女、八条院三位所生の若宮の捕縛に焦点を絞り、若宮への女院の愛情の深さを背景に語る。そして、この若宮が後に東大寺（正しくは東寺）の長者となった道尊であることを明かす。しかし、本当にこの時に捕えられた若宮は導尊であったのだろうか。

平家物語の記述が事実とは異なる可能性のあることを述べ、そのことによってどのような問題が浮かび上がってくるのかについて言及する。

一、道尊への疑問

何故若宮が道尊であることに疑問を抱くのか。次に道尊に関する諸資料を掲げ、疑問とする根拠を示すこととする。道尊は『仁和寺諸院家記（心蓮院本）』等に北院御室（守覚法親王）の付法を受け、殷富門院（亮子内親王、以仁王同母姉）の御願で正治二年十月に供養された仁和寺蓮花光院を譲られたことが記されている。『仁和寺諸院家記（恵山書写本）』

には、安井宮と称されたこと、安貞二年（一二二八）に五十四歳で没したこと等も記される。すると、安元元年（一一七五）生まれで、治承四年には六歳であった。

平家物語によれば、道尊は八条院に愛された。その人物に、何故八条院からの譲りではなく、殷富門院からの譲りがあったのだろうか。それも、殷富門院自身が建立した寺院が譲られるのである。ここからは殷富門院と道尊との結びつきの強さこそが理解されよう。尤も、殷富門院が八条院の姪にあたることから、従来はこの譲りも道尊と八条院との関係の延長線上で理解されてきたのかもしれない。

また、『明月記』には承元元年（一二〇七）七月に道尊が東寺長者となった当時のことが記されている（以下、引用文中の〈　〉は割注であることを示す）。

七月六日　僧事、東寺長者、殷富門院御養子、播磨所生、其名忘、正僧正三井寺長吏公胤〈本前権僧正〉、本寺不レ受二覚実一之間、乍レ置二件正僧正一、剰闕加任云々、

八月二十三日　東寺一長者僧正拝賀、具足威儀相二逢路頭一、相互尤無レ骨、各追前警蹕〈此事劣于無歟〉、御直衣始、及二深夜一之故也、騎馬者不レ下二追前一、法師参会、旁無二便宜一、乍レ見二居飼舎人前行一、不レ赴二他路一、尤無心、予依二悪気一不レ下二車簾一、其父非二親王一、強不レ存二貴人之由一、

七月六日条によると、道尊は殷富門院の養子であり、播磨の所生ということになる。播磨とは『尊卑分脈』によると、藤原信成女、殷富門院大輔の姉妹でやはり殷富門院女房の播磨のことと思われる。[1] 八月二十三日条からは父が以仁王であることは認識されているようであるが、定家は七月条に道尊の名前まで忘れたと記す程である。平家物語に道尊の母として登場する八条院三位は、後に藤原兼実の妻となり良輔を産んだ人物である。もしこの八条院三位が道尊の母親ならば、道尊は定家の主筋にあたる人々と縁戚につながる人物となる。二十年程の時間が経過しているとはいえ、

東寺の長者になるにあたって、その母を勘違いし、名前まで忘れることがあるのだろうか。因みに、『四部合戦状本平家物語評釈（七）』(2)ではこれらの矛盾を次のように解決する。

道尊及び姫君を産んだ八条院三位はその後数年の間に兼実と再婚し、それに伴って道尊は以仁王の姉・殷富門院の養子となり、その女房である播磨または大輔が世話にあたった（故に後にはこれらを母とする所伝が生じた）と考えるのが、諸史料を最も満足させる解釈ではないか。

しかし、定家は「所伝」によって語らなくてはならない程、この人々から遠い存在ではない。また、八条院三位の結婚が、何故子供を殷富門院に養子に出すことになり、殷富門院女房がその養育にあたることになるのだろうか。後述するように、以仁王の姫宮は八条院三位の再婚後も八条院の庇護を受け続けている。その八条院の庇護の厚さ故に、この姫宮の母は八条院三位だと考えられるのだが、同母所生の子供たちのうち、どうして道尊だけが別の女院の世話を受けることになるのか。『評釈』の解釈にはかなり無理があると思われる。

一旦平家物語を忘れ、史料のみを見れば、道尊は殷富門院の女房播磨の所生で殷富門院の養子となり、守覚法親王の弟子となって仁和寺に入り、殷富門院から蓮花光院を譲られた、殷富門院との結びつきを強く持った人物と理解され、その人生に何の矛盾もない。

道尊の母を八条院三位とする資料は、平家物語、及び平家物語以降の資料ばかりであり、八条院御所で育てられた若宮を道尊とする決定的な資料とはならない。そればかりか、唯一母の出自を記す『明月記』の記事は別人を母にあてているために、等閑視されてきたと思われる。

道尊の母が殷富門院の女房であったとすれば、乱の時に八条院御所で捕縛された若宮は道尊ではない。この可能性を検討してみる必要があろう。

二、道性の可能性

それならば、八条院御所で捕えられた若宮は誰だったのか。〈道尊〉以外に該当者はいるのだろうか。まず、当時のことを記した日記を読みなおすこととする。

○今朝、伝二聞三条宮配流事一、日来云々、〔略〕平中納言頼盛卿、参二八条院一、捜二検御所中一、申二請彼孫王一、依二遅々一及二捜求一云々、良久孫王遂出給、重実〈称二越中大夫一〉一人相随、但納言相具向二白河一、宮出家云々、

（『明月記』治承四年五月十六日条）

○伝聞、高倉宮、去夜検非違使未レ向二其家一以前、竊逃去、向二三井寺一、彼寺衆徒守護、可レ奉三将登二天台山一、両寺大衆可レ企二謀叛一云々、又件宮子若宮〈候二八条院一之女房腹也、自二所生之時一女院被二養育一、即祗二候其宮中一〉、逐電之由有二其聞一、仍武士等打二囲彼女院御所一、捜二求其中一、先レ是於二女院御一身一者、奉レ出二頼盛卿家一〈即件卿妻参上奉二相具一〉了者、即件若宮奉二求出一、女院還御云々、〔略〕

（『玉葉』同日条）

○宮御子若宮、八条院奉レ養、平納言〈頼盛〉奉レ仰奉レ責、武士如レ雲如レ霞、数刻令二悋惜一給、武士乱二入門内一、仍被レ出レ之、被レ奉二寺宮一〈一院御子也〉即出家云々、

（『山槐記』同日条）

これらによれば、若宮は八条院の女房の所生であり、生まれた時から女院が養育し、捜索を受けた時にも宮中に祇候していたことがわかる。これは平家物語の記すところと変わらない。但し、ここからは若宮が道尊であるか否かはわからない。

ところで、以仁王には道尊のみならず、遺児が何人かある。そのうちの一人に〈道性〉という人物がいる。道性は

文治三年（一一八七）に亡くなったが、その時の記事が『玉葉』に載る。

二月十日　伝聞、故三条宮子宮〈名道性〉入滅、八条院為レ子、生年十八、究竟法器人云々、自二去年一病悩、遂
　以如レ此、可レ惜々々、

二月十四日　参二八条院一、且是為レ弔二故三条宮息仁和寺宮道性事一〈去十日入滅〉也、今日、日次不レ宜、然而、去
　十日聞及、即以二使者一申了、仍更不レ忌レ日也、女院御二南院一〈御堂別房、被レ献二進后宮一之所也〉、謁二
　女房一、申二入子細一、御悲嘆無レ限云々、

三月十日　以二右馬権頭兼親一為レ使、弔二仁和寺法親王一〈其弟子、故三条宮子、去月逝去、其後連々無二日次一、
　今日依レ無レ障所レ弔也〉、

ここからは道性が八条院の養子であったこと、仁和寺守覚法親王の弟子であり、「仁和寺宮」と呼ばれていたことが知られる。そして、八条院の悲嘆がよく記されている。この道性が若宮であったのではないか。

この道性の死を悼んだ歌が『千載和歌集』巻九・哀傷・六〇〇に載る。

仁和寺法親王〈道性〉蓮華心院にてかくれ侍にけるのち、月忌日かの墓所にまかりにけるに、山に雲かゝりて心ぼそく侍ければよめる　　覚蓮法師〈俗名隆行〉

山の端にたなびく雲やゆくへなくなりし煙の形見なるらむ

道性は仁和寺蓮花心院で没したことがわかる。蓮花心院とは、承安四年（一一七四）二月に八条院が仁和寺内に建立した小堂で、八条院自身の葬儀もここで行なわれた程に八条院にとって重要な堂であった。[3] そのような八条院の膝元で没したことは、道性と八条院との結びつきの深さを示していよう。

この歌の作者覚蓮法師、及び覚蓮と道性との関係は松野陽一氏によって詳しく考証されている。[4] 氏によると、覚蓮

は高階盛章男であり、つまり八条院三位の兄弟である。おそらく同腹であろうとする。氏はこのことから道性も八条院三位所生であると推測する。(5) なお、詞書の「法親王」は、『千載和歌集』編纂時には「法孫王」であったことも確認されており、同じく道性の和歌（一〇〇二）には作者名を「道性法孫王」と記している。

後述することであるが、兼実は、以仁王を「刑人」として遇している一面も見られるのだが、その子供の死に、なぜ八条院や守覚法親王にまで弔問を送ったのか。道性の母が今の自分の妻となっている女性であれば、兼実の行動は容易に納得される。妻の悲しみに触れ、更には八条院の悲しみの深さも知り、八条院と師であった守覚法親王にも弔問を送ったと考えられよう。

氏は更に考えを進め、「父王の事件の夜の「若宮」も、平家物語では道尊のこととしているが（無論、その可能性の方が大きくはあるのだが）道性であったかもしれないのである」と記す。先に述べた可能性を松野氏は夙に指摘していたのである。但し、氏は平家物語に従い、道尊も八条院三位所生と考えるために、続けて「むしろ、道尊は、道性の没後に女院の愛が一層注がれる、といった事情にあったのではないだろうか」と「憶測」するが、その点に関しては如何か。今まで述べてきたように、道性には八条院との結びつきが資料によって確認されるが、道尊には八条院との結びつきが確認されない。道尊は八条院三位の所生ではなく、定家の記すとおり、殷富門院女房の所生であったのではないか。

なお、道性は『千載集』に二首（三三四、一〇〇二）入集しており、氏は仁和寺詠作グループとの交流を想定する。これも道性と守覚法親王との結びつきを考える上で重要な資料であろう。

三、八条院と以仁王姫宮

ところで、平家物語によれば、この若宮には姉妹がいた。この姫宮とはどういう人物なのだろうか。当節では、この若宮の姉妹の存在から、遺児と八条院との結びつきを考える。やはり『玉葉』建久七年（一一九六）一月に姫宮の記事が載っている。

十二日　今日、八条院賜二自筆之書一、三条宮姫宮、可レ被レ下二親王宣旨一之由、可二奏聞一之旨被レ仰、即以奉聞、父宮非二親王一、其子為二親王一例、問二外記一、無二先規一云々、

十三日　候二内裏一、召二良業一、問下父非二親王一之人、蒙二親王宣旨一例上、仰下可二勘申一之由上、退出、即帰参、曾無二其例一云々、

十四日　八条院御悩、為二危急一、暫不レ可レ及二其沙汰一歟、明日参二彼院一、随二御有様一、可二左右一之由仰了、入レ夜参内、自二八条院一、以二長経朝臣一、為二御迎一、被レ献二御跡事一、被レ奉レ処二分姫宮一之状所レ被レ進也、即奉二事由一、申二御返事一了、安楽寿院、歓喜光院等所レ被レ奉也、又庁分御庄々等、分二賜中将良輔一之外、併可レ有二姫宮御分一也、但、故三条宮御娘、先年可レ被レ相二承女院御跡一之由、御処分了、仍被二一勘一之間、不レ可レ有二相違一、其後、此姫宮一向可レ為二御沙汰一之由、所レ被二申置一也、

十五日　参二八条院一、御悩同前ニシテ、頗鎮給、又謁二仁和寺宮一、先日女院所レ被レ申、三条姫宮親王宣旨事、父非二親王一之人、蒙二此宣旨一之例、未曾有也、加レ之父宮已為二刑人一被二除名一了、其子忽預二此恩一、尤乖二物義一歟、仍此事不レ被レ問二人々之一、不レ可レ及二成敗一之由、余示レ之、尤可レ被レ問二人々一之由、所レ被レ答也、日来依二此

事㆒、深不㆑請、今日被㆓申披㆒了歟、

十六日　仁和寺宮、被㆓示送㆒云、八条院、三条院姫宮親王宣旨、内々示㆓合左大臣㆒之処、深不㆑被㆓甘心㆒云々、尤可㆑然、左大臣尤可㆑謂㆓直人㆒歟、可㆑感可㆑感、昨日如㆓余示㆒云々、被㆑問㆓公卿㆒之条、猶不㆑可㆑然歟之由答了、専不㆑可㆑及㆓御沙汰㆒事也、

十二、十三日条に示されるように、八条院は三条宮姫宮（以仁王女）に親王宣下を受けさせたいと願う。それは八条院の姫宮への愛情故の提案であろう。しかし、父の以仁王自身が親王ではなく、しかも刑人で除名されているという点（十五日条）から、兼実のみならず、左大臣実房の反対にもあう（十六日条）。八条院は病篤く、その遺領の相続が問題となってきていた。十四日条によると、本来八条院の遺領は三条宮姫宮に譲られるはずであったが、その一部は良輔に譲られることになり、さらに三条宮姫宮の死後は「姫宮」に譲られることになってしまう。[6] 良輔は兼実と八条院三位との間に文治元年に生まれており、翌二年には八条院の猶子となっている。「姫宮」とは後鳥羽院と、兼実女任子との間に建久六年に誕生した昇子であり、やはり八条院の猶子となっている。また、左大臣が自分と同様に三条宮姫宮の親王宣旨に反対したことに対して、兼実は「直人」、「可㆑感可㆑感」と賛嘆の言葉を送っている（十六日条）。道性の弔問に見せた兼実の心配りとはうってかわり、兼実は三条宮姫宮にとって苛酷な経緯を平然と見守っている。

道性の没した文治三年には既に兼実は八条院三位との間に良輔をもうけていた。但し、道性は出家の身であり、良輔の将来に不利益はもたらさない。しかし、それから九年後の建久七年には昇子も生まれており、今度は、相続問題が関わっている。昇子や良輔に譲られるか否かは九条家にとって大きな問題である。九条家に不利になる可能性は極力避けなくてはならない。三条宮姫宮の立場や権限を強化させないように動くのは致し方のないことであった。

〔参考〕

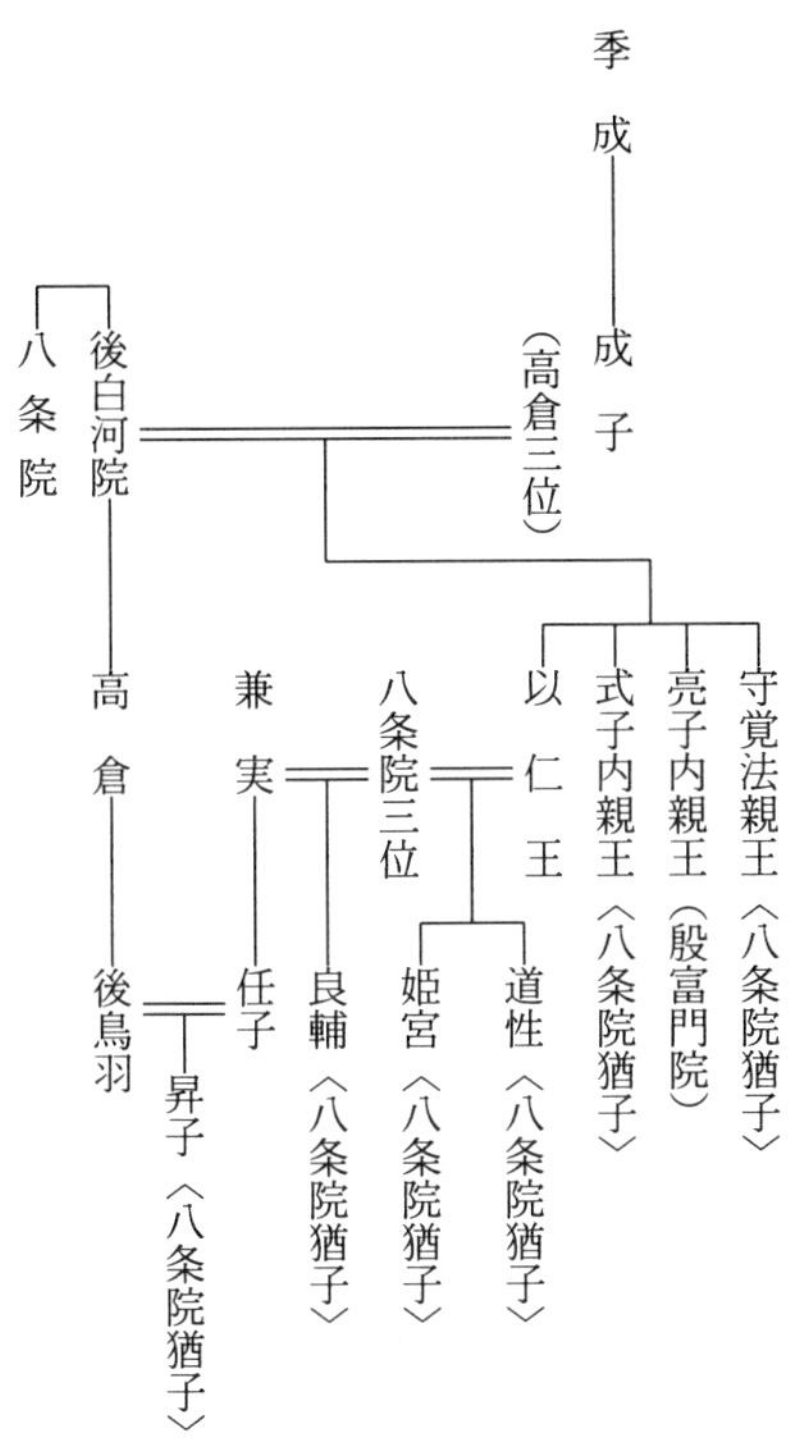

次いでこの姫宮の消息は『明月記』建仁二年（一二〇二）八月二十二日条に載る。

一品宮御目病此間忽御平減、自二広隆寺一直可レ御二院御所一云々、此等事皆有レ故歟、末代人口只如レ狂、彼姫宮於二日吉一奉レ呪二咀人々一之由、権門辺人々謳歌披露云々、近代生老病死、只悉有二呪咀之聞一、非二呪咀一者、無二病死之恐一之由人存歟、是皆報耳《業》、故前斎院御二八条殿一之間、依レ思二御付属事一、呪《奉》二咀此姫宮并女院一、彼御悪念為二女院御病一之由、種々雑人狂言、依レ之斎院漸無二御同宿一、於二押小路殿一出《御》家之間、故院猶以此事御不請、〔略〕次一品宮、三位中将殿《并其御妻》、近日連々病悩、是皆彼姫宮呪咀云々、一事以上無益、可レ悲世也、〔略〕

一品宮とは昇子のことである。一品宮の眼病が以仁王姫宮の呪詛によるものと噂されている。これは、建久七年に親

王宣旨を兼実が阻止したことや遺領問題への不満が姫宮の心中にくすぶっていたと人々には考えられていたことを示そう。(7)

次には故前斎院式子内親王が八条殿にいる時、以仁王娘と八条院を呪詛し、八条院が病気となったことを記す。これもかつて八条院の「御付属事」即ち八条院領の相続に関して式子と姫宮との間に何らかの確執があったことが推測される。更に、一品宮、良輔夫妻の病も以仁王姫宮の呪詛によると記される。これも建久七年の遺領問題が原因であることは明らかである。

以上、二十二日の記事は以仁王姫宮の八条院領をめぐるいざこざが呪詛の原因の根幹になっていることを示すものであるが、八条院遺領に関わる人たちの中で、以仁王姫宮が大きな位置にあったことが理解される。同時に、この姫宮があまり人々に迎え入れられることのない不遇な立場にあったことも示唆していよう。

そして、姫宮の死はやはり『明月記』の元久元年（一二〇四）二月二十七日条に載る。

> 夕聞八条院号二姫宮一人、此巳時許入滅云々、日来依二此病気一、女院一品宮御二他所一、遂以夭亡、彼御辺人々云、八条殿不レ穢、依二病獲麟給一、奉レ渡二石山僧都宅一云々、此事推量太無レ実也、祈年祭祈年穀奉幣之間、甚不便、彼院中之習如レ此、穢気常以有二不法事一、尤非二尋常事一歟、其年三十五、去々年出家云々、多年養育之間、被レ駈二使諸人一、無二一事之要用一遂以終命、女院御歎殊甚云々、此卒去之間、人口尤不便、女院兼御二他所一、病又殊無二重聞事一、卒爾之間人成レ疑歟、（頭書　一品宮御少年之間、邪気護身有レ憚由披露渡御、破二壊御願寺一、先々此人邪気叫喚狂乱雖二連日事一、不レ被レ去二其所一之故、人頗奇思云々、貞命法眼夙夜近習云々、世称二難産一、其本性極不レ直、虚誕讒言之外無レ他）

「八条院号二姫宮一人」という表現は、「姫宮」と呼びならわしているという意であろうか。姫宮の微妙な立場が示されるようである。去々年とは建仁二年であり、前述の呪詛事件の後に出家したと推測される。おそらく不名誉な噂を機に出家したのであろう。そして、その死がやはり人々の噂の種となっていたこともその頭書によって明らかである。しかし、世間の暗い噂とは関わりなく、八条院は悲しみに暮れ、道性の没時を彷彿とさせる。

このように、この姫宮は、以仁王の娘であり、八条院に愛されたが故に遺領問題に関わり不幸な人生を送ったともいえよう。が、これほどの不遇の中で八条院に庇護され続けて一生を八条院御所で過ごしたのは、以仁王を父とすることに加えて、やはり母が八条院の「無双之寵臣」（『玉葉』元暦二年九月二十日条）と評された八条院三位であったからと考えられる。一方、八条院の遺領問題が起こる時に道尊が全く話題にも上らなかったのは何故だろうか。道尊が八条院三位所生の若宮でなければ、それも当然であろう。また、道性が八条院御所で捕縛された若宮であったとすれば、建久七年には既に没しており、八条院の遺領問題に一切関わることもなく、これも不都合はない。

ところで、姫宮が元久元年に三十五歳で没したということは嘉応二年（一一七〇）誕生で、治承四年には十一歳であった。一方、道性は文治三年に十八歳で没しているので、逆算するとやはり嘉応二年生まれとなり、姫宮と道性とは同齢ということになる。しかし、年齢の記載は諸資料共に必ずしもいつも正確とは言えない。例えば、後掲の北陸宮に関しても、『玉葉』文治元年十一月十七日条には十九歳とあり、仁安二年（一一六七）生まれとなるが、『明月記』寛喜二年七月十一日条には六十六歳とあり、これによると永万元年（一一六五）生まれとなる。道性とこの姫宮との実際の年齢差は不明だが、かなり接近した姉弟もしくは兄妹であったと考えてよいのではないか。

四、殷富門院と姫宮

殷富門院に関連して、殷富門院のもとに治承四年当時姫宮が養われていたという記事が『明月記』に載る。

四月二十九日　（辻風によって）前斎宮四条殿、殊以為二其最一、北壺梅樹、露レ根仆、件樹懸レ簷破壊、権右中弁二条京極家、又如レ此云々、

五月一日　参二斎宮一、訪二申健御前一、奉レ抱二姫宮一、心中又不レ存下可レ存二命一之儀上云々、檜皮分二散庭上一、破損非二口所一レ宣、

五月十日　参二法勝寺三十講結願一、帰路、参二前斎宮一〈六条高倉〉、栄全法眼房、依二風破壊一奉レ渡、

五月十六日　今朝、伝聞二三条宮配流事一、日来云々、夜前、検非違使、相二具軍兵一囲二彼第一〈賜二源氏之姓一、其名以光二云々〉、先レ是主人逃去〈不レ知二其所一〉、同宿前斎宮〈亮子内親王〉又逃出給、如下漢主出二成皐一与二滕公一共車上歟、（略）

六月十七日　入道殿御共参二前斎宮一、又令レ渡二右少将許一給〈留二七条坊門一了〉、

十一月八日　前斎宮、今暁下二向摂津貴志庄一給云々、姫宮同被レ奉レ具、法眼栄全行事、去夜遣二迎車一、健御前被レ渡二此亭一、此両人共不快、不レ従二漁父之誨一之所レ致也、

治承五年一月十八日　去夜、前斎宮自二摂州一令二帰京一御云々、

四月二十九日に辻風が吹き荒れ、自邸の破損した前斎宮亮子内親王（殷富門院）は六条高倉（栄全法眼宅）、三条高倉（以仁王邸）、摂津等と転々とする。姫宮は殷富門院と行動を共にしていたようである。この姫宮が以仁王の娘であること

は既に角田文衞氏が指摘するところである。(8) それならば、この姫宮と三条姫宮とは同一人物であろうか。

『玉葉』承安元年（一一七一）九月十二日条に、

余内心案レ之、院御子被レ加二元服一之宮御坐、其御子息女宮両人被レ坐云々、何其人々不レ被二卜定一哉、或人云、非二親王一之人子息、無下為二斎宮斎院一之例上、若父宮被レ下二親王之宣旨一者、其又不レ可レ然云々、〔略〕

とある。これは、斎院の欠員に関しての兼実の考えを記した部分である。院の御子で元服を加えた宮とは以仁王を指す。以仁王には女宮がおり、その「人々」が卜定されないのは何故かと記す。この当時卜定されるに値する姫宮が以仁王に少なくとも、二人はいたことになる。この頃に生まれたばかりだとしても、治承四年には十歳となっている。元久元年に三十五歳で亡くなった姫宮とも年齢的矛盾はない。治承四年当時には少なくとも姫宮が二人はいたと考えてよかろう。殷富門院のもとにいた姫宮と八条院のもとで元久元年に亡くなった姫宮とを同一人物として考える必要は、必ずしもない。

健御前が抱いていた姫宮のその後が諸書に触れられていない点は気にかかるが、もし同一人物とするならば、八条院に庇護されていた姫宮が、何故治承四年には殷富門院に養われ、しかも摂津まで同道することになるのか疑問である。同一の姫宮か否かの断定はできないが、道尊が殷富門院の養子となっている点と、この姫宮が殷富門院の御所で養われていたという境遇の共通点からすると、道尊とこの姫宮はともに殷富門院女房所生の姉弟であって、殷富門院の養子となっていたという推測が成り立とう。そして、道尊は以仁王の乱をきっかけとしてか、かなり早い時期に出家をしたと思われる。

五、他の子供たち

以仁王には他にも子供があった。管見に入った人物を掲げておく。

〔北陸宮〕

北陸宮は平家物語巻八で、源義仲に担ぎだされた宮で、冒頭に引用した延慶本の最後に登場する還俗宮である。この宮については、『玉葉』の治承から文治の頃にかけて記されているが、ここでは、その死を記した『明月記』寛喜二年（一二三〇）七月十一日条を掲げる。

未時許心寂房来、去八日嵯峨称二孫王一之人〈世称二還俗宮一〉逝亡〈数月赤痢、年六十六〉、以仁皇子之一男云々、治承宇治合戦之比、為レ遁二時之急難一、剃レ頭下二向東国一、為二俗体一而入洛、建久正治之比、雖レ望二源氏一不レ許、老後住二嵯峨一、以二宗家卿女一為レ妻〈於二心操一者、落居之人歟〉、養二申土御門院皇女一、譲二一所之領一云々、

先にも述べたが、これによれば永万元年（一一六五）誕生となる。定家は縁戚関係(9)があることも加わって、これだけの記事を記し得たものと考えられる。

〔真性〕

真性は慈円の後を受けて建仁三年（一二〇三）に天台座主になった人物である。道尊同様に宮僧正と呼ばれている。

『本朝皇胤紹運録』によれば、「僧真性　天台座主。大僧正。号二書写宮又城興寺一。母民部少輔忠成女」とあり、『明月

記』寛喜二年（一二三〇）七月九日条にも、「常興寺僧正〈三条宮子、母上西門院高倉局《伯父忠成女》〉依二此事一被二終命一云々」とある。「此事」とは咳病を指す。母が定家の伯父の娘であったことから関心が持たれた故に記された情報と考えられる。なお、『天台座主記』には、寛喜二年六月十四日に入滅（六十四）とあり、仁安二年（一一六七）生まれとなる。

〔法円〕

やはり『明月記』寛喜三年（一二三一）九月十八日条に、

桜井僧正去朔比為二湯治一被レ向二摂州山庄一頓滅、法親王（尊性のこと）与二円満院僧正一（良尊のこと）遺跡相論有二喧嘩事一云々、前左府法眼（良禅のこと）又被二相交一云々、僧正不レ被二触穢一、大小内外僧徒之訴訟千万歟、所謂諸苦所因貪欲為レ本而已、

とある。『園城寺伝法血脈』等には寛喜三年九月三日に五十四歳で没したとあることから、治承二年（一一七七）生まれとなる。

他に『本朝皇胤紹運録』には「僧仁誉（寺）」という人物が記される。

仁誉を除き、以仁王の遺児たちは、資料からある程度その動静を確認することができた。これらの遺児は父が以仁王であるからといって、格別に八条院との関係が記されることはないようである。参考までに、次にその生没年をわかる範囲で一覧表にしておいた。

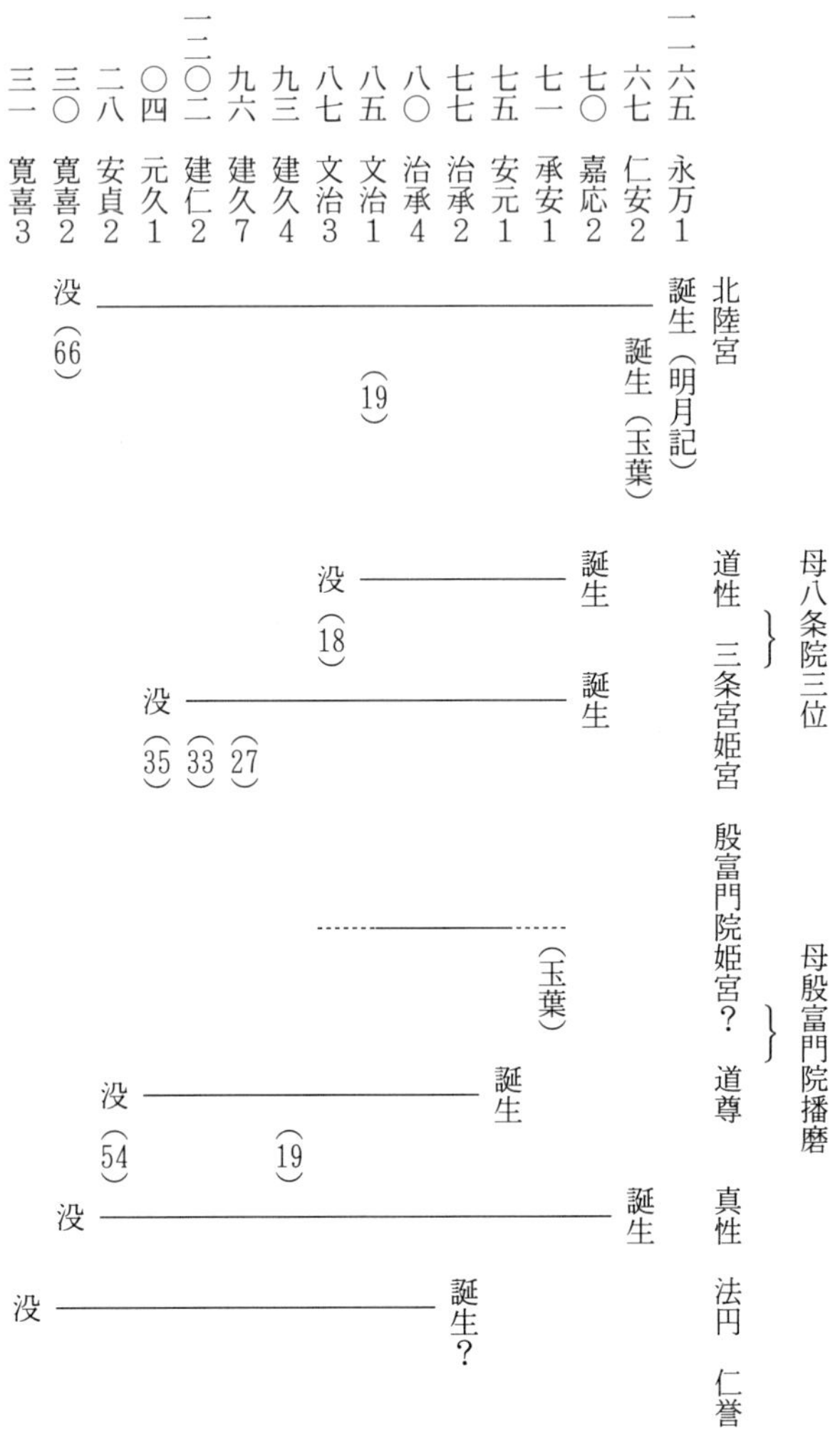

おわりに

結論を繰り返すと、八条院邸で捕縛された若宮は道尊ではなく道性であった。道尊の母は八条院三位ではなく、殷富門院女房である。

道性が早世したこと、名前の似た異母弟の道尊が同じように仁和寺の守覚法親王に弟子入りしていたこと、しかも東寺長者にまでなったこと等から、物語編者は混乱をきたして、道性ではなく道尊の事跡を書き添えたのではないか。また、一二三〇年前後に以仁王の遺児が次々とこの世を去り、以仁王の乱の当事者がいなくなってきている。或いは、編者の責任ではなく、既に遺児の系譜についての混乱した伝承が生まれていたのかもしれない。とすると、この若宮を道尊として紹介する記述は、定家のように道尊や道性のことを知っている人々からの正確な情報の入らない時や場での記述だったということになる。(10) また、八条院の周辺も平家物語の成立に関わって論じられているが、(11) 以仁王の遺児に関する限り、情報の収集源として必ずしも認知するわけにはいかないこととなる。

ところで、源平盛衰記にはこの部分は次のように記されている。

仁和寺ノ守覚法親王ヘ奉渡テ、御出家アリ。御名ヲ道尊トソ申ケル。彼法親王ハ、則後白河院ノ御子ナレハ、此若宮ハ御甥也。御年十八ニシテ隠サセ給ニケリ。又殷富門女院ノ御所ニ、治部卿局ト申女房ノ腹ニ、若君姫君マシ〳〵ケリ。若宮御出家ノ後ニハ、安院宮僧正トソ申ケル。東寺ノ一長者也。姫宮ハ野依宮ト申ケリ。南都ニモ、宮ノ御渡アリ。盛興寺ノ宮ヲハ、書写ノ宮トソ申ケル。又御子一人ヲハシケルヲハ、高倉宮ノ御乳人、(略)

（巻十五「宮御子達」）

盛衰記では、若宮を道尊と記してはいるものの、十八歳で没したとする。これは道性のことを指す。(12) また、次に殷富門院女房腹の子供のことを記す。この女房を「治部卿局」とし、「播磨」ではない点、また、「野依宮」の名前の由来も明らかにできない（なお、覚一本では北陸宮を「野依宮」とする）が、「安院宮僧正」「東寺ノ一長者」とは道尊のことを言う。今までの記述とかなりの部分で共通していることには注目される。盛衰記の独自記事が必ずしもいい加減な情報によって記されているわけではなさそうであることを付言しておく。

注

（1）『尊卑分脈』には、大輔に「道尊僧正母」と注されているが、大輔を道尊の母とすることに関しては森本元子氏『私家集の研究』（明治書院　昭和41）第六章Ⅳ（初出は昭和39・9）や『四部合戦状本平家物語評釈（七）』（早川厚一・佐伯真一・生形貴重氏　昭和62・12）二一七頁ですでに否定されている。森本氏は大輔は道尊の乳母の誤伝とする。

（2）前掲注（1）に同じ。

（3）『玉葉』承安四年二月条、『御室相承記』六、後高野御室等。

（4）『鳥帚　千載集時代和歌の研究』（風間書房　平成7）Ⅴ(2)（初出は昭和46）

（5）なお、『朝日日本歴史人物事典』（朝日新聞社編　平成6）の「八条院三位局」項（五味文彦氏執筆）も、道性・三条姫宮を三位局の子供と記す。

（6）工藤健一氏「呪咀について」（「『明月記』（建仁二年八月）をよむ」解説六〈『明月記研究』1　平成8・11〉）

（7）前掲注（6）に同じ。

（8）「健寿御前のことども」（『王朝の明暗』東京堂出版　昭和52）

（9）

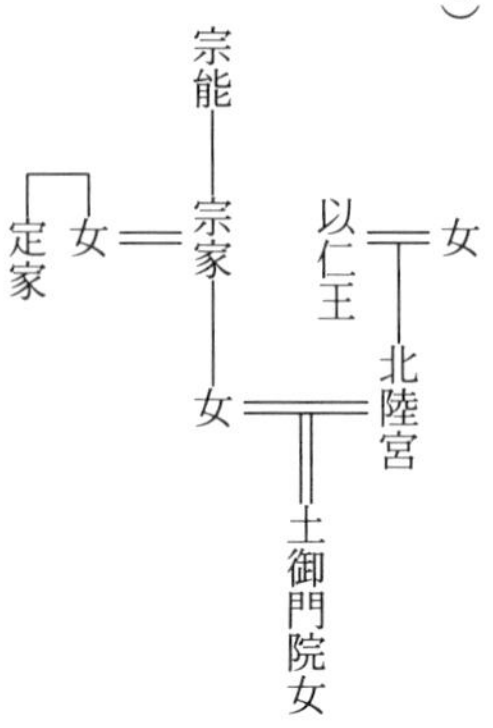

（10）道尊についての一文を編集した時が平家物語生成のどの段階のものなのかはわからない。なお、村上學氏は、「傍系人物三人――消滅した背後説話――」（『説話論集二』清文堂　平成4）で、北陸宮の記事から原平家物語の編集に言及している。

隣り合う記事であるが故に、以仁王の遺児の記述には更なる検討を要しよう。

（11）五味文彦氏『平家物語、史と説話』（平凡社　昭和62）

（12）『源平盛衰記（三）』（三弥井書店　平成6）では、これを盛衰記の混乱と注す。

〔引用したテキスト〕

『明月記』（治承四年は「『明月記』（治承四年）を読む」〈『明月記研究』4　平成11・11〉。健仁二年は「『明月記』（健仁二年八月）を読む」〈『明月記研究』1　平成8・11〉。他は国書刊行会本により、自筆本で確認できるところは『冷泉家時雨亭叢書　明月記』〈朝日新聞社〉等によって校訂した）、『玉葉』（名著刊行会）、『山槐記』（増補史料大成　臨川書店）、以上には適宜返り点を付した。『千載和歌集』（新日本古典文学大系）

〔補足〕

真性、法円については、掲げるべき資料が他にもある。管見に入ったもののうちから若干、次に加える。

真性…『五代帝王物語』、『増鏡』第四「三神山」には、土御門の宮（後の後嵯峨院）が幼少時に真性の弟子になる話もあったことが記されている。

法円…園城寺円満院定恵法親王弟子（『園城寺伝記』六）。高橋典幸氏「「彼孫王」について」（「『明月記』（治承四年）を読む」〈右掲〉解説五）に法円についての閲歴が載る。他に、建久七年（一一九六）四月の定恵没後、天王寺別当を継ぐ筈であった（当時権少僧都）が、兼実が慈円を推したために叶わなかった（『寺門伝記補録』二十　貞応二年七月〈一二二三〉書状）。『比良山古人霊託』には、道家の病因となった諸霊の一人として、「桜井」が記されている。ただし、それほど「強き事」はないとも記されている。『比良山古人霊託』（新日本古典文学大系）では、「桜井」を法円と比定している。

『文机談』によると、琵琶の名手、藤原孝時は十三歳（一二〇一年頃）から十七歳の頃まで「桜井僧正」の童であったという。そしてその当時の桜井僧正の本房は西八条に設けられていたことも記されている。この桜井僧正は法円と比定されてい

る。（『校注文机談』笠間書院　平成元）

〔付記一〕

その１　石井進氏「源平争乱期の八条院周辺――「八条院庁文書」を手がかりに――」（石井進氏編『中世の人と政治』吉川弘文館　昭和63）四三頁に、道尊を道性の誤りかとする指摘が既になされていたことを見過ごしていた。浅学を恥じる。ただ、残念なことに氏は注という制約のせいか、根拠を殆ど示していない。

なお、大原真弓氏は「和州菩提山正暦寺中尾谷と浄土信仰――牙舎利信仰をめぐって――」（「史窓」49　平成4・3）で牙舎利信仰を論じる中で『寺社雑事記』中の文正元年（一四六六）閏二月四日条に言及する。その中に、

私記云、

美福門院女院之姫宮八条女院相次命恭敬供養給而、太皇太后宮権大夫俊盛、師家奉請、承安元年八月廿五日奉請之、後白河院より殷富門院へつたはりまいりて、御ならひし牙舎利をたまはりてさふらひし、返しわたしまいらせて、心蓮房の御本へたしかにまいらせせられさふらひぬ、

建保二年正月廿四日　真如空在判

これは野縁《ノヨリ》殿姫宮御筆の本にてうつすなり、

とある記事を紹介し、石井氏の説を引き継いで考察を加えている。大原氏は野縁殿姫宮を野依宮と同一人物であるとし、野依宮を女性とする盛衰記の記事を支持し、治部卿女、道尊の妹とする。

その２　右掲「『明月記』（治承四年）を読む」解説五では、『明月記』治承四年五月十六日条に記載される「孫王」を道性と比定することに疑義が持たれている。しかし、誰が相当するかを特定するには至っていない。人物比定の当否は後日を期することになるが、道性以外で八条院との関係を有する以仁王の子息を特定し得ない点から見て、道性を否定し去ることは難しいと考える。しかし、もし「孫王」が道性でもないとすると、平家物語の生成について更に新しい問題が生じる。

道性以外に八条院に関係する若宮が更に他に存在したということは何を意味するのだろうか。八条院御所にいたということは道性の同母兄弟と考えることとなろう。が、資料からは八条院との関係からも該当人物を捜し出すことができない。また、捕縛された時点を記す資料から、八条院御所に若宮が二人いたと読み取ることは難しい。すると、八条院御所に道性はいなかったということになる。考えられる理由としては既に出家をしていた可能性があろうか。

以上は「孫王」が道性ではないと仮定した場合に想定される仮説を記したものであるが、もしそうであるとすれば、平家物語では、八条院のもとから連れ去られた若宮があったという事実から、それを八条院三位腹の道性のことと認識して仁和寺での出家を記し、更に道尊と誤解して人名比定を行なったということになろうか。尤も、平家物語の作者（改編者）が所有していた情報がどの段階のものかは考えるべきであろう。しかしながら、この事実関係からすると、八条院周辺に生成を追うことはますます難しくなっていく。後考を俟つこととしたい。

〔付記二〕

殷富門院（当時は前斎宮亮子内親王）のもとに養われていた姫宮の記事を『明月記』治承四五年記から示したが、これらの記事を誤読している可能性――亮子内親王が姫宮を養っていたのではないこと。また、健御前が抱いていた姫宮も以仁王女でない可能性もあること――が指摘された（前章〔付記二〕参照）。論旨とは関わらないが、参考のために記しておく。

〔付記三〕

木曾義仲に担ぎ出された北陸宮を、通説に従って、『明月記』寛喜三年七月十一日条の「嵯峨孫王」と同一人物として論述したが、これも疑問なしとは言えない。後考を俟つこととする。

第三章　行隆院宣の考証

はじめに

以仁王事件の展開については多くの先学の論があるが、延慶本にはいくつかのグループ分けされる素材が確認されるようであり、その一に文書があげられている。(1)延慶本巻四―十四「三井寺ヨリ山門南都ヘ牒状送事」には、治承四年五月におこった以仁王の謀叛事件に際し、朝廷から比叡山に出された院宣が二通載っている。しかし、長門本、源平盛衰記まで含めると、合計三種類の院宣が確認される。このような文書は平家物語の資料蒐集の問題、また、延慶本の原資料を取り込む姿勢を示すものの一として扱われている。が、これら三通の院宣自体の平家物語の中での機能については言及されていない。そこでまず、これらに注解を施し、次いで内容を検討する。次に、物語の展開を離れ、院宣の内容そのものを史実と対照しつつ、諸本の異同等によって生じた内容、表現、日付の問題から検討して三通の院宣の真偽を問う。その上で、物語として院宣がどのように機能しているのか、諸本における院宣の位置を考えることとする。また、これらの奉者が藤原行隆であることも平家物語の成立に関する問題を孕む。そこで、最後に行隆の問題にも言及する。

一、院宣注解

三通の院宣は、左表に掲げる順序で記される。

	延慶本	長門本（巻八）	盛衰記（巻十四）	備考
〔1〕	16日付			明雲あて
〔2〕		25日付	24日付	明雲あて
〔3〕	22日付		24日（蓬左本22日）	あて名なし

長門本は一通のみで、延慶本とは重ならず、盛衰記はその長門本と同じものと延慶本の二通めが記される。まず、延慶本に載る二通を〔1〕〔3〕として先に載せ、次に延慶本にはないが長門本、盛衰記に載る一通を〔2〕として載せる。これらの本文（二本に載る場合はその異同を記す。なお、私意に句読点を施した）、及び校異、語注、書き下し、大意、備考、要約を記す。

〔1〕

延暦薗城両寺ノ凶徒、日来有計義一之由雖令風聞、更無信用一之処、三井ノ僧侶既招寄テ勅勘人一ヲ入居寺中二丁、結構之至忽以露顕ス。争被牽一寺姦濫ヲ同可蒙八虎之罪科哉。且尋実否一ヲ、且ハ加ヘシ禁遏一ヲ。者レハ依　院宣ニ言上如件。

五月十六日　　左少弁行隆

進上天台座主御房

〔語注〕

○**計義**　はからい議すること。相談すること。また、そのはかりごと。相談。（日本国語大辞典）○**丁**　「了」か。北原保雄・小川栄一編『延慶本平家物語』では『類聚名義抄』により、「丁」を「アツル」と読む。○**姦濫ヲ**　「姦濫ニ」か。「姦濫」はよこしまで乱れる。邪悪で道にたがふ。（大漢和辞典）○**八虎**　八虐か。「八虐」は大宝・養老律の罪で、最も重いとされた八種の罪。謀反、謀大逆、謀叛、悪逆、不道、大不敬、不孝、不義をいう。（日国）○**禁遏**（きんあつ）　おさへつけてとどめる。禁止。（大漢和）

〔書き下し〕

延暦・薗城両寺の凶徒、日来計義有るの由風聞せしむといへども、更に信用無きの処、三井の僧侶既に勅勘の人を招き寄せて寺中に入居しをはり、結構の至り忽ちに以て露顕す。いかでか一寺の姦濫に牽かれて同じく八虐の罪科を蒙るべけんや。且は実否を尋ね、且は禁遏を加ふべし。てへれば院宣に依て言上件の如し。

五月十六日　左少弁行隆

進上天台座主御房

〔大意〕

延暦寺、園城寺の両寺の凶徒が日頃謀叛の計画を立てているという噂があったが、全く信じていなかった。ところが、三井寺の僧侶が既に勅勘の人〈以仁王〉を寺の中に入れ、準備をしていることが明らかになった。どうして三井寺の奸計に同調し三井寺と同様に八虐の罪を受けてよかろうか。真相を尋ねると共に鎮圧しなさい。以上を院宣によって言上いたします。（日付以下省略。以下同じ）

〔要約〕

三井寺の行動に追随しないように。不穏分子を捜索し、騒動をおこさないうちに鎮圧するようにとの明雲への命令書。

〔3〕（盛衰記は古活字版を以て対校、蓬左本を校異に記す。）

（盛）園　衆　×××等（オイコミ）
（延）薗城寺悪徒謀逆事

×××××× ×× × × ×　之
右日来雖被宥仰尚モ背ク　勅命一ヲ。於今者可被遣追討使一ヲ也。一寺滅亡雖歎思食一、万民之煩不可黙止一ス歟、誠是魔縁ノ

× 界 × × 異 × × × ××××××××× × ×××
結構盍レソ仰仏境之冥助一ヲ哉。満山ノ衆徒一口同音ニ可令祈申一サ、兼又逃レ去之輩定向ソ叡山一ニ歟。殊ニ存シテ用心一ヲ可

××××××××××××大威徳供、可被始行之由依院宣言上
令警衛之由可令告廻三山一ニ給一。者依　新院御気色一ニ上達　如件

四

五月廿二日　左少弁行隆　奉

〔校異〕
思食（蓬左本・覚食）　廿四（蓬・廿二）

〔語注〕
○**一口同音**　おおぜいの人がそろって同じことを言うこと。異口同音。（日国）

〔書き下し〕

薗城寺の悪徒謀逆の事（等）、

右、日来宥め仰せらるるといへども、尚も勅命を背く。今においては追討使を遣はさるべき也。一寺の滅亡を歎き思しめすといへども、万民の煩を黙止すべからざるか。誠に是魔縁の結構、なんぞ仏境の冥助を仰がざらん哉。満山の衆徒一口同音に祈り申さしむべし。兼ねては又逃れ去る輩、定めて叡山に向かはんか。殊に用心を存じて警衛せしむべきの由、三山に告げ廻らしめ給ふべし。てへれば新院の御気色によりて上達（大威徳供、始め行なはるべきの由院宣に依って言上）件の如し。

五月廿二（四）日　　左少弁行隆

※傍線部分は延慶本独自部分。括弧内は盛衰記独自部分。

〔大意〕

園城寺の悪徒の謀逆については、今まではなだめすかしていらっしゃったが、尚も勅命に背く。今においては追討使を派遣されるにちがいない。三井寺の滅亡を嘆き思しめすとはいえ、万民の煩いになることを思えば、見過ごすわけにはいかないだろう。本当に、これは魔縁が企てたことだ。どうして仏の助けを仰がないでいられようか。全叡山の衆徒に、一斉に祈らせよ。また、逃げてきた人々はおそらく比叡山に向かうだろう。殊に用心し、警護に気をつけるように、三山に告げ廻らせよ。以上のことを新院の御意向によって、このように知らせます（大威徳の法を行ない始めるよう、このように院宣によって言上します）。

〔要約〕

三井寺の暴走は許容できない。比叡山の祈禱の力に縋りたい。（更に延慶本では加えて、逃亡者を匿わないように警戒するように。）

〔2〕（長門本に拠る。長門本は岡山大学本を用いる。）

（盛）　元 ××——也　乎箇　法 鬱× 同意 虐 忽
（長）園城寺者、本是可謂謀叛之地。誠哉此事。非寺之訴、非人之訴訟、八逆之輩恣失皇法、欲滅仏法。早今
具可被 ×　×党　蓋誡　凶徒等
日中企登山、勅定之趣　仰聞衆徒、内祈善神、外降伏悪魔耳。抑深懸叡念於叡山、盍随一寺於一門。其上以兵甲
忽被責兵甲者　遁隠　兼得 ×意×慥可令　××守　件　|
防凶徒、定隠遁山上歟。以此之旨兼被　守護。者尤可宜　院宣之趣之状如斯。仍言上如件。

四
治承四年五月廿五日　左少弁行隆奉

天台
謹上　山　座主御房

〔校異〕

元（蓬左本・・本）　謀叛之地（蓬・・謀叛地）　蓋（蓬・・盍）　仍（長門本の内国書刊行会本・・而）

〔語注〕

○**悪魔**　盛衰記は「悪党」。「善神」と対になっているので、「悪魔」を採る。○**以兵甲防凶徒**　次に「者」がおちているか。○**兼被守護**　「兼可被守護」か。○**可宜院宣之趣**　「可宜守院宣之趣」か。

〔書き下し〕

園城寺は、本是謀叛の地と謂ふべき（也）。誠なるかなこの事、寺の訴に非ず、人の訴訟（法の鬱）にあらずして八逆の輩（に同意し）ほしいままに（たちまちに）皇法を失い、仏法を滅せんと欲す。早く今日中に登山を企て、勅定の趣を（つぶさに）衆徒に仰せ聞かせ（らるべし）、内に善神に祈り、外に悪魔を降伏するのみ。そもそも深く叡念を叡山に懸く。なんぞ一寺を一門に随はせ（誡め）ざらん。其の上、兵甲を以て凶徒を防げば（凶徒等たちまち兵甲に責めらるれば）、定めて山上に隠れ遁るるか。此の旨（意）を以て（得て）兼ねて守護せらるべし。てへれば尤も宜しく院宣の趣を守るべきの状かくの如し。仍て言上件の如し。

治承四年五月廿五（四）日　　左少弁行隆奉

謹上　山（天台）座主御房

※傍線部分は長門本独自部分。括弧内は盛衰記独自部分。

〔大意〕

園城寺はもともと謀叛の地である。この事は真実である。寺から訴え出たのでもなく、また、誰かが訴えた（法の規制に憤懣を感じた）わけでもなくして八逆を犯す人々は（に賛同し）、ほしいままに（たちまち）皇法を失い、仏法を滅ぼそうとしている。一刻も早く、今日中に比叡山に上り、勅定の趣旨を（逐一）衆徒に仰せ聞かせ、内には善神に祈り、外には悪魔を降伏しなさい。そもそも叡念は比叡山に深く懸けていらっしゃる。一寺〈三井寺〉を天台宗一門全体に従わせられないことがあろうか。その上、武士が凶徒を防ごうとすれば、凶徒はきっと山上に隠れ遁れるだろう。そのところをよく心得て、山を守護なさい。きっと院宣の趣を守るようにとの状、このように言上いたします。

〔備考〕

「失皇法、欲滅仏法」の主語は誰か。長門本に即して言えば「八逆之輩」であり、盛衰記に即せば「同意八逆之輩」に相当する。結論としては、どちらにしても、三井寺の衆徒、或いは以仁王他の謀叛を起こした人々と解したい。比叡山の衆徒とも考えられようが、比叡山の衆徒のことはそのすぐ後に「衆徒」と称しているし、また、「凶徒」とは三井寺の謀叛の人々を指すと考えられるので、「失皇法、欲滅仏法」人は、同じく三井寺の衆徒と考える。なお、盛衰記に従えば、「八逆之輩」は以仁王とその周辺を指し、それに「同意」したのが三井寺の衆徒となろうか。

〔要約〕

三井寺を非難し、衆徒に勅定を伝えるよう要請。祈禱、三井寺の説得、凶徒が逃げ込んできた時の対策を要求。

二、史実を振り返る

以仁王の謀叛が発覚し、五月十五日夜に以仁王（高倉宮）の配流が決定するが、家宅捜索も既に虚しく、逃げ去った後であった（『玉葉』『山槐記』『明月記』他。以下「玉」「山」「明」と略す）。翌十六日は高倉宮及び子女を捜索中（玉・山・明）である。宮が三井寺に逃げ入ったとの報が入るが、「衆徒不レ奉レ出、不レ用二宣旨一云々」（山）と記される。十五日に以仁王配流が決定した時に、追討の宣旨が発行されたのであろう。また、「彼寺衆徒守護、可レ奉三将登二天台山一、両寺大衆可レ企二謀叛一」（玉十六日条）と、三井寺と比叡山の衆徒との合流も噂されている。

十七日には新院の許で議定が行なわれ（山）、興福寺には御教書が出される。それには、「園城寺衆徒輩猥背二勅命一、延暦寺衆徒又可二同心一之由風聞、此事定牒送専レ寺歟、不レ可二同意一云々」（山）とある。「勅命」とは、十五日の以仁王に配流を命ずる際に出された以仁王追討の宣旨を指すのであろう。この日にも延暦寺が三井寺と行動を共にする噂があったことが記されている。また、『玉葉』には「（邦綱より）高倉宮登山、可レ被レ引二籠無動寺一之由風聞、仍被レ申二彼山検校七宮一之処、不レ可二与力一之由、件寺住侶等、進二請文一了、仍七宮之辺、不レ可レ有二殊恐一云々」（十七日条）との情報が入り、やはり宮が比叡山に逃げるという噂があったことが記されている。『玉葉』には七宮（前座主覚快法親王）が朝廷のために尽力している旨が記されているが、朝廷が比叡山の衆徒の動向に敏感になっている様がよく窺える。夕方には三井寺僧綱十人が召され、寺に衆徒説得のための派遣が命ぜられている（山）。そして続いて「又召二山座主僧正明雲一、可レ止二山僧同心一之由被レ仰云々」と、明雲が召され、山の衆徒を抑えるように命ぜられた記事が載る。なお、この『山槐記』十七日条は延慶本にほぼそのまま引用されている。

十八日にも公卿達が新院御所に祗候する。前日に命令を受けた「園城寺僧綱等、依二新院仰一、向二専寺一」（山）が、拒絶される。十九日には「山門不レ可二与力一之由、頻被二制抑一、仍如二只今一不レ然云々、但東光房珍慶一類、猶可二与力一由云々、或説園城寺牒二送南都一云々」（玉）とあり、十七日の明雲への命令が功を奏したのか、山門への圧力が辛うじて成功している様が記される。

そして二十一日には、「今日可レ攻二園城寺一之由、被レ仰二武士等一、明後日可二発向一云々」（玉）と、追討使派遣、二十三日発向が決定する。しかし二十二日には頼政が三井寺に逃げ去る（玉・山・明）。また、「邦綱卿於二門下一、令レ見二消息一通一、予披レ之処、山大衆三百余人与力了之由、山僧之消息也、驚思無レ極、（略）奈良大衆蜂起（略）」（玉）と、なお比叡山の衆徒の不穏な動きが記され、明雲が未だ山の大衆を掌握しきっていない様子が窺える。二十三日には、二十六日に南都大衆入寺の噂、福原へ行幸・御幸の噂（玉）が飛び交い、世情が混乱を窮めている。

『玉葉』二十五日条には、「昨日座主登山、山僧可レ攻二三井寺一之由、為二相語一云々、過半有二承諾一之由風聞」、『山槐記』二十六日条には、「日来延暦寺衆徒有二同心之疑一、而昨朝、座主僧正明雲登山制二止此事一、一向承伏、（以仁王は）聞二

此旨一忽被レ向二南都一云々」とあり、二十四日、若しくは二十五日朝には明雲は登山し、一応大衆の動きは鎮静に向かった。

二十六日には宇治川で合戦が行なわれ、頼政他が討死し、宮もやがて殺され、事件は終息する。

三、各院宣の検討

(一)〔1〕の院宣について

史実によると、十七日に明雲が召されて仰せを蒙っている。また、同日に興福寺に出された御教書には延暦寺が三井寺に同心のことが記されている。〔1〕はこれと対をなすものと考えられるところから、〔1〕の十六日発行は十七日の方がふさわしいかとも思われる。また、後述するが、延慶本では、『山槐記』の十七日の記事を引用した後に〔1〕を載せている。今井正之助氏は、〔1〕の十六日付を「不審」とし、[2] 五味文彦氏は〔1〕を「十七日の誤り」としているが、[3] 以仁王追討の宣旨が下された（十五日か）後、まもなく明雲あてに院宣が出されていたと考えてもおかしくはない。既に十六日の時点で三井寺と比叡山との合流が噂されていた。十七日の議定の前に比叡山の牽制を画策して文書を認めておき、実際に明雲に下したのが十七日であったとも考えられよう。〔1〕の内容もそれにふさわしい。〔1〕は十七日付であった方がよりふさわしいのだろうが、十六日であったとしてもほぼ妥当な日付と考えられる。

(二)〔3〕の院宣について

次に、〔3〕を考える。まず、日付の問題を検討する。盛衰記では〔3〕は〔2〕に続けて載っているのだが、古活字版では「廿四日」付であり、蓬左本では「廿二日」付である。延慶本も「廿二日」付であり、蓬左本と延慶本の日付が一致している。これは偶然であろうか。この日付は問題であろう。盛衰記では蓬左本が「廿四日」を「廿二日」に改めたことも考えられようが、すぐ前に載せる〔2〕の「廿四日」の日付よりも溯る日付に後続の文書を書き改めるだろうか。それよりも古活字版の方が、「廿二日」とあった〔3〕を前の〔2〕の「廿四日」の日付にあわせて書き改めたと考えた方が自然であろう。盛衰記は編集過程の何らかの理由で、二十二日発給の〔3〕を二十四日発給の〔2〕の後に置いた。蓬左本ではそのままに写したが、古活字版では体裁を整えるために書き直したという可能性が考えられる。

『玉葉』の二十二日条まで続く連日の比叡山に関する不穏な状況は、院宣の発給の蓋然性を充分に保証するものであろう。特に、二十二日には頼政が行動をおこし、朝廷の人々を驚愕させている。以仁王側をこれ以上力付かせないよう、比叡山対策が急を要したと考えられるので、二十二日の日付は蓋然性に富むものと思われる。しかしながら、史実から考えると、「廿四日」でも齟齬を来たすわけではない。この限りでは、〔3〕は、二十二日、二十四日のどちらに出されたのかは決定できない。

次に、文言から考えてみよう。〔3〕には、「(三井寺は)尚モ背ク勅命一ヲ。於今者可被遣追討使一ヲ也」とある。これは、三井寺に勅命を下したが、効を奏さず、まもなく追討使発遣があろうという時間的経過の中での発給と判断される。確かに、『山槐記』十六、十七日条に、三井寺が勅命に背くことが記されており、また二十一日に、二十三日に追討使が発遣されることが決まった事実とも符合している。事件の渦中の一点を示す文書として十分に納得されよう。二十二日発給とすれば、まさに二十一日の発遣決定を受けたものと解され、まことに都合がいい。ただ、実際の発遣は二十五日であったと思われるので、二十四日発給であっても、そぐわないわけではない。

次に、内容について見ると、盛衰記では、「満山衆徒異口同音可レ令二祈申一、又大威徳供、可レ被二始行一之由」と、祈禱を要請している。延慶本には盛衰記後半の「大威徳供、可レ被二始行一之由」はなく、その代わりに更に、「逃レ去之輩定向ン叡山一ニ歟。殊ニ存シテ用心一ヲ可令警衛之由可令告廻三山一ニ給一」と、逃亡者への警戒の言が加わっている。内容としては、三井寺への派兵を前にして、暗に三井寺に加担しないように圧力をかけつつ、衆徒に平和を祈らせ、延慶本では加えて逃亡兵に注意を払わせようというものである。どちらにも充所が記されていないが、比叡山の衆徒を牽制するために明雲を通じて命令したものと考えられよう。

延慶本、盛衰記のどちらの文言が本来の形であったのだろうか。また、後述するが、右掲延慶本の独自の文言のうち、特に傍線部分は〔2〕の「定隠二遁山上一歟。以二此之旨一兼被二守護一」と表現が類似する。これをどのように考えればよいのだろうか。或いは〔3〕は二種類あったのだろうか。

二種類あったのならば、延慶本と盛衰記とではそれぞれ院宣の入手経路が異なっていたということになる。ただし、全く異なるものならともかく、一部分を除いては殆ど同様の文書――充所がないところまで一致している――を異なる経路で入手したと考えるのはやや不自然であろう。類似の院宣が二種類あったとする可能性は除外してよかろう。

もし延慶本の形が正しいとすれば、盛衰記は延慶本の形の〔3〕の院宣から逃亡者に関する部分を削ったということになる。一方、盛衰記の形が正しいとすれば、延慶本は盛衰記にない部分を〔2〕から〔3〕に盛り込んだことも考えられる。〔3〕の形については〔2〕の検討を待ち、各本の展開から検討を加えることによって結論を出すことにする。

以上、〔3〕については、二十二日発給とする方が可能性が高いが、決定には至っていないこと、延慶本、盛衰記の本文に揺れがあること、この二つの問題を示した。

㈢　〔2〕の院宣について

〔2〕は延慶本にない。赤松俊秀氏は、〔2〕は〔3〕の「本文を一部作り変えて」収録したものと考え[4]、今井氏は、長門本の〔2〕を、延慶本の〔1〕に〔3〕の「内容を加え、再構成したものというべき」[5]としている。確かに〔2〕には〔1〕〔3〕と重複する言辞があり、内容上も問題を残す。何よりも延慶本に存在しないことが問題であろう。しかし、〔2〕は本当に作り変えられたものであろうか。もう一度検討を重ねていきたい。

まず、日付は如何だろうか。長門本は「廿五日」、盛衰記は「廿四日」である。「早今日中企㆓登山㆒」とあり、これは明らかに明雲への命令である。史料から見るに、明雲が登山をしたのは二十四日か二十五日朝である[6]。今日中に登山せよという院宣との照応を考えると、二十四日の登山ならば勿論、二十五日でも朝の登山ならば、院宣の出されたのは二十四日と考えた方がより相応しいのではなかろうか。

次に、内容を見ていく。園城寺を冒頭から「謀叛之地」と決めつけ、全体的に語調が激しく、三井寺非難の傾向が強い。また、何の説明もなく謀叛軍を「八逆之輩」と記している。長門本のようにこれ一通のみであるとすると、また、盛衰記のように初度の書状だとすると、随分唐突な書き方である。「勅定之趣仰㆓聞衆徒㆒」とあるのも何についての「勅定」なのか、これだけではわかりにくい。これが一通だけ、或いは初度のものだとすると、「勅定」とは後半に記される祈禱、三井寺説得、逃亡兵対策と解釈する他はない。が、書式、内容共に不完全の感は否めない。しかし、もしも「勅定」の書かれた院宣が先にあればどうであろうか。既に〔1〕〔3〕が先に出されていることは日付から推定される（尤も〔3〕には二十四日付の可能性も皆無ではないことは前述したが）。直前の院宣は〔3〕である。〔2〕に言う「勅定」は〔3〕の内容を指すことになろう。〔3〕には〔1〕に続いて事件の経緯が書かれているので、〔2〕が三井寺を「謀叛之地」と書き出しても受け入れやすいし、「八逆之輩」も「八虎（虐）之罪科」として類似の語が〔1〕に既に用いられており、通じやすい。また、「早今日中企二登山一、勅定之趣仰二聞衆徒一」は先に出された勅定の内容を衆徒に聞かせるように明雲に命令したものである。そして、更には三井寺を説得するように、また凶徒が逃げ込んできた時の対策の要求までが加わるわけである。〔2〕は〔1〕〔3〕、特に〔3〕の院宣が先にあれば通用するものである。先立つ院宣に加え、明雲個人に催促を兼ねて、重ねて出された命令書と考えればよい。

　このように考えてくると、〔2〕を、あえて〔3〕の作り変え、或いは〔1〕〔3〕によって再構成された文書と考える必要もなかろう。しかし、本来は〔3〕の一通ですむにも拘らず、類似の〔2〕を再度出しているのはなぜだろうか。〔2〕の文面からは、特に明雲の速やかな登山を要求する督促を目的としていると考えられる。明雲は〔1〕を下されても、また、衆徒の行動を規制しようとした〔3〕を下されても、自らは登山せずに洛中から坊官を使いに出すことによってのみ衆徒の鎮静を計っていたのではなかろうか。そのために衆徒を完全には掌握できず、その及び腰の姿勢に苛立った朝廷が「早今日中企二登山一」と、直接明雲の登山を要求してきたものと考えられる。従って、〔3〕と〔2〕には、発給の日時に若干の差があると考えた方がよかろう。よって、〔3〕は二十二日付が正しいと考える。〔3〕が明雲を通じて衆徒への要請を内容としたものであるのに対し、〔2〕は〔3〕を衆徒に聞かせ、祈禱に励むようにと特に明雲に対して督促したものと考えられる。なお、この点からすると、〔3〕の内容が〔2〕と重複するのも当然であり、延慶本の〔3〕の形態を本来の形としてよいかとも思われる。この点については次節で更に検討を加えることとする。

(四)　まとめ

以上、〔1〕〔3〕〔2〕の院宣を史実と対照させることによって内容を検討した。その結果、〔3〕については延慶本の本文の方が本来の形に近いと推測され、〔1〕〔3〕〔2〕はそれぞれ実在した文書であるとして不都合はないこと、十六、二十二、二十四日とそれぞれの状況に従って、立て続けに出された院宣と考えてよかろう。

しかし、疑問は更に広がる。それは、もし〔2〕が〔1〕〔3〕と同様、当時発給された院宣であるならば、なぜ延慶本にはないのか、そして盛衰記、長門本が引用できたのは何故か、という点である。三本の関係については基本的に延慶本が古態を有し、長門本は延慶本と祖本を同じくするものの、現長門本の成立自体はかなり下るとされ、盛衰記については定説を見ていない。(7) が、延慶本に載らない文書を長門本、盛衰記が載せ、しかもそれが史実として存在したものであるということからは、次の二つの可能性が考えられよう。一つは長門本、盛衰記が後に〔2〕をどこかから捜し出して補った。また一つは、現延慶本を溯る平家物語に三通の院宣が載っており、そこから現延慶本は〔1〕〔3〕を選択し、或いは何らかの理由で〔2〕を脱落させ、長門本は〔2〕のみを、盛衰記は〔2〕〔3〕を選択した。〔3〕の文言の問題や新たな疑問を少しでも解決するために、次に、史実から離れ、諸本が各院宣をどのように扱っているのか、三本の内容から院宣を検討していく。

四、物語の中で

諸本それぞれに即して、平家物語の中においた時にそれぞれどのように考えられるのか、また、続いて平家物語における院宣の機能を検討する。

㈠　延慶本の展開

延慶本は以下のように展開する。三井寺は比叡山、興福寺に牒状を送る。興福寺からは返書が届く。更に興福寺から東大寺へ牒状が出される。この四通の牒状が記された後に先述の『山槐記』十七日条がほぼ同文に近い状態で記される。その最後を「又座主明雲僧正ヲ被召一テ、山門不可同心之由ヲ、被仰下ケリ」（『山槐記』該当記事は前述）とし、続けて「其状云」として〔1〕を載せる。地の文から〔1〕への展開は日付の逆行を除いては自然なものである。〔1〕の次には「山門ニハ、薗城寺ヨリ牒状送リタリケルニハ、可奉同心之由、領掌シタリケル間、宮、力付テ被思食一ケルニ、山門ノ衆徒心替リスル歟ナト、内々披露シケレハ、ナニトナリナムスルヤラムト御心苦ク被思食一ケリ」と記す。衆徒の心変わりの情報が記され、〔1〕の院宣が効力を発しつつあるかのようにも読み取れるが、これは宮（以仁王）が主語となる文であり、朝廷の山門への働きかけを描く中にあっては些か連続性を欠く。また、三井寺からの牒状に対する山門の反応や、また院宣への反応が書かれていないので、「山門ノ衆徒心替リスル歟」と書かれるのも些か唐突であり、これも不連続性を感じさせる。

ともかく、このような宮の心境を記した後に、「重テ又山門ヘ院宣ヲ被成下一。其状云」として〔3〕を載せる。〔3〕の院宣の次には、三井寺から送られてきた牒状への比叡山の衆徒の反発が記され、「（三井寺が）以テ恐惶之思ヲ致サ恭敬之詞一者、可シ令同心一、不然者、不可与力一由シ申ケルトソ聞エシ」と、同心しない旨が記される。これは、繰り返すが、院宣に対する反応ではなく、それ以前の三井寺からの牒状に対する反発であり、〔3〕とのつながりはない。

〔1〕の院宣の位置、内容はそれほど不自然ではないが、その後の展開は、材料を切り継いだままであり、未整理な状況を残している。院宣がどのような効果をもたらしたのかも明らかではない。このような雑駁な展開の中で、しかも展開と直接に結び付いた内容ではない〔3〕に延慶本が独自に文言を加えることは可能であろうか。〔1〕〔3〕の院宣は、朝廷から山門に院宣が出されたという事実の提示に重点があると思われる。つまり、延慶本に置かれた〔1〕〔3〕、特に〔3〕の院宣には内容に手を加える必然性は展開上からは見出せない。よって、素材をそのままに書き写したものと考えてよいのではないか。

(二)　長門本の展開

長門本では、二十日に頼政たちが三井寺に入り、木の下の話が語られる。次に、「山門ならひに南都の大衆同心のよし、その聞えあり。山へは太政入道、座主めいうん僧正をあひかたらひ奉て」山門に米一万石、美濃絹三千疋を送る。その「米、絹をくらるゝ状云」として〔2〕を載せ、「是によて座主とうさんし給ひて、衆徒等をなため制し給ひけれは、山門いよ〳〵よりきせさりけり」とする。清盛が明雲と結託したことを記すものである。しかし、「米、絹ををくらるゝ状」であるにも拘らず、〔2〕は院宣であり、内容と照応しない。赤松氏は更に〔2〕に米絹について触れられていない矛盾を指摘する。[8] 長門本は、物語の展開上、書状を載せる必要によってのみ〔2〕をここにおいたと考えられる。しかし、なぜ〔2〕を選んだのであろうか。そこで、〔2〕の「早今日中企登山」の語が「是によて座主とうさんし給ひて」と僅かに呼応していることに注目したい。長門本が内容としては照応しない〔2〕をここにおいた理由はこの一句にあると考えられる。長門本は、山門の衆徒の買収を座主の登山とつなげるために、〔2〕の院宣の中の一語を利用したのではなかろうか。

このように長門本の展開と〔2〕の内容とは殆ど無関係である。よって、長門本〔2〕は基本的に史料がほぼそのまま転載されていると考えられる。なぜなら、作り変えられたものならば、もう少し、内容に合致するものとなっていると考えられるからである。

㈢　盛衰記の展開

盛衰記では延慶本と同じく、四通の牒状を載せた後に院宣を載せるが、その扱いは全く異なり、長門本と共通する。上総介忠清が清盛に、座主を用いて衆徒を説得することを提案する。「殊ニ山法師ハ、詐安モノソト申ケレハ、可然計ヒ申タリトテ、先院宣被下状云」（古活字版による。蓬左本も表記法の相違のみで他は同じ）として〔2〕を載せ、続けて「猶重タル院宣云」として〔3〕も載せ、「ト有ケレハ、座主登山有テ衆徒ヲ宥制シ給ヒケル上ニ、事ヲ往来ニ寄テ」米、絹を差し出して衆徒を心変わりさせる。そこで衆徒は詮議をして、牒状への反発を持ちだして、それを表向きの理由として三井寺に同心しないことを決める。

盛衰記では、「重タル院宣」として〔2〕と〔3〕とを併置して扱っている。内容の上から〔2〕が初度であるのはおかしいことは先に述べた。その点では正確さに欠けていよう。しかし、長門本のように、院宣を「米、絹をくらるゝ状」として扱ってはいない。買収事件に接してはいるものの、院宣と買収事件とはそれぞれ別個の行為として扱っている。「先院宣被下」や「衆徒ヲ宥制シ給ヒケル上ニ」という書き方からそのように読み取れよう。盛衰記では、明雲には院宣を以て衆徒の説得を命じ、次に衆徒を米絹を用いて懐柔する、という展開をみせる。なお、院宣のあとに「ト有ケレハ、座主登山有テ衆徒ヲ宥制シ給ヒケル」とあるのは、長門本と同様、〔2〕と照応する。盛衰記は〔2〕〔3〕の内容と物語の展開との間に齟齬を来さないような配慮が見られる。

してみると、三本の中で、院宣の内容と物語の展開との隔たりを解消して最も整理されているのが盛衰記であると言える。すると、盛衰記が院宣を〔2〕〔3〕と続けるに際して表現を整理し、重なる文言を省略した可能性が考えられる。しかも、長門本が〔2〕しか載せていないこと、盛衰記の二通が時間の順序になっていないことを勘案すると、盛衰記は〔2〕に主眼をおき、院宣そのものの権威を増大させるために〔3〕を加えたと考えられる。〔3〕はまさしく「重ねて」同趣の内容をくり返し、増幅効果を狙ったものではなかろうか。[9]

㈣　延慶本における買収事件の展開

それでは、長門本、盛衰記共に載せていた買収事件について延慶本はどのように記しているのだろうか。

延慶本では、これを院宣の記されていた巻四―十四「三井寺ヨリ山門南都ヘ牒状送事」から一章段を隔てた同十六「大政入道山門ヲ語事」に置く。内容的には長門本、盛衰記に類似し、三本とも明雲を語らったのは清盛とされているが、延慶本は次のように展開する。

清盛は、忠清の入れ知恵によって米絹を送って山法師を「スカス」のであるが、「山ノ往来ニ近江米三千石ヨス。解文ノ打敷ニ、織延絹三千疋差副テ、明雲僧正ヲ語奉テ、山門ノ御坊ヘ投入ル」と記される。解文とは「下級の者が上申する際に用いた文書」(『国史大辞典』「解状」項)様式で、院宣とは全く異なる。延慶本では、解文の内容までは記していないが、清盛が明雲に充てて出した書状を「解文」と称したと理解される。

この延慶本の「解文」に相当する文書として長門本が院宣を一通流用したとすれば、長門本の〔2〕の位置が納得できよう。院宣を記しつつも、「米絹ををくらるゝ状ニ云」としたのは、「院宣」の権威よりも、それらしき「書状」が必要とされたことを示している。しかも、長門本は明雲自身に登山を命じた院宣を選んでいた。長門本、盛衰記には見いだされた〔2〕と呼応した表現——是によて座主とうさんし給ひて云々——に相当する表現が延慶本の地の文にないのは、明雲登山記事が〔2〕に応じて作り出されたものであると考えてよかろう。

以上より、実際にあったことかどうかは別問題として延慶本の如き買収事件の記述が本来であり、そこに長門本は院宣を割り込ませて、明雲の登山と関連づけたものと考えられる。[10]

㈤　ま と め

以上、諸本における展開から院宣の物語における機能を検討してきた。その過程において、〔3〕は盛衰記よりも延慶本の方がほぼ原型をとどめており、〔2〕も史料をほぼそのまま転載したと考えられること、盛衰記の〔3〕は補入的位置づけにあり、文言にも手を加えていることを推定した。また、盛衰記は〔2〕〔3〕を明雲に対する命として位置づけ、院宣によって明雲が登山した後に買収事件を起こすとしているのに対し、長門本では、院宣を買収の消息として扱い、本来の内容とは齟齬していることも指摘した。しかし、前節末で提示した疑問——〔2〕が何故延慶本にないのか、或いは、長門本・盛衰記が〔2〕をどのような経路で流入させたのか——は如上の考察では明らかにし得なかった。勿論様々な可能性が考えられる。たとえば、前節末に掲げたように、長門本や盛衰記が引用し得る別個の資料に拠ったことも考えられよう。が、三本を溯る形に〔1〕〔3〕〔2〕と存在したと考える方が三本の関係から見ても可能性が高いのではなかろうか。しかし、それでは、〔2〕は果してどこに配されていたのか——〔1〕〔3〕と並んでいたのか、買収事件と関係ある形をとっていたのか——等々、更に疑問は広がるばかりであるが、これらの可能性については、この段階ではこれ以上の考察はできない。

しかしながら、諸本の展開からは院宣に向かうそれぞれの姿勢を確認することができた。未整理のまま、史料をつぎはぎしている延慶本、院宣の内容には殆ど無頓着で、ただ一語の関連によって院宣を使用している長門本、一応整理し、辻褄を合わせようとしている盛衰記、と。文書という史料を物語にとりこんでいく際の各本のあり方をうかがうことができた。

五、奉者行長

次に、奉者行隆と院宣、また、平家物語との関連について、以上の考察から波及できる範囲に於いて述べておくこととする。

三通の院宣を奉じた行隆は、平家物語の作者と『徒然草』に記される「信濃前司行長」の父にあたる。従って、行隆についての言及は必然的に作者と関わってくる。特に、行隆が奉じた文書を延慶本が多く掲載していることについて言及したのが水原一氏である。(11)氏は、行長と共に同族の時長に注意を払いつつ、延慶本に載る公文書二十三通のうち、行隆が奉じた公文書が延慶本に五通に上ることに注目し、行隆についての他の記事とも併せて、延慶本における「行隆の面影の濃厚であること」を示唆している。一方、平野さつき氏は、五通の文書の採用は、この当時の行隆の弁官という立場からいって当然の結果であるとし、更に、行隆の東大寺再建事業との関わりに比重をおくことを提唱する。(12)また、五味文彦氏は、特に延慶本の〔1〕〔3〕をもとに、平家物語の治承三年から文治元年までの記述は行隆の日記を基にしていると指摘している。(13)五味氏は、宣旨ならば、他人が日記に書きとどめることもあり得ようが、「日記に御教書の類を載せる場合をみると、自分がその御教書の発給者の側にあるか、あるいは受給者の側にあるか、そのいずれかである」とし、行隆の奉じた院宣の数の多さから、それらを載せていたであろう行隆の日記を行長が利用したと考える。

五味氏が、院宣が記載されるにあたって、その史料の残される場について指摘されたことは傾聴に値するものの、それを日記に限定するのは如何であろうか。例えば、行隆の文書の手控えである可能性もあろう。今までの検討からこの院宣に関しては延慶本に古態を見いだしたのだが、もし日記に院宣が書かれていたのならば、前後の脈絡を無視して院宣のみを載せる延慶本の展開には不自然さを感じる。また、院宣の直前の本文に『山槐記』を用いていることにも疑問を感じる。もし行隆の日記を用いたのならば、わざわざ『山槐記』を用いて院宣に繋げる操作は不要であろう。

ただし、もし『山槐記』が現延慶本の後次編集段階での挿入と考えるならば、今述べたような、『山槐記』からの引用があることを以て、行隆の日記を使用したとする説を否定することはできない。が、たとえ仮に『山槐記』の後次挿入を是認したとして、『山槐記』の記事を削った場合には、ますます院宣のおかれる意味が不明瞭となる。行隆の日記には、当然山門の動静を記していたであろう。それを用いたとするならば、日記の前後の記事を全く無視して院宣のみを載せる編集態度には疑問が生じる。行隆が奉じた文書が資料としてまとまって作者の手元にあったことまでは推測できようが、その資料を行隆の日記に限定するには更なる検討が必要であろう。

ところで、行隆の院宣が五通であることが諸氏の立論の基盤であったが、縷々述べてきたように、少なくとももう一通が加わる。〔2〕がどの段階に存在したものかは軽々に判断できないのだが、行隆や院宣についての考察を試みる時には、延慶本の形態のみによって判断するには注意を要することは指摘できたのではないかと思う。また、同様に、現存延慶本を古態と措定して無批判に論じることにも、より慎重さが必要とされよう。

注

（1）『四部合戦状本平家物語評釈（七）』（昭和62・12）六五頁、佐伯真一氏考察部分。
（2）「〝高倉宮謀叛事件〟の構成——延慶本平家物語を中心として——」（「軍記研究ノート」9　昭55・8）
（3）『平家物語、史と説話』（平凡社　昭和62）Ｉ第三章　一三八頁
（4）『平家物語の研究』（法蔵館　昭和55）Ｉ　二三七頁
（5）前掲注（2）に同じ。
（6）赤松氏は前掲注（4）二三九頁で、明雲は二十四日と二十五日朝の二回登山していると考えているが如何か。同一情報が異なった情報源から入ったための記録の時差ではなかろうか。
（7）島津忠夫氏は長門本について、盛衰記の影響のある部分を指摘している（『平家物語試論』〈汲古書院　平成9〉四　初出は昭和61・1）。
（8）前掲注（4）に同じ。
（9）今井氏は前掲注（2）論文で、〔3〕の盛衰記の表現等の不自然さから、延慶本を古態としている。結論としては同趣なのだが、〔2〕の扱いが拙稿と異なる。
（10）延慶本のこの話は「一つの説話」、「ひとまとまりの性格が色濃く」、他の諸本はこの話を「物語の展開の中に整合させようとしている」という指摘（前掲注（1）一二〇頁、生形貴重氏考察部分）がある。
（11）『延慶本平家物語論考』（加藤中道館　昭和54）第五部　五七〇頁
（12）「藤原行隆をめぐる一考察——延慶本平家物語を中心に——」（「古典遺産」31　昭和55・12）
（13）前掲注（3）一三六頁〜一四五頁

〔引用したテキスト〕
『玉葉』（名著刊行会）、『山槐記』（増補史料大成　臨川書店）、適宜返り点を付した。

第四章　二代后藤原多子の〈近衛河原の御所〉について

はじめに

近衛、二条の二代の帝の后となった藤原多子と多子の御所に付せられたイメージについて考察を加える。多子は大炊御門右大臣藤原公能女で実定の姉にあたり、平家物語では三章段に登場する。次に延慶本による章段名を記す。

(1)巻一―八「主上々皇御中不快之事付二代ノ后ニ立給事」
(2)巻四―八「頼政入道宮ニ謀叛申勧事付令旨事」
(3)巻四―卅一「実定卿待宵ノ小侍従ニ合事」

このうち、多子の住居について、諸本では次のように記す。

(1)
九重ノ外近衛河原ノ御所ニ先帝ノ故宮ニフルメカシク幽カナル御有様也　延慶本
九重のほか、こんゐ河原の御所にそうつり住せ給ける（略）　長門本
九重ノ中ヲバ住憂思召テ、近衛川原ノ御所ニゾ移住セ給ケル（略）　源平盛衰記
九重の外、近衛河原御所に移り住ませ御坐す（略）　四部合戦状本
九重の外、近衛河原の御所にそうつりすませ給ける（略）　覚一本
近衛河原ノ御所ニソ移リ住セ給ケル（略）　屋代本

(2)
（以仁王は）去永万元年十二月六日御年十五ト申シニ皇太后宮ノ近衛河原ノ御所ニテ忍テ御元服有シカ　延慶本
去永万元年十二月十六日、御とし十五と申しに、太皇太后宮の近衛河原の御所にて御けんふく有しか　長門本
去永万元年十二月十六日ニ、御年十五ト申シニ、大宮御所ニテ忍テ御元服有シガ　盛衰記
去んじ永万元年十一月十六日に、御年十五と申すに、大宮御前にて忍びつゝ御元服有りしが　四部本
去し永万元年十二月十六日、御年十五にて、忍つゝ近衛河原の大宮の御所にて、御元服ありけり　覚一本

(3)
御妹ノ皇太后宮ノ八条ノ御所ヘ参給テ　延慶本
（鳥羽田のおもの秋の暮れ……）大宮の御所にまいらせ給ひ　長門本
大将ハイトヾ哀ニ堪ズシテ、大宮ノ御所ニ参リ　盛衰記
近衛河原の大宮はかりそ　覚一本
近衛河原ノ大宮計ソ　屋代本

(1)については諸本共に多子の住居を〈近衛河原御所〉と記している。(2)については盛衰記、四部本が「大宮御所」「大宮御前」とのみ記すが、他は(1)と同様に〈近衛河原御所〉とする。(3)は諸本それぞれに相違し、四部本には住居についての言及はない。

一、多子の白川渡御

まず、多子の御所の所在、及びその周辺についての資料を幾つか掲げる。

『庭槐抄』治承元年九月二十六日条

（実定が）天未曙帰二白川一平伏、

『顕広王記』治承二年八月五日条

今夜京中白川大原辻入二強盗一十二所云々、凡近年毎夜雖レ入二二三所一一夜無レ究、天下愁歎也、今夜入二左大将家一、即時被二搦取一了、前右京権大夫頼政朝臣幷甥大夫尉等搦レ之、

『吉記』寿永元年三月二十六日条

戌剋許新中納言実守亭〈大炊御門高倉、半作〉焼亡、大宮有二御同宿一云々、

『玉葉』寿永二年四月五日条

（実定任内大臣）内府申詣二大宮白河御所一被レ坐、

『山槐記』元暦元年八月十四日条

子剋許東北方有レ火、後聞内大臣〈実定〉白川家〈近衛末北、仏所小路西大宮御所也、任大臣後被レ坐二此所一〉云々、

（引用文中の〈　〉は割書。以下同じ）

『庭槐抄』『顕広王記』からはこの邸が実定の屋敷としても使われていたことがわかるし、『吉記』に見る如く多子が必ずしもいつも白川にいたわけではないこともわかる。これは『小侍従集』一二五の詞書「左大将の三条の家に大宮おはします比なれ」からも確認される。が、『玉葉』『山槐記』には多子の御所が白川にあることが記され、『山槐記』からはその場所も決定される。（次頁の図参照）

しかし、これらを見ていて疑問に思うことがある。それは、多子、実定邸を〈白川〉〈白川御所〉と記しても、〈近衛河原御所〉と記したものが一つもないことである。もし平家物語が多子の御所についての何らかの記録を参照したのであれば、そしてそこに格別の意味も見出さずにそのままに写したのであれば、〈白川御所〉と記すことになるので

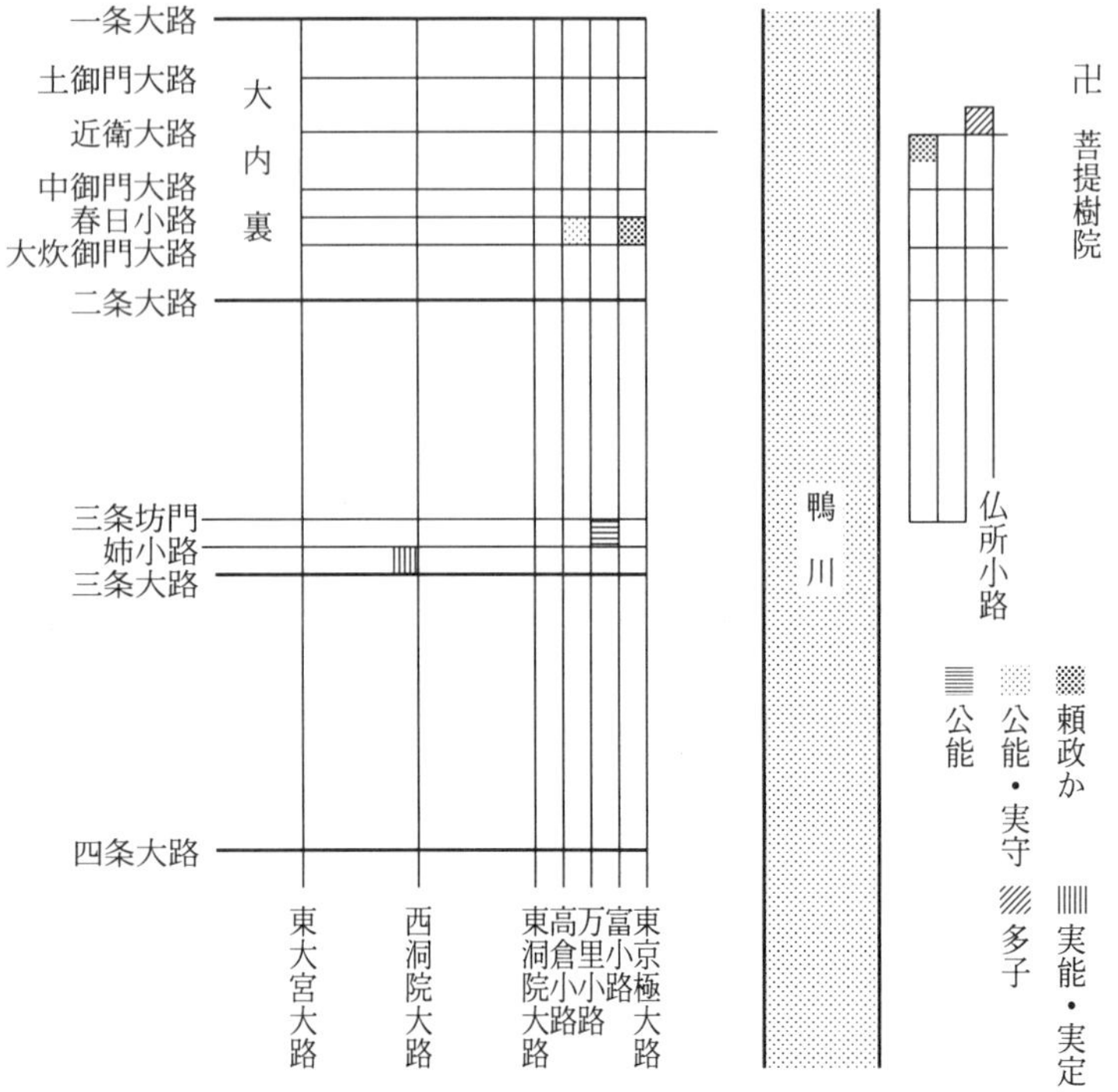

後徳大寺家及び頼政の邸宅の位置

はなかろうか。多子の御所を〈近衛河原御所〉とするのは、同時代の認識ではない、或いは、意識的な記述という可能性があるのではなかろうか。

また、管見に入った〈白川御所〉の記事は治承以降のものばかりであり、これ以前の〈白川御所〉はわからない。多子が〈白川御所〉に移ったのはいつなのだろうか。多子の半生に言及する『今鏡』（ふじなみの下巻六宮城野）には多子の御所の所在までは記していない。平家物語巻一には近衛帝崩御の後に移り住んだとある。が、実際のところ現存資料からは明確にできない。この点から考えることにする。

多子の白川御所への渡御を記念して小歌会を催す企画があったことが『林葉集』九五五〜九六〇、『小侍従集』一八四・一八五、『実家集』九三・九四、一五〇〜一五二から確認される。今、その中から最も詳細に様子を伝える『林葉集』の詞書を左に引用する。

太皇太后宮白川に初めて渡り居させ給て左大将〈実定〉など参りて、和歌会あらんとせしに、近々に参とありしかは、読て侍りしかとも、左大将の京の家に火近しとて、にはかにとまりにき

この歌会では「月照松」「風生竹」の二題が与えられたことが諸家集によって明らかとなる。これは『和漢朗詠集』巻上・夏夜・一五一の、

風生レ竹夜窓間臥　月照レ松時台上行　白

から採ったものであり、これによれば、多子の白川渡御は夏か、はやくともその年の春の終わりごろであったかと推測される。

それでは、渡御の時期はいつ頃だろうか。それを推定するために、多子の近衛帝入内の頃からの多子の御所を中心に概観していく。

多子は保延元年（一一四〇）に生まれ、三歳で藤原頼長の猶子となる。頼長の妻が多子の叔母であった縁である。頼長は多子を近衛帝に入内させるべく布石を打つ。久安四年（一一四八、九歳）に多子は従三位となり、久安六年（一一五〇、十一歳）一月には入内の儀が盛大にとり行なわれ、三月には皇后となる。が、多子の結婚生活は幸せではなかった。入内後三ヵ月した四月に藤原伊通の女で藤原忠通の養女となった呈子が入内する。多子は忠通、頼長兄弟の争いに巻き込まれる。多子は忠通の画策によって、近衛帝のそばから遠ざけられる。多子の邸はしばしば罹災し、住居を転々とした。大炊御門（仁平元年〈一一五一〉六月六日）、頼長の東三条第（同二年〈一一五二〉一月十九日）、公保の樋口町尻第（一月二十二日）、六条坊門北町東から実能の室町末一条北行三町の持明院（同三年〈一一五三〉四月十五日）へ、京外（おそらくは持明院）から大蔵卿師行朝臣の大炊御門烏丸家（九月二十日）へ、大炊御門烏丸から実能の三条西洞院家（久寿

元年〈一一五四〉十一月十六日）へ等である。(1) しかし、白川に避難した記録は見出せない。近衛帝崩御（久寿二年〈一一五五〉七月二十三日）後の記事からも見出せない。勿論記録がないから白川に住んでいなかったとはいえないが、近衛帝崩御後すぐに白川に移り住み、更に歌会を催すこともいささか不謹慎かと思われる。

ところで、実家は多子よりも五歳年少の弟である。その実家が多子の白川渡御に際し、歌会に出席して歌を詠むことになっていた。与えられた題で歌を詠み、しかも自分の家集に収めるだけの歌を詠むには相応の年齢になっていなくてはならないだろう。因みに実家の歌について確認される中で最年少時のものは応保二年（一一六二）七月、十八歳の時である。(2) 多子が二条帝に再入内した永暦元年（一一六〇）でも実家はまだ十六歳である。十五歳以前の歌作も強ち不可能とは言えまいが、白川渡御ははやくとも永暦元年以後と考えるのが妥当ではないか。近衛帝崩御以後、二条帝への入内以前に多子が白川に住んでいた可能性は薄いと考えられる。

さて、多子は永暦元年に二条帝に入内したが、翌応保元年（一一六一）八月に父公能が没し、二条帝の内裏を退出する。この時には、

午刻許右大臣〈正二位右近大将公能也〉於㆓大炊御門北高倉東亭㆒薨、（略）太皇太后出㆓御禁裏㆒、権大夫公保卿参上行㆓々啓事㆒、宮司一両供奉、御車唐㆓云々、渡㆓御姉小路富小路亭㆒云々、皇后宮又自㆑院有㆓行啓㆒云々、

（『山槐記』応保元年八月十一日条）

とあるように、禁裏から「姉小路富小路亭」に向かう。これは公能の別の屋敷である。(3) 多子は再入内以後、公能が没するまでは内裏に住んでいたと考えられる。しかし、やはりこの前後にも多子が白川に移っている記事は見出せない。また、公能の服喪があけてからでも、二条帝生存中に、歌会を催して新邸への渡御を祝うということも考えにくい。そうしてみると、少なくとも、公能の服喪があけた翌夏の応保三年（一一六三）、おそらく二条帝崩御（永万元年〈一一

六五）とその服喪があける頃まではまだ白川に御所はなかったのではなかろうか。その渡御の時期は明確にはできないものの、これ以降、承安三年（一一七三）の間[4]に移ったと考えられる。

以上より、少なくとも、平家物語(1)の記述に虚構があることは結論として言えよう。多子はまだ〈近衛河原御所〉に住んでいなかったにもかかわらず、平家物語では〈近衛河原御所〉に住む后と記されたのである。

二、白川御所と頼政

(2)の記事は以仁王と多子、また、多子の生家徳大寺家との関係において注目される。平家物語では、以仁王が源頼政の勧めによって治承四年（一一八〇）に謀叛を起こしたとする。以仁王の母方の祖父季成は徳大寺家の祖、実能（多子の祖父）の弟である。以仁王が多子及び徳大寺家と何らかの関わりがあることは水原一氏[5]、馬場あき子氏[6]等によって推測され、水原氏は以仁王が元服して十一日後の永万元年（一一六五）十二月二十七日に多子が出家したことも元服に協力したことの引責によるものかと指摘している。しかし、平家物語自体に両者の関係はそれほど露骨に記されてはいない。多子の出家も二条帝の崩御（七月二十八日）によるものと記される（巻一―九「新院崩御之事」）。唯一両者の関係を予想させる記事が、以仁王が多子の御所で元服をしたとする(2)の一文である。しかし、それが〈近衛河原御所〉でなくてはいけない理由は奈辺にあるのだろうか。

以仁王元服を立証する現存資料は『顕広王記』永万元年十二月十六日条である。

院若宮御元服〈十六〉高蔵殿腹 於㆓大宮㆒有㆓此事㆒、宮司等為㆓役人㆒有㆑故事也、御名為仁、

ここには「於大宮」とあっても大宮邸が白川にあるとの記述はない。以仁王が元服をした御所が白川にあったのか否

か、残念ながらその真偽の程は明らかではない。延慶本、長門本、覚一本の記述が正しいのか否かの判定の材はない。

ところで、以仁王に謀叛を唆した頼政は徳大寺家の人々と親しかった。実定・実家兄弟ともよく歌の贈答をしているし、多子邸にも、多子に仕える小侍従と恋愛関係にあった縁もあってか、よく出入りをしている。また、『頼政集』の次の贈答は、多子が頼政の屋敷と交換をしたことを教えてくれるものである。

年比住侍しところを、大宮の御前〔所カ〕にかへめされて次の年の春、梅さきたるよしを聞て、下枝に結ひ付させ侍し

23昔ありしわらやは宮になりにけり梅もやことに匂ひますらん

返し

24梅の花昔をしのふつまもやと待かほにこそ匂ひましつれ

『実家集』にも、

大宮の白川の御所に、花の頃参りたるに、南面なる花の枝に結ひつけたる文を見れは、頼政の朝臣の手なり

37うゐすてかれにし里をかくなんと見よともかほにさける花かな

かへりことといひやれと仰せらるれは

38思ひいてはきても見よかしうゐすてし花もさこそは春を忘れぬ

という贈答がある。これも屋敷を交換した翌春、梅から桜へ季節が移っての更なる贈答であろう。多子は自邸と頼政の白川の邸とを交換したのである。

同様に、『頼政集』には、

大納言実定卿のもとより、菊をこはれて侍しかは、結ひ付けて遣しゝ

250玉しける庭にうつろふ菊の花もとの蓬の宿な忘れそ

返し

251うつし植えてこの一もとはめかれせし菊もぬし故色まさりけり

とあり、屋敷を交換したことを前提にして植物や歌の贈答が徳大寺家の人々と交わされていることがわかる。

また、『頼政集』四七四詞書に「紀伊守参川守にふるされたる女の、そのことを心にかけたる気色なるに、白河なる人のつかはしける」とある。「白河なる人」とは頼政自身をさす。(7) 頼政が白川に住んでいたことがここからもわかる。

ところで、同じ『頼政集』に、

隣なる所に桜のさきたりけるか、梢はかり見えけれは、あるしのもとへ

48桜さく梢を見れとよそなれはそなたの風をまつとしらなん

かへし

49花さそふ風を待えてうれしくはやかて隣のなけきとは知れ

むかひなる所に、梅多くさきたる梢をのみ見て過侍程に、五月になりて時鳥の鳴けれは、隣に聞くらんと思ひて

143時鳥聞けは聞くらん見れは見し隣は花の梢のみかは

返し　　　　　　　　　　　　　　　　　　　　　宰相中将

144時鳥ともにはきけとなをきませしつえまてとて花もさそ見し

とある。水原氏は、「隣なる所」「むかひなる所」を多子の新しい御所、つまり旧頼政邸と解し、近衛河原の向かい合った屋敷同士を交換したと指摘した。が、四八、四九歌は『実家集』四三、四四と同じものであり、その詞書には、

家の花盛りなる頃、庭にたてふみのおちたるを見れは、頼政の朝臣の、去年よりむかひわたりに家居したるか、言ひたるなりけり。隣にいとふなとかきたり

とある。一四三、一四四も『実家集』八四、八五に収められている。「去年よりむかひわたりに家居したるか」という表現からは、隣同士の家を交換したというよりも、むしろ、前年に頼政が実家邸の向かいに引っ越してきたと解釈できるのではないか。また、これが白川邸での贈答とすれば、同じ桜について先の贈答（『実家集』三七・三八）と同年にやりとりをしたこととなり、繰り返しての贈答と考えるのは如何か。

多子は京の中の、弟実家と地続きの屋敷に住んでおり、それを頼政の白川の家と交換して移ったのではなかろうか。(8)

そして、新しい多子の〈白川御所〉は頼政と徳大寺家との交流の場となっていたのである。

しかしながら、頼政はそれとは別に、この他にも近衛河原に家があった。先に掲げた『顕広王記』治承二年の記事によると、頼政が白川の実定家に入った強盗を捕えたのであるから、おそらくこの時点では既に近衛河原に家を持っていたと考えられる。

治承二年から三年にかけて頼政は病にかかる（『玉葉』治承三年一月十二日条等）が、その折のことが『実家集』にある。

頼政朝臣、例ならぬことありて、日数ふと聞く頃、申しつかはしはへりし

352 あさからす思ひわたるをしらかはのきりこむとのみきくそわひしき

かへりこと

353 あさからす思ふらめともしらかはの末もなき身そせたえしぬへし

頼政の家の在り処を歌に詠み込んでいるのである。そして以仁王の謀叛が発覚した後、頼政は三井寺に逃げる時に近衛河原の自分の屋敷に火をかける。この地が次の『山槐記』の記事によって多子の御所のすぐそばであることが確認

される。

東北方有レ火、頼政入道家〈近衛南、河原東〉云々、暁逃去、不レ令レ為レ見二其跡一、自令レ指レ火云々、

（治承四年五月二十二日条）

今夜丑剋許、頼政入道菩提寿院堂放レ火云々、如二河原家一自令レ焼レ之歟、

（五月二十四日条）

また、延慶本巻四―十三「源三位入道三井寺へ参事付競事」には、

廿日、源三位入道、同子息伊豆守仲綱、源大夫判官兼綱、六条蔵人仲頼、其子蔵人太郎仲光、渡辺党等ヲ相具シテ夜ニ入テ近衛河原ノ宿所ニ火ヲ懸テ、三井寺ヘハ参リニケリ。

と明確に記される。

以仁王元服の時点で多子が近衛河原に住んでいたのかどうかは定かではないと前述したが、既に住んでいたとしても、記録のままに記すならば、やはり〈白川御所〉となるはずであろう。それを〈近衛河原御所〉と限定している。それは〈近衛河原〉には、近くに住む頼政との関連、また交流の歴史を喚起させる力があったからではなかろうか。以仁王が元服をした御所の近くに頼政が住んでいた、この事実が与えられるのである。

三、都遷りと近衛河原御所

一方、資料類からは確実に白川に御所があったことが確認される治承四年秋の頃を舞台とする(3)巻四―卅一では、逆に「八条」と記される。「八条」に多子が居を移したのかどうかは資料では確かめられないし、八条に徳大寺家の屋敷があったのかも定かではない。或いは史実だとすれば、三ヵ月前に以仁王の謀叛事件でま近くの頼政邸が焼失した

こともあり、身の安全を図って八条に避難していたのだろうか。

延慶本巻四―卅「都遷事」には、

人々ノ家々ハ鴨河、桂河ヨリ筏ニ組テ福原ヘ下シツヽ、空キ跡ニハ浅茅カ原、蓬カ杣、鳥ノフシト、成テ、虫ノ音ノミソ恨ケル。適残ル家々ハ、門前草深シテ荊棘埋道、庭上ニ露流テ蓬蒿為林、雉兎禽獣之栖、黄菊芝蘭之野辺トソ成ニケル。

という描写がある。これは福原に都を遷した後の、とり残され荒れ果てた京の様を描いたものであり、続いて「僅ニ残留給ヘル人トテハ皇太后宮ノ大宮計ソ御坐ケル」とある如く、多子の御所にそれを象徴させようとしている。そしてそのとり残された多子の住まいは、同卅一「実定卿待宵ノ小侍従ニ合事」で、

旧苔道滑ニ而秋草閉テ門ヲ、瓦ニ松生牆ニツタ滋リ、分入袖モ露ケク、アルカナキカノ苔ノ路、指入月影計ソ面替リモセサリケル。

と描写される。これは、巻一の近衛河原の御所の多子の「フルメカシク幽カナル御有様」を彷彿とさせ、世間からとり残されたひそやかさをより強調するものである。が、清盛を始めとする平家一門の屋敷もあった〈八条〉ではたとえ人々が福原に移った後とはいえ、ひそやかな屋敷の印象は減殺されよう。

長門本、盛衰記では地名の特定を避け、御所の所在を明記していない。延慶本の如き表現が先行していたと仮定すれば、一方では〈近衛河原〉であり、他方では〈八条〉という異なる場所であるにもかかわらず、同じ御所であるかのように受け取れる矛盾を解決しようとした配慮が働いているのではあるまいか。逆に、屋代本、覚一本が「近衛河原御所」と明記しているのは、まさしく同一の御所と意識されたからであろう。覚一本では、旧都の「近衛河原御所」に取り残された多子を、

源氏の宇治の巻には、うはそくの宮の御むすめ、秋の名残をゝしみ、琵琶をしらめて夜もすから心をすまし給ひしに、在明の月のいてけるを、猶たえすやおほしけん、撥にてまねき給ひけんも、いまこそおもひしられけれ。

と描く。琵琶をつまびく多子に、『源氏物語』の宇治の姫君のひそやかさを想起させる。この描写は屋代本にはないが延慶本にはあり、多子の面影は世間から一歩離れた后として造型されていると考えられる。

白川には様々な寺院が並び、花見の名所もある。京の郊外の落ち着きと解放されたはなやぎが漂っている。[9] しかし、その名称を避けて近衛河原と限定すると、白川の賑わいからはずれた位置にあることが明確になる。はなやぎも薄らぐのであろうか。平家物語では人目を避けてひっそりと暮らす様が強調されている。多子の造型に不可欠な「ひそやかさ」は〈近衛河原御所〉であってこそ醸成されるものであったと言えよう。

〈八条〉御所は、史実がそうであったのかもしれないし、何らかの記載ミスかもしれない。また、以仁王事件の後であることとも関連して意識的な操作がされた可能性もあろう。しかし、多子のひそやかさは平家物語中で確定しており、それは決して〈八条〉では表わし得ないことが平家物語の諸本の異同の中で確認されていたことになる。

(2)について述べたように、〈近衛河原御所〉と記すことは、本来頼政や以仁王との関係を喚起させたと思われる。(1)の記事は(2)の影響下にある記述かもしれない。しかし、〈白川〉ではなく〈近衛河原〉と限定された時に、多子の「フルメカシク幽ヵナル御有様」と微妙に呼応し、多子の造型が確定されていったのではないだろうか。

おわりに

多子の〈近衛河原御所〉という平家物語の記述は、必ずしも事実を伝えるものではないようである。頼政、以仁王との関係をうかがわせる意図が見え、同時に、近衛河原を御所とすることにより、多子に求められるひそやかさが増幅される。物語として、高貴なる女性のある一面を描写する言辞でもある。

注

(1) 以上の記録は『台記』『本朝世紀』による。

(2) 中村文氏「藤原実家について」(『立教大学日本文学』59　昭和62・12)。

(3) 『山槐記』永暦元年十二月四日条「右大臣〈公能〉亭〈姉小路北万里小路東〉」

(4) 前掲注(2)に同じ。氏は糸賀きみ江氏の説(『中世の抒情』〈笠間書院　昭和54〉Ⅲ「残映のなかの才女たち――小侍従など――」)をひき、渡御の歌会に出詠した小侍従が承安二、三年のころに多子への出仕を辞しているとする。

(5) 『延慶本平家物語論考』(加藤中道館　昭和54・6)第四部「以仁王の謀叛をめぐって」

(6) 『式子内親王』(紀伊國屋書店　昭和44　但し講談社文庫に拠った。)

(7) 水原氏の御教示による(「『延慶本平家物語考証』追考」〈『延慶本平家物語考証三』新典社　平成6〉)。

(8) 前掲注(2)中村氏論中でも同様の指摘がある。更に、氏は『山城名勝志』巻三に「源三位頼政家〈或京程図、在二春日南、京極西、大炊御門北一、〇今按、近衛河原宿所、已前住所乎〉」を示す。資料の時代的な問題はあろうが、「春日南、京極西、大炊御門北」は確かに徳大寺家の邸宅の一、大炊御門邸のすぐ近くにある。

(9) 井上満郎氏「院政期における新都市の開発――白河と鳥羽をめぐって――」(『中世の諸相・上巻』吉川弘文館　平成元)に詳しい。

〔引用したテキスト〕

『庭槐抄』(群書類従)、『顕広王記』(国立歴史民俗博物館蔵)、『吉記』『山槐記』(増補史料大成　臨川書店)、『玉葉』(名著刊行会)、以上には適宜返り点を付した。『和漢朗詠集』(新潮日本古典集成)、私家集は、『私家集大成』中古Ⅱ、中世Ⅰ所載の『林

葉集』『頼政集Ⅰ』『小侍従集Ⅰ』『実家集』を使用し、表記を改めた。

〔付記〕

当論については、刊行後水原一氏より批判を賜わった（「『延慶本平家物語考証』追考(a)「櫻井陽子「藤原多子の〈近衛河原の御所〉について」を評す（考証・二）」〈『延慶本平家物語考証三』新典社　平成6〉）。身分の相違による代作などを念頭にいれていないために、歌の贈答を正しく理解せず、相博の実態を誤認しているというのが、その趣旨の一であったかと思う。後に検討を加え、誤解を招いた表現や舌足らずな言い回しは訂正したが、基本的には解釈に誤りはないと考える。改めて御批正を乞う。

第二篇　表現の形成

平家物語諸本の中で、覚一本に和歌や和歌的表現がしばしば効果的に織り込まれていることは周知のことである。それらは抒情的特質のあらわれとして、また、和漢混淆文の一側面として評価を得ている。とは言うものの、事件の叙述を旨とする軍記物語にあっては、和歌的表現によって醸し出される抒情性は付随的なものと考えられ、研究上、ともすれば軽視される傾向にある。そういった傾向の中で和歌的なるものが注目されるとすれば、まず平家物語の流動の過程を証す素材としてであり、また原態への溯行を可能とする手掛かりとしてであった。従って、どうしても「抒情的である」との評価以上の踏み込んだ分析には至らないことが多かった。しかし、一方では叙事的展開の中でのそれらの表現の独自性が逆に注目されることにもなった(1)。その結果、和歌や和歌的表現が物語の構想の中で果たす重要な役割が次第に明らかにされてきた。だが、抒情的といわれる表現に限らず、文学作品が言葉の積み重ねによって形成されているという基本的な事実に改めて立ち返ってみると、使われている言葉の一つ一つがどのように組み合わされ、融合されて一つの場面を創出しているのか、またどのような喚起力を持って人々に働きかけるのか、といった点に関しての、言語表現に即した具体的な解明がより一層必要とされよう。

一方、覚一本以外の諸本について、その特質を探究しようとする研究の多くは、諸本の成立事情を解明する方向性に関心がおかれ、表現についての関心は低いと言わざるを得ない。それは、記事の雑駁な集積体であるかのような読み本系諸本や何段階もの混態を経た伝本の個々の表現を追求することにどれほどの意味があるのか、という根本的な疑念が胚胎しているためと思う。

しかし、表現が洗練されているか否かに拘らず、表現の形成には、その作品の、或いは作者・編者の何らかの主張が組み込まれている。問題は、そういった主張をどのような視点から切り取るかであろう。単純な誤脱や編集錯誤の問題、部分を全体にストレートに敷衍できないもどかしさなどの制約はあろうが、諸本がそれぞれに存在する意味を、それぞれの伝本から読み取っていくことが必要である。従って、表現の問題も、読み本系や覚一本以外の語り本系にあっても考えなくてはならない。その際、覚一本における「文学的達成」のような観点から評価を下すのは諸本の特性を見ることにはならない。どうしても、覚一本に至る前段階、或いは覚一本から崩れていく過程と捉えることになるからだ。「文学的達成」とは異なった観点から表現について考察をし、平家物語が求めたもの、或いは作り上げたものの分析をすべきと考える。

以上の観点より、本篇では、まず、覚一本をとりあげ、第一章で巻五「月見」の今様を、第二章で灌頂巻「大原御幸」の自然描写をとりあげ、和歌及び和歌的表現の解明を試みる。次に、古態性に注目されてきた延慶本において和歌や和歌的表現がどのような機能、効果を果たしているのかについて考える。第三章で延慶本の「月見」に相当する章段を、第四章で巻四の頼政の辞世の歌を対象に、延慶本における和歌のとりこみの姿勢、及び効果についての考察を試みる。なお、付章は表現の形成とは異なる次元の論であるが、第四章を補足する意味を持つ。「武士」という用語の分析を行ない、平家物語に登場する「武士」と言われる人々の階層を明らかにする。それは現代の読者が抱いてきた、平家物語の登場人物に対するイメージを問いなおす試みであるが、同時に、武士である頼政の詠む和歌の特質の解明に重要な要素でもある。

注

（1）小松茂人氏「『平家物語』における和歌」（『中世軍記物の研究・続』桜楓社　昭和46　初出は昭和41・10）。佐々木克衛氏「散文と和歌との関わりあいについて――『平家物語』の場合――」（『軍記物とその周辺』早大出版部　昭44・3）。松尾葦江氏『平家物語論究』（明治書院　昭和60）第一章五（初出は昭和59・5）等がある。松尾氏は、「覚一本が、和歌や和歌的なるもの、古典的なるものをとり入れるとき、それは単に情趣的、貴族的背景を用意するためではなく、『平家物語』の主題と構想に沿った方法としてえらばれたものであ」る（二一一～二一二頁）と述べる。また、久保田淳氏は、「『平家物語』と和歌」（「解釈と鑑賞」昭和42・9）、「平家物語と和歌」（『諸説一覧平家物語』明治書院　昭和45）で、和歌や引歌の表現効果を検討する必要性を指摘している。

第一章　「月見」の考察　その一
――覚一本を中心に――

はじめに

本章では、平安時代後期から鎌倉時代にかけて流行していた今様をとりあげる。巻五「月見」でうたわれる今様であるが、物語中の機能は和歌と同様に考えてよいと思われる。この今様の詞章は、

　ふるき都をきて見れは　あさちか原とそあれにける
　月の光はくまなくて　秋風のみそ身にはしむ

である。改めて考える必要もないと思われる程平明で具象的な叙景であり、当章段の風景を見事にうたいこんだものである。そこにどのような表現効果があるのか、特にその修辞的効果を考えることによって、平家物語の中で代表的な抒情的章段と言われている「月見」を再考してみたい。

平家物語における「月見」の位置、「月見」における今様の位置を以下に概観した上で、今様の詞章の修辞的効果を考える。尚、以下の考察を、文学的に最も完成され、和歌等を最も効果的に組み入れている覚一本を中心にすすめていくこととする。

一、「月見」と今様の位置

治承四年六月三日、平清盛は突然、福原遷都を強行する。以後十一月二十六日の還都に至る迄の五ヵ月の間、短期間ではあったが、福原が都となった。覚一本平家物語は、巻五の冒頭をこの「都遷」で飾る。遷都の歴史の叙述にかなりのスペースを割くことによって、平安京の絶対なること、都を他に遷すことの暴虐なることを強調する。それはそのまま、遷都を強行した清盛の専横への非難ともなる。

一天の君、万乗のあるしたにもうつしえ給はぬ都を、入道相国、人臣の身としてうつされけるそおそろしき。（「都遷」）

清盛は当時の絶対的権力者であったが、所詮は人臣の身、一介の凡人にすぎない。その清盛の何物をもおそれぬ独断に、彼の悪行もきわまったと記す。「都遷」は清盛に対する非難を挟みつつ、漢文調の生硬な表現を随所に用いることによって、旧都の荒れゆくことへの悲憤、民の疲弊を格調高くうたいあげる。

一方、次に位置する「月見」は、全く対照的に美文調で統一されている。内容も福原に在った藤原実定が「ふるき都の月を恋て」旧都に赴き、その荒廃を慨嘆するというものである。「都遷」ではかなり視点を高くおいて〝遷都〟という事件全体を社会的にとらえ、批判的に叙していたのに対し、「月見」では、視点を実定に限定し、遷都にまきこまれた人間の体験を描き、個人的な慨嘆を描くことから遷都を捉え直している。

この叙述方法の全く異なる二章段を併置することによって、一方では遷都という大事件が、清盛の悪行即ち歴史的事件といった大局的な観点から描かれ、一方では清盛によって変動する社会に翻弄される人々の側からも描かれ、多面的、立体的な構造となり得ている。

この「月見」の表現上の特質に、次の二点をあげることができよう。

第一点は、「貴族的世界への懐古にみち、王朝文芸の残映のような情趣をたたえ」[1]るところにある。たとえば、実定が旧都に着き、妹の大宮（多子）の住居を訪れる場面が、

大将その御所にまいて、まつ随身に惣門をたゝかせらるゝに、うちより女の声して、「たそや、蓬生の露うちはらふ人もなき所に」ととかむれは

と描かれるが、『源氏物語』蓬生巻の、惟光が源氏を末摘花の邸内に導き入れる次の場面を連想させる。

惟光も、「さらにえ分けさせ給ふまじき蓬の露けさになむはべる。露すこし払はせてなむ入らせ給ふべき」と聞こゆれば、

たづねてもわれこそとはめ道もなく深き蓬のもとの心を

とひとりごちて、猶をり給へば、御さきの露を馬の鞭して払ひつゝ入れたてまつる。

また、「蓬生の露」に注目すれば、『源氏物語』桐壺巻で、帝の命で靫負の命婦が亡き更衣の母を訪った場面に、

南面に下ろして、母君もとみにえ物ものたまはず。「いままでとまり侍るがいとうきを、かゝる御使の蓬生の露分入り給ふにつけてもいとゞはづかしうなん」とて、げにえ耐えまじく泣いたまふ。

と用いられている。

更に、大宮が琵琶を弾じている様を、

源氏の宇治の巻には、うはそくの宮の御むすめ、秋の名残をゝしみ、琵琶をしらめて夜もすから心をすまし給ひしに、在明の月のいてけるを、猶たえすやおほしけん、撥にてまねき給ひけんも、いまこそおもひしられけれ。

と、同じく『源氏物語』橋姫巻の一場面にたとえて観月の趣向を強調している点や、小侍従の紹介、小侍従との別れを歌の贈答で行なっている点にも、その特徴があらわれている。これらは、平安物語文学の表現を用いることによって、都遷りからとり残された旧都の荒れさびた情景を点綴し、その中にも橋姫巻を連想させることでわずかなはなやかさを浮かびあがらせ、「月見」に優雅な趣向を点ずる。

「月見」の表現上の特質の第二点は、旧都の荒廃を描くことである。

何事も皆かはりはてゝ、まれにのこる家は、門前草ふかくして庭上露しけし。蓬か杣、浅茅か原、鳥のふしとゝ荒はてゝ、虫の声々うらみつゝ、黄菊紫蘭の野辺とそなりにける。

とその荒廃を直叙し、またその情景を、

ふるき都をきて見れは　あさちか原とそあれにける
月の光はくまなくて　秋風のみそ身にはしむ

と、今様に置きかえて朗詠する場面を描く。遷都にまきこまれた人々の眼に映る情景をうたいあげることによって、翻弄される人々の心のいたみを読者に偲ばせる。

「月見」はこの二点が融合し、絡みあいながら展開している。たとえば、荒廃をうたう今様には朗詠という優美な趣向そのものが印象に加わる。また、蓬生巻や橋姫巻を連想させる描写も、決してはなやかな貴族文化を再現するものではない。陰性の、うち捨てられた者、という共通項が旧都の描写に重なりあって、この場面の情況に陰翳を含ませ、余情をもたせることになる。これらによって、理性的に遷都を批判し、悲憤慷慨を述べる「都遷」とは対照的な、抒情的に情感豊かにうたいあげる「月見」ができあがることになる。しかしながら、これら二点の特質のうちでは、後者が当章段の骨格をなしているのは言を俟たないことである。特に七五調の繰り返しという韻律をもった今様には、心情語は用いられていないものの、変容著しい古都のありさまに想う実定の感傷が端的に表われている。それだけではなく、実定個人の感傷を当時の人々の感慨に普遍化し、享受する側にも共鳴させる。今様朗詠によって、感動は頂点に達することとなる。

この「月見」の中心的存在となっている今様の詞章を検討することによって、その表現効果を考え直してみたい。というのは、私はここには「長恨歌」の世界が背景にあるのではないかと推定するからである。

二、「長恨歌」の日本的受容

日本における「長恨歌」の影響については既に多くの研究がみられる。(2) ここでは、諸先学の研究成果に依りながら「長恨歌」の受容について簡単に説明を加えることから始める。

白居易作の「長恨歌」や陳鴻作の「長恨歌伝」が平安時代より日本で大流行したことは周知のことである。その主人公楊貴妃は絶世の美女の形容に、或いは運命に翻弄される薄幸の女性に喩えられ、楊貴妃と玄宗皇帝の愛情は恋愛物語、或いは悲恋の物語の好例としてもてはやされてきた。また、単に素材や喩えに使われるだけではなく、『源氏物語』の桐壺帝と桐壺更衣の関係のように、換骨奪胎して全く異なる作品の中に再生されるほど、日本人の文学嗜好に融け込み、消化されている。

その受容形態の一つに、絵画や障子絵などの視覚によるものがあった。『伊勢集』五二〜六一の連作の冒頭にある、

長恨歌の屛風を亭子院のみかどかかせたまひて、その所所よませたまひける

という詞書が最古の資料と思われる。『源氏物語』桐壺巻にも同様の記述がある。その中でも「長恨歌」の絵として特

に印象的だったのが、楊貴妃の死後、悲嘆にくれる玄宗皇帝が楊貴妃の殺された場所に戻り、寂しく佇む構図であった。これは「長恨歌」が日本人に十分に消化された結果、日本人の手によって創作されたもので、その風景も浅茅が原に秋風の吹きわたるという、甚だ日本的なものであった。この情景は、次の、

長恨歌の絵に、玄宗もとの所に帰りて、虫ども鳴き、草も枯れわたりて、帝歎き給へるかたある所をよめる
道命法師

(1)ふるさとは浅茅が原と荒れはてて夜すがら虫の音をのみぞ鳴く（『後拾遺和歌集』秋上・二七〇）[3]

長恨歌のこゝろをよめる
源道済

(2)おもひかね別れし野辺をきてみれば浅茅が原に秋風ぞふく（『詞花和歌集』雑上・三三七）[4]

の二首によって確立されたのではないかと思われる。この情景は文章化されて受け継がれ、定着していった。たとえば『俊頼髄脳』には、(2)をあげて、

これは、楊貴妃が事を詠めるなり。……その楊貴妃が殺されける所へ、おはしまして御覧じければ、野辺に、あさぢ、風に波よりて、あはれなりけむと、かのみかどの、御心のうちを、おしはかりて詠める歌なり。

とある。同様の表現は、『今昔物語集』巻十―七「唐ノ玄宗ノ皇后楊貴妃依₂皇寵₁被₂殺語」の終結部分にも補足的に加えられている。また、藤原成範作といわれている『唐物語』第十八話では、

むかし、唐の玄宗と申けるみかどの御時、……御心のなぐさめがたさ、たぐひなくおぼされける時は、はかなく別にし野べに行幸せさせ給ひけれど、あさぢが原に風打吹て、夕の露玉とちるを御覧じても、きえなでなごりかあるべき。たえいりぬべくぞおぼしける。

と、完全に「長恨歌」の物語の中にとけこんでいる様子がわかる。『奥義抄』『宝物集』にも道命や道済の歌がとりあ

げられている。

『忠度集』九〇の、

長恨歌の心を

冬きてはなにをかたみとながめましあさぢが原もしもがれにけり

は、これだけの背景があって、はじめて理解できる歌である。(5)

「浅茅が原に秋風の吹く」情景は、秋のもの淋しい一風景ではあるが、一方では「長恨歌」と密接な関係をもち、愛しい女性の最期の場所を悲しみに浸りながら眺める男性の姿を連想させるものであったようだ。

今まであげたいくつかの例は男性の側からのものであったが、これが立場がかわって女性の側からのものとなると、とり残された者の辛さ、悲しみをうたうこととなる。玄宗皇帝は楊貴妃の死後その場をたずねてきてくれたのに、私の愛する人は……と、孤独に耐える悲しみをうたうこととなる。たとえば『狭衣物語』巻三に、次のような場面がある。

狭衣は一品宮と結婚した翌朝、愛する二宮に歌を贈ってきた。それを見た二宮の父嵯峨帝が、宮にかわって歌を返す。

ふるさとは浅茅が原に荒れ果てて虫の音しげき秋にやあらまし

父親が娘にかわってよんだものではあるが、道命の歌を殆どそのままひき、「秋」には当然「飽き」をかけ、とり残された側のむなしさをうたう。「長恨歌」からの引用とは述べられていないが、その場を背景に沈ませてよんでいると考えられよう。

また、平家物語の中にも、この情景を引用した例がみられる。それは南都本巻一「二代后」の結尾である。二代后

多子が二条帝に入内した後、

又此度殊ニ時メキ給テ世ノ謗リニモ成ニケレハ、別当入道惟方ト聞ユル人物、楊貴妃ノタメシ出キナンスト申ケルヲ、三河内侍キヽテオロ〳〵申出シタリケレハ、御硯ノフタニ、

道ノヘノ草ノ露トハ消ヌトモ浅茅カ原ヲタレカ問ヘキ

ト遊シタリケルヲ、御門御覧シテ御返事ハナクテ、チカワセ給フ御事有ケリトナン。

という、南都本に特有の挿話部分である。ここに記されている多子の歌は『月詣和歌集』巻九・雑下・八七六の、

題しらず　太皇太后宮

はかなくて野べの露とは消えぬとも浅ぢか原を誰か尋ねん

を改作したものと思われる。『月詣和歌集』の歌は侘しさ、一人身の頼りなさを嘆いたもので、「長恨歌」を背景にしているとは断言できない。しかし、南都本の改作は明らかに、玄宗皇帝が楊貴妃の殺された場所に行幸して涙する場面を強く意識している。「楊貴妃ノタメシ出キナンス」という一語によって、これだけの改作がされているのである。しかも、帝の反応が「御門**御覧シテ……チカワセ給フ**」と描かれている。帝が多子の歌を**見た**後で、玄宗皇帝が七月七日に長生殿で楊貴妃に永遠の愛を誓った場面を想起させる表現をとる。南都本作者は、「長恨歌」の日本における受容の一端につらなって叙述していると考えられる。(6)

今まで述べてきた諸例によって、日本では、「長恨歌」や「長恨歌伝」を題材としてよんできた歌の伝統の中には、元来の「長恨歌」には無く、道命や道済によってよまれ、確立した風景――玄宗皇帝が後に「浅茅が原に秋風ぞ吹く」場所に悄然たる思いで佇む――がとりこまれていたと考えられる。すると、実定の朗詠した「ふるき都をきて見ればあさぢが原とぞあれにける　月の光はくまなくて秋風のみぞ身にはしむ」の今様の詞章も、同様に「長恨歌」の風景

を背景にしていると考えてよいのではなかろうか。

それでは、この「長恨歌」の風景は、先に注（5）に掲げた良経の歌のように、ただその俤を通わせているだけのものであろうか。次に、当章段の表現とあわせて考えてみたい。

三、「長恨歌」世界と今様

今様にうたわれている情景は、既に地の文で紹介されている（第一節引用部分）。ここにも今様と同じ「浅茅が原」という表現が用いられている。尚、これと類似の表現が『建礼門院右京大夫集』二三三の詞書にある。(7)

みがきつくろはれし庭も、浅茅が原、蓬が杣になりて、葎も苔もしげりつつ、ありしけしきにもあらぬに、〔略〕

ひとむらすすきも、まことに虫の音しげき野辺と見えしに

久保田淳氏は、「『浅茅が原』の句は、主として道命のこの歌（前掲(1)　筆者注）から導かれたのではないか」と推定し、(8)右京大夫は玄宗皇帝に己の姿をだぶらせ、皇帝と楊貴妃の悲恋に、自分と資盛との悲恋を投影させているのではないか、と述べている。「浅茅が原」の語の喚起する世界が指摘されている。

「月見」には、玄宗皇帝と楊貴妃に比定し得る程の関係はない。しかし、右京大夫集における程の具体的呼応関係はなくとも、この荒廃を表わす叙述は、今様に「長恨歌」の世界を連想させることを助ける程度の働きはもっているのではなかろうか。

古里を恋しく思って都に上った実定が見た荒れ果てた風景、それは、玄宗皇帝が最愛の楊貴妃のかって処刑された場所に戻り、悄然と野辺を見渡す風景と重なりあう。実定の姿に玄宗皇帝が連想され、一幅の絵画的場面がひろがっ

ていく。

「月見」の中心部分をなし、感動の頂点となる今様と、その今様に至る荒廃の描写の部分には、その背景に如上の文学的世界が存在し、それによって重層的な情緒が醸し出され、旧都の荒廃の様と、それによせる実定の悲嘆がより深まっていくと考えられる。

四、物語展開と今様

以上述べてきた、荒涼としたもの淋しさを底流にした文学的趣向を「月見」に想定すると、この章段は風雲急を告げる巻五の展開の中で、どのように位置づけられるのだろうか。次に、「長恨歌」のもう一つの面を考えてみたい。それは久保田氏の論に詳しいが、「政治的教誡の書」(9)としての一面であり、帝王学上の反面教師的側面である。「長恨歌」が、帝王が女性に溺れて国政を顧みなくなること、或いはそれを危惧する例として用いられることは、前述の南都本の例で理解される。それだけでなく、女性に溺れる弱さに乗じて佞臣が、或いは寵愛される者の縁戚等が権力を握る例として使われている。平家物語では、時忠が専横をきわめた事を、

叙位除目と申も、偏に此時忠卿のまゝなり。楊貴妃か幸し時、楊国忠かさかへしか如し。（巻一　東宮立）

とある。

また、遂には国家の乱れまでひきおこす危険性を帝王に知らしめんが為のものでもあった。『平治物語』上巻には、信西が、藤原信頼を寵愛する後白河院を諌める場面に、

信西、せめてのことに、大唐、安禄山がおごれるむかしを絵にかきて、院へまいらせたりけれども

とある。これは『玉葉』建久二年十一月五日条によって、ほぼ史実と認められている。そこには「抑長恨歌絵相具天、有二一紙之反古一……」とあり、まさしく長恨歌絵であったことがわかるが、内容は勿論、単なる恋愛物語ではない。政治的意図がこめられたものであり、後白河院を諫める為に用いられたことが述べられている。(10)

また、国政の乱れを指摘することから、動乱の起こることを予感させる性格をもっていたようである。源通親作の『高倉院厳島御幸記』には、

　あの天宝の末に、時変らむとて、時の人この舞をまなびけり。太真といふ者ほかにはあり。禄山といふ者内に思ふ所ありけん。

と、具体的な人物の対応関係は朧化されていて意味不鮮明ではあるが、やはり平家の専横を批判し、「長恨歌」のもつ社会的背景――楊貴妃の存在が動乱に発展する――を連想させている。

このように、平安末期から中世にかけては「長恨歌」には、恋愛物語の代表としての一面によせる興味だけではなく、その歴史的・政治的背景に対する関心がかなり高かった、ということがわかる。

さて、今様には、実定に代表される、社会の流れにおし流されていく人々の嘆きが集中しており、その根底には「長恨歌」の俤――といっても、男女の愛恋を綿々と伝えるというよりも、一人残された人間の空虚な淋しさを伝える絵画的情景――が流れていることは既に指摘した。この寂寞が清盛によってもたらされたものであることは看過できない。当然のことではあるが、この今様は治承四年の社会情勢なくしてはうたわれないものである。また、巻五はこれ以後、頼朝挙兵をめぐる章段が続き、物語の流れは大きく変わっていく。治承四年という時代の大きな転換点、巻五という平家物語の大きな曲折の中にあって、今様に「長恨歌」を連想させる詞章を用いることは、その背景にある、中国に起こった動乱が意識されていたと考えてもよいのではなかろうか。この政治的一面は、巻五のその後の叙事的

進行とも別物ではなく、微妙な関連をもっていると考えられよう。

先行する古典を連想させ、しかもそれを表面化しないで描きながら現在の状況、心情を重ねていく。これは旧来の貴族階層のもつ教養を下敷きにした手法であるが、「月見」の今様を頂点とする展開は、この手法を用いることによって、動乱の時代の人々の感慨を重層的に伝え、抒情性を深めている。しかも、この手法が、貴族文化の名残として「月見」をいたづらに感傷的に修飾するのではなく、逆に平家物語の叙事的性格と融和することによって、独自の抒情的効果をあげることに成功している。ここに今様の文学的効果をみることができよう。

五、諸本における今様

ところで、この「月見」では、屋代本や四部合戦状本は覚一本より叙述が簡略である。そこで、次にこれらの諸本では、今まで考察してきた古典的基盤がどのように描かれているのかを見ていくこととする。

四部本では、都遷りの次に三井寺炎上を配し、歴史的な時代の流れにそった展開をみせる為に、覚一本における巻五の構成法とは異なった方法を示していると思われるが、「月見」に関しては、最も簡潔な叙述形態をとる。

人の家を皆破りて筏に組み、鴨河桂河に浮けて福原へ下す間、彼の跡荒れて朝路が原、鳥の伏寝と成れり。只虫の音のみぞ恨むるに、僅かに残り留まりたる所も、庭は荒れ、門を閉ぢて茂き野辺とぞ見えける。心細く悲しき事限り無し。

後徳大寺左大将実定卿は、新都に御しけるが、故京を恋ひつゝ忍びて上りたまひけり。皇后、皇太后宮の大宮

計り残り留まらせたまひけるに、

都遷りの為に荒廃した旧都を描写した後、実定は故郷に上る。他本にあるような、八月の名月を名所で観る他の貴族の記述はない。実定の上京も「月を観る」為とは記されていない。「故京を恋ひつゝ」とあるだけである。四部本では、旧都の観月を描く為の章段としては描かれていない。

今様の部分が二行分空白なので、はたして他本と同じ今様があったのかどうか、判定できないが、記述上の問題から今様を記さなかったと仮定し、同様の今様を補うとすると、うたわれる「月の光」も、他本のような八月十余日という特別な夜のものとは限らないこととなる。荒れはてた都を照らす、煌々と光る月をうたったものであり、覚一本で展開される観月の趣向は微塵もうかがえない。それだけ「荒削」[11]な部分ではあるが、逆に都の荒廃の描写が直接今様と結びつくこととなる。しかし、今様の部分が空白な為、これ以上の推測は避けることとする。

屋代本では、八月十五夜の名月を観る為に人々が様々な名所を訪れる記述がまずある。次に実定が、「其中ニ徳大寺左大将実定卿ハ古キ都ノ月ヲ恋ヒテ」旧都に上る。「月見」の設定ができあがっている。しかし、

何事モハヤ替ハテ、、門前草深ク庭上露滋シ。蓬カ杣、浅茅カ原ト荒終テ、虫ノ声々恨ツ、、黄菊紫蘭ノ野辺トソ成ニケル。古郷ノ名残トテハ今ハ近衛河原ノ大宮計ソ坐シケル。実定卿、其所ヘ参テ待宵小侍従呼出シ古ヘ今ノ物語シ、サ夜モ漸々深行ハ、ヤウチヤウノ音取朗詠シテ、旧都ノ荒行ヲ今様ニコソウタハレケレ。

とあるように、旧都に残る多子や多子の御所の描写には『源氏物語』を想起させる引用もなく、四部本同様に都の荒廃を述べるばかりである。つまり、覚一本で表現上の特質としてあげた第一点が半ば以上欠落していることになる。が、都の荒廃の描写が直接今様と結びつき、人々のその風景によってひきおこされる心のいたみが、直接的に表わされることになる。この屋代本の構成からみても、覚一本の表現上の特質の第二点が当章段の骨格となっていることが

確認されるわけである。すると、先に考察してきたことは覚一本に限ることではないのではないか、と推測される。『源氏物語』を投入していない簡略な「月見」にも、「都遷」とは異なる表現方法――「長恨歌」という古典世界を連想させることによって、その空虚な寂寞をうたいこむ――による効果が用意されているとともに、治承の動乱の直前の不気味な緊張を感じさせる要素も含まれていたと考えられるのではなかろうか。

次に延慶本を見ると、延慶本の旧都の描写には覚一本と同様の『源氏物語』からの引用があり、全体的に饒舌な程の修辞がなされている。今井正之助氏は小侍従説話について、延慶本に四部本以前の形の見えることを指摘し、延慶本の古態性を示唆している。[12] 一方、最後に描かれている実定と小侍従との別れの場面は、『今物語』第十話を母胎としていると考えられるが、『今物語』には小侍従の返歌がなく、四部本も同様である。四部本の形態は、延慶本の類の、既に返歌の記された形態が編集途上で脱落したものと考えるよりも、四部本に「脚色のいまだ十分でない形」[13]がみえると考えた方が自然である。延慶本の古態性を現存延慶本のすべてにあてはめることの危険性は、既に今井氏も指摘しているとおりであり、簡略な叙述形式と、現存延慶本のような饒舌なまでに修辞の施された形態との先後については、俄かに決し難いことであろう。

また、現存延慶本の旧都の荒廃の描写は、前章段（巻四―卅「都遷事」）で記されている。続いて月の名所づくし、行盛の歌が記されて卅が終わる。当然、今様朗詠場面と旧都の荒廃の描写とはかなり離れた位置に置かれることになる。また、卅一は「実定卿侍宵ノ小侍従ニ合事」と題され、実定と小侍従の恋愛譚的要素を意識した表現もかなりあり、[14]小侍従の比重は重くなっている。因みに、長門本は延慶本にみえる恋愛譚的要素をより拡大して描き、完全に二人の恋愛譚としてこの部分を形成している。更には小侍従の母小大進にまで話題を拡げ、明らかに本来の展開から逸脱していく方向にある。これらの点から、現存延慶本は、四部本・屋代本系統の、今様に章段の焦点をもっていこうとする方法とは別個の方法によって当章段を形成していると考えられる。
諸本の交流、影響関係は複雑で、容易に結論を導き出すことはできないが、延慶本の描く世界は、その古態性と共に、別個に考えていかなくてはなるまい。それは第三章に譲ることとする。

おわりに

冒頭にも述べたように、平家物語における和歌等の韻文の機能については様々な視点から考えていく必要がある。その一つの方法として、今様の表現効果を中心に考えてきた。この「月見」には、今様の他にも小侍従の歌や蔵人の歌なども配されており、それらと共に今様のはたらきを見ていく作業も必要であったかと思われる。しかし、特に覚一本に於いては、一章段の象徴的位置を占める今様と、その他の歌の果たす役割りとは相違する。今様が「月見」の感動の頂点をうたったものであるだけに、その詞章の表現効果を考えていくことは大切であろう。

本章では、この今様について、「長恨歌」との関連からその重層的表現構造を考えてきた。このように古典を背景にしのばせる方法は流麗な道行文等、他にもその例をいくつか見出すことができる。佐々木八郎氏は[15]、平家物語に用いられている効果的表現方法の一つに引句法的修辞をあげ、それが古典の世界を再現し、平家物語の感傷を一層ひきたたせていると指摘している。氏は、それによって平家物語作者が詩的幻想の世界を描き出し、平安時代の生活を思慕していると言及している。久保田氏はより積極的に和歌的表現や引歌の効果を検証し、それを計算する作者の意図をとらえることを主張している[16]。本章は、ほぼ両氏の指摘に沿って考察を加えてきたことになるが、特に物語の展開の中で、言葉のひろがり、表現効果をどのようにとらえ得るのか、といった点を中心に考えてきた。今後も、日本の文学の伝統の中で培われてきた発想のひろがりに、もっと注意を向けていくことが必要であろう。特に、地の文と連続しつつ、しかもそれだけで完結性を有する和歌、漢詩など、その中でも、前後の描写の感動の集約点となっているものには、その表現効果について多面的な検討が必要であろう。また、それが平家物語の構造とどのように絡みあい、相乗的効果を生み出しているのかを解明していくことによって、平家物語の抒情性が一層明らかにされていくことと思われる。

注

（1）『平家物語研究事典』（明治書院　昭和53）「月見」項、糸賀きみ江氏筆。

（2）①水野平次氏『白楽天と日本文学』（目黒書店　昭和5　複製は大学堂書店　昭和57）
②家永三郎氏『上代倭絵全史』（座右宝刊行会　昭和17）
③神田秀夫氏「白楽天の影響に関する比較文学的一考察」（「国語と国文学」昭和23・10／11）
④大曾根章介氏「漢文学と源氏物語との関係――長恨歌を中心として――」（『大曾根章介日本漢文学論集第三巻』汲古書院　平成11　初出は昭和43・5）
⑤久保田淳氏「建礼門院右京大夫集評釈22」（「国文学」昭和45・9）
⑥池田利夫氏『日中比較文学の基礎研究〈翻訳説話とその典拠〉』（笠間書院　昭和49　増補版は昭和63）
⑦同氏「中古日本文学と中国文学（弐）」（「武蔵野文学」23　昭和51・1）
⑧久保田淳氏「中世日本文学と中国文学――長恨歌の受容を中心として――」（『中世文学の時空』若草書房　平成10　初出は昭和51・1）
⑨近藤春雄氏『長恨歌・琵琶行の研究』（明治書院　昭和56）
など。

（3）『道命阿闍梨集』一四九・三一一にも載る。

（4）『道済集』二四五（「長恨歌、当時好士和歌よみしに、十首」のうち、「不見玉顔」と題して）にある。また、『玄々集』一一五、『金葉和歌集』三奏本巻三・秋・一六五にも載る。

（5）『新古今和歌集』雑中・一六八一

百首歌よみ侍けるに　　摂政太政大臣

ふるさとは浅茅が末になりはてて月にのこれる人の面影

も、久保田氏は「長恨歌の心をよんだとはいわないが、その俤のある歌であるといってよいと考える」（『新古今和歌集全評釈』講談社　昭和52）と、慎重にではあるが、その関連性を指摘している。

（6）尚、長門本ではこの部分が、「やうきひかたくひいてきなんすと人申けり。さまさまにちかはせ給ふ事もありけり」となっている。南都本の如き本文を杜撰に写したと考えられている（山下宏明氏『平家物語研究序説』〈明治書院　昭和47〉に詳しい）が、杜撰であるばかりでなく、長門本編者は、多子の歌が長恨歌をひいていることに気がつかなかった為に、安易に削除したのではないだろうか。

（7）冨倉徳次郎氏は『平家物語全注釈　中巻』（角川書店　昭和42）で、この「浅茅が原」の説明に右京大夫集を引用している。また、久保田氏も、注（2）⑤の中で、「平家のこの部分は右京大夫集に負う所があるのではないかと、ひそかに考える」と言及している。

（8）前掲注（2）⑤に同じ。

（9）前掲注（2）⑧に同じ。

（10）抑長恨歌絵相具天、有二一紙之反古一、披見之処、通憲法師自筆也、文章可レ褒、義理悉顕、感歎之余、写二留之一、其状云、

唐玄宗皇帝者、近世之賢主也、然而慎二其始一棄二其終一、雖レ有二泰岳之封禅一、不レ免二蜀都之蒙塵一、今引二数家之唐書、及唐暦、唐紀、楊妃内伝一、勘二其行事一、彰二於画図一、伏望、後代聖帝明王、披二此図一、慎二政教之得失一、又有二厭離穢土之志一、必見二此絵一、福貴不レ常、栄楽如レ夢、以レ之可レ知歟、以二此図一、永施二入宝蓮華院一了、于レ時平治元年十一月十五日、彌陀利

生之日也、沙彌在判

（11）冨倉徳次郎氏『平家物語研究』（角川書店　昭和39）第二章

（12）「嘉応相撲節・待宵小侍従――延慶本平家物語の古態性の検証・続――」（「長崎大学教育学部人文科学研究報告」30　昭和56）

（13）松尾葦江氏『平家物語論究』（明治書院　昭和60）第四章四（初出は昭和51・12）

（14）「其夜ハ終夜侍従ニ物語ヲシテ千夜ヲ一夜ニトロスサミ給ニ、未タルニレ叙ヘ別緒依々ノ恨ヲ五更ノ天ニ成ヌレハ涼風颯々ノ声ニ驚テヲキ別給ヌ、侍従余波ヲ惜ムトオホシクテ……」など。本篇第三章参照。

（15）『平家物語の研究』（早稲田大学出版部　昭和23）第二篇第一章

（16）「平家物語と和歌」（『諸説一覧平家物語』明治書院　昭和45）

〔引用したテキスト〕

『源氏物語』『後拾遺和歌集』『詞花和歌集』『新古今和歌集』『平治物語』（以上は新日本古典文学大系）、『俊頼髄脳』（『歌論集』日本古典文学全集）、『伊勢集』『忠度集』『月詣和歌集』（以上は新編国歌大観）、『狭衣物語』（日本古典文学大系）、『建礼門院右京大夫集』（新潮日本古典集成）、『唐物語全釈』（笠間書院　平成10）、『源通親日記全釈』（笠間書院　昭和53）

第二章　灌頂巻「大原御幸」の自然描写の考察

——覚一本を中心に——

はじめに

平家物語灌頂巻は建礼門院を主人公とし、全巻の中でそれ自体が独立した、一つの完結した世界を形作っている。その自然描写は灌頂巻の展開を導く重要な役割を担うと思われる。中でも「大原御幸」の自然描写は和歌や和歌的表現によって構築され、韻律的な響きの魅力とも相まって鑑賞されてきたが、実は、物語の展開に即して鑑賞の方向を規定する仕掛けを内蔵していると考えられる。用いられる言葉は決して特殊なものではないが、その積み重ねが相乗効果をもたらし、新たな言語空間を創出している。この言語空間は所謂抒情性といった漠然とした用語で尽くされるものではない。そこには、物語世界の展開との関連の中で考察されるべき問題が内包されている。本章は、類型的な言語表現の累積によって現出する〈場〉と物語の展開との相関性、相乗性を、灌頂巻を対象に具体的に明らかにするものである。

一、「大原入」

灌頂巻の各章段における自然描写は以下の如くである。（括弧内は日本古典文学大系のおおよその行数である）。

「女院出家」――吉田の住居(11)、出家後の五月の夜(9)、七月の大地震の後(8)

「大原入」――寂光院への道と寂光院(10)、十月の庵室(13)、

「大原御幸」――寂光院への道(11)、寂光院(11)、庵室(10)

「六道之沙汰」「女院死去」――なし

灌頂巻の自然描写が享受者を女院と情緒的に一体化させていることは、既に指摘されている[1]。その指摘に導かれて、当節では、自然が実際にどのような方法によって描かれているのかを、「大原入」を例にとって確認していきたい。

文治元年長月の末に、彼寂光院へ入らせ給ふ。道すから四方の梢の色々なるを御覧しすきさせ給ふ程に、山かけなれはにや、日も既くれかゝりぬ。野寺の鐘の入あひの音すこく、わくる草葉の露しけみ、いとゝ御袖ぬれまさり、嵐はけしく木の葉みたりかはし。空かきくもり、いつしかうちしくれつゝ、鹿の音かすかに音信て、虫の恨もたえ〳〵なり。とにかくにとりあつめたる御心ほそさ、たとへやるへきかたもなし。浦つたひ嶋つたひせし時も、さすかかくはなかりしものをと、おほしめすこそかなしけれ。岩に苔むしてさひたる所なりけれは、すまゝほしうそおほしめす。露結ふ庭の萩原霜かれて、籬の菊のかれ〳〵にうつろふ色を御らんしても、御身の上とやおほしけん。

女院の大原入は、冒頭に長月末とあるように晩秋に設定されている。山里の晩秋の寂しさが次々と綴られ、その景が女院の心境に融合するように描かれる。例えば、露や時雨は袖を濡らすことから女院の涙を連想させ、菊のうつろう色は「御身の上」、つまり零落した女院の身を連想させ、というように、庭の景色が女院の心情や現在の状況を具象化している。晩秋という季節の設定は悲しみに浸る女院の心境を映すために選ばれた、といってもよい。更に女院が

「おほしめし」たという表現が重ねられる（網かけ部分）ことに代表されるように、言葉が醸成した環境を女院の立場から捉えるように叙される。自然はこのようにして女院に現況に涙させ、過去を追憶させ、また、享受者が女院の心情に沿うように描かれる。

この方法は「女院出家」でも同様である。時や場所は異なるが、やはり自然描写は女院の心情に沿って女院の現在の境遇を映す。

二、寂光院への道

前節では女院と自然とを一体化させる叙述を検討したが、続く「大原御幸」における自然描写は、「大原入」以前とは異なる方向を示す。即ち女院の心情から離れて自然が描かれている。(2) 以下に「大原御幸」を三つに分節して具体的に見ていくこととする。

〔一〕かゝりし程に、文治二年の春の比、法皇、建礼門院大原の閑居の御すまゐ、御覧せまほしうおほしめされけれとも、(1)きさらきやよひの程は風はけしく、余寒もいまたつきせす、峯の白雪消えやらて、谷のつらゝもうちとけす。春すき夏きたて北まつりも過しかは、法皇夜をこめて大原の奥へそ御幸なる。〔略〕(2)遠山にかゝる白雲は、散にし花のかたみなり。青葉に見ゆる梢には、春の名残そおしまるゝ。比は卯月廿日あまりの事なれは、夏草のしけみか末を分いらせ給ふに、はしめたる御幸なれは、御覧しなれたるかたもなし。人跡たえたる程もおほしめししられて哀なり。

まず、「文治二年の春の比」と始まるが、これは次に続く「おほしめされけれとも」という逆接の言葉によって打ち消されている。打ち消されてはいるものの、文治二年春という季節は脳裏に刻まれ、後々にまで影響を与えることになる。この一句がわざわざ冒頭に記されることについては後に述べるが、注意を払っておきたい。

さて、その後、(1)では春の寒さを避けて夏になるのを待ったことが強調される。また、「北まつり」即ち賀茂祭りは『枕草子』第三段を引くまでもなく、夏の到来を告げる風物詩である。御幸が初夏の訪れとともになされたとの印象が刻まれる。そして、続く山道は青葉の見える初夏の季節である。太陽暦で言えば五月末頃に当たるが、(2)ではもはや散り果てた桜をわざわざ白雲や梢に見立てて表現する。この表現によって、見えない筈の桜を連想させてはなやぎを演出することになる。

この(2)の表現は、『千五百番歌合』春四・二百三十番右・四六〇にある、

まがふとていとひしみねのしら雲はちりてぞ花のかたみなりける

という、後久我太政大臣源通光の歌を想い起こさせる。この歌は『万代和歌集』巻二・春下・四六二、『続後撰和歌集』巻三・春下・一四三にも収められている。眼の前に咲く花を白雲に、或いは白雲を花に譬える歌は数多く詠まれているが、散ってしまった花の「形見」に白雲を見るという詠み方は、『千五百番歌合』判詞に「右歌、ちりてぞ花のかたみなりけるといへる心をかしく侍るにや」と評価されていることからも推測されるように、この歌以前にはあまり例を見ないようである。(2)によって、夏の季節を描く中に既に去ってしまった春を思わせる表現が織り込まれ、季節は冒頭に提示された「春」に迫ることになる。

なお、この歌は『万代和歌集』において、その前後の歌と共に、平家物語の詞章に似通った情景を構成している。

題しらず　　　後法性寺入道前関白太政大臣

461 ときは木にたえだえかかるしらくもやあを葉まじりのさくらなるらん

千五百番歌合のうた　　後久我太政大臣

462まがふとていとひしみねのしらくもはちりてぞはなのかたみなりける

二条院御時、尋残花といふことを　　権大納言実国

463やまふかみなほたづねゆけおのづからあを葉がくれにはなやのこると

平家物語に描かれた白雲、花、青葉、そして後に描かれる青葉混じりの桜等の一連の表現がここではいともたやすく組み立てられている。(3) 覚一本の何気ない表現の中にも和歌的発想が浸透していることが窺える。こういった語の使用と組合せによって、女院の安否を気づかっての忍びの御幸に、花を尋ねるという王朝文芸的な趣向が重ねられることになる。

この〔一〕の場面では、草いきれのする初夏の山道の御幸でありながら、そこに春の名残を尋ねる、風雅な趣さえ綴られる。しかもその際、一方では初夏の到来を述べているにも拘らず、印象を冒頭で打ち消していた「春の頃」に無意識のうちに近づけるように、季節の表現を少しずつ逆行させる工夫がなされている。

三、寂光院の庭

場面を進めることにする。続いて一行はようやく寂光院に辿り着く。

〔二〕西の山のふもとに一宇の御堂あり。即寂光院是也。ふるう作りなせる前水木たち、よしあるさまの所なり。「(3)甍やふれては霧不断の香をたき、枢おちては月常住の灯をかゝく」とも、かやうの所をや申へき。庭の若草しけりあひ、青柳の糸をみたりつゝ、池の蘋浪にたゝよひ、錦をさらすかとあやまたる。中嶋の松にかゝれる

(4)藤なみの、うら紫にさける色、(5)青葉ましりのをそ桜、初花よりもめつらしく、岸のやまふきさきみたれ、八重たつ雲のたえ間より、山郭公の一声も、君の御幸をまちかほなり。法皇是を叡覧あて、かうそおほしめしつゝけける。

(6)池水にみきはのさくら散しきてなみの花こそさかりなりけれ

ふりにける岩のたえ間より、おちくる水の音さへ、ゆへひよしある所なり。緑蘿ノ牆、翠黛ノ山、画にかくとも筆もをよひかたし。

寂光院の荒廃した様が、まず(3)「甍やぶれては霧不断の香をたき、枢おちては月常住の灯をかゝぐ」という引用によって提示される。この漢詩的表現は最終的には法皇の叡覧という形で締め括られるが、本質的には客観的と言ってもいい訪問者の視点からの描写であり、女院の主観に沿ったものではないことに注意すべきであろう。「大原入」では、風景は女院の側から眺められ、その荒廃の様に、女院の過去への追憶の念と未練に引きずられる思いとが重ねられていた。それに対してここでは、霧が不断香に、月光が常住の灯に思い寄せられ、隠遁と修行への憧れにつながるものとして捉えられる。同じ荒廃の様を映しながら、その意味するものがかなり異なったものになってくる。

さて、庭の景色はと言えば、例えば、山道では既に散っていた桜を、(5)で「青葉まじりのをそ桜、初花よりもめづらしく」と眼の前に見せている。これは、既に多くのテキストの注等で指摘されるように、『金葉和歌集』巻二・夏・九五、藤原盛房の、

夏山の青葉まじりの遅桜はつはなよりもめづらしきかな

を巧みに引用したものであり、季節遅れの桜の珍しさを思わせる。次にこの歌を受けて、(6)「池水に……」の歌が記される。これは法皇が親王の時代に鳥羽殿で作ったもので、『千載和歌集』巻二・春下の二首め（七八）に収められて

いる。(4) 本来は歌集の配置からしても、落花の頃の春爛漫の季節を題材とした歌なのだが、ここでは青葉混じりの遅桜に続くことによって、思いがけない季節外れの桜のもてなしを表わすことになる。

ところで、この部分、「若草」「青柳の糸をみだりつゝ」「岸のやまぶき」等、春を思わせる情景を次々と重ねている。また、藤には(4)「うら紫」という歌語的表現を用いてその色彩を形容している。「うら紫」はしばしば「恨む」意を響かせて詠まれたようだが、ここではその意味はない。寧ろ、紫の色彩を述べるのに歌語を用いたということに意味を見出せよう。(5) 優雅な趣を増し、同時に藤の紫色の色彩を豊かに想像させることにも効果を上げる。このような表現が重なることによって、季節は夏の筈なのに、繰り広げられる光景は全体としては色鮮やかな晩春の景色へと変貌していく。

また、この部分には『狭衣物語』冒頭部分との類似が早くから指摘されている。(6) 以下に該当箇所を掲げることとする。

少年の春は、惜しめども留まらぬものなりければ、弥生の廿日余にもなりぬ。御前の木立、何となく青み渡れる中に、中島の藤は、「松にとのみも」思はず咲きかゝりて、山ほととぎす待顔なるに、池の汀の八重山吹は、「井手の辺にや」と見えたり。

しかし、似ているというならば、『狭衣物語』を更に溯って、『源氏物語』胡蝶巻冒頭部分も指摘できよう。(7) これも以下に記す。

やよひの二十日あまりのころほひ、春の御前のありさま、常よりことに尽くしてにほふ花の色、〔略〕山の木立、中島のわたり、色まさる苔のけしきなど、〔略〕御前の方は、はるぐ\と見やられて、色をましたる柳、枝を垂れたる、花もえも言はぬにほひを散らしたり。ほかには盛り過ぎたる桜も、いま盛りにほお笑み、廊をめぐれる藤の色もこまやかにひらけゆきにけり。まして池の水に影をうつしたる山吹、岸よりこぼれていみじき盛りなり。このような表現を見ていくと、『狭衣物語』と平家物語が類似しているというよりも寧ろ、「三月廿日余」の晩春の季節を演出するための表現が『源氏物語』から『狭衣物語』への継承のうちに編み出され、これが更に何段階かの手続きを経て平家物語に流れ込んだと考えた方がよかろう。その過程についてはまだ解決できるほどの資料を持ち合わせていない。今は次のことを指摘するに止めておく。それは、寂光院の趣を三月下旬のものとして描くために、平家物語は文学伝統を下敷きとした季節感を漂わせる言葉を十分に意識的に重ねているということである。しかしながら、平家物語では三月下旬の光景を四月も末になった大原で繰り広げている。一体何故、御幸が実際よりも一ヵ月も溯った季節感をもって描かれることになったのであろうか。

この疑問に対しては、舞台が大原という山間の、春の訪れの遅い地なので、一ヵ月遅れの晩春の光景を繰り広げるのはさほどおかしいことではないとも考えられよう。確かにこの部分だけを考えるならば、それももっともである。しかし、寂光院の風景描写はこれで終わるものではない。次章のこれに続く後半部分を見ていくと、ことは晩春の景色の割り込みというには止まらないようである。季節の設定を多角的に検討する必要があろう。

四、庵　室

〔三〕女院の御庵室を御らんすれは、軒には蔦槿はひかゝり、信夫ましりの忘草、(7)瓢簞しは〳〵むなし、草顔淵か巷にしけし。藜てうふかくさせり、雨原憲か枢をうるほすともいつへし。杉の葺目もまはらにて、時雨も霜もをく露も、もる月影にあらそひて、たまるへしとも見えさりけり。うしろは山、前は野辺、いさゝをさゝに風さはき、世にたゝぬ身のならひとて、うきふししげき竹柱、都の方のことつては、まとをにゆへるませ垣や、わつかにことゝふものとては、峯に木つたふ猿のこゑ、しつかつま木のおのゝ音、これらか音信ならては、まさ木のかつら青つゝら、くる人まれなる所なり。

描写は蔦、槿、忘草から始まり、その後も〔二〕とは対照的に緑を基調とする。また、夏であるにも拘らず、時雨、霜、露等、秋から冬にかけて使われる言葉を用いている。それらからは「大原入」で見た如く、涙に浸る女院の心情が思い起こされるであろうし、「世にたゝぬ」「うき」「まどを」等の語が畳み込まれることによって世間から隠れた女院の現況が思い浮かぶことにもなる。〔三〕の自然描写は一見、落魄の女院に相応しい光景を描くものであり、その限りでは「大原入」と共通するようである。

ところで山中への隠遁については仏教説話集等にしばしば描かれるところである。その地の風景は、数は多くはないものの『方丈記』等を始めとして、遁世者を多く登場させる『撰集抄』等にも描かれている。『撰集抄』より二、三、左に引用する。

○彼所は、前は野辺、叢蘭茂成て風に破れ、虫声は草の根毎にしどろなり。後は山、嵐、よりく音信て、松葉琴をしらぶ。（四―四　範円事別妻）

○所がら殊にすみて覚侍る。長山よもに廻て、僅に爪木こるおのゝ音の山彦ひゞき、峰のよぶこどりのひめもすになきわたり、秋の草、門を閉て、閨に葛のしげりて（四―五　顕基卿事）

○長月の始つかた、かの御室にたどりく罷にき。草深く茂りあひて、ゆきかう道も跡たえ、尾華くず花露繁くて、のきもまがきも秋の月すみわたり、前は野べ、つまは山路なれば、虫の音哀に、あい猿のこゑ殊に心すごし。（五―六　中納言局発心）

隠遁者が山中に住むのであるから、その情景描写は当然、右の如く奥深い山の様を表わすことになる。しかし、その人里離れた山中の情景はかなり定型化されており(8)、しかも季節は殆ど秋に設定されている。隠遁者の光景即ち秋の山里、という連想が一般に定着していたと考えられよう。「大原入」に展開された景色もそれに合致していた。

さて〔三〕に戻るが、網かけ部分は右に引用した『撰集抄』に類似すると認められる箇所である。また、夏よりも寧ろ秋を連想させる語をしばしば用いていることは既述したとおりである。従って、〔三〕は隠遁者の住まいを描く定型をそのままに取り入れていると考えてよい。しかも(7)は「瓢簞屢空、草滋二顔淵之巷一、藜藿深鎖、雨湿二原憲之枢一」という『和漢朗詠集』巻下・草・四三七からの引用で、虚飾のない庵室の光景を思わせるものである。これらにより、〔三〕は〔二〕(3)「甍やぶれては……」と呼応した、理想的ともいえる隠遁者の庵室の描写を目指したものと考えられる。〔三〕の自然は落魄の女院の現況を思い起こさせるものの、女院の心情からは離れて描写されているといえよう。

ところで、この部分は〔一〕や〔二〕ともかなり趣が異なっている。〔一〕〔二〕の寂光院の庭は春から晩春にかけての季節を色彩豊かに描いたものであり、それに比して、〔三〕の女院の庵室は山中に住まう隠遁者の夏から秋を思わせる風景を単彩で描くものである。このように〔三〕を取り出して〔一〕〔二〕と対照させると、印象に刻まれる季節の齟齬のために奇妙に思われる。しかし、「大原御幸」の始めから順次辿っていくとどうであろうか。春から秋にかけての自然が一堂に会することになりはしないだろうか。三つの季節が同時に繰り広げられ、全体としては、季節の循環を超越した風景が作り上げられることになろう。女院の居る〈場〉は『撰集抄』に描かれるような単なる隠者の庵室というには止まらない。果たして、ここに現出した超現実的な情景は過剰な修辞の結果として閑却してよいものであろうか。

このような季節の移ろいを超越した空間については、『宇津保物語』『源氏物語』を始めとして御伽草子にまで流れ込む〝四方四季の庭〟が思い起こされる。四方に四季を配することで現世の時間を超越した、浄土にも比すべき異境的世界を作り出す技巧である。「大原御幸」では四方に各季節を置くこともなく、四季の全てが揃っているわけでもない。その点、四方四季と同一とは言えないが、異なる季節を共存させるところには共通の発想が窺えよう。(9)

さて、「大原御幸」の寂光院の景は前述したように、他者からの憧憬の念のこもる隠遁者の庵室として描かれていた。しかも庵室の中には、

一間には来迎三尊おはします。中尊の御手には五色の糸をかけられたり。左には普賢の画像、右には善導和尚幷に先帝の御影をかけ、八軸の妙文・九帖の御書もをかれたり。〔略〕そのなかに大江の貞基法師か清涼山にして詠したりけむ「笙歌遙聞孤雲上、聖衆来迎ｽ落日前」ともかゝれたり。

というように、三尊像、法華経、或いは、定基の詩等が置かれ、女院自身の浄土への憧れを示している。「うら紫」と藤の色彩を描いていたのも、紫雲を連想させる。これらの状況や前述の発想法を併せ考えると、季節を超越した寂光院は既に現実の苦渋に満ちた世界を超えた、一種の浄土的空間として設定されていると考えられるのではないか。更に、女院の往生こそ灌頂巻の約束された結末であるという物語全体の構図は、この設定の支柱となろう。現世を超えた〈場〉の設定は既に御幸の始めから、女院が往生し、救済される結末の暗示なのである。換言すると、「大原御幸」に描出される自然は女院の来たるべき往生を予想させるものであり、灌頂巻の決定された展開を先取りするものとして作り上げられているのである。

五、「文治二年春の頃」

以上、「大原御幸」を中心に、その自然描写の組み立てを見てきた。多様な文学伝統を表現の背後に探り、自然描写が作り出す独自の言語空間を明らかにすることによって、そこに女院の往生を予感させる働きを見ることができるというのが、これまでの結論である。

ところで従来、「大原御幸」が多くの人々に愛好されもてはやされてきたことには、晩春を思わせる光景が描かれたことが大いにあずかっている。それが描かれたことによって、類型的な隠遁者の住まいの描写ではなくなったからである。このような風景の展開は、既に検討したように、初夏の道中から冒頭の「春の比」に近づけるべく表現を差し込むことによって初めて可能になったものである。とすると、冒頭の「文治二年春の比」という表現の呪縛が非常に強く、それ故に如上の表現が構築されたということになる。それでは何故「文治二年春の比」に焦点を合わせて表現が練り上げられていったのか、この点を最後に考えたい。

さて、「文治二年春の比」との関連で思い出されるのが平家一族の滅亡の〈時〉である。平家一族が滅亡したのは「元暦二年三月二十四日」であった。法皇が御幸を思い付いたとされる文治二年春、殊に後々にまで影響を与える程に強調されていた三月下旬の候は、この元暦二年から一年を経て、まさに一周忌を迎える時期にあたる。覚一本が冒頭の語に縛られ続けたのは、この一周忌との関連が強く意識されていたためではなかろうか。実際、一周忌を背景に法皇と女院が向かい合う構図は、六道語りに恰好の舞台設定である。以上より、覚一本は法皇が一周忌に際して御幸を思い付いたとするだけではなく、一周忌に御幸を行なったことを表現しなければならなかったと判断される。

覚一本が女院の住まいを一人の隠遁者のそれとして描くだけならば、あえて春の草花をこれほどに持ち出す必要はあるまい。〔三〕で隠遁者の住まいを叙していた定型的な表現を敷衍することで十分である。しかし、一周忌を迎えた春と結び付けることを必然と受けとめた覚一本は、季節を交錯させる煩を厭わずに、殊更に初夏を春の景色に塗り上げた。それがために現実を超えた風景が生まれることになったわけである。だが、この風景は、実は、前節で述べたように女院の往生が灌頂巻の物語の構図として決定していたこととの連動の中で、密接な意味を持つことになる。灌頂巻という女院往生に至る大きな物語の枠組みを意識し、そこに収束させるための効果的な舞台背景を作り出すところに、「大原御幸」の自然描写の意味をみることができよう。

おわりに

以上、覚一本において表現される言語自体が如何なる〈場〉を作り出しているのか、そしてそれが物語全体の展開とどのように関わるのか、を具体的に検証してきた。その結果を左に簡単に纏めることとする。

灌頂巻の中でも、特に「大原御幸」は文学伝統を背負った言葉を重ねたり、類型的な表現を組み入れたりすることによって、結果的には季節の循環を超越した、現実にあるとは思えない超現実的世界を作り出している。これは、御幸に平家滅亡後の一周忌を重ねようとする覚一本の意志が導き出したものである。しかし、この風景が灌頂巻の中で意味を持つのは、灌頂巻が女院往生という来たるべき結末への決定された構図を持つからであり、それ故に、女院の往生を予告するものとして作用し、灌頂巻の一層の効果的な舞台装置を作り出すことになったのである。

なお、平家物語諸本の複雑なありようが、現存本文に綴られている言葉の表現性の分析を躊躇させる面があることは確かである。しかし、明らかに表現方法として意図的に修辞に工夫を重ねている覚一本については、方法の限界を傍らに見据えつつも、表現された言葉にこだわることは必要ではなかろうか。これは覚一本の文学的特質を明らかにするための作業であるとともに、類似の言葉を用いながら同じ〈場〉を作り得ない、或いは別の志向を持つ他の諸本の在り方を考える手掛かりともなると思われる。

注

（1）松尾葦江氏『軍記物語論究』（若草書房　平成8）第三章四（初出は昭和61・9）

（2）「大原入」までと「大原御幸」との描写方法の相違についてはその原因を灌頂巻の形成の問題に探ることが出来ようが、本章では多様な形成過程を含み込んだ結果として定着した覚一本にどのような世界が形成されているのか、という点を問題としたい。

（3）散ってしまった桜花を幻視する発想は、『万代和歌集』だけのものではない。『新古今和歌集』を例にあげると、

144 散る花のわすれがたみの峰の雲そをだにのこせ春の山風（左近中将良平）
145 花さそふなごりを雲にふきとめてしばしはにほへ春の山風（藤原雅経）
146 おしめども散りはてぬれば桜花いまは梢をながむばかりぞ（後白河院）

などの類似の表現が見られる。

（4）詞書には、「御子にをはしましける時、鳥羽殿にわたらせたまへりけるころ、池上花といへる心をよませたまうける」とある。

（5）「うら紫」は「行く春をうらむらさきの藤の花帰るたよりにそめやはつらん」（『拾遺愚草』五一八）のように「恨む」意を掛けて用いる場合が多いものの、結句からも窺えるように、紫色の色彩も意識されている。それが、時代が下ると「恨む」意を響かせる用例は殆ど見出せなくなる。十四世紀の作品では主に紫の色彩を表わす語として用いられる。覚一本もこの流れを継承したものと考えられる。なお、妹尾好信氏は、「うら紫の藤の花――『平家物語』「大原御幸」の一節――」（「古代中世国文学」9　平成9・3）で、「うら紫」は、『詞花和歌集』巻八・恋下・二五七の「とはぬまをうらむらさきにさく藤の何とてまつにかゝりそめけむ」を踏まえていると指摘する。

（6）島津久基氏「小督と大原御幸――平語餘録――」（「国語と国文学」大正15・10）

（7）『狭衣物語』における『源氏物語』の影響については、土岐武治氏『狭衣物語の研究』（風間書房　昭和57・3）を参照した。

（8）小島孝之氏は『中世説話集の形成』（若草書房　平成11）Ⅱ2⑵（初出は昭和52・5）で、『撰集抄』の情景描写が、遁世賛美に発した「きわめて観念的に、一定のパターンによって」設定されたものであることを指摘している。

（9）四方四季の庭については多く言及されているが、徳田和夫氏『お伽草子研究』（三弥井書店　昭63・12）第一篇より多く示教を得た。

〔引用したテキスト〕

『千五百番歌合』『万代和歌集』『拾遺愚草』（以上は新編国歌大観）、『狭衣物語』（日本古典文学大系）、『詞花和歌集』『新古今和歌集』（以上は新日本古典文学大系）、『和漢朗詠集』（新潮日本古典集成）、『撰集抄上』（古典文庫81　現代思潮社）

第三章　「月見」の考察　その二

――延慶本を中心に――

はじめに

延慶本平家物語には、和歌、和歌的表現、漢詩、漢詩的表現などに古典作品からの引用が多い。同様の引用は覚一本でもなされている。覚一本では、それらが抒情的な側面を形づくり、享受者の感動を誘うのに有効である場合が多い[1]が、延慶本では覚一本とは異なる引用の方法、或いは引用の姿勢が窺えるようである。延慶本における引用には、覚一本のような享受者の感動、共感、抒情を引き出すことを目的とすることとは別の目的があるように思われる。

延慶本は、往々にして様々な資料が生のままで登載されており、その未整理とも言える内容や構成に古態が見出されている。勿論、現存の形すべてを古態としてひとしなみに扱うことはできない。現延慶本を溯る形から現延慶本に至るまでの複層的成立が先学によって指摘されている。しかし、本章では古態も取り込んで成り立っている現延慶本を敢えて一元的に扱うことによって、現延慶本を作りあげる際の編者の和歌等に対する姿勢を明らかにしていきたい。

考察の対象としては第一章で覚一本を対象として考察した「月見」を取り上げる。「月見」は虚構性の強い章段であり、延慶本では短い章段の中にいくつかの資料が投入されている。和歌関係の記事もあり、それらを取り込んで構成していく際の特色を把握しやすいと考える。そこから、覚一本とは異なる延慶本の叙述態度の一端を明確にできるのではないかと思う。なお、「月見」は、覚一本等による章段名であり、延慶本では「実定卿待宵ノ小侍従ニ合事」（巻四—卅二）を章段名とするが、便宜上、通称として用いる。

一、「月見」の紹介

治承四年六月、平清盛は福原遷都を強行した。「月見」は、藤原実定が八月の月を見るために荒廃した旧都に赴き、妹の大宮御所で、

古キ都ヲ来テミレハ　アサチカハラトソナリニケル
月ノ光モサヒシクテ　秋風ノミソ身ニハシム

という今様を歌う章段であり、王朝文学世界を想起させる優雅な趣を漂わせる。が、そのことがかえって物語展開の緊迫した流れを妨げているともいえる。何故なら、この前後は平家の王法に対する最大の悪行である遷都から平家滅亡に直結する頼朝挙兵へ、と急転回していく箇所だからである。このように一見全体の調子を乱すと思われる記事を挿入する理由として、「この段の構想自体に、古きよき伝統と人々の心をふみにじった平氏の悪行に対しての抵抗がこめられている」ことが既に指摘されている。(2) これは主に覚一本による指摘であるが、延慶本でも基本的にはかわらない。そしてこの「抵抗」の気持ちは、実定の今様に集約されていると考えられる。(3) ただ、延慶本には覚一本とは異なる独自の姿勢に基づく章段の形成がなされている。

今述べた梗概からもわかるように、旧都の荒廃の描写は該当章段の重要な前提となるのだが、それは前章段巻四—

卅「都遷事」の終盤に置かれている。但し、延慶本の章段の区切れは後次的なものと推測されている[4]ので、本節では「月見」の考察を卅後半から行なうこととする。

卅後半から卅一の該当部分を、長くなるが、以下に引用する（便宜上段落に分けた）。

〈卅〉都遷事（後半のみ）

A　サテモ故京ニハ辻毎ニ堀ホリ、逆向木ナド引キ、①車モ輒ク可モ通一ル無レハ、希ニ小車ナトノ通モ、道ヲヘチテソ行ケル。無レ程田舎ニ成ニケルコソ、夢ノ心地シテ浅猿ケレ。②人々ノ家々ハ、鴨河、桂河ヨリ筏ニ組テ福原へ下シツヽ、空キ跡ニハ③浅茅カ原、蓬カ杣、鳥ノフシト、成テ、虫ノ音ノミソ恨ケル。適残ル家々ハ、門前草深シテ、④荊蕀埋道一庭上ニ露流テ、蓬蒿為林一⑤雉菟禽獣之栖黄菊芝蘭之野辺トソ成ニケル。僅ニ残留給ヘル人トテハ、皇太后宮ノ大宮計ソ御坐ケル。

B⑴八月十日余ニモ成ニケレハ、新都ヘ供奉ノ人々ハ、聞ユル名所ノ月ミムトテ、思々ニ被出一ニケリ。或ハ⑥光源氏ノ跡ヲ追ヒ、須磨ヨリ明石ヘ浦伝ヒ、或ハ淡路ノ廃帝ノ住給シ絵嶋ヲ尋ヌル人モアリ。或ハ白浦、吹上、和歌浦、玉嶋（ママ）嶋ヘ行者モアリ。或ハ住ノ江、難波潟、思々ニ被趣一ケリ。

⑵左馬頭行盛ハ難波ノ月ヲ詠メテ、カクソ詠シ給ケル。

ナニハカタ蘆フク風ニ月スメハ心ヲクタクオキツシラナミ

〈卅一〉実定卿待宵ノ小侍従ニ合事

C⑴後徳大寺ノ左大将実定卿ハ、古京ノ月ヲ詠ントテ旧都ヘ上リ給ケリ。

⑵御妹ノ皇太后宮ノ八条ノ御所ヘ参給テ⑦月冱人定テ門ヲ開テ入給タレハ、⑧旧苔道滑ニ而⑨秋草閉テ門一ヲ⑩瓦ニ松

生牆ニツタ滋リ、分入袖モ露ケク、アルカナキカノ苔ノ路、⑪指入月影計ソ面替リモセサリケル。

(3)八月十五夜ノクマナキニ大宮御琵琶ヲ弾セ給ケリ。彼ノ源氏ノ宇治ノ巻ニ、優婆塞ノ宮ノ御娘、秋ノ余波ヲ惜テ琵琶ヲ弾シ給シニ、在明ノ月ノ山ノハヲ出ケルヲ猶不堪一ヤ覚シケム、撥ニテマネキ給ケムモカクヤ有ケムト其夜ヲ被思知ケリ。

(4)

ツラキヲモウラミヌ我ニ習ナヨウキ身ヲシラヌ人モコソアレ

ト読タリシ待宵小侍従ヲ尋出シテ、昔今ノ物語ヲシ給フ。

(5)カノ侍従ヲハ本ハ阿波局トソ申ケル。高倉院ノ御位ノ時、御悩有テ供御モツヤ〳〵マイラサリケルニ、歌タニモ読タラハ供御ハマイリナムト御アヤニクアリケレハ、トリアヘス、

君カ代ハ二万ノ里人数ソヒテ今モソナフルミツキモナ哉

ト読テ、其時ノ勧賞ニ侍従ニハ成レタリケルトカヤ。

(6)サテモサヨフケ月モ西山ニ傾ケハ、嵐ノ音モノスコウシテ草葉ノ露モ所セキ、露モ泪モアラソヒテス、口ニ哀ニ思給ケレハ、実定卿御心ヲ澄シテ腰ヨリアマノ上丸ト二云横笛ヲ取出シ、平調ニネトリ、古京ノ有様ヲ今様作リ歌ヒ給ケリ。

古キ都ヲ来テミレハ　アサチカハラトソナリニケル

月ノ光モサヒシクテ　秋風ノミソ身ニハシシム

ト二三反ウタヒ給タリケレハ、大宮ヲ奉始一女房達、心アルモ心ナキモ各袖ヲソヌラシケル。

(7)其夜ハ終夜侍従ニ物語ヲシテ⑫千夜ヲ一夜ニトロスサミ給ニ、⑬未タルニレ叙ヘ別緒依々ノ恨ヲ五更ノ天ニ成ヌレハ、涼風颯々ノ声ニ驚テヲキ別給ヌ。侍従余波ヲ惜ムトオホシクテ御簾ノキハニ立ヤスラヒ、御車ノ後ロヲ見送奉ケレ

ハ、大将御車ノ尻ニ被乗タリケル蔵人ヲ下シテ、侍従カ名残惜ケニテアリツル、ナニトモ云捨テ帰レト有ケレハ、蔵人取アヘヌ事ナレハ、何ナルヘ《(ママ)》トモ覚ヌニ、折節寺々ノ鐘ノ声、八声ノ鳥ノ音ヲ聞。実ヤ、此女ハ白河院ノ御宇、待宵与帰朝ニ云題ヲ給テ、

　待宵ノフケ行カネノ声キケハアカヌ別ノ鳥ハモノカハ

ト読テ、マツヨヒノ二字ヲ賜テ待宵小侍従トハヨハレシソカシトキト思出サレテ、

　物カハトキミカイヒケム鳥ノ音ノケサシモイカニカナシカルラム

侍従返事ニ、

　マタハコソフケユクカネモツラカラメアカヌ別ノ鳥ノネソウキ

ト云カハシテ帰参ル。イカニト大将問給ケレハ、カク仕テ候ト申ケレハ、イシウモ仕リタリ、サレハコソ汝ヲハ遣シツレトテ勧賞ニ所領ヲ賜テケリ。此事其比ハヤサシキ事ニソ申ケル。

二、歌枕探訪

延慶本では、実定が古里に行って月をながめる前に、新都福原に移った人々が洛中ではめったに体験できない歌枕を辿り、名月を観賞する記事が載る。まず須磨から明石を訪れて光源氏を気取り[5]、また絵島、白浦、吹上等へ、更に住の江、難波へと広範囲にわたる（B⑴）。そして難波での行盛の月の歌を記す（B⑵）。当節ではこの部分の表現の特色から考察を加える。

実際に遷都に遭遇した当時の人々が残した歌を見ると、例えば『有房集』一一七詞書に、「みやこうつりのとしのな

つ、月のおもしろかりければ、わだのかたに月みにまかるとて〔以下略〕」とあるように、京都にあったら体験できなかった地での観月を楽しんでいる様が窺える。この時期に人々が風流に沈潜して交わした歌群について、松野陽一氏は、心穏やかならぬ現状に対して韜晦せざるを得ない当時の人々の一つのあり方を示すもので(6)あることを指摘している。

すると、延慶本の歌枕探訪は、基本的には当時の人々の行動の一側面を切り取ったといえる。ただ、延慶本では歌枕が瀬戸内から紀州にまで拡散していく。各歌枕の地理的な位置や歌枕のイメージ等を追求することはあまり意味がなかろう。歌枕を並べることで、和歌的雰囲気や優雅な趣を醸し出すことを目指しているのだろうが、これほどの地理的拡散は文脈に沿った理解を助けることにはならない(7)。現状を直視せずに美的逃避に耽った当時の人々の行動の奥に潜む慨嘆を抉るというよりも寧ろ、物尽くし的に多くの歌枕を並べること自体に関心を覚えているのではなかろうか。

他本では、歌枕列挙は多かれ少なかれ、実定の上京に集約されるように工夫されているが、延慶本では、その姿勢は窺えない。それは、延慶本にのみ、続いて行盛の歌、

ナニハカタ蘆フク風ニ月スメハ心ヲククタクオキツシラナミ

が記されるためである。これは、形式上は歌枕探訪を収束させ、諸所での月見を総括する。延慶本では、歌枕での月見を実定の月見とは別個のものとして並立させて扱うことになる。

今述べたように、行盛の歌は他本になく、延慶本独自の歌であるが、この歌が行盛自身の歌か後人の作か不明である。また、「難波（潟）」「蘆」「月」「波」などは多く先行の歌に詠み込まれているが、特に挙げるべき先行歌は管見に入っていない。一方、実定の今様と比べてみると、幾つかの共通点が見出される。まず、どちらも〈月〉を歌ってい

ること。これは同じ八月の月を契機とした詠作であり、当然である。第二に、一方は蘆に風が吹きすぎ、一方は浅茅が原に風が吹きすぎる。海辺と都という違いはあるが、植物と風という素材の取り合わせ方に共通性が見出せる。第三に、行盛の歌では風が吹いて立つ波に心砕かれ、今様では秋風ばかりが身にしみる。つまり、どちらも秋の風をきっかけとして心塞がる思いを味わっている。この歌は諸所での月見を締め括るだけでなく、実定の今様に対応させるべく置かれているのではなかろうか。

行盛の歌のみを独立させて見れば、そこからは現状に対する心境——遷都や、思わぬ機会を得ての月見への感慨等——は伝わらない。しかし、遷都という状況に置かれることによって、「波」にひかれた縁語として用いられた「心ヲクタク」に行盛の心境をくみ取ることが可能となる。

歌枕探訪は月見に韜晦する当時の人々の行動の一面を切り取ったものであるとはいっても、現実から遊離した歌枕の列挙は当時の人々の心情を察知させるには至らない。しかし、それに連続する歌は、厳しい情況に直面した心情の吐露と受け取ることができる。卅では、新都、旧都も含めた新たな現実を、歌枕や行盛歌によって効果的に収める。一方、今様は、人々の旧都への感慨を象徴的に表わす。行盛の歌が自作か否かは問わない。延慶本の編者にとって、風流貴公子であり、歌人でもある実定の月見と今様に対応させ得るものとして、平家歌人の歌を掲げることに目的があったのではないか。平家歌人の一人、行盛の歌として載せることにまず意義があると考えられる。次いで、当時の人々の行動に触発され、諸所の月見を記すことに端を発し、旧都への感慨とは別の方向からの実定の今様に対置させ得る歌を用意することに編者の関心が向いていると考えられる。

以上から、延慶本の編者の、和歌や和歌的表現を用いて物語を組み立てていく際の姿勢に、編者の持っている知識を時に応じて披露し、実態と離れることになっても、状況を多角的に積み上げる方向があることが察知される。以後、具体的にその姿勢を探っていこうと思う。

三、荒廃の描写

当節では、旧都と大宮御所の荒廃（A・C⑵）について検討を加えていく。

旧都の荒廃（A）は、先述したように、前章段の後半に遷都についての記事から続いて置かれる。延慶本の視線は、都大路から壊された屋敷跡へ、残された屋敷の庭へ、そして取り残された大宮へと移っていく。この部分に用いられている表現には直接の典拠を見受けることはできないものの、次に、各傍線部分と類似する表現をいくつか指摘する。

①牛車ヲ用スル人ナシ　（『方丈記』）

②家ハ壊タレテ淀河ニ浮カビ　（『方丈記』）[8]

③みがきつくろはれし庭も、浅茅が原、蓬が杣になりて、葎も苔もしげりつつ、ありしけしきにもあらぬに、（略）
ひとむらすすきも、まことに虫の音しげき野辺と見えしに　（『建礼門院右京大夫集』）[9]

④強呉滅兮有二荊蕀一、姑蘇台之露瀼々、　（『本朝文粋』一　河原院賦）

④⑤荊蕀鎖レ門、狐狸安レ穴　（『本朝文粋』十二　池亭記）

これらはどれも人口に膾炙したであろう作品に載る表現である。延慶本にはいかに類型的な表現が積み重ねられているかがわかる。荒廃の様がこれらの類型的表現によってイメージされるのである。

このAと同様の荒廃の様が、実定が上京した折の大宮の屋敷（C⑵）にも記される。左に、同様の典拠、或いは先行例、参考例を掲げる。

⑦蔓草露深人定後、終宵雲尽月明前、
（『和漢朗詠集』巻上・秋夜・二三六）

⑧蒼苔路滑僧帰レ寺、紅葉声乾鹿在レ林、
（『和漢朗詠集』巻上・鹿・三三四、『千載佳句』三四五）[10]

⑨佐邑意不レ適、閉レ門秋草生、何以娯レ野性、
（『白氏文集』九　新栽竹）

荀令レ見レ君応レ問レ我、為レ言秋草閉レ門多、
（『白氏文集』六十六　送盧郎中赴河東裴令公幕）

⑨⑩長山よもに廻て、僅に爪木こるおのゝ音の山彦ひゞき、峰のよぶこどりのひめもすになきわたり、秋の草、門を閉て、閨に葛のしげりて、虫のこゑ枕の下に聞えけん。
（『撰集抄』四―五　顕基卿事）

⑩翠華不レ来歳月久、牆有レ衣兮瓦有レ松、
（『白氏文集』四　驪宮高）

⑪あかなくにまたも此世にめぐりこば面がはりすな山のはの月
（『治承三十六人歌合』七三「月前述懐」静賢、『月詣和歌集』巻九・雑下・八五五「月前述懐をよめる」、『千載和歌集』巻十六・雑上・九九六「都を離れてとをくまかること侍ける時、月を見てよみ侍ける」）

したひくる影はたもとにやつるともおもがはりすなふるさとの月
（『土御門院御集』二七四「詠月前思故郷〈貞応三年八月十五夜〉」、『続千載和歌集』巻八・羇旅・八二三「月前思故郷といふ心をよませ給うける」）

適指入物トテハ都ニテ詠シ月ノ光計ソ、貌カハリモセス澄渡リケリ
（延慶本巻二―廿一「成親卿流罪事」）

⑧〜⑪旧苔道ヲ塞キ秋ノ草門ヲ閉、瓦ニ松生垣ニツタシケリテ、別入袖モツユケク行キノ路モ跡絶ヌ。常ニ音スル物トテハ、松吹風ノ音計尽セス、指入物トテハ、漏クル月ノミソヲモカワリモセサリケル。
（延慶本巻七―卅二「平家福原仁一夜宿事付経盛ノ事」）

⑩は本論では触れないが、「月見」の直前に載る、遷都を批判して記した中国の先例の一部分の繰り返しである。しか

し、何よりも大部分が最後に掲げた延慶本巻七（覚一本では「福原落」に相当する）と殆ど同文であり、影響関係が想定される。この大宮御所の荒廃の記述（C⑵）にも、Aと同様に類型的な表現、しかも延慶本の他の部分にも見出せる表現を用いていることがわかる。大宮御所の荒廃は、前に掲げたいくつかの先行作品でも用いられている類型的表現を少しずつもってきてつなぎあわせたというよりも、それらによって既に出来上がっていた、「福原落」にも用いられるような、荒廃を表わすひとかたまりになった類型的文飾に、更にいくつかの漢詩的表現を投入して作りあげたと考えられよう。

大宮御所の荒廃は、荒廃を意味する修辞を積み重ねていくに際して、既存の表現をかなり未消化のままに借用し、類型的表現を網羅していく。一語一語の意味するところをイメージさせるというよりも、その総量として荒廃を表わしている。

ここで注目しておきたいのは、この大宮御所の描写が他本にはないことである。その理由として、次のことが考えられる。延慶本では、旧都の荒廃（A）を遷都の結果として描き、次の実定の月見へ連続させるために視点を大宮御所にまで移行させている。にも拘らず、歌枕探訪を記して話題が拡散し、更に、行盛の歌が入る事で話が一旦完結してしまう（B）。Bによって分断されたために、再び大宮御所に話題が戻った時に、その荒廃を改めて描かなくてはならなくなったのである。つまり、行盛の歌の挿入によって一旦見失われた物語が、大宮御所の荒廃を記すことによって再び動きだす。

旧都及び大宮御所の荒廃は、実定が大宮御所で旧都の荒廃に涙するという展開にあって、その舞台を設定するために必要な記述である。Cの大宮御所の荒廃は特に、延慶本が間に行盛の歌を入れてしまったために必要とされるものである。物語展開の必要性に応じて描写を加えるという操作がなされているところには、表現への意識性が見いだされよう。しかし、それらを記す際、やはり蓄積された知識の中から〈荒廃〉に適合する記述を投入することで描こうとする。特に大宮御所についての類型性を見ると、一語一語の連関を密にして荒廃についての描写を構築することよりも、同様な表現を重ねていくこと自体に関心が向いていたのではないかと考えられる。

四、小侍従説話　その一

ところで、「月見」には、実定が大宮御所で今様を歌う展開に小侍従説話が関わっている。小侍従説話は、実定や大宮の優雅なふるまいに連続する話として、やはり王朝物語的雰囲気を漂わせるために採り上げられている。従って、小侍従説話のうち、最も重要な話は実定が小侍従との別れの際に蔵人に歌を詠ませるという話（C(7)）である。この話については既に述べたことがある[11]が、本章では、延慶本がこの話をどのような姿勢で採り上げているのかといった観点から再考する。

このC(7)には『今物語』第十話との直接的な影響関係が推定されている。[12]但し、小侍従と実定との逢瀬をこの時のものとする設定は「月見」の虚構である。

また、実定に一言言い懸けてくるよう命ぜられた蔵人が思い悩み、

折節寺々ノ鐘ノ声、八声ノ鳥ノ音ヲ聞。実ヤ、此女ハ白河院ノ御宇、待宵与帰朝ト云題ヲ給テ、

待宵ノフケ行カネノ声キケハアカヌ別ノ鳥ハモノカハ

ト読テ、マツヨヒノ二字ヲ賜テ待宵小侍従トハヨハレシソカシトキト思出サレ

た場面は、『今物語』では、

「あかぬ別の」といひける事の、きと思ひ出でられければ

と簡単にすまされている部分である。右の延慶本の引用部分は、蔵人が咄嗟に詠みかけた「物カハト」の歌がどれほどに機転のきいたものであったのかを説明するものであり、その内容は、小侍従の「待宵ノ」の歌と、それがあだ名まで賜わる程に名誉な歌であったとする詠作事情である。少なくとも延慶本の編者にとって、『今物語』が享受された世界――「あかぬ別の」と記すだけで、小侍従の歌や彼女の即興性が想起され、だからこそ、その小侍従に詠みかけた蔵人の、当意即妙の機知に富んだ歌に感心することができる、同質の教養と関心を共有する社会――は共有されていない。延慶本は自分の得ている知識をここに投入して歌の贈答の前提となる知識を説明することに必然性を見出している。或いは、自己の教養の披露のためかもしれないし、或いは説明が必要とされると感じたためかもしれない。

次に、蔵人がよみかけた歌に対する小侍従の、

マタハコソフケユクカネモツラカラメアカヌ別ノ鳥ノネソウキ

という返歌も『今物語』にはない。小侍従の返歌として加えられたものと考えられる。

『今物語』には、蔵人の報告に対して、

（実定は）いみじくめでたがられけり。「さればこそ、使ひにははからひつれ」とて、感のあまりに、しる所などたびたりけるとなん。この蔵人は、内裏の六位など経て、「やさし蔵人」と言はれける者なりけり。この大納言も、後徳大寺左大臣の御事なり。

と記されている。つまり、『今物語』は恋人同士の別れを描く説話というよりも、大納言が実定であることを明かしつつ、実定になりかわった蔵人の機知を褒める説話であることがわかる。延慶本でも、これに相当する部分は、

サレハコソ汝ヲハ遣シツレトテ勧賞ニ所領ヲ賜テケリ。此事其比ハヤサシキ事ニソ申ケル。

と、『今物語』とほぼ共通する言辞が記され、原話の面影を残存させている。が、『今物語』が「やさし蔵人」に焦点が置かれているのに対し、延慶本では「此事其比ハヤサシキ事」と、一連の事件そのものに焦点を移している。同時に、小侍従の「マタハコソ」の返歌を載せることで、小侍従の別れの悲しみの表白に重点をおく。これらは説話の性格の変質を意味している。

延慶本は、『今物語』の原話の跡を濃厚にとどめつつ、そこに小侍従の返歌を一首加えることにより、蔵人の機知から小侍従の別離の悲しみを表わす挿話へと変容させ、「月見」の登場人物、小侍従の存在を強調して締め括る。原話の性格を残しつつも、物語展開の中で、有機的に位置付けられるよう、編集の手を加えている点は注目されよう。

遷都によって破壊されていく古きよき貴族世界への複雑な感慨を今様が表わし、また、その世界の残映であるかのような恋人との別れの場面、歌の贈答を『今物語』に拠りつつも、更にそれを微妙に変質させて描き、完結させる。「月見」の骨格はこのようにして構築されている。

五、小侍従説話　その二

延慶本は、小侍従説話を以て「月見」を締め括る一方で、小侍従の歌人としての側面を紹介する次の二首の歌(4)(5)を載せている。

C(4)　ツラキヲモウラミヌ我ニ習ナヨウキ身ヲシラヌ人モコソアレ
ト読タリシ待宵小侍従ヲ尋出シテ、昔今ノ物語ヲシ給フ。

(5)　カノ侍従ヲハ本ハ阿波局トソ申ケル。高倉院ノ御位ノ時、御悩有テ供御モツヤ〱マイラサリケルニ、歌タニ

モ読タラハ供御ハマイリナムト御アヤニクアリケレハ、トリアヘス、

君ヵ代ハ二万ノ里人数ソヒテ今モソナフルミツキモナ哉

ト読テ、其時ノ勧賞ニ侍従ニハ成レタリケルトカヤ。

この二首は次に述べていくが、「月見」の展開自体とはあまり関係なく、物語の流れから見ると、集約性を薄れさせている。しかし、このような歌を載せることの意味を、延慶本に沿って考えていくこととする。

(4)の歌は延慶本以外の諸本にはない。これは『新古今和歌集』巻十三・恋三・一二二七に「題しらず」として載る小侍従の歌である。

ここで注目されるのは、先に紹介した小侍従の返歌、

マタハコソフケユクカネモツラカラメアカヌ別ノ鳥ノネソウキ

と共通性があることである。「つらし」「うき」の語が共通しており、その点では微妙な対応をしている。「マタハコソ」の歌の前に記される「待宵ノ」と「物カハト」の歌から「待つ」「ふけ行く鐘」「あかぬ別の鳥」「鳥の音」を取り出し、「ツラキヲモ」の歌から「つらし」と「うし」を加えれば「マタハコソ」の歌が出来上がる。

また、(4)の直前には『源氏物語』を彷彿とさせつつ大宮の優雅な様が描かれる。この記述と(4)の「ツラキヲモ」の歌との関連性はない。また、「ツラキヲモ」の歌の後には「ト読タリシ待宵小侍従ヲ尋出シテ、昔今ノ物語ヲシ給フ」と続く。これは後半の展開を導く上で小侍従を登場させるために必要な一文であるが、この文と歌の内容ともやはり特に関連性はない。「ツラキヲモ」の歌は、小侍従の登場にあわせて、小侍従に関する紹介として、話の展開とは関わらずに割り込ませているのである。延慶本の「ツラキヲモ」の歌のある形が本来の形態とも考えられるが、「マタハコソ」の歌によく似た語句の用いられている小侍従作の歌を選びとり、小侍従の恋する女の一面を紹介する歌としたとも考

えられる。

ところで先述したように、「ツラキヲモ」の歌と「マタハコソ」の歌は、用語の上で共通性が見られるのだが、それは最後まで読み進んだ時に初めて判明するものであり、共通性を示唆する言葉はない。なお、「ツラキヲモ」の歌が恋愛の辛さに耐え、愁嘆を見せない女の見せかけの強さを詠んで男の薄情さを皮肉っているのに対し、小侍従の返歌は「アカヌ別ノ鳥ノネソウキ」と実定との別れを素直に惜しんでおり、心情としては些かずれている。このずれは新たな恋物語へ発展する要素を胚胎していようが、やはりそのような示唆の言もない。(4)は、小侍従説話との連続性を予感させつつも、むしろ物語の展開の中では、小侍従を知るための一つの情報を与える役を果たしている。

(5)については、長門本や盛衰記にもあり、『小侍従集』に載っている。[13]『小侍従集』の詞書は、

上御風邪の気むつかしく思しめしたるに、様々のもの見ゆ。歌よみたらはなをるへしと仰せ言あれは

である。この詞書に記される状況は延慶本の、

高倉院ノ御位ノ時、御悩有テ供御モツヤ〳〵マイラサリケルニ、歌タニモ読タラハ供御ハマイリナムト御アヤニクアリケレハ、トリアヘス

と類似しており、何らかの影響関係を考えることができよう。[14]ただし、『小侍従集』には記されていない展開が、延慶本に記される。それはこの歌によって「侍従」を得たとすることである。延慶本はこの歌を小侍従の歌徳を示す歌として扱っており、(5)は歌徳説話であると言えよう。小侍従の晴れやかな紹介としてふさわしく、小侍従礼讃のために採用されたと考えられる。が、これも話の展開とは結びつかない点においては(4)と同様である。

(5)は小侍従紹介という点に重点を置いた歌徳説話である。物語としての収斂度とは別の観点から小侍従を称揚するために採られている。一方、(4)は後の展開を意識して選択されたと考えられる。(4)は、(5)では説明できない小侍従の

恋する女としての一側面の紹介を果たし、しかも小侍従自詠の歌の中から後半の歌と重なる語句を持つ歌として、恋との関連において選ばれている。が、⑷⑸はそれぞれに、前後との連続性はない、唐突なものである。「月見」を旧都の荒廃を嘆く物語として統一的に評価しようとすれば、これは、歌が歌として、或いは和歌説話として物語の展開の中で十全に機能しているとは言えない。しかしながらこれらは「月見」に漂う王朝物語的雰囲気の範疇でとらえられるものでもある。その限りでは、無作為に選ばれた歌ではない。

延慶本は、和歌や和歌説話を挿入することで、物語の展開に即した抒情性を高めようとしているわけではない。自分の入手可能な知識の中から、この場に相応しい恋物語の一端を仄見せ、人物紹介として有効な、一種の情報として⑷⑸を選んでいるのである。

延慶本は、物語の展開を念頭に置きつつも、必ずしもそれに集約させたり、享受者の共感や感動を得ようとはしていない。前後との整合性、滑らかな連結への配慮などはここには見られない。寧ろ、物語の部分の理解を助けるために説明を加えていこうとする姿勢が窺える。その点では、韻文としての和歌というよりも、和歌説話として考えた方がよいのかもしれない。延慶本にとって必要なのは、物語の雰囲気を持続させ得る範囲での、より詳しい理解のための情報であって、求心的な物語構築は二の次なのである。

六、修辞のとりこみ

最後にＣ⑺の中で、『今物語』にはない延慶本独自の修辞（⑫⑬）の取り込み方について考察を加える。実定は小侍従と一夜を明かし、其夜ハ終夜侍従ニ物語ヲシテ⑫千夜ヲ一夜ニトロスサミ給ニ、⑬未《タ》ルニレ叙ヘ別緒依々ノ恨ヲ五更ノ天ニ成ヌレハ、涼風颯々ノ声ニ驚テヲキ別給ヌ。

と記されている。このうち、⑫「千夜ヲ一夜ニ」が『伊勢物語』二十二段を踏まえたものであることは既に指摘されている。[15] 該当部分を引用すると、

（前略）いにしへゆくさきのことどもなどいひて、

秋の夜の千夜をひと夜になずらへて八千夜し寝ばやあく時のあらむ

返し、

秋の夜の千夜をひと夜になせりともことばのこりて鳥や鳴きなむ

いにしへよりもあはれにてなむ通ひける。

延慶本の表現は、この贈答のうちの、特に返歌を意識していると考えられる。その理由として二点あげられる。第一点は、返歌の第四句「ことばのこりて」が延慶本の次の⑬「未《タ》ルニレ叙ヘ別緒依々ノ恨ヲ」と響きあうことである。⑬は『和漢朗詠集』巻上・七夕・二一三、

二星適逢　未レ叙二別緒依々之恨一　五更将レ明　頻驚二涼風颯々之声一　美材

による。延慶本では、「ことばのこりて」に「未レ叙二別緒依々之恨一」を置換し、更に続く「五更将レ明　頻驚二涼風颯々之声一」まで引用したと考えられるが、その際、「二星適逢」という「七夕」を明示する言辞のみを除いている。これを除くことで一般的な男女の別れに敷衍される。

ところで、『和漢朗詠集』の句題の「七夕」と「千夜を一夜に」は関連が強い。

まれにあふ七夕つめにかすことはちよを一よにひきもとめなん　（『宝治百首』乞巧奠・一二七五　小宰相）

あまの川とわたる雲の秋の袖ちよを一よにかさねてしかな

（『隣女集（雅有）』七夕・四五二）

を引くまでもなく、なかなか逢えない男女の一夜の逢瀬に七夕を重ね合わせるのは自然なりゆきであり、延慶本の『和漢朗詠集』の引用も頷ける。

また、理由の第二点として、『伊勢物語』の結句の「とりや鳴きなむ」が延慶本で意識されていると思われることをあげる。「鳥の音」は「月見」後半の蔵人と小侍従との歌の贈答のモチーフに用いられているからである。「千夜を一夜に」は右掲の歌の他にも、『源氏物語』若菜下、『狭衣物語』巻一、『栄花物語』巻十八等にも見出され、定型句として用いられていると見做せる。その中から左に二例をあげる。これらはどちらも明らかに『伊勢物語』二十二段の返歌を意識している。

まいて、近き程のけはひなどをば、千夜を一夜になさまほしく、鳥の音つらき暁の別に消えかへり、入りぬる磯の嘆きを、暇なく心をのみ尽す人々、高きも賤しきもさま〴〵、いかでかをのづからなからん。

（『狭衣物語』巻一）

鶏の鳴くも嬉しくて、たけくまの尼君、

法を思心の深き秋の夜は鳴く鶏の音ぞ嬉しかりける

山の井の尼、

古はつらく聞こえし鶏の音の嬉しきさへぞものは悲しき

といへば、尼君達、「いかなればつらくはおぼされしぞ」といへば、「いなや、昔おかしき人とうち臥して物語せしに、千夜をも一夜にと思しに、鶏の鳴きしはいかゞつらかりし」といへば、げにとて笑ふ。

（『栄花物語』巻十八）

このような使い方を見ると、「千夜を一夜に」と口ずさむ時には、別れの刻を告げる暁の鳥の音が意識されていたことがわかる。延慶本も例外ではなかろう。すると、延慶本の「千夜ヲ一夜ニ」は後に記される小侍従と蔵人との贈答を意識した文飾と見做せよう。

⑫⑬は、恋仲の二人に別れの時の到来を予告するのにふさわしい文飾だと言える。以後に展開する物語に溶け込んだ表現であると考えられる。

おわりに

「月見」を構成している資料、「月見」を形成する表現に多く用いられている和歌、和歌的表現、漢詩的表現がどのような意識のもとに選ばれているのか、ある程度明らかになった。

「月見」の構成にあたって、今様とそれに結集する実定の上京、小侍従の別れに際しての歌の贈答が基本的要素となることは、延慶本においても明確に読み取れる。それを変質させることは延慶本の目指すところではない。しかし、同時に、しばしば物語の求心性を見失わせる和歌、或いは和歌的表現等を織り込んでいく。それらは或いは何らかの記述に触発された知識の披露であり、或いは物語の展開や細部の理解を深めるために加えられた描写であり、説明である。それらは、無作為に選択されているわけではない。「月見」の物語の展開を汲み、また雰囲気を持続させ得るだけの選別がなされている。ただ、選択され、用いられた和歌等の一語一語の持つ意味、背景はそれほど重要視されていない。寧ろ、時に、散文と韻文との本質的な相違を無化し、和歌も説話も全く同レヴェルに一つの情報として用いる姿勢を見ることができる。

延慶本は、歴史的事件、また、それに基づいた物語を理解するために自己の知識を確認し、情報を投入している。それははじめて該書に接する読者を念頭に置いて編集をするというよりも寧ろ、物語の展開を編者自身が理解するための編集であるといえないだろうか。こうした編集の方針は、延慶本編者が物語を紡ぐ原点であったのではなかろうか。

注

（1）松尾葦江氏『平家物語論究』（明治書院　昭和60）第一章五（初出は昭和59・3）等。また、前章でも言及してきた。

（2）前掲注（1）松尾氏著に同じ。

（3）①第一部第二篇第一章
②拙稿「徳大寺家の人々をめぐって」（『平家物語　説話と語り　あなたが読む平家物語2』有精堂　平成6）

（4）水原一氏は『延慶本平家物語論考』（加藤中道館　昭和54）第一章で、「本文は一応章段や見出しには考慮せぬ続け書きの形で成り、然る後に章段構成が配慮され、目次及び上欄番号が設けられたものであろう」（一五頁）と推測する。

（5）久保田淳氏は、「須磨ヨリ明石へ浦伝ヒ」に『源氏物語』明石巻「はるかにもおもひふるかなしらざりし浦よりをちにうらづたひして」という源氏の歌が意識されていることを指摘する（「平家物語と和歌」〈『諸説一覧平家物語』明治書院　昭和45〉、「月のあけぼの――『平家物語』月見の和歌的表現について――」〈『中世の文学附録17』三弥井書店　平成4・1〉）。また、麻原美子氏は、更に「浦伝ひ」を織り込んだ実定の歌が下敷きになって次章段が導かれていると推測している（「『平家物語』の物語空間――福原遷都をめぐって――」〈『国語と国文学』昭和62・2〉）。

（6）「遷都述懐歌小考――千載集の撰集意識をめぐって――」（『軍記物とその周辺』早稲田大学出版部　昭和44）

（7）麻原氏は、前掲注（5）論文で、「歌枕列挙を通して和歌的抒情の世界が想起され」、そこに「入念な編者の文芸的計算がある」とするが、歌枕となる土地は都への道程から遙かにはずれており、「入念」な「計算」があるとは言えないのではなかろうか。

（8）延慶本には『方丈記』からの直接の引用は見られないものの、青木三郎氏は、延慶本も『方丈記』を参考にしているとされ（「方丈記と平家物語――五大災厄事件をめぐって――」〈「解釈」昭和47・2／3〉）、佐伯真一氏もそれを踏まえて、「延慶本にも『方丈記』の影響を想定する余地が無いとは言えない」（『平家物語遡源』〈若草書房　平成8〉第一部第三章　初出は昭和61・12）とする。この①②にその片鱗を窺うことは可能であろう。他に細野哲雄氏「『方丈記』における詩と真実――「都遷り」について――」（「国語国文」昭和41・10）等。

（9）久保田淳氏は、「建礼門院右京大夫集評釈22」（「国文学」昭和45・9）で、「平家のこの部分は右京大夫集に負う所があるのではないかと、ひそかに考える」と述べている。

（10）延慶本が「旧（舊）苔」であるのに対し、典拠は「蒼苔」である。これは「蒼」を「舊」に書き誤ったものであろうか。

（11）前掲注（3）②拙稿。

（12）前掲注（1）松尾氏著書第四章四（初出は昭和51・12）。以下の『今物語』との関係は氏の指摘に拠る部分が多い。

（13）「にまの里」は備中国の歌枕だが、第二句を「こまの里人」とする伝本（二類本65）もある。「二万の里人」とする伝本（一類本122）は、実定の死後多子に献上され、故にあまり流布しなかったと推測されている（『私家集大成中世Ⅰ』小侍従項解題）ものだが、この程度の誤字からは典拠とした本は決定できない。

（14）(5)について、延慶本が四部合戦状本に対して古態性を示すことは既に今井正之助氏によって指摘されている（「嘉応相撲節・待宵小侍従――延慶本平家物語の古態性の検証・続――」〈「長崎大学教育学部人文科学研究報告」30　昭和56〉）

（15）前掲注（12）に同じ。

〔引用したテキスト〕

『千載和歌集』（新日本古典文学大系）、『小侍従集』（私家集大成、表記を適宜改めた）、上記以外の和歌は新編国歌大観による。

『方丈記』『本朝文粋』（以上は新日本古典文学大系）、『建礼門院右京大夫集』『和漢朗詠集』『伊勢物語』（以上は新潮日本古典集成）、『撰集抄上』（古典文庫81　現代思潮社）、『今物語』（講談社学術文庫）、『白氏文集歌詩索引』（同朋社）、『狭衣物語』『栄花物語』（以上は日本古典文学大系）

第四章　源頼政の和歌の考察

——延慶本を中心に——

はじめに

平家物語では、源頼政は頼朝挙兵を誘発する以仁王の乱の提案者として活躍する。以仁王を唆して謀叛を決意させ、平家打倒の令旨を全国に廻らし、自身は以仁王と共に三井寺に籠る。次いで平等院に移って戦い、敗れて自害をして舞台から去る。

一方で、頼政は勅撰集に入集し、私家集を残した歌人である。平家物語でも歌人として扱われ、和歌を含む話が載せられている。特に辞世の歌は頼政の人生と、時には謀叛に至る心情と関わらせて解釈されている。そのような解釈は主に語り本系によって見いだされるが、読み本系、殊に延慶本では同様に解釈することにためらいを感じる。延慶本と覚一本とでは地の文と和歌との関係が異なり、物語への和歌の関わり方が異なると思われる。

本章では覚一本を視野に入れつつ延慶本を中心にして、頼政と頼政の和歌を対象に和歌がどのように解釈されているのかを分析し、平家物語における和歌のあり方を考える。

一、平家歌人と歌人頼政

考察にあたって、まず人物を記述する際の延慶本の基本的な姿勢を明らかにしておく。頼政と同様に武家歌人でもある平忠度や平忠盛と対照し、三人に関する記述の相違が何に起因するのかを考え、和歌を載せるに際しての平家物語の根底に流れる認識の一端を明らかにしておきたい。論述の都合上、忠度を初めに取り上げる。

平忠度は一門の都落の時に俊成に別れを告げて去り（巻七）、一の谷の戦いで最期を遂げる（巻九）。この二場面において、延慶本では忠度のことをそれぞれ左のように紹介する。

①其中ヤサシク哀ナリシ事ハ、薩摩守忠度ハ当世随分ノ好士也。（巻七—廿九「薩摩守道ヨリ返テ俊成卿ニ相給事」冒頭）

②（忠度の頸を討ち取って）是ハタカ頸ソト云テ人ニミスレハ、アレコソ太政入道ノ末弟、薩摩守忠度ト云シ歌人ノ御首ヨト云ケルニコソ、始テサトモ知タリケレ。（巻九—廿二「薩摩守忠度被討給事」）

①の言辞は覚一本にはない。佐々木巧一氏は、延慶本の紹介は「余情に欠け」ると指摘し、[1] 中村文氏は「忠度を歌道執心の面から描こうとする」姿勢のあらわれと指摘する。[2] また「都落」には「サヽナミヤシカノミヤコハアレニシヲムカシナカラノ山サクラカナ」の歌が記され、延慶本では更に「イカニセムミヤキカハラニツムセリノネノミナケトモシル人ノナキ」が併記されている。松尾葦江氏は、覚一本では「さざなみや」が千載集入集の事実を示すと共に、忠度及び平家一門の挽歌の役割も果たすが、延慶本のように二首並列すると、和歌は勅撰集に載ったという事実を提示するにとどまると指摘する。[3] 中村氏はそれを踏まえて更に、覚一本に①がないことについても、「さざなみや」の多義性を押し出すために忠度の歌道執心の側面を弱める操作の一環ではないかと述べる。これらの指摘にはそれぞれ首

肯される。延慶本は和歌の孕む言語空間の広がりを生かしていないと考えられる。しかし、一方では和歌の機能を最大限に読み取ろうとする視点から導き出される結論とも思われる。和歌の機能と効果に還元する以前の問題として、記述の基盤となる平家物語の叙述の姿勢を問いたい。

　忠度の都落に並列して行盛に関しても、次のように和歌との関係が冒頭に記される。

　左馬守行盛モ幼少ヨリ此道ヲ好テ、京極中納言ノ宿所へ、行盛常ニオワシ昵テ、偏ニ此ノ道ヲノミタシナミケリ。

（巻七―卅「行盛ノ歌ヲ定家卿入新勅撰事」）

行盛が和歌の「道ヲ好テ」と記されるのは、忠度と同工の場面を記す章段なので当然と言えば当然である。このように、忠度や行盛を「好士」と規定して始めること、また、忠度が「歌人」であることを人物紹介の第一に記すあり方は、表現効果の面からはマイナスの評価しか与えられていないが、一方では忠度や行盛の立場を一言で示すものであり、話の出発点なのである。こうした始発の方法は頼政と異なる。

　頼政の登場は巻一―卅六「山門衆徒内裏へ神輿振奉事」である。山法師が内裏に向かって御輿を振り頼政の警固する門を破ろうとした時に、山法師の一人が、頼政を武芸、歌道にすぐれた者と紹介する。

　頼政ハ六孫王ヨリ以来、弓箭ノ芸ニ携テ、未タ其不覚ヲ聞カス。於武芸者、為当職者ヲイカヽハセム。加之、風月ノ達者、和漢ノ才人ニテ、世ニ聞ユル名人ソカシ。一年セ故院ノ御時、鳥羽殿ニテ中殿御会ニ、深山ノ花ト云題ヲ簾中ヨリ被出タリケルヲ、当座ノ事ニテ有ケレハ、左中将有房ナト聞エシ歌人モ読煩タリシヲ、頼政召シヌカレテ、則チ仕タリ。

　　ミ山木ノソノ梢トモワカサリシニ桜ハ花ニアラハレニケリ

ト読テ、叡感ニ預シソカシ。弓箭取テモ並フ方ナシ。歌道ノ方ニモヤサシキ男ニテ頼政の歌道が称揚されているが、まずは武芸の評価が先行していることに注意をしたい。武芸を踏まえた上で、歌道にも堪能と賞賛されるのである。同様な筆致は、頼政の死後、生前の高名として語られる変化退治、鵺退治の折にも見られる。ここでも第一に頼政の武芸に対する自負と周囲からの賞賛が描かれ、次に歌道を高く評価するのである。

変化退治を命ぜられた時にはまず、

昔ヨリ朝家ニ武士ヲ置ル、事、逆叛ノ者ヲ退ケ、違勅ノ者ヲ亡サンカ為也。目ニモミエヌ変化ノ者仕レト仰下サル、事、未承及。　（巻四―廿八「頼政ヌヘ射ル事」）

と、頼政は武士であることを自負している。仕損じたならば自分を推薦した公卿を射殺そうとしていたことも記される。本来、変化退治が武士の役割を外れた、屈辱的な命令であったことがうかがえる。それにもかかわらず、成功したために「武芸」に秀でた者として賞賛され、御剣を賜わる。鵺退治に際しては、その弓芸を養由の先例になぞらえることで正当化され、伊豆国を賜わるという幸運まで得る。頼政の武芸と武士としての誇りと自覚が核となる説話であることは言うまでもない。

そして、恩賞を下賜される頼政に向かって、変化退治の時には頼長が、鵺退治の時には公能が歌の上句をよみかける。頼政は即座に応じ、下句をつける。これによって「武芸ニモカキラス、歌道ニモ勝レタリ」と賞賛される。二度繰り返される応酬はどちらも短連歌であり、「和歌」ではない。当座で歌いかけ応じる、座興の機知を楽しむ連歌は「歌道」とは言いがたい。歌人頼政が連歌の応答によって「歌道ニモ勝レタリ」とされるのは、厳密に言えば適切な評価ではなかろう。しかし、平家物語では、このような当座の歌いぶりにこそ頼政の本領を認め、連歌も和歌も含めて頼政の「歌道」を称揚する。

先述した「ミ山木ノ」の和歌の詠まれた状況にしても、やはり当意即妙に詠む頼政を前面に押し出すべく設定されている。本来、これは『頼政集』四六番に収められている歌である。四五番歌の詞書の「白河にて人々花見侍りしに」に続き、「同じ心を」との詞書を持つ。平家物語に書かれるような詠歌事情があったならば、詞書は異なる書き方がされたと思われる。

また、「ミ山木ノ」と詠みだした舞台となった中殿御会とは、天皇即位後に清涼殿で天皇自らが催す晴儀の歌会であり(4)、鳥羽殿で行なわれることはない。この時の天皇は近衛帝だが、三歳で即位し十七歳で崩御した近衛帝在世時に開催されたとする資料は他になく、帝自身も和歌に興味を持った様子はない。他本では鳥羽殿での当座の御会としているが、こうした歌会の設定そのものが頼政の晴れの舞台をしつらえるための虚構であろう。また諸本で共通して当座と記している。特に中殿御会であれば必ず兼題であるはずで、当座で詠まれることはない。頼政に当意即妙の才を求める平家物語の作為が窺える。

なお、「ミ山木ノ」の歌は『詞花和歌集』巻一・春・一七にも載る。勅撰集に初めて入集した頼政の歌であり、頼政の名誉を顕す和歌である。しかし、平家物語は頼政を勅撰歌人として紹介するわけではない。勅撰歌人である以上に、人々の前で当意即妙に歌を作れること、難題歌の求めにすぐに応ずること、これが平家物語において頼政の評価される所以であった。しかも『今物語』十三話にも頼政が頼長に隠題で和歌を詠むことを求められ、即座に詠んで褒められたという説話が載る。平家物語が頼政に求めた側面は物語独自の設定と言うよりも、頼政の即興性を評価する歴史的な視点に沿ったものでもあったろう。

忠度も頼政も歌人であることは自明なことであった。しかし、忠度の場合は、「好士」と紹介するだけで歌への執心を語る逸話を始めることができた。忠度の最期も凄絶に描かれるが、その頸を討ち取られた直後にあっても、「歌人ノ御首」(前掲②)と記される。どれほどすさまじい最期を迎えても、その「武」の豪胆さよりも「歌人」であることにおいて認められているのである。それに対し、頼政の場合、先ず武芸について記した上で、当座で和歌を詠んで人々を感嘆させる、との逸話を語り、そこで優れた歌人であることが評価される。武芸に秀でていることを前提にしなければ、頼政の和歌の評価が語られないといえよう。このような相違は何処から生まれるのだろうか。

二人の相違は、何よりも社会的立場にある。頼政は三位になっても所詮内裏守護を旨とする武士であり、平家の一門である忠度は武士ではない。[5] これが二人の歌人としての側面を描くにあたって、根本的な相違をもたらしている原因なのではなかろうか。それ故、忠度は歌人であること以外の側面については何ら説明を要しないが、頼政は何よりも武人であって、その上でなお和歌を詠む点が記されてようやく歌人となるのである。

しかし、社会的立場の相違だけでは了解できない場合もある。次に掲げるのは清盛、忠度等の父、平忠盛である。忠盛も家集を残し、勅撰集にも入集している。平家物語では巻一の殿上闇討（三「忠盛昇殿之事付闇打事」）と巻六の清盛出生譚（十七「大政入道白河院ノ御子ナル事」）の二箇所に登場するが、延慶本が和歌との関連において記すのは後者である。白河院の非蔵人で院の殿上人となっていた頃[6]の事件として記述される。忠盛は「北面下臈」であった。頼政同様に武士ではあったが、忠盛の和歌説話のありかたは頼政とは異なる。忠盛の話は三話からなる。

第一話の概要は、忠盛が殿上の番を勤めていた時に通りがかりの女房の袖を引き、歌の贈答をしたが、その女房が院の寵愛の女房であった、というものである。その末尾に、

是ヲ漏聞人申ケルハ、人ハ歌ヲハ読ヘカリケル物カナ、此歌ヨマスハイカナル目ヲカミルヘキ、此歌ニヨテ御感ニ預ル、時ニ取テ希代ノ面目也。

と、忠盛が和歌によって院を感心させたことが記される。第二話は続いて、備前守の任を終えて帰京した時に忠盛が院の問いかけに対して歌を詠んで返答した話で、「院御感アリテ金葉集ニソ入サセマシ〳〵ケル」と結ぶ。続いて、「上

皇思食ケルハ、忠盛カ秀歌コソ面白ケレトテ、心ヲカケタル女、次モ有ハ忠盛ニ賜ムト御心ニカケテ」いるうちに、「永久ノ比」（一一一三—一一一八）に院の前で怪しい人物を素手で捕まえて、その恩賞として院の子供を身ごもっていた女が与えられ、後に清盛誕生となった、と第三話に展開する。しかし、第一話の前には、「古人ノ申ケルハ、此人（清盛のこと）ノ果報カ、リツルコソ理ナレ。正キ白河院ノ御子ソカシ。其故ハ、彼院御時、祇園女御ト申ケル幸人オワシキ。彼女御中宮ニ中臈女房ニテ有ケル女ヲ白河院シノヒ被召事有ケリ」とあり、これは第三話の冒頭の、院が「俄ニ彼御所ヘ御幸ナリニケリ」という文に接続する。忠盛説話は第三話が中心であり、そこに第一、二話が挿入されたものと考えられる。

また、この三つの話は時間軸に沿った滑らかな連結をもって続いているように見えるが、実際には矛盾がある。第一話では忠盛が殿上の番を勤めるのだが、そのためには少なくとも昇殿が許されていなくてはならない。忠盛が内殿上人になったのは天承二年（一一三二）である。ただし、院殿上の番であったとすれば、忠盛は永久年間以前に白河院蔵人となっており、第三話との時間的な問題はない。しかし、第二話に関しては、忠盛が備前守であったのは大治二年（一一二七）から八年間のことである。第二話は第三話の永久の頃の事件よりも後に起こった事件となる。第二話は第一話と同類の話として忠盛の和歌の才を強調するために更に挿入されたものと思われる。

第一、二話によって、忠盛の殿上人としての優美さが印象づけられるが、これらはむしろ、院が忠盛の歌才を愛でて女を与えるという構成を導き出すために挿入された説話と考えられる。延慶本においては、清盛誕生にあたって忠盛の和歌の才が前提条件となっているのである。

更に、第三話の忠盛の果敢な行動に対しては、「忠盛カ仕リ様思慮深シ、弓矢取者ハ優ナリケリ」と記される。忠盛の思慮が評価されているのであり、武芸が特筆されることはない。忠盛の貴族社会進出の象徴的事件として扱われる殿上闇討事件においても、賞賛されているのは忠盛の知謀であって武芸ではない。忠盛には武士としての武芸が特筆されることはない。まして、頼政のような、武芸を賞賛した上で和歌に関する説話を続ける構成は、同じ武士ではあっても忠盛にはない。(7)

平家一門は「家」として出世街道を駆け上がり殿上人、公卿となって、(8)武士ではなくなっていく。忠盛はその先鞭をつけた人物である。事件の起こった当時に武士ではあっても、忠盛を描くにあたっては武士であること、武芸に秀でていることを殊更に強調することはない。和歌も武芸を前提とすることなく記される。寧ろ忠盛が風流な殿上人であることが前提となっている。

平家一門は公卿の家柄と認識されているために、登場の始発の紹介部分において、歌人、好士であることが記されるのみで本題を始めることができるのである。忠盛のように武士の時代の事件が叙述されても、殿上人らしい和歌説話が挿入され、武士が詠む和歌という視点から描くことはない。それに比し、頼政の和歌は頼政が武士であることを前提として描かれ、武人頼政を彩るものとして描かれる。以上のように登場人物の身分、階層に対する認識の相違が物語中における登場の仕方、説話の構成、和歌説話の位相にまで影響を与えているのである。

二、辞世の歌の解釈

頼政が「武士」であることが歌人としての評価に先行する。そうしたあり方は延慶本における人物認識の姿勢の表われであることを指摘した。この点を前提として、頼政の辞世の歌を考察する。辞世の歌は、

埋木ノ花サク事モ無カリシニミノナルハテソ哀ナリケル　（巻四―十九「源三位入道自害事」）

である。平等院での戦いも終盤を迎え、頼政も傷を負い敗退が明らかとなり、自害を遂げる時に詠んだ歌である。覚一本は結句が「かなしかりける」であり、それを底本とする新日本古典文学大系では、「自分の生涯は埋もれ木のように、花咲き栄達することもなかったが、このような身のなれの果てで死んでゆくのは何とも悲しいことだ」と訳す。

まず、物語を離れて歌の内容を吟味しておきたい。平家物語による和歌の解釈に囚われずに、自立した歌として解釈しておくことが必要と考えるからである。

初句の「埋木」は、もとより世に埋もれた身の上の比喩であろうが、埋木に花が咲くことは実際にはあり得ないことである。とはいうものの、和歌の世界ではしばしば埋木に花が咲くことが歌われている。たとえば、

せうとのきみ、からうじてちくごになりたるに、さいもの命ぶのはらからも、このたびさがみになりたれば、おなじ心にうれしからんとにや、つねにおとなひたまはぬ人なれど、かくのたまへぬる

このはるはいもせの山のむもれぎもこなたかなたに花ぞさきける

かへし

いもせ山ただにはあらずむもれぎのにほふばかりのはならねども　（『出羽弁集』一四・一五）

とあるように、埋木に花の咲くのは特に、具体的なある官職を得たり昇進を果たした時に、思ってもみなかった得難い幸運を得たこととして用いられる。[9]「埋木ノ花サク事モ無カリシニ」は具体的に官職を得ることも、昇進をすることもなかった人生をさす。辞世の歌は本来、身分的栄達もないままに（花が咲かないのだから、実もつかないはずである。が、そのようにして）空しく死んでゆく我身の不運を嘆いた和歌であり、不遇意識は現実的な社会的な栄達を果たせなかったことに起因するものである。

次に、頼政自詠の可能性について考える。「埋木ノ」の歌が頼政自作なのか、余人の作なのか、或いは自詠としても

いつ詠まれたものなのか、明らかにできる資料はない。しかし、次の類似の歌は注目される。

(1)埋木は昔は花もさきにけむおもひでもなき我が身なりけり　（『続詞花和歌集』巻十八・雑下・八七五　源国能）

(1)には詞書がないが、『続詞花集』のこの歌の前後には官位が思うようにならないことを嘆く歌が多い（八七〇「人はみな花咲く春にあふものをわれのみあきの心なるかな」、八七一「身のしづめることをおもひて」、八七三「下臘《ママ》にこえられてなげきける比」、八七六「身ののぞみなくて世中にありへんこともかたくおぼえ侍りける比」、八七七「六位にてのぞみならず侍りける比」等）。従って、(1)も官途を得られない嘆きの歌と見てよい。

「埋木」「花」に加えて「身」を詠み込み、身の不遇を嘆いた(1)は頼政の辞世の歌と通うところが多い。[10] 作者国能は他に事跡が見当たらないが、頼政の従兄弟の子にあたる人物ではないかと思われる。しかも、この歌の前には、「題しらず」として頼政の父である仲政の、

思ひ出もなきよはなにのをしければのこりすくなき身をなげくらん　（八七四）

が載せられている。八七四と八七五の語句の共通性は顕著である。仲政がとりたてて言う程の思い出もない我が人生を嘆けば、国能は「埋木」でも華やかな過去（栄達）があったろうが、それに引き換え我が身の思い出になるようなものもない甲斐のない人生を嘆くというように、歌意も呼応している。この二首には何らかの影響関係が見いだせよう。翻って、頼政自身も五十代までは確かに官職に恵まれていたとはいえない。[11]「ミノナルハテソ哀ナリケル」がさし迫った死ではなく、不遇な人生の延長上にいずれ迎える老いと死を嘆く歌であったとすれば、頼政自作と考えることも可能であり、仲政や国能の歌の影響下に、五十代の頃までに作ったと考えられよう。

また、承安二年（一一七二　頼政六九歳）に結構された『広田社歌合』で、頼政と同じく歌林苑の会衆だった素覚が、

はなさかぬわがおいきにはとしをへて身のなるさまぞあやしかりける（一七四）

と詠んでいる。「老木」と「埋木」との相違のみで、「埋木ノ」と同工である。素覚の歌に「埋木ノ」の影響をうかがうことは可能であろう。勿論、辞世の歌が後世の作という可能性はある。が、その時には、素覚等の和歌の影響が考えられよう。頼政周辺の和歌環境を素材とした可能性は依然として残る。

平家物語の文脈から離れた時、「埋木ノ」の歌は、満足な官職も得られない不遇な人生を嘆く和歌としてある。また、五十代の頃までに頼政が詠んだ歌と考えても差し支えのないものでもある。

三、頼政と不遇意識

辞世の歌が、本来戦死を目前としたものではなかったにせよ、また頼政自作でなかったにせよ、官職を得られなかった人生の不遇を嘆いた歌であることにはかわりない。次に、平家物語が描く頼政の人生を追うこととする。満足な官職を得られなかったと歌われる頼政の不遇な人生を平家物語がどのように描いているのかを確認するためである。

頼政は先述したように巻一で登場し、巻四で以仁王の乱の首謀者として活躍し、自害する。そして、乱の顛末まで筆が及んだ後に、生前の逸話が語られる（廿八「頼政ヌヘ射ル事」）。それは、次の話群で構成されている。

〔一〕　頼政の人生の概略（特に歌徳によって昇殿と三位を得たこと）

〔二〕　一期の高名　その一、変化退治（仁平のころ）

〔三〕　一期の高名　その二、鵼退治（応保のころ）

〔四〕　謀叛由来の真相（木下事件）

〔一〕から検討を加えていく。〔一〕は、

抑源三位頼政ト申ハ、摂津守頼光ニ五代、三河守頼綱ノ孫、兵庫守仲政カ子ナリ。保元ノ合戦ニ御方ニテ先ヲ懸タリシカトモ、サセル賞ニモ不預ラ。又平治ノ逆乱ニモ親類ヲ捨テ参シタリシカトモ、恩賞是疎也。大内守護ニテ年久ク有シカ共、昇殿ヲモ許サレス、年闌ケ齢傾テ後、述懐ノ和歌一首読テコソ、昇殿ヲハ許サレケレ。

(2)人シレス大内山ノ山守リハ木カクレテノミ月ヲミル哉

此歌ニ依テ昇殿シ、上(正カ)下ノ四位ニテ暫ク有シカ、三位ヲ心ニカケツヽ、

(3)ノホルヘキタヨリ無レハ木ノ本ニシヰヲヒロヒテ世ヲワタル哉

サテコソ三位ヲハシタリケレ。

と、頼政が保元・平治の合戦で活躍したにもかかわらず不遇であったが、和歌を詠んで昇殿、そして三位を得たと記される。この史実性を確認し、記事の意義を考える。

(2)は『頼政集』五七五、『続詞花集』巻十八・雑下・八六三、『千載和歌集』巻十六・雑上・九七八他に載る頼政自詠の歌である。頼政の周囲でもてはやされた歌であったことは『頼政集』や他の私家集から窺える。『頼政集』には(2)の後に、「かくてのみすぐるほどに、代かはりて当今の御時殿上ゆるされて〔以下略〕」と、昇殿までに時間の経過があったことが記されている。「此歌ニ依テ昇殿シ」たとする延慶本の記述の如くには、史実において和歌と昇殿とが直結するものではないことが知られる。

(3)を頼政自作とする資料はない。頼政が昇殿したのは六十三歳の仁安元年（一一六六）十二月であり、翌年正月に従四位下、更に翌年の仁安三年十一月に従四位上になった。正四位下になったのは三年後の承安元年であるが、そこから更に従三位に上るまでには実に七年もの歳月が経過している。また、和歌を詠んで三位を得たとする詠作事情も実

情とは少し異なる。実際には三位に上るにあたって、清盛の強力な推挙があったことが知られているが(12)、平家物語ではそのような事情は記さない。

右のような実情と対照させると、〔一〕ではより一層、不遇を和歌で乗り越えた頼政が描かれていることがわかる。何故このような説話を記載したのであろうか。

頼政の家系は従来五位どまりの武士の家柄である。頼政が昇殿を許され、しかも四位に昇ったのみならず、三位にまで昇ったのは前代未聞の昇進といえる。子息仲綱は昇殿はしたものの安元二年に頼政が右京権大夫を辞してそのかわりにようやく正五位下になったに過ぎず、頼政の昇進は子息の仲綱には継承されなかった。栄達は頼政一代限りのものである。こうした異例の昇進が納得されるためには特別の理由がなくてはならない。頼政の昇進が万人に納得される理由、頼政が他と異なるものといえば和歌であった。〔一〕は歌人頼政にふさわしく、武勲を以てしても叶わなかった昇進を和歌によって遂げた歌徳説話として誕生した話と考えられる。

次の〔二〕〔三〕の二度にわたる怪物退治では、既述した如く、怪物退治の成功によって頼政に武芸と歌道の評価が与えられたばかりではなく、知行国も与えられたとする。その結末は、「其時伊豆国賜ハテ、子息仲綱受領ニナシ、我身三位シ、丹波ノ五箇庄、若狭ノトウ宮川知行シテ」と記される。時間的な飛躍も意に介さず七十三歳での三位昇進も添えられ、頼政の望外の人生が描かれる。

頼政の謀叛を導く不遇意識は、特に晩年には見出せない。従って、その最後に、「サテヲハスヘカリシ人ノ、由ナキ謀叛起シテ、宮ヲモ失ヒ奉リ、我身モ亡ヒ、子息所従ニ至ルマテ亡ヌルコソウタテケレ」と記すことになり、謀叛を起こす契機は他に求められる。それが〔四〕の宗盛及び平家に対する私憤である。宗盛が仲綱愛用の馬、木下をとりあげ、仲綱を愚弄したことが謀叛の直接のきっかけとなったと記され（廿九「源三位入道謀叛之由来事」）、延慶本では、「誠ニ憤リヲ含モ理也」と結ぶ。しかし、これは不遇な人生への不満とは別種の契機である。

以上が平家物語が描く頼政の人生である。生前の逸話からは、晩年の不遇、失意は見いだされない。平家物語が語る人物の生前の逸話が必ずしも平家物語の展開と相関的に働くものでもないことは、清盛の死後に語られる逸話群が十分に示しているが、頼政の場合も、少なくとも辞世の歌にみる社会的な不遇に対する意識は生前の逸話からは窺えない。

四、封じ込められる和歌

それでは、延慶本では辞世の和歌をどのように描いているのだろうか。巻四―十九「源三位入道自害事」の冒頭から和歌とその前後を引用する。

源三位入道ハ源八嗣ヲマネキテ申ケルハ、「身ハ仕テ二六代之賢君一ニ、齢及八旬之衰老一ニ。官位已越ヘ烈祖一ニ、武略不恥等倫一ニ、為身為家一、有慶一ハ無恨一ハ。偏為天下一ノ、今挙義兵一。雖亡二トモ命於此時一ニ、可留名於後世一ニ。是勇士ノ所レ庶一、非武将ノ幸一ニ乎。各フセキ矢射テ、シツカニ自害セサセヨ」トソ申ケル。三位入道ハ右ノ膝節ヲ射サセタリケルカ、木津河ノハタニテ高キ岸ノ有ケル隠ニテ、鎧ヌキステ馬ヨリ下ツヽ、息ツキ居タリケルカ、念仏百返計唱テ、和歌ヲソ一首読レケル。

　　埋木ノ花サク事モ無カリシニミノナルハテソ哀ナリケル

此時歌ナト可読トコソ覚エネトモ、心ニ好シ事ナレハ、加様ノ折モセラレケルコソ哀ナレ。渡部党ニ長七唱ト云者ニ、「頸ウテ」ト被二云一ケレトモ、生頸ヲ取ム事サスカニヤ覚ケム、「自害ヲセサセ給ヘカシ」ト申ケレハ、太刀ヲ腹ニサシ当テ、ウツ臥ニ伏タリケリ。

頼政は、官職も十二分に得たことに満足をしている、義兵をあげたことも名誉として死ねる、自分の人生に悔いなしと言う。この言は他に源平盛衰記が有し、前節で見た生前の逸話の指向と軌を一にする遺言である。以仁王の乱は頼政の主導で動いている。そのような平家物語の構想に従えば、頼政のこの遺言には整合性が認められる。和歌の内容とは断層があるものの、寧ろ、社会的な不遇を述懐し、死を「哀」と歌う和歌の内容こそ、物語の展開に対する顧慮の窺えない内容といえる。

次に、和歌を記した直後に和歌を「セラレケル」ことを「哀」と評している。死に際しても和歌を詠む、その行為の一点に収束させて頼政の和歌を理解しているのである。翻って見るに、頼政について語る場合、和歌は武芸が語られた上で賞賛されるものであった。すると、戦死という壮絶な場面においてならより一層、頼政が和歌を詠む意義は大きい。辞世の歌が要求され、死に臨んで歌を詠む行為にこそ数奇と注目する。延慶本は辞世の歌を、詠む行為自体に眼目をおいて捉えていると理解されよう。

辞世の歌を詠む行為自体に重心をおく姿勢は、続く挿話（廿「貞任ヵ歌読シ事」）からも明らかである。これは、前九年の役の時に衣河で義家が「衣ノタチハホコロヒニケリ」と詠みかけたのに対して、即座に安倍貞任が「年ヲヘシイトノ乱レノクルシサニ」と応じたやりとりである。この冒頭は、

昔モ合戦ノ庭ニテ加様ノ歌ノ名ヲ上ル事ハ多ケレトモ、マノアタリ哀傷ヲ催ス事ハ無シ。

と記される。戦場で「歌ノ名ヲ上ル」、つまり武人でしかも歌の名誉となる先例として記述する。咄嗟の時にも歌の句が口をついて出てくる義家の心はやさと、それに即座に応酬した貞任の機転とが骨子となる話は、絶望的な情況にあってなお、即興的に詠んだ頼政の行為に通じると理解されたのであろう。この義家と貞任の応酬も短連歌であって和歌

ではないが、頼政の辞世の和歌を基調として、「歌ノ名ヲ上ル」行為と賞賛する。(13)

しかし、相違もある。頼政に「マノアタリ哀傷ヲ催」したことである。義家の場合には、貞任の付句を聞いて、

義家ハケタル矢ヲ指ハツシテ、被帰ラ一ニケリ。優ナル事ニソ、其比ハ申ケル。

とあるように、義家は貞任の機知に感じて命を一旦助けた。その行為は「優ナル事」であったが、頼政の場合は死が待っているだけであった。勇敢なる武将を失うことへの哀惜という点で比類のないものとされる。が、死を賭した戦場においてなお歌を詠む名誉を、義家と貞任の先例から導いている。

頼政の和歌は遺言及び文脈と齟齬を来している。また、和歌の後に置かれる言辞、挿話、更に、頼政における和歌説話の位相は、辞世の歌に内容の吟味よりも数奇人としての賞賛を与えている。和歌を囲む地の文は辞世の歌の内容を封じ込め、和歌を詠む行為そのものに意義を見いだすように仕向ける。

五、整合的に読み込まれる和歌

延慶本においては辞世の歌の内容が地の文によって封じ込められ、内容を解釈する意義は希薄になる。次に、同じ場面の覚一本における解釈を考察する。覚一本には注釈が多くなされているので、解釈の好例として三例用いる。まず本文を引用する。

三位入道は、渡辺長七唱をめして、「わか頸うて」との給ひけれは、主のいけくひうたん事のかなしさに、涙をはら〱となかいて、「仕ともおほえ候はす。御自害候はゝ、其後こそ給はり候はめ」と申けれは、「まことにも」とて、西にむかひ、高声に十念となへ、最後の詞そあはれなる。

埋木の花さく事もなかりしに身のなるはてそかなしかりける

これを最後の詞にて、太刀のさきを腹につきたて、うつふさまにつらぬかてそうせられける。其時に歌よむへうはなかりしかとも、わかうよりあなかちにすいたる道なれは、最後の時もわすれ給はす。

和歌を挟んで「最後の詞」が繰り返される。この繰り返しによって、読者は和歌の「詞」、つまりその内容に注目することになる。また、壮絶な死に様が和歌に続いて記されるために、和歌と数奇よりも死と和歌とが直結し、両者を密接に関わらせて読むこととなる。

新大系での訳は先に引用したが、上句を「栄達することもなかった」としている。正しい訳であろうが、頼政自身の人生に照合すると合致しない。その点を鑑みてか、新潮日本古典集成（底本は百二十句本だが、この部分は覚一本と類同）では、「花咲くような思い出もなかった」として社会的な昇進という点を朧化している。また、新大系では下句の「身のなる果て」を「身のなれの果て」と訳して、今戦死を遂げようとしている現状を不本意なものと捉え、今までの自らの不遇な人生と、戦死をすることへの哀惜を一体的にうたった和歌と解釈する。集成では「自嘲の詞」を綴った歌と説明する。具体的な内容の把握においては微妙な相違が見られるが、頼政自身の不遇意識に焦点をあてている点で共通しよう。一方、頼政自身の不遇を超えて、平家全盛の世に片隅に押しやられた源氏の一族の失意へと転位させ、源氏再興ならずして死ぬ無念の歌として再生されることもある。「この辞世の歌は、平治の乱で源氏の一門が没落した後、この一族のみは官界にのこり、清盛の推挙で三位に進んだものの、平家一門の栄華のなかで、どのような心境でいたかを物語るものであろう。挙兵の動機の一端も、そこにうかがうことができよう。悲痛な心情がにじみでている」（講談社学術文庫）と、和歌に挙兵の動機までも読み取る解釈も生まれている。

平家物語の表層において理解される頼政の挙兵の理由は、あくまでも平家の横暴への憤懣であった（巻四「源氏揃」）。

また、若い時はともかく、頼政の晩年に不遇を意識させる話柄は描かれていなかった。しかし、覚一本においては歌の「詞」を強調し、死と直結して描くことで、社会的な不遇は人生の不遇へと置き換えられ、歌自体に頼政の失意の人生と無念の死を象徴させ、全人生の総決算を読み込む試みがなされる。その結果、地の文に言及されている和歌の数奇よりも、物語の表面には書かれてこなかった頼政の人生に対する屈折した「心情」が想起され、それが蜂起に接合し、物語に整合性が生じる。このような解釈は和歌を物語に整合させる営みであり、頼政挙兵の動機をめぐって物語を整合的に解釈する営みでもある。覚一本はこうした解釈を可能にするテキストである。

おわりに

覚一本は和歌の詞と死とを直結させる。その結果、平家の繁栄の陰で失意の人生を送り、最後にその憤懣を爆発させたものの、志叶わずして自害に至る敗残の武将の歌との解釈を導き出す。物語の展開の中で和歌を解釈し、和歌が物語の解釈に働きかける。覚一本における忠度の和歌のあり方にも通じる。(14)

和歌が物語の展開や作中人物の心情に働きかけ、物語との整合的な解釈が成立する時に、読者は抒情的とか文芸的といった評価を生み出す。しかし、まずそのような評価に回収される以前のありようを見、記述の基盤となる姿勢を把握しておくことが必要である。頼政の和歌説話はあくまでも武人頼政を核として描かれるものであった。その基盤に立つと、辞世の歌も、戦場で死に臨んで詠む数奇の観点から切り取られることとなる。

おそらく、平家物語において、頼政の辞世の歌は無条件に存在していた。しかし、延慶本にとって、頼政はあくまで自分の人生を悔いなく生きたのである。その点を塗り替える可能性のある和歌の内容は封じ込められ、解釈は限定させられていく。だが、延慶本が和歌について鈍感であったとは言えまい。むしろ、和歌によって頼政の人生を不遇なものと捉える解釈がなされ、物語の展開と連動させる読み方が予想されるために、前後に遺言や挿話等をはめ込んで解釈を封じ込めていったとも考えられる。

和歌はまず和歌のみで存在する。しかしその解釈は、物語という文脈に組み込まれた時に前後の脈絡に合わせて変容する。更に、物語作者（編者・改編者も含む）の意図を超えて受容する側は可能な限り、文脈に合わせて整合的に解釈する努力を続ける。しかし、和歌の解釈を封じ込めていく文脈もある。そうした様々な文脈の生まれる所以と、一方では、限定された文脈の中で、それでもなお和歌に求められる機能を明らかにすることが必要であろう。

注

（1）「「平家物語」の抒情的展開――その二「忠度都落」の章――」（「野州国文学」51　平成5・3）
（2）「平家物語の和歌――平家都落諸段をめぐって――」（『平家物語　受容と変容　あなたが読む平家物語4』有精堂　平成5）
（3）『平家物語論究』（明治書院　昭和60）第一章二（初出は昭和53・11）
（4）佐多芳彦氏「中殿御会の成立について」（「国史学」142　平成2・12）。氏は院政期には「中殿御会」とは呼び習わされていなかったと指摘する。なお、中殿御会については小川剛生氏の御教示を受けた。
（5）次章参照。
（6）高橋昌明氏『清盛以前――伊勢平氏の興隆――』（平凡社　昭和59）一四八頁
（7）高山利弘氏は「武勇譚の表現――頼政と忠盛をめぐって――」（『軍記物語の生成と表現』和泉書院　平成7）で、頼政と忠盛の武勇譚の構造の共通性を指摘するが、それは四部本に焦点をあてたものであり、延慶本とは異なる構造といえる。
（8）前掲注（6）及び松薗斉氏「武家平氏の公卿化について」（「九州史学」118・119　平成9・11）
（9）同様な詠み方は後掲の『続詞花集』八七五の他にも、『貫之集』八五六・八五七、『壬二集』三二〇三、『続後撰集』一〇三三・一〇三四等にも見受けられる。

（10）頼綱──仲政──頼政
　　　　　　└─国直──国基──国能（従五下　能世判官代）　（『尊卑分脈』による）

（11）多賀宗隼氏『源頼政』（吉川弘文館　昭和48）

（12）「今夜頼政叙二三位一第一之珍事也。是入道相国奏請云々。其状云、〔略〕頼政独其性正直、勇名被レ世、未レ昇二三品一已余二七旬一、尤有二哀憐一、何況近日身沈二重病一云々、不レ赴二黄泉一之前、特授二紫綬之恩一者、依二此一言一被レ叙二三品一云々、入道奏請之状雖レ賢、時人莫下不レ驚二耳目一者上歟」（『玉葉』治承二年十二月二十四日条）

（13）延慶本において連歌をやりとりする場面は頼政の二場面、当該場面の他に四ヵ所あるが、連歌を歌道のあらわれとして記すものはこの三例のみである。

（14）前掲注（2）（3）参照。

〔引用したテキスト〕

和歌は新編国歌大観によった。『玉葉』（名著刊行会）

付章　平家物語における「武士」

はじめに

「平家の公達」と言われる。これは平家一門の子弟を貴公子として見る表現である。また、「貴族化した武士」とも言われる。平家一門は高位高官に昇りつめても武士であり続けたということであろうか。或いは、かつて武士であった貴族の意であろうか。しかし、武士とは武力を以て戦い、人を殺傷することを生業とする人々であり、「貴公子」から受ける印象との懸隔は大きい。

一門の栄光を築き上げた忠盛、清盛には武士としての存在感、戦闘能力を認め、しかし、その孫や子には、本来なら受け継いでいるはずの武士としての闘争心、戦闘能力の欠落を指摘する。一方で、彼らには貴公子として風流に耽る姿を見る。これが一般的な「平家の公達」像と思われる。しかし、例えば、高橋昌明氏は、清盛の子息である重盛、宗盛が左右の近衛大将となったことを、「武士でありながら国家常備の軍事力の頂点に立ったことを宣言した」と解釈し、「平氏によって代表される平安期の武士」を「真正で正統な武士」といい、[1] 一方、水原一氏は『玉葉』の例から、清盛の子供達は「ほとんど完全な貴族」となり、公卿となったと述べるように、[2] 研究者によって、歴史上の平家一族に抱く「武」の範囲には幾分幅があるように感じられる。

それでは、平家物語が描く一門の「武」とはどのようなものなのだろうか。一体、私達の脳裏に浮かぶ「武士」の映像は中世のそれと、また、平家物語のそれと同質なのだろうか。

日本史の側では武士論が盛んであり、蒙を啓かされる論が輩出している。(3)本章は日本史の領域に立ち入って、「武士」とは、「武」とは何かを問うことを目的とするわけではない。ただ、「武士の台頭」と評価される平安末期の平家一族を主人公としてその興亡を描いた平家物語において、どのような「武士」、また、「武」の映像が浮かび上がってくるのかを明らかにしておきたい。先学の常識をなぞるにすぎないかもしれないが、現代の読者でもある私達はともすれば、平家一門の人々に武的なものを過剰に読み込もうとするきらいはないだろうか。

使用する平家物語は、古態の面影を最も多く残すと考えられている延慶本であるが、覚一本にも言及する。

一、「武勇の家」、「武家」

平家一門の「武」の内容が作品の上でどのように認識されているのか。具体的な用例を通して確認していく。最初に巻一―三「忠盛昇殿之事付闇打事」から引用する。

1 (忠盛)「我レ右筆ノ身ニ非ス。武勇ノ家ニ生レテ、今此恥ニ遇ム事、〔略〕」

(公卿)「傍若無人ノ体、返々謂レナシ。サコソ重代ノ弓取ナラムカラニ、カヤウノ雲上交ニ、殿上人タル者ノ、腰刀ヲサシ顕ス事、先例ナシ。〔略〕」

(主上)「弓箭ニ携ラム者謀ハ尤モカクコソアラマホシケレ」

忠盛自身、また、公卿も、忠盛のことを「武勇ノ家ニ生レ」た者、「重代ノ弓取」等と表現する。「武」の「家」の者とみなされているわけである。これは勿論忠盛に限ったことではない。次のように孫の知盛も用いている。

2（知盛）「頼朝カ思ワン所モハツカシク候。弓矢取ル家ハ名コソ惜候ヘ」（巻八―卅四「木曾八島ヘ内書ヲ送ル事」）

但し、「弓矢取ル家」という表現は、平家一門に限ったものではない。今井四郎を始め、他の武士にも自分のアイデンティティを示す言として使用されている。その点では、平家一門も代わることはない。

それでは、端的に武の家、つまり「武家」という言葉はどのように用いられているのであろうか。延慶本には四例の使用が認められる。

3（明雲捕縛の訴え）此事ヲ武家ニ被仰ケレトモ、ス、マサリケレハ、新大納言以下ノ近習ノ輩、武士ヲ集テ山ヲ責ラルヘキ由沙汰アリケリ。（巻二―六「一行阿闍梨流罪事」）

4大衆、公家ニ奏聞シ、武家ニ触訴ケルハ、（略）ト申ケレハ、院ヨリ大政入道ニ被仰。入道ノ家人、紀伊国住人湯浅権守宗重ヲ大将軍トシテ（巻三―六「山門ノ学生ト堂衆ト合戦事」）

3・4は直接記されてはいないが、平家をさしている。そして、

5抑清盛入道者、平氏之糟糠、武家之塵芥也。（巻四―十四「三井寺ヨリ山門南都ヘ牒状送事」　同様の記述が他にもう一例ある）

この覚明の有名な言葉は明らかに平家をさす。物語では、「武家」は平家以外には用いられていない。

他には、「家」ではないが、

6武威ヲ耀シテ天下ヲ鎮シ入道ノ子息重盛ナト、夙夜ノ勤労ヲツ、ミテヲハセシニ（巻一―廿九「師高可被罪科之由人々被申事」）

7平治元年ヨリ、此氏ノ出仕ヲ被テ止メ後、入道偏ニ以武威ヲ都城ノ内ニハ、蔑リ官事ヲ（巻六―廿四「行家大神宮ヘ進願書ヲ事」）

のように、清盛を「武威」をもった者と記す。「武威」は個人的な武力ではなく、集団的な武力（武士団）を指すと解釈される。それを統率して清盛が権力を掌握した歴史が想起される。清盛はあくまでも「武」たる兵を率いる「武門」の統率者なのである。

以上より、第一に、平家一門は「武威」を誇示する立場ではあるが、これは一門、一族として「武」を専らとするのであり、平家の「武」は「家」という制度の下で認識されるものであることを確認した。

二、平家一門と「兵」「武士」

平家一門が自分たちのことを、「弓矢取家」と称していることを前節で示した。しかし、

8平家ノ一門大ニサハキテ、武士ヲ三条京極ノ辺ヘハセ向ハセタリケレトモ　（巻四―十「平家ノ使宮ノ御所ニ押寄事」）

のように、平家一門は「武士」を遣わす存在ではあっても、「武士」ではない。一門の人々は基本的には「武士」「もののふ」とは表わされていない。当節では、「武士」の他にも「者」「身」等も含めて、個人の武的存在を示す言葉が例外的に平家の人々に用いられている例を考察する。

9平家ノ先祖ニテ貞盛、其時無官ニテ、上平太ト申ケル時、兵ノ聞ヱ有テ、将門追討ノ宣旨ヲ奉ル。
（巻五―廿二「昔シ将門ヲ被追討二事」）

先祖の貞盛のことを「兵ノ聞ヱ有」と言っているが、貞盛は清盛よりも六代上る人物で、「兵」の階層の人物として遇されていた当時のことを、そのままに記しているといってよい。「兵」は武士、雑兵等の意味で多く用いられているが、貞盛以外の平家一門の人々には用いられていない。

10忠盛カ仕リ様思慮深シ。弓矢取者ハ優ナリケリトテ
（巻六―十七「大政入道白河院ノ御子ナル事」）

祇園女御説話の一節だが、物語によれば、「永久ノ比」（一一一三―一一一八）の、清盛誕生（一一一八）以前の出来事である。同じ説話の中で、忠盛のことを「北面ノ下臈ニ候ケル」とも紹介する。忠盛の下積みの時代であり、その頃は明らかに武士であった。

10と同様の記述が1の主上の発言である。1は10よりも十年以上後のことで、忠盛が昇殿を許された天承元年（一一三一、史実はその翌年）の事件である。その時点でも忠盛は「弓矢取者」と記されている。

忠盛についての逸話には和歌説話が多い。同様に和歌説話が残される武士に源三位頼政があるが、頼政の和歌説話は、武士が和歌を詠む点において風流を賞賛されるという構造を持つ。それに対し忠盛の和歌説話は、殿上人が和歌を嗜む話として記される。武士であるにも拘らず、或いは武士であって更に和歌が詠めることを賞賛する、という構造ではない。祇園女御説話は和歌説話に連続して載り、歌才をきっかけとして得た院の好意と、巡り来た機会を逃さず手柄とした話として紹介される。[4] 忠盛は1・10の二箇所に「弓矢取者」と記されてはいるものの、物語構成から見ると、必ずしも武士として扱われているわけではない。

11（清盛）年三十七ノ時二月十三日ノ夜半計ニ、口アケ〳〵ト天ニモノイフヨシ夢ニ見テ、驚テ現ニオソロシナカラ口ヲアケハ、是コソ武士ノ精ト云物ヨ、武士ノ大将ヲスル者ノハ天ヨリ精ヲ授ルトテ鳥ノ子ノ様ナル物ノ極メテツメタキヲ三、喉ヘ入ト見テ心モ武ク奢リハシメケリ。
（巻一―四「清盛繁昌之事」）

清盛に「武士の精」を飲ませているところである。清盛三十七歳とは保元の乱の二年前にあたる。清盛自身が前線で戦うことで武力を誇示した頃のことで、平家物語が扱う時代よりも溯り、状況が異なる。しかし、ここで授けられる精は、武士の大将となる者に授けられるものである。これは清盛自身を「武士」とすることと必ずしも重ならないの

ではなかろうか。

12只是ヨリ京ェ帰ラムト思フ也。都テ弓矢取身ノ浦山敷モ無ソ。サレハ故入道ニモ随フ様ニテ随ハサリキ。無左右ニ池殿ヲ焼ツルコソクヤシケレ。イサ、ラハ京ノ方へ。鎧ヲハ用意ノ為ニ各ノキルヘシ。（巻七―廿六「頼盛道ヨリ返給事」）

都落の一行から離反する頼盛の言である。自分も含めた一門の人々が武門であることを貶めていったものと思われる。

一の谷の合戦では、忠度、敦盛の登場は左のように記される。

13一谷ノミキワニ西ヘサシテ武者一騎落行ケリ。（巻九―廿二「薩摩守忠度被討給事」）

14赤地ノ錦ノ鎧直垂ニ、赤威ノ鎧ニ白星ノ甲着テ、重籐ノ弓ニ切符矢負テ、金作ノ大刀ハイテ、サヒツキケノ馬ニ黄伏輪ノ鞍置テ、厚房ノ鞦懸テ乗タリケル武者一人、中納言ニツ、イテ打入テヲヨカセタリ。（同廿五「敦盛被討給事」）

馬上の武将が誰なのか不分明な時点では「武者」と表現されているが、忠度、敦盛と明らかになると、もはや「武者」とは用いられていない。また、平家の人々には他に用いられていないところを見ると、「武者」とは、武装した者という意味で用いた言葉と思われる。

以上に掲げた例以外で、一門を「武士」もしくはそれに類する言葉で表現する箇所はない。平家一門は「武勇の家」、「武家」の家柄であるが、「武士」ではない。

三、源氏の人々の「武」

「武士」に類する言葉は「兵」「武者」「弓矢取者」「弓馬」「勇士」等と多彩であり、平家物語の中で多くの人々に頻繁に使われている。その中で「武者」「弓矢取者」の平家一門に関する使用、及び、平家の人々に関して「武士」の使用が見られないことを先に示したが、本節では平家以外の人物への使用を見ることから、「武士」の適用の範囲を明確にする。

「武士」は源平両氏に限らず、近江武士、豊後武士、京中守護武士等に用いられている。「武士」とは武器を携行し、武力によって公私の仕事に携わる職能の人である。殿下乗合事件で髻を切られた摂政側の蔵人大夫高範も、「苟クモ武士ニ生レテ、如形ノ弓箭ヲ取リ重代罷リ過ク」（巻一―十七「蔵人大夫高範出家之事」）人物と明記されている。ここからは「武士」が家柄として認識される語彙でもあることが明らかとなる。

次に、源氏の人々に対する使用を見ていく。源頼政は、

15 頼政ハ六孫王ヨリ以来、弓箭ノ芸ニ携テ、未タ其不覚ヲ聞カス。於武芸者、為当職者ヲイカ、ハセム。加之、風月ノ達者、和漢ノ才人ニテ、世ニ聞ユル名人ソカシ。〔略〕弓箭取テモ並フ方ナシ。歌道ノ方ニモヤサシキ男ニテ（巻一―卅六「山門衆徒内裏ヘ神輿振奉事」）

16 先例ニ任セテ、武士ニ仰テ警固アルヘシ」トテ、源平両家ノ中ヲ撰セラレケルニ、此頼政ソエラヒ出サレタル。其時ハ兵庫頭トソ申ケル。頼政申サレケルハ、「昔ヨリ朝家ニ武士ヲ置ル、事、逆叛ノ者ヲ退ケ、違勅ノ者ヲ亡サンカ為也。（巻四―廿八「頼政ヌヘ射ル事」）

17 武士ニハ源三位入道頼政ヲ初メトシテ（巻四―十五「三井寺ヨリ六波羅ヘ寄トスル事」）

とあるように、宮中守護の役を負う武士であった。しかし、

18 （頼政）「身ハ仕ニテ六代之賢君一ニ、齢及八旬之衰老一ニ、官位已越ヘ烈祖一ニ、武略不恥等倫一ニ、為身為家一、有慶ハ無恨一ハ。偏為天下一ノ、今挙義兵一。雖亡ニトモ命於此時一ニ、可留名於後世一ニ。是勇士ノ所レ庶一、非武将ノ幸一ニ乎」

（巻四―十九「源三位入道自害事」）

のように、昇殿が叶い、三位に昇っても、生涯にわたって「武士」である。平家一門であれば誰でもが「公達」として扱われているのとは大きな相違である。

因みに、他の源家の人々にも一定の傾向がうかがえる。義仲に関しては、

19成長スルホトニ、武略ノ心武クシテ、弓箭ノ道、人ニ過ケレハ、兼遠、「（略）誰カヲシウトナケレトモ、弓箭取タル姿ノヨサヨ。又細公骨モ有、力モ余ノ人ニハ過タリ。馬ニモシタヽカニ乗、空ヲ飛鳥、地走ル獣ノ矢比ナル、射ハツス事ナシ。

（巻六―七「木曾義仲成長スル事」）

20（南都炎上について）随分之歎キ焦ス胸一ヲ。専ラ雖トモ在俗武士之心一ナリト、盍《ソ》ラム思ハ仏法魔滅之悲一ヲ哉。

（巻七―十八「木曾送山門牒状事」）

にあるように、弓箭の道に携わる「武士」と自称する。義経に関しても、

21六条西洞院ヨリ、武士御所ヲサシテ馳参ル由申ケレハ、（略）業忠ヨクく見給テ、「義仲カ余党ニテハ候ハサリケリ。笠シルシ替テ見ヘ候。只今馳参テ候ナルハ、東国ノ兵ト覚候」ト申程ニ、義経門ノキハ近打ヨリテ

（巻九―八「義経院御所ヘ参事」）

22廿四日、内侍所、神璽、鳥羽ニ着セ給タリケレハ、（略）御迎ニ被参。御共ノ武士ニ、九郎大夫判官義経、石川判官代義兼、伊豆蔵人大夫頼兼、同左衛門尉有綱トソ聞ヘシ。

（巻十一―十八「内侍所神璽官庁入御事」）

と、「武士」として扱われる。特に21では、一の谷の合戦の時の忠度（13）、敦盛（14）と同様、誰であるのか不分明な時点であるにもかかわらず、二人と異なって「武士」ばかりか「兵」とまで記されている。平家物語における義経と、忠度・敦盛の扱いの根本的な相違が見て取れるのではあるまいか。

23（梶原）「（略）命ノ失ヲ不顧、当リヲ破ル兵ヲハ、猪武者トテ、アフナキ事ニテ候」判官、「イサ猪ノ事ハ不知」（略）」

（巻十一―三「判官与梶原逆櫓立論事」）

のように、義経が梶原に「兵」「武者」と罵倒されるのは、梶原が義経を自分たちと同列に扱っていることを示す言辞である。因みに、『玉葉』文治元年十一月三日条に、「前備前守源行家、伊予守兼左衛門尉〈大夫尉也、従五位下〉同義経〈為殿上侍臣〉等、各申身暇、赴西海訖」（〈　〉は割注）とあるように、義経は「殿上侍臣」となったが、そうした観点からの筆致は平家物語にはない。対して頼朝は、

24兵衛佐源頼朝ハ清和天皇十代ノ後胤、六条判官為義カ孫、前下野守義朝カ三男也。弓箭累代ノ家ニテ、武勇三略ノ誉ヲ施。

（巻五―一「兵衛佐頼朝発謀叛ヲ由来事」）

と、平家一門と同様に「家」を背景とした者として認識はされているが、「武士」としての記述はない。

以上のように、源氏の主だった登場人物では、頼朝以外は「武士」であることが明確に記されていることが確認される。平家物語において、平家と源氏の人々の、治承・寿永の乱当時における立場の相違は明瞭である。

翻って、平家の一門はいつ「武士」ではなくなったのであろうか。社会的立場からすると、清盛が参議となった年、即ち平治二年ともいえよう。(5)これは、二代后事件の年であり、平家物語の物語時間の動きはじめた年でもある。二代后事件に平家は関わっていないが、平家に関する同年の出来事としては、

25（忠盛死後）清盛嫡男タリシカハ其跡ヲ継ク。保元々年左大臣、代ヲ乱給シ時、安芸守トテ御方ニテ勲功アリシカハ、播磨守ニ移テ同年ノ冬大宰大貳ニ成ニキ。平治元年右衛門督謀叛之時、又御方ニテ凶徒ヲ討平ケシニ依テ、勲功一ニ非ス。恩賞是重カルヘシトテ、次年正三位ニ叙ス。是ヲタニモユ、シキ事ニ思シニ、其後昇進龍ノ雲ニ昇ルヨリモ速カナリ。打継宰相、衛府督、検非違使別当、中納言ニ成テ丞相ノ位ニ至リ、左右ヲ不経内大臣ヨリ大政大臣ニ

上ル。　　（巻一―四「清盛繁昌之事」）

と、傍線部分の如くに記される。平治二年六月に清盛は正三位、非参議となり、八月には参議に、九月に右衛門督となる。検非違使別当も兼ねている（『公卿補任』）。清盛の目ざましい昇進の年でもある。物語時間の始動の時は、清盛を始めとする平家一門が「武士」ではなくなった時でもあったといえよう。

四、貴族と「武」

平家一門が「武士」ではないからといって、武的側面が捨象されているわけではない。次に、一門の武的側面について考えていくが、その前に、貴族の「武」について述べておくこととする。

高橋昌明氏に、貴族階級が「武」を携行することは異端とは言えないとの指摘がある。(6) 平家物語からは外れるが、半井本『保元物語』においても、四宮（後の後白河院）に対し、「文ニモ武ニモアラヌ四宮」と評している。高橋氏の指摘にもあるように、陽明文庫本『平治物語』では、藤原信頼を「文にもあらず、武にもあらず」と記している。「文」と「武」を並立させて評価の基準としている。これらが屈折したものを含んでいようとも、上流の階層の人々が自ら武を身につけることがありえないならば、現実離れをした表現として受け入れられないはずである。

平家物語でも、武士ではないが武的人物が登場する。

26前薩摩守親頼、薄青ノ生衣ノ御綾ノ直垂ニ、赤威ノ鎧キテ、白葦毛ナル馬ニ乗テ、貞能カ屋模（ママ）口ニ打立タリケリ。頭刑部卿憲方カ孫、相模守頼憲カ子也。勧修寺ノ嫡子也。サセル武勇ノ家ニ非ス。

（巻七―廿「肥後守貞能西国鎮メテ京上スル事」）

27播磨中将雅賢ハサセル武勇ノ家ニアラネトモ、武勇ノ人ニテオワシケレハ、面白被思ケレハニヤ、兵杖ヲ帯シテ参リ籠ラレタリケリ。重目結ノ直垂ニ、紺糸威ノ腹巻ヲソ着ラレタリケル。（巻八―廿五「木曾法住寺ヘ押寄事」）

などと、武勇の家の出身ではなくとも武器を携行して戦う用意さえあれば、どのような階層の人でも「武勇の人」と評される。「武士」ではない「武勇の人」が存在する。すると、「武士」とは、「武勇の人」とは異なり、一種の階層を示す語ともいえる。

平宗実は重盛の末子であるが藤原経宗の養子となり、

28弓矢ノ道ヲモタシナマス、只文筆ヲノミ教給テ（巻十二―卅三「土佐守宗実死給事」）

と記される。平家の一門の人々は弓矢の道を習うことが常道であることがわかる。しかし、武的側面を持つことにさして違和感のなかった貴族の中に平家一門を置けば、平家の一門の人々が武器をとったからといって、貴族の世界にとってはそれほど異様なことではなかったと考えられる。況んや、武を統率する家であれば尚更であろう。弓矢を習うことは武門の出身である以上、必要とされる嗜みであったろう。が、それは武門に特有な習性として他の貴族から特別視されるものではなく、貴族の持つ武力の延長線上に捉えられるものであったと考えるべきではないか。

29凡ソ此大臣文章ウルハシクシテ、心ニ忠ヲ存シ、才芸正クシテ、詞ニ徳ヲ兼タリ。サレハ、世ニハ良臣失ヌル事ヲ愁ヘ、家ニハ武略ノスタレヌル事ヲ歎ク（巻三―廿三「小松殿大国ニテ善ヲ修シ給事」）

右は重盛の死去を悼む一節である。重盛が評価されたのはまず、文章の才であり、それがある故に良臣であることに言及され、その次に武門の「家」における重盛の損失が嘆かれる。重盛の物語中の役割もさることながら、公卿として備えるべき文才を持っていたことが前提となってはいるものの、重盛自身の武的側面は問題とされていない点に注意される。

30兵衛佐被仰ケルハ、「平家ハ弓矢ノ方ヨリ外ハ、嗜ム事ハ無歟ト思タルニ、三位終夜琵琶ノ事柄口スサミ、優ナル者哉」トソ宣ケル。広元閣筆テ、「平家ハ代々相伝ノ才人、此人ハ当世無双ノ歌人ニテ候。彼一門ヲ花ニ喩候シニハ此殿ヲハ牡丹ノ花ニ例テコソ候シカ」　（巻十—九「重衡卿千手前ト酒盛事」）

ここでは重衡の武的側面が認められているように思われる。しかし、一門の文雅の才を武と同列に、或いはそれ以上に認める頼朝や広元の言も併存している。頼朝の言の傍線部分は重衡の優美さを褒めるためのレトリックとして用いられているのである。

平家一門の人々が個人的に武的側面を有することはあっても、それは貴族世界の中では異様な事柄として忌避されるものではなかった。「武士」といった身分、また、生業としての武的存在とは異なる性格の、貴族が有する類の「武」であった可能性がある。

五、公達の造型

それでは、平家一門の人々の武的側面は具体的にどのように描かれ、評価されているのだろうか。平家一門の「武」が描かれるのは戦闘場面なので、合戦場面を中心に見るべきであろうが、その前に、都落に描かれる各人の行動について瞥見しておく。

31其中ヤサシク哀ナリシ事ハ、薩摩守忠度ハ当世随分ノ好士也。　（巻七—廿九「薩摩守道ヨリ返テ俊成卿ニ相給事」）

32左馬頭行盛モ幼少ヨリ此道ヲ好テ、京極中納言ノ宿所ヘ行盛常ニオワシ昵テ偏ニ此ノ道ヲノミタシナミケリ。
（同卅「行盛ノ歌ヲ定家卿入新勅撰事」）

33皇后宮亮経正ハ幼少ヨリ仁和寺ノ守覚法親王ノ御所ニ被候シカ、昔ノ好ミ難忘被思ケレハ、（略）抑此琵琶ヲ青山ト申ス事ハ、（略）代々ノ帝ノ御重宝ニテ有ケルカ、次第ニ伝テ此宮ノ御重宝ノ其一ニテ在ケルヲ、此経正十七ノ歳初冠シテ宇佐ノ宮ノ勅使ニ被下シ時　（同卅一「経正仁和寺五宮御所参スル事」）

34太政入道ノ弟ニ修理大夫経盛ハ詩歌管絃ニ長シ給人ナリ。歌道ヨリモ紫竹ノワサハ猶マサリ給ケリ。横笛ノ秘曲ヲ伝ヘ給事ハ上代ニモタクヒスクナク、当世ニモナラフ人オワシマサヽリケリ。（同卅二「平家福原仁一夜宿事付経盛ノ事」）

都落における一門の人々の逸話の冒頭部分である。都落の哀話を形成するにあたって、各人の形容に最適な要素として選び取られたものが「武」ではなく風雅であった。人々を紹介する時に、彼らの武的側面には一切触れられていない。そればかりか、風流を第一に紹介している。この点を確認した上で、合戦の場面に移る。

一の谷での人々の登場の仕方は、例えば13・14にあるような、颯爽とした「武者」姿である。また、忠度は熊野育ちの大力といわれて六弥太と戦って投げ飛ばし、壇の浦でも、教経が獅子奮迅の戦いを見せるなど、勇壮な描写もある。が、それは極少数である。しかし死の記述となると、以下の如くである。

35忠澄馳並テサシウツフヒテ内甲ヲミケレハウスカネ付タリ。源氏ノ大将軍ニハカネ付タル人ハオワセヌ者ヲ、（略）是ハタカ頸ソト云テ人ニミスレハ、アレコソ太政入道ノ末弟薩摩守忠度ト云シ歌人ノ御首ヨト云ケルニコソ、始テサトモ知タリケレ。　（巻九―廿二「薩摩守忠度被討給事」）

36熊谷腰刀ヲヌイテ内甲ヲカヽムトテミタレハ、十五六計ナル若人ノ色白ミメウツクシクシテ薄気装シテカネ黒也。鮮娟タル両髪ハ秋ノ蟬ノ羽ヲ並ヘ、苑転タル双峨ハ遠山ノ色ニマカヘリナムト云モカクヤト覚テ哀成、（略）漢竹ノ篳篥ノ色ナツカシキヲ紫檀ノ家ニ入テ錦ノ袋ニ入ナカラ鎧ノ引合ニ指レタリ。　（同廿五「敦盛被討給事」）

37カネ付サセ給テ候ハ平家ノ一門ニテオワシマシ候コサムメレ、名乗セ給ヘ　（同廿六「備中守沈海給事」）

38三位被打給テ後追付タリケレトモ頸ハナシ。ムクロヲミルニ、モヘキニヲヒノ鎧ノ引合セニ秘蔵シテ持給タリケル笛ヲ指レタリ。（同廿七「越前三位通盛被討給事」）

39十六七計ナル若人ノウスカネヲソ付タリケル。是ハ門脇中納言ノ子息蔵人大夫業盛ニテソオワシケル。哀トモ云ハカリナシ。（同廿八「大夫業盛被討給事」）

以上のように、各人の死を丁寧に記す一の谷の合戦では、皆「ウスカネ」をつけた貴公子と記され、また、篳篥や笛を携行している。「ウスカネ」は35・37からもわかるように、平家の武将の指標ともなるものだが、必ずしもそれだけのための記述ではない。平家の一門の人々を貴族社会の一員として扱う姿勢が表面化したものと考えられる。

しかも、忠度は大力と書かれる一方で、歌人としての風流が強調される。35に見えるように、忠度の頸は武人のそれではなく、「歌人ノ御首」と記述されているのである。この忠度への姿勢は、都落（巻七―廿九）の時に俊成に渡した和歌のうちの二首が後に『千載和歌集』に読み人しらずとして入集したことについて、

40此二首ヲヨミ人シラストソ入ラレケル。サコソカワリ行世ニテアラメ、殿上人ナムトノヨマレタル歌ヲ、読人シラスト被入ケルコソ口惜ケレ。

との評価が加えられていることと通底しよう。「口惜ケレ」という感慨は、忠度が殿上人であるにも拘らず名前が明かされなかったことに対して添えられているのである。忠度はあくまでも殿上人として遇されているのであり、武人としての側面にはそれほど関心が持たれていない。

この姿勢は忠度に対するものだけではない。女院が大原で後白河院に対して半生を語る中に、

41摂津一谷トカヤ云所ニテ一門多ク滅シ後ハ、月卿雲客各冠直衣ヲハ甲冑ニキカヘ、笏扇ヲハ弓箭ニ持カヘ、束帯ノ形ヲ忽ニ鉄ヲ延テ身ヲツヽミ、時ノ獣ノ皮ヲ以テ手足ニマトヒ、イツ習シトモナキ甲ノ鉢ヲ枕トシ、鎧ノ袖ヲシトネトス。

（巻十二―廿五「法皇小原ヘ御幸成ル事」）

とある。屋島に落ちた人々は平家の中枢の人々である。「月卿雲客」である彼らまでも甲冑を着けたのは非常事態であったから、と理解されている。これが基本的な立場なのであろう。

平家の公達はあくまでも公達であり、武人としての日常には触れられていない。物語は武人の死を描くことよりも、殿上人の死を描くことに意を注ぐ。しかも、そのことに対して、作者なり、編者なりは些かも疑問を持った描き方をしていない。寧ろ、同情と共感を抱いている。

水原氏は、忠盛の「殿上ノ交リヲタニ嫌ハレシ人」という立場が、栄達を遂げ、貴公子として生まれた子孫にまで、忘れられることなく貴族の側からの視線として注がれていることに注目すべきと指摘している。(7) 氏の指摘は首肯されるものであろうが、物語の筆致はそればかりではないことも言い添えたい。

六、覚一本における「武士」

以上に見てきた延慶本の用例から窺える平家一門の「武」に対する認識のあり方は覚一本にも共通する。但し、延慶本程には明確にあらわれない場合もある。

例えば、忠盛の和歌説話は、覚一本では巻一「殿上闇討」の次に置かれている。どの位置にあろうとも、忠盛の風流な教養人としての一面を示す説話であることにかわりはないのだが、覚一本では文武兼行といった文武の並立が強調される結果となる。

また、巻七「忠度都落」の末尾の40に相当する部分は、

42其身朝敵となりにし上は、子細にをよはすといひなから、うらめしかりし事共也。

と記される。朝敵という運命を荷わされたための措置とすることに焦点をおいて、忠度を悼む言葉となる。延慶本の、殿上人にも拘らず名前が明記されなかったことに対する口惜しさを表わす文脈とは異なる。

巻九「忠度最期」では、35に相当する部分は、

43敵もみかたも是をきいて、「あないとおし、武芸にも歌道にも達者にておはしつる人を、あたら大将軍を」とて、涙をなかし袖をぬらさぬはなかりけり。

との評を記す。歌人としての一面と共に、忠度の武力も視野に収めての表現なのだが、これは頼政に対する、

44此頼政卿は、六孫王より以降、源氏嫡々の正棟、弓箭をとていまた其不覚をきかす。凡武芸にもかきらす、歌道にもすくれたり。（巻一「御輿振」）

という評価と共通してしまう。頼政は先にも述べたが、生涯武士であり、その歌才は、武士が詠む和歌であった点で賞賛される。延慶本が、殿上人忠度、武士頼政というそれぞれの立場を基に下していた各々の評価が、覚一本では画一化されている。

「忠度都落」でも、覚一本では「馬にうちのり甲の緒をしめ」、馬上で朗詠しながら去る風景を描くなど、「武人としての気魄」(8)まで描きだしている。覚一本の「忠度都落」「忠度最期」では、文と武との調和に忠度の造型を結実させようとしていることも見落としてはなるまい(9)。

覚一本は忠盛についても、その武的側面に拮抗する側面として和歌説話を位置づけていた。覚一本は、平家一門の武的側面に注目することで、延慶本には稀薄な文と武との緊張関係を引き出している。こうした覚一本の叙述の方向においては、平家一門の「武」に対する基本的な認識は延慶本ほどには顕在化してこない。

七、公卿日記に窺える「武士」

今まで見てきたような延慶本に顕著に表われていた認識は特異なものなのだろうか。最後に、一、二、歴史資料を瞥見する。

『山槐記』には、「武士」なる用語はそれほど記されていない。使われる時には、京中守護、追捕のために出動する者たちを主な対象としている。

『玉葉』では、「武士」及びそれに類する言葉が頻出する。が、基本的には延慶本と同じ傾向が窺える。まず、『山槐記』同様に警察的役割を負う人々に「武士」と用い、その行動を記す。それ以外にも、近江、美濃を始めとして全国に散在する「武士」の動向も記す。また、頼政、義仲、義経に対しても「武士」と用いているが、平家一門を明確に指し示す例は極端に少ない。

一番に問題になるのは次の例であろう。

45准三宮入道前太政大臣清盛〈法名静海〉者、生二累葉武士之家一、勇名被レ世、平治逆乱以後、天下之権、偏在二彼私門一、長女者始備二妻后一、続而為二国母一、次女両人、共為二執政之家室一、（治承五年閏二月五日条）

『明月記』にも頼盛の男光盛の死亡記事を記す中で、

46入道二位光盛卿（略）年五十八、其身生二武士之家一、有二文道之志一、好而知二我朝之古事一、語二基親卿一成二師弟之好一、伝二取家之文書一、年来嗜学之志、頗不レ似二時儀一、（寛喜元年六月二十九日条）

と、同様に「武士」の「家」の出身と記す。しかし、これらの例が「家」と記されてはいても、彼ら自身が「武士」

であるとは記されていないことに注目したい。

次の例は「武士」ではなく、富士川の合戦で敗れた維盛に「勇士」と使う例である。

47示二子細於禅門一、禅門大怒云、承二追討使一之日、奉二命於君一了、縦雖レ曝二骸於敵軍一、豈為レ恥哉、未レ聞下承二追討使一之勇士、徒赴二帰路一事上、若入二京洛一、誰人可レ合レ眼哉、不覚之恥貽レ家、尾籠之名留レ世歟、（治承四年十一月四日条）

48伝聞、美濃尾張武士等、早可レ被二征伐一之由、牒二送官軍一、而其勢不レ及二敵対一、故請レ被レ副二下勇士一、仍追被レ遣二維盛朝臣一、（治承四年十二月二十五日条）

「勇士」は武士にも用いられるが同義ではない。それは、「範資雖レ生二儒家一、其性受二勇士一」（文治元年十一月八日条）の例からも明らかである。これは、義経追行の武士の中に混じった範季の子息範資についての説明である。範資は儒家出身であるために武士ではないが、武的な人物である。そのような人物に「勇士」と用いる。「勇士」は26・27の「武勇の人」と同義であり、その人の豪勇なる属性を表わすものと考えられる。維盛は「勇士」ではあっても「武士」ではなかった。

先に述べたように、平家一門を「武士」と称する例は殆どないが、このようにして見てくると、次の平家一門を「武士」と言っているように見える二例も理解できるのではないか。

49今日可レ攻二園城寺一之由、被レ仰二武士等一、明後日可二発向一云々、前大将宗盛卿已下十人、所レ謂大将、頼盛、教盛、経盛、知盛等卿、維盛、資盛、清経等朝臣、重衡朝臣、頼政入道等云々、（治承四年五月二十一日条）

50伝聞、関東徒党、其勢及二数万一、官兵尫弱、仍俄前将軍宗盛已下、一族武士、大略可二下向一、（治承五年二月二十六日条）

これらは平家一門が率いる「武士」に重点をおいて大将クラスまで包摂してしまった表現と考えられる。

平家一門が「武士」出身であるという歴史は消されることはない。また、「武士」という用語が49・50に見えるように、それほど厳密に境界を区切って用いられていたわけでもないようである。しかし、「武士」とは個人が属する身分、家柄、階層に用いられる語であり、既に公卿の家として認知された平家一門の人々は「武士」ではないという漠とした線引きはされていたようである。それは、平家の人々の武的側面を評価する時には、「勇士」といった、「武士」以外にも広く用いられる言葉を専ら用いていることからも窺える。平家一門は公卿の家柄として認められ、「武士」としては認識されていないと見るべきであろう。

おわりに

武的な人間と「武士」とは重なりあいつつも属性と職能とにおいて異なる価値概念である。また、「武士」と「武家」も重なりつつも、家の概念を含むか否かによって異なる価値体系にある用語である。これらは平家物語において明確に区別されるものである。平家の人々は「武家」であり、個人的に武的側面を有してはいても「武士」ではない。逆に、殿上人であり、公卿の家柄であることを前提にしての叙述がなされている。忠盛、清盛にあっても、物語の文脈においては必ずしも武士として扱われていない様子も窺えた。そしてその認識における区別は、人物を描きだす際の基点ともなっている。

しかも、こうした区別は平家物語に作為されたものではなく、ある程度一般的な認識のあり方でもあろうとの見通しも立てられそうである。

注

（1）「武士と王権」（『朝日百科・歴史を読みなおす8　武士とは何だろうか』〈朝日新聞社　平成6・2〉）。河内祥輔氏は、「平家は公卿家に上昇しても、武士であることに変わりなかった」と指摘する（「朝廷・幕府体制の成立と構造」〈『王権のコスモロジー』弘文堂　平成10・4〉）。
（2）『『平家物語』の或る底流」（『延慶本平家物語考証一』新典社　平成4）
（3）注（1）（5）（6）以外にも、高橋昌明氏『清盛以前――伊勢平氏の興隆』（平凡社　昭和59）、元木泰雄氏『武士の成立』（吉川弘文館　平成6）、川合康氏『源平合戦の虚像を剝ぐ――治承・寿永内乱史研究』（講談社　平成8）、五味文彦氏『殺生と信仰――武士を探る』（角川書店　平成9）、元木氏「武士論研究の現状と課題」（「日本史研究」421　平成9・9）、高橋氏『武士の成立　武士像の創出』（東京大学出版会　平成11）第五章（初出は平成10・3）等がある。
（4）前章参照。以下、論述の都合上、忠度、頼政についての言及にも重なるところがある。
（5）松薗斉氏「武家平氏の公卿化について」（「九州史学」118・119　平成9・11）
（6）「今日、王朝貴族は実態よりはるかに文弱にイメージされていることを指摘しておきたい。彼らがいかにもみやびであるように見えるのは、室町中期以後、彼らの末裔が現実的な力を喪失してゆく中で、己の究極の拠り所を文に求め、これを膨らませながら生き残りの方途とした。〔中略〕これらがあいまって、その後の貴族像を規定していった」（前掲注（3）『武士の成立　武士像の創出』六〇頁　初出は平成7）、「貴族を文や芸能に秀で遊興にふけり、したがって武にうとく惰弱な存在、と決めてかかることは、中世の現実にあっては、事実に即したことではない」（同書二九二頁　初出は平成8）と指摘する。
（7）前掲注（2）に同じ。
（8）杉本圭三郎氏『平家物語（七）全訳注』（講談社学術文庫　昭和60）
（9）文武両道を形象し得た覚一本の忠度に理想的武人像を見いだす論に、北川忠彦氏『軍記物論考』（三弥井書店　平成元）第一節「忠度像の形成」（初出は昭和54・5）等がある。

〔引用したテキスト〕

『明月記』（国書刊行会）、『玉葉』（名著刊行会）

なお、用例の検索にあたって、『延慶本平家物語　索引篇』（勉誠社）、『玉葉事項索引』（風間書房）を用いた。

第二部　平家物語の諸本の形成

第一篇　八坂系平家物語の様相

平家物語の諸本研究は山田孝雄氏を嚆矢とするが、(1) 氏によって始められた諸本の整理は次第に古態の探究に収斂していく。また、昭和三十〜四十年代には山下宏明氏が精力的に語り本系諸本を調査して本文系統を整理し、再分類を行なった。(2) 語り本系の一系統とされる八坂系は氏の研究によって一旦の完成を見たかに思われ、以後の研究者の関心は薄れていったと思われる。

従来、語り本系はほぼ左のように分類されてきた。

○一方系〈一方流・灌頂巻型・灌頂巻特立本〉――巻末に灌頂巻を有する――

覚一本・流布本、及びその周辺の諸本

○八坂系〈八坂流・断絶平家型・灌頂巻非特立本・非一方系〉――巻末に灌頂巻を有さず、断絶平家で終わる――

屋代本・八坂系（一〜五類に分類される）・覚一系諸本周辺本文

「一方系」「八坂系」という名称も固定化されたものではない。〈　〉内は、他にも用いられている呼称である。本書では名称の混乱を避けるために、次のように一方系と対にされる「八坂系」の名称を「断絶平家型」(3) とし、「八坂系」は主にその下位分類にある諸本群とし、左の如くに用いることとする。

○断絶平家型——巻末に灌頂巻を有さず、断絶平家で終わる——

屋代本・八坂系（一～五類に分類される）・覚一系諸本周辺本文

「一方系」も「灌頂巻型」とした方が形式的には整うが、従来の「一方系」も併用し、特に終結の形式について述べる場合には「灌頂巻型」と記す。

冒頭で紹介した、諸本研究の対象として関心が薄れていった系統とは、主に下位分類に示した「八坂系」について述べたものである。が、断絶平家型全般についても、屋代本を除いてはそれほど本文研究は進んでいない。その中で近年、覚一系諸本周辺本文等に精密な再検証がなされてきている(4)。その他の諸本にも新たな視点で鍬が入れられなくてはならない。

八坂系の特色として挙げられることは、まず伝本が多く、それらの本文異同が激しいことである。これは平家物語の特質として言われる諸本の多さを典型的に示すものでもある。そして従来は〈語り〉との関係をもって説明されてきていた。が、これについての誤解は第一章で述べる。〈語り〉との関係は措き、八坂系の本文異同を虚心に眺めていくと、平家物語の諸本全体の本文流動を考える契機が潜むことに気づかされる。第一篇ではそうした観点から八坂系諸本を中心に考察を行ない、そして更に、八坂系からもはみ出していく諸本を第二篇で扱う。

ところで、八坂系は諸本の本文異同が激しいために、一方系平家物語における覚一本のような代表的本文を決定し難い。また、大まかな構成としては灌頂巻を特立しないこと以外は一方系とかわるところがなく、また、一方系の、特に覚一本の文芸性の達成度が評価されるために、内容的には一方系の亜流として位置づけられてきたように思われる。内容を問う試みもあまりなされていないようである。渥美かをる氏は大まかに「平易文と記事の簡略化、〔略〕鋼柔取まぜた増補を持ち、本文は簡略で理解し易いことを誇ったことであろう」[5]とするが、この言の背景にも覚一本を基準として捉える姿勢があろう。

しかし、平家物語の流動を考える時には八坂系の伝本群の存在にも注目すべきであり、また八坂系にも平家物語の作品世界を問う必要性があると考える。が、前述のように、作品論も含めて、一異本として考察の対象とされること自体が今まで少なかった[6]。作品そのものを読み解くことが必要である。その際、覚一本とは異なる作品分析の方法が要求されよう。本文異同の実態の再検討という、煩雑であるが基本的な作業から始めることとなる。本文異同の激しさという特質を踏まえて本文の近似性や相違点を精査し、作品を読解する中で、各諸本の指向性と、その振幅の幅が浮かび上がってこよう。本篇では八坂系平家物語の独自性を検討し、作品世界の構成を明らかにすることから、平家物語に本文の流動を促す要素を考えていきたい。

第一章では、以下の考察の前提として、〈語り〉との関係と併せて「八坂」という名称の使用の歴史を整理する。第二章では巻六の小督説話と慈心房説話を対象として、八坂系一類本を覚一本や屋代本と比較検討する。第三章では巻十二を扱い、特に頼朝についての記述を中心に、一類本、二類本を更に下位分類して、それぞれの系統の諸本について記述の相違を示し、終焉の巻としての指向性の幅を指摘する。第四章では断絶平家型に対象を広げ、八坂系も視野に入れつつ主に屋代本を中心にして、終結の様式の意味を考える。最後に八坂系伝本の中であまりその存在の知られていない二本の解題を補足として加える。

注

（1）『平家物語考』（明治44　但し、勉誠社　昭和43再刊に拠った）

（2）氏の成果は『平家物語研究序説』（明治書院　昭和47）第一部、『平家物語の生成』（明治書院　昭和59）二―3に纏められている。

（3）語り本系を終結の形態によって二分することは山田孝雄氏以来行なわれているが、断絶平家型・灌頂巻型の名称は、水原一氏「『平家物語』巻十二の諸問題――「断絶平家」その他をめぐって――」（『中世古文学像の探求』新典社　平成7　初出は昭和58・2）に拠った。

（4）千明守氏「平家物語「覚一系諸本周辺本文」の形成過程――巻一～巻四の本文について――」（「國学院雑誌」87―5／6昭和63・5／6）以降の諸論。

（5）『平家物語の基礎的研究』（三省堂　昭和37）一七四頁

（6）近時、鈴木彰氏は「八坂本『平家物語』の基調――法皇の位置をめぐって――」（「国文学研究」114　平成6・10）を始めとして、八坂系二類本を中心として作品論を展開している。

第一章　「八坂系」と「八坂流」

はじめに

「八坂」とは、永享（一四二九―一四四一）の頃に絶えたといわれる平曲の一流派であり、その八坂流が用いていた台本が八坂系の諸本であると考えられてきた。山田孝雄氏以来、高橋貞一、渥美かをる氏等によって、諸本の分類、系統立てが試みられてきた。(1) そして山下宏明氏は先学を批判的に継承し、八坂流と言われる諸本を本文形態によって整理し直し、以下のように五類に分けた。(2)

一類本――巻十二に「吉野軍」を置かないもの――　A種、B種、C種

二類本――巻十二に「吉野軍」を置くもの――　A種、B種

三類本――一方流本への接近を見せながら、一方流とは見なせない八坂流の諸本――

四類本――巻一に「堂塔供養」を置き、女院を中心とした物語を巻十二に収めながら一方流諸本のように巻十二の巻末に置くことはしないもの――　A種、B種、C種、D種

五類本――「吉野軍」を有し、灌頂巻を持つもの――

氏は八坂系一、二類本を「八坂流」として〈語り〉との関係が見いだせると指摘したが、その点を否定するだけの、また、肯定するに足る研究も以後行なわれてこなかった。また、三類本以下には一方系等の影響が見えることを指摘

し、これらを末流本と位置づけ、「八坂系」とした。氏も言及し、渥美かをる氏も既に指摘していたように、[3] 山下分類の三〜五類本の本文異同は〈語り〉による変化ではなく、書承、また、著述的改編によってもたらされた本文変化である。その後にも例えば池田敬子氏は[4]五類本が一方と八坂両系本文の切り貼りによって作られていることを証明したが、「八坂」という名称が冠せられたが故に、この系統全体の諸本の異同の激しさを〈語り〉によるものとする誤解はなかなか訂正されなかった。

兵藤裕己氏は〈語り〉と本文との関わりの考察を進める中で、「八坂流」という概念そのものが近世になって生み出されたものであることを明らかにした。[5] 氏の分析に従えば、流派意識は芸能の語り口等に関わるものではなく、近世に入ってからの制度組織維持（家元制度）に関わって生まれるものであり、それが中世にまで溯って二流派を幻想させたという。従って、そのような流派の存在しなかった中世には、八坂流の本文も存在しなかったことになる。少なくとも、現在「八坂」系統に分類される本文に、中世の「八坂流」を想定する必要はなく、平家物語の作品としての問題を問う時に、「流」という用語を用いる必然性は消失する。「八坂」と冠せられてきた諸本は、氏の論によって、語りの流派との関係から自由になり、純粋に本文の問題として考えればよくなった。

しかし、「八坂本」という言い方もあり、平家物語研究において、八坂系、八坂流、八坂本等の用語が混用されている。そこで本章では、近世の「八坂本」等の使用を改めて検討し、用語の使用についての整理を行なうこととする。

参考として、

館山漸之進氏『平家音楽史』（明治43　但し、昭和49　芸林舎再刊を用いた）

山田孝雄氏『平家物語考』（明治44　但し、昭和43　勉誠社再刊を用いた）

千明守氏「國学院大學図書館蔵『平家物語』城一本の紹介」（「國学院大學図書館紀要」7　平成7・3）

松尾葦江氏『軍記物語論究』（若草書房　平成8）第二章五（初出は平成7・7）

千明氏「『平家物語』室町時代のテクスト」（『平家物語の生成　軍記文学研究叢書5』汲古書院　平成9）

等を用いた。

一、「八坂本」の使用例

資料を時代順に載せ、逐次検討する。

（一）八坂系五類本（城一本）は古活字本で、現在東京芸術大学に巻十二が、國學院大学に全巻が所蔵されている。芸大本の奥書には、「寛永三年の春の比藤田検校城慶加賀国にて筑紫方検校城一用ゆ雲井の本と奥書侍平家物語を求侍き此本則其雲井の本を写畢筑紫方検校城一本と奥書侍る故に藤田検校城慶此本を用て八坂方の平家と号す」とあり、國學院大学本には更に「于時寛永五戊辰暦九月上旬　洛陽三条寺町　中村甚兵衛尉開之」が加わる。寛永三年（一六二六）もしくは寛永五年（一六二八）には出版されたことになる。これは文面から明らかなように、「八坂本」といわれたわけではない。「雲井の本」と〈八坂〉との関係にも言及されていない。城一は『当道要抄』等で検校の開山とされる人物であろう。この本を「八坂方」の本と号した根拠が、城一本という奥書があったから（城一は〈八坂方〉の検校とはされていないが）と考えられるが、「本」の内容よりも「本」の所有者に重点がおかれて〈八坂方〉の本と称されている。

（二）『参考源平盛衰記』（元禄二年〈一六八九〉）の編集に用いられた諸本の一本に「八坂本」があり、「八坂本者、所謂城方本、蓋城元所伝也[6]」と説明されている。「八坂本」との名称から城元という八坂方の検校（『当道要抄』等に見える八坂方最初の検校「城玄」か）との関係に言及している。但し、「八坂本」の名称の由来についてこれ以上は不明である。

『参考源平盛衰記』に引用されている「八坂本」本文は八坂系二類本A種の彰考館本に近い。但し、問題がないわけではない。現存彰考館本の脱落部分が、『参考源平盛衰記』には正しく記されている場合がある。現在の彰考館本を「八坂本」そのものに当てはめてよいかどうかは今少し検討が必要である。

(三) 彰考館本は江戸時代中期書写とされ、表紙右肩に朱で「八坂本」と記されている。『参考源平盛衰記』との何らかの関係を想定するのは妥当であろう。

(四)『流鶯舎雑書』(延享三〈一七四六〉)には「八坂流に一部の平家なし。永享(一四二九—四一)の頃断絶し、月見の一句を伝ふ」[7]として「月見」が八坂流として残存していることを言う。

(五)『類聚名物考』(山岡浚明　安永九〈一七八〇〉頃)三百十三、楽律部三、雑楽、平家琵琶流の項には、平家琵琶の一流の前田流を、「八坂の流を伝へしとかや」[8]と述べ、「この八坂検校の胤は絶たれども今ただ月見の一句のみ残れり。都方の月見にくらぶれば甚だ古雅にして」以下、朗詠の挿入されている「月見」が八坂流であることを述べる。この「月見」の詞章は現在八坂系に分類されている諸本のうち、一、二、五類本に共通するものである(三類本には当該巻のある伝本がない)。「月見」の詞章による流派の区別がいつの頃から注目されていたのかはわからないが、遅くとも安永の頃迄には「月見」の詞章を確認することによって〈八坂流の本〉か否かを識別することが出来るようになっていたと考えられる。

(六)『歌曲考』(山崎美成　文政三〈一八二〇〉)「平家」の項には、「八坂本平家物語十二巻　この本を八坂といへるは本書の奥書云」[9]として城一本の奥書を載せ、城一本を「八坂本」として扱っている。

(七)『嬉遊笑覧』(喜多村筠庭　天保元〈一八三〇〉)巻六上(音曲)には、「「八坂本」十二巻奥書云」[10]として城一本の奥書を載せている。

（八）『平家物語標注』（平道樹　天保三〈一八三二〉か）には、「八坂本」(11)を対校の一本として用い、所々に目次、記事の配列などを示すが、これはほぼ中院本（一類本B種）に一致する。

（九）城方本（内閣文庫所蔵　二類本B種　国民文庫本の底本）は慶長頃の写本とされるが、表紙に「来歴志本」と貼紙がされ、また、巻一題簽に別筆で「城方」との書き入れがなされている。「城方」と八坂とは同義である。これが何時書かれたものかはわからない。『重訂御書籍来歴志』（林復斎等　天保七〈一八三六〉）には「平家物語　古写本ニシテ城方流ノ句読アリ」とする。『来歴志』は当本に付されている句読点を「城方流」のものと判定したのだろうが、その際、「城方」との書き入れが影響を与えたのだろうか。

（十）「朽木家蔵書目録」（内閣文庫蔵　天保九〈一八三八〉写）には「平家物語　八坂本　平仮名　写本　拾二冊」「平家物語　活字　八坂本　平仮名　拾二冊」とある。大谷大学蔵本（中院本の写本）には朽木家の蔵書印があるので、前者はこれをさすと考えられる。

なお、これらに続いて「如白本」（四類本）も記され、国会図書館蔵同目録（弘化三〈一八四六〉写）には更に「平家物語　光悦本　十行　十二」との記載もある。これは中院本（慶長古活字版）を指すと考えられる。「八坂本」は如白本、光悦本等と並立するもの、つまり、本の識別の一指標としての名称であったと考えられる。

（十一）「那須家所蔵平家物語目録」（那須資礼集録　天保十五〈一八四四〉）には「八坂本　十二冊〈十行平仮字書大和閉渋神標紙无題目近衛龍山公御書　寛文三年此本ノ印本アリ雲井本ト云〉」（〈　〉内は割書）とある。「近衛龍山公」とは近衛前久（一五三六―一六一二）である。天理図書館蔵那須家本（二類本B種）は弘化二年（一八四五）の極め札に近衛前久他の分筆とされているので、この「八坂本」は那須家本を指すと考えられる。この目録や極め札の記述によれば、十七世紀初期の書写となる。ただし、書写時における〈八坂〉との関係については不明である。

ところで、目録の記述の後半の「寛文」を「寛永」の誤写とすれば、城一本を指すものと思われ、前半と後半とでは混乱が見える。「八坂本」の名称がどの時点で付けられたものかはわからないが、目録が作成された当時にはこの本が「八坂本」であると認定され、しかも「八坂本」ならば「城一本」を指すという短絡的な認識があったと考えられる。

以上の資料を本の系統ごとにまとめると、次のようになろう。

①「八坂本」という名称の初出は、『参考源平盛衰記』によって十七世紀に上るが、資料上に現れる「八坂本」の名称は十九世紀に入ってからのものが多い。

②五類本の城一本に関して(一)(六)(七)(十一か)があるが、(六)(七)は城一本の奥書に「八坂方の平家」とあるために「八坂本」と呼ばれたと推察される。

③他に一類本B種の中院本(八)(十)があり、二類本A種の彰考館本(三)、B種の城方本(九)、那須家本(十一)等にも用いられている。

二、二類本と「八坂」

二類本には時折「間《あひ》」と呼ばれる小さな章段がおかれ、平曲との関連が指摘されることがある。また、右記③のように、しばしば二類本と〈八坂〉との関連に言及する資料が見いだされる。そこで、次に他の二類本伝本の句読点や伝来等を見ていく。

A種には京都府立総合資料館本・彰考館本・秘閣粘葉装本がある。彰考館本には城方本と同様に句読点があるが、彰考館本より本文的には善本かと思われる京都府立総合資料館本や、この二本よりは下る秘閣粘葉装本には句読点もなく、〈八坂〉〈城方〉に関係する資料もない。

B種には城方本・田中教忠本[12]・那須家本・奥村家本がある。田中教忠本は城方本と密接な関係にあり、城方流の徴とされる句読点も（城方本と同じというわけではないが）ある。しかし、〈八坂〉〈城方〉等の名は記されていない。那須家本は前述したように、書写時における〈八坂〉等の名の見える資料はない。奥村家本は室町末期の書写とされ、波多野流の検校の手許に伝わる。句読点はない。その奥書は「此物語十二冊之中三冊者他筆、其外者小倉城椿検校連々依所望染愚毫者也　一花堂野釈（ママ）乗阿」とあり、「小倉城椿」という検校が書写に関係した旨が窺える。

なお、一花堂乗阿（享禄四年〈一五三一〉―元和五年〈一六一九〉）は武田信虎の男で、今川家の庇護を受け、駿河長善寺住職となった人物である。歌学を学び、三条西実枝から古今伝授を受けた。慶長年間以降の晩年は京都に住し、後陽成院にも拝謁を許されるなど、文人としての名声に恵まれた[13]。小倉城椿は、『三代関』に元和六年（一六二〇）から名前の見える「小倉城ちん」で、天正五年（一五七七）に検校となった人物と推定されている[14]。二人の交流を示す資料は他には管見に入っていない。また、「本」の内容が八坂流とどのように関係するのかは、城椿の依頼というだけでは不明である。

従って、二類本についても、その成立時において〈八坂〉との関連が証明されるというわけではないことがわかる。また、城方本に指摘されている「城方流ノ句読」についても、同類同種でありつつも句読点のない伝本もあり、これも〈八坂〉の証明とはなり得ない。「間」についての言及も管見には入らない。

三、八坂流と「八坂」

近世の「八坂本」「城方本」の用例に八坂流との関係を摑もうとすると、

(1)「月見」の詞章による識別＝八坂系一、二、五類本に通用する。

(2)その所有者、書写に関して八坂方検校の名が関わる場合＝城一本、『参考源平盛衰記』、奥村家本

(3)句読点の有ること＝彰考館本、城方本、田中教忠本

以上の三点に絞られてくる。しかし、(2)に関しては、『参考源平盛衰記』にある「伊藤本」という存在が注目される。[15]「伊藤本」は八坂系一類本に、一部分二類本をとりあわせた本であり、「伊藤本者、伊藤玄蕃友嵩所蔵也、故称之」と記されている。伊藤友嵩（寛文五〈一六六五〉―享保六〈一七二一〉）は徳川光圀の従弟だが、「伊藤本」の現在の所在は不明である。八坂系の本であっても伊藤氏が所有すれば「伊藤本」という名称となっている。

一方、「八坂本」の名称の由来の詳細は前述のとおり不明である。城元については、「蓋……所伝」という推定の域を出ない。八坂流の台本として、或いは八坂流の代表的本文として存在したと結論づけることはできない。その点については奥村家本や城一本も同様である。書写等に検校が関わる資料、伝承、推定があっても、本文を八坂流と直接結び付ける資料はない。

(3)に関しても、天保年間に初めて指摘されることであり、それ以前には指摘されていない。伝本によっては句読点のないものもある。『来歴志』のように句読点そのものを城方流のものとする根拠はない。従って、(1)以外に八坂流との関係を示す資料はない。

おわりに

近世において「八坂本」という名称は、一類本B種の中院本、二類本、五類本に用いられるものであった。これは現在分類されている八坂系諸本のいくつかの伝本と一致する。しかし、全てではない。また、それらに「八坂本」「城方本」という名称を冠する根拠として、八坂流平曲との関係を「月見」の詞章以外に見いだすことは難しい。

本章冒頭に紹介した兵藤氏の説を含め、八坂系諸本に語りとの関連を前提にすることは困難になっている。むしろ、八坂系諸本と語りとの関係を摘出していくことが今後の八坂系諸本の研究の課題でもあろう。そのような時に、無用な混乱を招く「八坂」という名称を用いることには疑問もあるが、だからといって、新しい名称を付けるのも難しい。

現在、「八坂本」を「八坂系」の謂として用いることも多く見かけるが、それは混乱を招くことになろう。また、八坂系二類本を「八坂本」と称することもあるが、あたかも二類本が八坂系の代表的本文であるかのような錯覚を催しやすい。そこでこの使用も避ける。

「八坂系」という用語は山下宏明氏の用いたものである。(16) 氏は第三類本以降の諸本には「八坂流」との関係が見いだしがたく、書承による本文形成の跡が見いだされるが、「八坂流」との関連の考えられる一、二類本との影響関係が見いだされるという意味で、三類本以降を「八坂系」と称した。しかし、現在、一、二類本にも「八坂流」との関係が見いだしがたいという点で、本書では一、二類本にも応用して一～五類本すべてを「八坂系」として用いることとする。

注

（1）山田孝雄氏『平家物語考』（明治44　但し、勉誠社　昭和43再刊に拠った）第二門、高橋貞一氏『平家物語諸本の研究』（冨山房　昭和18）第三章、渥美かをる氏『平家物語の基礎的研究』（三省堂　昭和37）中篇
（2）『平家物語研究序説』（明治書院　昭和47）第一部第二章第四節、『平家物語の生成』（明治書院　昭和59）二―3
（3）前掲注（1）に同じ。
（4）「城一本平家物語の本文形成について」（『室町藝文論攷』三弥井書店　平成3）
（5）『平家物語の歴史と芸能』（吉川弘文館　平成12）第三章（初出は平成6）
（6）『参考源平盛衰記〔改定史籍集覧本〕』（臨川書店　昭和57復刻）に拠る。
（7）本文引用は前掲館山氏著による。但し、鈴木孝庸氏「平曲・平曲史に関わる幻の書、二点」（「平曲鑑賞会々報」17　平成9・12・6）によると、氏の調査された『流鶯舎雑書』には、「永享の頃断絶し」という文句が記されていないということである。
（8）『類聚名物考（六）』（歴史図書社　昭和49〈明治37の復刻〉）に拠る。
（9）『歌曲考』（藤田徳太郎校訂　大岡山書店　昭和7）に拠る。
（10）『日本随筆大成　別巻』（吉川弘文館　昭和54）に拠る。
（11）『平家物語標注』（吉沢義則編　帝国教育会出版部　昭和10）に拠る。
（12）当篇末尾に補足として加えた「八坂系伝本二種の解題」に、解題を付した。
（13）小高敏郎氏『近世初期文壇の研究』寛永期　第三章（明治書院　昭和39）
（14）山下宏明氏「奥村家蔵本平家物語解題」（『八坂本平家物語』大学堂書店　昭和56）
（15）「伊藤本」については、第二部第二篇第五節で詳述する。
（16）前掲注（2）に同じ。

第二章　八坂系一類本の様相
――清盛像との関わりにおいて――

はじめに

本章では巻六の高倉院追悼説話から「小督」説話を、清盛追悼説話から「慈心房」説話をとりあげる。

なお、八坂系平家物語についてはその名称も概念も諸本系統論も未だ定説を見ていないが、(1)山下宏明氏の用語と分類に従い、(2)八坂系の中では古態とされてきた一類本を用いる。(3)一類本にもＡＢＣの三種があるが、Ｃ種の問題については第二篇第二章で扱うので、ここではＡＢの二種を扱う。Ａ種に属する伝本は本章で採り上げる箇所については文禄本がある。Ｂ種には三条西家本と中院本とがあり、(4)本文の崩れの少ない三条西家本を用いる（表記を読みやすく改めた）。ＡＢ共通の場合には、三条西家本をもとに校合を加え表記を改めた本文を用いることにする。

一、小督説話の位置づけ

「小督」説話は小督譚そのものよりも、その位置づけに特色がある。

屋代本は「小督」を巻三に移動している。(5)屋代本にしてみれば、屋代本なりの「小督」の位置づけの方法だったのだろう。一類本では屋代本ほどの移動はないものの、やはり「小督」の位置づけ、次への展開について、それぞれに工夫がなされている。まず、文禄本・三条西家本と覚一本の小督譚前後の構成を左に示そう。

覚一本	文禄本（一類本A）	三条西家本（一類本B）
〔葵前〕 葵前死 主上の嘆き浅からず 唐太宗の故事	葵前死 主上の嘆き浅からず 唐太宗の故事	葵前死 主上の嘆き浅からず 唐太宗の故事
〔小督〕 ア「主上恋慕の御おもひにしつませをはします。申なくさめまいらせんとて、中宮の御方より小督殿と中女房をまいらせせらる。	×	×
イ此女房は桜町中納言成範卿の御むすめ、宮中一の美人……」	イ′「其比桜町ノ中納言成範卿ノ娘ニ、小督殿トテ、形モ人ニ勝レ、管絃ノ道モ妙ヘナル人、禁中ニ候ハレケリ」	イ′「又其比桜町中納言成範卿娘小督のとのとて、かたちも人にすくれ、管絃の道もたへなる人、禁中にさふらはれけり」
〔中　略〕	〔中　略〕	〔中　略〕
1小督再び宮中へ。姫宮一人生まれる。	1小督再び宮中へ。姫宮一人生まれる。	1小督再び宮中へ。姫宮一人生まれる。
2清盛、小督を追い出し、出家させる。	×	2清盛、小督を追い出し、出家させる。
ウ「か様の事共に御悩はつかせ給ひて、遂に御かくれありけるとそきこえし」	×	×

3法皇の嘆き エ「天下諒闇になりしかは、大宮人もおしなへて、花のたもとややつれけん」 〔廻文〕 オ「入道相国、かやうにいたくなさけなうふるまひをかれし事を、さすかおそろしとやおもはれけん……」 4清盛の娘、法皇の後宮に入る。	3′法皇の嘆き × オ「入道加様ニ振舞レタリシ事共ヲ且ハ怖ロシクヤ思ハレケン……」 4清盛の娘、法皇の後宮に入る。	オ「入道かやうにふるまひたりし事共、さすかおそろしくもや思はれけん」 4清盛の娘、法皇の後宮に入る。 3′法皇の嘆き × → →

一類本について述べる前に、覚一本の小督譚の位置づけについて簡単に概括しておこう。まず、冒頭は葵前の死去に続けて、

ア主上恋慕の御おもひにしつませをはします。申なくさめまいらせんとて、中宮の御方より小督殿と申女房をまいらせらる。

と始まる。「葵前」と「小督」との連続性が意識されている。小督出家の後には、

ウか様の事共に御悩はつかせ給ひて、遂に御かくれありけるとそきこえし。

とあるように、清盛の小督迫害がひいては高倉院を死に追いやったのだとする。続いて、その高倉院の死を悼む法皇の嘆き（3）が描かれ、この数年の間に法皇の遭遇した后、肉親との別離が、

①二条院崩御　②六条院崩御　③建春門院崩御　④以仁王討死　⑤高倉院崩御

の順序で記される。六条院は法皇の孫であり、二条院、以仁王、高倉院はすべて法皇の子息である。が、中でも高倉院については、特に「現世後生たのみおほしめされつる」人であり、その死後、「(法皇は)かこつかたなき御涙のみそすゝみける」と記される。更に朝綱の詩を引用して、

α悲の至て悲しきは、老て後子にをくれたるよりも悲しきはなし。恨の至て恨しきは、若して親に先立よりもうらめしきはなしと、彼朝綱の相公の、子息澄明にをくれて書たりけん筆のあと、今こそおほしめし知られけれ。

と記し、子供を失った老親の悲しみが強調される。αには二条院、以仁王といった他の子息も含まれようが、高倉院に特に焦点をあてた表現と考えてよかろう。故人の列挙は高倉院崩御の悲しみに収斂し、高倉院の崩御が法皇の側から捉え直されている。更に次に、

エ天下諒闇になりしかは、大宮人もおしなへて、花のたもとややつれけん。

と、宮中にまで視点が拡げられる。高倉院の死が宮中全体をおし包む悲しみとなっていると記して、高倉院崩御関係話群が完全に締め括られる。

なお、その次に新しい展開として、

オ入道相国、かやうにいたくなさけなうふるまひをかれし事を、さすがおそろしとやおもはれけん

と続く。「かやうに」は清盛が小督を出家させたことが要因となって高倉院が崩御したことをさす。清盛は自分の心ない振る舞いが高倉院を死に追いやり、法皇を悲しませていることに気付き、法皇との連携を保つために、娘を法皇の後宮に入れるという無神経な行為に及ぶ。

覚一本は、「葵前」と「小督」を高倉院をめぐる女性説話として連続線上におき、しかも、院の死そのものも清盛の

悪行と結び付け、法皇、宮中の悲嘆を描くことで締め括る。そしてそれが法皇を嘆かせたことを知るや、清盛は次なる対応策をとるが、それが更に清盛の横暴な行動を敷衍することになる。

このような覚一本に対して一類本はどうだろう。一類本の「小督」冒頭は文禄本、三条西家本共通してイ′の小督の紹介から始まる。覚一本にあったアが欠如している。アがないと、覚一本のような「葵前」と「小督」との連続性は読み取れない。一類本では「葵前」と「小督」を並立的に扱おうとする方向が窺える。また、結尾ウの清盛の暴挙を直接高倉院の崩御に結び付ける言辞もない。清盛の悪行と高倉院の死とを直接に結びつけようとする方向も覚一本ほどには強調されていない。

法皇の嘆き（3′）の内容も覚一本とは若干異なる。⑤までは配列、内容とも覚一本と共通するが、⑤の次にαはなく、別に近臣流罪を、

⑥近う仰せ合せられし人々、睦ましく思し召されしともからとも〻、或ひは流され、或ひは誅せられぬ。されは何事にか御心も慰ませ給ふへき。

と記す。一類本の法皇の嘆きは高倉院崩御にとどまらず、近臣まで含めた周辺の者たちの不在をも含む。これにより、結果的には法皇に降りかかってきた状況全体に対して慨嘆するという内容となる。法皇に何を嘆かせるかと言う点で、覚一本と一類本とは異なる。つまり、覚一本にあったような、法皇の嘆きが高倉院崩御自体に収斂するという構造は一類本では見られない。一類本の法皇の嘆き（3′）は、小督説話及び高倉院崩御関係話群の締めくくりとはならない。高倉院崩御を経た次なる新たな事件として捉えられよう。

以上、まずアの有無によって、「葵前」との連続性について覚一本と一類本との意識の相違を、ウの有無によって、清盛と高倉院崩御との関連性に対する意識の相違を指摘し、法皇の嘆きの内容の違いから、一類本と覚一本とでは、

小督譚及び高倉院崩御関係話群の終結箇所が異なっていることを指摘した。次に、一類本の中でも文禄本、三条西家本の相違を見ていくこととする。

文禄本は記事の順序としては覚一本と共通するが、「小督」の最後に小督の出家記事（2）がない。これがないと、「小督」を清盛の悪行と結び付ける力が更に弱まり、「小督」はあくまでも高倉院と小督との恋愛譚として完結することになる。そればかりか幸福な結末を迎えているともいえ、悲劇としては成立しない。

「小督」は、清盛の怒りを恐れた小督が嵯峨に逼塞したことが物語展開の柱となっている。覚一本ではそうした清盛の横暴が小督譚の内部で完結するわけではなく、物語全体の展開、つまり、高倉院の死という治承五年正月の事件にまで関わって機能していた。しかるに、文禄本では終結に小督の出家がなく、姫宮出産で終わるために、覚一本のように、清盛の小督に対する横暴を平家物語の展開の中で機能させることはない。小督出家記事の欠如は冒頭の「葵前」との連続性の無さとも呼応し、「小督」を完全に独立した高倉院関係佳話として構成するための操作と考えてよかろう。

なお、清盛の娘の後白河法皇の後宮入り記事（4）の始めにやはり覚一本と同様に、オ「入道加様ニ」とある。この「加様ニ」は、覚一本では小督を出家させた清盛の悪行を示していたが、小督出家記事がなくウもない文禄本では、清盛が小督に対して下した悪行をさすとは言えない。むしろ、「加様ニ」は直前の法皇の嘆きの最後に書かれていた近臣流罪を直接に受け、ひいては今までの清盛の行動全般を指すことになろう。文禄本において「小督」は、あくまでも高倉院に関する「葵前」と並立した佳話として置かれる。

それでは、三条西家本はどうだろう。三条西家本では、小督が清盛に追い出されて出家したこと（2）を記し、次に清盛娘の後宮入り記事（4）を置く。4冒頭のオ「入道かやうに」は、文禄本と異なり、直前の小督を追い出したことを指す。この構成は清盛悪行譚として「小督」と清盛娘後宮入りの二つを並立させるものであり、清盛の悪行を強調する姿勢を見てとることができよう。しかし、これでは「小督」の終結が曖昧になる。また、後宮入り記事の次に法皇の嘆きが記されるものの、清盛娘の後宮入りと法皇の嘆きとは連続性をもたない。清盛から娘の後宮入りを強要された時の法皇の反応、対応が法皇の嘆きの記述の前にも中にも書かれていないからである。また、法皇の嘆きが内容的にも高倉院崩御を締めくくる内容ではないことは前述している。三条西家本は、覚一本と同様に、清盛の悪行という点で小督譚と清盛娘後宮入り記事を連続させたために高倉院追悼説話としての纏まりには欠ける結果となった。

「小督」と「葵前」との連続性を意識し、また清盛の横暴を高倉院の死と結び付ける覚一本。重盛死去に移動させた屋代本。高倉院関係佳話としてのみ位置づけた文禄本。法皇に対する清盛の横暴に連続させたために、高倉院関係説話群としての纏まりを示せなかった三条西家本。以上のような四本の相違は、それぞれが独自に「小督」の位置づけを模索していった跡をみせるものであろう。しかも、その際に細かい表現を操作することよりも、話の単位の入れ替えによって組み立てていこうとしているため、間々不自然さも残っている。

このような諸本による相違を見ると、小督譚が必ずしも、高倉院追悼説話として十全に定着していたわけではないと考えられる。その位置づけのためにはもう一工夫のいる説話であると認識されていた様子が見える。

何故定着しなかったのだろうか。それは、説話自体の意義（「小督」では恋愛譚）と清盛の行為（悪行）との関係を物語の中にどう位置づけるのかについての各編者の認識の差によるのではなかろうか。清盛の行為を説話の中でのみ機能させ完結させるのか、つまり、清盛を説話の中での一登場人物として位置づけるだけなのか、或いは説話の外、即ち平家物語としての物語展開にまで関係づけていくのか、によって位置づけが異なってくるのである。

同様の例に「祇王」がある。祇王の悲劇は権力者清盛の気まぐれからおこったものであるが、その気まぐれ（悪行）

を物語の中にどのように位置づけるかによって、やはり説話の位置が区々になる。覚一本、一類本は巻一「二代后」の前に置かれるが、屋代本は「抜書」にある。覚一本と一類本とでもその位置が少し異なる。一類本における「祇王」とその前後を掲げよう。

A昔より源平両家、朝家に召しつかはれて、皇化に随はす、朝憲を軽むする者あれは、互ひに戒めを加へしかは、世の乱れもなかりしに、保元に為義切られ、平治に義朝討たれしかは、末々の源氏ありといへ共、或ひは流され、或ひは誅せられ、今は平家の一類のみ繁盛していかならん末の世までも何事かあらんと見えし。

B入道かやうに天下を掌の内に握り給しかは、世の誇りをも憚らす、人の嘲りをも顧みす、不思議の事をのみし給けり。たとへは其比都に聞こへたる白拍子、祇王祇女とて……（祇王説話）……（祇王、祇女、刀自、仏の四人は）つゐに往生の素懐を遂けらるとそうけたまはる。入道仏を失ひて、手に手を分けて尋ねさせられけれともなかりけり。浄海仏はあまりに見目のよかりつれは、天狗か取りたるにこそとのたまひける。其後ややありて聞きいたされたりけれ共、さやうになりたらんする者をはとて、尋ねられさりけり。彼長講堂の過去帳にも、祇王、祇女、仏、刀自らか幽霊と入られけるとそ承はる。あはれなりし事ともなり。

C抑、鳥羽院御晏駕の後は、兵革打ち続き、死罪、流罪、闕官、停任、常に行はれて、……

Bの冒頭からもわかるように、これは権力を握った清盛の専横の例話として挿入された説話である。A傍線部の平家繁盛記事を受けて、Bを「入道かやうに」と始めるのである。AはBの導入部と解釈できる。平家の繁栄と、繁栄の余りの奢りが描かれていく。結尾も、B傍線部のように清盛の行動を記す。それによって、清盛が説話の中に存在し続けることになり、清盛横暴譚という説話の置かれた意義が貫かれる。

覚一本では「祇王」はAの前に置かれるが[6]、「祇王」の前（「吾身栄花」）でも子息の繁栄、平家の栄花を語る。一類本と位置は多少異なるものの、清盛の栄花を誇る余りの横暴の例話として「祇王」がおかれることにはさして変わりはない。しかし、後半部分には清盛の行動は片鱗もない。女性四人の往生を記して終わり、結尾部分のB傍線部がない。横暴譚の主人公としての清盛の存在はいつか消え、女人往生譚として終わるのである。また、冒頭に「かやうに」が使用されないので、前からの連続性も一旦断ち切られている。これも、女人往生譚としての独立性を強めることになろう。

覚一本では「祇王」を女人往生の物語として完結させる方向を優先させたのに対し、一類本では清盛の横暴を示す一例話としての位置づけを意識し続けている。ちなみに、葉子本、下村本、流布本、百二十句本等は「殿下乗合」の前におかれ、語り本系の中でも揺れがある。更に、源平盛衰記では都遷に置かれ、長門本では省略されている。清盛の横暴の一例としての位置付けと女人往生譚としての完結性とを物語の展開の中でどのように処理していくのかについての諸本による方法の相違がこのような揺れをもたらしているのではなかろうか。

以上のように、「祇王」も「小督」と同様に説話自体の完結性と、物語の展開における位置づけとの間で説話の位置に揺れが生じている。しかし、「小督」と異なっているところは、覚一本の方が清盛悪行譚としての物語の展開の中での位置づけを放棄していると考えられることである。

覚一本も一類本もそれぞれ常に一貫した方向を示しているわけではない。覚一本と一類本とで、時には一類本の中でも文禄本、三条西家本によって方向が異なる。そこには各本のそれぞれの場面に応じた編集意図による判断があるのである。

二、慈心房説話

本節では、清盛崩御関係説話群から慈心房説話を採り上げる。小督説話は、内容自体では屋代本、覚一本、一類本ともにそれほど差はなかったが、慈心房説話には内容そのものに特徴がある。一類本（当該説話についてはＡＢほぼ共通している）では、覚一本、屋代本と比べて前半（慈心房が閻魔王宮に招かれ、法華経転読に臨席するまで〈次表1～5〉）が簡略で、後半（法会終了後の慈心房の後生についての閻魔王との問答〈次表6～8〉と、現世への帰国及びその後〈次表9・10〉）が詳述されたり、覚一本や屋代本とは異なる記事が頻出したりする点が大きな特徴といえよう。まずその特徴を屋代本、覚一本と比較しつつ、次にまとめておこう。

	一類本	覚一本	屋代本
(1)一類本の簡略化			
1日時の設定の朧化	ある夜の夢	去る承安二年十二月廿二日の夜	去嘉応二年二月廿二日夜ノ夜半
2使者の説明の省略	みやうくわん	年五十計なる男の、浄衣に立烏帽子きて、わらつゝはきしたる	浄衣着タル俗二人、童子三人
3招請状の簡略化	夢の告げ（口頭で）	立文をもらう（書状あり）	状をもらう（書状あり）
4招僧の規模の縮小	二万の国、二万の僧侶	十万の国、十万の僧侶	十万ノ国、十万ノ僧侶
5院主の名前の省略	別当執行	院主の光影房	院主ノ光陽房
(2)一類本の詳述			
6慈心房と閻魔王との会話			

①慈心房が自分の後生を知りたいとの問
②閻魔王の答え
(3)一類本の独自
7浄頗梨の鏡で過去、未来を映し、死後自分が兜率の内院に生まれ変わることを確認
8清盛が慈恵僧正の再誕であることの理由
一類本―末代の衆生に因果の理を示さんがため
覚一本―閻魔王が清盛の和田岬での供養を知って、天台の仏法護持のため
屋代本―和田岬での供養
9慈心房の蘇生後の処置
一類本―清澄寺縁起に記す
屋代本、覚一本―清盛に話す
10結尾に「かのゆの山は閻魔王宮の東門にあたれるとそ人申ける」

まず、後半の法会終了後の慈心房と閻魔王との対話について諸本の文脈を整理することから始める。覚一本では、慈心房の自身の後生を知りたいという希望をうけて、閻魔王は慈心房の「作善のふばこ」を取り出させる。その内容を聞いた慈心房が感嘆して「証大菩提の直道」を乞い、更にそれに応えた閻魔王が偈を与え、感激した慈心房が清盛の偉業を口にし、今度は閻魔王が感激して清盛の前身を教える、と展開していく。閻魔王宮で受けた様々な感激が慈心房をして清盛の和田岬での千僧供養を連想せしめ、閻魔王はその慈心房の言葉によって清盛の前生を教える。なお、覚一本の慈心房説話は延慶本的本文を簡略にしていったものとされており[(7)]、延慶本も構図として覚一本と同じである。一方、屋代本は、後半の閻魔王との会話を殆ど省略して慈心房の体験を王宮での法華経転読に集中させ、それと類似した営みとして閻魔王に清盛の千僧供養を述べさせており、主題を簡潔に伝える構図となっている。それでは一

類本ではどうだろうか。

6で慈心房が帰らないので、その理由を問われて、

①抑法花は三世の諸仏出世の本懐、一切衆生成仏の直道なり。一偈一句の功徳は五波羅蜜の善根にもこえ、五十転展の随喜は八十か年の布施にもこえたりと見えたり。我法華転読今に怠らす。されともわか生所をいまたしらす。何としてか往生をはとけ候へき。

と逆に問いかける。この部分、覚一本、屋代本では、

後生の在所承はらん為なり。

と簡略である。また、それに対する閻魔王の答え（②）も覚一本、屋代本では、

往生不往生は、人の信不信にあり。

というだけなのに対し、一類本ではその後に続けて、

悪を修する者は悪道に堕し、善を修する者は善所に生まる。少しも誤る事なし。汝が生所は頗梨の鏡に見ゆへし。

と述べ、そこで慈心房が鏡を見る（7）ことになる。

覚一本では自身の後生を知ることが更に閻魔王に直道を乞うという行為を招き、慈心房の感激を増幅させていくことになる。一類本では慈心房の後生が詳述されているものの、感激の増幅はない。従って、覚一本では感激のあまりについて出た清盛の前身についてのやりとりも、一類本では慈心房が改めて帰国の挨拶を述べる時に、唐突に閻魔王の口から語られる、といった異なる場面展開をする。このような一類本の展開はなぜ生まれたのだろうか。

覚一本、屋代本ではともに、清盛が生前に行なった和田岬での千僧供養をとりあげ、それと閻魔王宮で今行なわれたばかりの十万僧供養とを相似的に捉えている。それ故、清盛の偉業が讃えられ、覚一本では特に、天台の仏法護持

者として慈恵僧正の再誕とされるのである。ところが、一類本では、三人の会話の中で千僧供養には一言も触れず、ただ衆生に「因果の理」を示すために清盛が慈恵僧正の再誕として現われたとする。つまり、清盛の如き悪行を積んだ者は必ずその報いを受けるということを世人に身を以て知らせるためにこの世に現出したというのである。

清盛が比叡山中興の祖慈恵の再誕と扱われる以上、慈恵ほどの仏心の篤さを示す人物として清盛を描くのが慈心房説話である。その清盛像はどうしても平家物語描くところの悪逆の人としての清盛像とは矛盾をきたす。これは如何ともし難い事実である。その点、覚一本、屋代本では物語上の清盛とは異なる清盛像を描出してしまったことになる。一方で、一類本に記される再誕の理由は物語としての清盛像を考える時は矛盾なくうけいれることができる。つまり、慈恵僧正再誕の理由づけが一類本の後半の展開を生んだと考えられるのではないか。

一方、覚一本などが清盛の信仰心の象徴であるかのように記す千僧供養に触れずにいると、王宮での十万僧供養も清盛との関連性が薄くなる。すると、慈心房の閻魔王宮行は、ただ慈心房を閻魔王宮に連れ出すきっかけにのみ必要とされる。一類本の前半が簡略になっているのはこのような経緯のもたらした結果と考えられよう。

また、慈心房と閻魔王との会話（6）の中に、覚一本や屋代本にはない、

悪を趣する者は、悪道に堕し、善を修する者は善所に生まる。少しも誤る事なし。

という言が出てきたり、慈心房自身の後生が映ったり（7）という記述も、慈心房の往生を語りつつも、実はその向こう側に清盛の後生、即ち「因果」を意識していると理解した時にその詳述の必然性が了解される。清盛の慈恵再誕説という骨子は諸本共通でも、一類本では物語の展開に整合するような内容となっているのである。

ところで、この一類本における慈恵再誕の理由は覚一本、屋代本に比べると特異であり、一類本独自の改編とも思われようが、延慶本を見ると必ずしもそうとは断ぜられないようである。延慶本では、慈心房が蘇生し、清盛に報告

するが、その後更に清盛のことを、

清盛権者ナラハ権ハ必ス実ヲ引ムカ為ニ世ニ出ル事也。悪業ヲ作リ仏法ヲ滅シテ実者ノ為ニ何ノセムカ有ヘキト人コトニ疑思ヘル不審アリ。（巻六―十四「大政入道慈恵僧正ノ再誕ノ事」）

と提言する。それに対し、提婆達多調達の例を持ち出し、死後無間地獄に堕ちた苦しみを示して衆生を導いたことを説き、

サレハ清盛モ権者ナリケレハ調達カ悪業ニタカワス仏法ヲ滅シ王法ヲ嘲ル。其ノ悪業現身ニアラワレテ最後ニ熱病ヲウケ没後ニ子孫滅シ善ヲス丶メ悪ヲコラスタメシニヤトオホヘタリ。

と書かれる。延慶本のこの部分は、一類本の「因果の理を表はさんため」の詳述に他ならない。一類本が慈心房の後生に焦点をあてたのは、延慶本に書かれる如く、清盛が調達のように無間地獄に堕ちる後生を送ることを前提にしているからである。(8)

なお、最後の9の慈心房蘇生後、清澄寺縁起に記したとすることと、10の「かのゆの山は……」は延慶本にもない展開である。しかし、9について言えば、一類本のような展開となった時、慈心房が喜々として清盛に告げにいくことはできまい。清澄寺縁起に記したとするのは理に叶った処置である。10は延慶本が拠ったとされる「冥土蘇生記」のうち、引用されなかった部分の中の、

温泉山者、日本无双之勝地也、当閻魔王宮之東門也。(9)

と共通する。しかし、だからといって、一類本が改めて「冥土蘇生記」を見てここだけ書き加えたとも考えられない。「冥土蘇生記」はかなり喧伝されていたようなので、この程度のことは周知の事だったのかもしれない。或いは一類本の依拠した本文の問題によるのかもしれない。この点については今回は指摘するにとどめる。

ところで、慈心房説話については、主に延慶本を中心に考察がなされてきている。その中で牧野和夫氏は、平家物語における慈心房説話の定着の方法を、

一、四部合戦状本の如く、清盛没後の悪行観に基づく悪人清盛権者説のみを収めて矛盾のない形

二、覚一本の如く、矛盾齟齬をそのまま放置している形

三、延慶本の如く、矛盾齟齬に積極的に対応し、『蘇生記』の狙いも残し且つ清盛権者説も清盛善悪併呑説も記す形

の三通りに分類した(10)。一類本は概ね一に属するのであろう。但し、四部合戦状本はこの説話自体を、

又、此の人は慈恵大師の化現なりと云へり。而れば、「提婆達多が衆生を化度せんが為に逆罪を犯しゝ様に、是も末代の衆生済度の為に大罪を犯し、無間地獄に堕ちたりと見ゆ」とこそ申しけれ。

と、短く収めているにすぎないので、影響関係を指摘するわけではないことを断っておく。

一類本は、四部合戦状本のように二文ですませてしまうことはせず、慈心房説話を詳しく記しつつも、覚一本的な放置型はとらなかった。平家物語全体における清盛の造型に合わせるべく、四部合戦状本同様にその権者説に則って描出していったのである。

この説話自体、諸本の中で流動性が大きい。四部合戦状本が二文ですませているのは今見た如くだが、長門本のように省略しているものもあり、屋代本では「抜書」に記されている。これらのありかたは、清盛像の矛盾の露呈に各本が対処しようとした結果であろう。一類本のようにその主題を「因果の理」の顕現とする展開の中に矛盾なく位置づけようとするのも一つの本文形成の方向であったと考えられる。清盛悪人像にあわせた一類本の慈心房説話の解釈の一方法であったのである。

なお、平家物語の展開における清盛像に従って慈心房説話を描いているからといって、一類本が一貫して清盛悪人像を意識して造型しているわけではない。清盛の偉業を讃える「築島」は他本同様に描かれている。次には一例として清盛の遺言を掲げる。一類本と覚一本とどちらも頼朝の首を一刻も早く討ち取れという点では同様だが、一類本では、その前に、

保元平治より此かた、世をとりて廿余年、楽しみ栄へ、昔も今もためし少なし。生を受くる者の、死をのかるる事なし、入道一人に限らねは、今さら驚くへきにあらす。

と述べ、死を従容としてうけいれようとしている一人の人間が描かれる。自身の獲得した栄華についての弁にはあまり意を用いていない。しかし、覚一本では、

われ保元平治より此かた、度々の朝敵をたいらけ、勧賞身にあまり、かたしけなくも帝祖太政大臣にいたり、栄花子孫に及ふ。今生の望一事ものこる処なし。

とある。屋代本では覚一本以上に、

保元平治両度ノ朝敵ヲ平ケシヨリ以来、賜二不次之賞一、天下掬レ掌廿三年、其中ニ自傾ントスル者アレハ、不レ廻二時刻一捕ヘ搦ム、我身大政大臣ニ至テ、栄花已ニ及二子孫一、此上ハ何事ヲカ可レ思、

と、己のかちとってきた栄花を並べ立てる。そこには自信に満ち、奢りさえ感じさせる清盛像が描出されている。これらに比べれば、一類本の遺言から窺える清盛の人間像は、ごく一般的なものである。

一類本における慈心房説話には、一貫した清盛像造型への志向というよりも、物語の論理に従った清盛像解釈に則った、矛盾のない内容を目指す姿勢が看取される。

おわりに

以上、一類本巻六において、覚一本や屋代本と比べ、特異な様相を示す二説話について、その特異性が清盛の悪行、悪人像に関わる物語上の処置の方法によるものであることを述べてきた。

清盛悪人像の造型は平家物語の骨格である。この骨格に従って種々の話を如何に整合的に意味付けていくのかという点に、各本の工夫が見られた。一類本の中でも文禄本、三条西家本によって方向が異なる場合があったが、本章で扱った二説話は諸本による流動の甚だしい説話でもあった。ことは一類本の独自性の追求のみではなく、平家物語における章段の位置づけのあり方として考えていくべき問題を含む。

平家物語諸本がいかなる本文を創出し、或いはいかなる本文に改編していったのか。清盛像形成がその際の基準の一となっていることを明らかにできた。しかし、更に様々な側面から本文創出、改編の際の選択の基準と幅を見定めていくことが肝要であろう[11]。

諸本による本文の異同、流動は諸本の平家物語の解釈であるともいえよう。一類本、ひいては八坂系の本文のあり方を分析し、その特質を明確にすることは覚一本の方法を相対化し、また、改めて一方系の特質を再考することにもなろう。更には平家物語の方法を再検討することにもなるのではないか。

注

（1）本篇第一章「はじめに」参照。

（2）『平家物語研究序説』（明治書院　昭和47）第一部第二章第四節、『平家物語の生成』（明治書院　昭和59）二―3

（3）高橋貞一氏『平家物語諸本の研究』（冨山房　昭和18）第三章、渥美かをる氏『平家物語の基礎的研究』（三省堂　昭和37）中篇、山下宏明氏前掲注（2）等。なお、近時、松尾葦江氏『軍記物語論究』（若草書房　平成8）第二章五（初出は平成7・7）、鈴木彰氏「八坂系『平家物語』第一・二類本の関係について――研究史の再検討から――」（「早稲田大学大学院文学研究科紀要」41　平成8・2）、千明守氏「八坂系『平家物語』〈第一類本・第二類本〉の本文について」（『平家物語八坂系諸本の研究』三弥井書店　平成9）等により先学諸氏の論証の不十分さが指摘され、一類本と二類本の先後関係についても再検討がなされ始めている。

（4）B種本には烏丸本もあるが、中院本の写しなので、扱わない。

（5）屋代本の「小督」の位置については、従来、屋代本の古態性を説く一つの資料となっていたが、近時、千明守氏が「屋代本平家物語の成立――屋代本の古態性の検証・巻三「小督局事」を中心として――」（『平家物語の成立　あなたが読む平家物語1』（有精堂　平成5）で覚一本に寧ろ古態を認め、屋代本の新しさを説いている。

（6）覚一本は、「祇王」の次にAとCを連続して置くが、これには無理があろう。AとCとでは時代的逆行と文意の不連続があるからである。Aは平治の乱以後にまで及んで平家の繁盛が述べられるのに対し、Cは保元の乱直前にまで戻って、しかも院内の争いに主題が置かれる。AとCとの間には内容的、時間的に断絶がある。Bが挿入されていると、この断絶はあまり気にならないが、覚一本のようにACが連続するとその溝は大きく感じられ、覚一本の展開には不自然さが残る。覚一本では不自然さをおしてCの導入としてAを用いている。

（7）慈心房説話については以下の論文がある。後藤丹治氏『戦記物語の研究』（磯部甲陽堂　昭和11）、渡辺貞麿氏『平家物語の思想』（法蔵館　平成元）第三部第一章第二節（初出は昭和49・8）、渥美かをる氏『軍記物語と説話』（笠間書院　昭和54）九（初出は昭和51・6）、牧野和夫氏「『冥土蘇生記』その側面の一面――『平家物語』以前を中心に――」（「東横国文学」11　昭和54・3）、佐伯真一氏「延慶本平家物語の清盛追悼説話群――「唱導性」の一断面――」（「軍記と語り物」16　昭和55・3）、錦仁氏「〈新出資料〉別本『冥土蘇生記』の考察―付、翻刻」（「伝承文学研究」33　昭和61・10）等。

（8）なお、一類本独自記事のうち、延慶本との共通の表現については、6②の、

悪を修する者は悪道に堕し、善を修する者は善所に生まる。少しも誤る事なし。

もある。延慶本では慈心房が浄頗梨の鏡を見たところ、

悪事ハ悪事ト共ニ善事ハ善事ト共ニ在所皆悉クアラワル。一事以上カクレ有事ナシ

と納得し、慈心房が閻魔大王の力に感嘆する。発話者は異なるが共通した表現である。ただし、延慶本には慈心房が兜率の内院に生まれかわる事までは記されていない。

（9）この文は前掲注（7）で錦氏の紹介する別本「冥土蘇生記」では「温泉山者扶桑無双之勝地也諸仏応現之霊処極楽之東門也」とあり、いささか異なる。

（10）前掲注（7）同氏論文参照。

（11）鈴木彰氏は「八坂本『平家物語』の基調――法皇の位置をめぐって――」（「国文学研究」114　平成6・10）で、二類本を通して八坂系の独自な歴史認識を指摘している。

第三章　八坂系一、二類本巻十二の様相
――頼朝関連記事から――

はじめに

平家物語の終結は諸本によって異なる。冒頭が諸本ほぼ共通して「祇園精舎の鐘の声」で始まるのに比べて多様である。その中で語り本系平家物語は、平家の一族の歴史的な終焉を六代処刑で示す断絶平家記事を以て十二巻を終えるが、その後に、灌頂巻を置く（一方系）か否（八坂系等）かによって二分される。こういった多様性は平家物語諸本のそれぞれの姿勢を示すものであり、既に多く論じられてきている。(1) 八坂系諸本については、たとえば池田敬子氏は、六代の死の結びの弱さを補強する工夫が各類によってそれぞれになされているものの、一方流をしのぐことはできなかったとし、その限界を指摘する。本章では諸氏の論に触発されつつ、八坂系平家物語の諸本の差異に焦点をあてることにより、八坂系平家物語の本文流動の範囲をとらえ、本文を動かしていく要素を考えていきたい。

山下宏明氏は、八坂系諸本を五類に分け、(2) 更にそれぞれに必要に応じてＡＢＣ等の下位分類を行なった。その分類は成立の前後関係を示すものではなく、再検討の必要もあろうが、(3) 氏の分類に従って考察をすすめる。巻十二に関して言えば、三類本はない。四類本、五類本は二類本や一類本他を本文として用いているところから、その後出性は明らかである。本章では、一類本と二類本をとりあげることとし、二類本の検討から始める。これは決して成立の先後

によるものではない。山下氏が一類本と二類本との分岐として二類本の巻十二に「吉野軍」が存在することを掲げ、「判官物語への逸脱」と指摘したように、二類本の巻十二は独自の方向性を示している。この独自な方向性をもつ二類本を検討し、次に一類本を考えることで、八坂系の多様性、ひいては終結にむけての方向性を見ることができるのではないかと考える。

なお、二類本にはA種（京都府立総合資料館本・彰考館本・秘閣粘葉装本）とB種（内閣文庫蔵城方本・田中教忠本・那須家本・奥村家本）がある。A種とB種とでは「そのいずれかを一方の原形とは言えない、兄弟関係にあるものと推測されている。[4]」また、A種では京都本に巻十二がなく、秘閣本は下降本と考えられている。[5] B種では田中本は城方本と同系であり、[6] 奥村家本は那須家本の下降本である。[7] 城方本と那須家本は兄弟関係にあると考えられているが、[8] 那須家本は未見である。そこで、A種では彰考館本を、B種では城方本を考察の対象とし、彰考館本から論を進めることとする。

一、彰考館本における源氏粛清記事

巻十二には、巻十一後半から引き続き壇の浦における平家滅亡後の戦後処理が描かれる。重衡、時忠を始めとする生虜の処刑、配流から始まり、六代助命・女院記事・平家残党狩り・六代処刑と続くのだが、一方では源範頼、義経等の源氏の粛清も記され、頼朝による新しい時代の体制の樹立の過程も記されている。彰考館本に独自性の見えるのが、特に頼朝に関係する記事である。そこで、源氏粛清記事の検討から始める。

表I〔源氏粛清記事の異同〕

彰考館本（二類A）	一類本	屋代本	覚一本
範頼追討　1 2	範頼追討　①❶②		
昌俊上洛　3	昌俊上洛	昌俊上洛	昌俊上洛
		範頼追討	範頼追討
義経下文を賜う	義経下文を賜う	義経下文を賜う	義経下文を賜う
義経都落	義経都落	義経都落	義経都落
吉野軍			
北条都入			
義経奥州下	義経奥州下	義経奥州下	
	北条都入	北条都入	北条都入
義教最期　4			
行家最期　5			
義経追討院宣	義経等追討院宣	義経等追討院宣	義経等追討院宣
守護地頭設置	守護地頭設置	守護地頭設置	守護地頭設置
	行家最期　⑤	行家最期	
	義教最期　④	義教最期	
六代	六代	六代	六代
			行家最期
			義教最期

（数字は本文の引用番号。以下同じ）

源氏粛清の第一に範頼追討が記される。これは一類本と共通するが、昌俊による義経暗殺未遂からはじめる覚一本や屋代本とは異なる。彰考館本は次に義経暗殺の失敗（昌俊上洛）、義経都落と続き、腹心の家来、忠信の吉野での活躍

（吉野軍）が記される。吉野軍は前述したように、二類本のみの独自記事である。北条都入が続いて記されるが、ここには忠信追討に関わる北条の動向が記されるだけで、他本において、北条都入によって義経等に追討の院宣が下されることになる展開とは異なる。更に続いて義経の奥州下、義教と行家の最期が記される。他本では義経都落と奥州下に続いて北条都入が記される。北条は上洛して義経等の追討院宣を要請し、その発布へと続く。この方が時間的にも、(9)また、義経関係として纏められている点でも無理がないが、彰考館本の配列は源氏粛清記事を集約することに重点をおいたものと考えられる。つまり、範頼追討、義経没落、義教自害、行家追討を一連の事件として扱い、頼朝が朝廷から総追捕使を命ぜられることによって一応の区切りをつけるのである。

次に、その内容を見ていく。範頼追討は、

1去程に鎌倉には源二位殿、梶原を召て、「今は頼朝か敵に成へき者覚えす。奥の秀衡そ有」と宣へは、梶原「判官殿もおそろしき人にて在候へは、打とけさせ給まし」と申けれは、「頼朝も内〳〵さ思也」とそのたまひける。

有時源二位殿、参河守を呼て　（以下、傍点部分はB種にないことを示す。第三節参照）

と始まる。梶原の進言に促された形ではあるが、義経が「頼朝か敵」と想定され、頼朝の義経追討の意識が前面に表わされる。頼朝に義経追討を命ぜられた範頼は一旦は拒絶するが、頼朝の気配を恐れて起請文を認め、修善寺に幽閉される。

2懸りける所に、梶原、源二位殿に申けるは、「参河守殿と九郎大夫の判官殿と御一所に成せ給てはゆゝしき御大事にて候はんすれ、こはいかゝ御計候やらん」と申たりけれは、「頼朝も内々はさ思ふ也、さらは、汝伊豆に越え参河守討て」と宣へは、梶原承て、父子三人、五百余騎にて伊豆に越え、修善寺にこそ押よせたれ。三河守は、ある坊に小袖に大口はかりにて御座けるか、矢たはねといてをしくつろけ、さしつめ引つめさん〳〵に射給ひけるに、よせておほく射ころさる。其後矢種つきければ、人手にかからしとや思はれけん、坊に火をかけ自害してこそうせられけれ。其後梶原煙をしつめ、参河守の焼頸取て、鎌倉に持て行、源二位殿に見せ奉る。神妙也《成》とそのたまひける。

（誤字・宛字は訂正し、右傍に底本の字を記した）

梶原の再度の進言に頼朝は範頼の追討を命じ、追討の様を具体的に描く。注意しておきたいのは、頼朝が直接に命令を下し、また範頼の死を頼朝が確認して梶原を「神妙也」と評していることである。

次に、義経の暗殺を命ぜられた土佐房昌俊が上洛して夜襲を試みるが失敗し、捕えられる。昌俊が処刑される場で、

3判官さらはとてやかて五条河原に引出し、西むきにそ引すへたる。土佐房申けるは、「昌俊は只神とも仏とも鎌倉殿をこそ頼奉りて候へ。同うは東向にてきられたう候」と申たりければ、さらはとて東向にそ引すへたる。其時土佐房手を合せ、「南無鎌倉の源二位殿」と三度唱てそ被斬にける。土佐房をほめぬ者こそなかりけれ。

と昌俊が頼朝を称賛する点が注目される。

続く吉野軍では家来の佐藤忠信の活躍が描かれる。しかし、吉野から都に逃れた忠信は結局は追い詰められて自害し、義経は北国に逃れる。その有り様が詳しく描かれる。

次に、志田三郎先生義教は和泉の浦から伊賀に下り、服部の奥千戸の山寺に隠れていたところ、服部下司平六正綱に攻められる。義教は防戦するが、

4其後矢種尽けれは、人手にかゝらしとやおもはれけん、坊に火かけ自害してこそ失られけれ。そのゝち正綱けふりをしつめ、義教の焼首取て鎌倉へ持て下る。さてこそ服部をは安堵してんけれ。

と、範頼の時と全く同様の表現が繰り返されて焼首が頼朝の前に運ばれ、頼朝は義教を追討した服部を安堵する。十郎蔵人行家も凄絶な戦いのうちに生け捕られ、赤井河原で処刑される。そして行家を追討した常陸房が首を鎌倉に運

ぶ。

5北条、十郎蔵人殿をうけとり奉て、淀の赤井河原に《ま》て終に切奉てけり。やかて常陸房をも十郎蔵人のくひにそへて鎌倉へこそ被下けれ。鎌倉殿「神妙なり。勧賞にはなかせ」とて、武蔵の葛西へそなかされける。次のとしの春の比召出し、「余によき敵討たる者は弓矢の冥加なき間、さて流したりつる也。今は勧賞有へし」とて、日比訴訟しける摂津国大田の庄をも安堵するのみならす、但馬国葉室の庄をも給りけり。

と描き、頼朝は範頼の時と同様に常陸房を「神妙なり」と褒めるが流罪とし、翌年所領を安堵し、勧賞をとらせる。

なお、義経の最期は、この後六代の物語、大原御幸等を挟んで記される。義経最期が記されるのも二類本特有の現象である。しかしながら、ここには義経への関心はそれほどうかがえない。それは以下のように記される。

6かゝりける所に、判官の運や尽たりけむ、文治四年十二月十二日に秀衡入道年六拾六にして失にけり。嫡子西木戸の太郎康衡、奥の小次郎頼衡はいつ《何鹿》しか父か命を背て、明る文治五年五月九日の日、五百余騎にて判官の御座ける柳か館に押寄せ、散々に攻て責破り、判官をは終に討奉てけり。康衡、頼衡、此由を鎌倉へ申たりけれは、鎌倉殿いかゝは思召れけん、さらは奥をも責らるへしとて、放生会をは七月一日に引上、同き十八日に十八万騎にて鎌倉を立て奥州に発向し、七月より合戦始て八月、九月まて三ケ月か間に奥州、羽州、両国を責したかへ、康衡、頼衡を先として戦者をは討捕、落行者をは助けられけり。それよりして郡々に御代官をすへをかれて、我か身は急き鎌倉こそ被帰けれ。

義経の戦いぶりも首実検も記されず、先に登場した人々に比べて非常に簡明な記事である。しかも、話題は義経追討に留まらず、奥州合戦に発展し、更にこの後、日本を平定した頼朝の上洛にまで展開する。義経追討は頼朝の奥州合戦の契機として記されているのである。義経の死の記述は「判官物語への逸脱」という次元に留まっていない。

以上の源氏粛清の過程の中で、確かに吉野軍や義経最期などの義経関係記事の存在は他本に比べれば特徴的だが、範頼、行家、義教の記事も具体的に描かれ、しかも連続して置かれていることにも注目すべきであろう。後に述べることではあるが、他本ではこれらは不連続に、また簡略に記されている。義経記事のみを問題にするよりも、源氏粛清の話群全体から捉えることが必要である。

彰考館本では、頼朝が平家のみならず同族をも粛清していく過程として範頼、義教、行家が記され、その一環として義経の動向が記されていると考えられる。勿論、この人々の中で義経の知名度は高く、種々の話が流布していた。従って義経の記事の増補が要請されよう。しかし、義経の逃亡と腹心の家来忠信の活躍、忠信の死、義経の北国行の詳述は、源氏粛清記事の一環なのである。一方、義経追討は源氏粛清の完結点ではあるが、それ以上に奥州統一までをなし遂げた頼朝を描くための契機となっている。義経に関する二つの記事は「判官物語への逸脱」ではなく、彰考館本に、ひいては二類本にとってそれぞれに必要とされた記事なのである。しかも、これらの人々の死を確認する頼朝の姿、言葉が一々に前面に出る描写は頼朝の存在の大きさを示している。(10)

彰考館本では、源氏粛清が意図的にまとめられ、しかも、頼朝の存在が前面に出る構成となっている。

二、彰考館本における平家残党狩り

次に頼朝の姿が顕著に窺えるのが、六代処刑に至る平家残党狩りの記事である。ここは諸本によって記事の異同がかなり激しい。

表Ⅱ〔平家残党狩り記事の異同〕

彰考館本	一類本	屋代本	覚一本
	六代出家	六代出家	六代出家
			忠房処刑
			宗実干死
義経死　6			
頼朝上洛	B頼朝上洛		頼朝上洛
正二位大納言となる	B大納言となる		正二位大納言となる
大原野御幸の供奉			
右大将となる	B右大将となる		大納言右大将となる
関東下向	B関東下向		関東下向
六代出家　7			
忠房処刑　8			
			法皇崩御
頼朝上洛	AB頼朝上洛		頼朝上洛
大仏供養及び	AB大仏供養		大仏供養及び
頼朝暗殺未遂9　10	A頼朝暗殺未遂		頼朝暗殺未遂
宗実干死　11			
知忠自害　12	知忠自害　⑫	知忠自害	知忠自害
	忠房処刑　⑧	忠房処刑	
	宗実干死　⑪	宗実干死	
盛嗣処刑　13	盛嗣処刑　⑬	盛嗣処刑	盛嗣処刑
	景清預け　⓭	景清預け	
重能処刑　14			

頼朝死　15			
文覚流罪　16	文覚流罪　⑯	文覚流罪	文覚流罪
後鳥羽院流罪	後鳥羽院流罪	後鳥羽院流罪	後鳥羽院流罪
六代処刑　17	六代処刑　⑰	六代処刑	六代処刑

（B：B種本にのみあり。AB：AB両種本にあり。）

彰考館本の残党狩りは六代の出家から始まり、重盛五男忠房の処刑、大仏供養を挟んで重盛末子宗実の干死、知盛息知忠の自害へと出自の順に並び、次に侍大将として活躍した越中次郎盛嗣の処刑、平家を裏切った阿波民部重能の処刑と配される。記事の特徴としては、残党を匿った人物の安堵と共に、残党と頼朝との直接的な関わりを記し、頼朝は冷酷無比に平家残党を抹殺していくという描写が繰り返される。

まず、忠房は湯浅に匿われたが、湛増が聞きつけ押し寄せる。

8丹後の侍従殿、湯浅に向て宣ひけるは、「縦我身こそあらめ、各をさへまとひ者となさん事こそ口惜けれ、唯わらはを鎌倉へ具して下給へ」と宣へとも、湯浅争かさる事の有へきとて防きけるか、叶ぬ詮にも成しかは、丹後の侍従殿を具そくし奉て鎌倉に下り、全ふさなき由を陳《守》し申たりけるによつてこそ湯浅をは安堵してんけれ。其後鎌倉殿、丹後の侍従に出合、対面し給て、「故左馬の頭の殿の御ほたひの御ために、御命計をはたすけ可奉、はやく都へ帰り上り給へ」と宣へは、丹後侍従殿、不斜喜ひ給ひて、都へ帰り上らせ給けるに、鎌倉殿、いかゝは思召れけん、おつさまに人を上せて、丹後の侍従殿をは近江国篠原にて終に切奉てけり。

頼朝は湯浅を安堵する。忠房は一旦は命を助けると言われるが、結局頼朝の命令で殺される。

続く大仏供養では頼朝暗殺未遂事件が記されるが、ここでは、

9角て東大寺の供養事故なふとけさせ給ひて後、都へのほらせ給ひけるに、奈良坂にてあやしき男二人あり。鎌倉

殿、畠山をめして、「あの中にあやしき者二人あり、一々に召取て事の子細を尋候へ」と宣へは、畠山畏て承、編笠きたる男二人を召捕て、事の子細を問けるに、
と、頼朝自身が暗殺者の存在に気づくと記される。

また、宗実については、「(その存在を)鎌倉殿何としてか聞召出させ給ひたりけん、尋給ふ由聞えしかは」、おそれて出家し、俊乗坊に匿われるが、俊乗坊は頼朝に報告する。

11鎌倉殿、「さらは具して下給へ、是にてよきやうにはからはん」と宣ふ間、俊乗上人、土佐の入道をくして鎌倉へこそ被下けれ。土佐の入道、迚もたすけらるましとて、南都を出し日よりして湯水をたにも呑入給はす、一向断食してこそ下られけれ。十四日と申には、足柄の山を越ゆるとて干死にこそはし給けれ。俊乗上人、此由を鎌倉へ被申たりけれは、鎌倉殿、「あなおそろし、其心にてはいか成事をか思ひたち給はんすらん、魄し〳〵」とそ宣ひける。

宗実は鎌倉に連行される途次、干死を敢行し、頼朝は宗実を「おそろし」と評する。

続く知忠の法性寺合戦は一連の残党狩りの圧巻とも言えよう。知忠等の不穏な動きに、一条能保は鎌倉に指示を仰ぎ、基清が派遣される。合戦となり、知忠は自害をする。

12其後基清煙をしつめ知忠の焼頸取て一条に持て行、二位の入道殿に見せ奉る。神妙なりとは宣へとも、
範頼の時と同様の表現を反復し、今度は能保が「神妙なり」と言う。能保の言葉には頼朝の代理としての重みがある。

越中次郎盛嗣は逃げていたのだが捕われ、舅の気比の権守と共に鎌倉に連行される。

13気比の権の頭は全ふさなき由を陳し申けれは、ゆるされけり。其後、越中次郎兵衛をは御坪の内に召出し、鎌倉殿「なと汝ほとの者の徒に生捕られぬるそ」と宣へは、「さむ候、いかにも身を全して君をうち奉らんとねらひ申

候らひしに、今は運つきて徒に生捕られ候ひぬる上は、力をよひ候はす。只御恩には急頭を刎させ給へ」と申たりけれは、さらはとて由井の浜にてそ斬られける。

同伴した気比は湯浅と同様に許され、盛嗣は頼朝と対面して処刑される。阿波民部重能も、

14去程に阿波の民部父子をは和田に預けをかれたりけるか、かやうに平家の侍共、在々所々にて謀叛をこすと聞えしかは、行すゑ不可然とて阿波《破》の民部父子をは三浦にてそ斬られける。是は建久八年十月の事共也。

と処刑される。大仏供養を除いてはこの重能の処刑にのみ日付が入る。正しい日付か否かは不明だが、一連の残党狩りを締めくくる日付と考えられる。

また、少し戻るが、大仏供養の時に企てられた頼朝暗殺未遂事件の次には頼朝の評が記される。それは、

10鎮西は壱岐対馬を限り、奥州はあ黒津軽まで随ひ奉る。南蛮北狄背奉る者一人もなし。忠有をは賞し、怨したる者をは根をきり葉をそからされける。きたいい不思儀の将軍なり。

というものである。全国平定を記して、一見昌俊が処刑直前に述べた手放しの頼朝礼賛にも通じる言葉とも捉えられようが、「根をきり葉をそからされける」には、頼朝の冷酷な徹底性をも響かせ、その評価は多層的である。(11)彰考館本には、頼朝の意志による源氏粛清と平家滅尽の歴史が語られる。頼朝自身への評価はともかく、「頼朝による粛清の物語」とでもいうべき側面が拡大する。

それでは、頼朝の死とその後の世界はどのように描かれるのか。まず、頼朝の死は、

15去程に鎌倉殿も一期限り御座けれはにや、正治元年正月十三日に御年五十三にて失給ふ。

と簡略に記される。次に後鳥羽院乱政、文覚謀叛、後鳥羽院流刑、六代処刑と続く。文覚謀叛は、

16去程に、文覚は故高倉院の二の宮を御位に付奉らんとて諸国の武士をそ語らひける。上皇此由を伝へきこし召れ

て官人助兼に仰て、文覚をは二条岩上にてからめ捕、隠岐の国へそ流されける。

と記される。ここで注目されるのは、他本との頼朝の死の扱いの相違である。例えば、一類本では、

⑯（文覚は）いかにもして二宮を位につけまいらせんとはからいけれとも、鎌倉殿のおはせし程はかなはす。正治元年正月十八日、右大将かくれ給て後、内々謀叛の事をたくみけるに、

（三条西家本による。なお、表記は私意により改めた。以下同じ）

と、文覚の決起を抑えていたのが頼朝の存在であり、頼朝の死を契機として事件が起こるとされる。頼朝はその死後にまで影響を及ぼし続けるのである。一方、彰考館本では文覚謀叛と頼朝との直接の関わりは記されず、死後も頼朝に関する記述はない。六代の捕縛については、

17さる人の子也、さる者の弟子也。行末不可然とて高雄にて搦取、鎌倉へ下奉る。

と記す。勿論、「鎌倉」は頼朝を示してはいない。16 17は頼朝が主体的に残党狩りを進めてきたこれまでの展開とは異なる記述方法であり、頼朝の生前と死後の事件とは頼朝の関わりという点で位相を異にしている。「頼朝による粛清の物語」は頼朝の死によって終わり、六代の処刑は平家滅亡の刻印としてその事実が記され、物語の幕が閉じる。今井正之助氏が八坂系（城方本）の終結に不連続を指摘しているが、(12)このような点からも同様の疑問が提起されよう。

また、更に、彰考館本は当時の貴族社会の動静への関心も大きく、(13)A種本にのみ経房と兼実摂政について短い挿話を加えている。つまり、頼朝を強調する方向性は巻十二を一貫してそのすべてを覆うものでもない。

部分的な問題はあるものの、総体的に見れば、彰考館本の巻十二は、源氏の粛清と平家残党狩りという記事群において、頼朝による展開という構図を表面化している。

三、城方本における頼朝

それでは、二類本B種本（城方本）には如何なる特徴があるのか。B種本は基本的にはA種本と共通するが表現上の小異があり、傾向としては彰考館本の方がより詳しく記されている。しかしながら寧ろ、記事の有無に問題がある。特に、彰考館本にあって城方本にない記事がこれまで指摘してきた部分（傍点部分）に散見され、そのために物語の方向性がずれてくる。

源氏粛清記事では、特に義経記事を中心に相違が見られる。まず、範頼追討で頼朝と梶原との対話（1の傍点部分）がなく、かわりに、

其比鎌倉には九郎大夫の判官うたるへしとそ聞えし

と、義経追討が既に決定されているかのように記され、頼朝が範頼に命令を下す。また、再度の梶原の進言に対する頼朝の同意（2の傍点部分）も城方本にはない。頼朝の言葉が彰考館本ほどには記されていない。更に、彰考館本では範頼追討に続いて、義経が追討されるとの噂を受けた義経が驚き、不満を漏らす言葉がある（引用は省略）が、城方本にはこれもない。頼朝と義経との心理的な距離を類推させる言葉が少なく、二人の対立や確執は彰考館本ほどには表面に出て来ない。

残党狩りの記事から終結までは次の二点以外はほぼ彰考館本と共通している。第一点は頼朝に対する評価(10)がなく、頼朝の存在が浮き上がってこないことである。第二点は、六代を出家させることを渋る文覚に、彰考館本では次のような頼朝からの打診と文覚とのやり取りがある。

7鎌倉殿も無覚束思ひ給ひて、常は文覚上人の許へ「いかに惟盛の嫡子六代御前とかやは頼朝か末の代に謀叛をこして親の恥をも清むへき人か」と宣ひ被遣たりけれは、文覚、「是はそこもなき不覚人にて候也。うしろめたくは思しめさるましう候」と申されけれは、鎌倉殿、「此聖は謀叛おこさせて方人せんとする人にてある物を、但頼朝か一期のうちは叶まし、子孫の末はしらす」とそ宣ひける。

この部分は城方本には全くない。ために、城方本では頼朝からの圧力によるものではなく、時勢を見た自発的な出家となる。

ところで、頼朝が六代を始めとする残党探索を北条に命ずる言葉の中で、一類本は、

平家は一門広かりしかは子孫定めて多かるらん。頼朝か末代のかたきになし給ふな、一人もあらんをは尋ね出して失ふへし。

と、自身の死後にまで視野を拡げている。これは7の前半と共通する（一類本には7もある）。しかし、二類本では傍線部分は「いかにもして」とあるのみで、「頼朝か末代」に関わる表現がない。7のない城方本では頼朝の末代への言及が全くないことになる。城方本に文覚謀叛の予告もないこと（7の傍点部分）は、終結部分に一類本⑯の如き文覚の謀叛と頼朝の死を直結させる表現がないこと(16)と首尾照応する。城方本では、頼朝の死後の彼の影響を全く記していない。

巻十二において彰考館本が独自の路線を打ち出して頼朝の存在を強調しているのに比べると、城方本は楔となるべき記事が往々にして欠け、全体的に苛酷な頼朝像が和らげられている。A、B種の関係については検討の余地が多く残る(14)が、少なくとも二類本の中でも明らかに頼朝への重点の置き方に差異が見受けられる。それでは一類本にはどのような特徴があるのだろうか。

四、一類本における巻十二

一類本はA種に文禄本・東寺執行本（天理図書館蔵・彰考館蔵）、B種に三条西家本・中院本、C種に南都本〈「頼朝・義経不和」以降〉・相模女子大学本・小野本・天理本がある。巻十二に関しては、A、B種内の各伝本の相違はそれぞれ書承上の誤り程度の小異と考えられるが、A種とB種とでは校合不可能な程に本文が相違する場合がある。(15) C種は各伝本にそれぞれ問題があるが、相対的には南都本が古態かと思われる。(16) ABC種の先後関係についても検討されねばならない。(17) そこで、A（東寺執行本）、B（三条西家本）、C（相模女子大本）種諸本を並行して見ながら話を進めていく。

始めに源氏粛清記事について考える（表I参照）。一類本においても源氏記事をまとめている。特に、範頼追討の配列は二類本と同様だが、吉野軍の有無、義教・行家記事の配列の違いがある。

内容面では、範頼追討については、B種（三条西家本）ではまず、

①九郎判官は僅かに伊予国一国、没官領廿か所、侍十人つけられたりしか、それも源二位殿、心をあはせられけれは、皆鎌倉へ逃け下る。さる程に判官うたるへしなときこえけれは、判官の給けるは、

と義経追討の噂が立ち、それを知った義経が不満を募らせた後に頼朝が梶原の讒言によって義経追討を決意するという不自然な展開をする。また、梶原の讒言の理由を、

❶是はこの春、渡辺にて、舟の逆櫓をたてんといふ事を梶原と争論したりしによて、景時判官を憎み奉り、つゐに讒言し失い奉りけるとかや。

と説明することで、梶原の讒言が義経を死に追いやったとする構造が明確になる。これは巻十一で既に記されていることだが、これを強調していくことは、頼朝自身が源氏粛清を押し進めていく彰考館本とは異なる方向性を持つ。また、範頼最期は簡略で、

②やかて伊豆の北条へつかはされて、修善寺といふところにて、つゐに誅せられけるとそきこえし。

と、戦いの様子も記されず、焼首を確認する頼朝の描写もない。

なお、A種とC種とには義経の不満も記されず[18]、また、B種では二類本と同様に範頼が義経追討の命を一旦辞退すると記されるが、A、C種では逡巡することなく引き受ける。この部分だけでも一類本の中で各種に相違があるのだが、二類本との大きな相違は頼朝についての記述にある。

次の昌俊の義経暗殺未遂は、全体的に本文がかなり異なる。特に、その最後には二類本にあるような昌俊の頼朝賛嘆の言葉（3）はない。

吉野軍は一類本にはなく、続く義経北国行の経路、院宣発給記事等も簡略に記されている。その後に行家、義教の最期が記される。行家の場合には戦いの後に捕えられ、

⑤(行家は)のほりけるか、赤井河原にて、誅せられけるとそきこえし。

とするのみで、追討した正明の安堵も記されない。義教の最期は左の記事がすべてである。

④志田の三郎先生義教をは、伊賀国の住人、服部の六郎時定におほせつけらる。時定にとりこめられて自害してんけり。このやう関東へ申されけり。

簡略で服部の安堵もない。関東への報告はあるが、頼朝自身は登場しない。

以上のように、一類本における一連の源氏粛清の記事はまとめられてはいるが簡略で、二類本ほど頼朝の存在が強

調されていない。勿論、強調されないからと言って、頼朝の存在感がないわけではない。頼朝の命によって粛清がなされるのは大前提である。しかし、二類本のように頼朝自身の言動を丹念に描くことはしない。

それでは、平家残党狩りはどうか（表Ⅱ参照）。二類本では頼朝が奥州合戦も終わって初度の上洛を果たした後に残党狩りが始まるが、一類本では六代出家の記事の次に頼朝関係記事を置く。六代出家までを大きな戦後処理として扱い、一応の小康状態を得た証として頼朝の上洛が記される。そして、頼朝に関する記事がそこに纏められる。その配列は諸本によって異なるので（表Ⅲ参照）、この部分から考える。

表Ⅲ〔一類本における大仏供養関連記事の異同〕

	A	B	C
頼朝初度上洛・昇進	×	○	×
頼朝再度上洛・大仏供養	○	○	×
頼朝暗殺未遂	○	×	×
頼朝評	×	○	×

A…東寺執行本
B…三条西家本
C…相模女子大本(19)

B種（三条西家本）には大仏供養に際し暗殺未遂がない。大仏供養と残党狩りとは完全に別の事件として扱われている。頼朝の評は記される。しかし、既述したように全体的に頼朝自身の登場が少なく、二類本ほど実態は伴わない。一方、C種（相模女子大本）には頼朝に関する記事が全くない。頼朝の存在感がより希薄である。A種（東寺執行本）には初度の上洛・昇進、評がない(20)。大仏供養は頼朝暗殺のための場を提供するにすぎず、残党狩りの一こまとなる。以上、B種は頼朝の動静を記して頼朝の存在を確認しているが、AC種には頼朝描出の意識は希薄である。

次に、続く残党狩りを見ていく。一類本では諸本共通に最も筆の多くさかれる知忠から始まり、忠房、宗実と続く。

配列のみならず、二類本とは記事内容も異なる。例えば、知忠と合戦を起こす基清は、能保の侍として登場し、鎌倉との関係は記されない。終結は、

⑫頸廿五とて城に火かけて、寄せ手は二位の入道のもとへ参りけり。一条の大路に車をたて見物し給けり。

と、能保が見物していたことは記されても、二類本のように能保が頼朝の代理として扱われることはない。次の忠房は、

⑧「一門の運尽きはてぬるうへは、我身一人ゆへに人をそんすへきにあらす」とて、六波羅へいて給てきられ給にけり。

と、鎌倉まで下り処刑された二類本とは異なる。勿論湯浅の安堵はない。宗実は鎌倉側がその存在を聞きつけたことも記さず、また、その最期も、

⑪食事をとゞめ給て十三日と申しに、足柄山にて死なれけり。

と終わり、頼朝の感想はない。越中次郎は、

⑬越中の二郎兵衛は但馬国の住人、気比権守の手にかけて遂に討たれにけり。

とあるのみで頼朝は登場しない。景清も、

⓭悪七兵衛は、その年の冬、鎌倉にて生け捕りにせられて宇都宮にあつけられけり。

と事実のみが記される。残党が死に向かう様を簡略に記していく。

以上に頼朝に関する記述はなく、頼朝の存在は二類本ほど表出していない。しかし六代の死は、

⑰さて六代御前の事、右大将も御かくれありぬ。また、文覚も流され給て後、鎌倉にその沙汰ありて、平家の正統也、文覚房もなし。うちすてかたしとて、

と、頼朝、文覚の庇護をなくしたために不可避的に処刑される一族の最後の人物として記される。先に述べたように一類本では残党探索や六代出家に関して、頼朝は源氏の「末代」にまで視野を持ち、文覚謀叛も頼朝の死を契機として起こる。死後にまで何らかの形で頼朝を歴史に参画させていくのが一類本である。一類本では二類本とは異なる方向で頼朝を意識している。

しかしながら、このために頼朝が突出することはなく、六代の死は残党狩りからひきつづく平家滅亡の物語の最終段階として記される。

なお、A種本では⑰に該当する部分を、

六代御前ハ鎌倉殿モ蔵レサセ給ヌ、文覚モ流レテ後人々申シケルハ、「末之末ナル小冠伊賀大夫殿タニモ謀叛ヲ発ス。マシテ文覚房ノ助ケ奉ラル、若公ハ小松殿ノ御孫、権亮三位中将殿ノ嫡子也。大臣代ノ傾カンスル事ヲ兼テ知リ給テ権現ニ申シテ父入道殿ニ先立テ失セ給ヌ。又権亮三位中将殿ハ軍ノ最中ニ熊野ヘ参テ海底ニ沈ミ給ヌ。加様ニ猛キ人ノ子也、孫也。頭ハ法師ニ成リ給フトモ、心ハヨモ成リ給ハシ。然ハ悪党共是ニ付奉テ謀叛発サンニ難カラシ。アハレ失奉ハヤ」ト中合ケレハ、官人助方ニ仰テ搦取テ、

と、六代の死が〈平家〉の滅亡であることを強く印象づけようとする増補[21]がなされている。

一類本は二類本とは異なる角度から頼朝の存在を意識しているものの、各種本の頼朝に対する意識には差異がある。しかも、全体の傾向としては、残党狩りを客観的に記すことによって平家滅亡の物語を紡ぎ、〈平家〉の物語を構築することを目指している。一方、二類本、特に彰考館本では、頼朝による粛清の物語への傾斜が特定の記事群において明確に表面化し、それ故六代の死と断層を示すことになる。二類本と一類本との差異は顕著であろう。

おわりに

以上、同じ八坂系といっても、その終結に至る記述にかなり懸隔があることを指摘してきた。一類本は平家滅亡の物語を構築し、二類本は平家滅亡以降の社会の動静に、頼朝の言動を丹念に導入する。一類本と二類本とでは、本文形成の上で志向する方向がかなり異なる。しかも、一、二類本の内部でもそれぞれに微妙に頼朝関連記事の記述に相違を見せる。各伝本が物語と頼朝の存在との距離をはかりつつ、記事の入れ替え、省略等を行なっているのである。平家物語のみならず、頼朝の中世文学における役割の解明が待たれるが、(22)八坂系各伝本も無関心ではないことがわかる。各伝本の編者の頼朝への関心と、平家滅亡の物語とのせめぎあいが本文の改編を促していく。しかし、頼朝を最も顕著に描く彰考館本においても、巻十二そのものを頼朝の物語とするほどの主張性は見られない。あくまでも、平家断絶で終わる「平家物語」を逸脱しない範囲での志向である。

このような八坂系内部での差異に即してみると、どの本がより八坂系として正統的であったかを問うことよりも、八坂系平家物語を考えるに際して、時には、このような指向の幅があることを前提にすることが必要であろう。直線的な成立の順序としての本文系統を考えるのではなく、一旦各伝本を並立的にとらえ、本文の改編の許容される範囲と限界とをさぐることも必要であろう。

注

（1）　八坂系、もしくは断絶平家に言及している論としては、水原一氏「『平家物語』巻十二の諸問題――「断絶平家」その他をめぐって――」(『中世古文学像の探求』新典社　平成7　初出は昭和58・2)、今井正之助氏「『平家物語』終結部の諸相――六代の死を中心に――」(「軍記と語り物」19　昭和58・3)、池田敬子氏「平家物語八坂流本における巻十二」(「軍記と語り物」22　昭和61・3)等がある。水原一氏は百二十句本を対象として断絶平家型の意義を問いつつ、平家物語諸本にわたる終結の意義に言及する。今井氏は読み本系、語り本系諸本の相違を指摘する。八坂系としては二類本B種の城方本(国民文庫本)を扱い、平家残党狩り記事が六代の死に意味をもちえていないと、疑問を呈する。

(2)『平家物語研究序説』(明治書院　昭和47)第一部第二章第四節、『平家物語の生成』(明治書院　昭和59)二―3

(3) 松尾葦江氏『軍記物語論究』(若草書房　平成8)第二章五(初出は平成7・7)、本書第二部第二篇第二章参照。

(4) 前掲注(2)に同じ。

(5) 前掲注(2)に同じ。

(6) 当篇補足参照。

(7)『八坂本平家物語』(大学堂書店　昭和56)山下宏明氏解説。

(8) 前掲注(2)に同じ。

(9) 北条の都入は十一月七日(彰考館本は五日)、追討院宣は、覚一本は八日、彰考館本・一類本は「同七日」と記されている。

(10) 鈴木彰氏は、彰考館本において、義経記事との関係から頼朝の視線が強く打ち出されていることを指摘している(「八坂本『平家物語』の特性――頼朝と義経の関係をめぐって――」(「中世文学」41　平成8・6)。

(11)「不思儀」の用法及び頼朝に対する評価については、平家物語にとどまらない多くの問題を包含するが、本稿では考察するに至らなかった。後掲注(22)とも併せ、後考を期したい。

(12) 前掲注(1)今井氏論に同じ。

(13) 鈴木彰氏は、二類本に「朝家中心の国家観」が流れていることをも指摘している(「八坂本『平家物語』の基調――法皇の位置をめぐって――」〈「国文学研究」114　平成6・10〉、「『平家物語』覚一本と八坂本の間――頼朝の存在感と語り本の展開――」〈「国文学研究」116　平成7・6〉、「八坂本『平家物語』の位相――「院宣」を指標として――」〈「文学・語学」149　平成7・12〉)。なお氏は「八坂本」を二類本の総称として用いているが、恣意的な用法は誤解を招く。
(14)前掲注(2)参照。1・2の傍点部分、7・10等は、一類本等との比較から、B種本が削除した可能性もある。また、経房・兼実についての詳述はB種本にはない。しかし、これは彰考館本(秘閣本にもある)の方が特殊なので、B種本の削除とは確定できない。
(15)例えば巻頭から「時忠配流」までと「六代御前」は同類本とは思えない本文上の異同がある。
(16)小野本には南都本には見えない増補、故意もしくは偶然による省略が度々見られる。南都本は「範頼追討」からである。南都本の前欠部分については小野本、相模本ほぼ同じであり、これらで補える。相模本には南都本同様に義経不満についての記事がなく、相模本と南都本とは近似するようである。
(17)前掲注(3)及び次章参照。
(18)但し、C種本のうち、小野本にはある。
(19)C種本の小野本は三条西家本と同様に頼朝関係記事を載せる。但し、六代出家の位置が頼朝関係記事の次に置かれる点が異なる。これは平家の一族を纏めるための操作と考えられる。
(20)東寺執行本では大仏供養の為の上洛記事を「同六年」と始めている。これは、本来初度の上洛の「建久元年」を受けていると考えられる。従って、頼朝上洛記事のある本文が先行していたと考えられる。
(21)延慶本に類似の記述がある。
(22)たとえば、水原氏は、前掲注(1)論文で、平家物語に「魔王頼朝」の存在を指摘し、それが中世文学作品に共有される姿であることを論ずる。佐伯真一氏は『平家物語遡源』(若草書房　平成8)第四部第三章(初出は平成6・4)で、水原氏の指摘を一面では肯定しつつも、猶、頼朝寿祝、賞賛とも両立し得る点を考慮にいれるべきことを主張する。池田敬子氏は「頼朝の物語」(『平家物語　受容と変容　あなたが読む平家物語4』有精堂　平成5)で頼朝が不可侵の体制を示す存在である故に物語の枠とはなり得ても自身が物語自体となることはないとする。一類本と二類本における、また、二類本AB種間における頼朝に関する叙述の相違の背景をどのように考えるべきなのか、課題は残されている。

第四章　断絶平家型終結様式の様相と意義

はじめに

平家物語の終結が諸本によって多様な形態をとる中で、断絶平家物語の終結——平家嫡流の生き残りである六代御前の処刑記事を以て終結する形——はどのような意味を持ち、どのような問題を孕むのだろうか。それを考えるためには、第一に、断絶平家型がどのように誕生したのかを明らかにすることと、それに伴い、断絶平家型という終結様式の誕生当時の形態を考える必要がある。第二に、断絶平家型の物語としての意義を考える必要がある。どちらも難しい課題だが、この二点の解明を遙かな目標として考察を進めたい。その際、あくまでも、具体的な現存伝本を俎上に乗せることとする。

断絶平家型の伝本として、現在まで最も古態と考えられてきた伝本は屋代本である。確かに、屋代本が古態を保つことについては異論がないものの、近時、現存屋代本の現状のすべてが古い形とは言い切れないことが指摘されている。(1)また、屋代本の古態の一つの証であるかのように考えられてきた編年性、史実性についても、古態性というよりも、一つの文学的な物語の構築の方法として考えるべきだと指摘されている。(2)以上より、厳密に言うと、断絶平家型という終結様式の誕生を考えるに際して、始発の形態として、現存屋代本を無批判に対象とするわけにはいかないこととなる。しかし、他の断絶平家型の現存諸本にはそれぞれに屋代本の影響が窺え、屋代本以外の伝本を用いることも叶わない。自己規制をはかりつつも、屋代本を用いることによってしか具体的な作業はできない。また、屋代本が生まれた母体については、漠然と現存の「延慶本に近い形態をもった本文」と言われ始めている。(3)しかし、そうした本文が現存の延慶本とどれほどの相違があるのかまでは明らかになっていない。

断絶平家型の誕生を考えるにあたって、現時点ではこれらの限界を自覚した上で、延慶本と屋代本との比較を行ない、現存本の構成や本文の解釈から帰納して、断絶平家型の古い形態を想定する作業から始めることになる。

ところで、断絶平家の型で終える諸本は本文異同が激しく、また、先にも述べたように、屋代本からの影響が窺える。だからといって、屋代本以外の伝本を末流という評価のもとに無視してよいのだろうか。果たして、屋代本に限定して考えることは断絶平家型の特質を知る唯一の手段であろうか。屋代本の古態性と断絶平家型の典型とは必ずしも同一次元の問題ではなかろう。屋代本の形態を相対化する必要がありはしないだろうか。そこで、他の平家物語も対象として考えたい。その際に、どの本を用いるかが問題となる。百二十句本、覚一系諸本周辺本文等も考慮すべきであろうが、今回は屋代本に比較的近い形態を有する八坂系一類本を用いることとする。(4)

以上より、論点を、

(一)延慶本と屋代本との本文の関係から、屋代本の形成と断絶平家型の誕生を考察する。

(二)八坂系一類本から屋代本の終結のあり方の相対化を試みる。

以上の二点に絞って考えることとする。

一、延慶本と屋代本の本文の関係(1)――頼朝と義経の記述から――

平家物語の終結については、大原御幸や巻十二巻頭との関連等も併せ考えるべきであろうが、本章では、平家を滅亡させる人物である源頼朝に関する記述をとりあげ、頼朝関係記事を基点として、延慶本と屋代本の関係と、終結記事の位置づけを考える。

延慶本の巻十二における頼朝の登場は、四「源氏六人ニ勧賞被行事」であり、義経との不仲、義経との軋轢の記述から始まる。五〜七に壇の浦からの平家一族の生還者についての記事を挟み、義経との確執は次いで、八「判官与二位殿不快事」、九「土佐房昌俊判官許ヘ寄事」で記される。これらには頼朝に命ぜられた昌俊の義経暗殺の試みと失敗が記され、二人の関係は決裂する。以下に、長くなるが、延慶本の本文を省略を交えて引用する。

四　……鎌倉ノ源二位宣ケルハ、「義経ハ伊与国一个国ヲ賜テ院ノ御厩ノ別当ニ成テ、京都守護シテ候ヘシ」トテ、鎌倉ヨリ侍十人ヲ被付。［4―1］義経思ケルハ、「一期ノ大事ト思ツル親ノ敵ヲ討ツレハ、夫ニ過タル喜ナシ。但シ度々ノ合戦ニ命ヲ捨テ、已ニ大功ヲナス。世ノ乱ヲ鎮ヌレハ、［4―2］関ヨリ東ハ云ニ不及、京ヨリ西ヲハサリトモ預ラムスラムトコソ思ツルニ、纔ニ伊与国ト没官所二十个所ト当リ付タルコソ無本意ケレ。サリトモ京都ニモ鎌倉ニモ思召計旨モ有ムスラム」ト思テ過ケル程ニ、十人付タル侍共モ内々心ヲ合テケレハ、トカク云ツヽ、鎌倉ヘ逃下ニケリ。武蔵房弁慶、片岡八郎為春、枝源三、熊井太郎、常陸房快賢ナムトソ未判官ニハ奉付タリケル。判官是等ニ宣ケルハ、「サリトモ鎌倉ニモ相計ハル、旨有ムスラム。且ハ西国ニ恩ヲセムスルソ。穴賢、我ニ離ルナ」ト宣ケル程ニ、［4―3］鎌倉ヨリ判官可被打ト云聞アリ。

八　十月十三日、九郎判官義経、関東二位殿ヲ可背之由聞ケレハ、カシコヽニサヽヤキアヘリ。〔8—1〕同兄弟ト云ナカラ、殊ニ親子ノ契浅カラス。平家朝家ヲ軽シテ帝王ノ御敵ト成シ勢ヒ、設ヒ十六大国ノ軍ヲ催テ責トモ傾カタク、五百中国ノ兵ヲ集テ敗トモ危クハ見ヘサリシヲ、〔8—2〕去年ノ正月ニ彼ノ代菅《ママ》トシテ都ヘ打上テ、先木曾義仲ヲ追討セシヨリ、度々平氏ヲ責メ落ストテ、必死ノ剣ヲ遁テ今年ノ春残少ク滅テ、四海ヲスマシ一天《ママ》ヲ鎮テ勲功無比類之処、何ナル有子細カ、イツシカ然ル聞ヘ有ムト人思ヘリ。〔8—3〕此事ハ去シ春、渡辺神崎両所ニテ舟ソロノ時、舟共ニ逆櫓ヲ立ム、タテシト梶原ト判官ト口論セシ時、梶原カ判官ニイハレタリシ事ヲ、梶原不安ㇾ事ニ思テ、事ノ次毎ニハ、「判官殿ハオソロ敷人也。君ノ御敵ニ一定可成給一、打解サセ不可給一」ト申ケレハ、「頼朝モサ思ヘリ」ト宣テ、常ニハ隙モアラハ、判官ヲ可被打一謀ヲソ心懸給ケル。判官モ始終ヨカルマシト思給ケレハ、頼朝ヲ可追討一之由、宣旨ヲ……

九　二位殿、梶原ヲ召テ、「**九郎ヲ金洗沢ニ止置テ鎌倉ヘ不入ㇾシテ京ノ守護ニ候ヘトテ追上セシヲハ遺恨トソ思ラム。サレハヒマモアラハ、頼朝ヲ討ハヤト心ニカケタルラム。**〔9—1〕大名ヲモ上セ、可然一者ヲモ上スル物ナラハ、九郎猿者ニテ用心ヲモシ逃隠ル、事モコソアレ、誰ヲカ上スヘキ。昌俊ヲ上スヘシ」トテ土佐房ヲ召テ、「和僧上リテ九郎ヲ夜打ニセヨ」トテ、元暦二年九月廿九日土佐房鎌倉ヲ立テ上洛シテ……（十月十一日義経邸に出頭）〔9—2〕（義経は）「日本国ヲ打鎮ル事ハ木曾ト義経トカ謀也。夫ニ、景時メカ讒訴ニ付給テ鎌倉ヘモ不被入一、対面ヲタニモシ給ハテ追返サレシ事ハイカニ」……（昌俊処刑の後、足立は）鎌倉ヘ馳下テ、二位殿ニ此由申ケレハ、「**九郎ハ頼朝カ敵ニハヨクナリヲヽセタリナ。此事今ハイカニツヽムトモ叶マシ**」トテ討手ヲソ上セラレケル。

（傍線、及び〔　〕内の番号は後掲の屋代本との共通部分であることを示す）

八の記事は冒頭に十月十三日と記される。次の九は九月廿九日以前から始まる出来事で、昌俊の上洛、夜襲とその後を描く。十月十三日とは昌俊の夜襲失敗の直後の日付であり、八はその後の展開を描いている。八と九とは時間配列に従えば、九・八の順になるべきである。単純な編集上の錯誤とも考えられる。また、九は次の十「参河守範頼被誅給事」と物語の展開上連続するところから、九から十への連続性を優先するために、日時の矛盾は整理せずに八を九の前に出したとも考えられる。この配列の混乱が故意か偶然かはわからないが、長門本も類同である。一方、屋代本の昌俊の夜襲記事は(5)、次のように始まる。

〔4—3〕其比、九郎判官、鎌倉ヨリ可レ被レ討トソ聞ケル。〔4—1〕判官内々宣ケルハ、「弓箭取身ノ、親ノ敵ヲ討ツル上ハ何事カ是ニ過タル思出有ヘキナレトモ、〔4—2〕関ヨリ東シハ源二位ノ御坐スレハ不レ及レ申ニ。西国ハ義経カマヽトコソ思ツルニ、是コソ思外ノ事ナレ」僅ニ伊与国一个国没官領廿余所給テ、侍十人被レ付タリシモ、鎌倉殿内々宣フ事有ケレハ、皆鎌倉ヘ逃下テ、旗差ノ料トテ被レ付タル足立新三郎清経計ソ候ケル。〔8—1〕此判官ハ源二位ト兄弟ナル上、殊ニ父子ノ契ヲシテ不レ浅。〔8—2〕去年正月、従父兄弟木曾左馬頭ヲ追討セシヨリ以来、度々合戦ヲシテ終ニ平家ヲ攻落シ、四海ヲ澄シ一天ヲ鎮ム。勲功無二比類一之処ニ、何ナル子細ニテ鎌倉ノ源二位加様ニ冤ヲハ存スルヤ覧ト、上従二一人一下至二万民一マテ不審ヲナス。〔8—3〕是ハ去年ノ春、渡部ニテ舟揃ノ有シ時梶原ト判官ト逆櫓ヲ立テウ、立シノ論ヲシテ、大ニ咲ハレタリシ事ヲ、梶原無二本意一事ニシテ讒言シテ終ニ失ヒケルトソ聞ヘシ。**世ヲ静メ給テ、鎌倉殿、「今ハ頼朝ヲ可二思懸一者ハ奥ノ秀衡ソ有覧。其外ハ不レ覚」ト宣ケレハ**、梶原申ケルハ、「判官殿モ怖シキ人ニテ御渡候物ヲ。打解サセ給テハ叶マシキ」由ヲ申ケレハ、「頼朝モサ思也」トソ宣ケル。〔9—1〕源二位殿、土佐房昌俊ヲ召テ、「大勢ヲ上セハ、宇治勢田ノ橋ヲモ引テ、天下ノ大事ニ及ナンス。和僧小勢ニテ上テ、夜討ニテモ昼ニテモ、物詣スル様ニテ九郎ヲネラウテ討テ進ヨ」トソ宣ケル。……〔9—2〕(義経は)「サハヨモアラシ。梶原カ就二讒言一ニ、源二位常ハ義経ヲ討ント宣ナレハ、大勢ヲ上セテハ、宇治勢田ノ橋ヲモ引テ、天下大事ニ及ヒナンス。

(太字部分は延慶本にはない記述)

屋代本のこの部分は延慶本の時間配列の乱れた[八]・[九]の順序をもとに、更には、[四]を[八]・[九]の前に接続すると出来あがることがわかる。必ずしも全巻にわたって言えることではなかろうが、[6] 少なくとも、屋代本のこの部分は、延慶本の本文（現存延慶本とは考えていないので、曖昧ではあるが、延慶本的本文と呼んだ方がより正確であろう）と章段を刈り込んで作られていると考えられる。

また、頼朝自身についての記述をみると、屋代本の頼朝は延慶本に比べると存在感が薄い。

頼朝と義経の軋轢は延慶本では巻十から、屋代本では巻十一から始まる。例えば延慶本では巻十―廿五「池大納言帰洛之事」に唐突に義経の関東下向を記す。平家追討の途次でありながら、梶原の讒言に対して陳謝するためである。これは屋代本にはない。次いで、京の人々の義経人気を知った頼朝が不快に思う記述が延慶本（巻十一―廿九「大臣殿若君ニ見参事」）、屋代本とも共通して載るが、延慶本の巻十一―卅二「頼朝判官ニ心置事」に記される左の言、

「九郎ヲハオソロシキ者ナリ。打トクヘキ者ニアラス。但シ、頼朝カ運ノ有ン程ハ何事カ有ヘキ」ト内々宣テ、十八日マテ金洗沢ニ置給テ其後ハ遂ニ鎌倉ヘ入ラレス。

これは鎌倉に下向した義経と対面した後に（但し、屋代本では二人の対面はない）頼朝が義経に不信を募らせる場面に記される記述である。が、屋代本にはない。

巻十二になると、延慶本では除目で伊予国の受領という過少の処遇が義経になされたために、義経が頼朝に不審を抱く。その経緯が[四]に明確に記される。が、屋代本の該当部分では義経追討の噂が先行する（[4―3]）ものの、義経の側からの憶測という形でしか頼朝は登場しない。[九]でも延慶本では太字部分に頼朝の義経への不快感と義経追討への経緯が明確に記されるのに対し、屋代本ではそれらの記述がない。逆に、太字部分のように、頼朝の関心がもはや義経にはないことが記され、頼朝の義経追討の決意が梶原の讒言をきっかけとするかのように記されるばかりであ

る。

梶原讒言について言えば、延慶本では巻十から、そして両本共に巻十一に記述されている。しかし、梶原が義経を憎むようになるきっかけを、延慶本では逆櫓争いに求める（巻十一—三「判官与梶原逆櫓立論事」）だけだが、屋代本では逆櫓争いに加えて壇の浦での先陣争いを記して梶原との不仲を強調する。梶原の讒言が強調されるに従って頼朝の存在感は薄くなる。延慶本でも巻十—廿五、巻十二—八（［8—3］）には梶原の讒言が記されているものの、頼朝自身の言動も多く記されており、頼朝の意向が前面に打ち出されている。[7]

延慶本から浮かび上がる頼朝は、自ら義経に不信を抱き、追討の命を下す。しかし、屋代本では、頼朝の自発性がかなり薄らいでいる。

以上より、屋代本には延慶本的本文を刈り込むことによって本文を形成している部分があること、また、屋代本はただ刈り込むだけではなく、新たな作為を持ち込んでいることが確認された。

二、延慶本と屋代本の本文の関係(2)——終結部分から——

次に、終結部分を考察する。まず、延慶本の構成を確認する。延慶本で問題となるのは、卅八「法皇崩御之事」、卅九「右大将頼朝果報目出事」の最後の二章段の存在である。これは「後年高運ノ君」後白河院と、「惣テ目出カリケル人」頼朝の二人を一対にして讃えたものであり、京・鎌倉の新体制を寿祝する終結となっている。しかし、これが、平家物語の成立当初のものなのか、延慶本独自のものなのかは不明である。そこで、この二章段を措いて、それ以前の構成を先に確認していく。

卅八・卅九の二章段を外すと、卅七は「六代御前被誅給事」であり、所謂、平家断絶記事である。この卅七に至る平家一族滅亡の展開は、七「建礼門院小原ヘ移給事」にある、阿波民部大夫成良の火あぶりの刑と、教盛男の中納言律師忠快が頼朝の夢想により助かり、「所領七八所奉テ京ヘ送リ被奉ケリ。小河ノ法眼トテ平家ノ信物ニテソオハシケル」とする記事から始まるが、特に廿八「薩摩平六家長被誅事」以降に平家一族の間断なき殲滅の物語を綴る。目次と注目される記述を廿七から順に次に記す。

廿七　頼朝右大将ニ成給事

源二位ハ建久元年十一月七日上洛セラレテ、同九日正二位大納言ニ任セラル。同十二月四日大納言右大将ニ拝任。即両職ヲ辞シテ、同十六日関東ヘ下向セラレヌ。同三年三月十三日法皇隠サセ給ヌ。

〔侍の死〕

廿八　薩摩平六家長被誅事

同六年三月十三日、東大寺大仏供養有ケルニ、随兵ノ為ニ二位殿上洛セラレ、三月十二日南都ヘ着給テ、次朝十三日辰刻ニ東大寺ヘ参詣セラレケル。**「南大門ノ東ノ脇ニ大衆集会シタル中ニ、アヤシキ者ノミエツル。召テ参レ」ト宣ケレハ、……「志ノ程神妙也」ト感シ給ケリ。**供養ノ後都ヘ帰給テヒソカニ被切ニケリ。

廿九　越中次郎兵衛盛次被レ誅事

……二位殿打ウナツキ、「哀是等ヲ助置テ召仕ハヤ」ト思給ケレトモ、平家ノ侍ノ中ニハ一二ノ者也。虎ヲ養フ愁有トテ、終ニ盛次ハ伐レニケリ。

卅　上総悪七兵衛景清干死事

「……東大寺供養三月十三日ト聞ユ。先立テ七日以前ヨリ飲食ヲ断テ湯水ヲモ喉ヘモ入レス。供養ノ日終ニ死ニケリ。」

〔公達の最期〕

卅一　伊賀大夫知忠被誅事

六代御前被宥レ給テ後十二年ト申シ建久七年七月□日、申刻ニ法性寺一橋辺ニ……

卅二　小松侍従忠房被誅給事

……二位殿此ノ由ヲ聞給テ、……二位殿被仰ケルハ、……二位殿被仰レケルハ、「小松殿ノ公達降人ニナラムヲハ宥申ヘシ。立合ワム人々ヲハ誅スヘシ……」……二位殿対面シ給テ、「都近キ片畔ニ如形事ナリトモ思知奉ラムスルソト上洛可有」ト宣ケルニ付テ被上ケル程ニ、近江国瀬多ト云所ニテタハカリテ切テケリ。賢カリケル謀也。

卅三　土佐守宗実死給事

……（二位殿許し、延命）**此伊賀大夫ノ事出テ、猶アシカリナムトテ土佐入道生(ママ)房ヲハ鎌倉ヘ呼下サレケサレ(ママ)ケレハ、**

……終ニ失給ヒヌ。哀ナリシ事共也。

〔神仏の加護に預かる者〕

卅四　阿波守宗親発道心事

卅五　肥後守貞能預観音利生事

〔六代の処刑〕

「人々申ケルハ、「平家ノ末々ノ公達タニモ謀叛ヲ起シ給テ御大事ニ及フ。マシテ高雄文学上人ノ申預給シ六代御前ハ平家ノ嫡々也。祖父小松内大臣殿ハ世中ノ傾ムスル事ヲ兼テ知給テ、熊野権現ニ申給テ世ヲ早シ、父三位中将殿ハ軍ノ最中ニ閑ニ物詣シ給テ身ヲ海底ニ投給フ。カヽル人々ノ子孫ナレハ、頭ハ剃トモ心ノ猛キ事ハヨモ失給ハシ。哀レトク失ハレテ」ト申ケレトモ、二位殿免シ給ハネハ、不力及ㇾ過ケルホトニ、二位殿モカク云也ト聞給テハ、文学カ生テアラム程ハサテ有ナムトソ思給ケル。

卅六　文学被流罪事

文学上人ハ元ヨリ怖キ心シタル者ニテ、当今ハ御遊ニノミ御心ヲ入サセ給テ……（二宮を）位ニ即マヒラセテ世ノ政行ハセマヒラセムト計ケレトモ、鎌倉ノ大将オハセシカキリハ叶ハサリケリ。……源二位昇進カ、ハラス大納言右大将マテ成給ニケリ。右大将オハセシ程ハ計行ハセマヒラセムト思ケレトモ叶ハサリケル。正治元年正月十三日右大将頼朝隠レ給テ後此事ヲ尚ハカリケルカ、世ニ聞ヘテ文学忽ニ院勘ヲ蒙テ、

卅七　六代御前被レ誅給事

……今年廿六マテ命生給テ、終千本ノ松原ニテキラレ給ヌルモ先世ノ宿報ト覚テアハレナリ。此ヨリ平家ノ子孫ハ絶ハテ給ニケリ。

廿八では、国家再建の象徴的な行事の一である大仏供養(8)に際しても、頼朝への復讐を企む家長の存在が描かれ、卅では、大仏供養の日に自死を遂げる景清の姿を重複させる。国家再建の晴れの日は、皮肉にも源氏政権を脅かす存在の露呈する日でもあった。この展開の中で、頼朝は、平家残党を滅亡させる陣頭指揮をしている（太字部分）。前節で指摘した、義経との関係における頼朝の存在感と同様に、頼朝自身が殲滅に関わる記述が克明に記されている。

さて、六代は文覚の助力によって命永らえている。が、六代の命運は常に他の公達と併せて問題とされる。卅一の知忠は傍線部分のように六代との関わりの中で説き起こされ、卅五の結尾には、「平家ノ末々ノ公達」、即ち知忠、忠房の起こした事件が六代蜂起の恐怖を呼び起こしたことが記され、卅六の文覚流罪に連接する。

また、文覚と頼朝の緊張関係の中で、六代は生かされ、その旨が繰り返し記されてきた。

・権亮三位中将ノ子息六代御前ハ、年ノ積ニ随テ、貌形心様立居ノ振舞マテ勝テオハシケレハ、文学聖人ハ空オソロシクソ覚ケル。鎌倉殿モ常ニハ穴倉ケニ宣テ、「惟盛カ子ハ頼朝カ様ニ、朝敵ヲモ打テ親ノ恥ヲモ雪ツヘキ者カ。頼朝ヲ昔相シ給シ様ニイカ、見給」ト宣ケレハ、文学申ケルハ、「是ハソコハカトナキ不覚者也。聖カ候ハム程ハ、努々穴倉不可思給一」ト申ケレハ、「如何様ニモ見留ル所ロ一ツアテコソ、世ヲモ打取ラハ方人ニモセムトテコソ頻ニ乞取給ヒツラン、但シ頼朝カ一期何ナル者ナリトモ争カ傾クヘキ。子孫ノ末ハ不レ知」ト宣ケルコソ怖シケレ。（廿三「六代御前高野熊野ヘ詣給事」）

・二位殿免シ給ハネハ、不力及一過ケルホトニ、二位殿モカク云也ト聞給テハ、文学カ生テアラム程ハサテ有ナムトソ思給ケル。（卅五「肥後守貞能預観音利生事」）

等である。しかし、二人の緊張関係はやがて破れる。それは頼朝の死によってもたらされる（卅六）。頼朝の死は文覚の失脚をももたらし、その結果、六代は必然的に処刑されることになる。

以上のように、延慶本は、卅七までに侍や公達等の多様な階層を含む平家一族の滅亡をそれぞれグルーピングして載せ、最終的に六代処刑に収束させていく構成となっている。延慶本において、既に、内在的に断絶平家の型は用意されていると考えられる。

こうした構成を確認した上で最後の卅八、卅九を見ると、この二章段は、卅七までの展開と、矛盾することはないが、密接に関わることもない。構成から考える限り、延慶本の終結様式を平家物語の成立当初の形態と断言するに足る根拠は薄いと言わざるを得ない。しかも、この二章段を外せば、断絶平家の型が現前するのである。

さて、以上のような延慶本の構成を踏まえると、屋代本の構成が延慶本を刈り込んで構成されていることが了解される。次に、屋代本の構成を掲げる。

屋代本の構成	屋代本に相当する延慶本巻十二の章段
六代助命	十六・十七
大原御幸と女院死去	廿四～廿六
六代出家と熊野参詣	廿三
伊賀大夫知忠被誅	卅一
忠房被誅	卅二
宗実断食死	卅三
盛次・景清	（廿九・卅―但し屋代本は簡略化）
文覚・後鳥羽院流罪	卅六
六代処刑	卅七

長い六代助命譚の後、女院記事を挟んで六代出家、熊野参詣が置かれ、六代の無事な成長が伝えられる。延慶本廿七の頼朝昇進、廿八の大仏供養と頼朝暗殺未遂は省略されている。廿九は省筆して二文ですまされ、卅は大仏供養との関係は全く記されずに一文で片づけられ、どちらも形骸化して異なる位置に置かれる。これらの省略、省筆などによって、屋代本では六代の熊野参詣からすぐに知忠の最期に接続する。

知忠被誅では改めて、

平家ノ子孫ト云事ハ、去元暦二年ノ冬比、一二ノ子不レ嫌腹中ヲ開テ見ストト云計ニ尋出テ失テンケリ。今ハ一人モ有シトコソ思シニ、新中納言知盛ノ末子、伊賀大夫知忠ト云人御坐ケリ。

と記される。これは延慶本十六「平家ノ子孫多ク被失ハ事」冒頭の、

サテモ、「平家ノ一族ト云者ヲハ一人モ不漏皆可失。平家ハ一門広カリシカハ、定テ子細多カルラム。能々尋穴クリテ腹内ヲモ可求、無沙汰ニテ末ノ世ノ我子共ノ敵トナスナ」ト源二位、北条ニ返々仰含ラレテケレハ、家人郎従等ニ

仰テ手ヲ分テ是ヲ尋ケル

と共通するものでもある。屋代本では、これが以下の知忠、忠房、宗実の死を導き、また、総括する言となる。次の延慶本卅四、卅五の宗親発心譚、貞能利生譚は屋代本にはない[9]。屋代本で卅四、卅五相当箇所に置かれている盛次・景清の侍の話は簡略化されて殆ど機能していない。屋代本は明確に公達に焦点をあてて組み立てている。また、これら公達及び侍の記事は、六代の出家と六代の処刑に挟まれている。すると、六代処刑に収束する一族滅亡記事は六代の出家から始まると考えられる。

屋代本では、侍たちの死を新しい国家体制や頼朝政権と絡ませて描くことはなく、公達への断罪も頼朝自身の命によるものとする記述は激減する。延慶本において既に展開されていた平家残党の物語を継承しつつ、公達と六代の「平家ノ子孫」に焦点をあてて他を捨象する。その文脈の終結点としての六代の死の意義は、一族の終焉としてストレートに浮かび上がる[10]。

このような屋代本の終結の形が断絶平家の始発の形であるのか否かについては現段階では不明というしかない。ただ、他の語り本系諸本よりも、延慶本に最も辿り着き易いという点では屋代本が古い形であることは確かである[11]。ここでは、少なくとも、断絶平家型の終結は延慶本の中に既に胚胎しており、屋代本は延慶本を刈り込む形で、六代処刑を目指して、作り上げられた本であるということを確認しておきたい。

嫡流である六代の処刑、即ち平家断絶記事は、平家一族の登場と退場という関連性において既に、序章の諸行無常、盛者必衰から始まり清盛の紹介に至る展開と照応している。更に、巻十二の巻頭に宗盛の処刑記事を置く構成は屋代本・百二十句本・鎌倉本にのみ見られる独自のものだが、それも平家の総師の死と嫡流を背負う者の死という関連性において照応し、巻十二を平家一族の終焉の巻と位置づける意図が明瞭に伝わる[12]。確かに、池田敬子氏が「六代に関しては死に関わる「記事」が「話」として成立しなかった」[13]と指摘したように、その大きさや重みにおいては、灌頂巻とは比べ物にならない。しかし、六代処刑は、平家の一族の一人一人の最期が描かれた上で初めて意味を持つものである。頼朝の死も、文覚の謀叛も、六代処刑を導くためのものであり、六代記事一つをとりあげて断絶記事を考えるよりも、巻十二の連続の中においた時に、より一層明確に意義が浮かび上がってこよう。

三、屋代本の相対化の試み

ところで、以上に見てきた屋代本の構成を、断絶平家型の典型として扱うことについては、注意を払いたい。それは構想の完結という視点に立った時、断絶平家型の受容者は屋代本のような終結を必ずしも「完結」とは考えなかったのではないかと思われるからである。八坂系一類本の終結部分は構成、内容共に屋代本と共通しており、屋代本に後続するものとしてここで採り上げる[14]。しかし、一類本の中にもいくつかの相違が見られる。それらを見ると、構想の完結に向けた補強がそれぞれになされていると判断される。以下にその様を検討していく。

一類本の本文は山下宏明氏によってＡＢＣの三種に分類されている[15]。巻十二ではＢ種とＣ種は本文的にかなり近似している。しかし、Ｂ種にあってＡ種にもＣ種にもない表現が見られ、一方でＡ種にも独自な部分が多いところから、相対的にＣ種が古い形を持つと考えられる。また、一類本と屋代本とを比較すると、次表の如く、Ｃ種は構成的にも屋代本と同じで、ここからもＣ種が古いと思われる。

延慶本	屋代本	一類本C（相模女子大本・南都本）	一類本B（三条西家本・中院本）	一類本A（東寺執行本・文禄本）
六代	六代	六代	六代	六代
・頼朝の命令	・頼朝の命令	・頼朝の命令	・頼朝の命令	・頼朝の命令
・六代捕縛と救助	・六代捕縛と救助	・六代捕縛と救助	・六代捕縛と救助	・六代捕縛と救助
×	・頼朝の不安	×	×	×
大原御幸	大原御幸	大原御幸	大原御幸	大原御幸
六代熊野詣	六代熊野詣	六代熊野詣	六代熊野詣	六代熊野詣
・頼朝の猜疑	×	・頼朝の猜疑	・頼朝の猜疑	・頼朝の猜疑
・熊野参詣	・熊野参詣	・熊野参詣	・熊野参詣	・熊野参詣
頼朝上洛・昇進 大仏供養 頼朝暗殺未遂 盛次被誅 景清干死			頼朝上洛・昇進 ① 大仏供養 ① 頼朝評 ②	大仏供養 頼朝暗殺未遂 ③
知忠被誅	知忠被誅	知忠被誅	知忠被誅	知忠被誅
忠房被斬	忠房被斬	忠房被斬	忠房被斬	忠房被斬
宗実干死	宗実干死	宗実干死	宗実干死	宗実干死
宗親・貞能	盛次死・景清預かり	盛次死・景清預かり	盛次死・景清預かり	盛次死・景清預かり
文覚配流・後鳥羽配流	文覚配流・後鳥羽配流	文覚配流・後鳥羽配流	文覚配流・後鳥羽配流	文覚配流・後鳥羽配流
六代被斬	六代被斬	六代被斬	六代被斬	六代被斬 ④

（①〜④は次に用いる番号と対応する）

B種には屋代本やC種にはない頼朝上洛・昇進・大仏供養記事（①）や頼朝評（②）がある。①は延慶本廿七、廿八や覚一本と共通する。しかし、延慶本や覚一本の大仏供養は平家の侍の復讐（頼朝暗殺未遂）に接続していくが、B種

にはそれがなく、

①去程に建久元年十二月四日、鎌倉の源二位殿上洛ありて、同しき七日大納言になり給ふ。同しき九日大将に叙し給ふ。やかてよろこひ申あり。程なく大納言大将両官御上表ありて、同しき十六日に関東へ下着。又建久六年三月十二日、東大寺供養ありしに、二月に上洛ありて、供養とけられしかは、同しき六月に関東へこそ下られけれ。

と、歴史的な事実のみが記される。かわりに続いて頼朝の評（②）が加わる。

②鎮西は壱岐対馬を限り、奥州はあくろ津軽まで皆随ひ奉る。南蛮北狄背奉る者一人もなし。忠有る者をは賞し、怨《（ママ）》たる者をは根葉をそ切りからされける。希代不思議の将軍なり。

しかし、これは必ずしも手放しの礼賛ではない。この評は延慶本卅九「右大将頼朝果報目出事」の頼朝の評、

抑征夷将軍前右大将惣テ目出カリケル人也。西海ノ白波ヲ平ケ、奥州ノ緑林ヲナヒカシテ後、錦ノ袴ヲキテ入洛シ、羽林大将軍ニ任シ、拝賀ノ儀式、希代ノ壮観也キ。仏法ヲ興シ王法ヲ継キ、一族ノ奢レルヲシツメ、万民ノ愁ヲ宥メ、不忠ノ者ヲ退ケ奉公ノ者ヲ賞シ、敢テ親疎ヲワカス全ク遠近ヲヘタテス、ユ、シカリシ事共也。

に近いと言えないこともないが、延慶本が「果報目出カリケル」頼朝を記そうとしているのに対し、B種では、「不思儀の将軍」頼朝へと変化している。B種は、屋代本やC種の平家公達の死へと収束していく終結の形成に、頼朝に関する①②を加えたと考えられる。

一方、A種には大仏供養に際して、「薩摩ノ中務宗資」（延慶本は「薩摩平六家長」）が頼朝を暗殺しようとして失敗する記事がある（③　本文引用は省略）。これは、延慶本廿八や覚一本とほぼ一致している。更にもう一つ、A種に延慶本と重なる部分がある。六代被斬の冒頭にあたる記事である（④）。

④六代御前ハ鎌倉殿モ蔵《（ママ）》レサセ給ヌ、文覚モ流レテ後人々申シケルハ、**「末之末ナル小冠伊賀大夫殿タニモ謀叛ヲ発**

ス。マシテ文覚房ノ助ケ奉ラル、若公ハ小松殿ノ御孫、権亮三位中将殿ノ嫡子也。大臣代ノ傾カンスル事ヲ兼テ知リ給テ権現ニ申シテ父入道殿ニ先立テ失セ給ヌ。又権亮三位中将殿ハ軍ノ最中ニ熊野へ参テ海底ニ沈ミ給。又加様ニ猛キ人ノ子也、孫也。頭ハ法師ニ成リ給フトモ、心ハヨモ成リ給ハシ。然ハ悪党是ニ付奉テ謀叛発サンニ難カラシ。アハレ失奉ハヤ」ト申合ケレハ、官人助方ニ仰テ搦メ取テ、

これは先に引用した延慶本卅五結尾に置かれた記述と共通する。但し、傍線部分は延慶本にはない。ここには、太宇部分に見るように、〈恐れられる六代、源氏を脅かす六代〉が鮮明に記される。これは一類本の中ではA種にしかなく、A種が延慶本的な本文によって加えたものと考えてよかろう。すると、③も同様に延慶本的本文から加えたものと考えられる。A種では、新政権を脅かす平家残党の存在を書き加え、恐れられる一族の頂点に六代を据えている。[16]

屋代本が六代処刑に収束する形で、公達に絞って簡潔にまとめあげようとし、C種は比較的それに沿った形で構成しているのに対し、AB種では平家の残党の恐怖や頼朝の評価などを他本を参考にして書き加えている。結果的には、延慶本のもっている要素を何がしか加えることとなる。延慶本への回帰が見られるといってもよかろう。このような一類本AB種の叙述展開は屋代本の目指した方向を基盤としてはいるものの、屋代本の構成が必ずしも満足されなかったことを表わしているのではないか。平家一族の滅亡の物語を平家一族を中心に描くという構想を完結させるにあたって、滅亡させる側の記事を加えたり、滅亡させられる理由を強調したり等と、構想を補強するための努力がそれぞれになされたと考えられる。

以上の如く、残党の滅亡の最後を六代処刑で終える形態は、平家一族の滅亡を語る物語としてふさわしい幕切れであったが、屋代本以降でも諸本によって様々な相違が生まれている。[17] それは屋代本の終結があまりに簡潔にすぎ、落とし物が多すぎると思われたからではないか。その点を見ると、屋代本の終結のあり方は必ずしも、典型とはならな

かったと言えよう。

おわりに

以上、屋代本巻十二が延慶本を刈り込む形でできあがっていること、断絶平家型の形は既に延慶本に内在されていたことを指摘し、更に、屋代本の形態は必ずしも断絶平家型の典型として定位されなかったと思われることを述べてきた。

なお、屋代本が平家物語諸本における断絶平家型の始発であったか否かについては先にも、現段階では不明と記した。それは、屋代本の母体となった「延慶本的本文」の終結が断絶平家型であった可能性が高いと思われるからだ。

また、覚一本との関係も課題となる。というのは、覚一本の巻十二の構成は、女院記事の出入りを除いても屋代本とかなり異なる。例えば、覚一本には屋代本にはない頼朝の昇進や暗殺未遂記事等がある[18]が、これらが灌頂巻特立以前の形態を継承しているとすれば、屋代本、或いはその母体となった「延慶本的本文」と覚一本との関係が問われなくてはならない[19]。

次なる課題は山積している。しかし、断絶平家型の終結の内包する問題を多少とも提示し得たのではないかと考える。

注

（1）千明守氏「屋代本平家物語の成立」（『平家物語の成立　あなたが読む平家物語1』有精堂　平成5）

（2）松尾葦江氏『軍記物語論究』（若草書房　平成8）三一一頁（初出は平成7・3）

（3）注（1）参照。

（4）八坂系二類本以下も一類本とは決して同じではなく、考察の必要があるが、稿を改めることとする。

（5）他の語り本系においても屋代本と同様の構成になっているが、延慶本との共通性が顕著に表われているのは屋代本である。

（6）麻原美子氏は、「屋代本の本文上の問題箇所を延慶本と対照させてみると、延慶本的本文を基底にして省略再構成したという事実が見えて」くると指摘する（「屋代本『平家物語』の成立」〈『平家物語の生成　軍記文学研究叢書5』汲古書院　平成9〉）。

（7）因みに、覚一本では梶原の存在は屋代本以上に濃厚に見られ、頼朝の意志は更に後退する。

（8）大仏再建が国家的行事として遂行されたことについては、五味文彦氏『大仏再建――中世民衆の熱狂――』（講談社　平成7）参照。

（9）貞能譚が長門本で盛久譚となっている以外は、宗親、貞能譚は屋代本のみならず他本にもない。宗親、貞能の話を載せる形が本来存在したのか否かは検討を要しよう。

（10）こうした屋代本の傾向は、既に今井正之助氏によって、「公達の死に続いて語られる六代の死は、〔略〕最後の公達の死という、〔略〕「平氏」の断絶でしかありえない」（「『平家物語』終結部の諸相――六代の死を中心に――」〈『軍記と語り物』19　昭和58・3〉）と、否定的にではあるが指摘されている。

（11）ただし記事の内容について見ると、屋代本の知忠記事は延慶本と同じだが、忠房、宗実記事はかなり異なり、延慶本と覚一本が類似している。屋代本が配列・内容・表現等のあらゆる次元において延慶本の縮約であると主張するわけではない。

（12）水原一氏『中世古文学像の探求』（新典社　平成7）七八頁（初出は昭和58・2）

（13）「平家物語八坂流本における巻十二」（『軍記と語り物』22　昭61・3）

（14）一類本に覚一本からの影響が見られることは、今井正之助氏「八坂系テキストの展開」（『国文学』平成7・4）、鈴木彰氏「八坂系『平家物語』の本文生成と覚一本系本文――巻五における交渉関係をめぐって――」（「古典遺産」48　平成8・6）に指摘がある。巻十二でも、重衡北方の消息（巻十一と巻十二に重複）や紺掻記事（六代助命譚に流入）にその痕跡が見られる。一類本の形成過程については後考に委ね、本稿では、屋代本からの構造的影響に注目した。

(15)『平家物語研究序説』（明治書院　昭和47）第一部第二章第四節、『平家物語の生成』（明治書院　昭和59）二―3。なお、A種は東寺執行本、B種は三条西家本、C種は相模女子大本を用いた。

(16)但し、A種③④には延慶本にはない記述があったり、人名や地名等が延慶本とは異なり覚一本と一致することもあり、現存延慶本を参照したとはいえない。

(17)前章では、「同じ八坂系といっても、その終結に至る記述にかなり懸隔がある〔略〕一類本は平家滅亡の物語を構築し、二類本は平家滅亡以降の社会の動静に、頼朝の言動を丹念に導入する。〔略〕各伝本が物語と頼朝の存在との距離をはかりつつ、記事の入れ替え、省略等を行なっているのである」と指摘した。

(18)他にも注(11)等の問題もある。

(19)千明氏は注(1)論文で、「延慶本に近い形態をもった本文の存在」について、「現存の屋代本・覚一本の共通の祖本（親本）の存在」を想定する。

補足　八坂系伝本二種の解題

文部省科学研究費補助金「平家物語八坂系諸本の総合的研究」（平成五〜七年度　総合研究（A）　研究代表者　山下宏明、研究分担者　村上學、松尾葦江、鈴木孝庸、今井正之助、千明守、櫻井）による共同研究の調査で、私の担当した伝本のうち、その存在の殆ど知られていない本があった。以下に簡潔に書誌を紹介する。この他にも東京都立中央図書館蔵本があるが、これについては次篇で扱うので、ここでは触れない。

諏訪本

諏訪市立図書館蔵平家物語は村上光徳氏によって紹介され(1)、その後、村上誌子氏の調査(2)も加えられている。多種本文のとりあわせ本だが、このうち、巻九は中院本とされる。正確に言えば、一類本B種本を省略しつつ用いている。

〔書誌〕

一、請求番号　ナシ

一、写本　全十二冊　楮紙　袋綴

一、縦二八・九㎝×横一九・五㎝　本文字高二五・五㎝　半葉行数八行

一、漢字平仮名交じり

一、奥書　各巻末にあり。「右平家一部十二巻一筆に書事は年たけ当時人倫の／ましはり遠さかりぬれは賤のおた巻

くりかへし昔かたりに／なくさむやとうつし置はかり也老のなみ六十にかゝり筆の崎／さへしら浪のよする真砂の鳥の跡まなふはかりに書をけは／他見の為にはなるへからす誠愚老の心しるし計也生年五十七／なる春夏の間の筆のすさみ後代の恥をかへりみす候／爰にかうそ思ひいたしける老のなみつもりの浦のもしを草／みるめのためにかきそをきぬる／于時大永貳年〈壬午〉林鐘吉日　吉田大夫律師興秀筆」この奥書により、書写年（一五二二）が判明する。

巻一奥に「大内殿内興秀　平家物語十二冊」とする極め札あり。

ところで、山口県立図書館蔵右田毛利家本平家物語は近世初期の書写になるものであり、弓削繁氏の精力的な調査(3)によってその全容が明らかにされつつあるが、この右田本と諏訪本は本文形態が一致し、密接な関係にある。弓削氏の調査によると、誤脱のあり様等から直接の書写関係にはなく、それぞれが共通の本文から書写している。本文としては、諏訪本の方が脱落が少なく、書写も古いが、巻六末尾と巻十二の後半が水損によって殆ど開けられないという欠陥もあり、二本相互に補完しあう。また、相模女子大本、小野文庫本も一部諏訪本・右田本と共通の本文をもつことも報告されている。

注

（1）「諏訪市立図書館蔵平家物語について」（「駒沢大学文学部研究紀要」24　昭和41・3）

（2）「平家物語の研究――諏訪市立図書館蔵「平家物語」について――」（「信大国語教育」10　平成5・10）

（3）「右田毛利家本平家物語の本文」（「岐阜大学教育学部研究報告」40　平成4・3）、「右田毛利家本平家物語の一考察――「小宰相身投」の抜書をめぐって――」（「山口国文」15　平成6・3）、「右田毛利家本平家物語巻九の本文批判的研究」（「岐阜大学国語国文学」22　平成6・12）、「右田毛利家本平家物語巻八の本文とその志向――岡山大学小野文庫本との関係に触れて――」（『軍記物語の生成と表現』和泉書院　平成7・3）、「右田毛利家本平家物語巻六の本文――その過渡性について――」（「岐阜大学教育学部研究報告」43―2　平成7・3）、「相模女子大学本平家物語の本文同定」（「岐阜大学国語国文学」23　平成8・3）、「右田毛利家本平家物語の覚一本系諸巻について」（「岐阜大学国語国文学」24　平成9・3）、「右田毛利家本平家物語の「灌頂巻」について」（「岐阜大学教育学部研究報告」45―2　平成9・3）、「右田毛利家本平家物語巻七の本文について」（『平家物語八坂系諸本の研究』三弥井書店　平成9）、『平家物語』上・中・下（古典文庫607・612・622　平成9～10）及び下巻解説。

田中教忠本

国立歴史民俗博物館には現在平家物語が二種所蔵されている。一本は享禄本平家物語であり、もう一本をここに紹介する。これは古書蒐集に努め、日野法界寺塔頭角坊に文庫を構えた田中勘兵衛（教忠）氏から子息忠三郎氏、孫穰氏に伝えられ、穰氏によって博物館に移管された典籍の一である。

田中氏がこの本を入手した経緯は不明である。川瀬一馬氏が『田中教忠蔵書目録』（私家版　昭和57・11）で簡単に紹介されたのみで、未調査である。田中氏の名前を頭に戴き、〈田中教忠本〉と名付けてここに紹介する。

〔書誌〕

一、請求番号　田中穰氏旧蔵典籍70～76

一、写本　全十二冊　完本　楮紙　袋綴

一、縦二六・七㎝×横二〇㎝　本文字高二三・五㎝　半葉行数八行

一、漢字平仮名交じり、片仮名で振りがな（巻によって頻度に差があり）
巻三目次に庵点
一、朱にて句読点　但し、巻四・五・十一には句読点なし
一、章段目次は各冊本文前　本文中にも本行に目次
一、墨滅・書入・貼紙　無
一、複数の手による書写
一、奥書無　巻一目次右下に印（朱で「忠」）
各巻本文開始右下に印（朱で「大館　高門」）

なお、大館高門は、明和三年（一七六六）―天保十年（一八三九）。尾張海東郡木田の人で、田中道麿、本居宣長門下の国学者。天保四年（一八三三）に京都に移住し、一条家の侍医を勤めた。（『国書人名辞典』より）
一、『田中教忠蔵書目録』には川瀬一馬氏の鑑定により「寛永頃書写」とあるが、当館小島道裕助教授によると、江戸初期もしくは十六世紀に溯る字か。

本文

(1)八坂系二類本である。根拠として、次の二点を掲げる。
①巻十二に「吉野軍」がある。
②目録・本文中に「あひ」の挿入がある。
(2)八坂系二類本A種ではない。根拠として、B種にはなくA種にある記事（例　巻十二　参河守最期の記事　兼実摂政の

際の和歌　等）が田中教忠本にはないことがあげられる。

(3)二類本B種の中では城方本に近い。

B種本には城方本と那須家本、奥村家本が紹介されている。城方本と那須家本とはそれぞれ脱落があり、兄弟関係であると考えられている[1]。奥村家本は那須家本に近いとされる[2]。山下宏明氏が『平家物語研究序説』において指摘された数ヵ所を田中教忠本に照らしてみると、次の三点より城方本に一致すると結論づけられる（用例は省略する）。

①城方本にあり、那須家本には脱落している部分が田中本にはある。

②那須家本にはあり城方本には脱落している部分が田中本にはない。

③城方本にはあるが他の諸本にはない部分が田中本にはある。

以上より、本文系統は八坂系二類本B種と判定する。但し、

(4)城方本との前後関係は現段階では判断できない。例を左に三点掲げる。

①城方本とは殆ど同文であるが文字の使用に多少の違いがある。

（城方）去年より　――（田中）こそより　（巻十二　重衡のきられ）

（城方）奈良を亡し給へる――（田中）奈良をほろほし給へる　（　同　右　）

②城方本の有する不自然な誤写かと思われる記述が田中本にもある。

（城方）闕官《ケックワンチヤウ》　停に行《ヲコナ》はるへきかと――（田中）闕官《ケックワンチヤウ》　停におこなはるへきかと　（巻一　殿上闇討）

（城方）さいよはひ給ふ　――（田中）さいよはひ給ふ　（巻一　吾身栄花）

③城方本には巻四と巻五の一部に句読点がないが、田中本には巻四・五・十一のすべてに句読点がない。

城方本は、内閣文庫蔵書目録に「慶長写本」と注されており、書写時期はそれほど異ならない。城方本も半葉八行であり、可能性としては、

1城方本↓田中本

2田中本↓城方本

3共通祖本からそれぞれ書写された

以上の三点が考えられるが、詳細な調査が待たれる。

なお、(4)③句読点の問題は、平曲との関連からは問題を含むかと思われる。(3)

注

（1）山下宏明氏『平家物語研究序説』（明治書院　昭和47）三四八頁

（2）同氏『八坂本平家物語』（大学堂書店　昭和56）解題

（3）当篇第一章参照。

第二篇　本文の編集の方法

八坂系平家物語は、山下宏明氏の分類[1]による三類本に典型的に表われているように、本文の「崩れ」だけではなく、先行本文からの影響――混態――が多く見られる。これらは従来の研究では末流本とされ、氏の研究以来、殆ど考察の対象とされることはなかった。しかし、本文の混態は、三類本のみならず他の八坂系諸本にも見られ、覚一系諸本周辺本文にも指摘されている[2]。長門本のような読み本系にも見いだされる[3]。子細に見ていけば、他系統の本文からも更に発掘されていくと考えられる。これらを下降していく本文として研究の対象から外すよりも、本文を改編していく行為として積極的に評価し、その意味を見つめることが、平家物語という本文異同の激しさを特徴の一つとする作品を捉える上で重要であろう。

一方、八坂系平家物語諸本の中には、巻によって本文系統が変わるものがある。八坂系の中での異類のとりあわせもあり、また、八坂系と一方系とのとりあわせもある。それらは巻毎にとりあわせのなされた本とみなされ、とりあわされた巻を除いて考察されてきた。或いは巻毎に分断されて各巻毎に本文系統が分類され、本文系統上の考察がなされてきた。異種本文系統の入り交じった一作品として捉えようという姿勢は見受けられなかった。確かに、単に物理的な欠損によるとりあわせの場合もある。しかし、中には意図的なとりあわせが行なわれていると判断されるものがある。近時こうした本が新たに、また改めて何本か紹介されている[4]。それらを検討していくと、異種本文の混態を重ねて巻を作り、また、異種本文系統の巻をとりあわせることによって、新しい平家物語を再編していく行為が幾度となく重ねられていることが判明してくる。こうした本文形成、作品形成のあり方は平家物語の再編といった視点から注目される。「混態・混合という現象こそが平家物語の流動の実態を解き明かす鍵である」という提起[5]もなされてきている現在、とりあわせを行なう姿勢も本文を改編していく行為も同時に直視していかなくてはならない。

これらの伝本系統は八坂系の枠をはみ出していく。異種系統の本文のとりあわされた十二巻として一括し、一つの再編された平家物語として別個に扱わなくてはならないが、従来の分類の枠におさめることには無理がある。そこで、従来一般的に行なわれている読み本系、語り本系の分類の次に「その他」として、

とりあわせ[6]　都立図本・南都本・相模女子大本・諏訪本・右田本・小野本・（伊藤本）他

を加えたい。以後の研究の進展により、他の分類に組み込まれているものの中でもここに場所を移すものも現われるであろう。

本篇では、従来、研究対象とされてこなかったこのようなとりあわされた伝本を扱う。まず各巻毎の本文の素性を明らかにする基礎作業を行ない、次に、巻毎の構成を把握し、そこにどれほどの編集の意図を読み取ることが可能なのかを分析する。従来の〈分類〉の限界を見据え、平家物語に本文の異同をもたらす改編の実態を分析する。

第一、二章では、東京都立中央図書館蔵本という殆ど未紹介であった伝本を紹介し、混態ととりあわせによって新しい平家物語本文を作り上げていく様を示す。従来の分類の限界を明らかにし、全巻を俯瞰して本文再編を考える必要性を示す。第三、四章では、南都本を扱う。南都本は、夙に本文の素性に疑問が持たれ、巻毎に性質が異なることが指摘され[7]ながらも、一部の本文の古さに惹かれて、或いは従来の分類上の「語り本系」に入りきらない本文形成の

跡が見えるために、しばしば「読み本系」に加えられたりしていた。が、改めて考察を加えた結果、「とりあわせ」に入れるべきと判断した。本文の検討により、混態の実態を明らかにして従来の説を訂正し、更に、とりあわせの実態を積極的に捉え、新しい平家物語を再編していく方法を明らかにする。第五章では、現存しない伊藤本の復元作業を通じ、やはり前章と同様に、本文の分類の問題と、再編を行なうに際しての平家物語への対し方、特に、巻十二の記事の選択の柔軟性について論じる。第六章では、一～五章を総括し、改めて、巻毎に分断して本文系統を分類する従来の方法の限界を指摘する。同時に、複数の本文を混態させ、また、巻毎に異種系統の本をとりあわせて再編集していく方法を評価し、読者参加型ともいうべき観点から作品を把握することの必要性を指摘する。

注

（1）『平家物語研究序説』（明治書院　昭和47）第一部第二章第四節、『平家物語の生成』（明治書院　昭和59）二―3

（2）千明守氏「平家物語「覚一系諸本周辺本文」の形成過程――巻一～巻四の本文について――」（「國学院雑誌」87―5／6　昭和61・5／6）他。

（3）最近の研究には、川鶴進一氏「長門本『平家物語』の本文形成――語り本記事挿入箇所の検討――」（「国文学研究」120　平成8・10）がある。

（4）東京都立中央図書館蔵本、諏訪市立図書館蔵本（第二部第一篇補足参照）、右田毛利家本（同「諏訪本」注（3）参照）、相模女子大本（同前）、小野文庫本（弓削繁氏「右田毛利家本平家物語巻八の本文とその志向――岡山大学小野文庫本との関係に触れて――」（『軍記物語の生成と表現』和泉書院　平成7・3）等参照）他。

（5）松尾葦江氏『軍記物語論究』（若草書房　平成8）第二章五（初出は平成7・7）

（6）松尾氏は「混合本」と名付けた（前掲注（5））。これについては本篇第六章参照。

（7）山下氏前掲注（1）『平家物語研究序説』第一部第一章第四節、弓削繁氏「平家物語南都本の本文批判的研究――読み本系近似の巻を中心に――」（「名古屋大学国語国文学」29―12　昭和46・12）、服部幸造氏「南都本平家物語（巻一）本文考」（「大阪府立大学紀要」21　昭和48・3）、弓削氏「平家物語南都本の位置」（『松村博司教授退官記念国語国文学論集』名古屋大学国語国文学会　昭和48・4）等

第一章　東京都立中央図書館蔵平家物語の編集方法

はじめに

平家物語は原態が成立したと考えられる十三世紀半ばから四百年程の間に多くの異本を作り出してきた。その膨大な諸本の存在は現代の我々の関心を引いてやまない。しかし、多くの異本が生まれたということは、平家物語を受容し、新たな平家物語を作り出していった人々が存在し続けたということでもある。ある平家物語を受容する人間が新たな平家物語を作り出していく。このような作業が様々なレヴェルで行なわれ続けてきたのであろう。

本章の目的は、その一様相を未紹介の一本の分析によって明らかにし、平家物語の本文流動の原動力の一端を明らかにすることである。

一、書　誌

東京都立中央図書館には平家物語が七本所蔵されており、そのうちの一本（以下、都立図本と称する）が未紹介と思われる。左にその書誌を掲げる。

一、所蔵　東京都立中央図書館

一、請求番号　特別買上文庫三九七―一～六
一、写本　縦二七・八㎝×横二一・三㎝　本文字高二三・五㎝
一、十二巻六冊　二巻の合冊　補修ずみ（図書館による）
一、楮紙　袋綴
一、表紙　茶色に藍色の雲形模様　更に新しい表紙を図書館で後付（紺色）
一、半葉　十一行　但し、巻十二は十行　巻九と巻十二は同筆　その他は一筆
一、漢字平仮名交じり　濁点無し　振りがな朱（朱は一筆か）　句読点無し
一、章段目次　各巻本文前（二丁表。巻九・十一・十二は一丁表裏に書かれる。巻九・十二本文と同筆）　また、本文中にも章段名を紙を小さく貼って付す（後補）
一、奥書等　無し
一、印記　刻印（若州　上中郡兼田村　東孫）が巻二・四・八・十・十二の末　弘文荘の印（月明荘）が巻六・八・十・十二の末

請求番号の「特別買上文庫」とは「戦時特別買上図書」のことである。第二次世界大戦の末期、現在の東京都は空襲を避けるために昭和二十年五月から急遽、東京都内の個人所蔵の貴重書を買い上げた。これはその時の一本であることを示す。蔵書印から旧蔵者は反町茂雄氏であることがわかるが、反町氏がどこから入手したのかは判然としない。しかし、印記からは、かつては若狭国上中郡兼田村（現在の福井県遠敷郡上中町）にあったことがわかる。これらについて、御教示を願う。

現在の形態は二巻合冊の六冊仕立てであるが、各巻冒頭数丁分の傷みが激しいこと、巻九・十二の紙質が多少他巻

と異なること等から、元来は十二巻十二冊であったと考えられる。しかし、「若州云々」の印が偶数巻末に押してあるので、印が押された時には既に合冊であった、もしくは印を押す時点で合冊にしたものと思われる。

書写の時期については、奥書がないので不明だが、都立図書館の目録には「室町末」と記されている。この鑑定は長澤規矩也氏によるものであり、『国書総目録』にまで引き継がれている。「室町末」と判定されたのは、巻九・十二を除いた十巻分についてであろう。巻九・十二の筆跡は他巻に比べて新しく、明らかに近世の書写である。ただし、本文系統はそれぞれ異なる。巻九は基本的には他巻と共通するようだが巻十二は特異である。巻十二の問題は都立図本の成立をある程度明らかにしてくれる。それは最終節で触れることとし、まず巻十一までの本文系統とその特質を明らかにしていくこととする。

二、基本となる本文の系統

結論を先に述べると、都立図本の本文は八坂系一類本を基本とし、そこに少なくとも二系統の本で増補を行なっている。本節では都立図本が基本として用いた本が一類本であることについて述べる。なお、八坂系の分類については山下宏明氏の研究(1)に従う。

始めに、氏の行なった分類を簡単に紹介しておく。氏は本文形態の上から諸本を分類した。語り本系諸本を灌頂巻の有無によって一方流と八坂流とに分け、次に形態的に「鬼界島の流人の生活を語る部分を巻三の巻頭『山門滅亡』に続けて記す諸本」をまとめ、そのうちから「巻十二に『吉野軍』を有さない諸本を八坂流第一類本と呼」び、「巻十二に『吉野軍』を有する諸本」を「八坂流第二類本」とした。三類本以下については後述する。

巻十二を指標としての区分が都立図本では不可能だが、本文校合の結果（その過程は省略する）、八坂系一類本に近い本文を有することが判明した。氏は一類本を更にA・B・Cの三種に分類した。但し、一類本の中で全巻が揃うのはB種本のみである。B種には中院本、三条西家本等がある。中院本は「三条西家本を原形として部分的に下村本ないしはその周辺の本文を以て加筆し」ている。都立図本には中院本にあるような加筆記事はなく、B種の中では三条西家本に近い。

次に都立図本と三条西家本との関係について述べていく。まず、都立図本の目移りによる脱落例を紹介する（引用の本文は三条西家本、右側に都立図本。章段名は覚一本に準じる）。

(1)（冷泉院は）承暦三年十一月廿八日御たんしやうありけり、八さいより御くらゐにつかせ給しか《は》、御う廿一年、けんわうせいしゆのほまれも、なのめならすわたらせ給しか、これもらいかうかりやうとて　（巻三「頼豪」）

(2)おなしき十月三日、さきのう大しやうむねもり、正二ゐし給けり、おなしき七日内大臣になり給ふ、おなしき十三日に、はいかのきあり　（巻六「横田河原合戦」）

これらは「給しか」「十（月）三日」などの同じような言葉による目移りのために起こった脱落であろう。都立図本にはこのような脱落箇所が比較的多い。しかし、逆に三条西家本の目移りによる脱落と思われる例もある。

(3)さる程にとしくれて、安元も三年になりにけり、三月五日、めうおん院殿（A）をしあけられ給けり、一のかみこそ御せんとなれとも、ちゝ悪左府の御れい、そのはゝかりあり　（巻一「御輿振」）

（A）に都立図本には「太政大臣にあからせ給ふかはりに小松殿大納言定房卿をこえて内大臣にあかり給ふ妙音院殿」と記されている。都立図本と同様の表現は、一類本A種、二類本にもあり、延慶本、覚一本等にも殆ど同様の表現がある。三条西家本が「妙音院殿」の目移りによる脱落をおこしたと考えてよかろう。同様に、

(4)（仲国は）さかへゆきむかひ、このよし申ければ、しきりにまいるましきよしの給けるをやう〳〵に申てむかへたてまつりて（B）夜な〳〵めされける程に、ひめみや《君》一人いてきさせ給けり　（巻六「小督」）

これも都立図本には（B）に「人もしらすかすかなる所にをき奉て」が入る。一類本A・C種には都立図本と同様の表現がある。覚一本、屋代本、二類本では「幽なる所にしのはせて」と少し異なるが、類似の表現がやはりある。

また、表記に関しては、三条西家本が平仮名を主とするのに対し、都立図本は漢字の使用が多い。都立図本の漢字表記によって三条西家本の平仮名表記が理解される場合がある。

(5)そのかみようゐいにいへる事あり、なんをうみてもかくわんする事なかれ、によをうんでもひさんすることなかれ、又いはく、なんはこうにたにもほうせす、女はきさきとなる　（巻六「葵前」）

都立図本では「当初謡詠云、生レ男勿二嘉歓一、生レ女勿二悲酸一、又曰、男侯不レ封、女為レ妃」と漢文で記す。「嘉歓」は典拠である『長恨歌伝』や一方系では「喜歓」であり、こちらが正しい。都立図本では「喜」を「嘉」と書き誤り、三条西家本はそれを平仮名で記している。三条西家本の親本は都立図本のように漢字の多い本であり、その面影を都立図本は残している。

このような例から、三条西家本と都立図本はそれぞれに欠陥を有しており、直接的な書承関係は認められないことがわかる。都立図本は三条西家本の親本と関係を有することが推測される。但し、今指摘してきたように、都立図本にはA種本やC種本と共通する部分が、巻によって傾向が異なるものの、ある。ために、純粋にB種本とは言えない。[2]そこで都立図本の基本本文は一類本に属するというにとどめ、以下の論における本文校合には全体的には最も近く、全巻揃っている三条西家本を用いることとする。

ところで、都立図本には他の一類本にはない表現や記事も多い。その中には明らかに都立図本独自の増補と考えられる部分もある。更に検討を加えていく。

三、サブテキスト――増補された記事・表現(一)――

まず、次の例を見て戴きたい（本文は三条西家本。右側に都立図本を付す）。

(6)このおとゝは、ふんしやううるわしくして、心にちうをそんし、（C）ことはにとくをかね給り　（巻三「医師問答」）

（C）に都立図本は「才芸たゝしくして」と入る。屋代本、延慶本、盛衰記なども都立図本と同様である。覚一本、百二十句本は「心に忠を存し、才芸すくれて、詞に徳を兼給へり」と少し異なるが、都立図本に近い。因みに長門本には医師問答がない。しかし、他の八坂系一類本、二類本には（C）に該当する表現がない。一・二類本の中では都立図本だけがこの語句を有しているということになる。次の例も同様である。

(7)あのふたはいかにとのたまへは、これは［こそ日本第一の］（D）大からん　ほろほさせ給たる、そのつみによて　（巻六「入道死去」）

都立図本は（D）に「十六丈の盧舎那仏」と入る。覚一本、屋代本、延慶本、長門本は都立図本と同じであるが、やはり他の八坂系一類本、二類本にはない。

八坂系一・二類本にはない短い語句、これらはあった方がより適切であるが、なくとも意味は一応通る。しかも多くの場合、それが何らかの他系統本と共通する。都立図本にはこのような表現が度々見受けられる。これはどのような現象なのだろうか。

次の例が解決の糸口になろう。

(8)まさ時しゆくしよにかへりつつ、その日一日まちくらし、夜に入て、いんの御所にまいり、（E）くもの上のしつまる程をうかいて、このによはうのおはしけるつほねの　（巻十「内裏女房」）

右は重衡から手紙を預かった正時（他本は知時など）が女房の許へ向かう場面である。三条西家本では正時は宿所に帰り、夜を待って御所に行く。ところが、都立図本では（E）に「ひるは人目もしけかりけれは、ちかきほとにたたすみて」と記される。夜になって御所に行ったと記した次に、再び昼間の人目を憚って静まるのを待ったという、不自然な表現である。この部分、屋代本、片仮名百二十句本は三条西家本と同様である。覚一本では、「知時もて内裏へまいりたりけれとも、ひるは人めのしけけれは、そのへんちかき小屋に立入て日を（待）くらし」（龍谷大本には「待」なし）とある。鎌倉本、平仮名百二十句本も同様である。延慶本は「信時内裏ニ参タリケルカ未アカヽリケレハ其辺近キ小屋ニ立入テ晩ホトニ」とある。覚一本、延慶本等では内裏の辺りで夜を待つ。三条西家本とは夜を待つ場所は異なるが矛盾はない。

都立図本は一類本の宿所で夜を待つという文脈に、覚一本的な御所で夜を待つという本文を不用意につぎあわせた結果、表現がねじれてしまったのではなかろうか。

同様の例をもう一つ掲げる。巻六「慈心房」の開始部分である。三条西家本では、以下のように記される。

(9)ある夜のゆめに、みやうくわんきたりてつけ給はく、（略）かならすまいるへしといふつけをかうむりて大にきとくのおもひをなし

八坂系一・二類本では「慈心房」の前半部分は簡略に記され、[3]使者は口頭で慈心房に閻魔王宮への招待を告げる。最後に再び「〜つけをかうむりて」とあるのもその確認となる。しかし、他の諸本では使者が王宮への招待を認めた書状をもって来る。その書状の文面が書かれている本が多い。都立図本では三条西家本の傍線部分が少し異なり、

或夜の夢に、童子一人と浄衣きたる男の立文持たるか来て是を奉らんと申と思てうち驚て見れは、うつゝにあり

けり。慈心房むねうちさはき、あけて見れは〔略〕必まいるへしといふ告を蒙て大に奇特の思をなしとなる。都立図本では使者が「立文」を持って来る。夢が覚めても現実にその立文がある。それを「あけて見れは」以下、中略部分には三条西家本同様に招待の内容が書かれるが、最後に「告を蒙」ったとあり、現実に残っていたはずの立文は宙に浮いてしまう。これは他本を参考にして「立文」持参と改めたものの、後半の「告を蒙て」までは改編が及ばなかったために不自然な文脈となったと考えられよう。

不自然な文脈はこの二例に限らないが、これらから、都立図本は一類本の本文に短い語句レヴェルでの増補・改訂を行なっていると考えられる。それでは、用いられたテキストは何だろうか。

(8)からは覚一本、鎌倉本、平仮名百二十句本等が注目される。(9)では〈童子と浄衣を着た男〉が登場していたが、これと同様の人物が記されるのは屋代本、鎌倉本、平仮名百二十句本である。「浄衣着タル俗二人、童子三人、捧二一通之状一ヲ出来ル。尊恵此状ヲ取テ披キ見レハ」（屋代本）というように人数は異なるが、覚一本の「年五十斗なる男の、浄衣に立烏帽子きて、わらつはゝきしたるか」（延慶本「年十四計ナル」）よりも近い。

また、都立図本の「祇王」（巻一）は一類本とはかなり異なる。例えば、仏御前が清盛の前で舞を披露する時に、「きみか代をもゝいろといふうくひすのこゑのひゝきそ春めきにける」と歌ったり、清盛に捨てられた祇王が翌春再び邸に呼ばれた時に悲しんで、「露の身のありしわかれにきえもせて又ことのはにかゝるつらさよ」と詠んだりしている。更に一類本ではまた、祇王が邸を去る時に「もえいつるも……」の歌を障子に書きつける場面は諸本とも共通する。更に一類本では「いつともいつへきかたもおほえぬになにと涙のさきにたつらん」という歌も併記しているが、逆に都立図本にはない。都立図本の「祇王」には他にも特異な表現が多いが、都立図本に加えられた和歌の存在する本は平仮名百二十句本、鎌倉本、平松家本である。屋代本には「きみか代を」はあるが、「露の身の」はない。

「祇王」は一章段すべてにわたる増補という点で例外であるが、総じて都立図本が一類本と異なる表現は、現存諸本の中では平仮名百二十句本もしくは鎌倉本が最も近いかと考えられる。尤も、すべてが百二十句本や鎌倉本で説明できるわけではない。屋代本のみに一致したり、片仮名百二十句本とは一致しても平仮名百二十句本とは一致しなかったりする場合もある。また、数は少ないが、延慶本にしか一致を見いだすことのできない箇所もある。が、多くは覚一系諸本周辺の平家物語に見出される表現であり、その中では平仮名百二十句本が多い。平仮名百二十句本に近い本文を持つ何らかの平家物語（覚一系諸本周辺本文）を、都立図本はサブテキストとして用いたと考えられる。ただ、このような増補・改訂の頻度は巻によって異なる。特に、巻七・八・九では覚一系諸本周辺本文と共通する例は皆無と言ってよい。

このようなサブテキストの用い方は、細かいレヴェルにおける本文改訂作業の実態を示すものであろう。なお、覚一系諸本周辺本文からの記事単位の大幅な増補は、「祇王」以外では巻十「戒文」における法然の説経のみと考えられる。この二例以外にも、百二十句本にしろ鎌倉本にしろ、一類本とは記事の有無、内容、配列等において異なる部分が多い。そのような相違には殆ど関心を向けず、あくまでも語句のレヴェルを中心に短い言葉を補っている。何故このように細かい増補・改訂を行なうのだろうか。

先に指摘したような不自然な表現も時にはあるが、当節の冒頭にも述べたように、短い増補・改訂により丁寧な記述となるのは確かである。細部にわたってよりわかりやすい平家物語を作り上げていくことが、微細な増補の一つの目標であると考えられる。

四、読み本系との関係——増補された記事・表現(二)——

都立図本が一類本をメインテキストとし、サブテキストとして覚一系諸本周辺本文を用いていることを述べてきたが、この二本だけでは説明のつかないところがまだいくつかある。本節では、読み本系からと考えられる増補現象について述べる。読み本系との語句レヴェルでの影響関係は非常に少ない。寧ろ、次表にまとめたように、数は少ないが、記事単位の増補・改編が注目される。

章段名		内容	延	長	盛
☆巻二	大納言死去	成親の歌	○	○	×
巻四	信連	女装の故事	△	△	×
☆	競	「こひしくは……」	△	×	△
	大衆揃	蟬折の奉納	×	△	○
☆巻五	月見	歌三首の前	△	×	×
	富士川	厳島御幸の旅程と願文	△	△	×
巻六	新院崩御	冒頭の文	○	○	○
☆巻十	内裏女房	歌の贈答	○	○	△

（延‥延慶本、長‥長門本、盛‥源平盛衰記）
（○‥ほぼ一致、△‥類似、×‥共通部分なし）
（☆‥和歌に関する記事）

巻二「大納言死去」の成親の歌を例として掲げる。三条西家本では、

(10)（信俊が預かってきた成親の手紙を北の方は）あけて見給へは、ひんのかみを一むら、まきくせられたりけるを見給にそ、さてははやさまかへておはしける、かたみこそなか〳〵うけれとて

と記される部分、都立図本では傍線部分が異なり、更に歌が記される。

あけて見給へは、鬠の髪を一ふさふみの中にかいまいて上られたり、おくに一首の歌をそかゝれたる、

行あはん事もなけれはくろかみをかたみとてやる見てもなくさめ

かたみこそ中〳〵うけれとて

延慶本、長門本には成親が配所で手紙を信俊に預ける場面で、手紙の最後にこの歌を書き留めたと記される。延慶本が「行ヤラム……信物ニソヤル……」と少し異なるのに対し、長門本の方が共通性が高い。巻十「内裏女房」では長門本との共通性がより高い。しかし、長門本と一致する例ばかりではない。例えば、巻四「大衆揃」では盛衰記が最も近い。以仁王が愛蔵の笛を奉納する場面である。三条西家本では、

⑾（以仁王は）なく〳〵こんたうのみろくにたてまつらせ給たり、りうくゐのあか月、ちくの御ためかとおほえてあはれなり

とある部分、都立図本では、

（以仁王は）泣々金堂の彌勒の御前に参らせ給て万秋楽の破を暫あそはして南無当来導師慈尊の出世必三会の暁を伴給へとて仏殿にさしをき給けり、龍花の暁、値遇の御為かと覚えてあはれなり

となる。読み本系三本では、

○御かた見とてしうしんふかくおほしめされたりしかとも、龍花の値遇のためとやおほしめしけむ、終夜万秋楽をあそはされて後、此ふえをはみろくに奉らせ給へり。（長門本）

○金堂ニ御入堂アリ。……当来ニハ必助給ヘトテ金堂ニ御座ス生身彌勒菩薩ニ手向奉テ（延慶本）

○廿五日ニ園城寺ヲ出サセ給テ南都ヲ憑テ落サセ給ケルガ、先金堂ニ御入堂アリテ、蟬折ト云御秘蔵ノ御笛ヲ以テ

万秋楽ノ秘曲ヲアソバシテ、御廻向アリ。「南無大慈大悲当来導師彌勒慈尊、戒善ノ余薫拙クシテ今生コソ空クトモ、龍笛ノ結縁ヲ以テ後生助給ヘ」トテ、泣々仏前ニ差置セ給ケルコソ哀ナレ。（盛衰記）

とある。盛衰記もすべて一致するというわけではないが、簡略な延慶本、長門本よりも共通する表現が多い。現存の読み本系では一本を以て説明し尽くすことはできない。

これらの増補をひとしなみに扱う必要はないとも考えられよう。例えば、複数の本文を見ていた、或いは何次かに亙る増補だというように。が、現在では失われた何らかの読み本系をサブテキストとして推測する可能性も許されよう。現存本からの確定はできないが、読み本系からの記事単位での大幅な増補は指摘できよう。

五、和歌への関心――増補された記事・表現㈢――

前節で指摘した読み本系からの流入を見ていると、一つの特徴を窺うことができる。それは、和歌に関する記事（前掲表の☆印該当箇所）の多さである。和歌については他にも独自の改編が見られる。次の例は、管見では現存諸本には見当たらない巻七「経正都落」における行慶と経正との贈答である。三条西家本では、

⑿いまはとてかへられけるか、

あはれなりおい木わかきも山さくらをくれさきたち花はのこらし

つねまさひつかへして、

たひころも夜な〳〵そてをかたしきておもへはわれはとをくゆくなり

とある。この贈答は諸本ほぼ同じなのだが、二首の歌にそれぞれ対応する表現がなく、贈答歌として形が整わない。(4)

都立図本では経正の返歌を、

はてはみな老木わか木ものこらしをまつちる花やわか身なるらん

としている。これならば、「老木若木」「花」「のこらし」が対応関係にある。贈答歌としては整わない本来の形に飽き足らず、書き直したのではなかろうか。

次には巻一「殿上闇討」を掲げる。殿上闇討事件の後、忠盛の風流人としての一面が和歌説話によって語られる。その次に都立図本では、

⒀其後忠盛久しくかきたえて、ある時とはぬはつらき物にやと音信たりけれは、

ならはねは人のとはぬもつらからすくやしきにこそ袖はぬれけれ

とよみたりけれは、いとゝあさからすおもはれける、此女房と申は熊野の別当の娘忠度の母なりという一節が加わる。これは『新古今和歌集』巻十五・恋五・一四〇〇の、

忠盛朝臣かれ〴〵になりてのち、いかゞ思ひけん、久しくをとづれぬ事をうらめしくやなどいひて侍ければ、

返事に、　　　　　　　　　　　前中納言教盛母

ならはねば人の問はぬもつらからでくやしきにこそ袖はぬれけれ

から採ったものと思われる。(5) この歌が挿入されている平家物語は管見によると、三類本のうち、加藤家本・学習院本・太山寺本である。三類本諸本との間に何らかの影響関係が予想されるが、(6) ここでは都立図本が和歌に関する増補に特に熱心であることの一例として紹介しておく。

以上、和歌に関しての独自の改編、他本にはあまり見られない補入を指摘した。前節で指摘した読み本系からの和歌関係記事の増補、覚一系諸本周辺本文からも「祇王」では和歌を拾っていること等と併せて、都立図本は和歌、或

いは和歌の詠まれる場面への関心が非常に大きいことが見てとれる。都立図本の編者は基本の本文ではもの足りない和歌関係記事を読み本系等から大量に採り入れることを、改編の一つの目標としたと考えられる。

六、独自記事――増補された記事・表現(四)

本節では、都立図本の独自記事について考える。これには二種類の様相がある。一つには、他に類例の見られないものである。三条西家本に、

三日にわたるところを、たゞ三時に、あくる十七日のうのこくには、あわのかつうらにつき給ふ、夜のほの〴〵とあけゝるに、(F)みきはにあかはたさしあけたり　（巻十一「逆櫓」）

とある部分、(F)に都立図本は、

前の山一見えたり、あはや、山は見えたるはいつくなるらんととひ給へは、杉尾と申て、霊験殊勝にまします神明のたち給へると申は、黒革威の鎧一両船のへさきに懸奉る。こゝにも平家の方人とおほしくて

が挿入される。「杉尾」は徳島市勝占町中山の勝占神社の古名、杉尾明神を指すと思われる。(7)何らかの義経関係伝承を採り入れたかと思われるが未詳である。御教示を願う。

次には、既にある記事に増補・改編をしているものである。顕著な例は先にあげた「祇王」である。「祇王」が覚一系諸本周辺本文に拠って増補していることは既に述べたが、それでは補えない部分も多い。例えば祇王自身の言葉が随所に挿入され、その心情吐露の多さによって章段全体が肥大している。また、説話の最後の部分に、

この尼ともみねに上て花を摘、谷に下て水を結、念仏の功積て遅速こそありけれ、一生終焉の暮には異香その室

にみち、音楽のこゑ耳にきこえ、来迎引摂に預けりと、説経に用いられるような唱導的言辞を用いている。これらは大幅な潤色であるが、この改編は「祇王」そのものが既に平家物語からかなり自由に、独自に流布していたために可能だったのではなかろうか。

他にも巻五「物怪之沙汰」の雅頼青侍の夢における夢の内容、巻十一「腰越」における腰越状、先述した巻七「経正都落」における経正の返歌などがある。

腰越状は、八坂系一・二類本の諸本の方が他本よりもかなり独自である。都立図本は逆に『吾妻鏡』所収の腰越状に近く、『吾妻鏡』もしくは他の何らかの資料をもとに書き直しているのではないかと思われるが、一致する文面は管見に入っていない。腰越状は、『義経記』、或いは往来物などに盛んに採り入れられて流布していた。(8) 平家物語の外縁での腰越状の流布が平家物語の腰越状への関心を喚起し、更なる改編を志向させていったのではなかろうか。これは「祇王」の改編とも通底しよう。平家物語の内部構成上の要請よりも、当時の流布を契機とした改編と考えられる。

なお、腰越状以外にも義経に関する記述には増補が見られる。右の杉尾明神記事の他にも、義経の風貌について巻十一「壇浦合戦」に独自記事がある。合戦の前に知盛始め皆が口々に兵士に向かって語りかける場面で、悪七兵衛は、

九郎は色白き男の、勢ちいさかんなり、向歯の二さしあらはれて、ことにしるかんなるそ、身をやつしてわさと色ある鎧なんとは着さんなるそ、朝きたる鎧はひるはきかへ、よはにきたる鎧は朝は着す、郎等共のやうに候なるそ、其者、心こそたけく候とも、其小男、なにの事かあるへき、引組て海にしつめよ

と言う。傍線部分が都立図本独自の部分である。延慶本に類似の表現があるが、敢えて読み本系を典拠とする必要もないかもしれない。

以上の諸点には詳細な検討が必要であろうが、平家物語自体の構成上の必然性というよりも、その時代に流布して

いた祇王伝承、義経伝承などが部分的な改編を促したと考えられる。しかし、あくまでも平家物語の枠内で処理される程度のものである。物語の方向を逸脱させていくほどのものではない。

また、巻五の雅頼青侍の夢は、八坂系には摂家将軍出現の予言がないことに特徴があるのだが、都立図本は摂家将軍とその後の宮将軍の出現までを予言する。他の平家物語が嘉禄二年（一二二六）の摂家将軍の出現を見通して書かれていることに触発され、独自に更に建長四年（一二五二）の宮将軍出現までを俎上に乗せた改編と考えられる。他にも追立の官人が住吉の大明神と名乗って厳島明神の首をつく等の特異な記述が多い。

この夢による予言や巻五「富士川」の厳島御願文等は、八坂系に欠けている故に、逆に八坂系の特徴として指摘されてきたものである。それらに改編・増補の筆が及んでいることにも注目される。異種の平家物語の内容を熟知した者がより完成された平家物語を目指して改編・増補をしていったのであろう。

しかしながら、八坂系としての特徴が都立図本からは失われたと言える。一体、基本的な本文形態に八坂系が用いられていれば八坂系なのか、それとも記事構成から八坂系の意義づけを行なうのか。分類の尺度と意味が問い直されよう。

七、巻十二の問題

最後に、巻十二について述べておきたい。先に巻九と巻十二の筆跡が他と異なることを指摘したが、加えて巻十一までが十一行であるのに対し、巻十二のみ十行である。更に巻十二には灌頂巻があり、本文系統が他巻と異なる。この巻十二の特異性は都立図本の成立を推測させ、また、平家物語の本文系統分類にも疑問を投げかける。

まず、本文形態を紹介する。本文は「平大納言流罪」の途中までは一方系の一本である下村本だが、以降は流布本系統に代わる。その転換は十五丁表から裏への変わり目にあろう。(9) 表と裏の境界の前後数行は本文上それほど目立った相違はなく、截然と分けるのは難しい。しかし、十五丁表までは用字法、漢字の使用に関しても下村本と類同であり（行数も一致）、十五丁裏からは平仮名が多くなる。そこで、十五丁裏から流布本に代わったと考えられる。なお、巻九では冒頭から「河原合戦」の途中、十丁裏までは流布本系統が用いられている。(10)

巻九の始めの十丁分と巻十二の十五丁裏以降が破損等の何らかの理由で使えなかったのでその分を流布本で補い、この二巻だけを後に書き直したと考えられる。巻十二では流布本に移ってからも下村本の十行本の体裁を貫いたことになる。これは本文に複数の系統が混在した一例であり、(11) 巻十二及び巻九の書写は流布本の出版以後に引き下げられる。が、十五丁までの用字法、行数等から見て、本来は巻十二に下村本を殆どそのまま用いていたと推測される。この点を基本として以下の論を進めていく。

巻毎に異なる本文系統のものをとりあわせた例は数多くある。例えば、加藤家本は三系統をとりあわせているが、後半では巻十一が八坂系一類本で、巻九・十・十二が覚一本系統である。(12) 高橋貞一氏は「此等の覚一本系統本の混入は相当古く行はれたと認められ」ると指摘する。(13) ただ、加藤家本は巻十一が「大臣殿被斬」で終わり、巻十二は「大地震」から始まるために、重衡処刑の記事は欠落している。逆に女院出家記事は巻十一と灌頂巻に重複している。これらから判断すると、加藤家本のとりあわせは内容と関わるものではない。しかし、都立図本は巻十二に下村本を用いたことが、巻十一の構成に影響を与えている。

なお、巻十一と巻十二の切れ目から水原一氏は左の如く諸本を分類した。(14)

(1)巻十二が宗盛処刑から始まるもの　……屋代本・百二十句本・鎌倉本

(2)巻十二が重衡処刑から始まるもの　……八坂系一類本・二類本・下村本・流布本他
(3)巻十二が大地震から始まるもの　……覚一本・延慶本・四部合戦状本

更にこれを都立図本への関心に沿って項目別に細分化し、左表に示す。

	三		都		下	覚	屋
①女院出家	○		×	⇧	×	×	○
②重衡北方紹介	○		×	⇧	×	×	○
③頼朝義経不和	○	⇩	○		△	○	○
④副将被斬	○	⇩	○		△	○	○
⑤宗盛父子関東下向～被斬	○	⇩	○		△	○	●
⑥重衡北方対面Ａ（②が含まれない）							●
Ｂ（②が含まれる）	●		▲	⇧	▲	○	
⑦重衡被斬	●		▲	⇧	▲	○	●
⑧大地震	●		▲	⇧	▲	●	●

三…三条西家本　都…都立図本　下…下村本　覚…覚一本　屋…屋代本
○△は巻十一　●▲は巻十二　△▲は下村本であることを示す。

都立図本ととりあわせる本として、例えば覚一本を選ぶと、覚一本の巻十二は⑧から始まる。すると、加藤家本の場合と同様、重衡関係の⑥⑦は欠落することになる。しかし、同じ一方系でも、覚一本ではなく下村本を選ぶと、巻十一の終結と巻十二の開始が断絶も重複もなく都立図本と連続することとなる。都立図本が巻十二に下村本を使用した経緯は不明だが、下村本の使用は結果としては必然的な選択であった。

次に、三条西家本は、女院出家の記事（①）を巻十一に置くが、続く重衡北方の紹介（②）は巻十二でも記され（⑥B）、重複する。都立図本巻十一には①がなく、次に続く②も欠落している。都立図本は、基本的に増補していくことはあっても省略していく例は少ない。その点でこれは例外的といえる。欠落というよりも削除されたと考えられる。下村本は一方系であるから、当然灌頂巻に女院記事を含み、北方の紹介は巻十二⑥に置かれている。すると、都立図本は下村本の内容を吟味し、修整――重複記事（①②）の削除――を加えてとりあわせられたのではなかろうか。しかも削除するに際し、とりあわされた巻十二ではなく、本来のテキストである巻十一から削っているのである。これは下村本の巻十二の構成をより重視しているからであろう。

従来、語り本系に分類された本は、灌頂巻の有無によって一方系か八坂系かと分類されてきた。都立図本が巻十二に灌頂巻をもつことからすると、一方系に分類されることになる。とは言うものの、巻十二はとりあわせであり、巻十一までの本文は八坂系である。一体、意図的連続性を以て一方系をとりあわせたこの本は一方系なのか、八坂系なのか。

この都立図本の構造は、灌頂巻を一方系と八坂系とに分岐させる大きな目安として考えてきたことに疑問を投げ掛ける。灌頂巻の有無は単に形態的な相違を示すものではない。それがもたらす文芸的効果の相違に重要な問題がある。しかし、灌頂巻を解体する方法をとらずに、逆に灌頂巻に収斂させていった都立図本のあり方は、灌頂巻を特立しない形態が八坂系本文にとって独自性を積極的に主張する程のものとはなり得ていないことを示すのではないか。換言すると、平家物語の終結にあたって灌頂巻の重要性が認識されていた事態の存在を示すと言えよう。

類似の形態に八坂系五類本に分類された城一本がある。[15] 城一本は八坂系、一方系その他の本文を切り継ぎ、巻十二の中途に灌頂巻を立てている。城一本はその刊記から寛永五年の成立と知られるが、都立図本の存在は城一本の他にも八坂系本文を主としながら灌頂巻を視野に入れた平家物語が作られていたことを示唆する。

以上、都立図本の巻十二のあり方には、後世の我々が一般的に行なう一方系と八坂系の二大分立の形態的基本条件を無化させる指向のあることを提示し得たかと思う。前節でも提起した「八坂系」の定義への再検討の必要性を繰り返すこととなる。

なお、巻十二に下村本を用いていること、それが巻十一にまで影響を及ぼしていることから、都立図本の成立は下村本の版行以降であることがわかり[16]、第一節で紹介した室町末との鑑定とほぼ一致する。が、巻十一までと巻十二とは本文の形態があまりに異なる。従って、巻十一までの本文形成と巻十二のとりあわせは同時に成されたものではない可能性も考えられる。巻十一までの本文の成立は更に時代を溯る可能性が高い[17]。

おわりに

以上、都立図本の本文の分析を通して、浮かびあがってくる問題点を提示してきた。

メインテキスト（八坂系一類本）に拠りつつ、そこにサブテキスト（覚一系諸本周辺本文）を用いて小さな増補・改訂を行ない、読み本系他から和歌に関する記事等を増補する。更に一方系本文から灌頂巻の構想を襲う。このようにして新しい平家物語が作り上げられていく。

これが段階的な編集なのか、或いはいちどきに行われた作業なのかは判然としない。が、ここには厳密なる書写・校合という形での作品継承はない。都立図本の編者である平家物語の読者にとって、平家物語とは常に個別的な読み、関心が新たにかきたてられ続けていく本であったのである。尤も、個別的な読みといっても、独自のものではない。当時の好尚の反映と思われる部分もある。しかし、それは部分的なものである。既存の平家物語やそれによって得られている平家物語の構想から逸脱してはいない。異種の平家物語の存在に気付き、しかも、複数の平家物語を同時に見ることができる立場にあり、それらをよく読み込んでいた読者、享受者が、自分の一定の関心に沿った作品を作る方向で複数の本文をつぎあわせることによって、新たな平家物語を紡ぎ出していくのである。

新しい平家物語を作るに際しても規範となるのは平家物語の諸本であった。複数の平家物語の存在が新たに本文を流動させていくのである。

このような本文形成のあり方は必ずしも都立図本に特異な現象ではない。また、室町期に特有の現象と言い切ることもできまい。読み本系と語り本系、一方系と八坂系等の分類が逆に二項対立的な思考を強いてきたのかもしれない。分類することによって、諸本論、生成論は大きく前進してきた。が、更に諸本流動のエネルギーを明らかにするためには、諸本分類への新たな尺度と意義づけへの視野も必要なのではなかろうか。

注

（1）『平家物語研究序説』（明治書院　昭和47）第一部第二章第四節、『平家物語の生成』（明治書院　昭和59）二―3。なお、以下氏の論で特に注を付さない場合は、『序説』三二八頁以降の引用である。

（2）第二章で詳述する。

（3）第二部第一篇第二章参照。

（4）中村文氏「平家物語と和歌――平家都落の諸段をめぐって――」（『平家物語　受容と変容　あなたが読む平家物語4』有精堂　平成5）

（5）『続詞花和歌集』巻十三・恋下・六五六にも「忠盛朝臣あながちにいはせければ、心よわくなりにけるのち、かれがれになり侍りければいひつかはしける」という詞書で平教盛朝臣母が詠むが、『新古今和歌集』の詞書の方が都立図本の文言に近い。

（6）なお、山下氏は八坂系三類本を「百二十句本系本文と八坂流第一類本文との混成本文」とした。しかし、氏が「複数の第三類本」と言うように、どの三類本もそれぞれに異なり、都立図本と合致する本はない。三類本との関係は次章でも触れるが、都立図本の読み本系その他からの増補は三類本の範疇からも逸脱する。都立図本は従来の分類では処理しきれない。

（7）会田実氏の御教示に拠る。

（8）佐伯真一氏「〈注釈編〉腰越」（『幸若舞曲研究　五』三弥井書店　昭和62）に詳しい。

（9）巻十二は巻十一と合冊なので、本来は丁数を巻十一から数えるべきだが、本来各巻仕立てであったと考えられるので、巻十二の墨付から数える。

（10）流布本の中でも版本の種類によって本文が少しずつ異なる（第三部第一章）。しかし、都立図本の流布本の種類については未調査である。〔付記〕参照。

（11）同様な現象は川瀬本巻九にもある。冒頭から六丁あたりまでは覚一本もしくは百二十句本で、以降は一類本である（前掲注（1）『平家物語研究序説』三七一頁）。

（12）前掲注（1）『平家物語研究序説』三五九頁

（13）『平家物語諸本の研究』（冨山房　昭和18）一二四頁

（14）『『平家物語』巻十二の諸問題――「断絶平家」その他をめぐって――」（『中世古文学像の探求』新典社　平成7　初出は昭和58・2）

（15）最近の城一本の研究については、池田敬子氏「城一本平家物語の本文形成について」（『室町藝文論攷』三弥井書店　平成3）、千明守氏「國學院大學蔵『城一本平家物語』の紹介」（「國學院大學図書館紀要」7　平成7・3）等がある。

（16）高橋貞一氏は、注（13）著書四八頁で、下村本を「慶長中刊」としている。

（17）当篇第三章注（11）参照。

〔引用したテキスト〕

『新古今和歌集』（新日本古典文学大系）、『続詞花和歌集』（新編国歌大観）

〔付記〕

第三部第一章記載の表Ⅶにより、流布本の調査を試みたところ、

都立図本	元和	寛永	明暦二	寛文十二	延宝五
無下におさなきをは水に入	○	○	○	○	×
出しまいらせ給へ	×	×	○	○	○
いたふなけかせ給ひ候そ	×	○	○	○	○
さすかきのふけふとは思もよらす	○	○	○	○	×

となり、この限りでは、明暦二年版本若しくは寛文十二年版本を用いた可能性が考えられるが、調査項目が微細な記述であり、誤写の可能性も十分に考えられる。流布本の決定は後日を期すこととする。

第二章　東京都立中央図書館蔵平家物語本文の混態性

はじめに

前章では東京都立中央図書館蔵平家物語（以下、都立図本と略す）の本文が、巻十一までが八坂系で、巻十二に一方系の下村本を取り込み、灌頂巻を置いていること、巻十一までも〈純粋〉な八坂系一類本ではなく、八坂系一類本をメインテキストとし、覚一系諸本周辺本文をサブテキストとして細かな表現レヴェルの改編を行ない、時に記事単位に読み本系平家物語他によって増補を行なっていることを紹介し、併せてこのような本文形態が投げかける問題点に言及した。

本章では、前章に引き続き、都立図本本文の巻一から巻十一までの混態性について更に詳しい考察を行ない、平家物語における本文改編と八坂系諸本の従来の〈分類〉に対する再考をはかりたい。

一、基本本文について

山下宏明氏は八坂系諸本を五類に分類し、そのうち都立図本が拠っている本文の一類本については更にABCの三種に分類した(1)。氏はB本がA本に比べてより表現として整い、物語化していることを指摘し(2)、また、「C本はA・B両本の中間的な性格を有し、A本によって推測される古本から、修辞的に、又物語としても洗練されたB本へ展開して行く、その過渡的な性格を示している」[3]とする。しかし、現存C本はそれぞれに部分的な新しさ、崩れなども見えることから、B本と現C本との上位に「古C本」を想定した。

都立図本の基本本文はおおよそB種に近いので、前章では本文校合にB種のうちで古態を残す三条西家本を用いた。三条西家本を用いた理由は、もう一つある。それは一類本の中でB種のみが全巻揃っており、一貫して考察ができるという点である。しかし、都立図本は三条西家本そのものに拠っているわけではない。三条西家本を溯った本文を用いていると推測される。しかも、C種本と重なる場合が多い。本節では、基本本文の位置づけを試み、その際の〈分類〉上の問題点を考えていく。

(一)

まず、山下氏によってC種本と分類されている伝本を巻毎に掲げる。（〔付記〕参照）

巻一	なし
巻二	加藤家本・天理本・松雲本
巻三	天理本・松雲本
巻四	なし
巻五	加藤家本
巻六	加藤家本・天理本
巻七	加藤家本・天理本・小野本

巻八　　　天理本
巻九　　　天理本・　　小野本
巻十　　　天理本・　　小野本
巻十一　加藤家本・天理本・　　小野本
巻十二　　天理本・　　小野本・南都本・相模本

右に明らかなように、C種本には全巻揃ったものはない。また、C種本の中でも本によって振幅が大きく、各々独自の性格を有する。例えば、本文的にもそれぞれが崩れを見せているし、構成上でもそれぞれ部分的に独自記事を載せたり、省略、異同等があったりする。

しかし、本文自体の相対的な古さと書写段階で起こる脱落・誤字などとは混同して考えるべきではないし、構想レヴェルでの記事単位の異同も本文レヴェルでの問題とは切り離して考える必要がある。つまり、山下氏が現存C種から「古C本」を想定したように、書写が杜撰なために脱落が多く見受けられたり、また、本文書写段階ではなく各本の編集の次元で別の記事を増補したり移動したりしたために特異な様相を示すが、本文自体は古いこともある。従って、都立図本とC種本との校合はあくまでも本文レヴェルの異同に限定して行なうこととする。

都立図本の基本本文は基本的にはC種本の諸本よりもB種本に接近している。次にB種本とC種本とが異なる本文を持つ部分で、都立図本と三条西家本（B種本）とが一致する二例を掲げる。（以下、章段名は覚一本に準じる）

日本はむかし三十三かこくにてありしを、てんちてんわうの御時に、六十よしうにわかれたり、されはあつまにきこゆる、てはあふしうも、むかしは①一こくなりけるを、もんむてんわうの御う、慶雲のころ十二くんをさきわけて、てはのくにとはなつけられたり……（みちのくの……）とよめるうたの心をもて、たうこくのうちとはしろしめして候か、それはいまたこの②ては、むつ、りやうこくか、むかし一こくになりし時よめるうた也、されはてはのくにゝもや候らんと申せは
（巻二　阿古屋之松）

これは三条西家本からの引用で、実方中将が歌枕のあこやの松を捜しあぐねた時の故事である。時代の設定は、史実としては間違っているが都立図本もA種本（文禄本）も三条西家本と同じである。しかしながら、C種本（松雲本は未見）は二本とも①を「六十六郡にてありしをもんむてんわう大ほうねんちうに」とし、②を「国の六十六郡にてありし時よめる歌なり」とする。二類本もC種本と同じである。都立図本がC種本と接近するといっても、B種本との接近の度合いは高い。

また、巻十一「剣」では、三条西家本、都立図本は霊剣三本のうちの一本を「草薙剣」としてその由来を述べるが、A種（東寺執行本）、C種（加藤家本・小野本）は「天村雲剣」としてその由来を述べる。内容にも小異がある。但し、同じC種本の中、天理本はB種本と同じく草薙剣の話を載せ、二類本には「剣」はない。

以上のように、都立図本の基本本文は全体的にはB種本に近い。

次に、本文上の特質を細かく見ていくために、巻七から数例掲げる。

(1)平家一門が山門に連署を送る場面で、三条西家本は、

たうけも又山もんにをきて、あたをむすはねはとて、日よしのやしろに、くわんしよを（※）かきてそをくられける

とするが、都立図本は※部分に「こめたてまつりて三千衆徒をかたらはんとて一意同心の願書を」と入る。覚一本、屋代本、百二十句本等、また八坂系のうち一類本A種（文禄本）、C種、二類本等も皆都立図本に等しい。三条西家本（B種本）が「願書」という言葉にひかれて目移りをして脱落を犯したのであり、都立図本が正しい形と考えられる。

(2)維盛の都落に際し、留め置かれる北方の嘆きに対し、三条西家本は「三みの中将も、せんかたなくはおもはれけれ」とする。その次に都立図本は、「中将宣けるは、誠に人は十三、維盛十五より互に見そめ奉て已十二年也」と記す。これは(1)同様に他の殆どの諸本にある。しかし、(1)が一類本A、C種にもあったのに対し、(2)は二類本にはあるが、一類本のA、C種にはない。(1)同様に単純にB種の脱落と判断することには慎重を要する。都立図本が他系統の本によって増補した可能性もあろう。

(3)忠度の都落で三条西家本は、

たたのりのその日のしやうそくには、こんちのにしきのひたゝれに、こくそくはかりをし給たりけるか、(※)事のてい、なにとなく、物あはれなりけり

とするが、都立図本は※部分に、「なを小具足をもとりて人にもたせられたり」と入る。これは覚一本を始めとする諸本群、延慶本にもないが、一類本A、C種、二類本にはある。

(4)福原落で、三条西家本が、

その日は平家、ふくはらにこそつき給（へ※）おほいとの、しかるへきさふらいとも

とするが、（　）内に都立図本は「ひける、平家福原の旧都におちつき給て」とする。これも他系諸本にはないが一類本A種、一類本C種のうち加藤家本、二類本にはある。但し、C種の中でも天理本や小野本にはない。

(1)はC種本のみならず他本と一致することからB種本の脱落であり、都立図本は脱落以前の形を残していると考えられる。(2)は、他の一類本にはないことから、次節で扱う覚一系諸本周辺本文による補入の可能性が高い。(3)は明らかにC種本に近い。(4)はB種本の脱落の可能性もあるが、C種本との近さが窺える。(1)(3)(4)の都立図本は一類本の本来の形を残していると考えられよう。

以上より、都立図本とC種本とが接近する場合は、B種本が脱落・省略した部分に関して、一類本の古い形を想定し得る場合と考えられる。それでは次の例は如何であろう。

(5)巻八で征夷大将軍院宣を、三浦介義澄が拝受することになる場面である。三条西家本はその理由を、

　かれらかち丶よしあきらはきみの御ためにもいのちをすてたるもの丶こなりけり、されはかのよしあきらかくわうせんのめいあんをてらさんかためとそおほえたる

とするが、文意をとりにくい。都立図本は、

　彼かち丶義明黄泉の溟暗をてらさんかためとそおほえたる

と簡略である。文意は通じるが、なぜ義明の菩提を弔うことになるのか不明であり、やや唐突である。ちなみに屋代本は、

　父義明ハ君ノ御為ニ捨レ命タル者ナレハ、依レ之彼義明カ黄泉ノ冥暗ヲ照サンカ為トソ覚タル

（覚一本、延慶本もほぼ同じ）

と、三条西家本よりも整理されていて文意が通じやすい。これらが本来の形で、都立図本が「義明」によって目移りによる脱落を起こしたのかとも考えられる。しかし、二類本は都立図本と同じである。また、一類本A種（文禄本・東寺執行本）やC種（天理本）は、

　彼か父義明か（無双の忠節を感して）黄泉の冥暗を照らさんかため

と、　　を（　　）の如くに簡略に記している。これらを見ると、必ずしも都立図本の目移りによる脱落とは言い切れない。三条西家本の混乱を来した表現（或いは、本来の屋代本、覚一本的な表現）を都立図本は省略し、一方A、C種は簡略に文意を通じさせたとも考えられる。尤も、たとえ都立図本の脱落だとしても、二類本と同じだということから

は、都立図本独自のものではないことは推測できる。

以上、都立図本の基本本文はC種本に比べると、遙かにB種本に近い。一方現存C種本と重なる場合もあるが、全く一致するわけでもない。また、B種本をある程度溯ることはできても、すべてにおいてB種本に先行するわけではない。

(二)

前節(1)(3)(4)の如き、また、より微妙な表現のレヴェルで、C種本との共通性が頻繁に窺えるのが巻七・九・十・十一である。但し、現存諸伝本の中で都立図本が均質にどれかと接近するというわけではない。次に巻毎の特徴と相違を見ることから、一類本の下位分類の問題を考えていく。

巻一・四はC種本がなく、比較ができない。しかしながら巻四は他巻と同様にA種本と共通したり、本来の形かと思われる表現が散見されるところから、C種本と判定される。巻一は第三節で考える。

巻二・三は都立図本とC種本との接近が頻繁に見られるが、巻七・九・十・十一程ではない。

巻五のC種本は加藤家本しかない。加藤家本は比較的「A本色が濃い(4)」とされる。確かに、三条西家本、つまりB種本に近い都立図本と一致する部分は多くない。

巻六では天理本はB種（三条西家本）に近く、加藤家本はA種（文禄本）に近い。都立図本が三条西家本と異なる細かな表現のうち、C種本と重なることもある。しかし、都立図本が三条西家本と一致している部分がC種本とでは異なっている場合も多い。

巻八のC種本は天理本のみである。天理本と三条西家本とは共通性が高く、都立図本も三条西家本とそれほど異同はない。が、部分的に天理本と一致する。

巻九は少し特異な様相を示す。巻九は前章で述べたように巻十二と同筆で他巻と異なり、近世の書写である。また、冒頭から「河原合戦」の途中、十丁裏までは流布本系統が用いられている。十一丁表から八坂系一類本を用いているので考察はそこから始まるが、他巻と異なる様相が見られ、他巻と同一線上に置いてよいものか疑問が残る。本文としては一類本C種が近い。が、明らかに脱文と思われる箇所が他巻に比べて多く、書写の杜撰さも窺われる。

以上、基本本文について、現存C種本との共通性を見てきた。巻毎にその共通性の度合いが異なるが、これを都立図本の性格にのみ帰することはできない。現存C種本に幅があることにもよる。

山下氏の〈分類〉は本文校合の結果、その形態上の相違によってなされたものである。各種本そのものの定義がなされたわけではない。A、B種に比べた時のC種本の多様さを見ると、C種本は〈一類本としてある程度共通の本文形態を持ち、A種本でもB種本でもない多様な諸伝本のグループ〉と捉え直し得る。この限りでは、都立図本の基本本文はC種本と分類できる。

ところで、一類本の下位分類に関して、B、C種がそれぞれ新しい部分、古い部分を兼備しているということ自体、諸問題を含んでいる。B種本は全巻揃っているために、また、B種本の一本が中院本という古活字版として板行されていることもあってか、代表的な本文と見なされているが、本文上からすれば、C種本の多様さの渦の一点に収まるとも考えられないだろうか。というのは、都立図本において巻七・九・十・十一がC種本と重なる場合が多いという事実は、B種本の方がそれらの巻で改編を多く加えており、そのためにB・C種間に距離が出来たという可能性を語っているのではないかと考えるからである。一方で、A種本も古態性を言うには更なる検証が必要であろう。(5)

一類本という大きな枠の中で括られる程度に本文の共通性はあるものの、本文形態としては各本それぞれに新しさ、古さを備え、時には改編も交えている。極言すれば、本文の性質としてはそれぞれの伝本が一種を形成しているといえよう。或いはそれぞれが微妙に異なるが故に一まとまりとされるともいえよう。一類本の諸伝本の本文は、かなり流動的であることにその特性と問題を見ることができる。

二、サブテキストについて

しかし、都立図本の基本本文を細かく追求しても、本文の解明の一段階にすぎない。都立図本には独特な語句レヴェルでの増補・改訂が頻繁に見られるからである。前章でも指摘していることだが、本節では、覚一系諸本周辺本文による改訂からいくつか摘記しつつ、巻一を除いた各巻の改訂の特徴を考えていきたい。

巻二は、成親捕縛前後に特に大幅に手を加えている。紙幅の都合上、一例のみを掲げることにする。

清盛が謀叛計画を院に確認する場面で、三条西家本は、

大せんのたいふたつねいたして、このよし申入ければ、①のふなりいろをうしなひて、このよしそうし申ければ、ほうわうおほきにあきれさせ給て、あはやこれらか日ころはかりし事の、はやもれきこえぬるにこそ、たかもらしけんとおほしめすよりあさまし

とする。この部分、都立図本は、

大膳大夫尋出て此よしを申入ければ、法皇ははや御心えありて、あはやこれらか内々議し事の、もれけるよと思食よりあさまし

となる。①は都立図本が「申ければ」で目移りした故の脱落と思われるが、傍線部分が微妙に異なる。この部分、屋

代本・鎌倉本・平松家本・百二十句本では、

大膳大夫呼出テ此由ヲ申セハ、信業色ヲ失テ御前ヘ参リ此様ヲ奏シケレハ法王ハ早御心得アテ、哀此等カ内々ハカリシ事共ノ漏ケルヨト思召レケレハ

と、都立図本とほぼ共通する。覚一本は「早御心得アテ」がない。

巻三の改編は、主に俊寛の記事に集中する。しかも、延慶本にしか見いだせない表現も見られるが、左には鬼界島に下った有王が都に残された家族の消息を俊寛に伝える場面を掲げる。三条西家本は、

（若君、姫君を）くらまにしのはせおはしまして候しかは、つねにまいり候しに、わかきみは、いかにありわうよ、ちゝの

とするが、都立図本は、

鞍馬にしのはせおはしまして候しかは、つねに参候しに、いつまても御歎はおろかなる御事はわたらせ給候はさりしかとも、わか君はあまりにこひまいらせさせ給て、参候たひことに、我ちゝの

と、傍線部分が加わる。この部分は覚一本・屋代本・鎌倉本・百二十句本共に都立図本と共通する。

巻四に関しては、読み本系を用いた補入が三ヵ所指摘できる（前章第四節参照）が、語り本系を用いた改訂はわずかであり、次に掲げる例の他は一、二を数えるぐらいである。左は木の下を得た宗盛が馬に「仲綱」と金焼をして嘲弄したことに頼政父子が立腹する場面である。三条西家本は、

いのちいきてもなにゝかはせん、ひんきをうかゝう身にてこそあらめとその給ける、（※）このいきとをりによて、みやをもすゝめたてまつりたりとそきこえし

と、木下事件の辱めが憤りとなって頼政が謀叛を起こしたと記してこの事件を結ぶ。この部分、都立図本では※部分

に「されとも私にはいかにも叶ましかりし間」と挿入される。都立図本は「長生きしても無意味であろう。よって機会を狙おうと頼政は言った。しかしながら、私兵を挙げることはできないので、この憤りによって宮を唆した」となろうが、傍線部分の文意が不明瞭である。これは、覚一本・鎌倉本・百二十句本等の、

ひんきをうかゝふ身にてこそあらめとてありしほとに、さすかにわたくしにはえおもひたゝすして、みやをすゝめまいらせたりけるとかや　（平仮名百二十句本による）

という本文から、傍線部分を三条西家本の本文に接続する際に不手際をおこしたと考えられる。

巻五も、巻四同様に細かな表現レヴェルにおける増補改訂は僅かである。一方で読み本系を用いた改編が一ヵ所（前章参照）、依拠本文の確定しない改編が一ヵ所見られる。そのうち、依拠本文の確定しない雅頼青侍の夢の改編の背後には覚一系諸本周辺本文の存在が窺える。

都立図本では青侍の夢の部分がどの本とも大きく異なる。特に節刀を神々が所望する部分が甚だしく異なる。三条西家本は「よりともにたふへし」とするだけだが、都立図本は「源氏三代の後我子に」と次席の神が望み、別の老神が「そののちは禁中に」とする。屋代本・八坂系諸本は、摂家将軍の出現までを視野に入れた表現がないことに特徴があるのだが、都立図本はそれを補うばかりか、宮将軍の出現までを視野に入れている。このような平家物語は他に例を見ない。他にも登場する神々の数の多さも特異である。

ところで、夢解については、三条西家本ではすべての解釈を成頼の言に待たなければならないが、都立図本では成頼の言以前に、夢中で既に神々の正体が明かされている。同じ構成を採るのは覚一本・平仮名百二十句本である。また、雅頼邸に捜索に行く使者が都立図本では「盛澄」となっている。三条西家本には名前は特に記されていない。盛澄が使者となっているのは屋代本・百二十句本である。

以上、宮将軍の記述等は独自としか言えないが、夢中で神の正体を明かす構成は覚一本・平仮名百二十句本に、使者盛澄の名は屋代本・百二十句本に一致する。雅頼青侍の夢には、独自の改編がなされた段階、或いはそれ以前に、覚一系諸本周辺本文による改訂がなされていたと考えられる。

巻六においては、読み本系からの影響の窺える部分が一ヵ所あるが、その他の部分では巻四・五よりは頻繁に覚一系諸本周辺本文からの影響による入れ替え、挿入などが見られる。

第一に、小督説話の終結部分の記事配列が都立図本は三条西家本と異なる。三条西家本は、①小督の存在が清盛に知られ、尼にされて放逐される　②清盛は厳島内侍の娘を法皇の後宮に入れる　③法皇の嘆きと読経の毎日　と進行する。一方、都立図本は①③②と進行する。この部分の順序を①②③とするのは八坂系一類本B種だけである。一類本A種（文禄本）、C種（天理本）、二類本は①がなく、③②の順である。屋代本・片仮名百二十句本・平松家本では小督説話は巻三にあり、巻六には③②のみが記される。一方系その他の本は①③②を基本とする。なお、③には八坂系諸本と他系とでは内容に小異があり、都立図本は三条西家本と同文である。

これらのあり方はそれぞれの選択した小督説話終結の方法と考えられるが[6]、①②③よりは、①③②の流れの方が文脈上は自然である。都立図本はB種が配列を替える以前の本来の形を残しているとも、他本を参考にして順序を入れ替えたとも、両様に考えられる。

ところで、都立図本は③の最後に「天下の諒闇なりしかは、雲上の人々花の袂もやつれにけり」という一文が加えられている。これは覚一本・屋代本・鎌倉本・百二十句本にあり、挿入されたものと考えられる。が、「雲上の人々」とあるところを覚一本・鎌倉本は「大宮人もおしなへて」とあり、屋代本・百二十句本が「雲ノ上人」とある。

なお、平仮名百二十句本・覚一本・鎌倉本では、①の次に、小督の失踪が原因で高倉院が死去した旨が記されるが、この部分は都立図本にはない。

第二に、慈心房説話冒頭部分であるが、三条西家本は、

ある夜のゆめに、みやうくわんきたりてつけ給はく

とあるが、都立図本は、

或夜の夢に、童子一人と浄衣きたる男の立文持たるか来て是を奉らんと申と思てうち驚て見れは、うつつにありけり、慈心房むねうちさはき、あけて見れは

と記す。これは前章でも言及したが、都立図本の文脈には矛盾がある。三条西家本は夢の中で口頭で地獄に招待されるのだが、都立図本は書状を以て招待されている。しかし、夢が覚めた時には三条西家本、都立図本共に「つけをかうむり」とあるのみである。これは屋代本・鎌倉本・平仮名百二十句本の、

浄衣着タル俗二人、童子三人、捧二一通之状ヲ一出来ル。尊恵此状ヲ取テ披キ見レハ

の如き本文を増補の際の依拠本文と推測し、接合の際の不手際を示すと考えることで解決する。

第三に、清盛が白河院の落胤であることを明かす祇園女御の話が終わり、清盛の異例の出世とその評判を記す部分で、三条西家本は、

十二にてしよしやくし給て、十八にて四ほんして、四ゐのひやうへのすけといはれ給しかは、時の人々、いつしかなると申あはれけるに、とはのゐんのおほせのありけるは、きよもりかくわしよくは、人にはをとるましき物をとそおほせられける

とするが、都立図本は、

十二のとし兵衛佐になり、十八にて四品したりしを花族の人こそかくは申あはれけれとも君はしろしめしたる

間、清盛か花族は人にはおとるましき物をとそ仰られける

とする。延慶本・覚一本・鎌倉本・百二十句本・屋代本などはほぼ同文で都立図本に近い。諸本みな院の「清盛の花族は人に劣らない」との言を記しているが、これはその前に人々が「花族の人こそかくは」とする陰口を受けた方が通じ易くなるものであり、三条西家本のように、ただその出世の異例の速さを「いつしかなる」と非難するだけでは院の弁解はわかりにくい。都立図本は三条西家本の言葉足らずの表現を他本によって訂正したと考えられる。

以上のように巻六では解決のつかない部分を含む。しかし、不手際な点も見られるものの、B種本の意を通じやすくするために改編の手が加えられたと言えよう。

巻七では覚一系諸本周辺本文との関係を推測させるものは一ヵ所である。北国合戦が終わった時に三条西家本が、

中にもかつさのかみたゝきよは、さいあいのちやくしたゝつなにをくれて、おほゐとのにいとま申、しゆつけとんせいしてけり。ひたのかみかけ①いゑも、かけたかをうたせて、これもしゆつけ入たうす、そのほか京中きんこくほつこくにも

とするが、都立図本は

（前略）飛驒守景高をうたせて、是も出家入道す、そのおもひのつもりにや、ほとなく二人なから死にける。そのほか京中にも近国、西国にも

とする。都立図本が「飛驒守景高を」とするのは①が脱落したためかと思われるが、都立図本の挿入部分は覚一本（高良本・寂光院本・高野本）・鎌倉本が、

上総督忠清、飛驒守景家はおとゝし入道相国薨せられける時ともに出家したりけるか、今度北国にて子共皆ほろひぬときいて其おもひのつもりにやつゐになけき死にそしににける

と記す部分に共通性を見いだせる。屋代本・百二十句本は景家の「思死」のみを記す。

巻八には殆ど異同がない。左の二例のみ覚一系諸本周辺本文との近似が窺える。

第一に、法住寺合戦に向かう義仲の言である。三条西家本が、

しなのゝくに、こいみあひたのたちをいてしよりこのかた、大少事かつせんにあふ事廿よかとなり

とするのに対し、都立図本は、

信濃国、余田庄藍田の館を出しより当国横田川を始として越中国には砥並山、黒坂、加賀の篠原、備前の福林寺縄手、備中の板倉川に至まで合戦にあふ事廿余度なり

とする。「余田藍田館」については今井氏が言及するところであるが、(7)後半部については、平松家本が最も近い。覚一本・鎌倉本は「当国横田川を始として」が欠け、屋代本・百二十句本は「備前の福林寺縄手、備中の板倉川に至まで」が欠けている。

第二は法住寺合戦も終わり、院方の刑部卿三位頼資を中間法師が見つけ、駆け寄る場面である。三条西家本が、

(中間法師は頼資に)こそてをもぬきてきせたてまつらて、うへなるころもをぬいてうちきせたてまつる、(※)ひやくゐなるほふしさきにたちてうつをころもうちきておはしける

とする場面、都立図本は※部分に「三位大の男の究て短き衣をうつほにうちかけておひもせす」が入る。「うつほ」に着るという表現が都立図本では重複する。都立図本の挿入部分は、覚一本・鎌倉本・平松家本の「さはなくて、衣をひぬいてなげかけたり。短き衣うつほにほうかふて、帯もせす」とする部分や、屋代本・百二十句本の「大ノ男ノ衣ヲウツヲニホウカフテ白衣ナル法師ヲ共ニ具テ御坐ケル」とする部分に共通性が見いだされる。

巻九については覚一系諸本周辺本文による改編も読み本系からの増補もないと考えられる。

巻十では読み本系からの増補と共に覚一系諸本周辺本文からの増補・改編が全体的に見られる。微小な例として、屋島にいる維盛の心中を述べる部分を掲げる。三条西家本は、

（維盛は北の方を連れていたら）いかはかり心くるしからましとそのたまひける、（※）ある時

とする部分、都立図本は※部分に「商人の便々おり〳〵はふみなとはかよはれけり」とする。これは覚一本・鎌倉本・平松家本にはないが、屋代本・百二十句本にはある。

大幅な増補の例としては「戒文」がある。法然の重衡に対する説法の後半部分は三条西家本が比較的簡略だが、都立図本では大幅な増補がある。これは、覚一本・鎌倉本・平仮名百二十句本・平松家本に等しい。

巻十一については、覚一系諸本周辺本文からの改編はそれほど多くはない。例えば、冒頭近く、三条西家本は、

はるのくさ《（ママ）》くれてはあきのかせおとろき、あきのかせやんては又はるのくさとなれり。をくりむかへて、三とせにもはやくなりにけり

とする部分に都立図本は続いて、

三年にもはやく成にけり、さるほとに、東国より又雲霞の勢責きたるときこえしかは、平家の人々男女さしつとひ又いかなる目をか見んすらんとてなくよりほかの事そなき

とある。これは屋代本が「然ルヲ又東国ノ兵共、攻来ト聞ヘシカハ、男女ノ公達指ツトヒ、只泣ヨリ外ノ事ソナキ」とあるのと一部分共通する。

以上、覚一系諸本周辺本文による増補・改訂についてみると、巻四・七・八・九のように殆どその形跡の窺えない巻もある一方で、巻二・三・十のように多くの手が加えられている巻もある。また、その中でも頻度、特徴が異なる。巻二・三には特定の記事群が集中的に改訂されており、部分的にではあるが、新しい本文を生み出そうといった大胆

な改編の試みがなされている。しかし、それ以外は基本的には文意を通じやすくすることを意図したと思われる改訂作業である。大幅な増補も巻十の「戒文」に見受けられるが数は少なく、逆に読み本系等からの補入がそれにかわって本文再編の材料となっている。このような本文形態は従来の分類ではどこに位置づけられるのだろうか。

山下氏は、一方流本への接近を見せながら八坂系との関連を想定すべき諸本群を三類本から五類本までに分類した。(9)そのうち三類本には、

一　加藤家本（＝学習院本）・天理イ21本・太山寺本・龍門文庫本・高倉寺本(10)
二　太山寺本
三　加藤家本・太山寺本
四　加藤家本・天理イ21本　太山寺本
八　加藤家本・川瀬本
九　川瀬本

が紹介されている。氏は加藤家本・太山寺本・川瀬本を検討し、それぞれが独自に一類本と百二十句本との混成になっていることを指摘し、室町中期以降の末流的本文と位置づける。都立図本の増補・改訂に用いられた本文は、かなり百二十句本とも重なるので、都立図本は新しい三類本と分類されることになろうか。しかし、巻によっては覚一系諸本周辺本文の影響はほんの僅かであり、小規模な改訂にすぎないものもある。山下氏が三類本に対して用いた「混成」に値するのは巻二・三の一部分にすぎない。どの程度の影響関係まで三類本に含まれるのだろうか。「混成」とまでは言えない、改訂の度合いの少ない巻は一類本C種として分類し、巻二・三等は三類本と考えるのが妥当なのであろうか。

しかし、結果としての混態の状況の多寡によって都立図本を〈分類〉すること自体には限界がある。本文の改訂作業は〈分類〉の枠に規制されてなされるものではないのだから。

三、巻一の〈分類〉

ここで今まで考察の対象から外してきた巻一について考える。巻一の基本の本文も一類本と判断されるが、特に、巻の前半部、「殿上闇討」から「額打論」にかけて改訂の跡が著しい。左にはその様を表で示す。

	〔殿上闇討〕	(1)あなくろくろ	(2)あなしろしろ	(3)はりまよねは		(4)雲井より	(5)ならはねは	〔吾身栄花〕	(6)花の山	〔祇王〕	(7)祇王の京中の評判	(8)白拍子の起源	(9)きみか代を	
三条		(1)	(2)			(4)			(6)		(7)	(8)		
都立		(1)		(3)		(4)	(5)		(6)		(8)	(7)	(9)	
加藤		(1)		(3)	(2)	(4)	(5)		(6)		(8)	(7)	(9)	(11)′
太山		(1)		(3)		(4)	(5)		(6)		(7)	(8)	(9)	
天理		(1)	(2)			(4)					(7)	(8)		
片百		(1)		(3)		(4)			(6)		(8)	(7)	(9)	
平百		(1)		(3)		(4)					(8)	(7)	(9)	
鎌倉		(1)		(3)		(4)					(8)	(7)	(9)	
屋代		(1)				(4)				(抜書)	(8)	(7)	(9)	

(10)もえいつるも	(10)	(10)	(10)	(10)	(10)	(10)	(10)	(10)	(10)
(11)いつちとも	(11)				(11)				
(12)露の身の		(12)					⑫	⑫	
(13)仏も昔は〔二代后〕	(13)	(13)	⑬	⑬	(13)	⑬	⑬	⑬	(13)
(14)則天皇后記事〔額打論〕			(14)	(14)		(14)	(14)	(14)	
(15)昨日見し	(15)	(15)					(15)		(15)

片百：片仮名百二十句本　平百：平仮名百二十句本　鎌倉：鎌倉本平家物語　但しここでは平松家本も同じ。
屋代：屋代本

まず、三類本との関係について考えるが、天理本は三条西家本にかなり近いので、ここでは触れない。

殿上闇討事件の後、忠盛女房の歌(4)「雲井より」の次に都立図本は、

(5)其後忠盛久しくかきたえて、ある時とはぬはつらき物にやと音信たりけれは、

　ならはねは人のとはぬもつらからすくやしきにこそ袖はぬれけれ

とよみたりけれは、いとゝあさからすおもはれける、此女房と申は熊野の別当の娘忠度の母なり

と記す。これは『新古今和歌集』巻十五・恋五・一四〇〇の前中納言教盛母の歌を出典とすると思われる。「ならはねは」の歌は管見では都立図本と三類本の加藤家本・太山寺本に見える。

次に「祇王」冒頭部分で(8)(7)の順序となっているものは都立図本と加藤家本である。太山寺本は「祇王」の位置が異なって「清水炎上」の前にあり、(7)(8)の順序は三条西家本と同じである。

(9)の仏御前の歌う、

きみか代をももいろといふうくひすのこゑのひゝきそ春めきにける

も都立図本・加藤家本・太山寺本にある。

以上から明らかなように、都立図本は三類本諸本、特に加藤家本と共通性が多く見られる。が、次に見るように、すべてにおいて一致しているわけではない。

例えば「殿上闇討」では、諸卿が忠盛を嘲すが、その先例を、三条西家本では、

(1)あなくろ〳〵くろきかほかな　いかなる人のうるしぬりけん

(2)あなしろ〳〵しろきかほかな　たれかとらへてはくををしけん

と並べるが、都立図本では(2)がなく、その代わりに、

(3)播磨守《ママ》は木賊か椋の葉か　人のきらを付は

とする。加藤家本は(1)(3)(2)の順で並べる。(3)がある点では都立図本と共通するが、(2)の有無には共通性がない。但し、(1)の「あなくろ〳〵」の対として(2)の「あなしろ〳〵」があるのであり、(1)(2)の間に(3)の入る加藤家本の配列は不自然である。

また、三条西家本では「祇王」の冒頭は、

入たうかやうに天下をたなこゝろのうちにゝきり給しかは世のそしりをもはゝからす人のあさけりをもかへりみす、ふしきの事をのみし給けり、たとへはそのころみやこにきこえたる白拍子、きわうきによとてをとゝいあり

とある。都立図本は傍線部分が「の上手おとといあり。名をは義王、義女とそ申ける」と少し異なるだけであるが、

加藤家本はこの冒頭部分、

入道大相国かやうに有し程に正月元三日も過ぬれは、一門他門寄集て子日の小松引植て鶴亀の齢をあらそひ、酒

の泉を汲て楼に見て、あふのさかつきをすすめ、詩を作、歌をよみ、月にうそふきて、夜女遊女を召集て遊ひ給ける所に、其比都に白拍子の上手、義王、義女とて兄弟あり

と、全く独自である。

次に、清盛邸を追い出される祇王が⑽「もえいつるも」の歌を障子に残す場面で、三条西家本では「もえいつるも」の次に、

⑾いつともいつへきかたもおほえぬになにと涙のさきにたつらん

を並べる。加藤家本は⑾と下の句の一致する歌、

⑾′かきくれて出へき方も知らぬ身に何と涙の先に立らん

を「もえいつるも」の歌の前に置く。これは都立図本にはない。

仏の出現によって追われた祇王のもとに、翌春清盛からの使者が来る。三条西家本が「きわうあまりの心うさに、返事を申にをよはす、（※）入道かさねてのたまひけるは」とする※部分に都立図本は、

⑿　露の身のありしわかれにきえもせて又ことのはにかゝるつらさよ

　とて涙せきあへす

と加えるが、これは加藤家本にはない。

以上より、加藤家本と都立図本とではそれぞれ独自部分があり、直接の影響関係はないと考えられる。

ところで、⑶、⑻⑺の順、⑼などは、加藤家本と共通しているものの、一方では百二十句本・鎌倉本・平松家本などの覚一系諸本周辺本文とも共通している。そこで次に、覚一系諸本周辺本文と都立図本、加藤家本との関係をそれぞれに見ていく。

加藤家本にはない⑿は平仮名百二十句本・鎌倉本・平松家本等にある。但し、母の説得にあい、仕方無く承知した祇王が出仕する場面である。

⑫きわうしとおもひしみちなれと、おやのめいをそむかしとなく〳〵いてたちける心の中こそむさんなれ、なみたのひまよりも、

　露の身のわかれしあきにきゑはてゝ又ことのはにかゝるつらさよ

ひとりまいらんはあまりに物うしとて、いもうとのきによをもあひ具しける

歌の二、三句が少し異なるが、類似性は顕著である。

また、⒀「仏も昔は凡夫なり」の今様の頭に加藤家本では「月も傾き夜も更け」が入る。これは百二十句本他にあるが、都立図本にはない。⒁則天皇后記事も加藤家本は覚一系諸本周辺本文によって増補したと思われるが、都立図本にはない。都立図本と加藤家本とはそれぞれに覚一系諸本周辺本文と影響関係を持つ。都立図本の増補記事は総体的には平仮名百二十句本が最も近い。

次に、都立図本の本文形成の一例を⑼の歌の補入から考える。三条西家本は、

（「君をはしめて見る時は」の今様を披露して）みな人かんしあはれけり、入たうもおもしろけにて、あゝわ御せんはいまやうは上すにてありけるや、いまやうかよけれはまひもさためてよかるらん、何事にても一はん候はゝや、つゝみうちめせとてめして一はんまはせらる、をよそこのしらひやうし、としは十六七なり、みめかたちならひなく、かみのかゝりまひのすかた、こゑよくふしも上しゆなれは、なしかはまひもそんすへき、心もをよはすそまふたりける、けんもんの人々、しほくをおとろかさすといふ事なし、入たうまひにやめて給けん、仏に心をうつされける、てんせいこの入たう殿は、いら〳〵しき人にておはしけれは、まひのはつるをもをそしとやおもは

れけん、はしめのわかをはうたはせ、せめのうたをいまたいひもはてさるに、ほとけをいたきて入たまふ

（傍線部分は都立図本が三条西家本と異なる表現）

とするが、都立図本は、

みな人これをそ感しける、入道もおもしろけにて、あゝわ御前はいまやうは上手にてありけるや、この定にては一定舞もよかるらん、一番見はや、鼓うちめせとてめされたり。うたせて一番まひたりけり、凡この白拍子、とし十六なり、みめかたちならひなく、髪のかかり舞の姿、こゑよくふしも上手なれは、なしかはまひもそんすへき、心も及はすそまひたりける、せめ歌に、

きみか代をもゝいろといふうくひすのこゑのひゝきそ春めきにける

とうたひてふみまはりけれは、ふしことにきき所ありて、東西すみたり、見聞の人々、耳目をおとろかさすといふ事なし、入道まひにやめて給けん、仏に心をそうつされける。天性この入道殿は、いらくしき人にておはしけれは、舞のはつるをもをそしとやおもはれけん、始の和歌をはうたはせて、せめのうたを未一うたひもはてさるにつゐたちて、仏を抱取て丁台へこそ入給へ

（傍線部分は三条西家本と異なる部分。網かけ部分は百二十句本にない部分）

とする。この部分平仮名百二十句本は、

一もんの人々しほくをおとろかしにう道しやうこくもおもしろけにおもひ給ひて、わこせはいまやうは上すなり、**このちやうにては**まひもさためてよかるらん、一はん見はや、つつみうちめせとてめ**されけり**、ほとけ御せんつゝみ**うたせて**一はん**まふたりけり**、ほとけ御せんはかみすかたよりはしめて、みめかたちよにすくれ、こゑよくふしも上すなりけれは、なしかはまひもそんすへき、心もをよはすそまひたりける、

きみかよをもゝいろといふうくひすのこゑのひゝきそはるめきにける

とうたひてふみめくりけれは、入道しやうこくまひにめて給ひて、ほとけに心をうつされけり

（太字は都立図本が三条西家本と異なる部分で百二十句本と一致する部分）

である。三条西家本には「せめのうたをいまたいひもはてさるに」入道が仏を抱いて奥に入ったと記される。この「せめ歌」は具体的には書かれていないが、文脈に乱れはない。百二十句本にも不自然さはない。しかるに、都立図本では「せめ歌」を「うたひてふみまはりけれは」皆が感心する。仏が歌を歌い終わったと考えられるのだが、入道が「せめの歌を未一うたひもはてさるに」抱きかかえて奥に入ったとし、文脈にやや不自然さが残る。覚一系諸本周辺本文から歌とその前後を採るに際して不手際が生じたと考えられる。なお、加藤家本のこの部分は、

入道相国奥に入て言ひけれは御事はうたひは上手にて有けり、声を聞程にてはなとか舞をも見さるへきと言けれは、仏つい立たる事から髪姿より始て袴のけまはしに至まて幽に社見えけれ

君か代をもゝ色と云鶯のこゑのひゝきそ春めきにける

と歌ひて踏廻けれは一門の人々皆々感しあはれけり。いまた舞も果さるに入道相国つい立給て懐取て本の座敷になをられける

と、一類本の面影が窺えない程、改編されている。

一方、都立図本にも清盛の要請を受け入れるまでの母娘のやりとり、嵯峨を訪れた仏と祇王たちとのやりとり等にはどの諸本にも見られない独自の増補がある。

以上、加藤家本も都立図本もそれぞれ独自に覚一系諸本周辺本文からの影響を受け、更に独自に改編を施していることが推測される。但し、都立図本は巻一の後半に至ると殆ど改編が行なわれていない。

これほど巻一前半の改編は甚だしいが、その改編の方法は先に見た巻二・三における改編の方法――特定の記事群を中心に覚一系諸本周辺本文を混態して新しい本文を生み出す――と同様である。巻一も同質の改編作業の一環として捉え得る。それならば、改編の多い巻一・二・三を三類本と〈分類〉することになるのだろうか。

おわりに

以上、まず、都立図本の基本本文は一類本C種と判断されることを指摘した。但し、一類本C種という〈分類〉には問題が残っている。次に、都立図本十一巻を通じると、覚一系諸本周辺本文の流入は巻一では前半部に、巻二では成親関連記事に、巻三では俊寛関連記事に集中する。勿論、それ以外にも散見されるが、傾向としては全体にわたるものではなく、部分に集中し、頻度は巻によって偏りがある。その甚だしいものは本文自体がかなり異なったものとなり、明らかに三類本と判定される。しかしながら本文の改編は、各巻均質に行なわれてはいない。覚一系諸本周辺本文による改編が次第に巻を追うごとに減少するが、また、一方では、わかりやすい本文をめざした微細な改訂が行なわれる傾向が見られた。このような改訂・改編作業は十一巻を一貫して捉えることによってはじめて、平家物語の本文形成を問う素材となろう。

同様に考えれば、天理本・加藤家本の一類本C種と三類本とのとりあわせも再検討をする必要を感じる。(11) また、それぞれ独自に影響を受けた三類本が他本にない歌を共有すること、三類本のみが覚一系諸本周辺本文からの影響を、しかも各本独自に受けていること等、三類本の形成にも検討の余地が残る。

ところで、都立図本には他に読み本系からの増補もある。読み本系からの影響関係については、従来〈分類〉の指標とはなってこなかった。都立図本を従来の〈分類〉に位置づけることの困難さの一端はここにもある。また、都立図本の問題に終始するのではなく、本文流動の上で語り本系と読み本系との交流をも考えていく必要があろう。

読み本系からの増補以外にも、独自記事、また、わずかではあるが本文レヴェルにおいても独自の改訂もある。更に巻九の本文改編の方法は他巻とは異なる様相が見える。本章ではこのような特質にまでは言及できなかったが、これらも全巻にわたるものではなく、巻によって偏りが見られる。しかし、全体的には（巻九は多少方向性が異なるものの）改編の手が加わっているという点では一貫した傾向を示し、一つの新しい平家物語としての再編成が試みられている。この点においても、巻毎に本文〈分類〉を行なうことは都立図本の特性を見失わせることになる。

〈分類〉は、本文を考える上での一つの指標として有効なものであり、これからも用いられていくものであろうが、あくまでも便宜的なものにすぎない。また、巻毎に〈分類〉をすることは必ずしも、一つの作品としての一つの平家物語伝本を考える上では有効ではない場合がある。様々な諸伝本との交渉、或いはとりあわせが繰り返されて新たな平家物語として再編成されていく。改編による本文再編成という営為を注視していく必要がある。

注

（1）『平家物語研究序説』（明治書院　昭和47）第一部第二章第四節、『平家物語の生成』（明治書院　昭和59）二―3

（2）A、B種本の関係については今井正之助氏が「八坂系テキストの展開」（「国文学」平成7・4）で、松尾葦江氏が『軍記物語論究』（若草書房　平成8）第二章五（初出は平成7・7）で、疑問を呈している。

（3）前掲注（1）『平家物語研究序説』三三七頁。なお、本書第二部第一篇第四章では、巻十二にはC種に構造的な古さが見いだされることを指摘した。

（4）前掲注（1）『平家物語研究序説』三三八頁

（5）前掲注（2）参照。
（6）この部分については第二部第一篇第二章で考察を加えた。
（7）前掲注（2）論文で、今井氏は覚一本巻六に「依田城」とあることを引き、「「余田庄」が〈よた城〉の転化したものとすれば、信濃の「城」「館」から出立して以来、という文脈は巻六の記事とも照応することになる」と指摘する。
（8）次章でも詳細に論じる。
（9）前掲注（1）に同じ。
（10）龍門文庫本・高倉寺本については『平家物語八坂系諸本の研究』（三弥井書店　平成9）に紹介されている。詳細は未勘。
（11）松尾氏前掲注（2）論文に指摘がある。

〔付記〕

第二部はあとがきにも記すように、平成五～七年度科学研究費補助金による共同研究の成果を下敷きにしている。その間、共同研究分担諸氏及び弓削繁氏によって精力的に伝本調査が行なわれ、その成果が『平家物語八坂系諸本の研究』（三弥井書店　平成9）資料編にまとめられている。山下氏の調査以降新しく加えられた伝本もあり、また、分類の変更のなされたものもある。中でも、一類本の下位分類にあたるBC種の別については、本章や第五章でも指摘しているが、分類の意義に疑問が持たれ、新しく示された伝本には細かな下位分類までは記されていないものもある。

三〇五頁の表は山下氏の調査結果に基づきC種に分類されている伝本を巻毎に載せたものだが、右掲書資料編の「八坂系平家物語伝本一覧」に拠り、都立図本と所在不明の伊藤本を除いたC種について左に載せ、今後の参考としたい（太字部分が新しく加えたものである）。

巻一　なし
巻二　加藤家本・天理イ21本・松雲本・**小野本**・**相模本**・**天理イ69本**
巻三　天理イ21本・松雲本・**相模本**

巻四　なし
巻五　加藤家本
巻六　加藤家本・天理イ21本
巻七　加藤家本・天理イ21本・小野本・**天理イ69本**
巻八　天理イ21本
巻九　天理イ21本・小野本・**相模本・右田本・天理イ69本**
巻十　天理イ21本・小野本・**相模本**
巻十一　加藤家本・天理イ21本・小野本
巻十二　天理イ21本・小野本・南都本・相模本・**天理イ69本**

第三章　南都本平家物語の編集方法㈠

――巻十一本文の再編について――

はじめに

平家物語の本文は常に動き続けてきた。改編の手が加え続けられてきたといったほうがよいだろう。混態を重ね、新たな本文を作り出していくところに平家物語の特質の一面が見いだせる。本章では、混態の行なわれていく過程を南都本巻十一のうち、他本では巻十に相当する部分に即して見ていくこととする。

一、研究史

南都本は十二巻の構成であるが、その区分は他の十二巻本平家物語と異なっている。左におおまかな各巻の区分を示す。

	一	二	三	四	五	六	七	八	九	十	十一	十二
南都本	一		(欠巻)		六	七	八	九	十	十一		十二

南都本平家物語は、その特異な巻の区分と本文形態から、山田孝雄氏(1)以来、諸本研究の際の一指標として常に立項され、時には平家物語の成立や増補に関わる異本として注目されてきた。まず、先学の南都本と巻十一に対する評価を紹介する。

高橋貞一氏(2)は、南都本が「八坂流甲類本と乙類本との中間に位し、〔略〕八坂流本を基として、漸次増補されて行く平家物語の一形態を如実に伝へたもの」とし、巻十一以下に「八坂流甲類本」との一致を指摘する。なお、八坂流甲類本とは、百二十句本・屋代本・鎌倉本等を、乙類本とは文禄本・東寺執行本・三条西家本・中院本等を指す。渥美かをる氏(3)は、「語り系を基礎とし、語り系の手本となる平家物語を意図した本」と考え、「巻十以下の中院本接近については なお今後の研究を要する」と記す。冨倉徳次郎氏(4)は、独自の生成論からよみもの系と六巻本語り系とを合わせて試作された編纂書とする。山下宏明氏(5)は、南都本を巻によるとりあわせ本で、巻十一には増補記事が多く見られることを指摘するが、一方で、南都本を「旧延慶本」や屋代本と兄弟関係になり、四部合戦状本の類の本文を母胎として編著本から語りの台本へと向かう過渡的本文とした。なお、「旧延慶本」との関係については武久堅氏(6)は、その成立に南都本が影響を与えたとする。弓削繁氏(7)は、山下氏の説を継承しつつもその混態性、編著性を強調する。服部幸造氏(8)は、巻一を分析し、語り本系本文に基づいて、四部本的なものを参照して記録性を復活させたものと結論づけ、山下氏の論に疑問を呈する。山下氏は弓削、服部両氏の説を受けて巻一について自身の説を修整し(9)、複数の本文から再構成された本文であるとし、そこに、平家物語本文の成立の一典型を考えた。

以上のように、諸氏によって成立の見通しや本文形態の評価が揺らぎ、定説を見ない。巻十一についても、八坂流甲類本、増補系、四部本等と様々に論じられてきている。私論を先に述べると、当該部分は八坂系の一本である都立中央図書館蔵平家物語（以下、都立図本と略す）(10)の親本を基本にし、覚一本に近いその周辺の本文によって部分的に改編を行なっている、というものである。都立図本は第一、二章で述べ、また、後述するように、八坂系一類本（八坂流乙類本）を基本本文としているので、現象面では高橋氏の指摘に近いが、本の成り立ちとしては異なる結論となる。

以下、本文の考察をしていくが、その際次の二点に注意したい。一つは、一語一句、或いは一文単位の細かな本文の異同から導き出される、本文形態の特色である。もう一つは、記事配列、或いは説話単位の異同、相違である。本文形成において、この二点は必ずしも同一次元のものではない。依拠本文を推測する場合には、まず前者によって、細かく判定する必要がある。一方、作品編集に関わる意図を考える場合には、前者にも窺えるが、後者の方により顕著に窺えよう。本章では、基本的には前者について細かいレヴェルから影響関係を考え、次に後者にも注意を払いつつ、南都本の本文編集の方法を明らかにしていくこととしたい。

二、本文形成に見られる都立図本と南都本との共通性

㈠

まず、巻頭の数行を関連が指摘されてきた諸本と比較してみる。

南都本巻十一

元暦元年二月七日、摂津国一谷ニテ打レ給シ平家ノ頸共都ヘ入ト聞シカハ、故郷ニ残留リ給ヘル人々ハ、身ノ上ニ何ナル事ヲカ聞ンスラント安キ心モ無リケリ。中ニモ小松三位中将維盛卿ノ北方ハ西山大覚寺ニヲワシマシケルカ、西国ヘ討手ノ下ト聞ユル度ニハ中将ノ事ヲ遂ニイカニカ聞成ンスラントシツ心モシ給サリケルニ

屋代本巻十（百二十句本もほぼ同文）

寿永三年二月十二日、去七日一谷ニテ被討平家ノ頸共、京ヘ入ル。其日、少シモ結ホレタル人々ノ我方様ニ今日、如何ナル事ヲカ見スラン、如何ナル事ヲカ聞ンス覧トテ、歎ク人々多カリケリ。其中ニ、大覚寺ニ隠居給ヘル小松三位中将ノ北ノ方ハ、西国ヘ討手ノ向事ト聞度毎ニ、此度ノ軍ニ三位中将ノ、矢ニ当テヤ死ンスラム、何ナル目ニカ合給スランナト、シツ心ナク被思ケルニ

中院本巻十

寿永三年二月七日、つのくに一の谷にて、うたれさせ給し、平家のくひとも、おなしき十日、都へ入ときこえしかは、こきやうにのこりとゝまり給へる人々は、身の上に、いかなる事をか聞かんすらんと、やすき心もなかりけり、中にも小松三位中将これもりのきやうの、北のかたは、大覚寺に、おはしましけるか、西国へ、うつてのくたるときこゆるたひには、中将の事を、つゐにいかにかきゝなさんすらんと、しつ心もし給さりけるに

四部合戦状本巻十

元暦元年甲辰二月十日、一谷にて討ちし平氏の首共、京へ入るとののしり合ひたれば、其の縁の人々、残り留まりたるも肝魂を迷はし、誰なるらんと思ひ合へり。中にも大学寺に隠れ御在しける権亮三位中将維盛の北の方は心本無くて、「三位中将や此の人の首共の中に有るらん」と思ひたまひて、神を消したまふ。

冒頭の年号表記を除けば、南都本と中院本との共通性が明らかであろう。これは冒頭部分だけではない。当該部分の全体的な傾向である。中院本は八坂系一類本B種の一本だが下村本的本文が補入された本である。ただ巻十については補入がなく、同じB種で下村本的本文の補入のない三条西家本とでは大差がない。

ところで、都立図本は八坂系一類本C種に分類されるが、その成り立ちは、B種を基本に、覚一系諸本周辺本文に

よって細かな語句を中心に増補・改訂を行ない、読み本系他を用いて和歌を中心とした記事単位の増補を行なったものである。ただ、巻十冒頭の都立図本の本文は中院本本文とほぼ一致している。従って、前掲の中院本と南都本との一致は、都立図本と南都本との一致であるともいえる。それでは、何故中院本や他のC種ではなくて都立図本なのか。例えば、都立図本、南都本ともに一類本に共通する文が続く中に、左のように二本にだけ共通の脱落があると、両本の類似をまず想定せざるを得ない（巻十のC種本には天理本・小野本があるが、本文にそれぞれ問題があるので、以下、前章に倣い、三条西家本を用いる。句読点は私意。なお、章段名は覚一本に準じる）。

1（都立図本）（三条西家本）（南都本）　このきもたしかたしとてつゐにわたさるへきにそさたまりける、おなしき十二日に、平しのくひおほちをわたされけり。京中の上下、みる人きく人、そてをそぬらしける　（「首渡」）

以下に中院本他の諸本との比較は省略し、都立図本と南都本とを比較することによって、他本とは共通しないことを述べていく。まず、次の三例の傍線部分は都立図本が覚一系諸本周辺本文を採り入れていると考える部分である。

2三　さいとう五か申けるは、けんふつの人の中に申候つるは、こまつとのゝきみたちは

都　斎藤五か申けるは、見物の人の中に案内しりたりけに候つる者の申つるは、小松とのの君達は

南　斎藤五カ申ケルハ、見物ノ人ノ中ニ案内知タリケニ候ツル者ノ申候ツルハ、小松殿ノ君達ハ　（「首渡」）

3三　（維盛は北の方を連れていたら）いかはかり心くるしからましとそのたまひける。ある時、

都　いかはかり心くるしからましとそ宣ける。商人の便々おり〳〵はふみなとはかよはれけり。あるとき

南　何計心苦シカラマシトソ宣ヒケル、商人ノタヨリ〳〵ヲリ〳〵ハ文ナントハ通ケリ、有時　（「首渡」）

4三　よこふえこれをきゝ、われをこそすてめ、さまをさへかへけん事こそむさんなれ、人こそ心つよくとも

都　横笛是をきゝ、我をこそすてめ、さまをさへかへけん事こそ無暫なれ、縦世をは遁ともなとかかくともしらせさりけん、人こそ心つよくとも

南　横笛ハ是ヲキヽ、我ヲコソ捨メ、様ヲサヘ替ケン事コソ無慙ナレ、縦ヒ世ヲ遁ル、共ナトカ角トモ知セサリケン、人コソ心強クトモ　（「横笛」）

一類本の中では都立図本のみが有する表現が南都本にも共通している。

次に、都立図本が読み本系から採り入れている例を掲げる。三条西家本の傍線部分が都立図本では太字部分のように改編、増補されている。これは長門本と一致する。

5三　によはうひらきてみ給へは、一しゆのうたあり、

なみたかはうきなをなかす身なりともいま一しほのあふせともかな

によはう御返事あそはして、まさ時に給けり、あくる日、三ゐの中将にたてまつる、一しゆのうたをそかへされたる、

きみゆへにわれもうきなをなかすともそこのみくつとともにきえなん

都　女房披見給へは、**いかならん野のすゑ山のおくにもかいなき命たにあらは申事もありなんなとこそおもひしに、それもかなはて生なからとられて恥をさらす事の心うさよ、これも此世一の事にてはあらしとおもへは、人をも世をもうらむへきにあらす、命のあらん事もけふあすはかりなり、いかにしてかいま一度人伝ならて申うけたまはるへきなとあはれなる事ともこま〳〵と書給て、**

なみた川うきなをなかす身なりともいま一しほのあふせともかな

女房此文を見給て涙に咽て引かつきてふし給へり、良久あつて使のまつも心なけれはとて起あかりて思ふ心をしるへにて返事かきて出さる、まことにいつくの浦はにもおはしまさはをのつから申す事こそかたくとも、露の命たにもきえやらてあらは風の便にもなとかとそ思ひつるに、さてはけふをかきりにておはすらん事こそかなしけれ、さもあらはわか身とてもなからへん事もありかたし、いま一たひみつから申へしと書給て、

君ゆへにわれもうき名をなかすともそこのみくつとともになりなん　（「内裏女房」）

南都本の引用は大部となるので省略するが、都立図本に一致する。都立図本の当巻の読み本系からの補入はこの一ヵ所のみだが、南都本における読み本系からの増補が、南都本独自のものではないことがわかる。

更に、管見ではどの本文とも共通性を見出し難い都立図本の本文が南都本には共通する。

6三　その夜はくるまにてそあかされける、しのゝめやう〳〵ほのめけは

都　その夜は車にてそあかされける、八声の鳥もつけわたりしのゝめやう〳〵ほのめけは

南　其夜ハ車ニテソ明サレケル、八声ノ鳥モ告渡リ、シノ、メ漸々ホノメケハ　（「内裏女房」[11]）

7三　ゆきしろき山あり、とへはかいのしらねとそ申、三位中将、

おしからぬいのちなれともけふあれはつれなきかひのしらねをもみつ

きよみかせきをもすきけれは、ふしのすそにもなりにけり

都　雪白山あり、あれはいかにと問はかいのしらねとそ申す、三位中将駒をとゝめて、

おしからぬいのちなれともけふあれはつれなきかひのしらねをも見つ

みほの松原うち過て、清見かせきをも過けれは、富士のすそにもなりにけり

南　雪白キ山アリ、アレハ何ト問ハ甲斐ノ白根トソ申、三位中将小馬ヲ留メテ、

惜カラヌ命ナレ共ケフマテハツレナキ甲斐ノ白ネヲモミツ
三保ノ松原打過テ、清見カ関ヲモ過ケレハ、富士ノスソニモ成ニケリ　（「海道下」）

以上のように、南都本は一類本と近似しつつも、都立図本のみが有する独自の表現を多く共有している。都立図本と南都本とに密接な影響関係があるのは明らかであろう。

(二)

それでは、どちらが先行する本文なのだろうか。

次の二例は都立図本、南都本それぞれに脱落をおかしている例であり、二本は直接の書写関係にはないことが明らかとなる。

8三　さる程に、こまつの三ゐの中将のきたのかたは、大かく寺におはしけるか、さいこくへうてのくたるたひには、三位中将のうへに、いかなる事をかきかんすらんと

都　さる程に、小松の三位中将の北方は、大覚寺におはしけるか、西国へ討手のくたるたひには、三位中将のうへに、いかなる事をかきかんすらんと

南　去程ニ小松三位中将ノ北方ハ、大覚寺ニ何ナル事ヲカ聞カンス覧ト　（「三日平氏」）

9三　むかしはこゝのへのうちにして春の花をもてあそひいまは八しまのいそにしてあきの月にかなしめり

都　むかしは九重のうちにして秋の月にかなしめり

南　昔ハ九重ノ内ニシテ春ノ花ヲ翫ヒ今ハ八嶋ノ磯ニシテ秋ノ月ニカナシメリ　（「藤戸」）

右のような脱文の存在から、都立図本・南都本を溯る親本の存在が想定されよう。それならば、どちらがより親本

の面影を残しているのだろうか。

次に掲げるのは、都立図本になく、南都本に独自の表現である。以下に都立図本を本文として〔　〕に南都本独自部分を示す。傍線部分は南都本にはないことを示す。

10 況やその縁にふれ、恩を蒙し人々の心のうち、いかはかりの事をかおもはれけん、〔中ニモ大覚寺ニヲハセシ六代御前ニ付奉タル〕小松三位中将の侍に斎藤五斎藤六とて　〔「首渡」〕

11 其夜に入て院より御使あり、蔵人〔右衛門〕権佐定長とそ聞えし、定長赤衣に剣笏を帯したり、三位中将〔ハ紺村子ノ直垂折烏帽子押立ラレタリ〕日ころは何とも思ひ給はさりし定長か　〔「内裏女房」〕

12 其程は、伊豆国の住人狩野介宗茂に預られけり、〔冥途ニテ沙婆世界ノ罪人ヲ罪ノ軽重ニ随テ七日々々ニ十王ノ手ニ渡ランモカクヤト覚テ哀ナリ〕　〔「千手前」〕

13 大将軍には参川守範頼、副将軍には足利蔵人義兼、侍大将には土肥次郎実平、〔其子弥太郎遠平、和田小太郎義盛、三浦平六義村、比企藤四郎義員、天野藤内遠景、佐々木三郎盛綱、〕江馬小四郎義時、法師武者には一品房性賢、土佐房性俊を前として……都合其勢三千〔万〕余騎、〔数千艘ノ舟ニ取乗テ讃岐八嶋ヨリ〕備前〔国〕におしわたり、小嶋に陣をそ取たりける　〔「藤戸」〕

右のように南都本には、都立図本にはなく、勿論他の八坂系一類本にもない表現がしばしば見られる。これは南都本独自の増補なのだろうか。或いは、都立図本が省略したのだろうか。もしも都立図本が省略したとするならば、省略された結果、親本を溯る八坂系一類本と一致する本文に戻ることになる。これも不思議な現象である。そのような場合も皆無ではなかろうが、基本的には、南都本の増補と考えた方が妥当であろう。

それでは、逆の場合、つまり、一類本、南都本は共通し、都立図本にのみ記される表現はあるのだろうか。こちらの例はきわめて少ないが、左に掲げる。以下に三条西家本を本文とし、〈　〉に都立図本独自部分を示す。傍線部分は都立図本にはないことを示す。

14　（維盛は屋島で）みやこにのほら〈り、恋しき人々をも見〉はやとはおもはれけれとも　（「横笛」）

15　（武里が維盛入水のいきさつを北の方に）やかてまいり候てかやうの事も申へく候つれとも、〈いつしかきかせ奉るましけれはやかては〉まいるへからすとおほせ候し程に　（「三日平氏」）

16　（佐々木の藤戸先陣を見て）といの二郎さねひら、御ちやうにて候そ、かへらせ給へ〳〵と申けれとも、みゝにもきゝ入す、たゝわたしにこそわたしけれ、といの二郎さねひら、〈是を見てよかんめる候とて〉三百よきにて、おなしくうち入てそわたしける　（「藤戸」）

16の傍線部分は都立図本の目うつりによる脱落と思われるが、〈　〉の独自部分は他の諸本にも見えず、都立図本独自の表現と考えられる。

よって、本文形態としては両本共に親本段階から少しずつそれぞれに増補・改編を加えているものの、増補の加え方は南都本の方が多いと結論づけられる。

以上、南都本は都立図本と関係があること、両本の親本の存在を想定できること、親本からそれぞれに本文の増補・改訂を行なっていることを推定した。

三、南都本の独自の改編

次に、今までの推定からはみ出す部分について考えていく。

(一)

第一に「文書」を掲げる。巻十には「八島院宣」「請文」に、平家物語の虚構の上で重要な文書（以下、「院宣」「請文」とする）が記されている。文書の前後の地の文は都立図本と南都本は共通しているが、文書のみが異なる。まず院宣を掲げる（以下、文書に付された返り点は適宜改めた）。都立図本は、

先帝令レ出二北闕之震居一給之上者、於二神璽、宝剣、賢所、三種神器一者、可レ被レ留二禁中一之処、遠遷二千里之他境一已及二両年之光陰一矣、朝家重事、亡国之基也、於レ是重衡卿去七日於二摂州戦場一忽被二生虜一畢、籠鳥恋レ雲之思遙浮二千里之南海一、群雁失レ友之愁、定通二九重之花洛一者歟、彼卿滅二亡数箇大伽藍一之咎、雖レ宜レ被レ処二厳刑一、可レ奉レ返二納三種霊宝一者、寛二宥重科一可レ被レ返二遣親族一者、依二院御気色一言上如レ件

寿永三年二月十五日　大膳大夫成忠奉

進上　平大納言殿

とするが、南都本は、

一人聖帝出二テ北闕九禁之台一ヲ而幸二ス九州一ニ、三種神祇移二テ南海四国之境一ニ而経二数年一ヲ事、尤朝家之御歎、亡国之為レタリ基也、彼重衡卿者東大寺焼失之逆臣也、任二テ頼朝申請之旨一ニ、雖レ須レク被レ行二死罪一ニ、独別レテ二親族一ニ、已為二タリ生虜一、籠鳥恋レル雲ヲ之思ヒ遙ニ浮二ヒ千里之南海一、帰雁失レフ友ヲ之情定テ通二ン九重之中途一ニ歟、然ハ則至レ奉三ランニ帰二シ入三種神祇一ヲ者速ニ可レシ被三ル宥二免彼卿一ヲ也、者院宣如レ斯、仍執啓如レ件

寿永三年二月十四日　大膳大夫成忠奉

進上　平大納言殿

とする。文意は、南部本に頼朝の申請によって重衡が処刑されようと記されていること以外はほぼ共通している。しかし、文言は多少異なる。他本を見ると、屋代本、享禄本、竹柏園本[12]を除くほぼ全諸本に院宣があり、その文言はほぼ南部本に類し、中でも覚一本は共通性が最も高い。南部本は前後はそのままに院宣の文面のみを他本によって置き換えた可能性がある。

それでは、返書にあたる請文はどうか。以下に都立図本の請文を省略を交えて記す。

①今月十五日院宣同廿一日到来、跪以拝二見之一、我君者高倉先皇第一之皇子也、受二其御譲一令レ践二宝祚一給以来于レ今四箇年也、三種神器依二何事一、可レ被レ離二玉躰一乎、(中略)其時源頼朝急可レ梟レ首之由雖レ有二朝議一、清盛公特垂二慈愍一所レ申レ宥二死刑一也、而頼朝早忘二其厚恩一、不レ悔二已前非一乍レ為二勅勘流人身一、寄二事於私宿意一、已騒二乱国家一之条、天誅之責不レ可レ免レ之、於二当家一者、累世功臣之余胤也、何令レ捐二無双之忠節一給乎、A ②(ア)然早被レ遷二仙居於讃州一歟、不レ然者賜二**頼朝誅罰之院宣**一、**追二討彼逆類**一(イ)欲レ雪二会稽之恥一者也、抑重衡卿事、去七日一族数輩墜二命於摂州軍場一畢、何必可レ喜二彼卿一人寛宥一哉、以前所レ奏之条々若不レ許者、(ウ)三種霊物縦雖下為二外国之宝一化中海底之塵上、再不レ可レ奉レ入二京洛衢一之旨、前内大臣以下同所レ令二言上一也、以二此趣一可下令二洩披露一給上、時忠誠惶恐頓首謹言

寿永三年二月廿八日　大納言時忠請文

①は平氏が西海を流浪する経緯と併せて、頼朝の挙兵の不当性と平氏の正当性を主張する。②は、後白河院の四国御幸、もしくは頼朝追討院宣を願い、もし不許可であれば、三種神器が外国に移り、海底に沈んで洛中に戻らないことを予告する。

南都本は①②共にほぼ都立図本と同文で記されている。相違としては、冒頭の「廿一日」が「廿八日」、波線部「清

盛公」の前に「故入道相国慈悲余」と記されること等である。しかし、最大の相違として②の前に、

A日月者為二一物一、不レ暗セ二其明一コトヲ、明王者為二一人一カ不レ枉ケ二其法一ヲ、是以当家数代之奉公、且亡父数度忠節、不二思召忘一者、(あ)君忝モ九国御幸可レ成歟、然則東国四国九国之兵共如レ雲群リ如レ雨普奉二君ニ随一、再帰二上旧都一ニ、(い)欲レ洗二会稽ノ恥一ヲ、不レ爾者可レ出二鬼海、新羅、百済、高麗、鶏旦一者、且者悲哉、及テ二人王八十一代御宇一ニ、(う)我朝神代ノ霊宝終ニ空ク成二異国ノ財一ト歟

が入ることがあげられる。これは後白河院こそが九州に御幸をして一門共に都に帰り、源氏を討つことを呼びかけるものであり、それが叶わないならば、一族は海外に脱出して神器を異国の宝とするという文面である。

　ところで、他本では表現に多少の相違はあるが、①Aの順で記され、②がない。よって、諸本全体では請文は、①A型と、①②型（都立図本）と、①A②型（南都本）とに分類されることになる。しかし、傍線部分（ア）〜（ウ）、（あ）〜（う）で示すように、Aと②とでは表現、内容共に共通する部分が多い。②にのみある「抑重衡卿事、去七月一族数輩墜二命於摂州軍場一畢、何必可レ喜二彼卿一人寛宥一哉」は他本では①の冒頭近くに記される。Aと②の内容上の相違は、頼朝追討院宣を要求する（②太字部分）か否かのみである。

　南都本のようにAと②が連続する請文は他に例を見ないが、Aと②の重複は明らかである。南都本は①②型の請文に、内容、表現上での重複も厭わずにAを加えたのではないか。先に掲げた日付などの相違も、他本（但し、屋代本、平松家本には冒頭部分がない）に従った結果と考えられる。

　なお、Aは諸本それほど大差はないが、延慶本は表現上、少し異なり、覚一本・百二十句本には「然則東国四国九国之兵共如レ雲群リ如レ雨普奉二君ニ随一」が欠け、屋代本・平松家本には「日月者為二一物一、不レ暗セ二其明一コトヲ、明王者為二一人一カ不レ枉ケ二其法一ヲ、是以当家数代之奉公」が欠けている。現存諸本では鎌倉本が南都本に最も近い。

「文書」については、南都本は何らかの他の平家物語（請文からは現存本の中では鎌倉本が近い）を用いて入れ替えや補入を行なっている。入れ替え、補入によって文意が大きく変更されることはないが、一種の〈独自性〉を出そうとしているのではないかと思われる。

㈡

第二には宗教的な記事を掲げる。その第一は「戒文」である。「戒文」は都立図本にも問題がある。重衡の告白に対する法然の説経が一類本では比較的簡潔で、その後半は、

されはくちあんとんのものも、たもちやすく、はかいちうさいのともからも、となふるにたよりあり、いはんやねん〳〵にをこたらす、時々にわすれさせ給す、このたひくいきのさかいをいてまし〳〵て、あんやうふたいのしやうとへいらせ給ん事、なにの御うたかいか候へき

というものだが、都立図本では傍線部分が大幅に増補され、法然義が宣揚されている。それが覚一本や覚一系諸本周辺本文、特に鎌倉本・平松家本・平仮名百二十句本等と殆ど同文であり、それらによる改訂部分と想定される。

それでは、南都本は如何であろうか。都立図本に増補された法然の説経は南都本も同様に増補されているが、それ以前の重衡の告白部分から後、二人の別れまで全面的に異なり、しかもそれらは覚一本・鎌倉本・平松家本と一致する。大部になるので記事配列を記すことでその概要を示すこととする。

	三条西家本	都立図本	南都本	覚一本	百二十句本　屋代本
重衡告白	A	A	B	B	C
上人説経（前半）	A	A	B	B	× （右掲部分以前）
（後半）	A	B	B	B	× （右掲部分）
重衡受戒	A	A	B	B	C
硯を布施にする	A	A	A	A	A
硯の由来	A	A	×	×	×
終夜対話	A	A	×	×	C
上人帰る	A	A	A	A	A
硯の由来	×	×	B	B	C

（ABCは本文内容の共通性を示す。三条西家本の本文をAとし、それとは異なる本文をB、Cとしていった。）

同様の例をもう一ヵ所指摘する。それは維盛入水における滝口の説経である。これも大部になるので、左に項目を立ててその違いを示すこととする。内容的には特に8で熊野権現、阿彌陀如来の功徳を述べることに特徴がある。また、諸本共通している部分でも、南都本の本文は都立図本よりも覚一本等と共通し、構成は平松家本と一致する。もっとも、覚一本と平松家本との相違は2の有無だけである。

	都立図本	南都本	平松家本	覚一本
1夫婦はやがて別れるもの	○	○	○	○
2死はのがれがたきもの（彼離山宮は……）	×	×	×	○

3妻子はこの世の未練と（第六天の魔王は……）	○	○	○	○
4頼義の罪と出家後の往生	○	○	○	○
5維盛こそ嫡流だが非運（御先祖平将軍は……）	○	×	×	×
6出家の功徳は莫大	○	○	○	○
7如来、諸菩薩が迎えてくれよう	○	×	×	×
8熊野の権現如来の救済	×	○	○	○
9維盛入水	○	○	○	○

この二例は、南都本が覚一本もしくはその周辺本文によってそっくり入れ替えたと考えてよかろう。

次に高野記事を掲げる。維盛が滝口に連れられて奥の院に参詣する。その後都立図本は、①延喜御代に勧賢僧正が勅使として下った事蹟　②流沙葱嶺、白河院の高野御幸　③高野山の威容　の順で展開するが、南都本は③高野山の威容が①の前に記される。

③が①の前に置かれるのは覚一本・鎌倉本・平松家本及び読み本系諸本であり、ここにも覚一本もしくはその周辺本文の影響が予想されよう。なお、③は覚一本・鎌倉本・平松家本、南都本・都立図本とも同文だが、ただ一ヵ所、都立図本・南都本の「八葉の嶺八の谷峨々としてそひへ渺々として高し、花の色」の傍線部分が覚一本・鎌倉本・平松家本は「まことに心もすみぬへし」となっている。南都本は覚一本もしくはその周辺本文に従って順序を入れ替えながら、文面は基本的に都立図本を用いたと考えられる。或いは依拠した本文が都立図本と同文であったとも考えられよう。しかしながら一方では、左に見るように、南都本と覚一本その他とが共通する表現が散見される。本文レヴェルにおける覚一本周辺本文の影響が全くないわけではない。

・昔延喜聖代、御夢想の告有て、……二人御山に参給て……石山の内供奉淳祐は大師をおかみ奉らて

・昔延喜ノ御門ノ御時、御夢想ノ告アリテ、……二人相具シテ此御山ニ参給テ、……石山ノ内供淳祐、其時未タ童形ニテ供奉セラレタルカ、大師ヲ、カミ奉ラテ　（南都本・覚一本・鎌倉本・平松家本）（三条西家本・都立図本）

傍線部分は都立図本にはなく、覚一本その他と共通する。網かけ部分も、やはり都立図本よりも覚一本その他と共通する。

以上の三つの宗教的場面を、南都本は覚一本もしくはその周辺本文を参考として入れ替えたと考えられる。法然義や滝口の熊野称揚の説経は一類本や都立図本では比較的簡潔である。その点南都本は、入れ替えによって宗教的色彩を濃厚にした。また、他本と異なり一類本等には高野記事について、流沙葱嶺等（②）が挿入されているが、(13)南都本が他本に従って削除することはない。南都本の宗教的側面への関心の強さが窺える。(14)

㈢

第三に、和歌に関しての二ヵ所の改訂を指摘する。

まず第一は行盛の和歌である。藤戸合戦直前の平家の様子を描いた場面で、〔　〕部分が南都本の独自部分である。

むかしは九重のうちにして〔春ノ花ヲ翫ヒ今ハ八島ノ磯ニシテ〈文例9参照〉〕秋の月にかなしめり、〔左馬守行盛、

君スメハコ、モ雲居ノ月ナレト猶恋シキハ都ナリケリ〕（「藤戸」）

これは都立図本にはなく、覚一本と源平盛衰記に見える。今までの南都本に窺えた方向から類推すると、覚一本の周辺本文で補ったと考えてよかろうか。但し、南都本はこの和歌を時忠の作として巻九にも載せている。同様に巻九相当巻に載せているものは源平闘諍録・延慶本・長門本・盛衰記である。重複して同じ和歌を載せていることについ

て、弓削氏が「南都本の無批判に取込(15)」む姿勢を指摘している。このような重複がなぜ可能であったのか、全巻の編集方法上から再検討する必要があろう。

第二には維盛入水の場面で沖合の島で維盛が詠んだ和歌をあげる。一類本にある、

故郷の松かせいかにうらむらんそこのみくつとしつむわか身を

が南都本にはない。覚一本他にも南都本と同様にこの和歌はない。鎌倉本には異なる和歌が記されている。この部分については想像でしかないが、和歌を省略するに際して、覚一本の周辺本文をある程度参照した可能性もあろう。

(四)

南都本の依拠本文の様相を明らかにすることによって、南都本の記事単位、説話単位で特異な独自本文を有する部分を指摘し得た。南都本は、文書、宗教的側面、和歌という限られた側面に他本の本文を導入したのである。特に、宗教的場面においては、経文を縦横に用いた説経色の濃いものとなる。南都本の改編の意図は非常に明確な方向を示している。南都本は親本からかなりの改編を経た本と認められる。

南都本、都立図本の親本は、都立図本に近い本文と考えられる。但し、現都立図本には若干の脱落、独自表現があるので、現都立図本を親本とは言えない。「都立図本的本文」として以下に用いることとする。

なお、導入された本文は現存の諸本の中では覚一本に近いが、現存覚一本ではない。時には鎌倉本の方がより近く、時には平松家本が近い場合もある。複数の本文を参照したというよりも、現存覚一本に近い、しかしその周辺の伝本を想定することが妥当であろう。現段階では曖昧ではあるが、覚一本に近い「覚一系諸本周辺本文」と考えておく。

四、再び南都本本文へ

以上、南都本に覚一系諸本周辺本文がとりこまれていることを考察してきたが、その観点から細部にわたる南都本独自記事を再度見直してみる。前述した10〜13の例に即してみよう。〔　〕が南都本独自部分である。10では、

〔中ニモ大覚寺ニヲハセシ六代御前ニ付奉タル〕小松三位中将の侍に斎藤五、斎藤六とての部分、他本では、

・大覚寺隠居給ヘル小松三位中将若君六代御前ニ奉レ付ケル斎藤五、斎藤六　（屋代本・鎌倉本・百二十句本）

・小松の三位中将維盛卿の若君、六代御前につきたてまたる斎藤五、斎藤六　（覚一本・平松家本）

とあり、屋代本・鎌倉本・百二十句本が近い。但し、これらの文意が自然でわかりやすいのに対し、南都本では修飾関係がぎこちない。補入のまずさを示すと思われる。

11の独自部分、「ハ紺村子ノ直垂ニ折烏帽子押立ラレタリ」は鎌倉本・平松家本・屋代本・百二十句本・覚一本（龍門文庫本）に「紺村濃ノ直垂ニ折烏帽子引立テ」と記される。龍門文庫本を除く覚一本は傍線部分を「立烏帽子」とする。

12の独自部分、「冥途ニテ沙婆世界ノ罪人ヲ罪ノ軽重ニ随テ七日々々ニ十王ノ手ニ渡ランモカクヤト覚テ哀ナリ」は、覚一本・鎌倉本・平松家本・屋代本・百二十句本ともに同じである。

13大将軍には参河守範頼、副将軍には足利蔵人義兼、侍大将には土肥次郎実平、〔其子弥太郎遠平、和田小太郎義盛、三浦平六義村、比企藤四郎義員、天野藤内遠景、佐々木三郎盛綱、〕江馬小四郎義時、法師武者には一品房性賢、

土佐房昌俊を前として

の部分を、覚一本・鎌倉本は、

参河守範頼、平家追討のために西国へ発向す。相ひ伴ふ人々、足利蔵人義兼、鏡美小次郎長清、北条小四郎義時、斎院次官親義、侍大将には、土肥次郎実平、子息弥太郎遠平、三浦介義澄、子息平六義村、畠山庄司次郎重忠、同長野三郎重清、稲毛三郎重成、榛谷四郎重朝、同五郎行重、小山小四郎朝政、同長沼五郎宗政、土屋三郎宗遠、佐々木三郎盛綱、八田四郎武者朝家、安西三郎秋益、大胡三郎実秀、天野藤内遠景、比企藤内朝宗、同藤四郎義員、中条藤次家長、一品房章玄、土佐房昌俊、此等を初として

とし、屋代本・平松家本・百二十句本は、

参河守範頼、平家為追討ノ発向山陽道へ。相随人々、足利蔵人義兼、北条小四郎義時、侍大将ニハ土肥次郎実平、其子弥太郎遠平、和田小太郎義盛、早良十郎義連、佐々木三郎盛綱、比企藤四郎義員、天野藤内遠景、一品房性賢、土佐房昌俊ヲ先トシテ

とする。覚一本・鎌倉本にも南都本が増補した人名をほぼ見いだせるが、屋代本・平松家本・百二十句本の記述の方が順序といい、人数といい近い。

以上のような、都立図本にはないが南都本にはある細かな例も、多くは覚一本もしくはその周辺の平家物語諸本と一致している。このような細かな増補・改訂にも依拠本文に覚一本に近い覚一系諸本周辺本文を想定してよいのではなかろうか。

おわりに

以上、南都本巻十一のうち、他本の巻十相当部分の本文形態は、都立図本的本文をもとに、覚一本に近い覚一系諸本周辺本文による大幅な記事単位での増補、入れ替え、また細かい本文レヴェルでの改訂が施された混態本であることを述べてきた。南都本編者は、都立図本的本文をよく読み、しかも傍らに別種の平家物語を置いてやはり読み込んでいた。傍らの本に比較し、宗教的側面に関する簡潔さに改編の必要を感じ、他にも関心を惹く部分（文書、和歌等）を加えて改編を施し、新しい平家物語本文を生み出した。このような本文形成の過程が想像される。

第一節で紹介した服部氏、山下氏の、巻一の本文が語り本系（服部氏は斯道文庫本・平松家本的本文、山下氏は鎌倉本の類を想定する）に、四部本的なもの（服部氏）或いは延慶本的なもの（山下氏）を加味したものとする論が想起される。本章も依拠した本文こそ異なるが、同様の方法——ある平家物語本文を基に、他の平家物語本文を何らかの意図を以て用いて改編していく——を抽出してきたこととなる。

このような改編の手法を眼前にすると、現存南都本の全巻を統一的に捉えることには慎重にならなくてはならないと思われる。当該巻に即して言えば、覚一系諸本周辺本文の取り込みが現南都本の形成の段階で行なわれたものなのか、それ以前の段階で既に形成されており、現南都本編者はそれをとりあわせただけなのかも考察されねばなるまい。行盛の和歌が他巻と重複していること、巻一では覚一系諸本周辺本文が基本本文として指摘されていること等を併せ考えると、既に覚一系諸本周辺本文の取り込みがなされた本文をとりあわせたと推測するのが妥当であろう。

ところで、南都本の依拠した都立図本的本文が既に、八坂系一類本をもとに読み本系その他の記事を導入して作られた新たなる平家物語であった。南都本がそこに更に他の平家物語を加えて、新しい平家物語本文を作っていく。平家物語が改編を許容し、柔軟に変容を遂げていく志向性を持つ作品であることをこの二本は示していよう。

平家物語の本文というものが、様々な段階で様々な平家物語本文を取り入れつつ、改編の手が加えられて自己増殖していく性格を有するとするならば、この動態をも平家物語の側面として視野に入れていくことが必要であろう。従来、八坂系平家物語にはそのような性質が多く指摘されてきた。本章においても、八坂系の本文が関わっていた。本章も八坂系平家物語の特質としてとらえられかねないが、少なくとも、南都本巻一本文を鑑みれば、八坂系の特質と限定される保証もない。(16) 平家物語の本文の再編の方法とその意味を広い視野で考えていかなくてはならないのではなかろうか。

注

（1）『平家物語考』（明治44　但し、勉誠社　昭和43再刊に拠った）一七三～一七五頁
（2）『平家物語諸本の研究』（冨山房　昭和18）二四五頁
（3）『平家物語の基礎的研究』（三省堂　昭和37）一四六頁
（4）『平家物語研究』（角川書店　昭和39）一六七頁
（5）『平家物語研究序説』（明治書院　昭和47）第一部第一章第四節
（6）『平家物語成立過程考』（桜楓社　昭和61）序論第三章、第二編第五章第二節
（7）①「平家物語南都本の本文批判的研究――読み本系近似の巻を中心に――」（「名古屋大学国語国文学」29―12　昭和46・12）、②「平家物語南都本の位置」（『松村博司教授退官記念国語国文学論集』名古屋大学国語国文学会　昭和48・4）
（8）「南都本平家物語（巻一）本文考」（「大阪府立大学紀要」21　昭和48・3）

（9）『平家物語の成立』（名古屋大学出版会　平成5）第十一章（初出は平成元・7）
（10）都立図本については当篇第一章、第二章で論じた。
（11）なお、藤井隆氏が寛正頃のものかとして紹介した平家切に、6の前後の部分が載る（藤井隆・田中登氏『国文学古筆切入門』〈和泉書院　昭和60〉九五、初出及び詳細は「戦記物語の古筆切について」〈『名古屋市立大学人文社会研究』15　昭和46・3〉）。松尾葦江氏はこれを南都本が最も近いとする（『軍記物語論究』〈若草書房　平成8〉第二章五　初出は平成7・7）が、都立図本にも近い。
（12）享禄本は、院宣と請文を省略していることを除けば、以下に指摘する部分は皆覚一本と共通する。また、竹柏園本は屋代本と共通する。よって、この二本は省略する。
（13）②（「宗論」）を巻十相当巻に有する本は八坂系一類本と四類本の一部、南都本、南都異本、長門本等にすぎない。例外として覚一本のうち龍門文庫本が巻十結尾にあり、葉子十行本が①の前にある。山下氏は南都本の「宗論」が「挿入」であることを指摘し、「前後文脈の不通」としているが（前掲注（5））、それは都立図本にも共通し、また、一類本B種に溯る。「宗論」挿入の際の不手際が継承されていると考えられる。
（14）渥美氏、冨倉氏、山下氏、武久氏諸氏が、南都本の宗教的側面の濃厚さから種々論じているが、覚一系諸本周辺本文からの補入ということになると、また観点も異なってくるのではなかろうか。
（15）前掲注（7）①に同じ。
（16）松尾氏注（11）論の「混態・混合という現象こそが平家物語の流動の実態を解き明かす鍵である」という問題提起と重なろう。

第四章　南都本平家物語の編集方法㈡

――巻十一・十二本文の再編について――

はじめに

前章で、他本では巻十に相当する南都本巻十一前半部の本文系統を明らかにし、南都本には従来指摘されている以上の本文がとりあわされていることを指摘した。南都本の場合、各巻の本文系統を明らかにすることが作品の特性の捕捉につながると考えられる。また、そのような南都本のあり方は、平家物語の異本形成の一端を示すとも考えられる。

右のような見通しのもとに、本章では前章に続いて、巻十一後半以降の本文系統の考察を行なう。(1)次に、その結果を踏まえて南都本の編集の方法について考えることとする。

一、巻十二前半の本文形態

まず、次頁に掲げる記事対照表を参照されたい。

既に指摘されているように、(2)巻十二後半（C）は八坂系一類本に拠っている。そこで、本文の考察は、巻十一後半から巻十二前半にかけてを対象とする。従来、巻十一後半は巻前半と一括して捉えられ、読み本系（増補系）に分類されたり、[3] 時に八坂系に近い[4]と考えられたりしていた。また、巻十二前半は語り本系とされ、[5] 特に弓削繁氏は覚一本の前段階の本文であり、屋代本と一種の兄弟関係にあると指摘している。[6] そこで、本章でも、巻十一後半と巻十二前半に分け、論述の都合上巻十二前半から考えることとする。

記事対照表

南都本	覚一本	屋代本	八坂系一類本
A			
〔巻十一後半〕			
義経平家打倒を宣言	○	○	○
		官幣使	○
義経渡辺へ向かう	○	○	○
官幣使を立てる	○	×	×
α 義経の軍勢（読み本系の引用）	×	×	×
義経、梶原と逆櫓争い　出発	○	○	○
阿波に到着　大坂越	○	○	○
八島合戦　詞戦い	○	○	○
次信最期	○	○	○
扇的	○	○	○
錣引	○	○	○

弓流	○	○	○	
義経・伊勢の不寝番	○	○	○	
翌日の一戦	○	×	×	
田内左衛門尉の生け捕り	○	○	○	
		鶏合	△	
梶原到着	○	○	○	
住吉神主注進	◎	○	○	
鶏合	◎	×	×	
梶原、義経と先陣争い	◎	○	○	
知盛の鼓舞	○	○	○	
遠矢	○	○	○	
白雲と海豚の奇瑞	○	○	○	
安徳入水	○	○	○	
他の人々の入水	○	○	○	
B				
〔巻十二〕				
平家の生虜明石で詠歌	◎	△	△	他本は巻十一
β（源氏物語の引用）	×	×	×	
内侍所都帰り	◎	○	○	
剣	◎	○	○	
生虜都入	○	○	○	

頼朝従二位	◎	○	○	
鏡	◎	○	○	
文の沙汰	◎	○	○	
女院出家	×〔灌頂巻へ〕	重衡北方の紹介 ○	○○	
頼朝、義経に不快感	◎	○	○	
宗盛、副将と対面	○	○	○	
副将被斬	○	○	○	
宗盛関東下向	△	◎	○	屋代本はここから巻十二
γ（読み本系の引用）	×	×	×	
梶原讒言	◎	×	×	
義経、不満を述べる	◎	×	宗盛、頼朝と対面	
腰越状	◎	×	○	
宗盛、頼朝と対面	◎	○	義経不満を述べる	
宗盛親子都へ、処刑	○	○	○	
δ（六代勝事記他より）	×	×	×	
宗盛親子の首、都へ	◎	○	○	
重衡奈良へ	◎	○	○	八坂系・百二十句本はここから巻十二
重衡北方の紹介	◎	×	○	
重衡、妻との最後の対面	◎	○	○	

河原で処刑	◎	○	○	
大地震	◎	○	○	覚一本・延慶本はここから巻十二
女院の様子	×〔灌頂巻へ〕	○	○	
紺掻	◎	×	×	
生虜配流	◎	○	○	
時忠、女院を訪問、配流〔歌一首〕	○	△〔歌二首〕	△	
女院大原入	×〔灌頂巻へ〕	○	○	
C				
範頼追討	×	×	◎	
土佐房夜襲	○	○	◎	
	範頼追討	○		
判官没落	○	○	◎	
義経追討院宣・守護地頭設置	○	○	◎	
経房高運	○	○	◎	
行家追討	×	○	◎	
義教自害	×	○	◎	
六代御前助命	○	○	◎	
	行家追討 義教自害			
大原御幸	×〔灌頂巻へ〕	○	◎	
六代出家	○	○	◎	

知忠討死	×	○	◎
忠房被斬	○	○	◎
宗実干死	○	○	◎
	頼朝上洛		
	大仏供養		
	知忠討死		
越中次郎兵衛討死	○	○	◎
景清捕縛	×	×	◎
後鳥羽院乱政	○	○	◎
文覚流罪	○	○	◎
六代被斬	○	○	◎

αβγδは独自記事
◎は記事内容、本文共にほぼ共通
○は記事内容は共通するが、本文的には必ずしも一致しない
△は記事はあるが、内容に相違あり
×は該当記事なし

㈠

巻十二前半（記事対照表B参照）は、女院記事の位置、独自記事（βγδ）を除くと、配列的には覚一本に近い。実際、本文的にも諸本の中では覚一本が最も近い。そこで、左に重衡被斬記事の一節を引用してその近似性を確認する。

〔南都本〕

本三位中将重衡卿ハ、狩野介宗茂ニ預ラレテ、去年ヨリ伊豆国ニヲハシケルヲ、南都大衆頻ニ申ケレハ、サラハ渡セトテ源三位入道頼政ノ孫伊豆蔵人大夫頼兼ニ仰テ、遂ニ奈良ヘソ遣ケル。都ヘハ入ラスシテ大津ヨリ山科ヲ経テ醍醐路ニ懸リケレハ、日野僅ニ近カリケリ。此重衡卿ノ北方ト申ハ

〔覚一本〕

本三位中将重衡卿は、狩野介宗茂にあつけられて、去年より伊豆国におはしけるを、南都大衆頻に申けれは、「さらはわたせ」とて、源三位入道頼政の孫、伊豆蔵人大夫頼兼に仰て、遂に奈良へそつかはしける。都へは入られすして、大津より山しなとをりに、醍醐路をへてゆけは、日野はちかゝりけり。此重衡卿の北方と申は

〔屋代本〕

本三位中将重衡卿ハ、狩野介ニ被レ預テ、自二去年一伊豆ニソ御坐シケル。鎌倉殿、「南都ノ大衆ハ此人ヲハ定テ見タカル覧。此次ニ可レ渡」トテ、源三位入道頼政カ孫、伊豆蔵人大夫頼兼ニ仰テ、南都ヘソ被レ渡ケル。都ヘハ不レ被レ入、山科ヨリ醍醐路ヘコソ被レ懸ケレ。三位中将

〔八坂系〕（〔　〕内は二類本にはない部分）

去程に、本三位の中将重衡卿をは伊豆国の住人狩野介宗茂に預けられて、去年より伊豆にそ御坐しける。奈良を滅ほされたる伽藍の敵とて大衆頻に申けれは、さらは渡へしとて、源三位入道の末子、伊豆蔵人大夫頼兼受け取り奉りて南都へ渡し奉る。〔よしさらは、故郷の月を再ひ見んすらんとうれしきかたもおはせしに、せめての罪の深さにや、〕都の内へは入れられす、山科より醍醐路にかゝられけれは、日野の辺をそすきられける。此北方と申すは　（一類本B種の三条西家本に拠り、表記は適宜改めた。以下同じ）

覚一本と南都本とが近似していることが確認されるが、どちらが先行するのかは、この限りでは明らかではない。

(二)

次に、記事構成から覚一本との先後関係について考える。最も大きく相違する点は、女院記事の有無である。女院記事とは、①女院出家、②地震後の女院の様子、③女院大原入、④大原御幸、の四種であり、南都本巻十二の前半に

は①②③が記される（記事対照表網かけ部分）。覚一本は灌頂巻を持っているために本巻の中には女院記事を置かないのに対し、南都本では巻の中に女院記事が入り込んでいる。

女院記事の配列は、南都本では、〈鏡、文の沙汰、①女院出家、頼朝不快、……大地震、②女院の様子、紺掻、生虜配流〉となっているのに対し、例えば百二十句本では、〈①女院出家、重衡北方消息、剣、鏡、頼朝不快、……大地震、②女院の様子、義経伊予守、腰越、改元、紺掻、生虜配流〉という配列をとる。鎌倉本では〈大地震、義経伊予守、改元、生虜配流、……②地震後の女院の様子、③女院大原入〉という配列となっており、いずれも南都本とは異なる。南都本の女院記事の位置は屋代本や八坂系と共通する。

覚一本のような灌頂巻を持つ形態は、巻十一、十二に女院記事が編年的に配置されていた形態から女院記事を抜き出して纏めたものである。(7) 従って、南都本のように、本巻中に女院記事を置く形態は、一見覚一本成立以前の形態と考えられよう。しかし、南都本の形態からは、実は二つの可能性が考えられる。一つは、屋代本の如き断絶平家型の形態から覚一本の如き灌頂巻型の形態への過渡的形態を示すとする可能性であり、今一つは、灌頂巻を特立させた覚一本の存在を前提とし、南都本は女院記事を再び本巻中に入れ直したとする可能性である。

もしも灌頂巻から女院記事を本巻中に入れ直したのならば、その配列からして屋代本等の構成を参考にしたことになるので、屋代本等による改編が加わる場合もあり得る。加えて、灌頂巻を特立するために改編を受けた本文が南都本の中に含まれていたならば、南都本が覚一本への過渡的な形態とはいえないことになる。そして、一ヵ所ではあるが③の「女院大原入」に、記事を入れ直したと思わせる記述がある。

この記事の南都本の本文は覚一本に近い。冒頭も「建礼門院ハ此御スマイモ都近シテ玉鉾ノ道行キ人目モ繁ケレハ」と、覚一本の「此御すまゐも都猶ちかく、玉ほこの道ゆき人のひと目もしけくて」とほぼ共通する。しかし、南都本では、「大原入」の前は時忠配流記事で、「此御スマイモ」の「此」の指示するものが「吉田御所」であることは分かりづらい。一方、覚一本は灌頂巻に①女院出家、②地震後の女院の様子から連続して③女院大原入を描いていくので、「此御すまゐ」という記述にも違和感はない。因みに、屋代本では「建礼門院ハ、秋ノ暮マテ吉田ノ御坊ニ渡ラセ給ケルカ、コヽハ猶都近フテ玉鉾ノ道行人ノ人目モ滋シ」、八坂系では「去程に建礼門院は東山の麓、吉田の辺に渡らせ給けるか、こゝは猶都近くて玉鉾の道行く人の人目も繁ければ」と記し、「女院大原入」記事が時系列の中で違和感なく読めるように考慮されている。南都本が屋代本的な断絶平家型から覚一本的な灌頂巻型への過渡的な段階にあるならば、「此御スマイ」の記述は説明がつかない。南都本を断絶平家型から灌頂巻型への過渡的な形態と想定することには無理があると考えられる。南都本の女院記事は、覚一本のように灌頂巻に纏められたものから該当部分を本巻に再び戻したものと推測される。

また、重衡北方の紹介記事の位置も南都本が覚一本に拠っていることを示唆する。覚一本では重衡が日野を通る場面（当節㈠冒頭での引用の次）に左のように記されている。

此重衡卿の北方と申は、鳥飼の中納言惟実のむすめ、五条大納言国綱卿の養子、先帝の御めのと大納言佐殿とそ申ける。三位中将一谷ていけとりにせられ給ひし後も、先帝につきまいらせておはせしか、壇の浦にて海にいらせ給ひしかは、ものゝふのあらけなきにとらはれて、旧里に帰り、姉の大夫三位に同宿して、日野といふ所におはしけり。中将の露の命、草葉の末にかゝてきえやらぬときゝ給へは、夢ならすして今一度見もし見えもする事もやとおもはれけれとも、それもかなはねは、なくより外のなくさめなくて、あかしくらし給ひけり。

一方、屋代本では都に戻った人々のその後という展開から、該当記事を、〈時忠の文の沙汰、女院出家、女房たちの末路、重衡北方の紹介〉と配置している。この配列は屋代本だけではなく、延慶本、長門本等もほぼ共通しており、(8)本来の形態と考えられる。覚一本では、女院出家記事を灌頂巻に移すにあたって、出家記事に続いて置かれていた北方の記事を、傍線部分に見える北の方が重衡を恋う叙述に関連づけて、重衡処刑記事の日野での再会に接合したと考えられる。南都本の該当記事は覚一本と同様の位置にあり、本文も覚一本に最も接近している。南都本が覚一本の前段階の形態であるとすれば、女院出家記事はそのままに、北方の記事のみを移動させたことになるが、この移動の必然性はない。南都本は灌頂巻から女院記事を本巻に戻したものの、覚一本が本巻の中で移動させていた北方の記事はそのままにしたものと考えられる。

なお、南都本と同様の配列をとるものには八坂系二類本がある。また、八坂系一類本は重衡北方の記事を女院記事の次と、重衡との対面との二ヵ所に重複して記す。ただし、対面場面では一、二類本とも北方が重衡を恋う記述（傍線部分）は省略されている。記事の移動の契機となる記述が失われているわけであり、八坂系が南都本と同様の位置に北方の記事を置いていても、八坂系から南都本へという方向での影響関係を考える必要はない。

南都本は覚一本のような配列をもとに、屋代本のような記事配列をもった本を念頭に入れて、女院記事を挿入し直したものと推測される。

㈢

南都本における屋代本的な本文からの影響は女院記事の移動の他にもある。次に掲げる宗盛父子の関東下向記事の入れ替えである。覚一本では、

さる程に、大臣殿は九郎大夫ノ判官にくせられて、七日のあかつき、粟田口をすき給へは、大内山、雲井のよそにへたゝりぬ。関の清水を見給ても、なく〳〵かうそ詠し給ひける。

　　都をはけふをかきりの関水に又あふ坂のかけやうつさむ

道すからもあまりに心ほそけにおほしけれは、〔以下略〕

とある部分、南都本では左に掲げるように覚一本とは全く異なる。

去程ニ大臣殿父子判官ニ具セラレテ鎌倉ヘ下給フ。判官情深キ人ナリケレハ道スカラモ様々ニナクサメ奉ル。大臣殿何ニモシテ我等父子カ命ヲ申請テ助ヨト宣ハ、義経カ今度ノ勲功ノ賞ニハ二所ノ御命ヲ申請ントコソ存候ヘ。奥ノ方ヘヤ流シ参候ハンスラント申ハ、アクロ、都河路、壺ノ石踏、エソカ住ナル千嶋ナリ共、甲斐無キ命タニモ有ハト宣ケルコソカナシケレ。古ハ名ヲノミ聞シ海道ノ宿々名所々々ヲ打過々々下給フ。駿河国浮嶋カ原ヲ過給フトテ、

大臣殿、

　　塩路ヨリタヘヌ思ヲ駿河ナル名ハ浮嶋ニ身ハフシノネニ

右衛門督、

　　我ナレヤ思ニモユル富士ノネノ空キ虚ノ煙ハカリハ

南都本と同様の記事を有するものは、次に掲げる屋代本である。

元暦二年五月七日ノ卯ノ刻ニ九郎大夫判官、大臣殿ノ父子ヲ奉レ具シテ、関東ヘソ被レ下ケル。判官情深キ人ニテ、道程様々ニ労リ慰メ奉リ給ケリ。大臣殿、「アハレ、宗盛父子カ命ヲ申宥メサセ給ヘカシ」ト宣ヘハ、判官、「今度義経カ勲功賞ニハ、一向二所ノ御命ヲコソ申宥メハヤト存チ候ヘ。ヨモ奉レル失マテノ事ハ候ハシ。何様ニモ奥ノ方ヘソ下シ進セ候ハンスラム」ト被レ申ケレハ、大臣殿、「東ノ奥、遠国ノ外、夷カ住ナル千嶋ナリ共」ト宣ケルソ糸惜キ。昔ハ名ヲノミ聞シ東海ノ宿々名所々々ヲ見給テ、日数フレハ、駿河国浮嶋カ原ニソカヽリ給フ。「此ハ

浮嶋原」ト申ケレハ、大臣殿、

　塩路ヨリタヱス思ヲスルカナル名ハ浮嶋ニ身ヲハ富士ノネ

右衛門督、

　我ナレヤ思ニモユル富士ノ根ノ空キソラノ煙リハカリハ

（傍線部分は南都本と異なる部分）

南都本は屋代本のような本文によって、「判官情深キ人ナリケレハ」以下を差し替えたと考えられる。しかし、屋代本とすべてが一致しているわけではない。例えば、南都本の「アクロ、都河路、壺ノ石踏、エソカ住ナル千嶋ナリ共、甲斐無キ命タニモ有ハト宣ケルコソカナシケレ」は、屋代本の「東ノ奥、遠国ノ外、夷カ住ナル千島ナリ共ト宣ケルソ糸惜キ」とは異なる。が、延慶本には「何ナルアクロ、ツカロ、ツホノ石フミ、夷カ栖ナル千島ナリトモ、甲斐ナキ命タニモアラハト思給ソセメテノ事トオホヘテ糸惜キ」と、南都本と同じ記述があり、必ずしも南都本の独自の表現ではない。延慶本を更に混態させたとも考えられるが、南都本の拠った本文が現存屋代本とは少し異なるものであったことも考えられる。

ところで、宗盛関東下向の復路に、南都本には次のような記事がある。

尾張国ニモ至ヌレハウツミト云所アリ。コヽハ故左馬頭義朝カ墓ノ有ナル前ニテソ切レンスラント宣アハレシカ共、マハリヲ三度引廻シ奉リ、尾張国モ打過美濃国ニモ至リヌ。甲斐無キ命計ハ扶ラレンスルニコソト宣ハ、

覚一本では、

尾張国うつみといふ処あり。こゝは故左馬頭義朝か誅せられしところなれは、これにてそ一定とおもはれけれとも、それをもすきしかは、大臣殿すこしたのもしき心いてきて、「さては命の生きんするやらん」との給ひけるこそはかなけれ

（太字は南都本と一致する部分）

とあり、南都本とは少し異なる。次には屋代本を掲げる。

尾張国ノマト云所ニソ着給ヒケル。大臣殿ハ、是ハ**故左馬頭義朝カ**首ヲ刎タ所也、其**墓ノ前ニテソ**、一定**切レムスラント被**レ**思ケル処ニ**、判官、大臣殿父子ヲ奉レ具テ、父ノ墓ノ前ニテ**三度**臥拝ミ、「草ノ影ニテモ、亡魂尊霊必ス是ヲ見給テ、御心ヲヤスメ給ヘ」トソ被レ申ケル。サレトモソコニテモ不レ被レ切。大臣殿、「今ハ**無**二**甲斐**一**命計ハ助ンスルニコソ**」**ト宣ヘハ**

（太字は南都本と一致する部分）

南都本は「故左馬頭義朝カ」以降を屋代本に近い本文に拠って記したものと考えられる。ただし、屋代本では義経が墓の前で「伏拝」としてあり、南都本と一致するわけではない。ここでは次の八坂系の往路の墓参記事に注目したい。

国々宿々さし過て下給程に、尾張国野間の内海にもなりしかは、ここは故左馬頭義朝の墓なりければ、大臣殿父子を馬よりおろし奉りて、墓の前を、かなたへこなたへ、七度わたし奉る。其後判官、墓の前に畏て、過去精霊必ず此志をもて、九品安養の浄土の引摂に預かり給へと申されけるとかや。その後大臣殿父子を馬に乗せ奉り下向し給ふ程に、駿河国浮島か原にもなりにけり。

野間（内海）記事は諸本とも復路に載る。八坂系が往路に記すことは八坂系の後出性を示す。八坂系の記事は屋代本の復路の記事に類似しているが、墓の前を宗盛たちを「渡」すという一類本の表現は二類本では「引回」であり、南都本と同義とみてよい。「三度」と「七度」とでは、八坂系の方に誇張が見られ、また、記事配列の後出性からも南都本が八坂系を参照したとは考えられない。一方、八坂系は記事の内容が南都本よりも詳しいが、屋代本と類似しており、八坂系が南都本に拠ったとも考えられない。ここからは、南都本の「三度引廻」が南都本独自の記述ではないことが確認されるのみであるが、南都本、八坂系それぞれの形成の過程に、共通性のある本文の存在が想定される。そして、この限りでは、その本文は現存屋代本にかなり近似した本文と考えられる。南都本が混態に用いた本文は屋代本に近い屋代本的本文であると言える。しかし、以下には煩雑を避けるために「屋代本」と記す。

なお、屋代本からの影響について更に一例を加える。重衡被斬記事で、重衡の死骸を運ぶ従者が南都本には「観音冠者、地蔵冠者ト云中間、殊王法師、十力法師ナト云力者」と記されるが、これは覚一本にはなく、屋代本、八坂系に類似する文言である。南都本は記事単位だけではなく、語句単位でも混態を行なっている。

（四）

一方、読み本系からの記事単位での増補も見られる。前述した宗盛父子関東下向の屋代本による差し替えの次に左の一節がある（記事対照表γ）。

原ニハ塩屋ノ煙片々タリ。風ニナヒキテ行ヘモ知ラス立マヨヘリ。伊豆ノ国符（ママ）ニ付給テ、三嶋大明神ト聞給ヘハ、昔能因カ苗代水ト読タリシ言ノ道ニ納受シテ、エンカンノ天ヨリ雨クタリ枯タルイナハモ忽ニ緑ノ色ニ成タリシ目出キ神ニテマシマセハ、来世ニハ必助ケサセ給ヘト伏ヲカミ、箱根ヲ越テ

延慶本・長門本・盛衰記等の読み本系の本文が『東関紀行』から抽出、縮約したものを更に摘記したものである。[9] この増補記事は屋代本によって差し替えられて記された「浮嶋原」から地理的に連続する。従って、差し替えが行なわれた時の、あるいはその後の増補と考えられる。

もう一例を「女院出家」から掲げる。

覚一本　　×××××××××××××××
南都本……〔略〕朽坊ニ入セ給ケン御心ノウチ押量ラレテ哀ナリ。道スカラ僅ニ付参タリシ女房達モ是ヨリ皆チリ〴〵
屋代本　　コソ悲ケレ

覚　××××××××××××××××××××　かことし。さるま
南　ニ成給ヌ。御心細サニイト、消入様ニソ思召レケル。魚ノ陸ニ上レルカ如シ。鳥ノ栖ヲ離タルヨリモ猶カナシフ
屋　××××××××××××××

覚　まには
南　憂カリシ浪ノ上、舟ノ内ノ御スマヒ今更恋シクソ思召レケル。滄波路遠シ思ヲ西海千里ノ雲ニ寄セ白屋苔
屋　××××××××××××××××

覚　かなしともいふはかりなし。××××××××××××××××
南　深シテ泪ヲ東山一亭ノ月ニ落ツ。　同底ノミクツトモ成ヌヘカリシ身ノ責テノ罪ノ酬
屋　××××××××××

覚　××××××××××××××　××××××××××××××××××　かくて女院は文
南　ニヤ残ト、マリテト思召ケレ共甲斐ソ無キ。天上ノ五衰ノ悲ミ人間ニモ有ケル者ヲトソ見ヘシ。
屋

覚　**治元年**　××　とそきこえし　に
南　**同五月一日女院御クシヲロサセ給ケリ。**御戒ノ師ニハ長楽寺ノ阿称房上人印西ソ参ラレケル。御布施ハ
屋　別当　ニ

覚　直衣なり　××××××××××××××××　××××××××××　今はの時
南　先帝ノ御衣トカヤ。上人是ヲ給テ何ト云事ハ出サネ共ソ、ロニ涙ヲ流テ墨染袖ヲソシホラレケル。其期
屋　兎角ノ詞ハ出サレス、御衣ヲ顔ニ押当

覚　け×××　その　いまたうせす　に御らむせん　はる〳〵と都まて
南　マテ召レタリシ御衣ナレハ　御ウツリ香モ　尽ス。御形見　トテ西国ヨリ　モ
屋　未　ニ　是マテ

覚　れは　こそ　××
南　タセ給ヒタリケルヲ何ナラン世マテモ御身ヲハナタシト　思召レタリケレ共御布施ニ成ヌヘキ物ノ無ウヘ且ハ
屋　シカハ　シカ

覚　×　させ　これを給はて、何と奏するむねもなくして、墨染の袖をしほ
南　彼御菩提ノ　為ニトテ泣々取出シ　給ヒケリ。上人
屋　御　×　サセ

覚　りつゝ泣々罷出られけり。
南　此御衣ヲハ幡ニヌイテ
屋　是　×

まず、覚一本では中頃に「かくて女院は文治元年五月一日御くしおろさせ給けり」と記されるが、南都本は屋代本と一致して「同五月一日女院御クシヲロサセ給ケリ」となっていることに注目される。覚一本にとっては「女院出家」は灌頂巻の開始で、年次がここで初めて記される。従って、「文治元年」と新たに記さなくてはならない。屋代本は本巻中にあり、その前から連続しているので「同」となる。南都本は、先に考察したように、灌頂巻から女院記事を再挿入しているために、屋代本に従って「同」と書き直したと考えられる。更にこれに続く文言がかなり屋代本と共通している。南都本は「同五月一日……」以下を屋代本によって記したと考えられる。しかし、それ以前は必ずしも屋代本と、また、覚一本とも共通しない。そこで注目したいのが延慶本等の読み本系である。実は、この南都本の前半部分は延慶本（他に四部合戦状本、盛衰記）とほぼ一致しているのである。延慶本を左に掲げる。

朽坊ニ只一人落着給ヘル御心ノ中何計ナリケン。道ノ程伴ヒ奉シ女房達モ皆是ヨリ散々ニ成給ニケレハ御心細ニイト、消入ヤウニソ被思召ケル。誰哀ミ奉ヘシトモ不見ヘ。魚ノ陸ニ上タルカ如シ。鳥ノ巣ヲ離タルヨリモ猶悲シ。ウカリシ浪ノ上、船ノ中ノ御スマヒ今ハ恋クソ思召ケル。同シ底ノミクツト成ヘカリシヲ身ノ責ノ罪ノ報ヲヤ残留ナト思召トモ甲斐ソナキ。天上ノ五衰ノ悲ハ人間ニモ有ケル物ヲト被思召テ哀也。〔略〕蒼波路遠シ、寄セ思ヲ於西海千里ノ空ニ、亡屋苔深シ、落サセ涙於東山一亭ノ月ニ給ソ哀ナル。

（網かけ部分は南都本と位置が異なる。傍線部分は南都本にないもの）

南都本は延慶本のような文言に拠っていると考えられる。そこで、前例と同様に、屋代本を参考にして記事を移動し、混態を行なった後に、延慶本的な本文を混態させたものと考えられる。

㈤

以上のように、巻十二前半は覚一本、屋代本、読み本系、様々な本文が混態した結果としてなった本文と考えられる。しかし、それらでは説明のできない記述もある。次に、そうした部分について述べることとする。

まず、先に、屋代本による記事の差し替えと読み本系による記事の増補の例として宗盛父子の関東下向記事を掲げたが、他にも宗盛処刑後に次の増補記事（記事対照表δ）があり、宗盛とその周辺に関する記事に特徴が見られる。

聖此ハカニ卒都婆ヲ立ラレタリケレハ、何ナル人カ読タリケン、

思キヤ花ノ都ヲ散シヨリシカノ浦風吹タツラントハ

フリニケル大津ノ宮ハアレハテ、其名ハカリノ後ノ篠原

ト二首ノ歌ヲソ書付タル。

このうち一首めの歌は『六代勝事記』の、

内府の生虜たなひきのくもにいりて、江州のあはつにかへりて首を京にさらす。

おもひきや花の都をちりしより志賀の浦風吹たえむとは

によるものである。二首めは『東関紀行』の次の二首が影響を与えているのかと思われる。

さゞなみや大津の宮のあれしより名のみ残れる志賀の故郷

ゆく人のとまらぬ里と成しよりあれのみまさる野路の篠原

この二首は隣り合うわけではないが、近接して記されている。

他にも覚一本とはかなり異なる文言が宗盛に関する記事には散見される。「生虜都入」には宗盛父子の車を引く牛飼

童の記事があるが、その位置が南都本は他本と異なる。覚一本や屋代本では、〈①宗盛以下の人々帰洛、②宗盛父子の様子、③京中の人々の見物、④宗盛の牛飼の奉公〉とする部分を、南都本では〈①④②③〉として、牛飼童の記事を宗盛父子の行列記事の直前に載せる。これは生虜一行の紹介を分断する形となり、展開を乱し、後出性を示すものと指摘されている。(10)が、宗盛に関する話は集約することになる。また、「副将被斬」では女房の悲嘆、副将の悲嘆が増幅され、宗盛の処刑では、宗盛への善知識の言葉に覚一本との異同が大きい。これら一連の宗盛とその周辺記事の増補、改編は宗盛への関心故のものと考えられる。

「時忠配流」にも特異な表現がある。覚一本では、北方の嘆きが「大納言の袂にすかり、袖をひかへて、今を限の名残をそおしみける」と記されるが、南都本では「今ノ時ニ成シカハ大納言ノ袖ニスカリテ人目ヲモ憚ラス声ヲハカリ泣悲レケリ」と、その悲嘆がやや大げさに描かれる。更にその後に「乙子ノ新中将時家トテ生年十八ニ成ケンモ名残ヲ惜ミ奉テ近江国三河尻ト云所マテ打送奉リ、其ヨリ暇申テ上ラレケリ」と加え、離別の場面に増補を加えている。(11)

他にも細かな独自性は随所に見られる。例えば、「剣」では覚一本は草薙剣の変遷を次のように記す。熱田神宮に納められ、それが盗難にあい、取り戻した後に、天武天皇が内裏へ納め直す。それが海中に沈んだ、と。しかし、南都本では、盗難後取り戻し、「其後内裏ニ置レタリケルヲ、天武天皇朱鳥元年ニ又都ヨリ尾張国熱田社ヘ返シ入奉ル。作リ替ラル、剣ハ内裏ニ有リ」と記し、内裏におかれて海中に没した剣は作り替えられた剣であったと記される。これは南都本が整理を施した跡と考えられる。(12)

なお、覚一本では、宝剣の行方を語り終わった後に、「ある博士の勘へ申けるは」として龍が剣を取り戻すために安徳天皇として誕生したことを記して、「千いろの海の底、神龍のたからとなりしかは、ふたゝひ人間にかへらさるもことはりとこそおほえけれ」と纏めるが、南都本では、「時ノ有職」の言として一旦、「神龍ノ宝ト成ニケレハ、再ヒ人間ニカヘラサルモ理リトコソ覚レ」と記した後に、「法皇ノ御夢想」として龍王が取り戻したことを記し、再び、「龍神ノ霊宝ト成リシ上ハ二度ヒ人間ノ宝ニ成ヘシトモ覚ス」と繰り返す。ここに後白河法皇を登場させる本は他になく、これも南都本の独自の改編と考えられる。その際に、同様の表現が反復するといった不手際が生まれたものと考えられる。

以上のように、巻十二は混態の重なった本文に独自の整理、増補の手が加わった本文と認められる。

二、巻十一後半の本文形態

㈠

次に巻十一後半について考える。記事対照表Aからわかるように、巻十一も記事配列上覚一本が最も近い。が、巻十二と異なり、本文上の相違が大きい。まず左に壇の浦合戦の「知盛の鼓舞」から覚一本と比較的一致する部分を掲げ、他本との相違を確認する。

〔南都本〕

去程ニ源平ノ陣ノアハイ卅余町ヲ隔テタリ。門司、赤間、壇浦ハタキリテ落ル塩ナレハ、源氏ノ舟ハ塩ニ向ヒテ心ナラス押落サル。平家ノ舟ハ塩ニ追テソ出来ル。奥ハ塩ノ早ケレハ、ミキワニツキテ、梶原ハ陸ニ着テ敵ノ舟ノ行チカウ所ニ熊手ヲ打懸テ乗ウツリ、親子主従十四五人打物ヌヒテ、ヘヨリトモヘムケテナキ、トモヨリヘエムケテナイタリケリ。分取リアマタシテ先此日ノ高名ノ一ニソ付ニケル。

〔覚一本〕

さる程に、源平の陣のあはひ、海のおもて卅余町をそへたてたる。門司、赤間、壇の浦はたきておつる塩なれは、源氏の舟は塩にむかふて、心ならすをしおとさる。平家の舟は塩におうてそいてきたる。おきは塩のはやけれは、みきはについて、梶原敵の舟のゆきちかふ処に熊手をうちかけて、おや子主従十四五人のりうつり、うち物ぬいて、ともへにさん〲にないてまはる。分とりあまたして、其日の高名の一の筆にそつきにける。

〔屋代本〕（八坂系は屋代本に近いので省略する）

同廿四日卯刻ニ、源平時ヲ作ル。其声、上ハ梵天マテモ聞ヘ、下ハ海龍神マテモ驚覧トソ覚タル。門司、赤間、壇浦ハ、タキツテ落ル塩ナレハ、源氏ノ船ハ塩ニ引レテ心ナラス引落サル。平家ノ船ハ塩ニヲフテソ来リケル。奥ハ塩ノ早ケレハ渚ニ付テ、梶原、敵ノ船ノ行チカフ処ヲ熊手打懸、乗リ移テ散々戦ヒ、分取アマタシタリケリ。其日ノ高名ノ一ニソ付ニケル。

しかし、このように接近した部分は少ない。

（二）

屋代本からの影響を窺わせる部分もある。義経が阿波に到着した場面で、南都本を左に掲げる。

義経カ勝浦ニ付ク目出サヨ、八嶋ニハ勢ハ何程アルソト問レケレハ、千騎計ニ過候ハシ。ナト少キソ。如此四国ノ浦々嶋々ニ百騎二百騎ツ、指置レテ候。其上、伊予国住人川野四郎道信カ召共参ラヌヲ責ントテ、阿波民部成良之子田内左衛門範長《良イ》三千余騎ニテ伊予ヘ差遣ハサレテ候。サテ此辺ニハ平家ノ後矢射ツヘキ者ヤアル。

この部分、覚一本では、

　かつ浦につく目出たさよ。此程に平家のうしろ矢ゐつへい物はないか

と、その大部分（傍線部分）がない。その暫く後に、

判官近藤六親家をめして、「八嶋には平家のせいいか程あるぞ」。「千騎にはよもすき候はし」。「なとすくなひぞ」。「かくのごとく四国の浦々嶋々に五十騎百騎つゝさしをかれて候。其うへ阿波民部重能が嫡子田内左衛門教能は、河野四郎かめせともまいらぬをせめんとて、三千余騎て伊予へこえて候」。「さてはよいひまこさんなれ

と記されるのだが、この傍線部分の記述が南都本と同じ位置に置かれているのが屋代本である。

先ツ勝浦ニ付ク目出サヨ。サテ屋島ニハ当時勢ハ何程有ソ」。「千騎計ハ候覧」。「ナト、少ヒソ」ト宣ヘハ、「阿波民部嫡子田内左衛門範義、三千騎ニテ河野ヲ攻ニ伊予国ヘ越テ候。其ノ外勢ノ向ハヌ浦々モ候ハス。五十騎、百騎ツヽ被㆓差向㆒テ候」。「サテ是ニ平家ノ方人シツヘキ者ハ無カ」。

南都本は屋代本を参考にして覚一本の「八嶋には」以下の文言を移動したと考えられる。

　なお、南都本には、「田内左衛門範良ハヲメ〱トタハカラレテ、物具召レ、ヤカテ伊勢三郎ニ預ケラル。是モ平家ノ運ノキハマル故也」という一文が範良生虜の最後に付けられるが、八坂系一類本にのみ「大将のかやうになる上は、三千余騎の兵共、をめ〱といけとられけるは、平家の運のきはめとぞ見えし」と、類似した表現がある。また、住吉神主の報告の中で南都本が「十六日子刻」とする部分、覚一本・屋代本は「丑刻」であり、「子刻」とするのは八坂系や延慶本である。南都本が八坂系と共通する文言が散見される。これらは、前節で南都本の混態に用いた依拠本文に、屋代本ではなく屋代本的本文を想定したことと共通すると考えられる。

(三)

読み本系からの増補も見られる。まず義経が四国に渡る時につき従う兵の名が四十名余り列挙されている。

義経南海道へ趣テ四海へ渡ラントス。相随兵ニハ遠江守義定、佐渡守重行、大内冠者惟義、山名三郎義行、〔略〕堀弥太郎親家、伊勢三郎義盛、源八広綱、枝源三、熊井太郎、武蔵房弁慶、木曽仲次、是等ヲ始トシテ以上三百余艘ヲ相具シテ阿波国へ渡リテ讃岐ノ八嶋へ寄テ責落サントス。

この記事は語り本系にはない。読み本系のうち、最も近いのが延慶本であり、四部合戦状本もそれに次ぐ。何らかの読み本系を基に補入したものと考えてよかろう。

また、壇の浦合戦も終盤に近づき人々が入水する中で、南都本には、

小松殿ノ君達ハ此彼ニテ失給ヌ。今三人ヲハシケルカ、末ノ御子丹後侍従忠房ハ八嶋ノ軍ヨリ落テ行方ヲ知ス。

と、忠房の記事があるが、これは語り本系にはなく、延慶本にある一文である。

以上のように、巻十一後半では、基本的には覚一本を基に、更に屋代本、読み本系等によって混態が行なわれていると考えられる。しかし、それらから離れた独自本文、独自記事も多い。次にはそれらについて紹介する。

(四)

例えば、那須与一が扇の的を射た次に平家の侍を射るが、南都本では「是ハ鎮西ノ住人松浦ノ太郎重俊ト云者也ケリ」と記す。また、「鶏合」で源氏に味方しようと湛増が集めた家来の中に、「弟二人浄堪《ママ》法眼、祐湛法橋、イトコノ長湛法橋、郎等法師、上坐、寺主ヲ始トシテ二千余人」と、具体的に人名を掲げる。前者は巻二「西光被斬」に登場

する人物だが、先述した読み本系による四十余名の人名の増補と併せて、人名に対する関心が窺われる。

しかし、最大の特徴は義経の形象である。巻十一では義経が活躍するが、南都本にはそれが顕著である。他本と共通する部分は省略し、南都本に独自の部分を中心に述べていく。

〔1〕義経一行は四国上陸後に近藤六に向かう。その時に義経は伊勢三郎を召して、

平家ノ一門ナラハ義経向ハン、其外ノ駆武者ナラハ其中ニ可然者ヤアル。召テ参レ、尋ヘキ事アリ。

と問う。この部分、例えば覚一本では、

あの勢のなかにしかるへい物やある。一人めしてまいれ。たつぬへき事あり

とある。義経が自身で向かおうという積極性が表現されている点で南都本に特有の表現となっている。

〔2〕「錣引」で、平家方の景清が活躍をして戻り、平家方が上陸する。そこで南都本では、

大夫判官、ニクシ、アレケ散セトテ我身マ前ニ進カケ給フ。

と、先頭を切って駆けるが、覚一本では、

判官是を見て、「やすからぬ事なり」とて、後藤兵衛父子、金子兄弟をさきにたて、奥州の佐藤四郎兵衛、伊勢三郎を弓手馬手にたて、田代冠者をうしろにたてて、八十余騎おめいてかけ給へは

と、郎党に囲まれて戦う。屋代本では、

判官是ヲ見給テ、「悪七兵衛ナラハ漏スナ、射取レヤ」トテ、喚テ懸給フ。三百騎連テカク。

と、南都本と類似している。南都本では先頭を切って敵に向かう義経の姿が浮き彫りにされている。

〔3〕これに続いて南都本では、

(平家は)皆舟ニ取乗テ引退。大夫判官馬ノ足ノ及所マテ打入テ戦給フ。舟ニ乗ラセシト戦フ処ニ

と、義経の戦いぶりを前面に押し出して「弓流」となる。この部分、覚一本では、

源氏のつは物共勝にのて、馬のふと腹ひたる程にうちいれてせめたゝかふ。判官ふか入してたゝかふ程に

と、源氏の兵の戦いの中での義経の描写である。屋代本も覚一本と共通する。

〔4〕不寝番をする義経と伊勢三郎を覚一本では、

前後もしらすそふしたりける。其なかに、判官と伊勢三郎はねさりけり。判官はたかき所にのほりあかて、敵やよすると遠見し給へは、伊勢三郎はくほき処にかくれゐて、かたきよせは、まつ馬の腹ゐんとてまちかけたり。

と記す。屋代本もほぼ同じである。ところが、南都本では、

前後モ知ス臥タリケリ。判官ハタカキ所ニノホリテ遠見シ給フ。其中ニ判官ト伊勢三郎トハネサリケリ。伊勢三郎ハクホキ所ニ隠レテ、敵寄ハ先馬ノ腹イント待カケタリ。

と、文意が通らなくなっている。これは判官の行動を特筆しようと先に記したために錯誤をおこした結果と考えられる。

〔5〕夜が明けて、志度に渡った平家を源氏が追う合戦で、覚一本では、

平家是を見て、「かたきは小勢なり。なかにとりこめてうてや」とて、又千余人なきさにあかり、おめきさけむでせめたゝかふ。さる程に、八嶋にのこりとゝまたりける二百余騎の兵とも、おくれはせに馳来る。

と、合戦の場に義経の登場はない。屋代本には該当記事がない。一方、南都本は、

平家是ヲ見テ、昨日ニナラヒテ源氏ノ大将打ントテ昨日ノ大将打ヤ者共トテ、舟ヨリ千余人計ソオリタリケル。平家ノ馬トモハ皆田内左衛門範良カ伊予ヘ越トテ引セタリケレハ、皆カチ武者ニテソ有ケル。大夫判官、佐藤四郎兵衛、伊勢三郎、弓手妻手ニ立テ、金子十郎、同与一、後藤兵衛父子是等ヲ前ニ立テ、後ロニハ田代冠者ヲ立

テ八十余騎ニテヲメヒテカクレハ、平家ハ馬スクナニテヲウヤウカチニテ有ケレハ、散々ニカケ散ラサレテ、源氏ノ方ニ百騎ヲクレ馳ニ出来リ。〔略〕大夫判官頸切懸テ悦ノ時ヲ作リ

と、郎党に囲まれてはいるが、義経は自ら戦い、敵の頸を自ら切る。南都本は覚一本の〔2〕の記事をここ（網かけ部分）に移動させて、更に義経自らの戦いを描き出したのではないかと考えられる。

以上のように、南都本では義経自身の活躍が強調されている。それでは、義経の悲劇、つまり義経と頼朝との関係、特に義経が梶原の讒言によって追討されるに至る因果関係についてはどのように記されているのだろうか。

まず、覚一本によってその展開を確認しておく。巻十一「逆櫓」では、逆櫓をたてる、たてないで争い、義経は梶原の慎重さを笑い、梶原は義経を猪武者と笑う。家来たちによって両者の衝突は辛うじて抑えられ、その結果は「判官と梶原と、すてにとしいくさあるへしとさゝめきあへり」と記される。次いで、壇の浦合戦の前に二人は再び先陣を争う。そこでも家来によって抑えられるが、「それよりして梶原、判官をにくみそめて、つゐに讒言してうしなひけるとそきこえし」と記される。この限りでは、梶原が義経を憎み始めたのは壇の浦での先陣争いの時と読み取れる。次に、「腰越」では一の谷での義経の言動を梶原が讒言する様を具体的に記し、頼朝はそれに「うちうなついて」同調する。が、讒言のきっかけとなった事件への言及はない。

しかし、巻十二「土佐房被斬」では、頼朝と義経の不仲が周知のこととなり、

いかなる子細あてかかゝる聞えあるらむと、かみ一人をはしめ奉り、しも万民に至るまて、不審をなす。此事は、去春、摂津国渡辺よりふなそろへして八嶋へわたり給ひしとき、逆櫓たてうたてしの論をして、大きにあさむかれたりしを、梶原遺恨におもひて、常は讒言しけるによてなり。

と、梶原の逆櫓論争での恨みを契機とする讒言が不仲の原因となったとする。これは巻十一の記述とは些か食い違う。

覚一本では巻十一と巻十二の記述の間に揺れがある。

屋代本では、覚一本とほぼ同じような揺れが見えるが、「腰越」が全くない点で、梶原の讒言や頼朝と義経との対立に具体性を欠く。

では、南都本はどうだろうか。「逆櫓」では、「其ヨリシテ梶原、判官ヲ悪ミソメテ遂ニ讒言シテ失ヒケルトソ聞ヘシ」と、明らかに逆櫓事件を以て梶原の行動を決定づけている。壇の浦合戦での先陣争いでは、「其ヨリシテ梶原、判官ヲ猶ニクミ奉テ、遂讒奏シテ失ヒケルトカヤ」と記される。このような漸層的な記述は、他にも八坂系二類本のうち城方本に見られる。よって、南都本の独自記事ではあるまい。基本本文である覚一本に対し、南都本が合理化のために整理、改編を加えて混態を行なっていることを指摘できる。

どの本も義経追討が梶原讒言によるものであるという点では共通する。しかし、不完全な面があることは今見てきたとおりである。それを南都本では解消している。

以上のように南都本は義経に関する言辞に注意深く反応して細かい改編を行なっている。これは義経への関心がもたらしたものと考えられる。編集者個人の関心もさることながら、義経に関する人気の大きかった時代的風潮の影響(13)が考えられる。

巻十一後半は屋島、壇の浦と、物語の山場である合戦が二つも載る巻である。そこに用いられた本文は、覚一本を基にかなりの混態、改編の行なわれたものだが、合戦と義経の動向への関心に基点を据えた、他本には見られない独自な本文となっている。

三、本文形態のまとめ

以上、巻十一後半から巻十二前半にかけての本文系統を考えてきた。巻十一後半、巻十二前半とも基本的には覚一本をもとにし、屋代本（的本文）、読み本系等をもって混態を行ない、しかも独自の改編部分を持っている。その混態の位相は巻十一と巻十二とではかなり異なるものの、それは場面による対象の相違によるものであり、本質的に方法が異なるわけではない。従って、巻十一後半から巻十二前半にかけては一続きの本文と考えてよかろう。

複数の本文を複雑に合成しているように見えるが、巻十一前半の依拠本文について前章で明らかにしたように、これらの混態が一度の作業と考える必要はなく、何段階にも亙って混態が行なわれた結果と考えられる。しかしながら、その中間に位置する本が管見に入らないために、現存の本文形態がこのように複雑に見えるのである。

また、これらの独自な表現、改編が南都本の最終的な編集の時点でなされたものなのか、既にこのような改編を受けた本文を南都本の編集者が用いたものなのかは明らかではない。が、前章結尾での推測に加えて、次節で述べるように、その前後の本文に今まで見てきたような独自な改編が見られないことからも、既に改編の行なわれた本文を用いて現存南都本が編集されたのではないかと考えられる。

なお、覚一本と屋代本との混態ということから、覚一系諸本周辺本文と称されている諸本が想起されるが、南都本と一致する本文は管見では見当たらない。

四、巻十一、十二のとりあわせと本文編集の問題

以上のことを踏まえると、現在のところ、巻十一、巻十二は少なくとも左のような三種類の本文をとりあわせて構成されていると考えられる。

⑴巻十一前半（他本では巻十に相当する）：都立図本的本文（八坂系一類本を基本に覚一系諸本周辺本文で細かい語句単位での混態を行ない、更に読み本系によって記事単位での混態の行なわれた本文）をもとに、覚一本に近い本文で和歌や宗教的な記事を中心に入れ替えの行なわれている本文。

⑵巻十一後半から巻十二前半（他本の巻十一と巻十二「女院大原入」まで）：覚一本に屋代本的本文を混態させ、読み本系からの混態もある本文。独自記事も多い。

⑶巻十二後半（巻十二「範頼追討」以降）：八坂系一類本Ｃ種。

このような三種類の本文のとりあわせは物理的な結果なのであろうか。最後に、異なる系統の複数の本文をとりあわせる南都本の営為から、平家物語の編集の方法を考えてみたい。

南都本の巻十以前も読み本系と語り本系の本文のとりあわせによって構成されていることは先学の指摘するところである。このような多くの種類の本文を用いていることを考えると、南都本は多くの種類の本文をとりあわせることで新たな平家物語を再編しようとしたと考えられはしないだろうか。或いは、多種本文をとりあわせること自体が目的の一つにあったとも考えられる。すると、巻二から巻五までの欠巻に関しても、単なる欠脱と考える他にも、例えば、編者の気に入る本文が入手できなかったための未編集、未完成段階としてとらえる可能性も生まれよう。

勿論、手元にどれほどの異本を用意できるのか、逆に、同一系統の本文を揃えることができるのかという平家物語諸本の流布の問題はあろう。更に、例えば語り本系の中の異種本文の差異をどこまで意識的に捉え得ていたのかという問題もあろう。しかし、限られた環境の中にせよ、複数の異本を用いて新たなる平家物語を再編するという視点から、南都本を始めとして平家物語の編集の方法を再検討していくことが必要である。その際に、各異本の本文の特異性がどれほど意識されているのかを考えなくてはならない。

ところで、南都本の特異な巻立ては、構成の上でも再編を行なっていることを示す。巻十一を壇の浦合戦で閉じたことは、巻十二において、戦後処理をまとめて描こうという意図を明白に示している。その中で宗盛等への関心の寄せられた独自の本文が用いられていることは、生き残った者の死を描くという点で選ばれた本文であったのではなかろうか。

一方、異なる本文をとりあわせて新しい平家物語を再編するに際し、巻十二にどのような本文を用いるか、つまり、その終結の選択は編集者にとって大きな問題である(14)。南都本は途中から本文系統が交替するが、従来それを終結の方法として捉える試みはなされてこなかった。物語の終結の様式の選択を考える時に、南都本が最終部分に八坂系一類本を用いていることにも考察を加えておく必要がある。

八坂系巻十二の特徴の一つに、六代の死を以て平家一族の滅亡を語り納める断絶平家型をとることがあげられる。一方、南都本の巻十二前半の本文は女院記事が本巻中に移動しているので、その終結も（現存していないので類推の域を出ないが）、灌頂巻型から断絶平家型に改編されていたと考えられる。前半の本文を選んだ時点で既に南都本編者は断絶平家型を選択していることになる。南都本が巻十二後半の本文を選択するにあたっては、記事の照応から断絶平家型の八坂系一類本を選んだと考えられる。その点で、まず意図的な選択といえよう。

また、八坂系巻十二では平家の生虜の人々のその後が綴られた後に、源範頼追討から源義教自害までを纏めて載せ、源氏粛清記事を意図的に纏めている(15)。従って、平家関係記事から源氏粛清への転換点として「範頼追討」が位置づけられる。源氏粛清記事の後には再び平家関係記事が続く。しかし、覚一本では、六代助命譚と出家記事の間に源行家追討、義教自害が入り込み、源氏の粛清記事が平家関係記事の中に散在している（記事対照表C参照）。覚一本を基本に改編された本文でもやはり覚一本と同様の構成をとると考えられる。覚一本の型は、源氏粛清に目を配りつつ、あくまでも平家の滅亡に焦点をあてる。それに対して、八坂系は源氏滅亡をかなり明確に打ち出した本文である。たとえ南都本の八坂系への本文の交替が、破損などの物理的なやむを得ない事情によったとしても、記事の途中等ではなく源平各記事群の転換点である「範頼追討」で本文を交替したという点には一定の配慮を見ることが許されよう。

南都本は巻十二の開始を壇の浦合戦の後に置くことによって、平家滅亡後の人々の滅びを描く巻として独自に構想し、その前半には生き残った平家の人々への関心の大きな本文が用いられた。しかし、後半に八坂系の本文を選択することによって、〈人々の滅亡〉が平家一門だけではなく、源氏粛清の道程も含まれることがより明確になる。

なお、付言すると、先に巻十一後半において梶原が義経を追い込む過程が明確に描かれていることを指摘したが、巻十二前半では、「文之沙汰」「腰越」と、覚一本そのままに頼朝との不仲、梶原讒言が記される。更に巻十二後半になると八坂系一類本によって「範頼追討」に、

去程ニ源二位殿、「頼朝カ敵ニナルヘキ物ハ今ハ不覚、奥ノ秀衡ソアル」トノ給ヘハ、梶原、「判官殿モヲソロシキ人ニテ御渡候モノヲ。御心ユルシ候マシ」ト申ケレハ、源二位殿、「頼朝モ内々ハサ思フナリ」トソノ給ケル。是ハ此ノ春、渡辺ニテ船ニサカロヲ立ンタテシト云事、梶原ト相論シタリシニヨテ、景時判官ヲニクミタテマツリ、終ニ讒言シ、失ヒ奉リケルトカヤ。

と、梶原の讒言とそのきっかけとが繰り返し記されることになる。梶原が頼朝を動かしていく記述（傍線部分）は覚一本にはない。このような文言の有無にまで注意を払っていたとも思えないが、南都本では、結果的に、義経の滅亡への展開が梶原との関係において執拗に繰り返されることとなる。

異なる本文をとりあわせるにあたってはしばしば矛盾が生じ(16)、構成の緊密度に欠ける場合がある。しかし、一方で、義経の形象のように、より明確に描かれる場合も生じる。新しい平家物語を再生産する営みを、用いられた本文の特性に即しながら、平家物語の編集の方法として捉えてみることが可能ではなかろうか。

おわりに

以上、南都本巻十一、十二の本文系統の分析によって本文の様相を具体的に把握し、次に、異なる本文をとりあわせる行為を積極的に捉えることで、南都本の編集の方法を考えた。本来なら、他巻の本文の再分析をまたなければならないのだが、巻十一、十二だけをとってみても、南都本が複数の本文を取り入れている様相が明らかになり、また、異種本文を組み合わせることで新たなる平家物語を編み出していく、平家物語の異本の生成過程の一面が浮かんできたと考える。

また、平家物語が、書くこと、編集することによって新たな異本を再生産していく性質を持つ様を見てくると、覚一本系統だけではなく、八坂系も含めた覚一本系統以外の多様な諸本の本文も等価値に扱っていく必要があると思われる。

注

(1) 春日井京子氏が『紺掻之沙汰』の生成と展開――覚一本を中心に――」(『平家物語の成立　第1集』〈千葉大学大学院社会文化学研究科　平成9・3〉)で、「南都本巻十一『逆櫓』から巻十二『大原入』までは覚一本系本文を基底とし」ていることを指摘した。本章の趣旨と重なるものであるが、論拠については論じられていない。

(2) 山下宏明氏『平家物語研究序説』(明治書院　昭和47) 六頁以降

(3) 山下氏は前掲注(2)で、増補記事が見られることから「増補系」とし(一〇六頁)、弓削繁氏もそれを継承する(「平家物語南都本の本文批判的研究――読み本系近似の巻を中心に――」〈「名古屋大学国語国文学」29　昭和46・12〉)。

(4) 高橋貞一氏は巻十一以下を八坂流甲類本と詞章の近いことを指摘した(『平家物語諸本の研究』冨山房　昭和18　二三四頁)。渥美かをる氏は巻十以降を中院本接近と指摘した(『平家物語の基礎的研究』三省堂　昭和37　一四六頁)。

(5) 山下氏は前掲注(2)で、「一方流本に一致する個所が多い」(七頁)とするが、同時に「八坂流一類本の混入」(七頁)も指摘する。

(6) 「平家物語南都本の位置」(『松村博司教授退官記念国語国文学論集』名古屋大学国語国文学会　昭48・4)

(7) 渥美氏前掲注(4)　一一八頁

(8) 延慶本は女房たちの末路と重衡北方の消息の位置が逆転している。

(9) 佐伯真一氏「〈注釈編〉腰越」(『幸若舞曲研究　五』三弥井書店　昭和62)。文中の「苗代水ト読タリシ」は『袋草子』『俊頼髄脳』『十訓抄』『古今著聞集』等にある「天川苗代水にせきくたせ天下ります神ならは神」を踏まえたものであるが、延慶本などにも『東関紀行』にもない。南都本では「苗代水ト読タリシ」と、簡単な注釈を加えている。

(10) 前掲注(6)に同じ。

(11) 延慶本・長門本・盛衰記には息子時宗のことは記されるが、見送る記事まではない。

(12) 平家物語では、他に屋代本剣巻、長禄本が剣を作り替えられたと明示する。作り替えとすることには南北朝以降の思想の影響が見られるという。鶴巻由美氏「『剣巻』の構想と三種神器譚」(「國学院大學大學院紀要」25　平成6・2)参照。

(13)　夙に島津久基氏は、『義経伝説と文学』（大学堂書店　昭和10　昭和52再刊に拠った）第二章において、幸若、謡曲、おとぎ草子中における義経物の作品数の多さを指摘している。なお、本篇第一章でも、都立図本に義経伝承の取り込みが見えることを指摘したが、同様の風潮の下での現象と考えられよう。

(14)　本篇第六章参照。

(15)　第二部第一篇第三章参照。

(16)　巻十二では、「紺掻」の記事に重複が認められる。他巻における矛盾については前掲注（3）弓削氏論に詳細に指摘されている。

〔引用したテキスト〕

『内閣文庫蔵六代勝事記』（勉誠社　昭和59）、『東関紀行』（『中世日記紀行集』新日本古典文学大系）

第五章　伊藤本の編集方法

――『参考源平盛衰記』に用いられた「伊藤本」の復元を通して――

はじめに

平家物語は江戸時代初期の頃まで多くの異本を生み続けた。現在でも数多くの諸本が残されていることがその証左でもある。これから新しく発見される本もあろうが、それ以上に今では失われた本も多くあろう。本章で対象とする「伊藤本」は『参考源平盛衰記』の校合に用いられた本で、凡例に「伊藤本者。伊藤玄蕃友嵩所蔵也。故称之」と記されている。[1]伊藤玄蕃友嵩の所持していたことから命名されたことがわかるものの、現在その所在は不明である。しかし、『参考源平盛衰記』他に本文が断片的に残されており、復元がある程度可能である。[2]

「伊藤本」についての言及は、管見によれば、「最も八坂本に似、次に一本と佐野本」に似るとする山田孝雄氏、[3]巻十二の範頼追討記事の異同から、その本文系統を「城方本の類のものである」とした高橋貞一氏の指摘等がある。[4]後述するように、巻十二の範頼追討記事周辺に限っては高橋氏の指摘はほぼ首肯されるが、これを全体に敷衍することはできない。また、山田氏の指摘には再考を要する。

「伊藤本」の本文を全巻にわたって復元し、従来の系統論に従って整理すると、平家物語の八坂系の本文系統とその分類について、及び、平家物語が本文を編集することについて考えるべき問題が浮かび上がる。「伊藤本」の復元の過程と結果から浮上する、平家物語の本文の形成と編集の問題とを考えていきたい。

一、本文系統の考察にむけて

『参考源平盛衰記』(5)は、江戸時代、徳川光圀の命により編纂された書である。光圀は修史事業の一環として、『保元物語』『平治物語』『源平盛衰記』『太平記』の四作品について、諸本校合と各種文献による考証を行なわせ、『源平盛衰記』を除く三作品を元禄四年（一六九一）から六年にかけて『参考保元平治物語』『参考太平記』として板行した。『参考源平盛衰記』は一旦完成し、元禄七年頃から板行の準備がなされたが、実現されなかったらしい。伝本は何本か現存する。しかし、本文の出入りがかなりある。それらは初稿本（詳本）から浄書本（略本）までの改訂過程にある本や、転写本であろうと考えられている。このうち、現在翻刻されている『参考源平盛衰記（改定史籍集覧本）』は初稿本に近い本をもとにしており、「伊藤本」についての記述もかなり多い。本章ではこの改定史籍集覧本を用いる。

『参考源平盛衰記』は「伊藤本」の他、印本（現在の流布本）・一本（現在の鎌倉本）・八坂本・鎌倉本（現在の康豊本）・如白本・佐野本（不明）・南都本・南都異本・東寺本・長門本の計十一種類の本文を用いて校合している。が、各本を逐一校合しているわけではなく、校合の箇所にはかなり偏りがある。「伊藤本」も例外ではない。例えば、文書・人名・日付等に関しては細かく異同を注記するが、和歌・文飾等に関しては冷淡である。史書として扱おうという立場からは当然であり、凡例にもその旨が記されている。また、正確に本文を引用しているとも限らないようである。時には省略を交えたり、時には梗概を記したりもしている。

『参考源平盛衰記』から「伊藤本」本文を抽出できるのは、「伊藤本云」として、その本文を明示する場合である。

盛衰記の本文に対し、本文内容が異なる部分に「伊藤本云」としてその本文が掲げられる。ただし、「伊藤本」のみを単独に引用する場合は少なく、多くは「伊藤本八坂本云」等と他の本と共に掲げられている。この場合、引用本文は他本に拠る場合が多く、「伊藤本」として扱うことはできない。が、その中に更に割注で「伊藤本云々」と記すことがある。校合者の関心を寄せた部分について特に「伊藤本」の本文を摘記しているのである。例えば、巻四十六（改定史籍集覧本　下六四三頁。以下同じ）には、

○伊藤本八坂本云。義経義教〈伊藤本作義憲。下倣此〉。行家三人一ニ成テ。（割注を〈 〉で示す。以下同じ）

とする如くである。ここからは、「伊藤本」の表記が漢字交じりであることが窺えるが、こういった割注の部分に「伊藤本」本文をかなり長く引用する場合もある。

ところで、やはり『参考源平盛衰記』の校合に用いられて現在彰考館に所蔵されている東寺執行本や彰考館本（八坂本）[6]にも「伊藤本」の書き入れがある。それらと『参考源平盛衰記』に記された「伊藤本」の校合を比べると、『参考源平盛衰記』に記された校合文は東寺本や彰考館本の書き入れのすべてを包摂しているわけではないことがわかる。これらを併用することによって「伊藤本」の本文をある程度復元できる。

『参考源平盛衰記』の中で、「伊藤本」は八坂本・東寺本・如白本といった八坂系諸本と併記される場合が多い。「伊藤本」は八坂系の一と見ることができよう。これらの本文と異なる部分について、時にその相違点が明示されるわけで、「伊藤本」の特質はつかみやすい。しかし、八坂本は二類本であり、東寺本は一類本、如白本は四類本である。「伊藤本」の八坂系における下位分類を行なう必要がある。分類を試みた結果を先に左に示す。

巻一～十一[7]　八坂系一類本C種

巻十二　Ⅰ重衡被斬～大原入　八坂系一類本C種

Ⅱ範頼追討～六代助命　八坂系二類本
Ⅲ大原御幸・女院死去　八坂系一類本C種
Ⅳ義経最期～六代処刑　ナシ

まず、十二巻中大半を占める八坂系一類本C種について、巻十一までの本文系統を考察し、この問題点について論じる。次に、巻十二について本文系統と本文交替位置の推測、及び本文を途中で交替することの意味について考えることとする。

二、巻一～巻十一の本文の検討と分類の限界

巻一から巻十一までの本文の検討にあたっては、巻を逐って考察を加えるのが順当であろうが、『参考源平盛衰記』において、「伊藤本」と併記される本の種類が多い方が検討のための材料が多く、「伊藤本」の本文系統を推測しやすい。そこで、八坂系一類本A種に分類される東寺執行本の用いられている巻八・十・十一を先に検討する。その中で巻十には南都本もしばしば併記される。南都本のこの部分は、第三章で明らかにしたように、八坂系一類本B種をもとにした混態本である。そこで、最も八坂系の本の多く用いられている巻十から検討を始めることとする。

はじめに「維盛入水」（章段名は覚一本に準じる。以下同じ）を取り上げる。維盛が小島にわたり、名跡を書き付ける部分で、『参考源平盛衰記』（下二八九頁）では、

〇諸平家云。〈略〉祖父太政大臣平朝臣清盛公法名浄海。親父小松内大臣左大将重盛公法名浄蓮〈如白本作二静蓮一。一本**伊藤本**八坂本作二**照空**一。東寺本作二照宮一。按重盛法号第十一巻大臣所労段。可二并考一〉。三位中将維盛〈三位中将。

伊藤本作㆓**正三位行左近衛中将**㆒非。東寺本作㆓正三位行右近衛中将㆒。八坂本三位上有㆓其子小松四字㆒〉法名浄円。年二十七歳〈浄円。八坂本作㆓円浄㆒。**伊藤本**東寺本作㆓**阿照**㆒。如白本作㆓静円㆒。以上長門本云〔略〕〉。寿永三年三月二十八日〈南都本**伊藤本**八坂本。作㆓**二十九日**㆒。下倣㆑之〉。那智ノ沖ニテ入水スト書附テ〈以上南都異本云。〔略〕〉

とある。この部分を表にすると、

	重盛法名	維盛官職	維盛法名	日付
諸平家	浄蓮	三位中将	浄円	二十八日
東寺本	照宮	正三位行右近衛中将	阿照	（二十九日）
伊藤本	**照空**	**正三位行左近衛中将**	**阿照**	**二十九日**
南都本	（浄蓮）	（三位中将）	（浄円）	二十九日
八坂本	照空	其子小松三位中将	円浄	二十九日
如白本	静蓮	（三位中将）	静円	（二十八日）

（　）内は注記に記されていないが各本で確認したもの。

となる。「伊藤本」は東寺本（一類本A種）にかなり近いが、同じではない。そこで、次に掲げるように、一類本の他本と対照すると、一類本C種の小野本が「伊藤本」と同じである。

	伊藤本	**照空**	**正三位行左近衛中将**	**阿照**	**二十九日**
一類本B	三条西家本	浄蓮	正三位行左近衛中将	浄円	二十九日
一類本C	都立図本	浄蓮	正三位中将	浄円	二十九日
一類本C	天理イ21本	浄蓮	正三位行左近衛中将	浄円	二十九日
一類本C	相模本	浄蓮	正三位行左近衛中将	浄円	二十九日
一類本C	小野本	照空	正三位行左近衛中将	阿照	二十九日

また、八島院宣に対する請文の日付の記述を、『参考源平盛衰記』（下一七九頁）では、

○伊藤本八坂本南都本東寺本云。〔略〕寿永三年二月廿八日〈**伊藤本。不ㇾ曰ㇾ日。**〉

と記している。一類本A種、B種、C種のうち都立図本・小野本・天理本は日付を載せるが、同じくC種の相模本は「二月日」とあり、「伊藤本」同様に日付を載せない。

頼朝と重衡の対面の場面で、頼朝の言に対する重衡の返答を、『参考源平盛衰記』（下二一一頁）では、

○印本一本伊藤本八坂本鎌倉本如白本佐野本南都本東寺本並云。〔略〕先南都炎上ノ事ハ。故入道相国ノ成敗ニモ非ス。又重衡カ私ノ発起ニテモ候ハス。衆徒ノ悪行ヲ静メンカ為ニ。罷向テ候シ程ニ。不慮ニ伽藍ノ滅亡ニ及候ヌル事ハ。力及ハサル次第也〈**先南都炎上云々至ㇾ此。伊藤本無。**〉。

とするが、「伊藤本」と同じようにこれがないのは小野本である。他本にはある。

以上の例からわかるように、「伊藤本」巻十は八坂系一類本C種のどれかの本と殆ど共通することから、八坂系一類本C種であることが推測される。現存C種本の中では、特に小野本との一致が顕著である。

次に、巻十一からは「大坂越」を例に掲げる。『参考源平盛衰記』（下三七〇頁）では、

○一本伊藤本八坂本東寺本云。阿波ト讃岐ノ境ナル大坂越ニ懸テ。通夜コソ越給フ。明ル十八日マタ朝引田ト云所ヘ打出テ。馬ノ足ヲ休ラレケルニ〈以上一本**伊藤本**八坂本云。**丹生屋白鳥高松ノ郷ヲ。打過打過寄セ給フ云々。以下観音講一節。**一本**伊藤本無**。八坂本小異。注㆓于下㆒〉。

とある。「丹生屋云々」の文言は八坂系一・二類本とも共有しているが、「観音講」記事のない本は八坂系では一類本B種と、C種のうちの天理本・加藤家本・都立図本である（C種の小野本には「観音講」が載る）。

また、「遠矢」の白旗が舞い降りる場面で、『参考源平盛衰記』（下四三三頁）に、

暫シハ白雲カト覚シクテ。虚空ニ漾ケルカ。雲ニテハナカリケリ。主モナキ白旗一流舞下テ〈**主モナキ云々。伊藤本無。**〉。

とある。この部分を「伊藤本」と同様に記していないのは、天理本である。

以上のように、巻十一も八坂系一類本C種に最も近い。全てが共通するわけではないが、現存八坂系一類本C種の中では、天理本との共通性がかなり高い。

巻八も同様にして、八坂系一類本C種と考えられる。巻八で八坂系一類本C種と分類されているものは天理本・都立図本だが、「伊藤本」ではこれらのC種、またB種との微妙な相違がまま見られる。例えば、「征夷将軍院宣」（中六九二頁）で、帰京する康定への引出物についての記述の中で、

家子郎等共ニモ。直垂小袖大口馬物具ニ及ヘリ〈**伊藤本不㆑載㆓小袖㆒。**（略）八坂本東寺本不㆑載㆓小袖㆒而馬物具作㆓沓行騰㆒〉

とあるが、この部分、天理本では「ひたたれ大口くつむかはきにおよふ」とあり、都立図本や一類本B種の三条西家本では「こそてひたたれたちかたなにをよふ」となっている。どちらも「伊藤本」と異なる。

また、義仲の率いる平家討伐の侍大将に（中七〇四頁）、

信濃国住人海野弥平四郎行広〈（略）**伊藤本作㆓天野弥四郎行衡㆒。**東寺本作㆓天野弥平次行平㆒。（略）〉

とある部分、三条西家本では「うんのゝいやへい四郎ゆきひら」、天理本「海野弥四郎行衡」、都立図本「天野弥平四郎行衡」とある。これは都立図本が近い。他の例は掲げないが、巻八の現存C種本は、巻十・十一ほどには「伊藤本」との近接性は見られない。

以上、巻八・十・十一において、諸本との対照から、「伊藤本」を八坂系一類本C種と推定したのだが、それでは、

八坂系一類本C種とはどのような本文なのか。

山下宏明氏は従来の本文系統論を批判的に継承して新たに分類し直し、八坂系を五類に、更にそれぞれ必要に応じて下位分類を行なった。[8] 現在氏の行なった分類が一般的に用いられ、本章でも氏の分類に従っている。氏は一類本C種については「A・B両本の中間的な性格を有し、A本によって推測される古本から、修辞的に、又物語としても洗練されたB本へ展開して行く、その過渡的な性格を示している」[9] とする。しかし、現存C本はそれぞれに部分的な新しさ、崩れなども見えることから、B種本と現C種本との上位に「古C本」を想定した。また、近時、松尾葦江氏はB、C種の本文異同のレヴェルがほぼ文の相違・順序、字句単位のものであることを指摘している。[10]

一類本の中で、B種には三条西家本や中院本のように全巻揃っているものがある。しかも中院本が板行されたこともあって、B種が一類本の代表的な本文とされてきた。[11] 一方、現存C種本は全巻揃ったものがなく、本文も各伝本毎に異なる。書写上の誤脱による相違もあるが、記事単位での出入りもある。巻十一の「観音講」記事の有無も一例である。C種本である小野本には「切継作業によって独自の異本を作ろうとした痕が認められる」ことも指摘されている。[12] 一本一本がそれぞれに本文を改編しているのであり、その中からC種に共通の基準を設けることは困難である。また、B種とC種を区別する具体的な基準もいまだ明確ではない。本篇第二章でも述べたように、B種にも独自の改編がなされている可能性もあり、B種本もC種本の多様な伝本の渦の一点に位置することも考えられる。現象面に限定すると、C種とは、一類本としてある程度共通の本文形態を持ち、A種本でもB種本でもない多様な伝本のグループとでも言うべき諸本群であろう。

従って、「伊藤本」のある巻が現存C種本のいずれかに近いからといって、現存本との関連を主張するわけではない。「伊藤本」巻八は現存C種本の中で近接する本文を指摘することはできなかった。B種本にかなり近いが、所々相違もみられる。故に、B種ではない一類本ということからC種と判断したのである。巻十・十一においても、あくまでも本文上の共通度の高さから一類本C種であることを言うに過ぎない。他巻については紙幅の都合上、一々論じることはできない。比較検討できる本も少ないために明徴に欠ける憾みはあるが、冒頭に述べたように、巻四以外は八坂系一類本C種と判定してよいと考える。

三、巻四の本文系統

巻四の一類本C種は都立図本しかないが、「伊藤本」はその都立図本やB種本よりも、三類本に分類されている加藤家本に近い。例を一、二掲げる。「厳島御幸」で、『参考源平盛衰記』（上五七一頁）に、

> 御供ノ公卿ニハ。藤中納言家成卿ノ子息師大納言隆季〈**伊藤本**八坂本**不ㇾ載**〉。前右馬助盛国ノ子息五条大納言邦綱。三条内大臣公教ノ子息藤大納言実国〈**伊藤本不ㇾ載**〉。前右大将宗盛〈八坂本。載二三条大納言実房一。**伊藤本載二源大納言定房一**〉。久我内大臣雅通ノ子息土御門宰相中将通親〈**伊藤本**八坂本。**載二高倉中将泰通一**〉。殿上人ニハ隆季ノ子息右中将隆房朝臣〈**伊藤本不ㇾ載**。八坂本。中将作二少将一非也〉。中納言資長子息右中弁兼光朝臣〈**伊藤本**八坂本**不ㇾ載**〉。三位範家子息宮内少輔棟範〈**伊藤本**八坂本。或**作二宗範一**。**或宗教**皆非也〉。公卿五人殿上人三人北面四人十二人ソ候ケル〈御供公卿以下。八坂本**伊藤本**。**有二但公卿五人一云々**〉。（他本の校合部分は省略した）

とある。「伊藤本」と一〜三類本とを併せて表にすると、

	伊藤本	三条西家本	都立図本	加藤家本	天理本	彰考館本
隆季	×	×	×	×	×	×
邦綱	○	2	2	3	3	4
実国	×	3	3	×	4	3
宗盛	○	1	1	1	1	1
実房	×	×	×	×	×	2
定房	○	×	×	2	2	×
通親	○	4	4	4	5	5
泰通	○	5	5	5	6	6
隆房	×	6	6	×	7	7
兼光	×	×	×	×	×	×
棟範	○	7	7	6	8	8

（各本1～8の数字はそれぞれの公卿の記載の順を示す）

となり、「伊藤本」は加藤家本と一致する。

同様に「厳島還御」で、『参考源平盛衰記』（上五七八頁）に、

○伊藤本八坂本云。四月三日〈**伊藤本。作㆓五日㆒。**〉新院還御ノ次ニ。入道ノ宿所別業へ入セ給。頼盛ノ宿所皇居ニ成。同四日〈**頼盛云々。至㆑此。伊藤本無。**〉家ノ賞トテ除目行ハレテ。丹波守清国〈**伊藤本。作㆓清邦㆒為㆑是。**〉正下五位。権亮少将維盛ハ四位従上トソ聞エシ。同五日上皇福原ヲ立セ給〈**同五日云々至㆑此。伊藤本無**〉。同六日鳥羽ニ着セ給〈**鳥羽云々。伊藤本無**〉。寺井へ入給〈**伊藤本云。同七日鳥羽殿へ入御云々**〉。都ヨリ御迎ノ公卿殿上人鳥羽ノ草津マテ参。云々。

とある部分、B種の三条西家本では、

おなしき四月五日くわんきよのついてに入たうしやうこくのふくはらのへつきようへいらせ給ふ、むねとのしや

うをこなはれて、入たうのやうし、たんはのかみきよくに、正けの五ゐ、まこゐちせんの少将すけもり、四ゐのしゆ上とそきこえし、それにも中一日御とうりうありて、おなしき一日、ふくはらをたゝせ給ひ、八日みやこへつかせ給ひけり、御けかうのくきやうてん上人、とはのくさつまてそまいられける

となり、後半の傍線部分に相違が見られる。都立図本も三類本の天理本も、ほぼ三条西家本と同じである。しかし、加藤家本では、

同**五日**還御ノ次に入道相国ノ福原ノ別業へ入せ給ふ、家ノ賞とて除目行れけり、入道の養子丹波守**清邦**正下ノ五位、入道嫡孫権亮少将維盛従上《ママ》四位従上《ママ》とそ聞えし、同六日寺井へ入せ給ふ、**同七日鳥羽殿へ入御**有り。御迎の公卿殿上人鳥羽ノ草津まて参リ向フ

と記し、「伊藤本」とすべて一致する。

このように、加藤家本と一致している例が多く、加藤家本が三類本と分類されていることから「伊藤本」も三類本と判断されることになる。

それでは、三類本とはどのようなものなのか。再び山下氏の論によると、三類本とは、「一方流本への接近を見せながら、これを一方流とは見なせ」ず、八坂流との関連を想定すべき諸本群のうち、灌頂巻をまとめたり特立しない諸本である。(13)また、同時に一類本と百二十句本や一方流本との混成になっているとの指摘もされている。

三類本も全巻揃ったものがない。しかも左表に掲げるように、(14)一類本C種と三類本とでは同一の本の中に混在している場合が多い。一類本C種と三類本との間に、どれほど明確な区別ができるものか、それぞれにグループとして自立できるのかについて既に疑問が呈されている。(15)

巻	一	二	三	四	五	六	七	八	九	十	十一	十二
都立図本	一C	一C	一C	一C	一C	一C	一C	一C	一C	一C	一C	一方
加藤家本	三	一C	三	三	一C	一C	一C	三	一方	一方	一C	一方
天理本	三	一C	一C	三	一方	一C	一C	一C	一C	一C	一C	一C
松雲本	一方	一C	一C	流布	一方	一方	独自	独自	×	一方	※	×
小野本	一方	一C	一方	一方	一方	一方	一C	独自	一C	一C	一C	一C
南都本		×	×	×	×					一C	混態	混態一C
相模本	一方	一C	一C	一方	一方	一方	独自	独自	一C	一C	一方	一C
川瀬本	一方	一方	一方	一方	一方	一方	一方	三	三	一方	一方	一方
太山寺本	三	三	三	三	×	×	×	×	×	×	×	×
龍門文庫本	三	一方	一方	一方	一方	一方	一方	一方	一方	一方	一方	一方
高倉寺本	三					独自	独自	一方	一方	一方	一方	一方
右田本	一方	一方	一方	一方	一方	独自	独自	独自	一C	一方	一方	※※

一C：八坂系一類本C種本　三：八坂系三類本　一方：一方系
空欄：上記のいずれでもない本文系統　×：欠巻
網かけ部分は同系統であることを示す(16)　※（網かけ）：前半は盛衰記、後半は一方系
混態一C：前半は混態、後半は一類本C種　※※：独自　但し、灌頂巻相当部は下村本

例えば第一、二章で言及したように、都立図本巻一は部分的に三類本の加藤家本や天理本と共通の文言（百二十句本にも共通する）を有している。その限りでは三類本と分類されるかもしれない。一方、百二十句本に限らず、覚一系諸本周辺本文との混態も認められ、それは巻二以下にも継続する。しかし、そうした混態性は巻を追う毎に減少し、その点で一定の傾向が見られ、全巻に一貫した作業がなされたと考えられる。改編の跡が著しい巻一のみを三類本として、あたかも別系統の本文がとりあわされたかのように考えるのはあたらないだろう。

「伊藤本」の場合、あくまでも部分的、断片的な文言による測定に留まるために推測の域を出ないのだが、加藤家本と一致しているところが多いからと言って、この巻に三類本をとりあわせたと見ることには慎重でありたい。三類本と一類本C種との相違が明確に打ち出された時に出すべき結論であろう。

以上、二節にわたって、巻四に問題は残すものの、巻一から巻十一までが八坂系一類本C種であることを述べてきた。巻四についての問題は「伊藤本」の復元の限界と共に、従来の八坂系の分類の限界、或いは八坂系の本文形成の特性から生じるものでもある。

四、巻十二の本文系統

次に、巻十二について考察を行なう。巻十二に相当する盛衰記の記事配列は他本とかなり異なる。『参考源平盛衰記』における「伊藤本」の注記を追い、彰考館本によって整理しなおすと、「伊藤本」の記事はほぼ左のようになる。

	伊藤本	彰考館本（二A）	城方本（二B）	一類本C種
I	△	重衡被斬	■	▲
	△	大地震	■	▲
	△	女院罹災	■	▲
	△	文治改元	■	▲
	△	源氏受領	■	▲
	△	平氏生虜流罪	■	▲
	△	時忠流罪	■	▲
	△	女院大原入	■	▲

Ⅱ	□	範頼追討	■	▲	
	×	義経不満	×	×	
	□	土佐房被斬	■	▲	
	□	判官都落	■	▲	
	□	吉野軍	■	×	
	□	義教最期	■	▲	
	□	行家最期	■	▲	
	□	経房高運	■	▲	（義教最期の前）
	□	六代助命	■	▲	
Ⅲ	×	兼実摂政	※	×	
	△	大原御幸	■	▲	
Ⅳ	×	義経最期	■	×	
	×	頼朝上洛昇進	■	×	
	×	六代出家	■	▲	
		〔以下省略〕			

△…一類本に類似　□…城方本によく似ているが、所々異なる　×…記事なし
■…城方本の記事　▲…一類本C種の記事　※…城方本には彰考館本の前半のみが載る

まず、Iが八坂系一類本によっていることを述べる。「源氏受領」部分の『参考源平盛衰記』（下五八一頁）を例に掲げる。

〇一本伊藤本八坂本東寺本云。同八月①一日改元有テ〈**一日**。東寺本作二十四日一。為レ得。**伊藤本十八日非也**〉文治元年トソ申ケル。②十日〈**伊藤本作二廿日一**。東寺本作二其日一。皆非〉都ニハ除目行ハレテ。源氏六人受領ニ成。③義経伊予守〈**伊藤本作二板垣三郎兼信伊豆守一**〉。④武田信義駿河守〈**伊藤本駿河守作二遠江守一**。東寺本作二足利義兼上総

介一〉。遠光⑤相模守〈**相模守。伊藤本作二駿河守一。**東寺本信濃守〉。⑥逸見冠者有義武蔵守〈**逸見冠者有義。**東寺本作二志田義憲伊豆守一。**伊藤本誤作二一条次郎忠頼一**〉。能貞⑦遠江守〈**伊藤本遠江守作二相模守一。**東寺本作二越後守一〉。惟義⑧信濃守〈東寺本作二相模守一〉トソ聞エシ。

ここでは省略したが、割注の部分には、「一本」も記されている。東寺本・伊藤本・一本（現在の鎌倉本）が割注部分に記されていることから、この部分の基準として用いられた本文は八坂本ということになる。従って、「伊藤本」は八坂本と異なる系統の本文である。右の校合を整理して左に示す。

<table>
<tr><th>（八坂本）</th><th>伊藤本</th><th>東寺本</th><th>一類本B種</th><th>一類本C種</th></tr>
<tr><td>①一日</td><td>十八日</td><td>十四日</td><td>十四日</td><td>十八日</td></tr>
<tr><td>②十日</td><td>廿日</td><td>其日</td><td colspan="2">廿日</td></tr>
<tr><td>③義経伊予守</td><td>板垣三郎兼信伊豆守</td><td>（義経伊予守）</td><td colspan="2">板垣三郎兼信伊豆守</td></tr>
<tr><td>④武田信義駿河守</td><td>遠江守</td><td>足利義兼上総介</td><td colspan="2">遠江守</td></tr>
<tr><td>⑤相模守</td><td>駿河守</td><td>信濃守</td><td colspan="2">駿河守</td></tr>
<tr><td>⑥逸見冠者有義武蔵守</td><td>一条次郎忠頼</td><td>志田義憲伊豆守</td><td colspan="2">一条次郎忠頼</td></tr>
<tr><td>⑦遠江守</td><td>相模守</td><td>越後守</td><td colspan="2">相模守</td></tr>
<tr><td>⑧信濃守</td><td></td><td>相模守</td><td colspan="2">信濃守</td></tr>
</table>

空欄は確認できない部分。（　）は東寺本で確認。

この部分、八坂系一類本C種（相模本・小野本）は、

同八月①十八日、改元あて文治元年とそ申ける。同②廿日、源氏六人受領なさる。武田太郎信義④遠江守、かゝみの次郎遠光⑤駿河守、安田三郎義貞⑦相模守、⑥一条の次郎忠頼武蔵守、大内太郎惟義⑧信濃守、③板垣三郎兼信伊豆守とそ聞えし。（相模本に拠る）

である。順序は異なるが、内容は「伊藤本」と一致している。なお、八坂系一類本B種は、①が「十四日」である他はC種と同じである。

この例では、「伊藤本」に最も近いのは八坂系一類本C種、次にB種である。他に例を掲げるのは省くが、暫く八坂系一類本C（B）種と同文に近い本文が続く。巻十一までは八坂系一類本C種と考えられるので、ここも、その連続として八坂系一類本C種と考える。

次に、Ⅱに移る。「伊藤本」には「吉野軍」があり、この記事を有するのは二類本である。[17] 従って、「伊藤本」のこの前後は二類本である可能性が強い。

ところで、「範頼追討」について『参考源平盛衰記』（下六一四頁）には、

○伊藤本八坂本云。鎌倉ニハ源二位殿梶原ヲ召テ。今ハ頼朝カ敵ニ成ヘキ者覚ス。奥秀衡ソアリト宣ヘハ。梶原。判官殿モ怖敷人ニテマシ々々候ヘ。打解サセ給マシト申ケレハ。頼朝モ内々左思ナリトソ宣ケル〈**以上。伊藤本無**〉。或時源二位殿参河守ヲ呼テ。御辺都ニ上リ。九郎ヲ討給ヘト宣ケレハ。

とある。冒頭に紹介した高橋氏の指摘した場面である。この部分、八坂系一類本C種（相模本）を以下に引用する。

去程に、源二位殿、「頼朝か敵に成へき者は今は覚へす、奥の秀衡そある」との給へは、梶原、「判官殿もおそろしき人にて御渡り候物を。御心ゆるし候まし」と申けれは、源二位殿、「頼朝も内々はさおもふなり」とその給ひける。是は此春、渡辺にて船にさかろをたてん、たてしといふ事を、梶原と相論し給ひたりしによつて、景時、判官をにくみ奉り、終に讒言し失たてまつりけるとかや。鎌倉殿、「やかて討手をのほすへし」とて、三百よきの勢をそろへて、弟三河守をよひ奉り、「御辺都へ上て九郎討給へ」と仰られけれは（一類本B種もほぼ同じ）

前半の「伊藤本無」とされた部分は記述され、後半はかなり異なる。この部分以後、一類本は「伊藤本」と相違して

いる。

巻十二において、二類本はA種とB種とで記事の内容が異なる場合があり、二類本A種の方に独自記事が見られる。[18]たとえばここの部分、二類本B種（城方本）は、

其比、鎌倉には九郎大夫の判官うたるへしとそ聞えし。或時、源二位殿、参河守をようて、御辺都に上り、九郎討給へと宣ひけれは

である。「八坂本」に記され、「伊藤本無」とされた冒頭部分が、城方本では傍線の一文で記されている。全くないというわけではないが、「伊藤本」とかなり対応していよう。この点から、「伊藤本」は八坂系二類本B種に近いと考えられる。また、続く「義経不満」（下五八二頁）では、

○八坂本又云。去程ニ判官ハ都ニオハシケルカ。範頼討レ給ト聞給テ。コハ如何ニ関ヨリ東ハ思モヨラス。山陽山陰南海ニテモ預ラレ。九国総追補《ママ》使ニモ成ランスラント思ツルニ。是ハサレハ何事ノ咎ソヤ。〈略〉

と、「八坂本云」として記されるのみで「伊藤本」の指示はない。彰考館本にもこの部分に「伊ナシ」の書き入れがされていることから、この記事も「伊藤本」にはないと考えられる。やはり城方本にこの記事はない。これらから、「範頼追討」以降の「伊藤本」は八坂系二類本B種に拠っていると考えられる。ただ、前者の例からもわかるように、全く同じというわけではない。本文的にも問題があるので、Ⅱの本文については次節で改めて論じることとする。

Ⅲに入ると再び本文が異なる。「兼実摂政」は『参考源平盛衰記』（下六六四頁）には、

○八坂本又云。去程ニ其比ノ摂政近衛殿〈基通〉摂政ヲ召還サレサセ給テ。九条殿新摂政ニ立セ給〈〈略〉〉。サレハ此九条ハ。平家ノ世ノ損シ行事ヲ大ニ歎思召ケレハ。陰徳空シカラス陽報忽ニ翻テ。終ニハ代ヲ知シ召レケルコソ目出タケレ。』甲斐々々敷モ乱タル世ヲ治。廃タル跡ヲ興シ給。主上漸ヲトナシク成セ給シカハ。姫君ヲ中宮ニ

立進ラセ給テ。最恃進ラサセ給ケリ。其御方ニテ月卿雲客集テ歌ノ会アリ。月ノ秋ト云題ニテ遊ハサレタルニ。
　源中納言通親卿序ヲ書リ。摂政殿
　　是ソ此思シ事モ昔ヨリ秋ノ都ノ月ヲ見ントハ
　角打過ヌレハ。其年モ暮ヌ云々。

と記される。「伊藤本」の指示がなく、彰考館本にも「伊ナシ」とされていることから、この記事も「伊藤本」にはないと考えられる。この記事がないものは八坂系一類本、覚一本等である。城方本には前半の「目出タケレ」まで（『部分）が載っている。

続く「大原御幸」以下の女院記事では、『参考源平盛衰記』では「伊藤本」は殆ど八坂本・東寺本・南都本等と併記されている。僅かに「女院死去」で、女院の最期について如白本・東寺本それぞれについて記した後、「御年卅九ト申ニハ〈御年云々。**伊藤本**南都本**無**〉」（下七八二頁）とあるぐらいである。しかし、彰考館本には、「伊ナシ」という書き入れが数ヵ所ある。例えば、「おもひきや」の歌、「朝には紅顔有て」の詩[19]、「是少も六道の趣に違さふらはすや。さては」の文言等である。逆に「伊藤本」の文言と記されるものは、六道語りの中の畜生道について語る言葉の中の「播磨灘」の語である。これらは一類本、特にC種（南都本）と共通する。

この部分、「伊藤本」が基本的にはⅡに引き続いて二類本系統の本文であり、特に本文上で異同がある場合にのみ書き入れがなされたという可能性もないわけではないが、『参考源平盛衰記』や彰考館本の書き入れは、異なる部分を逐一記しているわけではない。校合が全句、全文になされているわけではなく、書き入れ部分が一類本と共通していることを考えると、「伊藤本」のⅢ、つまり六代記事の終了後は再び八坂系一類本に拠っていると考えてよいのではなかろうか。

Ⅳでは、「義経最期」以下「伊藤本」に関する記述はない。よって、「伊藤本」は「大原御幸」を以て終えていると考えられる。断絶平家型でもなく、灌頂巻もない。これについては後にもう一度触れることとする。

以上、「伊藤本」巻十二の本文系統とその推測の根拠を述べてきた。

五、巻十二―Ⅱの本文系統再考

「伊藤本」の巻十二―Ⅱは大まかな記事内容から見ると八坂系二類本B種と共通していたが、本文としては必ずしも一致していない。当節では、Ⅱの本文について詳しく考察し、「伊藤本」が二類本の中でA種でもB種でもない別種の本文を持つと考えられることを述べる。

二類本独自記事とされる「吉野軍」（下六四四頁）を例にあげる。彰考館本に記された「伊藤本」の書き入れをも併用し、彰考館本を中心として、城方本・「伊藤本」の相違部分を左右に示す。

(城)
(彰)（忠信は義経に）ひとまとなりとものひさせ給へと申けれとも、判官争かさる事の有へきとて重て自害せんとし給
(伊)　継信こそ射さする共、汝をは助けて奥州へ下さん

(城)　×××××××××××××××××××××
(彰)ひけるを、忠信やう〳〵に取とゝめ奉りけれは、×××××××××××××××××××××
(伊)とこそ思つるに、一人是にて射させん事こそ不便なれ。一所にて如何もならめと宣けれは、只落させおはしまし

(城)××××××××××××××××　××　××××××××××××
(彰)×××××××××××××××　判官力及給はす。卅余人の兵を十七人忠信に指そへ、其より兵
(伊)候へ。忠信は此にて敵を防き候はんと申けれは、×××××

（城）　を　忍は
（彰）十余人引具して、又吉野山をそ落られける。忠信は、判官の御きせなかを給てそ着たりける。残
（伊）二　高き所に打上り、××××××××××××××××× ×
（城）
（彰）十七人の兵共も、よせくる敵を今や〳〵とそ待かけたる。案のことく吉野の執行覚範禅師を先として大勢にて押
（伊）
（城）　殿　そと　×××××××××
（彰）寄たり。其後忠信高所に走上り、是は鎌倉の源二位　の弟九郎太夫の判官義経とそ名乗て、忠信をはしめとして
（伊）×××××××××××××××××××××××××××××××××××
（城）××××××
（彰）十八人の者とも矢把といて押くつろけ、さしつめ引詰散々に射ける矢に
（伊）

（網かけ部分は彰考館本にのみ記されている「伊藤本」についての記事）

以上のように、「伊藤本」は彰考館本とも城方本とも異なる本文を有する場合がある。彰考館本にあって城方本にない文言が「伊藤本」にはある。一方、彰考館本と城方本に共通するのに「伊藤本」にはなかったり、別の本文になっていたりする部分もある。「伊藤本」と城方本とが共通していて彰考館本と対立する例は、ここにはないが、他の部分で一、二見いだされたのみである。「伊藤本」と城方本との直接的な影響関係は見られないと考えられる。

この部分以外にも、「土佐房被斬」では、頼朝に義経暗殺を命じられたところ（下六一五頁）で、

伊藤本云。土佐房此事辞退申テハ悪カリナント思。当時正俊ナトカ。判官ノ討手トテ。大勢ニテ上候ハンハ。中々悪候ヘシ。小勢ニテ忍テ都ニ上リ。ネラヒ進ラセテ見候ハントテ。宿所ニ帰リ。七大所参ト名附テ。忍ツ、都ニ上リ。三条油小路ナル所ニ云々。

と記されている。この記述は彰考館本・城方本になく、他本にも見当たらない。また、暗殺に失敗して斬首された土

佐房に対し（下六一七頁）、

伊藤本云。源二位殿。九郎カ討手ニ土佐房ヲ上セケレ共。ハカ々々シカルヘシ共覚ス。又勢ヲ上サントテ。北条云。

とある。これも管見に入らない。他本の殆どは土佐房の勇気を称賛した記述である。これらは「伊藤本」の独自記事と思われる。これらが「伊藤本」が作られる時に新たに加えられたものなのか、或いは「伊藤本」が依拠した本文に既にあったものなのかが問題となる。しかし、このような独自本文はⅡに限って顕著に見られる。そこで、「伊藤本」が作られる時に依拠した本文が既にこうした記事をもったものであったと考えられよう。

先述したように、二類本のA種とB種とでは巻十二に関しては記事に出入りがあり、その点で「伊藤本」はB種に共通する。しかし、文・語句単位で見ると、今見てきたように、B種の城方本との直接の影響関係は窺えず、「伊藤本」と城方本とは基本的に交渉がないと考えられる。一方、A種の彰考館本の本文が城方本と「伊藤本」にそれぞれに共通する。以上より、城方本と「伊藤本」とには共通の祖本があり、そこから別々の本文が出来上がっていった、しかも、共通祖本の本文自体は彰考館本とかなり接近した本文であったと推測できよう。

一類本はまるで一本毎が異種本文であるかのように一本一本が異なり、B種、C種の定義すら曖昧であることを先に述べたが、そのような多様な一類本に比べ、二類本にはAB二種しか発見されていなかった。更に、それぞれの伝本も比較的本文が固定し、大きな相違はないと考えられてきた。しかし、そのような二類本にも、「伊藤本」のように、もう一種、かなり改変の手が加わったものではあろうが、存在していたことが推測される。或いは義経関係記事という特殊性によるのかもしれないが、二類本にも本文を改変する土壌はあったと考えられる。

六、巻十二の編集について

当節では、「伊藤本」の巻十二のとりあわせと終結の方法について考える。

平家物語では、しばしば他種系統の本文がとりあわされる。その際、欠損などの物理的な原因によるとりあわせばかりではなく、意図的にとりあわされる場合のあることが想定される。次章で詳述するが、〈とりあわせ〉が平家物語の再編の際の方法の一つとなっているのである。更に、巻十二にとりあわせが多く見られる。巻十二、つまり全巻の大団円のあり方に特に大きな関心が寄せられ、別系統の本文を用いることで新たな平家物語が再生産されていく。〈とりあわせ〉は、巻を単位として、あるいは巻の途中から本文を交替する場合に多く見られる。「伊藤本」は数章段のみに別系統の本文を用いているが、これも、やはり〈とりあわせ〉といえる。

「伊藤本」においては殆どが八坂系一類本の本文を用いているが、巻十二の「範頼追討」から「六代助命」までが二類本に依拠している。八坂系の巻十二は頼朝による源家の粛清を一括して載せているところに特徴がある。平家滅亡の物語に源氏関係の記事が入り込むことは異様であるはずだが、水原一氏は、主に百二十句本によりながら、八坂系が年次操作を行なって巻十二に源氏記事を集中的に載せていることを指摘し、そこに平家物語が「言外に源氏崩壊をも見据えて語っている」ことを指摘している。[20]特に二類本は集中的に、また詳細に記す。「吉野軍」「義経最期」という二類本の独自記事もその一環としてある。[21]「伊藤本」は、頼朝によって粛清されていく源氏の人々の動向を最も自覚的に集中的に描く二類本の特徴的な部分をとりこんでいるのである。「伊藤本」編者は一類本と二類本の違いをよく認識していたと言えよう。

更に、「伊藤本」が二類本をとりあわせたことについて、別の側面からも言及しておきたい。というのは、南都本も巻十二の途中から本文を交替しているのだが、その交替の箇所がやはり「伊藤本」と同じ「範頼追討」なのである。第四章で述べたように、南都本は覚一系諸本周辺本文から八坂系一類本C種へ本文が交替しており、「伊藤本」とでは依拠本文も異なる。この二本に直接の影響関係があるとは考えられない。しかし、南都本の本文交替と「伊藤本」の本文交替が全く同じ箇所で行なわれていることは、偶然の一致とは思われない。「女院大原入」と「範頼追討」の間には、平家の生虜たちの末路から源氏の人々の粛清へという内容上の断絶があることがかなり意識されていたと考えられる。南都本のとりあわせについて、従来物理的な所産としての評価以上のものがなかったことに対して、稿者は自覚的な平家物語の編集の可能性を指摘したが、「伊藤本」のとりあわせ方を併せ考えた時、南都本や「伊藤本」のとりあわせは明確に、自覚的な行為と考えてよいと思われる。

平家物語の編集に際しては、源氏の人々の粛清の叙述に関し、より効果的な本文を選ぶ志向性を指摘できよう。五類本にも、「土佐房被斬」以降の義経関係記事に二類本からの影響が強く見られることが指摘されている。[22]五類本では義経関係記事に関心を抱いて改変を行なった。南都本では、覚一系諸本周辺本文よりも源氏粛清記事のまとまった八坂系一類本を選んだ。「伊藤本」では、八坂系一類本よりも更に源氏粛清記事を詳細に集約的に描く二類本を選んだ。義経を始めとする源氏の末路を平家物語の展開の重要な要素として取り込もうとする編集者たちの関心の位相を見ることができる。義経記事に留まらず、源氏粛清の物語が平家物語再編の一つの指標となっていたと考えられる。

次に、終結の方法について述べることとする。「伊藤本」は「大原御幸」即ち「女院死去」を以て終わっている。勿論、八坂系に拠っているので、灌頂巻ではない。その後、平家の残党狩りと「六代被斬」が続く筈だが、それらは載っていない。これを脱落と考えることも可能であろう。しかし、偶然の脱落というよりも意図的な方法と考えるべきではなかろうか。乱暴な形であるが、灌頂巻を真似た終結方法を編み出したと考えたい。全編に八坂系（一、二類本の両類を用いているが）を用いながら、最後に疑似的なものだが、一方系の灌頂巻型の終結を選んだのである。

終結部分で記事を改変すること、特に省略をすることは「伊藤本」に特有の現象ではない。一方系の下村本・葉子本・流布本等は、源行家や義教の最期と平家残党狩りとを省略し、巻十二の最後を六代の物語に集中させている。源平盛衰記では、平家残党のうち、忠房の処刑のみを記し、六代の死は描かず、女院記事を以て全巻を閉じている。(23)

八坂系の本文を用いつつも、終結は灌頂巻型を採ろうとする方向性は都立図本とも共通する。逆に、相模本のように、終結に八坂系の断絶平家型を選ぶ本もある。平家物語の終結は灌頂巻型、断絶平家型の交換の可能な形で開かれていたのである。巻十二の終結の様式の〈選択〉が編集者にまかされ、編集者或いは読者の関心に沿った新しい平家物語が再編されていった。

平家物語の読者が一方・八坂、また、その下位分類も含めて、その本文に質的差異を認めるとするならば、それは第一に巻十二のあり方にあったと考えられる。巻十二が平家の生き残りの末路を描く巻であることから、女院往生で終わるか六代処刑で終わるかの大きな相違がまずある。しかし、その相違は、どちらの型を選ぶか、という次元で選択可能なものであったようだ。次に、源氏粛清記事を平家物語の中で選択することも、編集の大きな眼目であった。しかし、「源氏崩壊」の物語をより鮮明化していっても、諸本の操作という枠をはみ出さない限り、平家物語としての自立性は保たれよう。

本文の再編とは、再編者各人の平家物語の受容の姿勢の顕在なのである。本文再編の方法は、平家物語を読みといていった歴史を考える指標として把握され、また、分析されるべきものであろう。

おわりに

以上のように、「伊藤本」の復元作業を通じて、平家物語の本文形成と編集に関わる様々な問題が浮かび上がってきた。それらを整理すると、次のようになる。

(1)八坂系一類本C種に未見の本文があること
(2)三類本の分類への疑問
(3)二類本に新しい本文があること
(4)二類本をとりあわせることの意識
(5)終結の選びとり方

これは、平家物語の本文の形成を考えるにあたっての本文系統、或いは分類の問題（(1)~(3)）と、平家物語の編集の問題（(4)、(5)）に二分される。「伊藤本」の完全な本文を再現できないための限界はあるものの、八坂系の、ひいては平家物語の本文が流動し、新しい平家物語を形成していく際の様々な問題がここにも窺える。

注

（1）『参考源平盛衰記（改定史籍集覧本）』（臨川書店　昭和57復刻版）による。第一節で述べるが、『参考源平盛衰記』にも諸本がある。「伊藤本」についても、校合に用いていないもの、用いてはいるが、凡例には「伊藤本者。伊藤玄蕃友嵩所蔵也」とのみ記されるものなどがある。

（2）徳川光圀従弟。水戸藩執政。霊元五年（一六六五）―享保六年（一七二一）。（『和学者総覧』汲古書院　平成2）
（3）『平家物語考』（明治44　但し、勉誠社　昭和43再刊に拠った）二二九頁。なお「一本」とは現在の鎌倉本を指す。「佐野本」は不明。
（4）『平家物語諸本の研究』（冨山房　昭和18）二二〇頁
（5）『参考源平盛衰記』の概要、伝本については、松尾葦江氏『参考源平盛衰記（改定史籍集覧本）』解題、「『参考源平盛衰記』について」（『新定源平盛衰記第一巻』新人物往来社　昭和63・8）、「伝本のこと――参考源平盛衰記研究ノート（二）――」（『新定源平盛衰記第二巻月報2』同右　昭和63・11）、「元禄本と享保本のこと――参考源平盛衰記研究ノート（四）――」（『新定源平盛衰記第五巻月報5』同右　平成3・2）による。
（6）彰考館蔵平家物語（八坂系二類本A種）には表紙に「八坂本」と書き入れられていることもあり、『参考源平盛衰記』に用いられた「八坂本」とはこの彰考館本をさすと思われるが、『参考源平盛衰記』の本文引用は、正確ではないためか、彰考館本と一致しないところもある。そこで煩雑ではあるが、彰考館蔵平家物語を引用する場合は「彰考館本」と称し、『参考源平盛衰記』に引用されている本文は「八坂本」として区別する。
（7）『参考源平盛衰記』は『源平盛衰記』の巻立て（四十八巻）に拠っているが、「伊藤本」は八坂系統と考えられるので、以下の論述では八坂系の巻立て（十二巻）に対応させて述べる。
（8）『平家物語研究序説』（明治書院　昭和47）第一部第二章第四節、『平家物語の生成』（明治書院　昭和59）二―3
（9）前掲注（8）『平家物語研究序説』三三七頁
（10）『軍記物語論究』（若草書房　平成8）第二章五　二三九頁（初出は平成7・7）
（11）中院本は三条西家本的な本文に下村本的な本文を混態させた本である（前掲注（8）三三〇頁）。
（12）前掲注（10）二四五頁
（13）前掲注（8）『平家物語の生成』九五頁。『平家物語研究序説』では三五八頁。
（14）「八坂系平家物語本文判定マニュアル」（『平家物語八坂系諸本の研究』三弥井書店　平成9）、及び古典文庫『平家物語』

下（弓削繁氏解説）等を参考とした。
(15) 前掲注（10）二三三頁
(16) 前掲注（14）弓削氏論による。
(17) 四類本・五類本は「吉野軍」を二類本に拠って載せているが、次に掲げる「範頼追討」「義経不満」等が「伊藤本」と異なるので、ここでは除く。
(18) 第二部第一篇第三章参照。なお、二類本A種には彰考館本の他、善本と考えられる京都府立総合資料館本、少し崩れの見える秘閣粘葉装本がある。京都本には巻十二がないものの、秘閣本と彰考館本とを比較すると、彰考館本に大きな問題はないと思われる。また、B種には内閣文庫本（城方本）・田中本・奥村家本・那須家本があり、基本的には同文である。但し、那須家本は未見である。
(19) 「朝には紅顔有て」は、『参考源平盛衰記』（下七六〇頁）には伊藤本・八坂本・如白本・東寺本・南都本に載ると記され、問題が残るが、南都本にも実際には記事がないことと、『参考源平盛衰記』のこのような諸本併記には時に誤りがあることから、「伊藤本」のみについて記した彰考館本の書き入れに従うこととする。
(20) 「『平家物語』巻十二の諸問題――「断絶平家」その他をめぐって――」（『中世古文学像の探求』新典社　平成7）八六頁（初出は昭和58・2）
(21) 第二部第一篇第三章参照。
(22) 池田敬子氏「城一本平家物語の本文形成について」（『室町藝文論攷』三弥井書店　平成3）
(23) 「伊藤本」が六代処刑の省略という方法を盛衰記に学んだ可能性も考えられようが、それは様式の表面的な模倣にとどまる。盛衰記の六代説話には独自の視点があるからである。盛衰記の終結に関しては、今井正之助氏「『平家物語』終結部の諸相――六代の死を中心に――」（『軍記と語り物』19　昭和58・3）、榊原千鶴氏『平家物語――創造と享受――』（三弥井書店　平成10）第一部Ⅳ（初出は平成2・7）参照。

第六章　平家物語本文の編集の方法

——混態・とりあわせという観点から——

はじめに

夥しい数にのぼる平家物語諸本はどのようにして生み出されてきたのか。その方法、メカニズムの一端を、現存諸本に即して考えていきたい。

諸本の存在については、主に平家物語の始発に溯らせていく方向で研究されてきており、現存する多くの語り本系諸本は、古態を透視できないという点から顧みられてこなかった。しかしながら、語り本系に多くの諸本が生まれている事実は平家物語の問題として問われ続けなくてはならない。従来、それは琵琶法師の〈語り〉の問題と関連づけて考えられてきた。中でも、「八坂流」と分類されたこともあって〈語り〉による本文流動の証とされてきた多くの諸本がある。山下宏明氏はそれを五類に分類し[1]、現在その分類法が通行している。しかし、氏は三～五類本には明らかに書承による本文変化が見られることを指摘している[2]。八坂流との関係の推測されている一、二類本についても、その本文研究は緒についたばかりである。そして、松尾葦江氏によって八坂系諸本の本文形成と〈語り〉による流動との関係が改めて否定された[3]現在、必要とされる作業は現存本の本文の成り立ちの解明であろう。それを通過することによって初めて、何故、どのようにして諸本が生産され続けたのかを明らかにすることができる。そこから、平家物語に諸本の存在することの意味を問うことが始まる。

本章では、平家物語本文が作られていく上での一方法として、混態・とりあわせという作業が行なわれていることについて述べ、そのようにして本文を作ることの意味を考えていきたい。

一、混態とは何か、その1――「混態」という用語の歴史――

まず、「混態」という用語について、その歴史を確認することから始める。

以下に述べていく「混態」現象を、一部ではあるが最初に指摘したのは山岸徳平氏であろう。[4] 氏は「混態」という用語は用いていないが、ある写本と別の写本との「混合」によって新しい本が生まれることを指摘し、それを「混合写本（Misch Codices）」とした。

次いで池田亀鑑氏が「混態」について細密に論を展開した。[5]「混態」の語義と範囲を考察する上で有益な叙述と思われるので、長くなるが、以下に引用していく。氏は「混態」を contamination の訳語として用いる。[6] contamination が「従来の文献学に於ては本文の混合 mixture の意味に解釈せられて」おり、「他の系統線から人為的に持ちこまれて来た不純なる本文に見られる現象」と説明した後、「日本の古典的文献にあらはれたる『混態』現象の諸相に即」して「合成」と「混成」という二つの性質を包括する概念として再定義した。

「合成」とは、「写本Aに移入された写本Bの本文が、まだAの中に混合し終らないで、なほBのままの純粋な形態を示して対立してゐる場合」を、「混成」とは「そのやうな合成の過程から更に一歩前進して、両者が細部にわたつて、も早や分別することの出来ないやうに融合し同化し終つてゐる場合」という。

氏は「合成」は校合（更に、厳密な態度による校合、任意の選択の行なわれる校合に分類する）と補写（更に、脱葉による補写、欠巻による補写、分担による書写、依拠本文の転換による書写に分類する）の二つの場合によって生じるとする。そして、合成された本文が次の段階で本文中に入り込んでしまった時に「混合本文」die Mischtexte が生まれる。それを混成の現象とする。更に、氏は混成の現象が生じるに際しては次の三つの場合を想定する。一、校合文を任意選択し、本文中に摂取する場合。二、二つ以上の写本から任意選択した本文を摂取する場合。三、註・引用文の混入。

氏は混態を、如上の「合成」「混成」から成り立つと定義した上で、混合本文から原型を復元する方法を模索し、その過程を論理化した。

以上のように、氏は contamination の訳語として「混態」を用い、しかも日本の写本の錯綜する本文現象に適応させるべく、「合成」「混成」という性質を包括する概念として定義した。ここに「混態」という新語が contamination から独立して誕生したと言えよう。

しかしながら、「純粋なる本文」の復元を求める方法論からいえば[7]、混合本文は、「汚染せるもの」das Kontaminietre であり、「混成」は本文の伝流の「系譜を破壊」していくものであった。混成という現象を、純粋なる本文が汚されていくという下降的思考によって、消極的に捉えているところには問題が残る。

氏の原型復元を追求する本文批判論は、後年小西甚一氏によって「系譜法」と命名され、その限界が強調された[8]。小西氏は、池田氏の系譜法が、混態（die Kontamination）を起こしていない時にのみ有効であるが、実際は混態を含むことが普通の現象であることを力説する。但し、氏の使用する「混態」の用語は池田氏の定義に沿ったものと理解される。

平家物語の本文異同に「混態」の概念を意識的に導入したのは山下宏明氏である[9]。鎌倉本・平松家本・竹柏園本（佐佐木本）・百二十句本などの、いわゆる覚一系諸本周辺本文が、覚一本と屋代本との中間的本文形態を示すことは高橋貞一氏[10]や渥美かをる氏等[11]に指摘され、これらは両本の過渡的な本文であるとされてきた。しかしながら、山下氏はその先後関係を逆転させ、覚一本と屋代本との「混態」のなされた結果であることを明らかにした。山下氏には特に「混態」の概念の説明はないが、ほぼ池田氏の用語に即して、複数本文を合成、混成すること、またそのようにしてできあがっている本文として用いていると考えられる。このようにして生まれた本文を「混態本」とも記している。なお、「混態現象」を指摘する際には、「きわめて中途半端な形でこれをとりこんだ（二五四頁）」、「不徹底な形で取り入れ（二六七頁）」、「傍書を……不注意に本文中に書き流してしまった（二七三頁）」等と用いている。池田氏同様に、「混態」という現象には「汚された」下降本文といったニュアンスを籠めていると思われる。

千明守氏は山下氏の論を批判的に継承し、覚一系諸本周辺本文の中間形態が過渡本ではなく「混態」によってもたらされたものであることを再検証した。[12]「混態」という用語も山下氏の用法をそのままに踏襲していると思われる。特に、同一語彙をきっかけとした切り継ぎによる他系統本文への移行を多く指摘し、具体的に「混態」の痕跡を論証した。

ところで、「混態」現象は覚一系諸本周辺本文だけではなく、南都本巻一[13]にも、八坂系三～五類本についても指摘されている。八坂系四、五類本の本文については、高橋氏が、「異本をもって改作した」[14]とするように、同じ平家物語の複数の異本を用いて新しい本文を作りだしていることは夙に指摘されていた。山下氏は、それらを「混成」「切り継ぎ」等の言葉と同列に「混態」現象という言葉を用いて説明する。

一方松尾氏は、八坂系諸本の問題に限ることなく、「今我々が純化してイメージしている覚一本、屋代本、延慶本等々が最初から純粋な本文として成立したわけではなく、混態を繰返して行く内にその個性が分岐して行き、いわば鎖のとびとびの環だけが不連続に残存している。そういう意味では、平家物語の諸本はすべて混態本である」(15)と、八坂系以外の本文流動に関しても、というより、平家物語の本文流動の本質に「混態」という現象を適用させようとする視点を切り拓いている。

二、混態とは何か、その2――「混態」の範囲――

以上のように「混態」という現象が平家物語本文の諸相を考える場合に重要な要素であることが次第に明らかになってきている。ここで改めて「混態」という現象の包含する範囲を確認しておきたい。なお、池田亀鑑氏による「混態」の定義には、脱葉、欠巻等の補写までを含んでいるが、少し次元を異にすると思われるので、これらについては節を改めて考えることとする。

まず、「混態」に用いられる本文について確認しておきたい。それは当然、平家物語という同じ作品の複数の異種本文である。池田氏は写本についてのみ考えているが、平家物語の場合、版本を用いることもあり得るので、写本・版本は問わない。また、池田氏が想定する写本AとBは同じ親本から派生した二種の本であるが、平家物語の場合、どの段階まで溯ったら親本が得られるのか、多くは不明であり、単に平家物語というにとどめる。

次に、本文中に「混態」をおこすケースとしては、次の二つの場合が考えられる。まず、(1)一本を基本とし、他本を副本とする場合。(2)二本(或いはそれ以上)を同等に扱う場合。池田氏が想定した混成の生ずる場合の一、二に相当しよう。(2)もあり得ようが、管見の限りでは(1)が殆どである。そこで(1)を具体的に次の四段階に分けて整理する。①単語・語句単位　②文単位　③数行単位(文として終始するとは限らない。脱葉の補写は含まない。)　④記事単位。

以下に、八坂系一類本を基本本文に、覚一系諸本周辺本文を副本文としている東京都立中央図書館蔵平家物語（「都立図本」と略す）を適宜例に掲げて説明していく。[16] まず、①②の例として巻五「奈良炎上」を掲げる。南都へ平家が攻め寄せる場面で、都立図本の親本に近い八坂系一類本B種の三条西家本では、

その日一日たゝかいくらし〔※〕夜に入けれは

とするが、〔※〕の部分に、都立図本では「て、宗との大衆かすをつくしてうたれにけり」と入る。この表現は覚一本や屋代本に共通し、覚一系諸本周辺本文からの取り入れと考えられる。次には巻三「僧都死去」を掲げる。三条西家本では、

しつかにゆひをおりてかそふれは、このしまにてはや、三とせになるとこそ思へ、むさんやわれにし八てうへいてし時、われもゆかんといひしを、やかてかへらんするそとて、とゝめをきたりし事のたゝいまのやうにおほゆるそや、その時はわかは七になりしかは、ことしは九にこそならんすれ、おやとなりことなり

とある部分を、都立図本では、

閑に指をおりてかそふれは、ことしは六になるとこそおもひつるおさなきものを、はやさきたてけるにこそ、西八条へ出しとき、われもゆかんといひしを、やかて帰らんするそとて、とゝめをきたりし事のたゝいまのやうにおほゆるそや、限とたにもおもはましかは、なとしはしも見さりけん、親となり子となり

とし、傍線部分が異なる。しかし、これを覚一本で見ると、

指をおてかそふれは、今年は六になるとおもひつるおさなき者も、はや先立けることさんなれ。西八条へ出し時、この子か我もゆかうとしたひしを、やかて帰らふするそとこしらへをきしか、今の様におほゆるそや。其を限りと思はましかは、今しはしもなとか見さらん。親となり子となり（鎌倉本・平仮名百二十句本も殆ど同じ）

とあり、傍線部分がそっくり覚一系諸本周辺本文によって改訂されていることがわかる。傍線部分だけでなく、傍線に挟まれた部分を含めて改訂した可能性もある。とすれば、③の例として適用される。

④の例は長くなるので省略するが、巻十「戒文」における法然の説経は覚一系諸本周辺本文によって増補され、詳細な説経となっている。

このような都立図本や、山下、千明氏によって検証された覚一系諸本周辺本文の他にも、八坂系四類本（一方系本と八坂系二類本との混態）、八坂系五類本（一方系本と八坂系一類本B種、二類本B種との混態）等と、語り本系内での複数本文の「混態」が多く指摘されている。それでは、読み本系同士、或いは語り本系と読み本系との混態はあるのだろうか。

読み本系は一本毎に本文が大きく異なり、語り本系とは同列に扱えない。また、読み本系同士の混態の具体的な事例を用意していないので、ここでは除外する。次に、語り本系と読み本系との混態は如何であろうか。語り本系と読み本系とでは同文的要素もあるが、全体的には相違する箇所の方が多い。従って、先述の①のような細かなレヴェルでの混態は極めて少ない。しかし、次に掲げる都立図本巻六冒頭では、②文単位での改訂が見られる。三条西家本では、

（i　治承五年正月一日、あらたまのとしたちかへりたれとも、とうこくのひやうらん、なんとのくわさいによて、大りにはてうはいとゝめられて、しゆ上しゆつきよなし。）（ii　とうしのくきやう一人もさんせられす。）（iii　二日てん上のゑんすいもなし。）（iv　ふかくもそうせす。）（v　よしのゝくすもまいらす。）（vi　なんにようちひそめてきん中のありさまさひしうそみえし。）

とある部分、都立図本では、

（i〈本文略　以下同じ〉）（ii）たゝ平家の人々はかりそ参て執行れける。物の音も吹鳴す。（iv）（v）（iii）（vi）

と、同文だが順序が異なる。独自文も挿入されている。この部分、延慶本では、

（Ⅰ　治承五年正月一日、改年立帰タレトモ、内裏ニハ、東国ノ兵革、南都ノ火災ニ依テ、無朝拝一。節会計ハ被行一タリケレトモ、主上無御出一。）（Ⅱ　関白以下、藤原氏ノ公卿一人モ不被参一。氏寺依焼失ニ也。）只平家ノ人々計ヲ少々（ママ）参テ被執行一ケル。其モ物ノ音モ不吹鳴サ一、（Ⅳ　舞楽モ不奏セ一、）（Ⅴ　吉野国栖モ不参、鮨モ不奏一、形ノ如ノ事ニテソ有ケル。）（Ⅲ　二日、殿上ノ淵酔ナシ。）（Ⅵ　男女打ヒソマテ、禁中ノ儀式物サヒシク、朝儀モ悉ク廃レ、）

（傍線部分は都立図本にない箇所）

とある。都立図本の順序は延慶本と同じである。三条西家本にはない独自文も延慶本にはある。都立図本は親本に拠りつつも、延慶本に近似した本文を参考として改訂を加えたと考えられる。

記事単位での混態もかなり残されている。例えば巻十「内裏女房」では、重衡と女房との歌の贈答の前後がそっくり長門本と同文の本文に移し替えられ、二人の描写がより細かくなっている。[17]

他本でも、南都本巻一に語り本系と読み本系との混態が指摘され[18]、八坂系五類本にも読み本系からの記事単位での増補があることが指摘されている。[19]

記事単位、説話単位での読み本系本文の混入は、一般的には増補、差し替えとして説明されてきたが、今の例からもわかるように、読み本系と語り本系との比較対照は詳細に、また、柔軟に行なわれている。このような増補が孤立的ではなく、かなり連続的に認められる場合には「混態」に含めてよいと考える。

なお、都立図本の依拠した読み本系本文は現存の一本によっては説明できない。南都本巻一も同様である。読み本系にも多くの失われた本文があったと考えられる。[20]また、例えば、南都本巻十二には『六代勝事記』や『源氏物語』からの増補もあるが、このような他作品からの「増補」は「混態」には含めない。

以上を踏まえて、私に「混態」の範囲を次のように規定しておきたい。

従来、切り継ぎ、補入、補訂、増補等によって説明されてきた現象のうち、同作品、複数の異種本文による混成の現象。但し、限定的、孤立的な現象ではなく、全巻、或いは少なくとも一巻を単位とする程度の連続性が窺えるもの。

三、混態とは何か、その3――「混態」現象の問題点と意義――

以上のように「混態」の範囲を示してみたものの、具体的にどの部分でどのように混態が行なわれているのか、全てを明確にできるわけではない。それは、依拠した複数本文が現存本によって説明できることの方が珍しいからである。つまり、殆どの場合、現存本に近似することはあっても、それが直接に依拠した本文とは考えられない。更に、混態が何度にもわたって行なわれていることもある。

例えば、南都本巻十一前半は他の諸本では巻十に相当する。第三章で述べたように、この本文は都立図本的本文によっている。しかも、更に覚一本に近い覚一系諸本周辺本文を用いて、文書や宗教的側面に関する記事を中心に、また、時には句単位にあらたな混態を重ねている。よって、南都本巻十一前半は、これのみを眺めていると、八坂系一類本、読み本系、覚一系諸本周辺本文と、三種類の本文が複雑に入り交じった特異な本文に見えるのだが、実際は、既に混態が行なわれて出来上がっている都立図本的本文に、新たに別系統の本文を用いて更なる混態がなされて出来上がった本文なのである。都立図本の出現によってその経緯が明らかになったわけである。このような混態の重層性は都立図本や南都本のみの現象ではない。平家物語は何段階にも混態が繰り返されるものであり、現存本はそのある段階の一本なのである。

一方、八坂系三類本のように、一本一本の様相はかなり異なっていても、幾つかの三類本には共通する記事があるという現象もある。(21) ある程度の混態の分析や依拠本文への溯行は可能だが、混態の過程を厳密に指摘し尽くすことは不可能であり、依拠した本文を正確に復元することも多くの場合は不可能である。

ところで、池田亀鑑氏は基本的に混態の発生を、より「純粋な」本文への改善の欲求に見ていた。平家物語の場合は如何であろうか。例えば、都立図本に見られる細かい語句単位の補入は、作業的には校合作業によってもたらされるものであろう。しかしながら、混態に用いた二つの本文（基本本文である八坂系一類本と、副本文である覚一系諸本周辺本文）は細かい部分でかなり異なり、厳密に校合を行なうことは殆ど不可能である。そこで、氏の言う「任意の選択の行なわれた」校合が行なわれることになる。しかし、校合というよりも寧ろ、第一章でも指摘したとおり、都立図本の志向する、わかりやすい、詳しい説明を加える方向での意図的な改訂といった方が適切であろう。例えば、巻二では成親捕縛記事を、巻三では俊寛記事を、というように、ある関連記事に集中して細かな改訂が行なわれたり、また、和歌を中心として読み本系から大幅に増補されたりしている。任意というよりも意図的といった方が適切な混態が蓄積されている。ここには、校合作業によってより原初の本文を見いだそうといった、復元を求める姿勢とは逆方向の、複数の本文を用いて新しい本文を生み出していこうとする再編への意欲が窺える。南都本巻十一前半に関しても同様の現象が見えることは先に述べたところである。

都立図本や南都本巻十一前半にとっての混態とは、平家物語再編の作業であった。しかも、このような方向性は今まで幾つか例にあげてきた諸本にもそれぞれ見いだされていくものだろう。平家物語で「混態」を用いる時には、「汚染せられた」ものという負のニュアンスを籠める必要はない。むしろ、平家物語本文の再編集の方法の一つとして積極的に認めるべきであろう。

異種の本文の存在を知っており、何らかの平家物語を眼前にした読者（文字によって平家物語を受容するという意味での読者）は、作品を読むにとどまらず、己の関心に従った新たな平家物語を作り出していく。そのような作業が幾層にもわたって行なわれてきた。読者にとって、平家物語は固定的、絶対的な作品ではなく、作品を受容する読者が作品の変容に参加していく、いわば読者参加型の変容を許容する作品であり続けたのである。

四、とりあわせとは何か、その1――「とりあわせ」の範囲――

次に、先に紹介した池田亀鑑氏の定義の中から除外した、補写による合成及び混成について考える。

書誌学には「とりあわせ本」という用語がある。

> 寄本《ヨセホン》〔取り合せ本。補配本《ホハイボン》〕「欠本」の欠けた巻、冊を別の「欠本」や「残欠本」（零本）を寄せ集めて補ったものである。版本で数冊以内の揃本の場合は寄本は比較的に容意《ママ》であるので、しばしば見受ける。[22]

巻・冊単位で別の体裁、別筆、別系統本文をとりあわせることによって形態的に完結を見る。平家物語でも、お茶の水図書館成簣堂文庫蔵中院本[23]はその典型的な例である。また、池田氏のいう、欠巻による補写を行なうことによって「合成」された本の形態もこれに含まれると考える。例えば、都立図本巻九、巻十二は別筆であり、しかも巻十二は明らかに本文系統が異なる。この点からすると都立図本は「とりあわせ本」といえよう。

しかしながら、とりあわされた伝本が一筆で書写された時（池田氏のいう混成）、一見すると、一貫して作られた伝本と区別がつかなくなる。例えば、小野本や文禄本、加藤家本等がある。また、近時弓削繁氏によって精力的にその全容が明らかにされつつある右田毛利家本（諏訪本は兄弟本[24]）は三系統のとりあわせである（巻一〜五、十、十一、灌頂巻は覚一本系本文。巻九は八坂系本文。巻六～八、十二は独自本文）が、一筆書写である。相模女子大本も一筆だが四系統のとりあわせである（巻一、四～六、十一は覚一本系本文。巻二、三、九、十は八坂系一類本B種。巻十二は八坂系一類本C種。巻七、八は右田本）。これらは右の「とりあわせ本」の範疇からはみ出している。[25]

弓削氏は右田本を「とりあわせ転写本」とする。しかし、転写する際に手が加わる場合もあろう。すると、この用語はすべてに適用されるわけではない。また、松尾氏は、巻ごとに本文の性格を異にするが、書誌的には一揃の本を「混合本」とする。が、一方ではとりあわせの転写とは区別して、「それなりに意図的な編集の結果とみなすべきもの」ともする。氏も指摘しているように、実際には意図的な編集か否かの判別は難しく、次に述べるように、「本文の性格」の相違が巻毎とは限らないこともあり、現段階では新たに命名して分類することは控えておく。[26][27]

ここでは、まず、「とりあわせ本」と「とりあわせ」を区別する。「とりあわせ本」は書誌学上の通念に従って限定的に用いる。次に「とりあわせ」は、複数の本文を用いての本文改訂を指す「混態」と異なって、底本とする本文系統を途中から変更する場合に用いる。「とりあわせ本」も含む。とりあわせ本が転写された場合には、単に「とりあわせ」ということにとどめる。[28]

「とりあわせ」には他に次のようなものがある。例えば、池田氏のあげた分担による書写や依拠本文の転換による書写がある。これらは巻・冊単位で別系統の本文を用いているが、当初から別系統本文によって作られ、体裁も一貫しているために「とりあわせ本」ではない。が、「とりあわせ」は行なわれている。[29]

巻毎ではなくとも、巻の中途からの他系統本文への移行、及びその転写もある。南都本巻十二の本文が途中から八坂系一類本C種に代わっていることが例にあげられる。伊藤本のように、巻のかなりの部分を占めて多量に、ある関連記事群を別系統本文に差し替える場合も含まれよう。[30][31]

巻・冊によって明確に本文系統が交替するものの他にも、池田氏のあげた、脱葉を補写した場合、及びその転写もある。例えば、川瀬本は巻九冒頭から六丁までは覚一本もしくは百二十句本で記し[32]、以降は八坂系一類本である。都立図本は巻九冒頭から十丁までが流布本であり、以降は八坂系である。

以上のような諸例を踏まえて、「とりあわせ」の範囲を次のように規定しておく。

「とりあわせ」とは、巻を単位として、或いは巻の途中から別系統の本文を用いること。脱葉を別系統本文で補写した場合も含める。とりあわせた経緯、時期（作品形成時のものか、欠落を補うための後のものか等）、筆跡の相違等は問わない。

五、とりあわせとは何か、その2――「とりあわせ」の問題点と意義――

「とりあわせ」について指摘したいのは、第一に、従来のような巻毎の本文分類が伝本毎の成立事情を閑却してきたことである。例えば、相模本は四系統の本文をとりあわせたのではなく、複数の系統の本のとりあわされた右田本系統（巻一、四〜九、十一）に、更に八坂系一類本B種（巻二、三、十）、C種（巻十二）のとりあわせが行なわれた本であることが指摘されている[33]。伝本が流動して新たな伝本を誕生させていく過程を、「とりあわせ」という視点からも捉える必要がある。

第二に問題となるのは、とりあわせを行なう時の編集意図である。例えば、前節で取り上げた「とりあわせ本」は形態的な完結を目指すことを目的としており、内容に関わる操作は見られない。しかし、以下の例は異なる。

先述したように、都立図本は「とりあわせ本」である。本文は巻十一までが八坂系一類本に覚一系諸本周辺本文を混態させた本文、巻十二は下村本という「とりあわせ」がなされ、しかも巻十二は途中から流布本にかわり、更なる「とりあわせ」が行なわれている。下村本から流布本への移行は何らかの物理的な理由によるものと思われる。巻九冒頭にも前節で述べたように流布本の「とりあわせ」が見られる。流布本をとりあわせた時点で巻九、巻十二を書写し直して、筆跡、本文系統共に異なる巻を含む「とりあわせ本」として再生したのである。しかし、もし流布本をとりあわせる事態が生じなければ、巻十一までの本文と巻十二の下村本とは一筆で書写されていた可能性、即ち「とりあわせ本」ではなかった可能性がある。というのは、都立図本には巻十一にあるはずの女院出家記事がないのである。これは灌頂巻のある下村本巻十二の構成を睨んでの省略であり、巻十二に下村本を「とりあわせ」るに際しての巻十一の改編と考えられる。[34]

また、八坂系一類本には女院出家記事の次に重衡北方の記事が続くが、都立図本にはそれもない。八坂系では巻十二にも同様の北方の記事があり、都立図本が重複を避けて削除していたとも考えられるが、都立図本には記事を省略する傾向はないこと、直前の女院出家記事が下村本を前提にして省略されていることを考えると、重衡北方の記事の削除も、下村本（北方記事はやはり巻十二に載る）を前提にした操作と考えられる。

現都立図本の編集にあたっては、混態の行なわれた原都立図本がまず用意された。しかしながら巻十二には（理由は不明だが）下村本を用いることになった。その際、とりあわせられた下村本の灌頂巻を解体していく作業ではなく、原都立図本の女院記事等の省略を選んだ。ここには別系統の本文を「とりあわせ」るに際しての編集がなされている。灌頂巻の重視がそのような方向を志向させたのではないかと想像される。

同様な例は相模本にも指摘されている。相模本の巻十一は覚一本系統であるために、重衡処刑で終わる筈である。一方、巻十二は八坂系であるために、重衡処刑から始まる。機械的なとりあわせであれば、当然重衡記事が重複するはずだが、相模本の巻十一からは重衡処刑が省略され、重複を避けるための整理が加えられている。ここにもとりあわせに際しての編集の痕跡を見ることができる。

尤も、相模本では逆の場合も残されている。女院出家記事が欠落しているのである。巻十一は覚一本系統を用いているために女院出家記事がない。巻十二は八坂系であるために灌頂巻がなく、やはり女院出家記事がない。そのために欠落したのだが、欠落が補われることはなかった。相模本は重複を避けるための整理は加えたが、欠落記事を埋める操作までは行なわなかった。この点で周到とはいえないのだが、他系統の本文をとりあわせる時に、ある程度の注意を払っていることは指摘できる。

以上の例は、依拠本文が周知のものであるために、とりあわせの際の編集過程の追跡も可能であった。実際には、とりあわされる本文が複雑な混態を経ていたり、とりあわせの際に、より手の込んだ編集がなされたり、等と本文形成過程の推測が困難な場合もあろう。しかし、それ故に一層、従来のように、とりあわせを機械的、物理的所産として扱い、それぞれの巻を別個に考察することは、平家物語の完成への意識を見失うことになりかねない。別系統本文のとりあわせであっても、一つの作品として整えようという意図が見いだされる限り、統一的に考える視点も必要である。

即ち、従来の巻毎に分断された本文研究からは、平家物語を受容する読者、そして新たな本文の生成を目指す再編集者の視点は明らかにならない。混態の分析と共に、別系統本文のとりあわせの様相を分析し、意図を探ることによって、新たなる平家物語を作り出そうとする再編集者の存在が、ひいては、動態としての平家物語の特質が浮かび上がる場合がある。

なお、巻十二のとりあわせは注目される。本文改編に参加しようとする読者にとって、灌頂巻型で終わるか、断絶平家型で終わるかは大きな選択であったと考えられる。それが終結の様式への関心にとどまり、それに伴う本文の整備にまで必ずしも万全の注意が払われていないこともあるが、灌頂巻型と断絶平家型の相違が読者にとってどのような意味を持っていたのか、とりあわせによる本文系統の選択の実態に即して再考する必要があろう。

おわりに

平家物語に多くの異本があることはかなり知られていた。また、読者が複数の本文を入手することも可能であった。他の作品と同様に、異なる本文を前にすれば、当然校合という作業が始まる。しかし、平家物語の場合、単純で厳密な校合が可能な程度の本文異同ではない。より正しい本文を求めての校合というよりも、むしろ、よりよい本文を新たに作り上げていく、改訂への意欲の下での本文照合が行なわれた。「よりよい」本文とは、或いはわかりやすい本文であり、或いは自分の関心を満足させる方向を打ち出していく本文である。しかも、このような作業は一回的なものではなかった。Aという写本とBという写本からCという本文ができあがり、CがまたDと混態をおこし、Eととりあわせが行なわれてFができ、それが更に……というように、重層的に繰り返され、次々と新たな本文が生まれていく。

しかし、平家物語としての展開は既に決定的なもの、固定的な枠としてある。新しいテーマ、展開、結末を生み出す程の想像力・創造力はこのような本文流動にはない。一定の枠の中で本文を少しずつ変容させ、或いは記事を出入りさせていく作業は改作というよりも、改編、再編である。勿論、他の作品からの引用や独自本文による増補・改編もなされているが、基本的には複数の異種の本文の組み合わせによる再編である。平家物語の本文の規制はこのような形で作用している。混態やとりあわせによる平家物語再編の活動の源泉を追求することがこれからの課題の一つであろう。

平家物語諸本の形成の方法は多様である。勿論すべてを混態やとりあわせで説明できるわけではない。寧ろ、諸本研究が目指してきた古態、原態の追求においては、より多くの異本形成の方法が明らかにされている(35)。が、古態への溯行をめざす一方で、成立から下っていく本文（異本）の成り立ちの追求と、それに伴って異本形成にあずかった文学意識の解明も必要な視点であろう。しかも、それが下った時代に限定されたものであるという保証はない。平家物語が成立したある時点からまもなく、書写、改編作業が始まり、異本が生まれていく。平家物語の享受が始まった時点以降を射程に入れる必要があるのではないか。

振り返って見るに、「混態」の用語そのものが本文批判の態度を前提としたものであった。混態やとりあわせの研究は文献学的研究であって、現象の分析にすぎない。それが作品の評価に用いられてきた。それは、本文批判が文学研究のある面での基礎であり(36)、文献学的研究の目的がオリジナル＝純正な本文の追求にあると考えられ、そこに文学的価値も置かれたからである。純正を求める態度のもとでは、「混態」は〈汚れた〉という否定的評価を当初から下され、混態やとりあわせの行なわれている本は「末流本」との低い評価が与えられる。

混態やとりあわせの研究は、従来、一定の成果をあげてきたが、それと固定化した文学の価値とは切り離して考えるべきである。作品が受容される様々な時期に、どのように作品に対峙してきたのか。時間軸を念頭に置いた享受意識や享受方法の研究の重要性が指摘され(37)、実際、そのような方向へも研究の視野が拡大してきている。平家物語は享受者の関与が本文再編という形で異本形成に表われているという点で、また、その様態が実際に多くの異本として残されているという点で、特色ある文学形態である。混態、とりあわせは平家物語を受容し、再生させる読者の文学意識、文学観の分析の材としても積極的に捉え直される必要がある。

注

（1）『平家物語研究序説』（明治書院　昭和47）第一部第二章第四節。氏の論で特に断らない場合は本著による。
（2）山下氏以前に、高橋貞一氏は『平家物語諸本の研究』（冨山房　昭和18）で、「八坂流系統諸本は常に改作増補省略の現象が働いている（二二二頁）」ことを、渥美かをる氏は『平家物語の基礎的研究』（三省堂　昭和37）で、「編集者の存在（八七頁）」を指摘している。また、四、五類本には池田敬子氏もその書承性を指摘している（『両足院本平家物語』解題〈臨川書店　昭和60〉、「城一本平家物語の本文形成について」〈『室町藝文論攷』三弥井書店　平成3〉）。
（3）『軍記物語論究』（若草書房　平成8）第二章五（初出は平成7・7）
（4）『歴史戦記物語研究　山岸徳平著作集4』（有精堂　昭和48）「古典の本文整定」（初出は大正13・5～11）
（5）『古典の批判的処置に関する研究』（岩波書店　昭和16）第二部第十三章「文献批判に於ける『混態』の意義」
（6）なお、山岸氏もcontaminationを用いているが、それはcontaminationの本来の意味、即ち、一つの語から連想して浮かぶ他の語との混合によって生まれる新しい語の形質として用い、「混合態」と訳している（前掲注（4）に同じ）。
（7）池田氏の論及びcontaminationの基本的概念は“Textkritik” PAUL MAAS 1927に拠っている。後掲注（8）参照。
（8）「本文批判と国文学」（「文学」36―2　昭和43・2）
（9）前掲注（1）初出は「名古屋大学教養部紀要」14　昭和45・2
（10）前掲注（2）高橋氏著五七～一一三頁
（11）前掲注（2）渥美氏著七一～七六頁
（12）「鎌倉本平家物語本文の一考察――「覚一系諸本周辺本文」の形成過程について――」（「史料と研究」13　昭和58・1）、「平松家本『平家物語』は過渡本か――山内潤三氏『平松家本平家物語の研究』の検証――」（「國學院雑誌」86―9　昭和60・9）、「平家物語「覚一系諸本周辺本文」の形成過程（上）（下）――巻一～巻四の本文について――」（「國學院雑誌」87―5

／6　昭和61・5／6）、「鎌倉本・享禄本・平松家本『平家物語』非過渡本説の証明」（「國學院雑誌」89―7　昭和63・7）、「平家物語「覚一系諸本周辺本文」の成立過程」（「國學院雑誌」91―12　平成2・12）

（13）弓削繁氏は南都本巻一に屋代本的本文と四部合戦状本的本文との混態を指摘し（「平家物語南都本の本文批判的研究――読み本系近似の巻を中心に――」〈「名古屋大学国語国文学」29　昭和46・12〉）、服部幸造氏は、弓削氏の説に対し、四部合戦状本的なものと平松家本・斯道本的なものとの混態とし（「南都本平家物語（巻一）本文考」〈「大阪府立大学紀要」21　昭和48・3〉）、山下氏は、鎌倉本の類に「所により延慶本の類に見られる表現を念頭におく加筆」が見られることを指摘する（『平家物語の成立』〈名古屋大学出版会　平成5〉第十一章〈初出は平成元・7〉）。

（14）前掲注（2）高橋氏著二一一頁

（15）前掲注（3）二五〇頁

（16）都立図本の混態の具体相については、本篇第一、二章参照のこと。

（17）本篇第三章参照。

（18）前掲注（13）参照。

（19）千明守氏「國學院大學図書館蔵『城一本平家物語』の紹介」（「國學院大學図書館紀要」7　平成7・3）

（20）松尾氏は前掲注（3）第四章三で、平家物語の断簡から現存しない読み本系の異本の存在を推定している。

（21）たとえば、都立図本巻一「殿上闇討」の、忠盛の「ならはねは人のとはぬもつらからすくやしきにこそ袖はぬれけれ」は『新古今和歌集』によって増補された歌だが、加藤家本（学習院本も）、太山寺本にも載る。本篇第一章参照。

（22）藤井隆氏『日本古典書誌学総説』（和泉書院　平成3）一一一頁

（23）蔵書番号229―2―1。巻八のみ下村本を用いている。

（24）①「右田毛利家本平家物語の本文」（「岐阜大学教育学部研究報告人文科学」40　平成4）、②「右田毛利家本平家物語の一考察――「小宰相身投」の抜書をめぐって――」（「山口国文」15　平成4・3）、③「延慶本平家物語第六末「文学被流罪事」の周辺」（「岐阜大学国語国文学」21　平成5・2）、④「右田毛利家本平家物語巻九の本文批判的研究」（「岐阜大学国語国文

学」22　平成6・12)、⑤「右田毛利家本平家物語巻八の本文とその志向——岡山大学小野文庫本との関係に触れて——」(『軍記物語の生成と表現』和泉書院　平成7・3)、⑥「右田毛利家本平家物語巻六の本文——その過渡性について——」(「岐阜大学教育学部研究報告人文科学」43—2　平成7・3)、⑦「右田毛利家本平家物語の覚一本系諸巻について」(「岐阜大学国語国文学」24　平成9・3)、⑧「右田毛利家本平家物語の「灌頂巻」について」(「岐阜大学教育学部研究報告人文科学」45—2　平成9・3)、⑨『平家物語』上中下(古典文庫607・612・622　平成9〜10)及び解説

(25) 弓削氏「相模女子大学本平家物語の本文同定」(「岐阜大学国語国文学」23　平成8・3)、前掲注(24)⑨

(26) 前掲注(24)④論文等。

(27) 前掲注(3)四三六頁。ちなみに、小西氏は「『平家物語』の本文批判——水平伝承と垂直伝承——」(「日本語と日本文学」15　平成3・12)で、「混合本」を、複数本文の切り入れられて出来上がった本と用いている。

(28) なお、山下氏は、「複数本文を寄せ集めているもの」を「取り合わせ本」としている(『平家物語の生成』明治書院　昭和59　九一頁)。これは一つの巻の中のある部分に別系統の本文が見いだされる場合に用いているように思われる。同じ用語に異なる意味を付与するのは混乱を招くことになるので、「とりあわせ本」の範囲は、書誌学用語に限定して用いることとしたい。

(29) 『林原美術館蔵平家物語絵巻』の詞書にその典型的な例が見える。第三部第一章参照。

(30) 弓削氏は、前掲注(13)論文で、このとりあわせも「混態」とし、山下氏は「混合本的性格」(前掲注(1)　三四四頁)をもつとする。

(31) 本篇第五章参照。

(32) 前掲注(1)　三七一頁

(33) 弓削氏前掲注(25)。但し、本篇第二章で指摘したように、八坂系一類本B種とC種の分類には問題があり、分類そのものに再考の余地がある。

(34) 巻九本文は他本と少し異なるが、ここでは主に巻十二について考える。

(35)　佐伯真一氏『平家物語遡源』(若草書房　平成8)第一部第一章(初出は昭和61・2)に古態論の方向性が明示されている。また、松尾氏は前述(前掲注(15))の如く、古態といわれる本の形成にも混態の概念を導入させている。

(36)　小西氏は既に「国文学における研究と批評――方法論的反省――」(「文学」32―3　昭和39・3)や前掲注(8)論文で、文学研究の「基礎」ではなく「補助的研究」としての文献学的本文批判の重要性を指摘している。これは後に「本文批判の方法体系――作者の意図は契機になりうるか――」(『山岸徳平先生記念論文集　日本文学の視点と諸相』汲古書院　平成3)で再編され、前論よりも更に、混態性を積極的に認める発言が見える。なお、「混態」の調査については氏の論に拠った部分が大きい。

(37)　外山滋比古氏『異本論』(みすず書房　昭和53)で既に指摘されている。

第三部　平家物語の受容の諸相

平家物語研究の出発点ともなった多くの諸本の存在は、同時に、平家物語を読み、楽しんでいた人々が平家物語の再編に加わってきた実例を示すものでもあった。第二部では、読者が平家物語を「本」として扱い、よく読み込んでいること、しかも、複数の本を見比べながらそれぞれの関心に従って本を選択し、新しい本文を再編していることを明らかにした。平家物語の諸本論は受容史と切り離すことができない。しかし、平家物語の受容の仕方は、本文の再編にとどまらない。最後に加えたいのは、本文流動から離れたところに見られる平家物語の受容のあり方である。江戸時代まで視野を広げると、現代の我々が考える以上に、平家物語は自在に読まれ、用いられてもきた様子が窺える。

現代の固定化したとらえ方（たとえば、平家物語は語りの作品である、歴史書として読まれていた、また、和歌への関心の薄い作品である等々）を拡げる数々の実例に即しての考察が、現在、次第に行なわれるようになってきた(1)。平家物語を巡る社会・文化史的様相を踏まえて、平家物語が各時代にどのように生きてきたのかを総括的に包摂する視点が必要となろう。作品は読者の存在によって生命を得る。様々な平家物語の受容の仕方は、読者、受容者が平家物語をどういう作品として扱っていたのか、また、部分や全体をどのように解釈していたのか、といった作品との接し方を明らかにするものであり、平家物語が生き続けてきた、その生命力の根源を知ることにもなるのである。

第三部では近世に見られる新たな受容の形態の考察を行なうが、その基盤となる二、三の形態を指摘することと、用いられている本文の整理を行なうにとどめ、今後の課題としたい。第一章では絵巻をとりあげる。平家物語には琵琶語りという聴覚的な享受だけではなく、本としての享受もあったことは縷々述べてきた。それに加えて、絵巻、奈良絵本、絵入り版本等による視覚的享受もあった。絵巻の作成は既に鎌倉時代から行なわれていたようだが(2)、現存しているものは近世のものである。絵が語るものと物語の語るものとの相関、或いは背反の関係を明らかにしていくことは、受容者が理解していた平家物語の内実を探る上で有効である。但し、本章では基礎固めとして絵画製作における平家物語本文の用いられ方を明らかにする。第二章では和歌抜書を扱う。平家物語には和歌が多く詠まれているが、軍記物語という作品の特質から見ても特別に和歌に注目することもないと思われる。然るに、平家物語から和歌を取り出そうという試みもいくつか見られる。なぜこのような動きが見られるのかを探る必要があろう。抜き書きされた和歌を紹介し、その受容の仕方について考える。第三章では和歌だけではなく、ある特定の章段を抜き出す実例を紹介する。本文の分析から、平家物語についての関心の一つの方向を考察する。

注

（1）平家物語の絵画的側面からのアプローチは、出口久徳氏「絵入り版本『平家物語』考――挿絵の中の義経・弁慶の物語について――」（「学芸　国語国文学」29　平成9・3）、平家物語の江戸時代の享受の一面については榊原千鶴氏『平家物語――創造と享受――』（三弥井書店　平成10・10）がある。

（2）落合博志氏「鎌倉末期における『平家物語』享受資料の二、三について――比叡山・書写山・興福寺その他――」（「軍記と語り物」27　平成3・3）

第一章　林原美術館蔵『平家物語絵巻』における詞書の底本と絵巻の成立

はじめに

林原美術館蔵『平家物語絵巻』は江戸時代中期に作られたものと言われている。具体的な制作事情については小松茂美氏が考察を加えているが、(1)十分に解明されたとはいえない。詞書に使用された平家物語の底本についても同様に殆ど未調査である。詞書の底本を確定することは、江戸時代の平家物語の流布状況の具体相を考える上での好材料となろう。

絵巻について検討を加えるに際し、場面の選択、描写方法等について分析を加えることも肝要であろう。しかし、本章では、絵画の分析に入る以前の問題として、詞書部分についてその底本として用いられた平家物語の種類を確定し、また考察の過程から生じた制作過程と成立についての諸問題にも言及していくこととする。

一、絵巻の概要――来歴、構成、筆跡――

まず、絵巻の来歴、構成、筆跡について簡単に概要を述べておく。

今述べたように、何時、誰が発注し、どのような人物が作製したのか等、絵巻の制作についての具体的な経緯は殆どわかっていない。わずかに、越前国福井藩主、松平家に相伝され、昭和四年に古美術商が落札し、第二次世界大戦後に、林原美術館の創立者、林原一郎氏が購入したことが明らかになっている程度である。

構成について見ると、絵巻は平家物語全十二巻にわたって作られ、すべて現存している。物語の各一巻を絵巻では更に上、中、下の三巻に分けて、全部で三十六巻（十二×三）という大部の作品となっている。また、絵画化された場面は、巻一を例にとってみると、上巻二十二、中巻二十五、下巻二十、計六十七場面に上り、全巻では七百五図に上る絵が描かれている。この数字からもわかるように、各場面はかなり本文に忠実に丁寧に絵画化されているが、衣装、調度、風俗などの時代考証は必ずしも厳密ではない。

詞書の筆跡、書風については小松氏が考察を加えている。詞書は何人かで分担して記されたらしく、筆跡は様々である。氏はそれを検討して十一人の手になるものと推測し、書風の鑑定を行なっている。また、書風と料紙の調査から江戸時代前期のものと推測し、更には一六五〇年前後の成立とまで推定している。氏の推測については第八節及び第十一節で改めて紹介する。

二、底本は三種類である

絵巻の詞書は漢字平仮名交じりで記されている。書写するにあたって用いられた底本は流布本である。それは巻立てから明らかになる。例えば巻十一に「剣の巻」「鏡の巻」がなく、巻十二が「重衡被斬」で始まっている。これらは流布本・下村本の特徴である。また、下村本では巻一「祇王」を「清水寺炎上」の後におくが、絵巻では流布本と同様に「吾身栄花」と「二代后」の間に挿んでいる。絵巻は下村本とは異なる流布本の特徴を持ちあわせている。

流布本にも幾種類かある。麻原美子氏は、絵の構図が似ていることから、明暦二年版平仮名交じり絵入り整版がその底本であろうと指摘している。(2) 一方、小松氏は、本文が寛文十二年版平仮名交じり整版と合致しているとし、寛文十二年本を溯る元和七年本を底本とする可能性を示している。しかし、流布本は、かぶせ彫りや同板の本は別として、種類によって字句に小異が見られ、時代が下るにつれて本文の乱れが多くなる傾向にある。その違いを検討していくと、絵巻は三種類の底本が用いられているとの結論に達した。

第一の底本は寛永三年版平仮名交じり整版（或いはそのかぶせ彫り。以下、寛永版と略す）である。これを巻一～巻九と巻十一に用いている。それを底本として、更に所々、元和七年版片仮名交じり整版（或いはかぶせ彫り等、後出の本文か。以下、元和版と略す）によって校合をしている。第二の底本は元和版で、巻十と巻十二上巻に用いられている。これは巻一～巻九と巻十一の校合にも用いられている。第三の底本は、巻十二中、下巻に用いられている延宝五年版平仮名交じり絵入り整版（或いは同板か。以下延宝版と略す）である。

以下に如上の結論を導いた過程を述べていくが、その際、問題点として考えたいことが三点ある。第一点は、今述べたように、三種類の本を底本に用いたことと、それに伴い、巻によって校合に有無があることの理由である。巻一～九、十一では元和版を用いて校合をしているが、他巻には校合の跡が殆ど見られない。これにはどのような理由があるのだろうか。第二点は、平家物語に幾つか記されている文書のうち、巻七までは寛永版のままに平仮名交じりで記されているが、巻十、十一に載る文書は漢文で記され、その点で統一がとれていないことである。第三点として、成立の問題が残される。底本の一つに延宝版を用いていることから、既に絵巻の最終的成立は延宝五年（一六七七）以降ということになり、一六五〇年前後の成立とする小松氏の推定とは食い違う。

次節では、それぞれの底本を確定した過程について説明していくに先立って、流布本系の古活字版、整版の種類、特徴について報告をしておくこととする。

三、平家物語の古活字版、整版について――底本の理解のために――

平家物語の本文は、江戸時代になると、写本ばかりではなく、古活字版、整版が何種類か提供されるようになる。それらの書誌、特徴などについては既に先学の研究がある。(3) 論の展開の必要上、流布本系統を中心にその種類を左に掲げる。

表Ⅰ（古活字版・整版の別、刊行年代、かぶせ彫りの指摘等は先学の論を踏襲した）

A古活字本（流布本）	
①平仮名交じり十一行本〈元和中刊か〉	〔東洋文庫〕
②平仮名交じり十二行本〈寛永元年刊〉	〔国文学研究資料館〕
③片仮名交じり十二行本附訓本（四周双辺）〈寛永中刊か〉	〔東洋文庫〕
B整版（流布本）	
⑴片仮名交じり版本	
・元和七年本（・元和九年本・寛永三年本・寛永七年本・万治二年本）	〔資料館マイクロ〕
⑵平仮名交じり版本	
・寛永三年本（・正保三年本）	〔東洋文庫〕
⑶平仮名交じり絵入り本	
・明暦二年本	〔国会図書館〕
・寛文十二年本（・天和二年本）	〔資料館マイクロ〕

・延宝五年本（・貞享三年本・元禄四年本・宝永七年本・享保十二年本）〔資料館マイクロ〕
・元禄十一年本〔資料館マイクロ〕
・元禄十二年本〔資料館マイクロ〕

〔　〕内は調査した本の所在を示す。

参考

1621	元和7
1623	9
1624	寛永元
1626	3
1646	正保3
1656	明暦2
1659	万治2
1672	寛文12
1677	延宝5

B⑴片仮名交じり整版本のうち、元和九年本は元和七年本の、寛永七年本は元和九年本の、万治二年本は寛永三年本のかぶせ彫りと指摘されている。また、寛永三年本については、山田孝雄氏はこれをB⑵寛永三年平仮名交じり版本の書き換えとするが、高橋貞一氏は、「元和九年刊（又は七年）を基にしたもの」、村上學氏は、「元和七年版系の覆刻」とする。管見によっても、寛永三年本は元和版と同じで、巻末の刊記のみを代えたものである。よって、この点については、高橋・村上氏に従う。

B⑵平仮名交じり整版本のうち、正保三年本は寛永三年本のかぶせ彫りである。山田氏は、寛永三年本を平仮名交じり十一行古活字本（A①）によって刻したものかとしている。これについては後述する。

B⑶平仮名交じり絵入り整版本のうち、天和二年本は寛文十二年本と、貞享三年本・元禄四年本・宝永七年本・享保十二年本は延宝五年本と同板である。

四、寛永版を巻一～九と巻十一の底本に使用していること

本節では、巻一～九と巻十一の底本について検討を加える。

平家物語の本文が時代が下るにつれてどのように崩れていくのか、まず、その様を巻一、三から幾つか例を掲げ、次に絵巻の詞書と対照していくこととする。

表Ⅱ（以下、引用文のルビは必要最小限にとどめた）

	（巻一）1　殿上闇討	2　祇王	3　殿下乗合	4　鵜川合戦
絵巻	こぜんじの紙	はじめはすいかんに	御うしのむながいきりはなち	安元三年三月五日
元和	コゼンジノ紙	始ハ水干ニ	御牛ノ当胸鞦キリ放チ	安元三年三月五日
寛永三	こぜんじの紙	はじめはすいかんに	御うしのむながいきりはなち	安元三年三月五日
明暦二	しゅぜんじの紙	始はすいかんに	御牛のむながいきりはなち	安元三年三月十五日
寛文十二	しゅぜんじの紙	始はすいかんに	御牛のむながいきりはなち	安元三年三月十五日
延宝五	しゅぜんじの紙	昔は水かんに	御牛のむながいきりはなち	安元三年三月十五日

	5　御輿振	（巻二）6　大塔建立	7　医師問答
絵巻	おぢよりもりのりもりつねもりなど	しれりや	はるかに
元和	伯父頼盛教盛経盛ナド	知リヤ忘レリヤ	謀ルニ
寛永三	おぢよりもりのりもりつねもりなど	しれりや	はかるに
明暦二	おぢ教盛つねもりなど	しれりや	はかるに
寛文十二	おぢのり盛経盛など	しれりや	はかるに
延宝五	おぢのり盛経盛など	しれりや	はるかに

ここでは、寛永版と、明暦二年本（以下、明暦版と略す）との相違が明確にあらわれている部分（1・4・5）を多く示したが、元和版と寛永版における3、6の如き違いも見出される。寛永版の時点で現われる本文の崩れは明暦版以降に踏襲されていく。これらの崩れから推測するに、寛永版は元和版と明暦版との中間の本文形態であることがわかる。

この幾種類かの本文の細かな違いを絵巻の詞書と対照すると、絵巻の拠った本文は寛永版であった可能性が濃厚になる。勿論、例外もなくはない。7「はるかに」の例は、延宝版と同様の表記である。しかし、寛永版を見ると、「」と書かれていて、これを「はるかに」と読み間違えをしたとしてもおかしくはなかろう。もっとも、この7のような例は少ない。

更に、絵巻が寛永版によったと判定される顕著な例を表Ⅲに提示しよう。

表Ⅲ

絵巻

(1)　巻七　くりからおとしの事

十五のかぶらをい返さす。源氏三十きを出て、
三十のかふらをいさすれは、平家も三十騎を出いて
。三十のかぶらをい返さす。源氏五十きを出

(2)　巻七　山門返てうの事

り。しゆくうんつきぬる平家に同心して、運命ひら
源氏をそむかんや。すへからく平氏値遇の儀をひるかへして、
くる。源氏合力のむねにぢうすべきよし、三千一同

にせんぎして。返てうをぞをくりけれ

(3)　巻十一　内侍所の都入の事

せつ津の判官もりずみ、藤内左衛門のぜうのぶやす、きち内左衛門のぜうすへやす、あはのみむぶしげよし、父子、以上三十八人なり。きくちの次郎たか

寛永版

(1)　巻七　倶利からおとしの事

す。源氏三十きを出て。三十のかぶらをいさすれは平家も三十きを出て。三十のかぶらをい返さす。源氏五十きを

(2)　巻七　山門返てうの事

うんつきぬる平家に同心して。うんめいひらくる源氏をそむかんや。すべからく平氏ちぐのきをひるかへして。源氏合力のむねにちうすべきよし。三千一同にせんぎして返てうを

(3)　巻十一　内侍所の都入の事

すゐさだせつ津の判官《はんくはん》もりずみ藤内左衛門のぜうのぶやす。きちない左衛門のぜうすゐやす。あはの民部《みんぶ》しげよし父子以上三十八人なり。きくちの次郎たかなを。はら

元和版

(1)　巻七　倶利迦羅落

三十ノ鏑《カブラ》ヲ射サスレ／ハ。平家モ三十騎ヲ出テ　（／は改行。以下同じ）

(2)　巻七　山門返牒

源氏ヲ背《ソムカ》ンヤ。須《スベカラ》ク／平氏値遇《チグ》ノ儀ヲ翻《ヒルガヘ》シテ。

(3)　巻十一　内侍所都入

康《ヤス》。橘《キチ》内左衛門ノ尉季康《スヘヤス》。阿波ノ民部重《シゲ》

片仮名古活字版

(1)　巻七　倶利迦羅落

三十ノ鏑《カブラ》ヲ射《イ》サスレ／ハ。平家《ケ》モ三十騎ヲ出テ

(2)　巻七　山門返牒

源氏ヲ背《ソムカ》ンヤ。須《スベカラ》ク／平氏値遇《チグ》ノ儀ヲ翻《ヒルガヘ》シテ

(3)　巻十一　内侍所都入

康橘《ヤスキチ》内左衛門ノ尉季康《スヘヤス》阿波ノ民部《ミンブ》重

平仮名古活字版

(1)　巻七　倶利迦羅落

三十のかふらを／射さすれば平家も三十騎をいたひて

(2)　巻七　返てう

源氏をそむかんやすへからく平氏ちくのきを／ひるかへして

(3)　巻十一　内侍所の都入

やす吉内左衛門の尉／すゑやすあはの民部しげ

絵巻の巻一〜九、十一に見られる校合の中で、一行単位で補入されている部分が数ヵ所ある。それらのうち、右に掲げる脱文と補入を寛永版と照合すると、これらが寛永版を書写する時に目移りによって起こった脱文であると推測される。巻七の二例は、「三十」「源氏」につられて次行に移り、巻十一の例では一行を完全に落としている。よって、絵巻は寛永版を底本として詞書を記していると判断される。

ところで、寛永版を更に忠実に溯る本はないのだろうか。前節で触れたように、山田氏は、この寛永版を平仮名交じり十一行古活字本（A①）によって刻したものとする。確かに刊記を比較してみると、

元和版　　此平家物語一方検校衆以数人之吟味人々改字証加点多句読元和七孟夏下旬令開板畢或人曰庶幾其名云々故今準之而已之者也

平仮名古活字版　　此平家物語一方検校衆以吟味人々開板之者也（A②も同様）

寛永版　　此平家物語一方検校衆以吟味人々開板之者也

であり、寛永版は古活字版と一致する。ここからは、山田氏の言の如く、寛永版は平仮名古活字版をもとに開板したものとも考えられる。しかし、次に掲げる例を見ると、寛永版の底本が元和版であることが明確となる。これらは、

前掲（表Ⅲ）とは異なる、絵巻における一行単位の脱文及びその補訂の三例であり、更にこれを諸本と比較したものである。

表Ⅳ

巻二　新大納言の死去の事	
絵　巻	おさなき人々の、あまりにこひかなしみ給ふありさま、我 。なしなどかゝれたれば、日比の恋しさは、事の 身もつきせぬ物思ひに、たへしのぶべうも。見給ひける。 数ならずとぞ、かなし
寛永版	かきくれて。そこばかとはみねとも。おさなき人々のあまりにこひかなしみ給ふありさま。我身もつきせぬ物思ひに。たへしのふべうも見給ひける。かくて四五日もすぎしかば。のぶとしこれに候て。御さいごの御有
元和版	水茎ノ跡ハ。涙ニカキ暮テ。ソコハカトハ見ネ共。少キ人々ノ余リニ恋悲ミ給フ有様我身モ尽ヌ物思ニ。勘忍ベウモナシナト被レ書タレバ。日来ノ恋シサハ。事ノ数ナラズトゾ悲ミ給ヒケル。角テ四五日モ過シカバ。信俊是ニ候テ。御最後
片仮名古活字版	共。少キ人々ノ余リニ恋悲ミ給有様。我身モ尽セヌ物思

ニ。勘忍ベウモナシナト被レ書タレバ。日来ノ恋シサハ。事ノ数ナラズトゾ。悲ミ給ヒケル角テ四五日モ過シカバ。信俊是ニ

平仮名古活字版

身もつきせぬ物おもひにたへしのふへうもなしなとかゝれたれは日比のこひしさはことの数ならすとそかなしみ給ひけるかくて四五日

巻三　ゆるし文の事

絵　巻

平家の人々、。。たゞ今皇子御たんじやうあるやうに申て、いさみよろこびあハれけり。他家の人々も、平氏のはんじやうおりをえたり皇子の御たんじやう、〔略〕

寛　永　版

ましまさば。いかにめてたからんと。平家の人々も。平氏のはんしやうおりを得《え》たり。皇子御たんしやううたがひなしとぞ申あは

元　和　版

坐サバ。如何ニ目出度カラント。平家ノ人々只今皇子誕生有様ニ申シテ。勇悦合レケリ。他家ノ人々モ。平氏繁昌折ヲ得タリ。皇子御誕生疑ヒナシトゾ。申合レケル。御懐妊定ラ

片仮名古活字版　出度カラント。平家ノ人々只今皇子誕生有様ニ申シテ
勇ミ悦ビ合レケリ。他家ノ人々モ。平氏ノ繁昌折ヲ得タリ。
皇子御誕生疑ナシトゾ。申合レケル。御懐妊定ラセ給シカバ

平仮名古活字版　めてたからんと平家の人々只今わうしたん生
あるやうに申ていさみよろこひあはれけり他
家の人々も平氏のはんしやうおりをえたり王

巻四　はし合戦の事

絵　巻　手はこがすぎのわたりより、よせ候しに、こゝに
ノ新田ノ入道、足利にかたらはれて、杉のわたりよりよせんとて、まふけたりける
かうづけの国のぢう人、。舟どもを、ちゝぶがかたより

寛　永　版　をつかまつり給ひしに。大手は長井のわたり。からめ手はこかす
ぎのわたりより。よせ候しに。爰にかうづけの国のちう人。」37オ
舟ともを。ちゝふがかたより皆わられて申けるハ。たゝ今こゝ

元　和　版　搦手ハ故我杉ノ渡リヨリ。寄候シニ。爰ニ上野国ノ住人。
新田入道足利ニ被レ語テ。杉ノ渡ヨリ寄ントテ。儲タリケル

舟共ヲ。秩父ガ方ヨリ皆破レテ申ケルハ。唯今爰ヲ渡サ

片仮名古活字版

リ搦メ手ハ故我杉ノ渡リヨリ。寄候シニ爰ニ上野ノ国ノ住
人。新田ノ入道。足利ニ被レ語テ。杉ノ渡ヨリ寄ントテ。儲タリケ
ル舟共ヲ。秩父ガ方ヨリ皆破レテ申ケルハ。唯今爰ヲ渡サズ

平仮名古活字版

渡りよりよせ候ひしに爰にかうつけの国の住
人につたの入道足かゝにかたらはれてすき
の渡りよりよせんとてまふけたりける舟共を
ちゝふか方より皆やふられて申けるは只今爰

これらの絵巻の脱文箇所を寛永版と照合すると、補訂以前の絵巻の本文は寛永版と同じであり、寛永版を書写する際に誤脱をおかしたものではないことがわかる（補訂部分については次節で検討を加える）。一方、寛永版の該当部分を元和版と対照してみると、寛永版の本文は、元和版を底本として板行する時に目移りによって一行を脱落させてしまったものであることが判明する。巻二、四は、元和版の一行が完全に脱落したものである。特に後者は、頁を改める際に一行落としてしまったらしい。巻三は「……家ノ人々」にひかれて一行とばしたのであろう。古活字版からはこのように寛永版の脱文の原因を説明できない。

この事実から山田氏の説は否定され、寛永版は、元和版をもとに開板し、その際ところどころ崩れが生じたと結論

づけられる。[4] 寛永三年を溯る本で、寛永版と全く同文の本文を有する別種の版本は存在しないことになる。

以上の考察から、絵巻の巻一～九と十一は寛永版を底本にしていると結論付けられよう。勿論、寛永三年本にかぶせ彫りをした正保三年本を底本に用いた可能性はある。

五、寛永版を底本にした巻が元和版を用いて校合していること

絵巻の巻一～九、十一の特徴として、本文中にかなり頻繁に校合の跡があることをあげた。一行単位の脱文については前節で既に触れたが、当節ではそれも含めて校合部分について述べることとする。

まず、前節で掲げた表Ⅳについて考える。先にも述べたように、絵巻で補われている一行は、底本とした寛永版には本来ないものである。従って、絵巻の本文は寛永版による限り、決して誤脱をおかしたわけではない。それを絵巻では一行を補っている。この補入は元和版と一致している。勿論、古活字版とも一致している。

次に、表Ⅲの寛永版を書写する際の目移りによる誤脱と補入について考える。このうち巻十一の脱文の書き入れは寛永版を見て書き入れたとするに否定的な根拠はないが、巻七の二例の補入部分のうち、「三十騎」は寛永版では平仮名であり、「値遇の儀」は、寛永版では「ちぐのき」、平仮名古活字版では「ちくのき」であり、これらの本によって補訂されたとは一概に言えない。これらの表記が元和版或いは片仮名古活字版（A③）と一致していることを考えると、この校合は、元和版、或いは片仮名古活字版（A③）によった可能性がある。この二本のいずれによったものかは現段階では決定し難い。ただ、注（4）に記したように、片仮名古活字版は元和版との直接的関係が考えられるので、本章では片仮名古活字版も元和版に準じて扱うこととする。

これほどの大きな補入ではなくとも、絵巻には表記、助詞の用い方などあまり目立たない部分にも多く筆が入っている。巻六を例に掲げる。

表Ⅴ

	章段名	元和版	絵　巻	寛永版
イ	新院崩御	證憲法印御葬送ニ	てうけん法印、○《御》さうそうに	てうけんほうゐんさうそうに
ア	〃	光消ヌト	ひかりきこ《ヒ》えぬと	ひかりきえぬと
ア	〃	加様ニ人ノ願ヒモ	かやう○《に》人のねがひも	かやうに人のねがひも
イ	紅葉	誠ニ色ウツクシウ	まことに色《ヒ》をうつくしう	まことに色をうつくしう
ア	葵前	却テ主ノ如ニゾイツキ持成ケル	かへって○《しゅうのごとくにぞ》いつきもてなしける	かへって主のごとくにぞいつきもてなしける
イ	小督	小督《コガウノ》殿ト申女房	小督○《のとの》と申す女房	小督《こがう》と申女ばう

ア　寛永版、または元和版によって訂正を加えているもの
イ　元和版によって訂正を加えているもの

アとしてあげた部分は、寛永版を正しく写していない部分である。一見すると、絵巻の詞書本文で書き誤ったり書き飛ばしたりしている部分が、底本である寛永版を用いて書き直されている。一方、イは詞書と寛永版は同じ表現であって、寛永版によっただけでは書き直しができず、元和版によって初めて訂正可能となる。この訂正は、元和版による校合の跡だということになる。してみると、アも寛永版によらなくとも、元和版によって訂正することも可能であろう。アに関しては、寛永版で直すことも可能だし、元和版で直すことも可能な部分であると言い換えることがで

きる。

以上より、絵巻の詞書は、寛永版を底本として用いながら、更に本文の崩れの少ない元和版によって数々の校合を加えていると推定される。寛永版に基づいて書写をした後に、表Ⅲ(3)や表Ｖアのように同じ寛永版によって書き誤りに訂正を加えた可能性を持ちつつも、それよりも、表Ⅲ(1)(2)・表Ⅳ・表Ｖイのように元和版を用いて校合を行なった可能性が高い。

元和版、寛永版は基本的には殆ど同じ本文をもつ流布本である。が、その中でも微細な違いのあることに気付いた人物が命じ、或いは自ら検討を加え、本文完成後に書き込んだと考えられよう。元和版をより正しい本文だと意識し、それに合わせてできる限り訂正していこうという〈正確さ〉を求める意識を見てとることが出来る。

六、元和版を巻十、十二上の底本に使用していること

次に、巻十、十二上について考える。巻十、十二上の筆跡は巻九までと異なっている。特に巻十の筆遣いはそれまでの柔らかな線と違って直線的である。漢字の使用率も全体的に高いように思われる。校合の跡も殆どない。この異質な巻十、十二上の底本について考える。

まず、巻十、十二上の詞書について、表Ⅵを参照されたい。

表VI

	元和版	絵巻	寛永版
巻十（頸渡）			
1○	聞《キヽ》	きかんすらん	きき
2	渡サルヽ事先例ナシ	渡さるゝ事先例なし	わたさるゝ事もせんれいなし
3○	頻リニ訴被レ申ケレバ	しきりに申されければ	しきりにうつたへ申されければ
4	ソンヂヤウ其頸其御頸	そんちやう其頸其御頸	そんぢやうその御くび
5○	今マデ此世ニ有者トハ	此世にある者とは	今まで此世にある者とは
同（内裏女房）			
6	平三左衛門重国	平三左衛門重国	平左衛門しげ国
7	平大納言ヘハ	平大納言へは	大納言へは
8	其《ソレガシ》　と申す	それかしと申す	何かしと申す
9	其《ソレモ》猶覚束ナウ	それも猶おほつかなう	それもおぼつかなう
10○	大方ノ世ノ物騒《モノサハカシ》　サ	おほかたの世のさはがしさ	大かたの世のものさはがしさ
巻十二（重衡被斬）			
11○	寄居《ヨリ》タルゾ	よりたるぞ	よりゐたるぞ
12	摂津国一谷ニテ	摂津国一谷にて	津の国一の谷にて
13	手ヘゾ返サレケル	手へそ返されける	手へかへされけり
14	九品託生ヲ	九品託生を	九ほんれんたいに

同（大地震）			
15	皆破レ崩ル	皆破れ崩る	みなやぶれ
同（紺掻の沙汰）			
16	今日既ニ	今日既に	けふ

無印　元和・寛永版がそれぞれ異なり、絵巻は元和版と共通
○　元和・寛水版が同じで、絵巻は両者とも異なる

寛永版と比較すると、絵巻の方で語が落ちている場合が多い。が、1・4・6・7・9・12・13・15・16のように寛永版にない語を絵巻が記している場合も多く、寛永版を底本としたのではないことが明らかとなる。これを元和版と比較すると、寛永版よりむしろ元和版と接近している。8・14のように寛永版が元和版より明らかに崩れている部分を絵巻が引き継いでいないのは顕著な例といえよう。もとより、元和版と異なる部分もある（○）。が、元和版から寛永版へと本文が崩れていく開板の過程を考えると、絵巻が寛永版を更に下った整版本を底本に用いたとは考えにくい。なお、元和版と直接的関係にある片仮名古活字版（A③）を参照しても、この相違は解決しない。管見の限りでは絵巻に最も近い本は元和版（前述したように、古活字版は元和版に含める）ということになる。絵巻が元和版と異なる部分（○）は元和版の漢字片仮名を平仮名に直して書き写す際に不注意によって生じた誤脱として考えて許容されるものではなかろうか。

　前節で巻一〜九、十一の校合に元和版を使用した可能性を述べたが、巻十、十二上にも元和版を用いている可能性の強いことから、これらは同一の本を使用したと考えるのが自然である。更に言うと、この元和版を書写する際の誤脱（○）の訂正が全くなされていないことから、巻十、十二上では元和版にのみ基づいて詞書を記した、即ち、巻一〜

九、十一のように、複数の本を使用してはいないとする判断を確定することができよう。
なお、巻十以降の三巻の底本を元和版に代えたとすれば書写作業の手順として理解しやすいのだが、現実はそうではない。巻十と十二の間に挟まれた巻十一の底本は元和版ではなく寛永版であり、巻九までと同様に元和版による校合が加えられ、巻十二の中下は更に別の本を底本として用いている。

七、延宝版を巻十二中下の底本に使用していること

巻十二中下の底本について述べる。巻十二上中下のうち、上巻は元和版を底本として用いているが、中下巻は同列に論ずることができない。中「六代」から例を掲げる。

表Ⅶ

絵巻	元和	寛永	明暦二	寛文十二	延宝五
○無下におさなき人を水に入	無下ニ少キヲバ水ニ入	無下におさなきをば水に入	無下におさなきをば水に入	無下におさなきをは水に入	無下におさなき人をば水に入
いたうなけかせ給ひ候そ	痛ナ嘆セ給ヒ候ソ	いたふなげかせ給ひ候ぞ	いたふなけかせ給ひ候そ	いたふなけかせ給ひ候そ	いたうなげかせ給ひ候ぞ
きのふけふとは	流石昨日今日トハ	さすがきのふけふとは	さすがきのふけふとは	さすかきのふけふとは	きのふけふとは
末の世にいかなる	末ノ世ニハ如何ナル	すゑの世にはいかなる	すゑの世にはいかなる	すゑの世にはいかなる	すへのよにいかなる
○申へきにはあら	申ベキニ非ス	申べきにあらず	申へきにあらす	申へきにあらす	申べきにあらず

す 〇大覚寺へ参て 道にて行あはむする所まて 御うしろへ立まはり	大覚寺ニ参テ 道ニテ聖ニ行逢ン所迄 御後ニ立廻リ	大かくじに参て みちにてひじりに行あはん所まで 御うしろにたちまはり	大かくじに参て みちにてひじりに行あはん所まで 御うしろにたちまわり	大かくしに参て みちにてひしりに行あはん所まて 御うしろにたちまわり	大覚寺に参て 道にて行あはんずる所まで 御うしろへ立まはり

絵巻の表現は元和版とも寛永版とも合致せず、延宝版まで下ってようやく合致する本文に出会う（網かけ部分など）。それでも合致しない部分（〇）もあるが、これは延宝版を更に下る元禄十一年、十二年版とも一致しない。現時点では書写時の誤りと考えておく。なお、延宝版と同板で延宝五年よりも下る版本を用いた可能性は勿論ある。

ところで、延宝版は寛永版から更に下る本であり、本文としての崩れが多い。今までの書写の方法からいえば、元和版、若しくは寛永版での校合があってしかるべきかと思われるのに校合の跡がない。この点については第九節で分析を加えることとする。

八、底本の違いが書写グループの違いと一致すること

以上、各巻の底本を確定する経過を述べてきたのだが、一体どうしてこのような錯綜した底本の用い方がなされたのだろうか。当節では書風と底本との関連という側面から書写経緯を検討していくこととする。

第一節で触れたように小松氏は各巻の筆跡を検討し、A～Kの十一人の手になるものと分類した。表Ⅷに掲げる如

くである。

表Ⅷ

巻	章段	上中下	筆者
巻一	祇園精舎	上	A
	殿上闇討～	上	B
		中下	
二		上中下	C
三		上中下	B
四		上中下	B
五		上中下	D
六		上中下	E
七		上中下	F
八		上中下	B
九		上中	D
	～小宰相五	下	
	小宰相六	下	B
十		上	G
		中	H
		下	I
十一		上中下	B
十二		上	J
		中下	K

これに従えば、全巻の傾向としては、物語各一巻を一人が担当している。が、中には例外がいくつかある。そのうち、巻一冒頭の「祇園精舎」の一章段のみをAが担当していることと、巻九の最終章段「小宰相事」の結尾のみをBが書いていることについては特別な事情が考えられる。「祇園精舎」をAが担当したことについては、Aが別格扱いであることを推測させる。なお、「祇園精舎」は、表記上の類似から、寛永版を底本としたと考えられる。

ところで、絵巻には表Ⅸに掲げる「筆者目録」が付けられている。

表Ⅸ

筆者目録
一　平家物語　三十六巻
内

二巻　絵計
　詞書　下書也
三十四巻筆者
　公家　武家　滝本坊
　右之内初巻者
　青蓮院御門跡
絵　　土佐左助筆
外題　　青蓮院御門跡
箱銘書　西本願寺門跡
　以上

この目録には年紀が記されておらず、不明な点が多い。小松氏は、「二巻絵計　詞書下書也」が現存絵巻にあてはまらないことから、「この目録は、この絵巻が全巻調巻される以前に書かれたものなのであろうか」と疑問を投げかけている。しかし、ここに「右之内初巻者　青蓮院御門跡」と記されていることから、Aは青蓮院門跡の筆になることが明らかとなる。

一方、巻九結尾だけをBが書いている理由はわからないが、何らかの事情で担当者交替の必要に迫られたのだろうか。しかし、全体の40％にも上る量を書写したBの重要性が推測される。このような例外はあるが、巻一～九、十一は原則として一巻を一人が担当していると見てよかろう。

しかし、巻十は、上中下各巻を別の人物が担当し、巻十二では、上と中下に分けて二人が担当するという変則的な書き方をしている。特に巻十、十二上においては、書写の担当者が上中下各巻一人ずつであること、また、底本の種類が他巻と相違すること、この二点が奇妙な符合を見せている。これは果たして偶然であろうか。むしろ、巻十を担当したGHIと巻十二上を担当したJとが一つのグループに属していると考えることによって、この符合は理解されるのではないか。このグループは巻一～九、十一と一線を画すことになる。更に、巻十二中下は別のグループ（K一人ではあるが）に属すると考える。

さて、表Ⅸの「筆者目録」にある「三十四巻筆者　公家　武家　滝本坊　右之内初巻者　青蓮院御門跡」という記録から、担当者のグループと担当巻との関係を考えていくことができる。まず、「青蓮院御門跡」についてはその分担部分が判明している。滝本坊については、小松氏によってBに相当すると比定されており、これも担当巻が明らかとなる。残るは公家、武家である。ここに底本の種類によって分けられたグループをあてはめることが可能となる。具体的に言えば、巻一「殿上闇討」から巻九までと巻十一のうち、Bが滝本流、C～Fの四人が公家で、残りの巻十・十二上のG～Jの四人を武家と考えるのである（勿論、公家・武家は逆でも構わない）。このように考えてこそ、巻十上中下・十二上の分担方法が他巻と異なる変則性が理解でき、筆者が別のグループであるために別の底本を用いたと了解されよう。Aの青蓮院門跡、Bに比定した滝本流、C～Fに仮に比定した公家、この三者は同じ寛永版を底本に用いていることから、何らかの交流があったことと考えられる。

ところで、筆跡の違いから更に明確にできる点がある。第五節において巻一～九、十一の校合部分について、確実に元和版を用いた部分と、寛永版若しくは元和版を用いた部分とがあることを指摘した。字数の少ない部分から判定するのは難しいものの、それでも表Ｖに掲げた巻六の校合部分に関しては詞書とは別筆かと思われる。筆、墨の違いが明らかであり、後補のものと考えられる。(5) 全校合部分を一括して扱うことは出来ないが、(6) 巻六及びそれ以外の訂正部分についても、独特な巻十の筆遣いに似たものが多いと思われる（巻十を担当したG・H・Iのいずれかは特定できかねるが、Gに近似しているか）。となると、寛永版を底本とした巻は、完成後、巻十の書写担当者と類似した書風の人物による検討を経た可能性が出てくる。

また、巻十一の校合は全体的に少なく、本文と同筆か否かは判断しかねるが、その中で表Ⅲ(3)に掲げた本文と脱文の書き入れは同筆と思われる。一方で、表Ⅲ(1)(2)の巻七の書き入れは詞書本文（書写担当者F）とも、また、巻十一本文（同B）及びその書き入れとも別筆と思われる。そればかりか、巻七の書き入れも巻十の筆遣いに類似している。表Ⅳに掲げた巻二〜四（同BC）の脱文の書き入れも同様に巻十の筆遣いに似ている。

筆跡による判断は主観に傾かざるを得ず、断定するにはためらいがあるが、巻十が元和版を底本として用いていることも併せ考えると、巻一〜九、十一の詞書を寛永版によって清書した後に（その際に巻十一の脱文のように、寛永版によって校合がなされる場合もあろう）、巻十の書写担当グループの者が同じ元和版を用いて校合を加えていると推定できる。

九、巻十二の完成経過が特異であること

次に巻十二中下の書写を担当したKについて考える。Kについては、「筆者目録」で「三十四巻筆者」として、全三十六巻のうちから二巻を外していることとの関係を考えなくてはならない。それでなければ、Kのみが先のどちらのグループとも異なる底本を用い、しかもより正しい本文を持つ元和版による校合を経ていないことの説明がつかな

い。

実は、巻十二には紙の貼り方に幾分の錯簡があることが小松氏によって指摘されている。(7) 一ヵ所は巻十二上にあるが、残りの八場面の錯簡が中・下巻に集中している。これだけ集中して錯簡をおかす、つまり小松氏のいう「調巻に際しての経師の過誤」は、「筆者目録」にいう「二巻　絵計　詞書下書也」という部分と対応関係があると考えられる。推察するに、巻十二のうち、上巻については絵、詞書共に完成していたのだが、まだ装丁には至っていなかった。中・下巻については、絵は先に出来上がっていたものの、詞書が下書だけであったために、詞書と絵との照応関係の指示が幾分杜撰であったのではなかろうか。暫く後にKが詞書を清書し、絵と詞書を貼り合わせて絵巻を完成させた。(8) 巻十二上中下の最終的な完成は同時ではあっても、完成に到る経過は上と中下で異なると考えられる。(9)

なお、延宝版の目次に記される章段名の書き方は、寛永版以降の方法に倣い、「〇〇の事」である。しかるに、その延宝版を使用している絵巻の巻十二中下では「の事」の表記がなく、また、平仮名を排して元和版と同様に「六代」「長谷六代」等と書いている。このように、巻十二中下では章段名の記述法だけが延宝版と異なっている。これは、巻十二上の書き方に揃えたものと考えられる。或いは元和版である程度の下書（例えば、章段名と、絵の構図に対応する文の区切れ部分の指示程度の下書）がなされていた、その名残かとも考えられる。

いずれにせよ、詞書と絵との照応関係が十全になされていなかったので、また更に、何らかの失敗で上巻で一ヵ所貼り間違いを犯していた所為もあって、中下巻では何箇所もの錯簡をおかしてしまったと考えられる。底本の違いを考慮に入れると、巻十二上と中下の本文の完成に時間的中断を考えるのは不自然ではなく、また、「筆者目録」に「三十四巻筆者」と記すこととも矛盾しない。巻十二中下は「筆者目録」が記された後にKによって清書がなされたと考えられる。従って「筆者目録」に記す書写グループにKが該当しなくとも構わない。

以上をまとめる。巻一～九、十一を担当したグループと巻十、十二上を担当したグループとはそれぞれ別のグループであるが、巻十二中下を残して一応の完成にこぎつけた。その後、暫く時間的な隔たりをおいて、残されていた巻十二中下の詞書の清書がなされた。絵は全巻完成しており、既に巻十一までの絵巻の装丁も完了していたものの、巻十二中下の詞書の清書がなされるのを待って巻十二上中下の装丁が完成した。絵巻は段階的な成立を遂げたことになる。

十、巻十一に元和版からの影響が見られること

さて、第二節に掲げた三つの問題点のうち、第一点の底本の多様性と校合の有無については書写グループが複数であったことによる相違のためと推測ができた。第二の問題点は、文書の書き方の不統一であった。これについて考えていく。

絵巻では巻七「木曾山門牒状」「山門返牒」「平家山門連署」までは寛永版をそのままに写し、平仮名交じりで書かれている。しかし、巻十「八島院宣」「請文」、巻十一「腰越」は漢文体である。巻十についてはその底本が元和版なので、他の部分は片仮名を平仮名に直したものの、文書部分のみ元和版の漢文体を踏襲したということになる。しかるに、巻十一では詞書は寛永版を底本として用いて平仮名交じりで記しているが、「腰越」の義経の消息だけは漢文で記しているのである。この消息は元和版と同文であり、元和版の返り点、読み仮名を除いたものである。漢文を平仮名にすることはできても、平仮名交じりの文を本来の漢文にすることは困難であろう。まして、「腰越」の消息は寛永版以降になると、古活字版・元和版にはない一文の増補がある。(10)この点からしても、巻十一に関しては、文書のみは

元和版に拠っていると考えてよかろう(11)。

文書の他にも元和版からの影響を見出せる部分がある。それは章段名の記述法である。先にも述べたが、寛永版以降と元和版とでは章段名の書き方にほんのわずかな違いがある。寛永版は、一般に「〇〇の事」と記す。この点に関し、寛永版を底本とした巻のうち、巻九までは寛永版を踏襲した書き方がされている。しかし、巻十一では冒頭の「さかろの事」だけを「〇〇の事」と記すものの、次の章段名からは「付かつ浦かつせむ」「大さかごえ」「つぎのぶさいご」(以下略)とする。平仮名に直してはいるものの、元和版に即した書き方が続く。これも巻十一に限っては元和版を見た後に書き記したと考えることによって了解される。

寛永版を底本に使ったグループも、校合に用いた元和版を、遅くとも、巻十一を書く時点では入手していたようである。そこで以下のような製作過程が想像される。

巻十までは、他本の存在を気にせずにそれぞれのグループがそれぞれに書写をしていた。が、巻十一を書く頃になって、おそらく、それまでに出来上がっていた巻十までを持ち寄った時にでも、担当グループによって用いている本が異なっていることを知った。更に細かく照合してみると、巻十に使用した元和版の本文の方がより正しいことがわかる。本文そのものを書き直すことはできないが、前に溯って手を入れることはできる。元和版の書写担当者である巻十の担当者が巻一から巻九までに校合を加えた。勿論、それ以前に巻一〜九に寛永版による見直しがされていた可能性も否定できない。が、元和版による校合を命じた人物の、厳密さと正確さを求める姿勢が看取される。一方、巻十一は、書写をするまでに時間的に余裕があった。詞書に用いる底本を変更することまではしなかったが、文書と章段名のみは元和版によって記すことが可能になった。しかし、巻九までと同様、元和版との校合を行なうことも忘れなかった。本文の崩れを承知の上で、後に校合を加えなくてはならないことを承知の上で、寛永版を使い続けたことになる。また、文書のみを漢文で記したところにはせめて文書に相応しい漢文体を選んだとも思え、担当者Bの、或いは全体の統括者の裁量と美意識が窺えるようである。

十一、成立の問題について

第三の問題点として掲げた成立の問題については既にこれまでにしばしば言及し、巻十までを仕上げた後に巻九までに校合を加え、その頃或いはその後に巻十一が書写されたこと、巻十二上までの詞書と全巻の絵とは一応完成していたであろうこと、最終的に全巻の装丁が完成したのは延宝五年（一六七七）以降であること、等の推論を得ている。しかし、具体的な年代については詞書の調査からは確定できなかった。

絵巻の成立年代については小松氏が考察を加えていることについては第一節で述べた。ここで改めて紹介する。氏は詞書の書風や料紙の調査から、江戸時代前期のものと推測し、次に「筆者目録」の記述から三十六巻の全外題と、巻一の「祇園精舎」を書き写しているAを、江戸時代前期の青蓮院門跡、尊純法親王（天正十九年〈一五九一〉～承応二年〈一六五三〉）とする。尊純法親王は伏見宮貞敦親王第四王子、応胤法親王の還俗後の王子。八歳で青蓮院に入室して二度天台座主となり（寛永二一年〈一六四四〉～正保二年〈一六四五〉と承応二年）、「当時の入木道の最高の名誉を謳われた」[12]人物である。氏は、法親王の遺墨とも照合してAが法親王であることの蓋然性を主張し、更に絵巻の制作年代を一六五〇年前後と限定した。それは、尊純法親王の師、良恕法親王の生前であれば、師をおいて尊純が単独で筆写することはあり得ないと考え、絵巻の書写を師の没年の寛永二十年（一六四三年）から、尊純の没年の承応二年までの間としたことによる。

次に、氏はBの書風を滝本流と判定し、その筆者は、滝本流の乗淳か憲乗の二人のいずれかであろうとする。氏は、絵巻の成立を寛永二十年以後と判定したため、滝本流の始祖昭乗（一五八四—一六三九）をその生存年代から該当しないとして除外し、次代の乗淳か、次々代の憲乗をあてた。ただし、二人の遺墨がないため、それ以上の特定を氏は避けている。絵巻の成立を寛永二十年以後とする推定を是認できた場合には、氏の比定の蓋然性は高いだろう。

ところで、麻原氏は絵の構図は明暦版による可能性が高いと指摘する。[13] 勿論、絵巻の方が絵の数が格段に多く、すべてが明暦版によるとは考えられない。また、一部の絵の構成が似ているからと言って、直ちに明暦版によったと考えてよいか、判断には躊躇せざるをえない。しかし、明暦二年（一六五六）は尊純法親王の死後三年を経た年であり、小松氏の推定した絵巻の制作年の下限よりも更に下り、両氏の意見は対立することになる。

勿論、絵巻は一朝一夕に出来るものではない。巻一冒頭及び全巻の外題を尊純が記したとしても、全巻の完成が法親王の生前であったと考える必要は必ずしもない。法親王の死後も制作が続き、その途上で明暦版の出版がなり、早速に入手し、それを参考にしながら絵が描かれたと考えれば、小松氏の説に改訂を加えつつ両氏の主張を折衷することになる。[14] 一方、小松氏の推論から離れて、最終的な絵巻の成立年代の下限が延宝五年以降ということのみを考えれば、明暦版が用いられた可能性は十分にある。しかし、詞書の最終的な成立を絵の制作年代にまで敷衍できない。絵は詞書とは異なり、既に全巻仕上がっていたからだ。巻十二中下の書写の時期から直線的にそれ以前の巻の成立に論を及ぼすことは慎重を要する。ただし、巻十二上までの詞書及び全巻の絵の完成した時期と、巻十二中下の詞書の書写の時期との間に、どれだけの歳月を考えるのかについては、未だ用意がない。

残念ながら両氏の説をこれ以上検討する材はない。本章では詞書の調査により依拠した底本を確定し、それによって各巻の書写担当者をある程度分類することが可能となり、それが小松氏の筆跡鑑定による十一人の分類とかなり高い蓋然性をもって一致したわけである。そして、氏の分類を用いることにより、制作過程にまである程度踏み込んだ考察に至ることができた。ただ、氏は筆写を十一人と鑑定しただけにとどまらず、A、Bを比定し、絵巻の成立年代の推定まで行なっている。氏の書写担当者の比定は確定されたわけではないし、本章が氏の成立年代の推定に則って立論したものでもない。氏の推定に関しては、元和版、寛永版共々、その開版が一六四〇年代以前であり、本章の論述に支障をきたすことにはならないが、だからといって氏の推定を積極的に肯定することにもならない。そればかりか、延宝版の使用が明らかになったことによって、絵巻の最終的成立については氏の推定は該当しないことが判明した。

また、仮に明暦版を絵の構成に使用したとしても、詞書に関しては明暦版を使用した痕跡は全く見られないことも明らかになった。もし、絵入り本が絵の作図に参考とされたとすれば、工房では更に別種の平家物語が用いられていたことになる。絵巻に描かれた絵は大変緻密で、物語の細部に忠実であり、工房でも何らかの平家物語が参考にされていなければとても描けないことは確かである。それが明暦版であったのか否かは今後の絵画資料の精密な分析を始めとする研究の進展に委ねる。それによって成立年代も明らかになるであろう。

おわりに

それぞれに依頼をうけた詞書の清書グループ――寛永版、元和版の底本の種類によって分けられる二グループなのか、青蓮院門跡・滝本流、公家、武家によって分けられる三グループなのかは不明瞭だが――が、始めはそれぞれが用いた底本を互いに照合することもなく、また、事前に検討することもなく、独自に完成を目指していた。これは単純に面識がなかったためとも、対抗意識故の不干渉かとも想像されるが、それ以上に平家物語に多様な本があること、そしてそれらの本文に異同があることが想定されていなかった可能性が考えられるのではないか。

寛永版を底本に用いた巻に関しては、より正確な元和版で美観を損なわない程度に校合を加えるという、より正しい本文を求めて厳密に写す、真摯な態度が窺えた。しかも、流布本の中に既にこれだけの違いを見出した人物は、本文の〈崩れ〉に対して、正確な認識を得たことは想像に難くない。既に指摘したことではあるが、文字資料としての平家物語を一字一字丹念に追い、校合する（或いは、させる）という作業には、言葉に対する厳格な姿勢、言い換えれば、平家物語を古典作品として扱い、より正しい古典本文を尊重する態度を見ることができる。清書にとりかかった初期段階に比べると、平家物語の本文に対する態度にかなりの変化が認められよう。

一方、最終の二巻は、巻十二上までと些か事情を異にする。巻十二中下の詞書の書写者の用いた本は、寛永版よりも更に下ったものであり、本文の崩れがより多くなっている。それにも拘らず、校合を行なっていない。前巻までと交渉を持つこともなく独自に仕上げたためであり、これは絵巻の制作過程に一旦の中断があったことを示す。ここにはより正しい本文への志向性は見出されない。何らかの事情で制作が中断されていた絵巻をとにかく完成させることを第一義とした書写であった。

以上、底本の調査を行なう過程を通して、江戸時代における種々の平家物語版本の流布状況と、絵巻の制作過程の一端を明らかにし得た。

注

（1）「林原美術館蔵「平家物語絵巻」のすべて」（『平家物語絵巻』巻十二　中央公論社　平成4）以下の小松氏への言及はす

べて同論による。

（2）「『平家物語絵巻』の制作と『平家物語』絵入り板本」（『平家物語絵巻』巻八付録　中央公論社　平成3）

（3）山田孝雄氏『平家物語考』（明治44　但し、勉誠社　昭和43再刊を使用した）、川瀬一馬氏『増補古活字版の研究　上』（昭和42）、高橋貞一氏『平家物語諸本の研究』（冨山房　昭和18）、信太周氏『新版絵入平家物語（延宝五年本）巻九』（和泉書院　昭和56）解説、「国文学研究資料館蔵『平家物語』関係マイクロ資料解題」（村上學氏編『平家物語と語り』三弥井書店　平成4）等。

（4）元和版と類似の本文を持つ平仮名交じり十一行古活字本（A①）、平仮名交じり十二行古活字本（A②）、片仮名交じり十二行古活字本（A③）は元和版とどのような関係にあるのだろうか。平仮名交じり十二行古活字本（A②）は平仮名交じり十一行古活字本（A①）に拠って翻印を行なったものとされているが、この二本を比べると、十二行古活字本（A②）の方が正しい表記の場合もあり、一概には十一行本から十二行本へとも言えそうもない。再調査が必要と思われ、俄には決定しがたい。また、平仮名交じり十一行古活字本（A①）は元和版とほぼ同文でありながら、寛永版に近似した部分もあり、本文的には元和版と寛永版との中間的位置にある。しかし、この平仮名交じり十一行古活字本（A①）から寛永版が出来上がったのではないことは既に明らかである。一方、片仮名交じり十二行古活字本（A③）は元和版とほぼ同一であり、これについては元和版との直接的関係を考えてよさそうである。川瀬氏は元和版から古活字版へ、と想定している（前掲注（3））。古活字版については後日を期したい。

（5）平成四年八月に開催された「平家物語・美への旅展」（於日本橋三越）で、僅かではあるが実見することができた。

（6）更に全く別筆で、「イ」と記して一方系の本で校合している箇所が少なくとも二箇所は見出された。

（7）巻十二は上巻に「重衡被斬」から「吉田大納言の沙汰」までを、中巻に六代記事、下巻に灌頂巻をあてている。上「重衡被斬」の最後、北の方が尼となって菩提を弔う場面に、下「女院御出家」の女院が尼となった場面を貼っている。この部分だけが上巻の錯簡であるが、北の方が尼となった場面は行き所を失ったらしく、中「長谷六代」の最後に唐突に付けられている。また、中・下巻の錯簡は八場面に及ぶ。中「六代」で、文覚に会った乳母が六代の母のところに戻って報告する場面と、「長谷六代」で、文覚の尽力によって助かった六代が帰京し、母と対面する場面が入れ替わっている。先に述べたように、「長谷六代」の最後には「重衡被斬」の絵が入っている。また、「六代被斬」の、六代が出家して高野山に向かう場面と、山成島を遠望する場面も入れ替わっている。下「女院御出家」の、女院が出家した場面には、「小原御幸」の法皇が女院の部屋に入って感慨に耽る場面が貼られ、その絵が貼られる筈の場面には、一場面先の、女院が山から降りてくる場面が貼られている。また、女院が山から降りてくる絵が貼られる筈の場面には次の場面の女院と法皇との対面の場面が貼られ、その場面には絵がなく、詞書の紙が継がれて次の「六道の沙汰」になる。

（8）林原美術館学芸員金光直美氏より、巻十二は軸装に他巻と異なる点があるとの御教示を得た。巻十二の三巻は幅も狭く、裏もないとの御指摘である。従って、巻十二の三巻が完成したのは巻十一までの完成とは異なり、別の機会であったと思われる。

（9）絵巻は各巻上中下を統一した柄で装丁し、十二種類の豪華な標（巻子本の外端の部分）で飾っている。従って、巻十二上は中下の詞書、絵双方の完成を待たないと装丁できなかったのであろう（巻十二の装丁は結果として簡素なものとなってしまったが）。

（10）絵巻の「雖有功而無謬、蒙御勘気間、空沈紅涙、不被正讒者実否」とある部分、寛永版では「こう有てあやまりなしといへども、御かんきをかうふるの間、むなしくこうるいにしづむ。つら〳〵事の心をあんずるに、らうやく口ににがし。ちうげんみゝにさかふ、せんげん也。これによってざんしやのじつふをたゞされず」である。傍線部分は、覚一本、葉子十行本、古活字本（下村本・流布本・覚一本系統）、片仮名交じり整版になく、平仮名交じり整版本（寛永版）、絵入り整版本、百二十句本（「忠言」→「金言」）、中院本（但し「倩事の心を案ずるに」のみ）にある。前掲注（3）信太氏解説を参照のこと。

（11）佐伯真一氏「〈注釈編〉腰越」（『幸若舞曲研究　五』三弥井書店　昭和62）によれば、腰越状は平家諸本、『義経記』諸本に小異があるが、それのみならず、江戸時代には往来物として単独で受容されているということである。しかし、氏の作製した対照表によっても、流布本を含む一方系の腰越状と全く同文のものは他にない（氏の調査された流布本は明記はされていないが、元和版とのことである）。一方系の中でも、漢文表記のものは元和版だけであり、絵巻は元和版を底本に用いたと考えてよかろう。

(12)　前掲注（1）に同じ。

(13)　前掲注（2）に同じ。

(14)　因みに、麻原氏は、絵の類似箇所を巻八についてのみ指摘されている。氏が全巻にわたって調査されているかは前掲注（2）氏論からは明らかではない。

〔引用したテキスト〕

『平家物語絵巻　普及版』（中央公論社　平成6～7）、平家物語の版本は第三節に示した。

〔付記〕

拙稿を刊行後、今井正之助氏の御教示によって、「源平の美術」（『別冊太陽13　平家物語絵巻』平凡社　昭和50・11）に既に絵巻の絵画について言及がされていることを知った。私は絵画については門外漢なので触れえないが、参考のために、武田恒夫氏の指摘を以下に紹介する。

氏は、絵巻の「木石などの自然描写には漢画風の手法も用いられているので、土佐派とすれば、少なくとも光起以後の傾向を示す」と述べる。土佐光起（一六一七―一六九一）は承応三年（一六五四）に宮廷絵所預となり、土佐家を再興させた人物である。この指摘は、本章で述べてきたことと矛盾はしない。一方、土佐左助なる人物については、元禄期を下る人物で、毛利家の絵師であったらしい「神宮左助甫昭」なる人物の存在を紹介する。もしこの人物をあてるとするならば、制作年代はさらに下ることとなり、小松氏による詞書筆者の推定も振り出しに戻ることになる。如何か。御教示を乞う。

第二章　神宮文庫蔵『平家物語和歌抜書』に窺える和歌の受容

はじめに

平家物語は、時代により、目的により、様々に受け入れられてきた。しかし、その一形態に和歌を抜き書きする行為があったことは殆ど知られていない。近世における平家物語についての資料のうち、和歌を抜き書きした冊子の存在については、後述の栃木孝惟氏の解説以外には殆ど言及されていないようである。(1) 平家物語の和歌の抜き書きに関する書物で管見に入ったものは以下に掲げる七種である。これらは『国書総目録』『国文学研究資料館マイクロ資料目録』をもとに調査したものであり、おそらく、まだ多くの類似の冊子が作られ、現存していると思われる。

一、平家物語 太平記 内哥集全　慶安五年（一六五二）七月下旬　日静書写　彰考館所蔵
二、平家物語和歌抜書　延宝六年（一六七八）三月末書写　神宮文庫所蔵
三、平家物語和哥の部抜書（仮題）　文政十二年（一八二九）八月　吉川定国書写　高橋伸幸氏所蔵
四、平家物語の哥　天保四年（一八三三）七月六日　蓼春書写　大阪府立図書館所蔵
五、平家物語詩歌撮鈔　久能文庫（旧葵文庫）所蔵
六、平語歌寄　全　国会図書館所蔵
七、太平記哥　佐賀大学図書館所蔵

注　底本は、一～五は流布本、六は中院本を用いている。五については『平家物語研究事典』（明治書院　昭和53）に栃木孝惟氏による解説がある。六については、明らかに同一人物の手になる『太平記歌寄　全』が、九州大学に所蔵されている。七は、題名は『太平記哥』だが、内容は『源平盛衰記』の歌が抄出されたものである。題名は後人の誤りであろう。また、『物語和歌集』（多和文庫蔵）という、「物語」と名の付く様々な作品から和歌の部分を抜き出した大部の写本がある。その中には、『保元物語』『平治物語』『平家物語』の和歌も収録されている。しかし、これは性質がやや異なるので立項しなかった。

これらの資料は一つとして同じ系統のものはなく、それぞれの目的をもって、独自に書き抜かれたものであり、近世における平家物語の享受のあり方を垣間見させるものである。一体どのような目的をもって書き抜いたのか。書写者がどのような姿勢で平家物語に対し、どのように受けとめていたのか。平家物語の受容のあり方を考える上で一つの資料となると思われる。

この七本は、その抜粋方法等からしても、直接の影響・書承関係にあるものはない。記述形態は大きく二つに分けられる。第一は、歌と巻数、章段名、作者名を、若しくは、歌だけを記すもので、一と七がこれにあたる。第二は、二～六の形態であり、歌及び、歌の前後の本文を適宜抄出したものである。これらの形態から、平家物語の歌の受容のありようを窺うことが出来よう。更に、後者の歌の前後の本文のつかみとり方等を検討することによって、近世の人々の平家物語の内容理解の方法の一端について考えることが可能となる。本章で紹介する『平家物語和歌抜書』は、後者に属し、その五本のうちで年代の明らかな三本の中でも最も成立年代が古い。しかも、その抜粋の仕方には、一章段を殆ど全部写したもの、省略を伴うもの、また、改変を伴うものなどがあり、平家物語を盲目的に書き写すのではなく、積極的に読み込もうとする受容者の意識を窺わせる。本章は、神宮文庫蔵『平家物語和歌抜書』を基に、近世の一文人がどのように平家物語を受けいれたのか、その一側面を明らかにしようと試みるものである。

まず、簡単に書誌を説明する。

所蔵　神宮文庫

架蔵番号　３—８４８

縦二三・〇㎝×横一六・五㎝

表紙　薄青　模様入り

題簽なし　表紙の左上部に直接「平家物語和歌抜書」とあり　化粧紙一枚を表紙裏に貼付

印記　一丁ォに「林崎文庫」

全三八丁（序一丁ォ〜二丁ゥ、本文三丁ォ〜三八丁ォ）

一面ほぼ一〇行（一〇〜一四行）

漢字平仮名交じり　歌は二字下げ二行書き

本文は流布本を用いているが、正確な底本は不明である。本文を適宜改変している部分があり、決定し難いからである。(2)

歌数は末尾に「歌数九十三首」とあるが、実際には九十四首であり、

・思ひきや憂き身ながらにめぐりきて同じ雲井の月を見んとは　（巻一　二代后）

・陸奥の阿古屋の松に木隠れて出づべき月の出でもやらぬか　（巻二　阿古屋松）

・呉竹の筧の水はかはれども猶住みあかぬ宮の内かな　（巻七　経正都落）

以上の三首が抜けている。

一、序文の検討

序文の検討から始めることにする。(3)

やつがれ《か》、永旅の空の徒然さのあまりに、平家物語、取《と》り出《い》で《て》て《ゝ》読《よ》み侍りしに、あまたの歌あり。これなん、写《うつ》し覚《おぼ》えてしが《か》な。人に出《い》で《て》交《まじ》らはんに、必《かなら》ず《す》は、これらの事も、出《い》で《て》し物なれば《は》、その折しも、ふつゝかに、答《こた》×えんも、無下《むけ》なり。または、一座の興《きやう》も、さめぬべ《へ》く、話《はなし》の腰《こし》も、折《お》れつべ《へ》し。かゝらば《は》、古簾《ふるすたれ》の様《やう》に、人に心の程《ほと》、見透《みす》かされんも、また口惜《くちお》し。

かゝる事、よき人に、出《い》で《て》交《まし》らはんには、これらのこと、いるべ《へ》くもなく、されば《は》とて、折にふれ、話《はなし》の末に、仰《おほ》せのたまふ事のあらんか。なれど《と》、そこには、耳を傾《かたふ》け、聞《き》き《ゝ》居《い》たらんこそ、よその見る目も、いとよけれ。是はただ《ゝ》、我と、同《おな》じ様《しやう》の、友に、出《い》で《て》交《まし》はり、言《い》はん《わ》程《ほと》の事を、言《い》ひ、互《たかい》ひに、それと、頷《うなつ》き、侍らば《は》、へつろふ、世の、挨拶《あひさつ》にもならんかしと、思《おも》ひて、昼寝《ひるね》の、所々《ところ〳〵》、言《こと》葉をも、書《か》き、これは、か様の時《よふ》にし、詠《よ》ませ侍りし、かれは、その時《とき》、かくの打等《おりなど》と《ゝ》、己《をのれ》が哥の理《ことはり》の、心に聞《き》き《ゝ》やすき、様《やう》に、書き抜《かぬ》き、心覚《おほへ》えけるなり。さして、人に見すべ《へ》くもあらじ《し》。やつがれ《か》一人《ひとり》、楽《たの》しまざ《さ》らんものをとて、人手をも頼《たの》まず《す》、先《さき》の切《き》れたる、古《ふる》筆取《と》り集《あつ》め、延宝六の年《とし》弥生の末《すへ》つ方《かた》、所は松浦《まつら》の里にして、書《か》き写《うつ》し侍る。手見苦《みくる》しひとて、人に書《か》か《ゝ》するはうる　さ《し》しともあればなり《は》。

この反故《ほうく》、破れ後籠の、底《そこ》よりもれて、あたら筆紙《かみ》を費《つい》やし侍ると、人の謗《そし》り笑《わら》はれん事を、思《おも》へば《は》、隠《かく》すに所なし。己《おのか》が古着替《ふるきが》への我舞つづ《ゝ》らに打《う》ち入《い》れて錠固《かた》うして置《お》くものならんかし。

ここには一種の気取りが表われており、言葉通りに受け取ってよいのか疑問も残る。が、要約すると次の如くになる。

平家物語を何気なく読んでいると、その歌の多さに気付いた。それを写して覚えたい。これは社交上教養として身に付けておいた方がよい知識である。さりげなく自己の教養としておき、「よき人」の前ではともかく、同好の士と了解しあえるようになりたい。それで、歌が物語の中のどういう時に詠まれ、どういう意味を持つものか、自分にとってわかり易いように、自分一人の楽しみにしようと書き抜いた。後日、人目に曝されることがあると恥ずかしい。つづらの底深く隠しておこう。

この序文からは、平家物語が一座の話題になることがしばしばあることが窺える。編者はそれを見越して、恥をかかない程度の知識を得ておこうとし、同好の士との交わりの上で役立てば、と謙遜して述べている。一座とはどのような集まりか、今は知る術もないが、和歌を話題とするならば、文学的な集まりを考えてよかろう。この当時の文学的な集まりとしては、一つに和歌、連歌もしくは俳諧等の集まりを想定出来るのではあるまいか。

序文の後半に「延宝六の年弥生の末つ方」とあることによって、当書の成立が延宝六年（一六七八）三月末と知られるが、書写した人物についての記述はない。ただ、「まつらの里にして書き写し侍る」と記されていることから、居住地か、旅先かはわからないが、肥前松浦に何らかの関連のある人物と考えてよいかと思われる。当書の書かれた当時は連歌、俳諧が地方にも流布し、肥前でもかなり盛んであった。(4)特に、この本の書写された延宝頃は、肥前の地でも宗因の影響が最も強かった頃であり、島津忠夫氏は、この頃「佐賀においては連歌の地盤と俳諧の地盤が重なってゐたこと」(5)を指摘している。従って、連歌、俳諧を愛好する人々の座の中で平家物語が一つの教養として必要とされた（少なくとも、この編者はそのように感じとっていた）状況は指摘できそうである。俳諧の素材を和歌、漢詩に求めてそれをもじる趣向が、寛文頃には謡曲摂取にまで広がっている。(6)この傾向の中に平家物語も位置していたと考えられるだろうか。

以上の点から、和歌や連歌・俳諧の座の中で平家物語が話題としてのぼること、それを教養として身につけておくことが社交上、また体面の上からも必要であったことが推測される。編者は、その心覚えとして、「これは、か様の時にし、詠ませ侍りし、かれは、その時、かくの折等と、己が哥の理の、心に聞きやすき、様に、書き抜」いたと記す。しかし、その抜粋の仕方は和歌によって一律ではない。他の和歌抜書の資料と比べると、自由な抜粋のありかたが注意をひく。(7)それだけに、抜粋の仕方を検討することから、編者の興味の方向、平家物語の受容のあり方等を探ることが出来ると考える。以下、抜書の方法を具体的に分析することから、編者の平家物語理解の様を考えていくこととする。尚、論の進行上、煩雑を避けるため、底本と思われる流布本『平家物語』を「底本」とし、『平家物語和歌抜書』を『抜書』と略す。

二、『抜書』の原則――内容把握のための梗概作り――

編者は、平家物語の本文から、原則的には歌を詠むに至る状況がわかる程度に、つまり、一説話、或いは一挿話単位で歌の前後、特に前文を中心に抜き出している。先に述べたように、歌は全部で九十四首収録されているが、贈答歌や一場面中で複数の人が詠んだ歌等を一纏めに扱うと、六十六節に分けられる。一節の長さは、歌一首に費やされる二行分を含めて、三行から四十三行に及ぶ。その中では八行のものが最も多く（八例）、次いで五、六、十一行（各七例）、七行（六例）等である。歌の後に一文を付け加えているものも十五例あるが、前文を五、六行前後抜き出すものが一般的な形である。最も代表的な形から紹介しよう。それは巻一「鱸」の、

忠盛〈備前守〉備前の国より上られたりけるに、鳥羽院、明石の浦はいかにと仰なりければ、忠盛かしこまりて

有明の月も明石の浦風に浪ばかりこそよるとみへしか

と申されたりければ、院大きに御感ありて金葉集にいれさせ給ひけるとぞ。（〈 〉は割書）

の如く、殆ど底本の本文をそのままに抜き出す場合である。だが一方で、所々省略を伴い、また、引用が長大になる場合には話を要約して記す場合も多い。巻四「競」では、

伊豆守仲綱秘蔵せられける馬あり。名をば木の下となんいひける。平の宗盛しきりに此馬望まれけれどもいださず。しかるを親頼政これを聞きつけて、「それ程人の乞はれけるに惜しむべき様やある。とう〳〵出しまいらせ」と言はれて、伊豆守力無く一首の歌を書き添へて六波羅へおくられける。

恋しくは来ても見よかし身に添ふる影をばいかで放ちやるべき

と、歌を詠むに至る経過、粗筋を簡単に記す。こういった大意のとりかたは、詠歌状況を熟知した上で可能となるものである。

また、これほどの大きな改変ではなくとも、底本の語句を適宜改める場合もある。巻七「経正都落」では、底本に「甲冑を鎧ひ弓箭を帯して」とある部分を『抜書』では「軍の兵具を帯し」と簡略化し、「先年下し預って候ひし青山持たせて参って候。名残は尽ず……」という底本の本文には、「先年下し預かりし青山の御琵琶、名残は尽きず……」と「御琵琶」を加える。これは、その直前にある「赤地錦の袋に入たりける御琵琶を持て参りたり」という底本の本文を省略したために、ここで一語を補う必要が生じたからである。また、同巻「忠度都落」の底本の地の文では、忠度の呼び名をその官職名である「薩摩守」に統一して記しているが、それを『抜書』では「忠度」という人名で統一する。

これらからは、序文に「己が哥の理の、心に聞きやすき、様に、書き抜」いたとあるように、読解可能な範囲での積極的な省略と、それに伴っての補足とを心掛ける編者の自在な姿勢を見ることができる。社交上、教養のために知っておきたいという初学者を思わせるへりくだった序文の表現は韜晦である。また、詠歌状況を理解するために、漸く纏めた、というのでもない。寧ろ平家物語の本文を自家薬籠中のものとするほどに、充分な理解の上に立った人物のなせるものであろう。「やつがれ一人、楽しまざらんものを」は謙遜かもしれないが、しかし、社交上の教養のためにという外在的欲求を超えて、平家物語自体を楽しんでいる編者の姿が見え隠れする。

以上のように、時には底本の本文を省略したり、大意をとったりしながら歌の背景を簡潔に説明するのが原則的な方法だが、中には一挿話単位というよりも、殆ど一章段そのままを抜き出す場合もある。これについては第五節で述べることとし、まず、一挿話単位の書き抜きの方法を詳しく分析し、編者の関心の方向を見定めることとする。

三、『抜書』の基本的性格――歌の独立㈠――

まず、平家物語の本文で歌に関する挿話がいくつか連続して記されている場合の書き抜き方について見てみたい。勿論、贈答歌や連歌などは一纏めと見なして、ほぼ底本のままに続けて記している。問題になるのは、数は多くはないものの、異なる話題、或いは時間的に進行する話題が並んでいる場合である。

巻十「海道下」を例に掲げる。ここには、侍従と重衡との歌の贈答、侍従がかつて宗盛に献上して帰郷を許された歌、重衡が甲斐の白根を眺めて通った時の歌と、三組四首が並ぶ。これを『抜書』では以下のように記す。まず侍従との贈答を記すに際し、重衡鎌倉へ下られしに、池田の宿の熊野が女侍従がもとに、その夜宿られにける。侍従、中将殿を見奉りて、「日頃はつてたに思ひ寄らざりしに今日かゝるところへいらせ給ふ事の不思議さよ」とて、一首の歌を奉る。

旅の空埴生の小屋のいぶせさに古里いかに恋しかるらん

中将の返事に、

古里も恋しくもなし旅の空都もついのすみかならねば

とする。編者は底本にはない傍線部を補い、重衡の鎌倉下向を説明する。次に侍従が宗盛に献上した歌を記し、続いて、重衡が甲斐の白根を見た時の歌を、

中将鎌倉へ下り給ふ。心細くうちながめ行く程に雪いと白うかぶる山あり。問へば甲斐の白根と申侍る。中将涙を抑へて、

惜しからぬ命なれども今日までにつれなき甲斐の白根をも見つ

と記す。傍線部はやはり底本にはない。重衡の鎌倉下向は既に記されているので再度記す必要もないと思われるのに、記すのである。これは、自己の心覚えの手助けとするために、詠作者・詠作状況を、時間進行に伴う場面の変化毎に入念に記し留めたものと考えられる。この態度は、「これは、か様の時にし、詠ませ侍りし、かれは、その時、かくの折等」という序文と対応するものである。

次に、巻一「鱸」を掲げる。前掲の忠盛の歌才を表わす「有明の……」の和歌をめぐる挿話の次に、忠盛女房の歌才を表わす「雲井より……」の話が続く。この第二の挿話を、底本では、「忠盛又仙洞に最愛の女房を持って」と並列的に記すが、『抜書』では「忠盛仙洞に最愛の女房を持って」と始め、接続詞の「又」を省略する。こうして二話は分断され、「有明の……」の挿話から「雲井より……」の挿話への連続が断たれる。ここには、一つの歌とその背後の物

語を独立して扱う意図が見出せよう。

　このような操作は、巻四「還御」、同「鵼」にもある。「還御」では、二首めの隆房の詠じた「たちかへる……」の歌の地の文が、底本では「同廿九日、御船飾て還御なる……」と、前の歌に続いて始まるが、『抜書』では「上皇、御船飾らせ還御なる……」とする。この場合も、「同廿九日」を削り、主語を明示することによって、前の歌と一応切り離して連続性を希薄にし、この歌を前の歌から独立させて扱っている。「鵼」では、後半の連歌が底本では「又応保のころ」と始まるが、『抜書』ではやはり「又」を落としている。

　和歌を覚えるために梗概を作る作業は、和歌を中心にして、独立した小さな物語を記すことになる。完成した『抜書』は、そのような各話の集成となる。

　但し、灌頂巻の一場面だけは、右に示した傾向とは異なる。底本では「小原御幸」に、

障子には、諸行の要文共、色紙に書て所々に被ㇾ押たり。其中に大江定基法師が、清涼山にして詠じたりけん、笙歌遙聞孤雲上、聖衆来迎落日前とも被ㇾ書たり。少し引除て、女院の御製と覚しくて、

　　思ひきや深山の奥に栖居して雲井の月を余所に見んとは

とあり、その後に「六道」を挟んで「御往生」に至り、

女院は、何時しか昔恋うもや被二思召一けん、御庵室の御障子に、かうぞ被ㇾ遊ける。

　　此頃は何時習てか我心大宮人の恋しかるらん

　　古へも夢に成にし事なれば柴の編戸も久しからじな

又御幸の御供に候はれける、徳大寺の左大将実定公、御庵室の柱に書付けられけるとかや、

　　古へは月に喩えし君なれど其光りなき深山辺の里

と記される。これが『抜書』では、

女院の御歌と思しくて障子にかくぞ書き給へり、

思ひきや深山の奥に栖居して雲井の月を余所に見んとは

又それより少しひきのけて、昔恋しう思しけん、

此の頃は何時習ひてか我が心大宮人の恋しかるらん

古へも夢（マヽ）なりにし事なれば柴の編戸も久しからじな

徳大寺の左大将実定女院の御庵室の柱に書き付けら（マヽ）けるとや、

古へは月に喩えし君なれどその光なき深山辺の里

となる。章段を越えて離れた位置にあり、異なる時に詠まれた歌が、あたかも一連の状況を構成するものであるかのように「又」によって連接される。また、「それより少しひきのけて」は底本では「思ひきや……」の歌の前に書かれ、障子に書かれた定基の漢詩から少し離れて、の意味だが、『抜書』では「此の頃は……」の歌の前に置かれ、「思ひきや……」の歌から少し離れて、の意味に置き換えられている。これによっても、連続した状況での歌であるかのように理解される。反面、底本では「古へも……」の歌の次に「又御幸の御供に候はれける、徳大寺の左大将実定公……」と記されて続く実定の歌が、『抜書』では「又」が省かれることによって、前の歌とは切り離されて独立したものと扱われている。実定の歌の扱いは、「雲井より……」の歌にみた例と同様であるが、女院の歌の場合には傾向が異なる。

これは、「小原御幸」の一首と「御往生」の二首の歌が、別状況で詠まれた歌であるにも拘らず、女院の異なる段階での心情の吐露として捉える必然性を感じなかった編者が、女院の同一の心情として一括したものと考えられる。離れた位置にある三首の歌を一組とする点で女院の歌は例外的だが、これは編者の平家物語解釈の一面を表わすもので

あり、三首を一組とした挿話として再構成したものと言い換えてもよかろう。これはやや特殊な例だが、やはり、歌を中心に、独立して纏まった小節を作りあげていく方向が示されていると言えよう。

四、『抜書』の基本的性格――歌の独立(二)――

次に、小節の締め括り方に検討を加える。底本において、章段そのものが歌によって終わったり（三例）、歌の次には別の話題に転じたりする場合（十八例）には『抜書』でも歌を記すことでその小節を終える。しかし、底本は歌と関連して更に展開していくにも拘らず、『抜書』では歌をもって書写を終了させる場合が一番多い（二十六例）。先にも掲げた巻一「鱸」の二首めの「雲井より……」の歌を例に掲げる。

忠盛仙洞に最愛の女房をもちて夜な〳〵通はれけるが、ある夜かの女房の局へおはしたり。月出したる扇を忘れて出られければ、かたへの女房達、「これはいづくよりの月影ぞや。出所おぼつかなし」等と笑はれければ、かの女房かうぞ思ひよりけり。

雲井よりたゞもりきたる月なればおぼろけにては言はじとぞ思ふ

この部分、底本では「……かたへの女房達、是は何くよりの月影ぞや、出所無㆓覚束㆒など、笑あはれければ、彼女房、雲井より……」と、「彼の女房」といいさして歌を詠み、歌の次に「と読みたりければ、いとゞ不㆑浅ぞ思はれける。薩摩守忠度の母是也」と続いていく。歌が会話のかわりとなり、又、女房の想いの表白ともなっているが、歌の次に「いとど不㆑浅ぞ思はれける」と続くことによって、女房の想いのこもった、しかも、機知に富んだ歌が忠盛のいや増す思いのきっかけであることを明示している。物語は歌で立ち止まらずに連続して流れ、歌は忠盛主体の物語に組み込まれていく。「有明の……」の挿話と並んで忠盛の風流譚が形成される。しかし、『抜書』では歌の後が記されない。歌によって小節が終わると、忠盛風流譚から機知に富んだ女房の歌の話へと視点が移動し、女房の歌を中心とした小節が作り上げられる。この例のように後文が記されないために、物語中における歌の位置が本来の平家物語のそれとずれてくるものばかりではないが、編者の関心は、あくまでも歌を詠むに至る状況を知ることにあるのであって、平家物語全体の展開の中での歌の位置を知ることではないことがわかる。

ここで、歌の直前の「かの女房かうぞ思ひよりけり」の書き方にも注意を払いたい。このように「かく思った」として文を終止すると、そこまで進行してきた状況が一旦停止し、改めて次に表わされる歌に関心が向けられ、小さな物語を背負った和歌との印象が増幅されることになる。この「かうぞ〜」の表現形式自体は底本中に四十例近く見られ、それらは『抜書』にもそのまま踏襲されている。だが、更に「雲井より……」の歌の部分も含めて八ヵ所に、底本にはない「かうぞ思ひよりけり」に類する語句が書き加えられている。この八例の書き加えは意識的に選択されたものと考えてよいだろう。歌の後の展開は編者の関心外であったが、後文がなくとも小節としての纏まりを得るようにとの配慮がなされ、その結果、より一層、和歌がそれまでの物語を総括する役目を負うことになる。

それでは、後文を記すもの（十六例）にはどのような特徴が見出せるのであろうか。後文を記すもののうち、二分の一を占めるのは冒頭の例に掲げた「有明の……」の挿話のような歌徳説話（五例）、または次に掲げる例のように、歌に用いられた語句についての説明を付け加えるもの（三例）である。この八例は、歌の後に後日譚や説明がなくては歌の価値や意味が十分に伝わらないものであろう。尤も、記すべき後文を記さないもの（三例）や、歌によって場面が終わっているのに、更に進展した状況を加えるもの（三例）もあるので、必ずしも、後文を記すものと記さないものとの区別は徹底しているわけではない。それでは説明を付加する場合の代表的な例を掲げる。巻四「宮御最後」である。

宮の御謀叛をせめんとて、左兵衛督知盛大勢引き具して宇治川へ向かはれけるに、さばかり速き川なれば、色々によろひたる武者共浮きぬ沈みぬ押し流されけるほどに、かみなみ山の紅葉ゝの峯の嵐に誘はれて、龍田川の秋の暮いせきかゝれて流れもあへぬに異ならず。その中に緋縅の鎧着たる武者三人網代に流れかゝりて沈みもやらず見へければ、伊豆守これ詠じて、

伊勢武者は皆緋縅の鎧着て宇治の網代にかゝりぬるかな

これらは皆伊勢の国の者なれば也。

歌に「伊勢」を詠み込んだことの説明を加えている。このような落首のおかれる挿話や歌徳説話等は、歌によって場面を収束させる小節とは自ずと性質を異にし、歌と地の文との関係も異なる。この変化に伴い、抜き書きも変化する。そこには、歌のみを関心の対象として機械的、無批判に書き抜くのではなく、場面毎に、和歌の様々な様相を楽しみつつ切り取り、纏める知的な作業を行なう編者の姿勢が窺える。[8]

ところで、歌の前の部分を、底本では「伊豆守見給ひて、角ぞ詠じ給ける」と言い切って歌に続くのだが、『抜書』では「伊豆守これ詠じて」と書き直している。これは先に述べた「かうぞ思ひよりけり」の書き加えとは逆の、唯一の削除された例である。先に見た編者の方法からすると、底本のように歌の前で言い切ると、後文を必要とせず、歌を以てそれまでの状況を総括することとなろう。然るにこれは、後文の説明があって初めて歌の面白味の伝わるものである。歌のみではそれまでの状況を概括できない。従って、底本のように歌の前で言い切る必要がなく、削除しても構わない。これも、和歌と地の文との関係への配慮からなされた表現と考えてよかろう。

編者にとって歌は、誰によって、どういう場面のどういう状況で詠まれたものなのかという背景と密接に関わるものであり、歌だけが自立したものではない。「覚え」たいという欲求に端を発した編者の和歌への関心は、おのずから

和歌を中心としたその場面への関心、物語的側面への関心へと拡がる。『抜書』は、歌を中心とした小さな物語の集積となり、出来上がった『抜書』は、極端な言い方をすれば、歌物語的な構成をもつものになっているのである。

五、関心の特徴

当節では、この『抜書』の特徴として、関心が拡大している場合と、逆に限定されている場合とを見ることにする。

書き抜きのうち、最長のものは巻五「月見」四十三行（歌三首の六行分も含めて）、次いで巻七「忠度都落」の三十八行である。他に同「経正都落」三十四行、巻六「小督」二十三行、同「葵前」・巻九「小宰相」二十二行、巻十二「重衡被斬」二十一行等と続く。特に「月見」「忠度都落」等は、所々略しながらも、ほぼ一章段の全てを写している。

これらの長い書き抜きからは、詠歌状況を理解するために底本の本文を書き抜くという本来の役目を超え、章段自体に関心を拡げている様子が窺える。これらはいずれも抒情的な章段と評価されているものや、哀切な別れの場面、王朝物語的雰囲気を漂わせるものであり、編者の平家物語への関心が、王朝物語的設定や惜別の抒情漂う部分に向けられていることが明瞭にわかる。

しかし、その長い書き抜きも、抜粋の仕方を見ると、必ずしも、章段そのものを味わおうとする姿勢をとっているわけではないと判断される。歌の後の抜き出しが殆どないのである。歌が詠まれるに至る状況を書き抜こうという『抜書』の原則が、ここでもほぼ忠実に守られている。例えば、「忠度都落」では歌の前を三十六行にもわたって書きながら、歌の後に続く締め括りの「其身朝敵と成ぬる上は、子細に不レ及と乍レ云、恨しかりし事共なり」の底本の一文は記されていない。また、「葵前」や「小督」では、歌の前に繰り広げられるそれぞれの悲恋は連綿と書き抜いているが、歌の後の展開（葵前の死去、清盛が小督を追い出して以後）については何も記さない。「小督」での有名な「峯の嵐か松風か、尋ぬる人の琴の音か……」の七五調の句にしても、歌のかなり後ろにある為にか載っていない。

以上から、編者は〈章段〉という単位をそれほど重要視していなかったと考えられる。編者には、歌と、歌を詠むに至る詠歌状況を書き抜くという前提が確固として存在している。和歌とその周辺から〈章段〉を単位とする物語の展開にまで関心を拡げつつも、章段としての完成よりも、和歌への収束を心掛ける筆者の姿勢が窺えよう。

なお、歌を含む章段として有名な巻九「忠度最期」に関しては、

六弥太よひ首をばとり侍しかども名のみ知らず。箙に結ひつ／けて文あり。これをとりて見侍れば、旅宿の花といふ題／にて歌一首あり。／

行くれて木の下陰を宿とせば／花やこよひの主ならまし／

忠度と書かれにし。さてこそ薩摩守とは知れてけり。（／は改行）

とあるように、歌の前の抜き出しは三行という少なさである。これは当書のみの特質に限らないようで、『平家物語和哥の部抜書』でも同様の現象が指摘できる。(9) 編者が章段全体へ関心を拡張する傾向を見せた「月見」「忠度都落」等と比べて、「忠度最期」では、歌と忠度の死の場面とのつながりはそれほどには感じとっていなかった、と言うべきだろうか。「行くれて……」の歌は忠度の素性を明らかにするものとして関心を持たれていたと見てよいだろう。(10)

また、巻六「祇園女御」では「いもが子は……」の連歌に二十行、巻四「鵼」では頼政と頼長、公能とのそれぞれの連歌のやりとりに十九行、十七行と比較的長く費やしている。これは、序文から推測した編者の連歌・俳諧趣味とも関わっているかとも考えられる。

次に、編者の関心が和歌に限定され、漢詩、今様などの、和歌以外の他の韻文には拡がっていない点を指摘してお

く。先には触れなかったが、「月見」では、前半の道行とまがう修辞的な部分や『源氏物語』を髣髴とさせる大宮の屋敷での描写部分はほぼ全文を取り上げながら、今様の歌詞そのものは省略している。「忠度都落」でも「骸を野山に曝ば曝せ、憂名を西海の波に流ば流せ、今は憂世に思置事なし」という対句表現や、「前途程遠、馳二思於雁山夕雲一」の漢文表現がない。また、巻三「少将都還」では、

少将都へ帰りに、鳥羽へ明うぞ着き給へ。彼は故大納言殿の山庄州浜殿とてありければ、〔略〕弥生中の六月なればいまだ残りし花も色々なれ（楊梅桃李の梢こそ、折知顔に色々なれ）。昔の主はなけれども春を忘れぬ花なれやと、少将花のもとに立ち寄りて、

古里の花のものいう世なりせばいかに昔のことを問はまし

（桃李不レ言春幾暮　煙霞無レ跡昔誰栖）

かく古き（詩）歌を口ずさみ給ひにけり。　（（　）内は、編者が省略した底本の本文）

というように、歌と並立する漢詩を省略し、それに関係する表現も省略したり改変したりしている。これらは、明らかに意図的なものと考えられ、和歌以外の韻文に対する関心の薄さを窺うことができよう。因みに他の和歌抜書ではこれほど徹底したものはなく、逆に、和歌と同次元に扱うものさえあり(11)、この資料特有の特徴として挙げられる。

これらは、『抜書』を作るにあたって基本とした方針に抵触するものではないが、編者の嗜好のもたらした書き抜き、改変の方法として注目される特徴である。

おわりに

序文の検討から、まず、平家物語とその和歌についての知識が社交儀礼上必要とされる場の存在が想定された。しかしながら、『抜書』の特徴、叙述姿勢の分析により、編者の関心は、その場への適応を図るための必要性、或いは単なる知識欲を超えたものであることが明らかになった。また、成立の背景に、俳諧の素材拡充を求めての風潮を想定してみたが、編者の平家物語理解が、誹諧のもじり等に利用するための表面的な本文理解にとどまるものではないことが判明した。平家物語を自分のものとした上で、和歌の様々なありようと、物語自体を楽しむ知的な編者の関心が窺える。編者は、全体よりも部分に、章段よりも場面に焦点をおき、また、平家物語の和歌と地の文との関係までを捉える。和歌を、和歌の詠まれた状況と共に理解して平家物語から切り取り、時には再編成も含めた書き換えを行なう。

近世における平家物語の受容のありかたは多様であった。その一つに、平家物語を古典作品として関心を持ち、咀嚼し、共通の教養として培っていた、そのような資料の存在したことを明らかにしえたのではないかと考える。

なお、和歌の抜き書きを近世に特有の現象と即断することはできない。というのは、『看聞日記』応永二十三年（一四一六）五月三日条に次の記事があるからである。[12]

今日有二御連歌一。就レ其あらかひの事あり。まのゝ入江と云句に方田浦ト付句アリ。就レ是帰こんことはかたゝに引網の目にもたまらぬ我涙哉。此歌新大納言成親卿詠之由。新御所被レ仰。予申云。平大納言時忠卿歌也ト申。新御所ハ成親卿詠之由堅被レ仰。三位又申云。重衡朝臣関東下向之時詠歟之由存レ之云々。三人堅諍論。所詮一瓶ニ懸てあらかふ。則可レ有二負態一之由申定了。重有朝臣平家歌共撰集双子一帖持参。御所様被レ遊レ之。平大納言時忠卿能登国配流之時於二方田浦一詠レ之云々。予忽勝了。

連歌に興じていた時、その付合の話題に平家物語が引き合いにだされている。そこに「平家歌共撰集双子」が用いられていることは注目に値しよう。これがどういう体裁のものだったのかはわからないが、歌の作者を時忠と確認し、その詠歌事情を確認しているところを見ると、少なくとも歌とその作者名は書かれていたこと、更には詠歌事情まで簡単な記述があったかもしれないことが推定される。また、どのような目的で作られたのか、については推測の域を出ないのだが、この双子のあり方は、連歌制作上の手引書等としての『源氏物語』等の梗概書を想起させる。平家物語も『源氏物語』と同様に、古典作品として扱われる一面があったとすれば、その内容や和歌を熟知するために、教養の書としてこのような「双子」が作られた可能性も考えられよう。『平家物語和歌抜書』と「平家歌共撰集双子一帖」なるものとは、時代こそ違え、共通の地盤を有してはいないだろうか。

注

（1）平家物語に関する種々の抜書類については、山下宏明氏が『平家物語の生成』（明治書院　昭和59）七—4（初出は昭和57・3）で言及しているが、以下に述べる和歌抜書については、近世のものであるためか、指摘はない。

（2）流布本は、元和七年刊、片仮名交じり整版を底本とする『平家物語』（梶原正昭氏校注　桜楓社　昭和52）に拠った。

（3）抜書本文は平仮名の多い漢字仮名交じり文だが、便宜上私意に漢字、濁点及び句読点を宛て、明らかな誤字は訂正して記した。なお、序文については、句読点は底本に従った。また、底本の表記を本文の右側に傍書として記した。傍線、改行は稿者。正確な翻刻は拙稿「〈資料紹介〉神宮文庫蔵「平家物語和歌抜書」」（「軍記と語り物」27　平成3・3）を参照されたい。

（4）島津忠夫氏『連歌史の研究』（角川書店　昭和44）第一三章、大内初夫氏『近世九州俳壇史の研究』（九州大学出版会　昭和58）第一章等。

（5）注（4）同氏論に同じ。

（6）田中善信氏「初期俳諧の考察——本歌取りの手法をめぐって——」「謡曲調俳諧の発生について」（『初期俳諧の研究』新典社　平成元）、母利司朗氏「「謡曲調」展開の実態——重頼流「時勢粧」をめぐって——」（「国語国文」53—1　昭和59・1）

（7）『平家物語和哥の部抜書』『平家物語の哥』『平家物語詩歌撮鈔』等は、抜き出す分量はまちまちだが、底本の引用はほぼ正確である。

（8）なお、『俳諧類船集』の「網代」項に「伊勢武者」とあり、また、「宮いくさの時仲綱かみなひをどしのよろひきてうちのあしろにかかりけるかなとよみし也」と記されている。このとりあわせが代表的なものであったとすると、傍線部分の補足には注釈的な傾向も指摘できよう。

（9）「六弥太後より薩摩守の首を取る。好い首討奉たりとは思へども名をば誰とも知らざりけるが、箙に結付られたる文を取て見けれは旅宿花といふ題にて歌をぞ一首詠まれたる　行暮て木の下陰を宿とせば花やこよひの主ならまし　忠度　と書かれたりける故にこそ薩摩守とは知てけれ」

（10）忠度の歌に関しては、岡部六弥太の活躍する「俊成忠度」や「行くれて……」の歌をテーマとする「忠度」などの謡曲の影響を考える必要があるのかもしれない。第三節で触れた「小原御幸」の女院の歌の解釈にしても、編者の『平家物語』理解が流布本だけによったと考えるのは早計であろうが（底本も流布本と決定したわけではない）、現在のところは、その背景を知ることは出来ない。

（11）『平家物語の哥』『平語哥寄』等。

（12）この記事については島津忠夫氏『能と連歌』（和泉書院　平2）一三（初出は昭和61・7）にもその指摘がある。

〔引用したテキスト〕

『看聞御記』（続群書類従）

第三章　松平文庫蔵『平家物語秘伝書』と平家物語

はじめに

肥前島原松平文庫に『平家物語秘伝書』（以下に『秘伝書』と略す）という一本がある。これには「盛久之事」が載せられていることから謡曲「盛久」との関連が注目され、竹本幹夫氏が紹介をしている。(1)また、山下宏明氏も抜書と秘事との関係から言及している。(2)本章では、本文形成への関心から改めて『秘伝書』をとりあげる。

一、本文系統について

当該本に奥書はないが、本文末に「尚舎源忠房」の印が押され、初代島原藩主松平忠房（一六一九―一七〇〇）の所有となったことがわかる。書誌的事項は既に竹本氏論にあるのでここでは省略する。目録は左の如くである。

一　三拾三間供養之事〈一巻〉①
一　宗論之事〈十巻〉②
一　鏡剣之巻事〈十一巻〉③
一　備前守行家被誅之事〈十二巻〉④

（法性寺合戦之事）　⑤

一　盛久之事〈十二巻〉　⑥　（〈　〉は割書き。⑤は目録にはないが、本文中に章段名が記されている）

まず本文系統について述べる。①②③は八坂系四類本である。④⑤は八坂系一類本B種（中院本か）を基本に、覚一本、八坂系四類本等を混態させた本文と考えられる。⑥は独自本文である。以下に、それぞれの本文系統を推定した根拠を述べていく。

まず、①「三拾三間供養之事」は一般に「堂供養」と言われている章段で、読み本系と四類本に載る。また、②「宗論之事」を巻十に置くものは、南都異本、八坂系一類本、四類本である。南都本、長門本にも「宗論」はあるが、巻十ではない。以上より、これらは四類本と考えてよい。四類本には③「鏡剣之巻事」も備わっている。

四類本には現在以下の七種程が紹介されている。[3]

A種　如白本・中京大学本（巻一〜巻四のみ）・両足院本・大倉本（両足院本の写し）・大前神社本（巻六は欠）

B種　南部本

C種　米沢本

他に、康豊本巻一・文禄本巻五・高橋八行本巻十二

このうち、両足院本には宗論、剣がない。南部本は巻十一に落丁があり、正確には調査できない。康豊本・文禄本・高橋八行本はとりあわせ本の一部分、中京大学本は零本であり、校合可能なのは如白本、大前神社本、米沢本のみである。

山下氏は如白本との接近を指摘するが、管見では米沢本が最も近い。但し、①の中で、「一ノ御音ニハ即是菩提命寿安楽、二ノ御音ニハ身ヲ損舎シテ法ヲ修行シ安楽成仏ト演玉フ」といった表現が米沢本にはあるが、『秘伝書』と如白

本にはない。

次に、④⑤について考える。④「備前守行家被誅之事」で、行家の逃走経路を、『秘伝書』では、和泉、高石から天王寺へとするが、四類本では（如白本には行家記事なし）和泉から紀伊路を指して和泉のやぎ下に留まるとする。『秘伝書』と同系統の記事を持つものは、八坂系一類本、屋代本、覚一本である。また、『秘伝書』では、行家記事の次に義教に関して、「シタノ三郎義憲ヲハ伊賀ノ国ノ住人服部ノ六郎時定ニヲ、セツケラル。時定ニトリコメラレテシカイシテンケリ」とするが、これと同記事を持つものは八坂系一類本である。屋代本、覚一本の義教の記事はこれのみに終わらず、詳細である。従って、④は八坂系一類本をもとにしていると考えられる。

八坂系一類本は更にＡＢＣ種に分類されている。巻十二については、次の各本が代表的な本として確認されている。

Ａ種　東寺執行本・文禄本

Ｂ種　三条西家本・中院本

Ｃ種　相模女子大学本・南都本・小野本

『秘伝書』はこのうちＢ種本に近く、更に次の微細な用例から、Ｂ種本の中でも特に中院本に共通していると考えられる。

・行家コ、ニヲワスト聞へ〔しかは〕北条殿、

・昌明四尺二寸ノ〔大〕タチヲヌキ

この部分、〔　〕は三条西家本にはあるが、『秘伝書』・中院本にはない。この点で両書は共通している。

但し、中院本（三条西家本も類同）とは異なる本文も有する。次に一例を掲げる。

中　　　　　　　　　　　　　　　　　　間　北条殿・・・・・・・・・・・・・・・・・
秘　サラハ御セイヲタマワリソロワント申ス折フシ、無勢ニテ時政カ勢北条平六時定カレカ聟ニ笠原十郎親久

中　　　　　　　　　　三百　のせい　つけらる
秘　馬屋ノ大源二ヲサキトシテ、卅　余騎　ヲ指ツカハサル。

中院本にはない部分について覚一本をみると、

平六が聟の笠原の十郎国久、殖原の九郎、桑原の次郎、服部の平六をさきとして、其勢卅余騎、天王寺へ発向す。

とあり、この部分を縮約して用いたと考えられる。ここに平六の婿が登場するのは覚一本、鎌倉本であり、他本（屋代本、百二十句本、八坂系一類本・二類本・四類本）には登場しない。延慶本、長門本には国久は登場するものの、平六の婿であるとの記述はない。この点から、『秘伝書』は覚一本或いはその系統の本を用いたと考えられるのだが、諸本とも婿の名前は「国久」であり、「親久」は管見に入らない。現存の覚一本ではないがそれに近い本文を用いたのか、或いは現存の覚一本を用いて更に手を加えているのかはわからない。従って、④の『秘伝書』独自部分は覚一本に最も近いが、覚一本そのものではないということになる。

次に⑤を検討する。⑤「法性寺合戦之事」は知忠、忠房、宗実、越中次郎の順に進行する。この順に進行するものは八坂系一類本と屋代本である（左図参照）。次に、『秘伝書』本文と一類本、屋代本とを校合すると、『秘伝書』は屋代本よりも一類本に近い。

記事配列比較表

秘伝書	八坂系一類本	二類本	四類本	覚一本	屋代本
知忠	1	3	3	3	1
忠房	2	1	1	1	2
		大仏供養	大仏供養	大仏供養	
宗実	3	2	2	2	3
越中次郎	4	4	4	4	4

内容を一つ一つ追っていく。まず、知忠記事の本文については『秘伝書』は一類本に近い。但し、知忠が伊賀で隠れた山寺を一類本では「ある山寺」とするのに対し、『秘伝書』では「千度ノ山寺」とする。覚一本では伊賀に隠れたことは記されず、「千度」が記されるのは四類本であり、四類本の影響も窺える。

また、知忠の首実検が『秘伝書』には詳細に記される。ここには首を実検する女房を、「西国ヨリ上リ仁和寺辺ニ忍ヒテヲハシケル」と紹介する。これは覚一本にはなく二類本、四類本にある。従って、二類本もしくは四類本も用いていると考えられる。

次の忠房記事は以下のように進行する。忠房は湯浅に籠城、攻めあぐねた湛増が頼朝から兵糧攻めの策を授かり、また、頼朝の口車に乗って忠房は籠城を解き六波羅に出頭、鎌倉に連行される、と。この筋を持つものは覚一本である。文言に異なる点があるものの、忠房記事は全体的に覚一本に拠っていると考えられる。ただ、覚一本は鎌倉に連行された後に勢田で殺されるが、『秘伝書』では鏡の宿で殺される。鏡の宿で殺されるとするものは四類本である。二類本は篠原である。よって、二類本は除外してよいと考える。

宗実記事はほぼ一類本に一致する。

越中次郎記事は四類本に一致し、鎌倉に連行されて鎌倉で処刑されるとする。但し、舅の馬を夜に引き出して馳せさせるという記事が載るが、これは覚一本に通う。

以上のように、筋の進行は一類本により、また、基本的に一類本の本文に拠っているが、覚一本、四類本も用いている。更に、例えば忠房記事はほぼ覚一本に従いつつ時に四類本を用い、越中次郎記事は四類本に依拠して時に覚一本を用いる、という具合に、各人物毎に一類本、四類本、覚一本等の混態のさせかたは異なる。これが一回的な作業によってなされたものなのか、或いは、数次の混態によって出来上がったものなのかは判定できない。

⑥は既に指摘のあるように、平家物語の諸本の中では長門本にしかない記事だが、本文はかなり異なる。竹本氏は謡曲や長門本とは「完全に別系統の説話」とし、伊藤正義氏は、謡曲をも材に加えて要約した記事との印象を受けると記す。(4) ⑥は平家物語の本文流動の範囲内からは明らかにすることのできない独自本文のようである。

以上、『秘伝書』の本文系統は、

一　八坂系四類本（①〜③）

二　八坂系一類本を基本に、覚一本、四類本等を混態させた本文（④⑤）

三　独自本文（⑥）

の三種類のとりあわせであることを示した。

二、『秘伝書』作成の目的について

次に考えたいのは、これがどういう目的で作られたものなのか、また、この一書を作るにあたって用いた底本はどのようなものであったのか、ということである。

さて、本文系統から見ると、①②③は明らかに四類本からの抜き書きであり、混態の跡は見えない。とすると、④⑤のみに混態を行なうのも不自然であり、④⑤も何らかの平家物語から書き抜かれたものではないかと考えられる。そのように推定すると、『秘伝書』の成立には次の三つの可能性が考えられる。一つは、異種系統本文によるとりあわせによって形成された十二巻揃いの一本から抜き書きしたもの、第二は、①②③を一本から、④⑤⑥を別の一本から抜き書きしたもの、第三は①②③、④⑤、⑥をそれぞれ別本から、つまり三種類の本から抜き書きしたもの、である。

別の角度から更にもう一度眺めてみたい。それは、何故これらの章段が選ばれたのか、という点である。山下氏は①②③が平曲の秘事であること、④⑤は一方流において切り出されていく傾向にある記事であったことを指摘し、「八坂流もしくは非当道系の本にこれ（④⑤のこと）を求めて『秘書』に加えたものと思われる」とする。氏の言に従うと第二、もしくは第三の可能性となろう。その当否はさておき、傾聴すべき発言である。

確かに、氏の指摘するように、たとえば『平曲秘書』[(5)]（寛文九年〈一六六九〉）には「平家三箇之大秘事」として「剣・鏡・宗論」を、「是亦外ノ秘事也」として「延喜聖代」を掲げている。『平家物語指南抄』[(6)]（元禄八年〈一六九五〉）には、「三曲之奥秘」に「剣之巻　宗論　鏡之巻」がある。また、貞享三年（一六八六）には『平家物語肝文之巻』[(7)]が出版されている。これには、「延喜聖代・剣の沙汰・鏡の沙汰・願文・堂供養・宗論」が記されている。このような同時代の風潮から見て、①②③は平曲の秘事との関連から注目されたと考えられる。

また、やはり指摘のあるように、一方系の葉子本、下村本、流布本では、義経記事を除いた源氏関係記事（④）を巻十二から省略して平家一門の最後に焦点を合わせ、また、六代記事に集約させるために、結尾から六代以外の平家残党の最期の記事（⑤）を省略している。

しかし、秘事にのみ重点を置いて、④⑤に関しては「『秘書』に加えた」というだけでは、『秘伝書』全体の制作目的は明らかにならない。諸本による記事の有無に着目するならば、流布本と下村本には①〜③がないことも併せ考えるべきであろう。流布本は整版として大量に印刷され、流通していた。下村本も、流布本の生産量には及ばないまでも、古活字本として印行されている。流布本・下村本の如き本を基準として他本に接する場合は多々あろう。一方で、①〜⑤が全て含まれている特異な一本の存在を推測することもあながち不自然ではなかろう。こうした異本に接した時に、流布本や下村本の如き本にはない特有な章段の存在に気づき、秘事への関心も含めて抜き出し、新たに『秘伝書』を「作った」と考えられないだろうか。

ところで、四類本にも文言は異なるが④⑤はある。全巻揃いの四類本から①〜③を抜き書きしたのなら、四類本にもある④⑤をわざわざ他本から抜き出す必要もなかろう。この点からも、①〜⑤が全て含まれている十二巻揃いの一本の存在を考えてよいのではなかろうか。当然、⑥も巻十二に備わっていたと考えられる。すると、『秘伝書』の底本は巻十一までが四類本であり、巻十二が一類本を基本とした混態本であって、⑥のような独自記事も併せてとりあわされた一本であったと考えられる。

ちなみに時代は下るが、文政六年（一八二三）に作られた『古本平家物語書抜』(8)は「厳島願文・剣・鏡・行家義教最期・忠房以下盛次までの死」を抜き書きしている。これは序文(9)によれば、通行のもの（流布本か）にはない章段を持つ覚一本・久一本の存在を知り、覚一本から独自記事を抜き出したというものである。『秘伝書』にもこれと共通する意図が推測される。

おわりに

第二部において、平家物語が複数の系統の本文を混態させて新たな本文を作っていく流動的な性質をもった作品であることと共に、別系統の本文をとりあわせることについて、物理的な欠損を補うための機械的なとりあわせの他に、意図的に異なる系統の本文をとりあわせる場合があることを指摘した。そしてそうした混態やとりあわせを新たな平家物語を再編していく一つの方法として提示した。特に、南都本、都立図本、伊藤本等、巻十二に他系統をとりあわせる事例が見いだされる。巻十二の源氏粛清記事にどれほど重きを置くか、終結に灌頂巻を加えるか断絶平家型で終わるか、等の諸要素に寄せる関心に従って異種本文をとりあわせるのである。この『秘伝書』の底本も巻十二に別系統をとりあわせた一本であったと考えられる。

平家物語の巻十二とその終結が、選択と変換の可能な柔軟さをもって読者に提示されていた。『秘伝書』の底本も再編された一本として存在していたのではないかと想像される。

注

（1）「盛久の周辺」（「銕仙」237／238　昭和50・11／12）
（2）『平家物語の生成』（明治書院　昭和59）七―4（初出は昭和57・3）以下の氏への言及は同書による。
（3）八坂系諸本については、『平家物語八坂系諸本の研究』（三弥井書店　平成9）を参照した。
（4）『謡曲集下』解題（新潮日本古典集成　昭和63）
（5）鈴木孝庸氏「翻刻『平曲秘書』（東京大学文学部国語研究室蔵）」（「古典遺産」43　平成5・3）による。

（6）『平家物語　増補国語国文学研究史大成』（三省堂　昭和52）「翻刻研究文献」による。
（7）国会図書館所蔵本による。
（8）東京教育大学付属図書館蔵本。国文学研究資料館マイクロフィルムに拠った。
（9）文政六年の冬、二条大城の大番役にてのほりたるとき、覚一検校くちつから伝へてかゝせたる平家の物かたり全部十二巻を写したると、久一検校のもたりといふ本と、二まきを見たりしに、をしきかな、模書にあらぬ故に、てにをはその外もあやまれる事ともあり。されと今のよに瞽者のうたふものにくらふれはまされる事ともおほく有かうちに、物怪之次、大場早馬の前に、高倉帝の御願文あり。また、長谷六代の次、六代きられの前に、十郎蔵人行家、信太先生義教最期、また、平家のきんたちうしなはるゝ事ともの、くさ〳〵あり。これいまのよに勝て伝はらす。たゝし久一本といふ方には行家・義教最期云々のことはなし。その外、互にすこしつゝたかへることゝもあれは、二本ともにうつしおかまほしけれといとまなければ、そのことなる事ともは、おのかもたる本に朱もてかき入たり。されと御願文また、行家・義教最期云々等の事はかき入かたけれは、今こゝに覚一本をもてうつし、久一本はかたへに朱もてしるしおけり。なほ、ふたまきのつたはりきたりしゆゑよしは奥書にみえたり。

結びにかえて

平家物語の作者は一人ではない。勿論、原型を形成するには、ある個人の力によるところが大きく、その個人（像）を捜し当てる努力、また、その個人が創り上げた原型を追い求める努力は続けられるべきであろう。しかし、作者は〈はじめの平家物語〉を作った一人だけではない。多くの時間と場と契機の中で、多くの作者——正確には改編者というべきであろうが——が多くの平家物語を編み出していった。平家物語自体に多くの改編を呼び込む土壌が備わっていた。このことは決して未完成の作品ということを意味するものではない。平家物語は、平家物語が受容されていった長い時間と共に捉えられる作品なのである。

本書は平家物語の成立に溯る方向で、作品としての生成を考え、また、表現の形成から諸本の文学的な方法を追求した。一方では、平家物語に諸本が存在することと諸本間の本文流動の激しさに着目し、多くの諸本が生み出された軌跡と原動力の一端を明らかにすることを目的として考察を重ねてきた。考察の過程を、構成に従って、もう一度振り返る。

第一部では、延慶本の記述を歴史的事実や記録との関わりから見つめ、物語としての生成に関する諸問題を考えた。また、覚一本と延慶本の和歌や和歌的表現の分析から、表現の特質と文学的方法について論じた。記事、表現等がどのように、文学として、また、作品の特質として位置づけられているのかを、また、作品として自立する様を考察した。

第二部では、八坂系、また、更にそれを下る諸本の本文がどのような観点のもとに言葉、表現、記事を選択し、また、本文を混態させ、とりあわせて新しい本文を再構築しているのかを見てきた。複数の平家物語本文の存在を前提として、それらを用いて更に新しい平家物語が再編されていく様を明らかにした。そのような作業に参加した読者〈受容者〉の存在を視野に入れる必要性を指摘し、また、平家物語自体が再編を許容する柔軟な作品として存在した事実をも指摘した。

第三部では、近世における平家物語の受容の諸相を紹介することで、平家物語への自在な接し方と、その中での本文の扱われ方を考察し、今後の研究の課題とした。

平家物語の諸本は、まず、諸本毎に扱うことが必要であろう。その中で各伝本にふさわしい研究方法を見いだすことが求められる。各伝本に沿った研究方法によってそれぞれの文学的方法が解明されることになろう。そうした作業の後に、各伝本の振幅の範囲――各伝本が改編を許容する部分と、決して変わらない部分や限界――を見定めることが可能になる。次に、そうした振幅の生まれる原因を考察することによって、平家物語という世界が総括的に視野に収まることになろう。但し、平家物語の本文の世界に閉じこもっているだけでは、表面的な理解に終わることになりかねない。本文が流動した時代は、社会制度も価値観も大きく変わった激動の時代であった。時代の変容と共に受容者の質も変化し、それと共に平家物語に求めるもの、つまり改編を促す原動力も変容していくことを念頭にいれなくてはならないからである。

このような重層的な考察を通して、平家物語の生成から受容に至る幅広い世界が再構築されることとなる。本書はその第一歩をしるしたにすぎない。実際に考察の及んだ場面はほんの一部分であり、また、平家物語の長い流動と受容の歴史の中での極僅かな点に触れ得たのみである。それでも、平家物語が固定化した作品ではなく、社会・文化の中で変容しつつ生きてきた作品であるという事実は改めて再認識された。そして、受容する者が、ある一定の規範の中で、既成の本を以て、改編を行なうことを可能にする作品として、平家物語を捉え直すことができた。

ところで、本書で扱った諸本は限定されている。例えば、長門本、盛衰記、四部本等は、延慶本との関わりの中で僅かに触れたに過ぎない。また、屋代本、八坂系四類本・五類本等には触れる余裕がなかった。これらについても、それぞれに本文と作品世界の特質を考えていかなくてはならない。

一方、延慶本や覚一本については、各本に限定して作品世界を考えてきた。また、八坂系諸本については、本文異同を他諸本との影響関係も含めて考えたが、やはり、八坂系内部の異同が中心であった。が、例えば、延慶本と覚一本との本文の距離、つまり、読み本系と語り本系との本文の関係といった、他系統の諸本を横断する本文流動は、八坂系とその周辺の本文流動よりも一層大胆で複雑である。語り本の成立を解くためにも考えなくてはならない問題を多く含むが、考察は及んでいない。文字以外の他の媒体を用いて考えるべき伝承的要素、また、〈語り〉という平家物語にとって重要な要素についても本書では考察するに至っていない。

更に、平家物語に見られるような本文の流動は他の軍記作品にも見られ、また、他のジャンルの作品にもある。それらとの共通性と独自性について考えることは、作品に接する読者の姿勢、作品と読者との関係、また、文学作品の存在意義等を問い直すことになる。

本書で探り得た成果を新たな出発点として、これら多くの課題を解決していく方途を探っていきたい。

原題と初出一覧

全体の構成の都合上、一部を改稿した。また、初出論文刊行時の文意のいたらなかった箇所、また気づいた誤り等には訂正を加えてある。

第一部　第一篇

第一章　以仁王の乱への視線──『明月記』から『平家物語』へ──　「明月記研究」1号（平成8年11月）

第二章　以仁王の遺児の行方──道尊、道性、そして姫君──　『延慶本平家物語考証四』新典社（平成9年6月）

第三章　「行隆院宣」考証　『延慶本平家物語考証三』新典社（平成6年5月）

第四章　二代后藤原多子の〈近衛河原の御所〉について　『延慶本平家物語考証二』新典社（平成5年6月）

第一部　第二篇

第一章　「平家物語」巻五『月見』をめぐって　「軍記と語り物」21号（昭和60年3月）

第二章　覚一本平家物語の表現形成──灌頂巻「大原御幸」の自然描写を中心に──　「中世文学」35号（平成2年6月）

第三章　延慶本平家物語の和歌、和歌的表現について──巻四─卅一「実定卿待宵ノ小侍従ニ合事」より──　「富士フェニックス論叢」2号（平成6年3月）

第四章　平家物語における和歌の解釈──源頼政の和歌を中心に──

付　章　『平家物語』における「武士」
『和歌　解釈のパラダイム』笠間書院（平成10年11月）
「富士フェニックス論叢」中村博保教授追悼特別号（平成10年11月）

第二部　第一篇

第一章　八坂とは何か
『平家物語八坂系諸本の総合的研究』科学研究費総合研究（A）研究成果報告書（平成8年3月）

第二章　八坂系平家物語一類本の様相――清盛像との関わりにおいて――
「富士フェニックス論叢」3号（平成7年3月）

第三章　八坂系平家物語（一、二類本）巻十二の様相――頼朝関連記事から――
「軍記と語り物」32号（平成8年3月）

第四章　平家物語の終結様式における断絶平家型の位置
「軍記と語り物」35号（平成11年3月）

補足　新出資料の解題
『平家物語八坂系諸本の総合的研究』科学研究費総合研究（A）研究成果報告書（平成8年3月）

第二部　第二篇

第一章　平家物語（都立中央図書館蔵）の編集方法――諸本の流動と分類を考えるために――
「国語と国文学」73―2（平成8年2月）

第二章　東京都立中央図書館蔵平家物語本文考――八坂系伝本の混態性と〈分類〉について――
「富士フェニックス論叢」4号（平成8年3月）

第三章　南都本平家物語の編集方法――巻十一本文の再編について――　『古文学の流域』新典社（平成8年4月）

第四章　平家物語の編集と構成の方法――南都本巻十一、十二再考――　『平家物語八坂系諸本の研究』三弥井書店（平成9年10月）

第五章　平家物語の本文の形成と編集――『参考源平盛衰記』に用いられた「伊藤本」の復元――　『軍記物語の窓　第一集』和泉書院（平成9年12月）

第六章　混態・とりあわせということ　『平家物語の生成　軍記文学研究叢書5』汲古書院（平成9年6月）

第三部

第一章　林原美術館蔵『平家物語絵巻』についての考察――詞書の底本の確定と成立――　「富士フェニックス論叢」1号（平成5年3月）

第二章　「平家物語」の受容の様相――神宮文庫蔵「平家物語和歌抜書」を通して――　「国文」75号（平成3年7月）

「〔資料紹介〕神宮文庫蔵「平家物語和歌抜書」」（「軍記と語り物」27号〈平成3年3月〉）の一部を加えた。

第三章　松平文庫蔵『平家物語秘伝書』と『平家物語』　「いずみ通信」23号（平成10年4月）

あとがき

本書は、平成十年十月にお茶の水女子大学大学院に提出した博士論文「平家物語の形成と受容」をもとにしている。平成十一年三月に博士（人文科学）が授与された。論文の審査にあたられた主査の市古夏生教授を始めとする三木紀人教授、徳丸吉彦教授、安田次郎教授、大塚常樹助教授に心から謝意を申し上げる。

三木紀人先生には卒業論文で御指導を仰いで以来、常に指導教官として助言を頂いてきた。徳丸吉彦先生は音楽学専攻、安田次郎先生は日本中世史専攻であり、市古夏生先生・大塚常樹先生は国文学専攻とはいっても近世・近代文学と、それぞれに専門分野が異なる。専門外の先生方を、細かな平家諸本の本文異同につきあわせてしまったが、丁寧に読み、多くの有益な御指摘を与えて下さったことに改めて御礼申し上げる。

博士論文として提出するに際し、旧稿の誤解を招く舌足らずな表現に手を加えた。全体の体裁を整えるために、各章より一部分抜き出して各篇の冒頭に総括とし、また、重複部分を削った。更に、審査の際に与えられた助言をもとに一部分書き直し、細部の表現に手を加えた。注に引用した論文が拙稿刊行以後に、論文集等として再録されているものについては、なるべく新しい情報を入れるように努めた。また、博士論文には冒頭に拙い研究史をつけたが、此度まとめるにあたっては簡略に書き改め、各篇の総括に吸収した。その他に二章を加えた。一つは前章の補足として載せた第一部第二篇付章であり、もう一つは成稿が博士論文提出には間に合わなかった第二部第一篇第四章である。

本書をまとめるまで、多くの方々の御指導、御助言に与っていることを改めて痛感している。特に第二部は、平成五年から三年間、科学研究費による七人の共同研究「平家物語八坂系諸本の総合的研究」の末席に加わり、八坂系の中院本と三条西家本を輪読し、八坂系諸本を再調査する作業の中から生まれてきた諸論である。皆さんの研究者としての真摯な姿勢に接する機会を得、輪読の中で白熱した討論に接し、多くを学び、諸先生の助言に導かれて生み出すことができたものである。中でも松尾葦江先生には、都立図本の調査の指示を始めとして、更にはその報告の際に、都立図本に類似した本文として南都本の存在を示唆され、本文流動に関する視点の形成に多くの道筋と刺激を与えてくださった。

また、第一部第一篇は文学と歴史の境界を越えた延慶本の研究会と明月記研究会とに参加しての成果を基にしたものであるが、第一、二章が同じ明月記研究会会員によって早速批判され、次なる検証が必要とされている。従来の説を批判し、新たな論を展開したが、いまだ考慮の余地があったと思われる。ただ、決着を見るには至っていない。そこで、どのような形で決着していくにせよ、今後の検証の一階梯として、旧稿の主旨は改めず、刊行後の経過を付記として載せるにとどめている。

この一、二章を始めとして各章とも細かな部分の検証の積み重ねであり、平家物語の全体像を摑むには程遠い。枝葉ばかりを見て木も山も見えない苛立ちは感じるのだが、枝葉がわかっていなければ、山を見ても、結局はぼんやりとした輪郭しか描きこめない、また、枝葉に触れることで、細部にまで水を汲み上げる根の力に目をやる視点も養えようかと、自らを慰めつつ論を重ねてきた。根から山全体までを見通す往還運動の予備段階にすぎない各論であるが、私にとっては必要なステップであった。

また、平家物語の本文流動を知るために行なわなければならない、瑣末とも思われる一文字一文字を追う根気のいる仕事が、実は研究の視野を拡げてくれる多くの可能性を内包している、そこに気付くにも随分と時間がかかった。気付いて、いざ作業に励んでも、形に表わすには多くの時間と労力が必要である。しかし、中世の人々が平家物語をどのように理解して楽しんでいたのか、そんな基本的な疑問を解決したいという願いから論文を書き進めるうちに、徐々に方法が形を成してきたようにも思う。方法や方向はこれからも変化していくことと思うが、これから戴くであろう様々な御批正を糧にして、素朴な疑問を忘れずに、視野を少しずつ拡張し、また、少しずつ道を拓いていきたい。

軍記・語り物研究会（旧称軍記物談話会）を始めとして、多くの研究会で知遇を得た諸兄姉、前任校そして現在の勤務校の諸先生方や学部生・院生たちからの有形無形の示唆や励まし、叱咤に心から感謝の念を抱いている。

末筆ではあるが、本書刊行にあたり、上梓の機会を与えてくださった汲古書院の石坂叡志社長、校正他の労をとってくださった飯塚美和子氏に感謝申し上げる。また、協力と助言を戴いた小川剛生氏、索引の校正等を助けて下さった西田麻衣子氏にも心より御礼申し上げる。

本書は平成十二年度科学研究費補助金（研究成果公開促進費）の交付を受けた。記して御礼申し上げる。

平成十三年二月一日

櫻井陽子

著者略歴

櫻井　陽子（さくらい　ようこ）

1957年　静岡県に生まれる

1979年　お茶の水女子大学文教育学部国文科卒業

1992年　お茶の水女子大学大学院博士課程人間文化研究科単位取得退学

1999年　博士（人文科学）

現在　熊本大学教育学部助教授

専攻　日本中世文学（軍記物語を中心とする）

平家物語の形成と受容

平成十三年二月二十八日

著者　櫻井陽子

発行者　石坂叡志

整版　株式会社中台整版

印刷　モリモト印刷株式会社

発行　汲古書院

東京都千代田区飯田橋二-五-四

電話〇三(三二六五)九七六四

FAX〇三(三二二二)一八四五

ISBN4-7629-3438-0　C3093

索　　引

凡　　例

本書記載の事項のうち、〔1〕人名〔2〕書名（江戸時代まで）〔3〕平家物語の諸本・写本名について、五十音順に作成した。また、〔4〕章段名について、延慶本・源平盛衰記・語り本系他の順で巻毎に作成した。
○読み方は通行のよみに従った。
○〔1〕は姓の明確な人物については姓を記したが、姓不明な人物については名前のみ、或いは通称によったものもある。
○〔3〕は、「八坂系」等の分類の名称は「覚一系諸本周辺本文」以外は除いた。
○〔4〕で、延慶本は章段番号のみのものも掲げた。語り本系他は、本書中に「　」で記してあるもののうち、章段名もしくは章段に準じ、有意と思われるものを記した。諸本によっては章段名がないもの、区切りや章段名が異なるものもあり、私に名を附したものもあるからである。諸本による章段名や表記の若干の相違は覚一本を基準とした。なお、第二部第一篇第三章、第二篇第二章では章段名を用いていない。
○〈　〉は、別称・別伝・別字・略称等を示す。
○〔　〕は、その他の参考となる事柄である。

〔１〕人　名

ア行

会田実　302
葵前　210,211,491
青木三郎　149
麻原美子　148,268,443,470,475
渥美かをる　197,199,200,208,226,333,354,386,418,432
安倍貞任　165,166
阿波民部重能〈成良〉235,236,238,257
有王　313
安藤淑江　29
安徳天皇　357,372
赤松俊秀　66,70,76
家永三郎　111
伊賀大夫→平知忠
池田亀鑑　416～419,424～427,432
池田敬子　200,228,248,249,262,302,414,432
池田利夫　111
石井進　52
石田吉貞　28
伊勢三郎義盛　357,377,378
一条能保　237,245
一花堂乗阿　205
厳島内侍　315
一品宮→昇子内親王
一品宮〔狭衣物語〕　102
伊藤友嵩　206,388

伊藤正義　501
糸賀きみ江　90, 111
井上満郎　90
今井四郎兼平　173
今井正之助　63, 66, 76, 109, 149, 239, 248, 268, 270, 318, 329, 330, 414, 475
伊予守顕章女→八条院三位
殷富門院→亮子内親王
殷富門院大輔　34, 50
殷富門院播磨　34, 48, 49
生形貴重　50, 76
上横手雅敬　29
栄全法眼　44
越中次郎兵衛盛嗣　235〜238, 245, 261, 262, 264, 360, 499〜501
応胤法親王　469
大内初夫　494
大江朝綱　212
大曾根章介　111
大館高門　273
大原真弓　52
大宮→藤原多子
岡部六弥太〈忠純〉183, 495
小川栄一　56
小川剛生　169
小倉城椿　205
小高敏郎　208
落合博志　440

カ行

覚快法親王　62
覚明　173
覚蓮法師→高階隆行
夏侯嬰〈滕公〉　14
笠原十郎国久〈親久〉　499
梶原景時　179, 231, 232, 240, 242, 243, 255, 256, 268, 356〜358, 379, 380, 384, 385
梶原正昭　494
春日井京子　386
上総悪七兵衛景清　235, 245, 259, 261, 262, 264, 295, 360, 377
金光直美　474
川合康　190
川瀬一馬　272, 273, 473
川鶴進一　279
勧賢僧正　347
神田秀夫　111
祇王　215, 288, 294, 296, 321, 324, 325, 327
祇園女御　175, 316
北川忠彦　190
北原保雄　56
喜多村筠庭　202
行慶　292
桐壺帝　98, 100
桐壺更衣　98, 100
日下力　30
工藤健一　50
久保田淳　29, 95, 104, 105, 110〜112, 148, 149
気比権守道弘　237, 238
健御前　13, 14, 16, 28, 30, 31, 45, 53
建春門院　212
憲乗〔滝本流〕　470
玄宗皇帝　100〜104
還俗宮　46
建礼門院→平徳子
建礼門院右京大夫　104
河内祥輔　190
項羽　14
項燕　18
小督　197, 209〜215, 218, 315, 491
呉広　18, 20〜22, 29
小宰相〔土御門院小宰相〕　145
後嵯峨院　51
後三条院　27
小侍従　84, 90, 99, 109, 110, 139〜144, 146, 147
小島孝之　128
小島道裕　273
後白河院〈後白河法皇・法皇〉11, 41, 105, 106, 119, 125, 180, 184, 211〜215, 235, 256, 315, 343, 344, 373, 474
後白河院京極　28
小大進　109
後藤丹治　226
後藤基清　237, 245
後鳥羽院　40, 41, 236, 238, 261, 264, 360
小西甚一　417, 434, 435
近衛前久　203
近衛帝　80〜82, 155

小松茂人　95
小松茂美　441～443, 461, 463, 464, 466, 469～472, 475
小松侍従→平忠房
五味文彦　29, 50, 51, 63, 74, 75, 190, 268
後陽成院　205
惟光　98
近藤春雄　111
近藤六親家　377

サ行

最勝親王→以仁王
佐伯真一　9, 29, 50, 76, 149, 226, 249, 302, 386, 435, 474
榊原千鶴　414, 440
前斎宮　13, 28, 30, 44, 53
前中書王　27
嵯峨帝〔狭衣物語〕　102
狭衣〔狭衣物語〕　102
佐々木克衛　95
佐々木巧一　152
佐々木八郎　110
佐多芳彦　169
貞敦親王　469
薩摩中務宗資　265
薩摩平六家長　259, 265
佐藤忠信　230～232, 234
佐藤次信　356
三条西実枝　205
三条宮→以仁王
三条宮姫宮→以仁王女
慈恵僧正　219, 221
慈円　22, 46, 51
式子内親王　41, 42
始皇帝　18
侍従〔熊野女〕　483
慈心房尊恵　197, 218～224, 226, 227, 287, 316
信太周　473, 474
治部卿女　52
島津忠夫　76, 480, 494, 495
島津久基　127, 387
守覚法親王　33, 35, 37, 38, 41, 49
俊寛　313, 328, 424
俊乗坊　237
城一　201
定恵法親王　51
城玄〈城元〉　201, 206
昇子内親王〈一品宮〉40～42
昌俊〈土佐房〉　230, 232, 238, 243, 252～254, 359, 401, 407, 408
乗淳〔滝本流〕　470
昭乗〔滝本流〕　470
蓼春　476
正明〈常陸房〉232, 233, 243
白河院　156, 157, 316, 347
神宮左助甫昭　475
真性　46, 48, 51
信西　105
末摘花　98
佐大夫宗信→藤原宗信
杉本圭三郎　190
鈴木彰　198, 226, 227, 248, 268
鈴木孝庸　208, 270, 504
妹尾好信　127
素覚　160, 161
則天皇后　322, 325
反町茂雄　282
尊純法親王　469, 470

タ行

太宗　210
提婆達多調達　222
平敦盛　176, 178
平清盛〈太政入道・入道〉　16, 20, 70～72, 88, 97, 106, 130, 156, 157, 163, 164, 171, 174, 175, 179, 180, 187, 189, 209～225, 262, 288, 312, 315～317, 324, 327, 343, 491
平維盛〈惟盛〉　188, 308, 319, 346, 347, 349, 391, 392
平貞盛　174
平貞能　262, 264, 268
平重衡　182, 229, 269, 287, 297, 298, 319, 343, 345, 346, 358, 360, 362～364, 368, 386, 393, 400, 422, 428, 429, 483, 484
平重盛　171, 181, 215, 236, 392
平資盛　104
平忠度　152, 153, 155, 156,

168, 176, 178, 183, 184, 186, 190, 308, 482, 491, 495
平忠房〈小松侍従〉 235, 236, 244, 245, 259, 261, 262, 264, 268, 360, 376, 411, 499～501
平忠盛 152, 156～158, 169, 171, 172, 175, 185, 186, 189, 293, 322, 323, 433, 484, 487, 488
平経正 292, 293, 295
平道樹 203
平時忠 105, 229, 249, 348, 359, 363, 400
平時宗 386
平徳子〈女院〉 114～116, 118, 119, 122～126, 184, 199, 229, 261, 267, 297～299, 358～364, 370, 382, 383, 400, 405, 411, 428, 429, 473, 474, 486, 495
平知忠〈伊賀大夫〉 235～237, 244, 245, 259, 261, 262, 264, 268, 360, 499, 500
平知盛 172, 236, 295, 357, 373
平教経 183
平教盛 257
平教盛母 301, 322
平将門 20
平光盛 187
平宗実 181, 235～237, 244, 245, 261, 262, 264, 268, 360, 499, 500
平宗盛 32, 163, 171, 262, 297, 298, 313, 358, 364, 366～368, 371, 372, 383, 483
平行盛 109, 133～135, 138, 153, 348, 352
平頼盛 176, 187
高倉院〈主上・新院〉 41, 61, 62, 209～215, 315
高倉三位→藤原成子
高倉宮→以仁王
高階隆行〈覚蓮法師〉 37
高階盛章 33, 38
高階盛章女→八条院三位
多賀宗隼 170
高橋貞一 199, 208, 226, 297, 302, 333, 334, 386, 388, 403, 418, 432, 433, 445, 473
高橋伸幸 476
高橋典幸 51
高橋昌明 169, 171, 180, 190
高山利弘 169
滝口入道 346～348
武田恒夫 475
武田信虎 205
武久堅 29, 333, 354
竹本幹夫 496, 501
館山漸之進 200, 208
田中勘兵衛〈教忠〉 272
田中善信 494
田中忠三郎 272
田中登 354
田中道麿 273
田中穣 272
湛増 236, 376, 500
千明守 198, 200, 201, 226, 267, 269, 270, 279, 302, 418, 421, 433
忠快〔中納言律師〕 257
陳鴻 100
陳勝 18, 20, 21, 22, 29
辻彦三郎 17, 18
土御門院皇女 50
角田文衛 28, 45
鶴巻由美 386
出口久徳 440
田内左衛門範良 357, 375
天武天皇 372
滕公→夏侯嬰
道性〈仁和寺宮〉 36～38, 40, 41, 43, 48～50, 52, 53
道尊〈安井宮〉33～38, 43, 45, 46, 48～50, 52, 53
道命 101～103
土岐武治 128
徳川光圀 206, 389, 413
徳田和夫 128
土佐光起 475
土佐左助 475
土佐房→昌俊
栃木孝惟 476, 477
鳥羽院〈院〉 317
知時 287
冨倉徳次郎 112, 113, 333, 354

外山滋比古　435

ナ行

長澤規矩也　283
中原康定　394
中村文　90, 152, 301
那須資礼　203
那須与一　376
錦仁　226, 227
二条帝〈二条院〉　82, 83, 103, 212
二代后→藤原多子
日静　476
二宮〔狭衣物語〕　102
女院→平徳子／八条院
仁誉　47, 48
後中書王　27
野縁殿姫宮　52
野依宮　49, 52

ハ行

沛公　14
長谷部信連　14, 24, 25
八条院〈女院〉15, 33～43, 45, 47～49, 52, 53
八条院三位〈伊予守顕盛女・高階盛章女・八条院女房〉　33～36, 38, 40, 41, 43, 48, 50, 53
白居易　100
服部幸造　280, 333, 352, 433
服部平六正綱〈六郎時定〉　232, 243, 499
馬場あき子　83
早川厚一　28, 29, 50
林原一郎　442
林復斎　203
伴瀬明美　30
光源氏　98, 133, 148
常陸房→正明
飛騨守景家　318
兵藤裕己　200, 207
平野さつき　74
副将　298, 358, 372
藤井隆　354, 433
藤原兼実　16, 20, 21, 27, 28, 34, 38, 40～42, 45, 51, 239, 249, 273, 401
藤原公保　81
藤原公能　77, 80, 82, 154, 491
藤原伊長　24
藤原伊通　81
藤原実家　82, 84, 86
藤原実方　307
藤原実定　77, 79, 80, 84, 86, 97, 98, 100, 103～106, 108, 109, 130, 133～136, 138～140, 143, 144, 147～149, 486
藤原実房　40
藤原実守　80
藤原実能　80, 81, 83
藤原成子　41
藤原成範　101
藤原成頼　314
藤原俊成　152, 184
藤原季成　41, 83
藤原孝時　51
藤原高範　177
藤原隆房　485
藤原多子　10, 77～90, 98, 102, 103, 108, 112, 130, 136, 138, 139, 142, 149, 179, 492
藤原忠清　71, 72
藤原忠親　21, 27
藤原忠通　81
藤原経房　239, 249, 359, 401
藤原定家　11, 13～23, 27, 28, 30, 31, 34, 35, 38, 46, 47, 49, 50
藤原経宗　181
藤原呈子　81
藤原時長　74
藤原成親　16, 28, 290, 291, 312, 328, 424
藤原任子　40, 41
藤原信成女→殷富門院播磨
藤原信頼　105, 180
藤原範季　188
藤原雅有　146
藤原宗家　50
藤原宗信　24
藤原宗能　50
藤原盛房　119
藤原範資　188
藤原師行　81
藤原行隆　54, 74, 75
藤原行長　74
藤原良輔　34, 40, 41, 42
藤原良経　104

藤原頼資〔形部卿三位〕318
藤原頼長　81,154,155,491
扶蘇　18,21
法円　47,48,51
北条時政　230,231,241,248
法然〈上人〉289,319,345,346,348,421
北陸宮　43,46,48〜50,53
細野哲雄　149
仏御前　288,322,324,327

マ行

牧野和夫　223,226
正時　287
松尾葦江　95,113,127,148,149,152,201,226,248,268,270,279,329,330,354,395,413,415,418,426,433,435
松蘭斉　169,190
松平忠房　496
松野陽一　37,38,134
三浦介義澄　309
三浦義明　309
水野平次　111
水原一　10,29,74,83,85,90,91,148,171,185,198,247〜249,268,297,409
源国直　170
源国基　170
源国能　160,170
源為義　20
源仲綱　163,313
源仲政　160,162,170
源範頼〈参河守〉229〜234,237,240,242,243,273,359,384,388,401
源雅頼　295,296,314,315
源通親　106
源通光　117
源道済　101,103
源行家　20,230〜232,234,242,243,359,384,401,411,498
源義家　165,166
源義経〈九郎大夫判官・判官〉　178,179,187,188,229〜235,240,242,243,248,249,252,255,256,259,294〜296,356〜359,362,367,374,376〜380,384,385,387,401,404,407,408,410,414,467,502
源義仲　46,53,178,187,318,394
源義教　230〜232,234,242,243,359,384,401,411,498
源頼綱　170
源頼朝　11,18〜23,26,27,29,106,130,151,179,182,197,224,229,231〜249,252,255〜257,259〜269,298,343,344,358,360,362,379,380,384,385,393,401,407,409,500
源頼政　10,16,22〜29,62〜64,70,80,83〜87,89,94,151〜156,158〜170,175,177,186,187,190,313,314,491
源頼義　347
宗親〔阿波守〕262,264,268
村上學　50,270,445,473
村上光徳　270
村上誌子　270
明雲僧正　55,57,62,63,65〜67,70〜73,76
以仁王〈三条宮・高倉宮・宮・最勝親王〉10,11,13〜36,38〜47,49〜52,54,56,61,63,64,69,83,84,86,87,89,151,161,165,212,291
以仁王男〈若宮〉15,32,33,35,36,39,43,48,53
以仁王女〈姫宮・三条宮姫宮〉13,16,35,39〜45,48,50,53〔但し,44は別人か〕
本居宣長　273
元木泰雄　190
母利司朗　494
盛澄　314,315
盛久　268
森本元子　50
文覚〈文学〉236,238〜241,246,259〜261,263,264,360,473,474

ヤ～ワ行

やさし蔵人　139～141, 147
山岡浚明　202
山岸徳平　416, 432
山崎美成　202
山下宏明　112, 195, 199, 207～209, 226, 228, 229, 248, 263, 270, 274, 275, 277, 279, 283, 302, 304～306, 311, 320, 330, 333, 352, 354, 386, 395, 398, 415, 417, 418, 421, 432～434, 494, 496, 497, 502
山田孝雄　195, 198, 199, 200, 208, 333, 388, 445, 450, 454, 473
湯浅宗重　236, 238, 245
靫負命婦　98
弓削繁　271, 279, 280, 330, 333, 349, 356, 386, 387, 414, 425, 426, 433, 434
楊貴妃　100～104, 106
養由　154
吉川定国　476
好子内親王　30, 31
吉田幸一　18
亮子内親王〈殷富門院〉13, 14, 28, 30, 31, 33～35, 38, 41, 44, 45, 48, 49, 53
良恕法親王　469
六条院　212
六代〈六代御前〉228～230, 233～236, 238～241, 244～246, 248～250, 258～266, 268, 269, 359, 360, 383, 401, 405, 411, 414, 473, 474, 502
若宮→以仁王男
渡辺貞麿　226

〔２〕書　名

ア行

顕広王記　79, 83, 86
吾妻鏡　21, 295
有房集　133
伊勢集　100
伊勢物語　145, 146
今鏡　80
今物語　109, 139～141, 144, 149, 155
宇津保物語　123
栄花物語　146
奥義抄　101
御室相承記　50
園城寺伝記　51
園城寺伝法血脈　47

カ行

歌曲考　202
唐物語　101
看聞日記　493
義経記　295, 474
吉記　79
嬉遊笑覧　202
玉葉　12, 13, 15, 16, 19～21, 26, 36, 37, 39, 43, 45, 46, 48, 50, 61, 62, 64, 79, 106, 170, 171, 179, 187
金葉和歌集　112, 119
愚管抄　22
公卿補任　180
朽木家蔵書目録　203
玄々集　112
源氏物語　89, 98～100, 108, 109, 120, 121, 123, 128, 142, 146, 148, 357, 422, 492, 494
建礼門院右京大夫集　104, 112, 136
古今著聞集　386
後拾遺和歌集　101
小侍従集　79, 80, 143
後撰和歌集　18
五代帝王物語　51
古本平家物語抜書　503
今昔物語集　101

サ行

狭衣物語　102, 120, 121, 128, 146

実家集　80, 84～86
山槐記　12～15, 21, 36, 61～64, 69, 75, 79, 82, 86, 90, 187
参考源平盛衰記　201, 202, 204, 206, 388, 389～391, 393, 396, 397, 400, 401, 403～405, 412～414
参考太平記　389
参考保元平治物語　389
三代関　205
詞花和歌集　101, 127, 155
史記　14, 18, 21
寺社雑事記　52
十訓抄　386
治承三十六人歌合　137
寺門伝記補録　51
拾遺愚草　127
俊成忠度〔謡曲〕　495
続後撰和歌集　117, 169
続詞花和歌集　160, 162, 169, 301
続千載和歌集　137
新古今和歌集　112, 127, 142, 293, 301, 322, 433
清澄寺縁起　219, 222
千五百番歌合　117
千載佳句　137
千載和歌集　37, 38, 119, 137, 152, 162, 184
撰集抄　122, 123, 128, 137
尊卑分脈　34, 50, 170

タ行

台記　90
太平記　389
太平記哥　476, 477
太平記歌寄　477
高倉院厳島御幸記　106
忠度〔謡曲〕　495
忠度集　102
長恨歌　100～106, 109, 110, 112
長恨歌伝　100, 103, 285
重訂御書籍来歴志　203, 206
月詣和歌集　103, 137
土御門院御集　137
貫之集　169
徒然草　74
庭槐抄　78, 79
出羽弁集　159
天台座主記　47
東関紀行　368, 371, 386
道済集　112
当道要抄　201
道命阿闍梨集　112
俊頼髄脳　101, 386

ナ行

那須家所蔵平家物語目録　203
仁和寺諸院家記　33

ハ行

俳諧類船集　495
白氏文集　137
広田社歌合　160
比良山古人霊託　51
袋草子　386
文机談　51
平曲秘書　502
平家物語絵巻〈絵巻〉434, 441～475
平家物語肝文之巻　502
平家物語詩歌撮鈔　476, 495
平家物語指南抄　502
平家物語太平記内哥集　476
平家物語の哥　476, 495
平家物語秘伝書〈秘伝書〉　496～504
平家物語標注　203
平家物語和歌抜書　476～478, 481～490, 492～494
平家物語和哥の部抜書〔仮題〕　476, 491, 495
平治物語　105, 180, 389, 477
平語歌寄全　476
保元物語　180, 389, 477
宝治百首　145
方丈記　122, 136, 149
宝物集　101
本朝皇胤紹運録　46, 47
本朝世紀　90
本朝文粋　136

マ～ワ行

枕草子　117
増鏡　51
万代和歌集　117, 127
壬二集　169

明月記　11〜15, 17, 18, 26, 28, 30, 31, 34〜36, 41〜44, 46〜48, 52, 53, 61, 62, 187
冥土蘇生記　222, 223, 227
物語和歌集　477
盛久〔謡曲〕　496, 501
山城名勝志　90
頼政集　84, 85, 155, 162
流鶯舎雑書　202, 208
隣女集　146
林葉集　80, 81
類聚名義抄　56
類聚名物考　202
六代勝事記　358, 371, 422
和漢朗詠集　81, 123, 137, 145, 146

〔 3 〕平家物語諸本・写本名

ア行

伊藤本　206, 208, 278, 279, 330, 388〜398, 400, 402〜414, 426, 504
延慶本　9, 10, 23, 24, 28, 29, 32, 46, 54, 55, 57, 58, 62〜78, 84, 87〜89, 94, 109, 110, 129〜131, 133〜149, 151〜153, 156〜158, 162〜166, 168〜170, 172, 173, 185〜187, 219, 221〜223, 227, 249, 251, 252, 254〜256, 260〜262, 264〜269, 284, 286〜292, 295, 298, 308, 309, 313, 317, 333, 344, 348, 352, 359, 363, 366, 368, 370, 375, 376, 386, 422, 433, 499, 507, 509
延宝五年版〈延宝版〉303, 443, 445〜447, 460, 461, 466, 471
大倉本　497
大前神社本　497
奥村家本　205, 206, 229, 274, 414
小野文庫本〈小野本〉242, 249, 271, 278, 279, 305, 306〜308, 330, 331, 336, 392, 393, 395, 399, 402, 425, 498

カ行

覚一系諸本周辺本文　195, 196, 251, 277, 289, 290, 293, 294, 300, 304, 308, 312, 314, 315, 317〜320, 324, 325, 327, 328, 335, 336, 345, 349〜352, 354, 381, 382, 399, 410, 418, 420, 421, 423, 424, 427
覚一本　49, 77, 78, 84, 88, 93, 94, 96, 97, 107〜110, 118, 125〜127, 129, 130, 138, 151, 152, 159, 166〜168, 172, 185, 186, 190, 195〜197, 210〜221, 223〜226, 230, 235, 248, 264, 265, 267〜269, 284〜288, 297, 298, 302, 306〜309, 313〜315, 317〜319, 330, 333, 336, 343〜352, 354, 356, 359〜366, 368〜382, 384, 385, 405, 418, 420, 423, 426〜429, 474, 497〜501, 503, 507, 509
学習院本　293, 320, 433
片仮名百二十句本　287, 289, 315, 321, 322
片仮名交じり十二行古活字本〈片仮名古活字版〉444, 449, 451, 453〜455, 459, 473
加藤家本　293, 297, 298, 305〜308, 310, 320〜325, 327, 328, 330, 331, 393, 396〜400, 425, 433
鎌倉本　262, 287〜289, 297, 313〜319, 321, 322, 324, 325, 333, 344, 345, 347〜352, 362, 389, 402, 413, 417, 420, 433, 499
烏丸本　226
川瀬本　302, 320, 399, 427

寛永三年版〈寛永三年本・寛永版〉　303, 443～448, 450～461, 464～468, 471～474
寛永三年本〔片仮名交じり〕　444, 445
寛永七年本　444, 445
寛文十二年版〈寛文十二年本〉　303, 443～446, 460
久一本　503
京都府立総合資料館本　205, 229, 414
享保十二年本　445
享禄本　272, 343, 354
元和九年版〈元和九年本〉　444, 445
元和七年版〈元和七年本・元和版〉　303, 443～447, 449～461, 464～468, 471～474, 494
元禄十一年本　445, 461
元禄十二年本　445, 461
元禄四年本　445
源平盛衰記〈盛衰記〉　49, 51, 52, 54, 55, 57～61, 64～66, 68, 71～74, 76～78, 88, 143, 165, 217, 286, 290～292, 348, 368, 370, 386, 389, 390, 399, 400, 411, 413, 414, 477, 509
　古活字版　57, 64, 71
　蓬左本　55, 57, 59, 64, 71
源平闘諍録　348
光悦本　203
高良本　317

サ行

相模女子大本〈相模本〉　242, 244, 249, 264, 269, 271, 278, 279, 306, 330, 331, 392, 393, 399, 402, 403, 411, 426～429, 498
佐野本　389
三条西家本　209, 210, 213～215, 217, 225, 239, 242, 244, 249, 264, 269, 284～292, 294, 298, 305～310, 312～319, 321～327, 333, 335～339, 341, 346, 348, 361, 392, 394, 395, 397, 398, 413, 420～422, 498
斯道文庫本　352, 433
四部合戦状本〈四部本〉77, 78, 107～109, 149, 169, 223, 298, 333, 335, 352, 370, 376, 433, 509
下村本　217, 284, 297～300, 302, 304, 335, 399, 411, 413, 428, 433, 442, 443, 474, 502, 503
寂光院本　317
城一本　201, 202, 204, 206, 299, 302
松雲本　305, 307, 330, 399
城方本　203～207, 229, 239～241, 248, 274, 275, 380, 388, 400, 401, 404～408, 414
貞享三年本　445
彰考館本　202, 204～206, 229～231, 234～236, 238～241, 243, 246～249, 390, 397, 400, 401, 404～408, 413, 414
正保三年本　444, 445, 455
如白本　203, 389, 390, 392, 405, 414, 497, 498
諏訪市立図書館本〈諏訪本〉　270, 271, 278, 279, 425

タ行

太山寺本　293, 320～323, 399, 433
高倉寺本　320, 330, 399
高野本　317
高橋八行本　497
田中教忠本〈田中本〉205, 206, 229, 272, 274, 275, 414
竹柏園本　343, 354, 417
中京大学本　497
長禄本　386
天理イ21本〈天理本〉242, 305～311, 315, 320～322, 328, 330, 331, 336, 392～394, 397～399
天理イ69本　330, 331
天和二年本　444, 445
東京都立中央図書館本〈都立図本〉　270, 278, 279, 281, 283～291, 293～330, 333～349, 351, 352, 354,

382, 387, 392〜394, 396〜399, 411, 420〜425, 427, 428, 433, 504
東寺執行本〈東寺本〉242, 244, 249, 264, 269, 307, 309, 333, 389〜392, 402, 405, 414, 498

ナ行

長門本　54, 55, 59〜61, 66, 68, 70〜74, 76〜78, 84, 88, 109, 112, 143, 217, 223, 254, 268, 277, 286, 290〜292, 337, 348, 354, 363, 368, 386, 389, 422, 497, 499, 501, 509
中院本　203, 204, 207, 209, 226, 242, 264, 270, 284, 311, 333, 335, 336, 386, 395, 413, 425, 474, 477, 497〜499
那須家本　203〜205, 229, 274, 414
南都異本　354, 389, 497
南都本　102, 103, 105, 112, 242, 249, 264, 278, 306, 331〜356, 360〜370, 372〜386, 389, 391, 392, 399, 405, 410, 414, 418, 422〜424, 426, 433, 497, 498, 504
南部本　497

ハ行

秘閣粘葉装本〈秘閣本〉205, 229, 249, 414
百二十句本　167, 217, 248, 251, 262, 286, 289, 297, 302, 307, 313〜315, 317〜320, 324〜327, 333, 335, 344, 346, 350, 351, 358, 362, 398, 399, 409, 418, 427, 474, 499
平仮名百二十句本　287〜289, 314〜316, 319, 321, 322, 325, 326, 345, 420
平仮名交じり十一行古活字本〈平仮名古活字版〉444, 445, 449, 450, 452〜455, 473
平仮名交じり十二行古活字本　444, 473
平松家本　288, 313, 315, 318, 319, 322, 324, 325, 344〜352, 417, 433
文禄本　209, 210, 213, 214, 215, 217, 225, 242, 264, 307, 309, 310, 315, 333, 425, 497, 498
宝永七年本　445

マ〜ラ行

万治二年本　444, 445
右田毛利家本〈右田本〉271, 278, 279, 331, 399, 425〜427
明暦二年本〈明暦版〉303, 443, 444, 446, 447, 460, 470, 471
八坂本　200〜204, 206, 207, 249, 389, 390, 392, 402, 404, 405, 413, 414
屋代本　77, 78, 88, 89, 107〜109, 195〜197, 209, 210, 215, 216, 218〜221, 223〜226, 230, 235, 250〜256, 260〜269, 285〜289, 297, 298, 307, 309, 312〜319, 321, 322, 333, 335, 343, 344, 346, 350, 351, 354, 356, 358, 361〜372, 374〜378, 380〜382, 386, 418, 420, 433, 498〜500, 509
康豊本　389, 497
葉子十行本〈葉子本〉217, 354, 411, 474, 502
米沢本　497
龍谷大本　287
龍門文庫本　320, 330, 350, 354, 399
両足院本　497
流布本　195, 217, 297, 298, 302, 303, 311, 389, 411, 427, 428, 442〜444, 457, 472, 474, 477, 478, 481, 494, 495, 502, 503
　古活字本　444, 450, 454, 467, 473, 474

〔 4 〕 章 段 名

延慶本平家物語

巻一－三「忠盛昇殿之事 付闇打事」 156, 172
四「清盛繁昌之事」 175, 180
八「主上々皇御中不快之事 付二代ノ后ニ立給事」 77
十七「蔵人大夫高範出家之事」 177
廿九「師高可被罪科之由人々被申事」 173
卅六「山門衆徒内裏ヘ神輿振奉事」 153, 177
巻二－六「一行阿闍梨流罪事」 173
廿一「成親卿流罪事」 137
巻三－六「山門ノ学生ト堂衆ト合戦事」 173
廿三「小松大臣大国ニテ善ヲ修シ給事」 181
巻四－八「頼政入道宮ニ謀叛申勧事 付令旨事」 23, 24, 77
十「平家ノ使宮ノ御所ニ押寄事」 174
十一「高倉宮都ヲ落坐事」 24
十二「高倉宮三井寺ニ入ラセ給事」 25
十三「源三位入道三井寺ヘ参事 付競事」 87
十四「三井寺ヨリ山門南都ヘ牒状送事」 25, 54, 72, 173
十五「三井寺ヨリ六波羅ヘ寄トスル事」 177
十六「大政入道山門ヲ語事」 72
十七「宮蟬折ヲ彌勒ニ進セ給事」 25
十九「源三位入道自害事」 158, 164, 178
廿 「貞任 カ歌読シ事」 165
廿一「宮被誅事」 25
廿四「高倉宮ノ御子達事」 33
廿五「前中書王事」 27
廿六「後三条院ノ宮事」 28
廿七「法皇ノ御子之事」 28
廿八「頼政ヌヘ射ル事」 154, 161, 177
廿九「源三位入道謀叛之由来事」 163
卅 「都遷事」 88, 109, 130, 131, 135
卅一「実定卿待宵ノ小侍従ニ合事」 77, 87, 88, 109, 130, 131
卅五「右兵衛佐謀叛発ス事」 23
巻五－一「兵衛佐頼朝発謀叛由来事」 23, 179
廿二「昔シ将門ヲ被追討事」 174
巻六－七「木曾義仲成長スル事」 178
十四「大政入道慈恵僧正ノ再誕ノ事」 222
十七「大政入道白河院ノ御子ナル事」 156, 175
廿四「行家大神宮ヘ進願書事」 173
巻七－十八「木曾送山門牒状事」 178
廿 「肥後守貞能西国鎮メテ京上スル事」 180
廿六「頼盛道ヨリ返給事」 176
廿九「薩摩守都ヨリ返テ俊成卿ニ相給事」 152, 182, 184
卅 「行盛ノ歌ヲ定家卿入新勅撰事」 153, 182
卅一「経正仁和寺五宮御所参スル事」

183
卅二「平家福原一夜宿事 付経盛ノ事」 137, 183
巻八－廿五「木曾法住寺ヘ押寄事」 181
卅四「木曾八島ヘ内書ヲ送ル事」 173
巻九－八「義経院御所ヘ参事」 178
廿二「薩摩守忠度被討給事」 152, 176, 183
廿五「敦盛被討給事 付敦盛頸八島ヘ送事」 176, 183
廿六「備中守沈海給事」 183
廿七「越前三位通盛被討給事」 184
廿八「大夫業盛被討給事」 184
巻十－九「重衡卿千手前ト酒盛事」 182
廿五「池大納言帰洛之事」 255, 256
巻十一－三「判官与梶原逆櫓立論事」 179, 256
十八「内侍所神璽官庁入御事」 178
廿九「大臣殿若君ニ見参事」 255
卅二「頼朝判官ニ心置事」 255
巻十二－四「源氏六人ニ勧賞被行事」 252, 255
七「建礼門院小原ヘ移給事」 257
八「判官与二位殿不快事」 252〜256
九「土佐房昌俊判官許ヘ寄事」 252〜255
十「参河守範頼被誅給事」 254
十六「平家ノ子孫多ク被失事」 261
十七「六代御前被召取事」 261
廿三「六代御前高野熊野ヘ詣給事」 260, 261
廿四「建礼門院之事」 261
廿五「法皇小原ヘ御幸成ル事」 185, 261
廿六「建礼門院法性寺ニテ終給事」 261
廿七「頼朝右大将ニ成給事」 257, 261, 264
廿八「薩摩平六家長被誅事」 257, 259, 261, 264, 265
廿九「越中次郎兵衛盛次被誅事」 257, 261
卅　「上総悪七兵衛景清干死事」 257, 259, 261
卅一「伊賀大夫知忠被誅事」 258, 259, 261
卅二「小松侍従忠房被誅給事」 258, 261
卅三「土佐守宗実死給事」 181, 258, 261
卅四「阿波守宗親発道心事」 258, 262
卅五「肥後守貞能預観音利生事」 258〜260, 262, 266
卅六「文学被流罪事」 259〜261
卅七「六代御前被誅給事」 257, 259〜261
卅八「法皇崩御之事」 256, 260
卅九「右大将頼朝果報目出事」 256, 260, 265

源平盛衰記

巻十五「宮御子達」 49

語り本系他の平家物語

巻一「祇園精舎」 462, 469
「堂供養」〈三拾三間供養之事〉

199, 496, 497, 502
「殿上闇討」 185, 274, 293, 321～323, 446, 462, 464
「鱸」 481, 484, 487
「吾身栄花」 216, 274, 321, 443
「祇王」 215～217, 226, 288, 289, 293～295, 321～323, 442, 446
「二代后」 102, 216, 322, 443, 478
「額打論」 321, 322
「清水炎上」 322, 442
「東宮立」 105
「殿下乗合」 217, 446
「鵜川合戦」 446
「御輿振」 186, 284, 446
巻二「西光被斬」 376
「阿古屋之松」 307, 478
「大納言死去」 290, 451
巻三「赦文」 452
「大塔建立」 446
「頼豪」 284
「少将都帰」 492
「僧都死去」 420
「医師問答」 286, 446
巻四「厳島御幸」 396
「厳島還御」 397, 485
「源氏揃」 167
「信連」 290
「競」 290, 482
「大衆揃」 290, 291
「橋合戦」 453
「宮御最期」 488
「鵼」 485, 491
巻五「都遷」 97, 99, 109
「月見」 94, 96～100, 104, 105, 107～110, 129, 130, 202, 206, 207, 290, 490～492
「物怪之沙汰」 295
「延喜聖代」 502
「富士川」 290, 296
「願文」〈厳島御願文〉 502, 503
「奈良炎上」 420
巻六「新院崩御」 290, 456
「紅葉」 456
「葵前」 210～215, 285, 456, 490
「小督」 209～215, 217, 226, 285, 456, 490, 491
「廻文」 211
「入道死去」 286
「築島」 224
「慈心房」 209, 287
「祇園女御」 491
「横田河原合戦」 284
巻七「倶梨迦羅落事」 447～449
「木曾山門牒状」 467
「返牒」 447～450, 467
「平家山門連署」 467
「忠度都落」 185, 186, 482, 490～492
「経正都落」 292, 295, 478, 482, 490
「福原落」 138
巻八「征夷将軍院宣」 394
巻九「河原合戦」 297, 311
「忠度最期」 186, 491
「小宰相」 462, 490
巻十「首渡」 336, 340, 458
「内裏女房」 287, 290, 291, 338, 340, 422, 458
「八島院宣」 342, 467
「請文」 342, 467

「戒文」　289, 319, 320, 345, 421
「海道下」　339, 483
「千手前」　340
「横笛」　337, 341
「宗論」〈宗論之事〉354, 496, 497, 502
「維盛入水」　391
「三日平氏」　339, 341
「藤戸」　339～341, 348
巻十一「逆櫓」　294, 379, 380, 468
「付勝浦合戦」　468
「大坂越」　393, 468
「観音講」　393, 395
「嗣信最期」　468
「壇浦合戦」　295
「遠矢」　393
「内侍所都入」　448～450
「剣」〈鏡剣之巻事〉　307, 372, 442, 496, 497, 502, 503
「一門大路渡」〈生虜都入〉　371
「鏡」〈鏡剣之巻事〉　442, 496, 497, 502, 503
「文之沙汰」　384
「副将被斬」　372
「腰越」　295, 379, 380, 384, 467
「大臣殿被斬」　297
（巻十二）「重衡被斬」　274, 390, 442, 458, 473, 474, 490
巻十二「大地震」　297, 459
「紺掻之沙汰」　459
「平大納言流罪」〈時忠配流〉　249, 297, 372
「範頼追討」249, 382, 384, 391, 403, 404, 409, 410, 414
「土佐房被斬」　379, 407, 410
「吉野軍」　199, 229, 273, 403, 406, 409, 414
「吉田大納言」　473
「六代」　249, 460, 466, 473
「初瀬六代」〈長谷六代〉466, 473, 474
「六代助命」　391, 409
「備前守行家被誅之事」　496, 498
「行家義教最期」　503
「兼実摂政」　404
「義経最期」　391, 406, 409
「法性寺合戦之事」　497, 499
「忠房以下盛次までの死」　503
「盛久之事」　496, 497
「六代被斬」　391, 410, 474
（灌頂巻）「女院出家」　115, 116, 368, 370, 473, 474
「大原入」　114～116, 119, 122, 123, 127, 362, 363, 382, 390, 410
「大原御幸」〈小原御幸〉　94, 114～116, 123～127, 391, 405, 406, 410, 474, 485, 486, 495
「六道之沙汰」　115, 474, 485
「女院死去」〈御往生〉　115, 391, 405, 410, 485, 486